Yitzhak Laor

Steine, Gitter, Stimmen

Yitzhak Laor

Steine, Gitter, Stimmen

Aus dem Hebräischen von
Markus Lemke

Unionsverlag

Die Originalausgabe erschien 1998 unter
dem Titel *Ve-im Ruchi Gevijati*
im Verlag Hakibbutz Hameuchad in Tel Aviv.
Deutsche Erstausgabe

Im Internet
Aktuelle Informationen,
Dokumente, Materialien
www.unionsverlag.com

Rieterstrasse 18, CH-8027 Zürich
Telefon +41 (0)1 281 14 00, Fax +41 (0)1 281 14 40
mail@unionsverlag.ch

Umschlagfoto: Amy De Voogd/Getty Images
Druck und Bindung: GGP Media, Pößneck
ISBN 3-293-00314-1

Für Mori und Doris Arkin

Erstes Kapitel (6. 6. 82)

»Je-ru-sa-lem, Je-ru-sa-lem«

»Du Pfeife, es ist Krieg«, kollerte jemand vom Bürgersteig, wo Leute auf die Kolonne starrten, wie lange ist es her, dass Kriege weder nach Tel Aviv gekommen noch von Tel Aviv ausgegangen sind, eine lebenslustige Stadt, hier eine Krankenkasse, ein Café mit Croissants, Sonntagmorgen, man will wissen, was passiert ist, und der, der gebrüllt hat, ein Mann von vielleicht vierzig Jahren, auf einen Stock gestützt, sein Körper kräftig, trainiert in einem Fitness-Studio, humpelnd, aber muskulös, zuckt mit den Schultern, hat nicht einmal die Absicht, sich zu erklären, er zieht schon nicht mehr in Kriege, aber noch ist Kraft in seiner Brust und auch ein abfälliges Knurren bringt er noch zu Stande, »Du Pfeife, es ist Krieg«, und andere scharen sich um die bereits um den Ausrufer Versammelten, stehen, betrachten die riesigen Ungetüme, die aus dem Meer gekommen sind und über die Stadt ragend einen großen Schatten werfen, gen Westen, da die Sonne noch im Osten steht und das Schaufenster blendet, auf das in der Nacht die Kotze von Besoffenen gespritzt ist und das jetzt auf seinen arabischen Arbeiter wartet, der endlich kommen soll, um es sauber zu machen, lang ist seine Anreise am Morgen, aus seinem Kellerverschlag im Süden der Stadt bis zu dem Café im Norden und nach achtzehn Stunden Arbeit wieder zurück, vielleicht werden sie ja irgendwann einmal große Literatur über ihn verfassen, liberaler Realismus, mal angenommen, eine italienische Autorin, mal angenommen, und die Menge wird immer zahlreicher, Medikamententütchen in den Händen, einer ist sogar aus der Schlange zum Labor ausgeschwenkt und hält einen Becher mit Urin in der Hand, was stört ihn die Pisse? Panzer, Panzer in Tel Aviv, mal schaut man zu ihnen, zu den Ungetümen, und mal zu dem auf seinen Stock gestützten Mann, ein Versehrtenabzeichen am Revers, sie haben einander bereits darauf aufmerksam gemacht, auf die Anstecknadel, und genickt, ein Alter ohne rechten Arm, auch er mit Abzeichen, tritt zu dem Athletischen am Stock, deutet auf seinen Jackenaufschlag, wer weiß, woher und von wann, vielleicht Mitle, vielleicht Faludja, vielleicht ein Verkehrsunfall während des Militärdiensts, ein Privileg erwirbt man durch Qualen, auch im Diesseits, angesichts dieser Panzer, und er, am Stock, das ist genau, was ihm gefehlt hat, einen Versehrtenverein aufzumachen. Und noch dazu wo? Gleich neben der Krankenkasse! Aber er ist nur hier, ein Medikament für seine Frau abzuholen, sein Mund wirkt stolz, seine Brust gedehnt, mit einer Art Vergnügen steht er auf den Stock gestützt, und schon treffen an dieser Ecke welche aus ihren entfernter gelegenen Wohnungen ein, von dort haben sie begierig die Ungetüme verfolgt, fragen mit vorsichtigen Gesten und Kopfnicken jene, die die Schaulustigen beschauen, was passiert ist, dass er so brüllt, das ist kein alltäglicher Anblick, dass ein Mann die Armee anbrüllt, als hätte er nichts anderes zu tun, als stünden hier nicht vier Ungetüme, in deren Macht es liegt, alles zu zerstören, und trotzdem – für einen Moment interessiert allein, warum der Mann mit dem Stock und dem Abzeichen gebrüllt hat, zumal sie von der gegenüberliegenden Seite die Anstecknadel nicht gesehen haben und es auch welche gibt, die nicht zwischen einer Versehrtennadel und jener für Eltern, die ihre Söhne verloren haben, unterscheiden können, doch er ist bereits verstummt, sodass man einander mit einer Kopfbewegung des Nichtwissens antwortet, als sei Sokrates hier vorübergegangen und habe sie durcheinander gebracht, er gegen die Panzer, sein Gesicht zeigt den Groll der Jungen auf die Alten, denn weiter vorne auf dem Bürgersteig, und auch auf der anderen Straßenseite beschließt man zu klatschen, hat am Morgen vom Krieg gehört und jetzt löst sich die Besorgnis auf, sorgt die kollektive Erinnerung für Gänsehaut, und wieder versuchen die riesigen Tieflader, die vier riesige Panzer auf dem Rücken tragen – vielleicht ermutigt sie das Klatschen –, sich in Bewegung zu setzen, begeben sich erneut auf eine gewundene Bahn, dröhnen, drängen Autos und Motorroller an den Straßenrand, brechen sich durch Alleebäume, vertreiben wilde Tauben, der Krieg hat begonnen, und er selbst ist nicht im Mindesten betrübt, dass sie ihn nicht holen, betastet in seiner Tasche die Schmerzzäpfchen für seine Frau, wird sich beeilen, sie in den Kühlschrank zu legen, eines wird sie sofort nehmen, die Ärmste, im Norden ist Krieg, in Tel Aviv herrscht Frieden, und das seine hat er getan, sein Bein hat was abbekommen, seine Frau schreibt in seinem Namen die Briefe an die Versehrtenabteilung, verhandelt mit denen über den niedrigen Behinderungsgrad, den ihm diese Hurenböcke zugestanden haben, und weil ihn erneut jemand fragt, warum er gebrüllt hat, macht er aufgebracht eine wegwerfende Handbewegung, wobei ihm das Für-sich-Behalten des Geheimnisses eine matte Befriedigung verschafft, zusätzlich zu der Befriedigung, die er verspürte, nachdem er den Soldaten angebrüllt hat, denn während seiner gesamten Dienstzeit in der Armee war ihm das nie vergönnt, einen Soldaten anzubrüllen, als sei er der Befehlshaber, und jetzt, mit den Zäpfchen in der Tasche, hat er es getan, weil sich der Soldat an einem Ort aufhält, an dem er nichts verloren hat, denn Bescheid weiß der ja, hat es ganz sicher gehört, und außerdem haben Panzer in Tel Aviv nichts zu suchen, kein Grund, schon am ersten Tag des Krieges verrückt zu spielen.

Die Alten geben es auf, einige bleiben trotz allem noch, würden zu gern wissen, was eigentlich los ist, wenn die Armee Panzer nach Tel Aviv schickt, gibt es bestimmt einen Grund, und andererseits – hätte er nicht gebrüllt, wäre ihnen niemals in den Sinn gekommen, etwas könnte nicht in Ordnung sein, und vielleicht war er ja selbst nicht ganz in Ordnung. Wie auch immer – so ist der Anfang der Geschichte: Ungetüme sind dem Meer entstiegen, jemand hat gebrüllt, jemand anderes will wissen, was das Gebrüll soll, der Brüller will weiterreden, erstickt aber sein Verlangen, die Lust am Ersticken ist größer als die am Entfachen des Feuers, und größer als beide ist ihre Kombination, man bläst das Feuer an und erstickt es zugleich, denkt sich eine Geschichte aus, sprich: was jetzt passiert ist, in aller Kürze oder in epischer Breite, je nachdem, ob es einen Vater gibt und genug Geduld, mit diesem zu reden (oder er ist schon nicht mehr, aber man sehnt sich danach, mit ihm zu reden), oder einen Sohn und plötzlich ist er erwachsen und man erzählt es ihm, wie sehr hatte er sich einen Sohn gewünscht, einen erwachsenen Sohn, aber seine Frau wollte nicht, wenn wir einen Sohn haben, werden wir ins Ausland gehen, hatte sie gesagt, auch sie könnte Stoff für einen Bestseller liefern, mit ihrer Hartnäckigkeit und ihrer Liebe zu ihm, nicht zu reden von seiner Liebe zu ihr, sie leben ja nur einer für den anderen, arbeiten und arbeiten, doch wofür das Ganze, wenn man keine Kinder hat?

Der schlampige Soldat, der, den man angebrüllt hat, bemerkt seinerseits die Menschenansammlung, hört den Rüffel, »Du Pfeife, es ist Krieg«, weiß, dass er gegen ihn gerichtet ist, blickt zögernd zu den zwanzig Soldaten, die auf den Panzern und in den Fahrerkabinen der Zugmaschinen sitzen, lachen, scherzen, die Passanten veralbern, jedem Busen nachpfeifen, jedem Hintern, und trotzdem, trotz des Rüffels, »Du Pfeife, es ist Krieg«, sucht er weiter nach einer funktionstüchtigen Telefonzelle, denn Panzer haben wir die modernsten auf der Welt, auch Atombomben und auch Heineken vom Fass, aber öffentliche Fernsprecher umso weniger, und seine Augen fallen auf den Besitzer des Stocks, der ihn angekollert hat, sieht seinen aufgerissenen Mund, erschrickt, überlegt, ob er sich wieder in der Fahrerkabine des Panzertransporters verkriechen soll, und beschließt dann, dass er keine Wahl hat, es muss getan werden, denn in Wirklichkeit ist er gar keine Pfeife und der Krieg hat tatsächlich begonnen, als ihn in diesem Moment die Kellnerin aus dem Café ruft, wo das neue öffentliche Komitee gegen religiöse Bevormundung tagt, eine Abspaltung des alten öffentlichen Komitees gegen religiöse Bevormundung, dessen Gründer ein Manifest verfassen, das in den vier Monaten der Abspaltung bereits etliche Veränderungen erfahren hat. Leidental konzentriert sich auf den Versuch, die passende Formulierung zu finden, und Smira, die Kellnerin, raucht angesichts der Panzer die nächste Zigarette und ruft ihm zu: »Komm Soldat, hier gibts ein Telefon, umsonst«, um gleich dem Inhaber zu versichern: »Ich zahle, du Geizhals.« Der Soldat dankt ihr, wegen Bürgern wie ihr, die ein gutes Herz haben, wird er es mehr oder weniger rechtzeitig zum Krieg schaffen, »Ich danke Ihnen«, und zwanzig und irgendwas Soldaten starren ihn an, als er telefoniert, bedeuten ihm auch mit den Händen, was er mit ihr machen soll, offene Handflächen schließen sich bei derben Stößen um geballte Fäuste, fick sie, und nicht nur der Mann, der ihn angefahren hat – auch sein Vater, am Telefon, verspottet ihn wie immer, sodass er nicht weiß, ob er ihm mitten im Satz den Hörer aufknallen und im Krieg sterben gehen soll, damit sein Vater an seinem Kummer krepiert, oder ihm beweisen soll, dass er auch ohne ihn klarkommen kann und mit seinen Qualen Stoff für eine Novelle abgeben könnte, dank der Charakterisierung, denn was ist die Gestalt wenn nicht eine literarische

Schöpfung, und außerhalb der Literatur existieren keine Gestalten, aber mehr als alles andere will er beide Dinge zugleich, will als Toter des Nachts auftreten und im Leben das Gewissen des Vaters peinigen, will ihn in den Nächten terrorisieren und das ganze Leben lang jungenhaft und schüchtern zurückkehren, unschuldige Fragen stellen, die den Vater um den Verstand bringen werden in dem Wunsch, noch mehr Fragen zu hören und sanft auf sie zu antworten, nein, nein, jetzt ist es unmöglich zu antworten, ich verlösche wie ein Feuerwerkskörper, es reicht, ich sage ihm ein paar entschiedene Sätze und er ist so viel klüger als ich.

Jetzt dröhnen die vier Panzertransporter draußen mit ihren fürchterlichen Hupen wie Schiffe an der Hafeneinfahrt, übergeschnappte Schiffe, grüßen den Gefreiten, der mit seinem Vater spricht, grüßen Tel Aviv, die Stadt, die die Patenschaft über ganze Panzerdivisionen übernimmt und an jeder Ecke Panzer, Panzer ausstellt, kommt Kinder, Mama wartet unten, gähnt nach dem langen Arbeitstag in der Verkehrsbehörde, und der Junge, irgendein kleiner Gadi, ruft ihr von der Höhe des Geschützturms zu, »Mama, guck mal, wie ich auf dem Panzer aussehe«, ja, sie sind verloren, mein teurer Sohn, all unsere Feinde werden dran glauben müssen, und danach gehen sie einen Hamburger essen, ach Mama, Mama, wie ich dich liebe. In deinem weichen Fleisch versinken, mein ganzes Leben lang

Am Morgen, als der Befehl gekommen war, tausend Panzer in den Libanon einrücken zu lassen, hatten die Militärpolizisten am östlichen Kontrollposten gestanden und mit ihren Kollegen am westlichen und am zentralen Übergang per Funk die Zahlen verglichen, doch alles Zusammenzählen hatte immer dasselbe Resultat ergeben, 996, nur 996 Panzer waren eingerollt, sodass sie sehr bald begriffen hatten, dass vier Panzer fehlten, und es der Armee gelungen war – mithilfe des Bürgermeisters von Tel Aviv und mithilfe seiner Abteilung für öffentliche Gesundheitspflege, vor allem dank deren aufopferungsvollen Leiters, Herrn Bernstein, der aus eigener Kraft zu seiner wichtigen Funktion aufgestiegen war, obgleich sein Hebräisch voller Fehler und er zunächst Straßenfeger, danach Mitglied des Arbeiterkomitees und Vertreter im ZK der Partei gewesen war, bis er schließlich Abteilungsleiter wurde – in weniger als einer Stunde die Panzer und ihre Transporter zu orten: Am Strand im Süden von Tel Aviv lagerten ungefähr zwanzig Soldaten, entweder sonnenbadend oder auf den Marschbefehl in südliche Richtung wartend, so wie sie immer gefahren waren und wie in den Chroniken der Kriege berichtet wurde, und als sie die Anweisung des Bürgermeisters befolgt hatten, der in seinem Privatwagen eingetroffen war, begleitet vom Leiter der Abteilung für öffentliche Gesundheitspflege, eben jenem Bernstein, der schmutzige Gedichte verfasst hatte, ehe er zum Leiter ernannt wurde, und die Funkgeräte ihrer Panzer einschalteten, hatten sie (sagen wir, zu ihrer Überraschung) den Regimentskommandeur immer wieder »Mir nach!« brüllen gehört und sie mit Ausdrücken beschimpfen, die man besser nicht zu Papier bringt, sodass sie sogleich aufgesprungen waren und die Geräte abgeschaltet hatten, worauf der allmächtige Kommandeur verstummt war, ohne zu wissen, dass er nun schwieg, noch, wo sie sich befanden, und hatten sich wieder hingelegt, entweder wissend, dass irgendwo der Kommandeur »Mir nach, mir nach!« brüllte, oder aber nicht wissend, sprich: sowohl das eine als auch das andere, sein Gebrüll und die Stille zugleich genießend. Aber da hatte der Gefreite Gadi eigenmächtig das Funkgerät wieder angeschaltet und in das Brüllen hinein gesagt, »Herr Kommandeur, Herr Kommandeur«, und während dieser dort noch ›Mir nach!‹ brüllte, hatte Gadi erwidert, »Herr Kommandeur, hier spricht Gadi«, bis der Kommandeur schließlich das bläuliche Flämmchen, sprich: das Gestammel bemerkt hatte und fragte: »Du Hurensohn! Wer soll das sein, Gadi Hurensohn? Gib mir den Hurensohn von Offizier!« Gadi hatte vorsichtig gesagt: »Hier ist Gadi, Panzergrenadier für Zionismus und Geografie«, (er wollte sagen, ›hier ist Gadi, der Hurensohn‹, schreckte aber zurück), »Sie kennen mich nicht, aber ich kenne Sie, wie kann ich Ihnen helfen, Herr Kommandeur?« Nach seinem Tod wird er seinem Vater im Traum erscheinen und sagen: Hier ist Gadi, der Hurensohn, du hast mich umgebracht, du bist selbst ein Hurensohn.

»Wie du mir helfen kannst? Welcher Zusammenhang besteht überhaupt zwischen Zionismus und Geografie? Wofür haltet ihr euch eigentlich? Ist das der Karneval in Rio oder ein Krieg? Grenadier Hurensohn, bring mir sofort den Hurensohn von deinem Vorgesetzten!«

Gadi hatte das Funkgerät in voller Lautstärke angeschaltet gelassen (sodass alle Passanten das Gebrüll hören konnten und unschlüssig waren, ob sie stehen bleiben oder weitergehen sollten, da militärische Geheimnisse keine kleine Belastung für deren Träger sind; die arabischen Reinigungskräfte suchten aus Angst vor einer umgehenden Verhaftung schleunigst das Weite und der Kommandeur, am verborgenen Ende der Funkverbindung, ließ seine Umgebung ebenfalls an dieser Frechheit teilhaben, indem er ihr von den sich versteckt haltenden Hurensöhnen erzählte, als sei dies nicht etwa seine Schuld) und war (gemeint ist Gadi, das Thema dieses Absatzes) zu dem Offizier gegangen, der wie der ehebrechende Onkel Poseidon auf dem Strand hingegossen lag, sein Hemd offen bei dem Versuch, mit zwei Fingern einen eitrigen Pickel mitten auf der Brust auszudrücken, ehe die Mädchen kämen, und hatte (er, Poseidon), ohne von dem Pickel abzulassen, zu dem überraschten Gadi gesagt, der wohl dachte, er sei unsichtbar oder so ähnlich: »Warum hast du das Funkgerät angelassen? Das ist nicht schön, du zionistischer Soldat, das ist nicht schön, dass sie in aller Öffentlichkeit wissen, was für ungehobelte Offiziere wir in der Armee haben.« Fest entschlossen, das Kommando zu übernehmen, und tatsächlich ohne Wahl war Gadi daher zum Funkgerät zurückgekehrt, wo der Kommandeur unentwegt Beschwerden und Beschimpfungen brüllte, und hatte (er, Gadi, das Thema dieses Absatzes) gerufen: »Herr Kommandeur, ich noch mal, Gadi, jetzt bin ich hier der Verantwortliche«, worauf der Kommandeur überrascht geklungen hatte, ruhiger, vielleicht war auch seine Kehle ausgetrocknet, als er fragte: »Wieso plötzlich du?«

»Ich hab den höchsten Dienstgrad hier.«

»Was? Wie ist dein Dienstgrad?«

»Gefreiter.«

»Gefreiter was?«

»Gefreiter Hurensohn.«

»Gefreiter Hurensohn was?«

»Gefreiter Hurensohn, Herr Kommandeur.«

»Wo ist der Hurensohn von einem Leutnant, wie heißt der?«

»Herr Kommandeur, die haben hier alle auf ihre Dienstgrade verzichtet. Ich habe nicht verzichtet und werde um eine Beförderung bitten.«

Der Kommandeur brüllte erneut ein bisschen, aber seine Kehle brannte, schließlich hatte er schon geraume Zeit in das schweigende Funkgerät gebrüllt, damit sie, wenn sie ihn schon nicht durch das Gerät hörten, dann eben über Berge und Schluchten hinweg, und außerdem hatte er keine Ahnung, wo sie steckten, und jetzt hatte er bloß die Möglichkeit, mit diesem Gadi zu reden oder mit gar keinem, auf die vier Panzer zu verzichten oder Meldung über sie zu machen, als seien sie bereits eingetroffen, ausgebrannt und in der Schlacht vermisst, aber er hatte nicht das Herz, so etwas zu tun, weil sie ja alle Eltern hatten, und wenn er ihren Tod bekannt gab, würden sie Kondolenzteams zu den Eltern schicken, ein Offizier, ein Arzt, eine

Krankenschwester, ein Psychiater, und daher hatte er es dabei belassen und gesagt: »Wo genau befindet ihr euch?« Und eine Antwort aus Längen- und Breitengraden erwartet, aber Gadi war Zionismusgrenadier und hatte daher die Soldaten gefragt, die auf die Hitze des späten Vormittags warteten, um im Meer zu baden: »Wo sind wir?« Sie sagten ihm: »Manshije«, aber Gadi war Zionismusgrenadier und hatte einem Befehlshaber angemessen übersetzt: »Charles-Clore-Park, an der Herbert-Samuel-Straße.« Und der Kommandeur sagte: »In Ordnung, ihr habt genau eine Stunde, um zur libanesischen Grenze zu kommen.«

»Eine Stunde, Herr Kommandeur?«

»Eine Stunde minus eine Minute, Hurensohn. Und schämt euch, ihr Hurensöhne, es sind bereits Soldaten in diesem Krieg getötet worden, und ihr vergnügt euch am Strand, ihr Hurensöhne, verdammte Hurensöhne.«

Seine ganze Verachtung legte er in den Buchstaben S, ehe sie durch Vorwärts- und Rückwärtsmanövrieren die Panzer auf die Transporter geschafft hatten, dabei den nach dem bekannten britisch-jüdischen Wohltäter benannten Park verwüsteten, den Verkehr auf der nach dem bekannten britischen Hochkommissar benannten Straße zum Erliegen brachten und Gadi in die Fahrerkabine des ersten Panzertransporters geklettert war und zu dem Fahrer gesagt hatte: »Fahr.« Der Fahrer hatte ihn angelächelt und gefragt: »Wohin? Nach Süden, Norden, Osten oder Westen?« Und Gadi hatte gesagt: »Nach Westen sicher nicht, weil da das Meer ist. Aber warte, ich werds dir gleich erklären«, war ausgestiegen und gerannt, einen öffentlichen Fernsprecher zu suchen, und als er schließlich einen funktionstüchtigen Apparat gefunden hatte und seinen Vater bei der Arbeit anrief, war Wochenbeginn und sein Vater mal wieder verärgert, ein wenig ironisch, ja sogar sarkastisch, und Gadi hatte bereits die Panzer, ihre Transporter und den großen Verkehrsstau vergessen gehabt, und war ganz und gar, mit der Geschwindigkeit eines Traums, damit beschäftigt zu erraten, warum sein Vater auf ihn sauer sein mochte, doch da hatte der schon, damit seine Umgebung im Büro es nicht hörte, durch die Zähne gezischt: »Du Pfeife, es ist Krieg«, und als sie dann endlich, endlich vorankamen und der Sohn jetzt, beim dritten oder vierten Telefonat an diesem Morgen, sagte: »Papa, wir sind echt auf dem Weg in den Krieg«, fragte der Vater laut, damit das ganze Chefsekretariat in der Außenhandelsabteilung und auch die niederen Angestellten, die schon in der Lobby dazugestoßen waren, es hörten, »Toll, wo seid ihr?«, und erwartete, irgendeinen arabischen Namen wie Djabal-el-schießmichtot oder Bachr-el-schießmichtot zu hören, weil der Krieg schon fast vorbei war und sein Sohn noch immer mit Kacke spielte. Doch er bekam von seinem Sohn nur zu hören, was er immer zu hören bekam: »Papa, wir sind im Zentrum von Tel Aviv, du musst mir erklären, wie man von hier nach Norden kommt.« Und bei einem der weiteren Male, da Gadi aussteigen würde, um auf dem Weg aus dem Stadtzentrum nach Norden zu telefonieren, sollte ihn auch jener Versehrte anbrüllen, und wenn geschrieben steht, ein Vater sei nachsichtig mit seinen Söhnen, lässt sich vielleicht vermuten, dass Gadis Vater noch weitere geheime Söhne hatte, so nebenbei, und mit denen konnte er nachsichtig sein, aber Gadi gegenüber kannte er nichts dergleichen. Überhaupt wollte sein Vater nicht sein, was er war, wollte gar nichts, nur noch Urlaub nehmen. Dabei könnte er durchaus Stoff für eine Geschichte über die Midlifecrisis liefern. Bei seinem angenehmen Charakter. Leute sind gern in seiner Gesellschaft, sowohl Schriftsteller wie Philosophen, Wittgenstein, den er kennt, u.s.w.

Doch ehe es so weit war, rief der Gefreite Gadi – seine Bitte um Beförderung war abgelehnt worden – zum vierten Mal seinen Vater an, um noch ein paar Informationen über den Weg nach Norden aus ihm herauszuholen, sehr zur Freude der Soldaten in den Panzern und den Zugmaschinen, die glücklich über die Verzögerung waren, denn wenn es ihnen gelänge, noch ein paar Stunden herauszuschinden, würde der Blitzkrieg bestimmt beendet sein, würden sie genau zu den Europapokalspielen antreten müssen, um ihre Haftstrafe abzusitzen. (Sie hatten bereits ausländische Zigaretten gesammelt, um die Aufseher zu bestechen, fernsehen zu dürfen.) Aber ausgerechnet an diesem Morgen ist Gadis Vater noch ungeduldiger als sonst, beraten sich die Angestellten der Bank von Israel untereinander, werden Stadtpläne aus dem Archiv der Bank geholt, und der Sohn meint verschämt, versucht zu lächeln, denn die ganze Abteilung schaut aus der Höhe der Ungetüme auf ihn herab, »Nein, nein, wir sind erst auf dem Ben-Gurion-Boulevard«, »Ben-Gurion, ja?«, »Im Norden von Tel Aviv, immerhin«, worauf der Vater knurrt, »Der Ben-Gurion-Boulevard soll im Norden von Tel Aviv sein? Bist du auf den Kopf gefallen?« Der Soldat lächelt, damit seine Untergebenen durch das Schaufenster sehen, mit welcher Leichtigkeit er sein Telefonat führt, während sein Vater, damit nicht das ganze Büro, das auf Ergebnisse der Navigiererei wartet, mithört, leise, beinahe flüsternd in den Hörer zischt, wobei sein Gesicht freundlich strahlt, wofür man ihn liebt, denn nur mit seinem Sohn kennt er keine Geduld (aber vielleicht auch nur heute Morgen): »Das ist das letzte Mal, dass ich es dir erkläre, und ruf mich nicht wieder an, bis du nicht in Ra's an-Nakura bist. (Dort ist die Grenze, falls du das zufällig noch nicht weißt.) Fahrt jetzt nach links, danach an der dritten Ampel, nein, nein, an der vierten nach rechts und dann weiter geradeaus und links, bis zum Ende und erst am Ende nach links, nicht wie vorher, verstanden? Danach biegt ihr nach rechts und wieder nach links ab und dann die ganze Zeit geradeaus, immer geradeaus. Los jetzt, fahr endlich in den Krieg!« Und da die Angestellten zugehört haben, reicht er noch ein Zückerchen hinterher: »Wenn die ganze Armee wie du wäre, Gadilein, würde dieser Krieg vierzehn Jahre dauern und nicht vierzehn Tage«, aber die Sekretärin schüttelte mit dem Kopf – eine herzensgute Frau, die die Familie des Bosses schon viele Jahre begleitete und selbst keine Familie hatte, aus Gründen, die für einen eigenen Bestseller garantieren könnten, darunter Liebe und ausgelebter Feminismus – weshalb er sich sehr bemühte, eine Rolle an den Tag zu legen, die zu erfüllen ihm ausgerechnet in diesem Moment höllisch schwer fiel, doch Gadi hatte inzwischen ohnehin seinen Platz neben dem Fahrer des Panzertransporters wieder eingenommen, machte ein freudiges, wild entschlossenes Gesicht und ließ seine Hände wie Windmühlenflügel rotieren, obwohl sein Herz verbittert/zerknittert war wegen des Verhaltens seines Vaters, der den toten Telefonhörer in der Hand hielt und zur Erleichterung von Smira, seiner allein stehenden und relativ feministisch eingestellten Sekretärin, in die Sprechmuschel sagte: »Fahr in Frieden und kehr in Frieden wieder, und pass auf dich auf.« Fast hätte er noch gesagt, ›Gott schütze dich‹, wusste nicht, ob er auflegen sollte oder nicht, denn wenn er auflegte, würde sein Sohn vielleicht wieder anrufen, und bis er fertig war mit Lügen und Abwägen, ob er gestehen soll, dass er gelogen hat, und wenn ja, wem er gestehen soll, dass er gelogen hat, da ja in jedem von uns ein kleiner Hamlet steckt, war sein Sohn, die rechte Hand des Hauptfahrers, auf dem Weg raus aus Tel Aviv, und dort, ein Werk des Teufels, blieb die Fahrzeugkolonne – es war bereits Sonntagmittag, der 6.6.1982 – hinter einem weißen Renault der Armee hängen. Warum auch immer der Renault sich mit einer Geschwindigkeit von nur zehn Stundenkilometern fortbewegte, die ohrenbetäubenden Signalhörner der Panzertransporter nichts halfen und die Soldaten über ihre Armeefunkgeräte Witze rissen – irgendeiner von den am Straßenrand Stehenden brüllte dem bebrillten Fahrer des Armeerenaults zu, »Du Pfeife, es ist Krieg«, und während im Büro von Herrn

Schieber, dem in der Bank von Israel für Außenhandel Zuständigen, das Telefon klingelte, sagte dieser zu seiner Sekretärin Smira: »Wenn das mein Sohn ist, ich bin nicht da!« Aber Smira, die keineswegs die Absicht hatte, Gadi aufzugeben, immerhin kannte sie ihn, seit er zwei Monate alt gewesen war, sagte: »Es ist Ihre Frau, nicht Ihr Sohn«, und Schieber, ein Freund von Ökonomen, Schriftstellern und Philosophen (er kennt Wittgenstein), nahm den Hörer auf, lauschte und erwiderte: »Sicher hab ich was von ihm gehört, schon sechs, sieben Mal ... Wieso im Norden? Er ist im Norden von Tel Aviv ... Nein, ich rege mich nicht auf, aber ich kann auch nicht den ganzen Tag neben dem Telefon sitzen und meinem Sohn erklären, wie man vom Strand in Tel Aviv in den Krieg fährt.« Dann beruhigte er sich, und seine Frau sagte zu ihm: »Sag Smira, sie soll dir keine Gespräche mehr durchstellen, du darfst dich nicht aufregen«, und er ganz leise zu ihr, damit es im Büro nicht zu hören war: »Was für eine Schande, so ein Versager. Der Krieg hat angefangen, und er fährt durch die Gegend.«

Tatsächlich hätten wir die Geschichte dieser Affäre auf eine andere, eher Balzac'sche Art beginnen sollen: Am Mittag des ersten Wochentages, des 6. Juni 1982, trat gegen 12.30 Uhr ein groß gewachsener Mann mittleren Alters mit dickem Bauch, einer Narbe hinter dem Ohr und einem khakifarbenen Hemd am Körper auf die heiße Straße, kam aus einem vierstöckigen Haus im Zentrum von Tel Aviv und blieb für einen Moment unter einem Ficusbusch neben dem Haus stehen, sah sich um, versuchte, seine Augen an das sommerliche Licht zu gewöhnen, nahm seine Brille ab, um sie zu putzen, lauschte auf den dumpfen Lärm der Signalhörner und das dünnere Quäken der Autohupen jenseits der Häuser – jener Stau, von dem wir bereits berichtet haben – und zuckte mit den Schultern, er hatte schon Schlimmeres gehört als Lärm und Getöse am helllichten

Tage, hatte davon geträumt und solches im Wachen auch schon gesehen, hauchte die Brillengläser von beiden Seiten an und polierte sie mit dem Zipfel seines Hemdes, stopfte sich dann das Hemd nicht wieder in die Hose, sondern sah an sich herunter, wie ungepflegt er war, oder fett oder fremd, auf jeden Fall hatte er es gern noch etwas wilder, zog auch noch den Rest des Hemdes aus der Hose und wandte sich nach Osten, machte jedoch sofort wieder kehrt, als hätte er sich beim ersten Schritt eines Tanzes geirrt, ging westwärts, überquerte die Straße und lief hinter einem Armeeoffizier her, der wie in Vorfreude auf einen Premierenabend hüpfte, hielt ihn an und stockend – Schweißperlen bedeckten bereits seine Stirn und auch seine beschlagenen Brillengläser verwischten erneut das Blickfeld – fragte er ihn: »Wissen S-Sie vielleicht, wie man zur U-Universität kommt?« Der Offizier antwortete: »Mit Abitur und Geld von Mama und Papa, aber da ruft dich eine von oben, Alterchen.« Der Mann, der nur unwesentlich älter war als der Offizier, entschuldigte sich ein wenig, damit der Schlaumeier es nicht sofort bereute: »U-Unwichtig, ich werds schon alleine finden«, aber der Offizier ergriff die Hand des Mannes, heiß heute, dachte er bei sich, wie kalt seine Hand ist, und meine? Die Hand meiner Mutter war kalt, bis ich endlich da war, und sagte laut zu ihm, als habe er einen Schwerhörigen oder einen Neueinwanderer vor sich: »Glaubst du mir etwa nicht? Guck nach oben, siehst du den Balkon? Da steht eine und ruft dich«, und als er sah, dass der Mann den Blick nach oben richtete, kommentierte er noch: »Es lohnt sich nicht, vor einer Frau wegzulaufen, ich selbst bin mal einer abgehauen und hab mir das nicht verziehen, nie hab ich mir das verziehen, denn was ich stattdessen bekam, war viel schlimmer«, und ging seines Weges, fröhlich und bester Laune, als hätte er sich den Marx Brothers angeschlossen, anstatt zu sagen ›ich hab keine Ahnung, wo die Universität ist‹. Doch der Mann ging dem Offizier weiter nach, bis plötzlich, von oben, ein Hut wie ein Diskus nach ihm geworfen wurde, weshalb er stehen blieb, oder weil eine Frau schrie: »Du hast deinen Hut vergessen, du Trantüte«, worauf er nach oben blickte, es war bereits gegen Mittag am ersten Tag der Woche, dem 6. Juni 1982, und er musste zur Universität, einige Augenblicke lang, vor allem als er die Treppe hinabstieg, hatte er gemeint, sollte es ihm gelingen, diesen Plan in die Tat umzusetzen, dorthin zu gelangen, Shifra zu finden und ihr zu sagen, ich gehöre dir, oder besser, ich stehe zu deinen Diensten, alles, was ich habe, wird von jetzt an dir gehören, für Augenblicke also schien ihm, dass nichts leichter wäre, als diesen simplen Plan in die Tat umzusetzen, man fährt hin, trifft sie, sagt es, dieses Bedürfnis hing einzig und allein von ihm ab, Shifra würde bloß unterschreiben, wenn sie will, lässt sie mich hier wohnen, wenn ich in der Stadt bin, hier in der Ecke, ich werde nicht stören, werde nachts kommen, schlafen und am Morgen meine Sachen nehmen und gehen, ich könnte auch auf deinen Jungen aufpassen, wenn du mal abends ausgehen willst. Ihre Stimme hallte noch in seinen Ohren wider, weshalb er auf den Hut trat, nach oben blickte und drauftrat, und da das Drauftreten brutal wirkte, sahen ihn einige Passanten an, dabei war dies eine Straße mit zurückhaltenden Menschen, drei hatten ein Abonnement für das Philharmonieorchester und fünf gingen regelmäßig zu den neuen Aufführungen des Habima-Theaters, oder wie auch immer das Theater heißt, auf dessen Bühne sie stehen und man im Scheinwerferlicht Speichelfetzen wie Spinnweben sieht, kurzum: eine Frau trat zu ihm und sprach ihn an: »Bist du nicht der Sohn von Sarah?« Und er mit freundlichem Lächeln: »Welcher S-Sarah?« Er erkannte kaum seine eigene Stimme, und die Frau bekräftigte triumphierend: »Ja, ja, du bist der Sohn von Sarah. Und du lebst! Du bist am Leben! Was hätte sie sich gefreut«, aber insgeheim sagte sich die Frau, wie er aussieht, runtergekommen und blass und wie alt er geworden ist.

»W-Wie kommt man zur U-Universität, wissen S-Sie das?«, entschloss sich der Mann mit der Brille, die Aufmerksamkeit der Nachbarin aus der Philharmonie oder dem Theater auszunutzen, doch die Frau machte ebenfalls eine misstrauische Handbewegung, als seien alle Bewohner der Stadt seit den Morgenstunden aufgefordert, nicht auf Fragen nach der Universität zu antworten, ehe auch sie sich davonmachte, ihr Mann, der aus seinem Grab aufkreuzte, wann immer ihm danach war, genügte ihr, außerdem war der Sohn von Sarah in irgendeinem Krieg getötet worden, sie hatten sogar in der Zeitung geschrieben, was er in Ägypten oder in Syrien gemacht hatte, und vielleicht war sie ja wegen des Krieges, der jetzt angefangen hatte, durcheinander gekommen, alles wiederholte sich und wanderte direkt in die Träume, einfach alles. Nachdem sie gegangen war, sagte der Mann, zu sich selbst, mit einem Schulterzucken: Ich bin kein guter Mensch, verschließe mich sofort, verrate nichts von mir, gebe keine Gefühle preis – was für eine Art Veranlagung ist das, das Licht in den Augen auszuknipsen? Mit Shifra rede ich anders, Shifra und Gadi, ihr Junge, der aus dem Hort verschwunden ist, und den eines Tages eine Frau mit gelbem Sonnenschirm anhalten und zu ihm sagen wird: Bist du nicht der Sohn von Shifra? Ja, ja, du bist der Sohn von Shifra, und der Junge wird sagen: Sicher, sicher, wie geht es Ihnen, und was wird er danach sagen? Was sagt man dann? Andererseits hatte der Mann mit der Brille ja beschlossen, nicht mehr in seinem Innenleben zu wühlen, was ihm auch gelungen war, Jahre, dass er das schon nicht mehr machte, in sich selbst herumzustöbern, denn ein solches Sondieren ist Sünde, die Erinnerung ein Schmerzen bereitendes und vielleicht auch unsittliches Instrument.

Bevor er einschlief, suchte er die Brille neben dem Bett, ruderte wie durch Wasser und murmelte, die Worte schienen sich aufzulösen: »I-Ich hab a-alles verloren. Auch was n-nicht zu kaufen ist, h-hab ich verloren. Verstehst du? N-Nein, ich rede nicht, i-ich nicht«, »Schlaf, red nicht, am Morgen wird es hell werden«, »S-Sei nicht b-böse«, »Ich bin nicht böse«, »Du b-bist müde«, »Nein, ich bin nicht müde, aber du musst dich ausruhen«, »W-Wir sind zu z-zweit übrig geblieben, der ei-eine ist tot und d-der andere lebt«, »Das hast du mir bereits erzählt«, »Wäre ich g-gestorben, wäre alles ganz e-einfach, aber ich lebe s-sein Leben«, »Du musst dich nicht schuldig fühlen«, »I-Ich lebe nicht d-dank meines eigenen Lebens, das ist alles a-andere als einfach«, »Aber wäre ich gestorben, wäre es einfach, hast du gesagt«, »Das i-ist die St-Stunde, in der ich d-die Sprache verliere, die G-Grammatik vergesse, die Zeiten, die W-Wörter sich vermischen, P-Plasteline, Säuglinge, Haut l-löst sich ab, das Fleisch v-verschwindet, ein brennendes Glühwürmchen, das v-verloschen ist, ausgekühlt, d-die Sprache gehört mir nicht, spürst d-du das nicht? Was hast du v-vorhin zu m-mir gesagt?«, »Ich erinnere mich nicht mehr, ich bin müde«, »Du e-erinnerst dich d-doch!«, »Ich erinnere mich nicht«, »Du e-erinnerst dich d-doch, hab ich gesagt!«, »Ich sagte, du hättest gesagt: ›Wäre ich gestorben, wäre es einfach‹«, »Und wenn i-ich mir selbst w-widerspreche, lüge ich dann? Und wenn i-ich lüge, sage ich dann nicht die W-Wahrheit? Ich lebe a-an Stelle eines anderen, der t-tot ist. Schreie ich?«, »Nein, ich kann dich kaum hören. Du warst schon eingeschlafen, warum hast du wieder angefangen zu reden? Schlaf«, »Ich versuche zu sch-schreien«, »Ich kann dich kaum hören.« Kennst du Leute, die sich über Schuldgefühle lustig machen? Ich hasse sie. Es ist dunkel, fühl mal, Narben, was ist vom Körper deines Sohnes übrig geblieben, Mama? Das Fleisch? Siehst du, ich hab dir deine Ruhe gestohlen um der meinen willen, aber auch ich fühle mich nicht schuldig. (Was hast du getan, Odysseus, wir wissen, was du getan hast, gleißendes Neonlicht, von einer Soldatin die Erlaubnis, die Kaserne zu verlassen, ein

Renault, es gibt kein Draußen außer dem Schall, kein Innen ohne Hauthülle, Seifengeruch, das Fahrrad hat kein Licht, zurückzukehren unmöglich, das Innen ist ein in sich zusammenfallendes Außen, der Renault überholt, hält an, die vier Insassen, ihre Nacken, einsteigen ohne Erlaubnis, der Wachposten lässt ihn wieder aufs Kasernengelände, noch mal wird er nicht rauskommen, wo kann man hier pinkeln, in der Dusche spielen Soldaten mit Eiswasser, laufen blau an, schreien vor Vergnügen, die Haare nass, Soldatinnen spielen mit Eiswasser, laufen blau an, schreien vor Vergnügen, die Haare zurückgeworfen, eine Tragbahre, eine Soldatin, das Bein bis zum Kinn hochgezogen, der Mund weit aufgerissen, schwarzes Haar, komm zurück, wenn du kannst, pass auf dich auf, was hast du getan, Odysseus.) Drei Teile hat die Nacht, und über einem jeden sitzt der Allmächtige und brüllt wie ein Löwe, auf dass wir sagen ›G'tt aus der Höhe wird brüllen, wird aus seiner heiligen Wohnstatt seine Stimme erheben und über seine Oase wachen‹, und für die erste Wache teilte er einen brüllenden Esel ein, für die zweite – bellende Hunde, die dritte – einen Säugling, der an den Brüsten seiner Mutter trinkt, und eine erzählende Frau mit ihrem Mann.

Die Stadt war gründlich verstopft, und auch die Gerüchte strömten eilends zusammen wie die Autos und die Schaulustigen, und nach einer Stunde und noch einer und einer weiteren hatte sich die Konfusion zu einem derartigen Zwischenfall ausgewachsen, dass auch die Militärzensur, in der vor allem dem Kaugummikauen verfallene Soldaten und Soldatinnen ihren Dienst taten, der Versuchung nicht länger widerstand und sich beeilte, die verschlafenen Pressefotografen und deren Redakteure zu warnen, nichts darüber zu veröffentlichen, was sich auf den Straßen im Norden Tel Avivs abspielte. Sogleich sprangen die Zeitungen darauf an und schickten ihre Fotografen los, um festzuhalten, was im Norden von Tel Aviv los sei, was jedoch auch nicht die Schuld von Gadi war, der die Aufgabe auf sich genommen hatte, aus dem Labyrinth des Tel Aviver Verkehrs herauszufinden, weshalb er neben Beleidigungen durch Passanten auch die Verächtlichkeiten seines Vaters hatte einstecken müssen und sich schon ausmalte, wie seine Mutter sich diese Schmähungen zu Eigen machte, denn genau das war bei seinem Streit mit der Geschichts- oder Biologielehrerin passiert – sogleich war seine Mutter auf deren Seite umgeschwenkt, was ihn die Schüler maßlos beneiden ließ, deren Mütter ungebildet und dumm waren und auf Seiten ihrer Söhne standen, selbst wenn diese nicht im Recht waren. Außerdem hatte er bereits die Tiraden des Fahrers neben sich erdulden müssen, der dasaß und über Funk mit seinen drei Kameraden plauderte, die mit ihren Panzertransportern hinter ihm herkrochen, und ihn, Gadi, mit Schimpfnamen bedachte und über ihn lästerte, als säße er gar nicht bei ihm in der Fahrerkabine. Und es war überhaupt nicht Gadis Schuld, dass ausgerechnet, als er und sein Vater den Weg gefunden hatten, ein kleiner weißer Renault der Armee mitten auf der Straße Bocksprünge vollführte und ihnen den Weg versperrte, sie bei der Ausfahrt aus der Stadt behinderte. Aus welchen Gründen auch immer, der Wagen hielt sie absichtlich auf, ganz sicher absichtlich. Und die Bürger? Anstatt den Fahrer aus dem Renault zu zerren, applaudierten sie, meinten wohl, es sei eine Art Parade zur Erbauung der Heimatfront, und die Soldaten, von der Höhe ihrer auf den Transportern thronenden Panzern, bewarfen ihre vielen Fans mit Papierschnipseln, Konfetti, das einstmals Karten der Wüste Sinai gewesen war, der ägyptischen Halbinsel, die geräumt worden war, um für viele Jahre nicht dorthin zurückzukehren, was dir eine Lehre sein sollte, dass unsere Panzer niemals stillstehen, und wenn ein Weidegrund zerstört ist, wandern sie zu einem neuem Lagerplatz. Unterdessen versuchen die Fahrer der Zugmaschinen jetzt, auf Geheiß ihres Häuptlings in der ersten Fahrerkabine, mit ihren Signalhörnern gemeinsam eine Melodie zu erzeugen, stimmen über Funk eine erste Probe ab, »jetzt du«, »jetzt er«, »jetzt ich«, doch da ihnen nur vier Töne zur Verfügung stehen – C, E, G und Fis –, können sie genau genommen nicht mehr als nur einen Takt improvisieren, weshalb sie als Ausgleich versuchen, die rhythmischen Möglichkeiten auszuschöpfen, die ihnen das Signalhorn gewährt, und siehe da, den Zivilisten gefällt es, denn die sind nicht besonders wählerisch. Gadi jedoch kommt die Assoziation eines Telefons in den Sinn und verschafft ihm ein Promille Vergnügen, und postwendend erstickt er die Assoziation, was ihn ein Promille eines anderen Vergnügens empfinden lässt, ehe er unvermeidlich von der Gestalt seines Vaters eingenommen wird, der sitzt und auf einen Anruf von ihm wartet; nein, nein, er wird ihm dieses Vergnügen nicht bereiten, im Gegenteil, der ist bestimmt hocherfreut, dass ich nicht anrufe, und wäre nicht dieser Renault, wären sie schon längst dieser Geisterbahn und der johlenden Menge entkommen.

Und wer ist nun die Pfeife, die in dem Renault der Armee unterwegs ist? Also, in dem Armeerenault sitzt ein Mann mit Brille und einer Narbe hinter dem Ohr und sucht in Schleichfahrt die Universität. Von dem jungen Mädchen, das er unterwegs aufgelesen hat, hat er gerade verlangt, sie solle nach den Schildern der Bushaltestellen Ausschau halten, die Linie 25 fährt zur Universität, wir werden ihrer gewundenen Route folgen, achte bitte auf die Schilder der Haltestellen, und die Anhalterin hat sich gewundert. Seither schweigt er, sieht sie nicht an, starrt gebannt auf die Straße, als sei er ein Jäger. Um ehrlich zu sein, schon als er ihr die Mitfahrgelegenheit angeboten und dabei nicht angehalten hatte, sondern bloß das Fenster runtergekurbelt und ihr im Fahren, ganz langsam nur, aber ohne anzuhalten, zugerufen hatte, sie solle einsteigen, schon da war ihr der Verdacht gekommen, hier sei etwas nicht in Ordnung, hatte er sie doch hinter dem fahrenden Wagen herlaufen lassen, hatte sich entschuldigt, noch ehe sie richtig saß, ich will nicht anhalten, erklärte er ihr mit sanfter Stimme, wobei da die turmhohen Panzer noch nicht hinter ihnen hergekrochen waren, und da sie nun schon mal dabei war zu laufen, hatte sie die Tür geöffnet, sich hineingeschwungen, Platz genommen und die Tür zugeworfen, schließlich war das ein Fahrzeug der Armee, was konnte also schon groß passieren? Doch dann hatte er ihr mit einer Empfindsamkeit, für die sie hätte sterben mögen – noch nie hatte sie einen Mann mit derart sanfter Stimme reden hören – zu ihr gesagt: »K-Kennst du vielleicht den Weg zur U-Universität?« Etwas in seiner Stimme war unwiderstehlich, rein, unverfälscht und schüchtern, als bäte er um Verzeihung, ihr Wissen zu missbrauchen, »D-Das heißt, i-ich w-würde den Weg auch so finden, a-aber ich hab gedacht …«

»Ich fahr zur Uni. Ich bin Studentin, und du?«

»K-Kennst du Sh-Shifra?«

»Was studiert sie?«

»Sie z-zieht einen Jungen auf, allein, i-ihr Mann hat sie vor langem verlassen, und sie ist auch p-politisch aktiv. G-Gerade heute ist der Junge aus dem H-Hort weggelaufen. Sie k-kommt nicht klar im Leben, ich w-will die Untermieterinnen aus meiner Wohnung werfen, ich hab eine g-große W-Wohnung im Zentrum von T-Tel Aviv, und sie da wohnen lassen, v-vielleicht auch noch mehr …«

»Sie ist bestimmt hübsch, wenn du ihr einfach so deine Wohnung gibst und noch dazu deshalb die Untermieterinnen rauswirfst.«

»S-Sie hat eine sch-schöne Stimme. Wenn sie über ihr Leid sp-spricht, z-zittert ihre Stimme.«

Sie fallen wieder in Schweigen und kriechen weiter. Er

wischt erneut den Schweiß weg, eine Hand hält das Lenkrad, dann greift die andere ans Steuer und die Hand trocknet auf der Hose.

»Bist du verheiratet?«

»M-Mein K-Kind und m-meine Frau hab ich v-vertrieben.«

»Was hast du gemacht?«

»I-Ich erfinde, manchmal e-erfinde ich Sachen. Such die H-Haltestellen der Linie 25.«

Er suchte irgendeine Shifra. Er fuhr zur Universität, um eine gewisse Shifra zu suchen, so viel war klar. Unklar hingegen ist, warum er so langsam fährt, aber er ist naiv, wenn er denkt, so könnte er Shifra finden, und noch dazu in dem Chaos, das er anrichtet, denn genau in diesem Augenblick, jetzt muss es gesagt werden, tauchten hinter ihnen die beängstigenden Panzer auf, festgekettet auf ihren monströsen Transportern, und er bemühte sich, den zweiten Gang zu finden, um schneller zu werden, aber Fahrzeuge vom Typ Renault haben eine Lenkradschaltung, deren Hebel man reinschieben und rausziehen muss, und vielleicht gelingt es ihm deshalb nicht, vom ersten in den zweiten zu schalten, und er zieht es vor, weiter im ersten zu fahren. Sie dagegen hat ihren Teil getan, er ist der Fahrer und sie die Navigatorin, die ihn anweist, den Bushaltestellen nachzufahren, sich angespannt aus dem Fenster lehnend, versucht sie, auch die Hausnummern zu lesen, die Nummern von anderen Buslinien, denn deren Routen führen zu anderen Orten, an jeder Kreuzung ist es möglich, sich für unzählige Richtungen, Orte, Siedlungen, neue Beziehungen, ein neues Leben zu entscheiden, und obwohl er nur eine bestimmte Shifra sucht, erstattet sie mit der Ergebenheit eines Menschen Bericht, von dem verlangt wird, eine Aufgabe zu erfüllen, und der nicht erst warum und wieso fragt. Sie bohrt nicht, »Der 28er fährt nicht zur Uni, oder?«, und er antwortet nicht.

Plötzlich lächelt er, ihr Offizier, lächelt ohne erkennbaren

Grund, besteht darauf, den Kopf nicht zur Seite zu drehen, als hätte ihm der Wagen einen Witz aus gemeinsamer Vergangenheit zugeflüstert, nur dass jetzt im Rückspiegel ein Teil des riesigen Ungeheuers auftaucht, das sie verfolgt, sich erhebt wie Theseus, der über Hippolytos herfällt, »Zugleich mit ihrem dreifach hohen Schwalle / setzte sie einen Stier an Land, ein wildes Ungetüm. / Von seinem Brüllen dröhnte laut die ganze Gegend und hallte schaurig wider.« Sie wurde ungeduldig, vielleicht weil einer von den am Straßenrand Stehenden ihnen gerade zugebrüllt hatte, »Mach dich endlich weg da«, vielleicht deshalb sagte sie ängstlich – ängstlich ist nicht der richtige Ausdruck –, sagte sie mit Unbehagen: »Du machst das absichtlich, stimmts?«

»W-Was?«

»Was was? Den Stau hier, du hältst sie absichtlich auf, die ganze Stadt ist schon verstopft wegen dir.«

Über das Lenkrad gebeugt, als dressiere er ein wildes Tier, drückt sein Fuß auf das Gaspedal, sodass ihr Auspuff Qualm in die Luft pustet, worauf der Fahrer hinter ihnen aus seinem hoch aufragenden Schornstein ebenfalls die Luft mit Qualm verpestet, Vollgas, halber Gang, und der hinter ihm nichts schuldig bleibt und es ihm nachtut, und so immer weiter bis zur letzten Zugmaschine, bis die Luft an den Rauch über Beirut denken lässt, ohne Feuer selbstverständlich, und sie, die lockenköpfige Anhalterin, vorsichtig vorschlägt, »Vielleicht versuchst du, an die Seite zu fahren, damit die Panzer endlich vorbeikönnen?« Doch er blickt auf den Fußgängerüberweg vor ihnen, den er überqueren muss, als sei von einem tiefen Fluss die Rede, seine Beine zittern, er kann nicht anhalten, ist unschlüssig, ob er drauftreten soll, tritt, ist drüber hinweg, atmet erleichtert auf, wie brüchig alles ist, die Wunde an seiner Hand tropft. »W-Wenn es dir nichts a-ausmacht, such weiter nach den H-Haltestellen des 25ers, wir h-haben nicht viel Zeit.« Alles

Leid wird auf einen Schlag verschwunden sein. Mit einem Mal wird klar sein, dass alles Leid vorüber ist und nur noch wie eine Episode scheint. Wir werden nicht verstehen, wie wir gelitten haben, werden zwar wissen – als Tatsache –, dass wir gelitten haben, aber nicht begreifen, wie. Wir werden nicht einmal die Gefühle rekonstruieren können, weil dies am allerschwersten ist, der Junge wird vergessen werden, der tote Junge wird seinen Eltern geraubt werden, der überlebende Junge groß werden und zur Ruhe kommen. Sie blickte auf seine trockenen Lippen, die sich bewegten, rosige Lippen hatte er, dabei mochte sie ausgerechnet rosige Lippen gar nicht, und seine Fingernägeln waren mit weißen Flecken übersät. Sie sah ihn mit ein wenig Sorge an.

»Du redest mit dir selbst, weißt du das?«

»A-Alle, n-nicht?«

»Du kommst mir bekannt vor, bist du Schriftsteller oder so was Ähnliches?«

»J-Ja.«

»Welches Buch ist noch von dir? Hilf mir mal eben.«

»I-Ich hab kein B-Buch geschrieben.«

Ein Buch habe ich geschrieben, habe es beendet – zwei Jahre Arbeit –, gelesen und nicht verstanden, was da stand, sogar meine Handschrift hatte sich seit damals verändert, oder vielleicht war es das Buch, das sich verändert hatte, kein Gefühl lässt sich konservieren, ein Gefühl gehört vernichtet wie streng vertrauliche Unterlagen. Klein, rundlich, (relativ) großer Busen, braune, frisch gewaschene Locken, wie viele Locken hast du? Ihre Augen waren grün, und wenn sie lächelte, wich die Farbe um ihre Lippen, etwas im Zusammenspiel mit der Angst verlieh ihr Tiefe, Blässe umgab ihren Mund, wenn sie lächelte, doch er hätte ohnehin nicht anhalten können, der riesige Panzer saß fast auf ihnen drauf, die Bürgersteige waren voller feiernder Menschen, vielleicht ist er ratlos, obgleich er völlig emotionslos auf sie wirkt, aber sein lang anhaltendes Schweigen und die vollkommene Gleichgültigkeit für das, was auf der Straße passierte, denn da war nicht nur der Beifall und die wütenden Ausrufe, »Beweg endlich deinen Arsch, du Pfeife«, sondern auch Kinder, die verloren gingen, Mütter, die von den Balkonen herabbrüllten, vom vierten Stock herunter, ab nach Hause, und irgendjemand meinte auch: »Ein Militärputsch, ganz sicher, Peres kann keinen Krieg, den Begin macht, ertragen. Jahrelang haben *sie* Kriege gemacht und *wir* sind gegangen. Jetzt machen *wir* ein Mal Krieg und schon vermasseln sie es uns. Der Krieg ist hin. Die Demokratie ist hin.« Hunde waren ganz verstört von dem Lärm, standen und jaulten, ein Einkaufskorb riss und alle Milchprodukte ergossen sich auf die Straße. Was hast du getan, Odysseus, wir wissen, was du getan hast. Die Genehmigung, das Kasernengelände zu verlassen, von einer autoritären Soldatin, ich danke dir, hau ab, ein wartender Renault, gleißendes Neonlicht, Tag oder Nacht, es gibt kein Draußen außer dem Echo, kein Innen ohne Hauthülle, Seifengeruch und das Fahrrad hat kein Licht, Regen, ein Tor, unmöglich umzukehren, das Innen ist ein in sich zusammenfallendes Außen, der Renault überholt, hält an, kann den Motor anlassen, die Scheinwerfer einschalten, von den vier Insassen, Männern, nur ihre Nacken, wieder rein, ohne Zugangserlaubnis, das wird nichts, etwas zu trinken für die Nacht vorbereiten, wo soll ich pinkeln, in der Dusche spielen Soldaten mit Eiswasser, laufen blau an, schreien vor Vergnügen, die Haare nass, Soldatinnen spielen mit Eiswasser, laufen blau an, schreien vor Vergnügen, die Haare zurückgeworfen, wo soll ich pinkeln, »Es klingelt, mach die Tür auf«, eine Tragbahre, eine Soldatin, das Bein bis zum Kinn hochgezogen, der Mund weit aufgerissen, schwarzes Haar, The stone is alive in my hand, the crops / will be thick in my death-year, »Mach endlich die Tür auf«, komm zurück, wenn du kannst, »Mach die Tür auf«, pinkeln, was hast du getan, Odysseus, »Mach die Tür auf, hab ich dir gesagt«, Klingeln, »Schon gut, einen Moment nur, einen Moment«, wach oder wieder eingeschlafen, im Nebenraum zwei Frauen, Eindringlinge, ich hab hier gewohnt, wie soll ich an dem Zimmer vorbeikommen mit so einem Ständer, Urin treibt Blut in das angeschwollene Glied, ich bereite mir selbst Schmerzen, »Ja?« fragt die, die die Tür geöffnet hat, und fügt sogleich hinzu, »Wer sind Sie, was wollen Sie hier?«

»Ich heiße Shifra. Wer bist du?«

»Unwichtig, wer ich bin, das ist ein Geheimnis.«

»Nun gut, wo ist Sonja?«

»Louis heißt schon nicht mehr Louis.«

Und von drinnen schreit, hustet – der typische Husten von Leuten, die schon morgens rauchen – jene Frau, Louis/Sonja: »Eleanor, es klingelt, mach die Tür auf«, »Eleanor«, jubelt die gerade Eingetroffene, also Shifra, und schellt weiter an der Tür, »Du heißt Eleanor, ich hab von dir gehört, also bist du auch hier?« (Drei Frauen und wie viele Namen?) »Ja«, erwidert Eleanor, die die Tür geöffnet hat, trocken, »Und ich heiße auch nicht mehr Eleanor«, um nach einem Schweigen fortzufahren: »Und du? Du bist auch hier?« »Alle Wege führen her«, antwortet Shifra, die Besucherin, fröhlich, und die, die früher Eleanor geheißen hat (mein Traum verflüchtigt sich, was waren das für Gerüche in dem Traum? Bohnerwachs, der Geruch von Wasser in der Dusche, und auf der Toilette – was war das für ein angenehmer Geruch?) widerspricht, »Nein, nicht alle Wege führen her, nur wer darauf besteht herzukommen.« Darauf die Besucherin in immer noch schnippischem, selbstbewusstem Ton, als gehöre ihr die Wohnung und nicht etwa den Frauen jenseits der Türschwelle: »Aber ich stehe vor der Tür, wohingegen du drin bist«, und von weitem, aus der Wohnung, von der anderen Seite des Zimmers kommt der Schrei: »Eleanor, mach endlich die Tür auf, hörst du nicht, dass es schellt?« Worauf Shifra, die fröhliche Besucherin, die offensichtlich noch immer draußen steht, leise an der Tür fragt: »Wo ist sie?« Und da sie keine Antwort erhält, fragt sie erneut: »Warum antwortest du ihr nicht?« (Ich werde ein weiß glühendes Eisen nehmen und es mir ins Auge stoßen. Lastwagenlärm kommt von draußen. Hupen. Wie viele Plagegeister. Irgendwo spielt einer eine *Prélude* von Debussy, *La fille aux cheveux de lin,* wie viele Silben sind in dieser einen Verführung enthalten? Vor lauter Geilheit wird der Speichel auf den Lippen zäh und klebrig, stinkt, wird auf der anderen Seite des Körpers zu übel riechendem Samen. Hätte ich doch nur geheiratet. Zu spät, du Idiot.) Shifra, die Frau an der Tür, die, die von draußen gekommen war, sagte: »Wo steckt sie, deine Herrin? Und warum antwortest du ihr nicht?«

»Du hast so ein großes Mundwerk, immer bist du mir wie eine deprimierte Frau mit einem kleinen Mädchen auf dem Arm vorgekommen, wie eine Zeichnung von Käthe Kollwitz oder irgendetwas weniger Anspruchsvolles.«

»Auch auf den Zeichnungen von Käthe Kollwitz wird geschrien, aber ihr habt es nicht gehört.«

Sofort bereute die Besucherin, aber sie hatte bereits »ihr« gesagt, als von innen die heisere Frau erzürnt schrie: »Es klingelt an der Tür, Eleanor, warum kannst du nicht aufmachen? Macht dich das Klingeln nicht wahnsinnig?« Worauf die Besucherin noch eine Spur hochmütiger, vielleicht ermutigt durch das Keifen der heiseren Frau im Bauch des Walfischs, die Jüngere anstachelte: »Sag ihr, dass du aufgemacht hast, sag ihr, dass du mich nur nicht reinlässt.«

»Und du, vielleicht hörst du endlich auf, die ganze Zeit zu klingeln?«

»Warum? Ich genieße das Klingeln geradezu, lass mich rein.«

»What have you done, Odysseus, / We know what you have done.«

»Ich bin Penelope«, sagte die Besucherin bedauernd, hörte aber nicht auf zu klingeln, bis diese Kanaille sie reinließe, denn worum bat sie denn groß, und fügte hinzu, obwohl sie auch das schon bereute (ständig rutschen ihr solche Sätze raus): »Ich bin Penelope, daher erlaubst du dir, mich so zu behandeln. Es reicht, mir ist warm und ich bin durstig, lass mich rein.« (Würden sie mich sehen, wenn ich zum Klo husche? Warum gelingt es mir nicht, Sehnsucht zu empfinden? Wie süß ist doch der Schmerz der Sehnsucht. Was hatte ich im Traum nicht gewusst? Warum wollte ich zurück in die abgeriegelte Armeekaserne? Was bleibt vom Körper, wenn sich das Gedächtnis umnachtet?) »Es ist heiß draußen, ich schwitze, mein Nacken brennt vom Gehen in der Sonne, warum lässt du mich nicht rein?« Das Wasser stürzte mit großem Getöse aus dem Spülkasten, »Gestörte Lesben«, beschwerte sich die Heisere aus dem Inneren der Wohnung, »und das hab ich mit nach Hause gebracht.« Das Mädchen an der Tür sagte: »Es ist früh am Morgen, wir haben noch nicht geduscht, noch nichts gegessen – du kannst nicht einfach so in unser Leben platzen«, als Shifra in beleidigtem Tonfall plötzlich feststellte: »Mein Mann versteckt sich bei euch!«

»Nein, dein Mann versteckt sich nicht hier.«

»Lass mich nachschauen.«

Die Heisere drinnen, also Louis, die ältere der beiden, hustet, versucht eine Frage zu stellen, hustet wieder, ehe es ihr am Ende gelingt zu sagen: »Eleanor, in Ordnung, ich weiß, dass ich deinen neuen Namen nicht mehr weiß, Entschuldigung, ich bitte um Entschuldigung. Aber antworte mir! Wer klingelt da an der Tür?« (Ich schaffe nicht, mir die Richtungen der Gespräche zu skizzieren, und ebenso – wie schnell ist der Traum verflogen.)

Am Ende der Yehuda-Hamaccabi-Straße, benannt nach Yehuda dem Makkabäer, war es den Fahrern gelungen, einen Rhythmus zu finden, posaunte der Panzertransporter Nummer 1 die Töne einer Frage heraus, worauf die anderen drei die Töne einer Antwort schmetterten. Die Begeisterung wuchs, als sich die Zivilisten dem sich wiederholenden Rhythmus (dem Auslöser des Vergnügens) anschlossen, der Junge, der verloren gegangen war, wurde gefunden, bekam einen hintendrauf, weinte, wurde aufgefordert, damit aufzuhören, hörte nicht auf zu flennen, bekam noch zwei Klapse hintendrauf, bis der monotone Rhythmus sein Weinen erstickte, und alles, was er von diesem ersten Tag des Kriegs zurückbehielt, eine rote Schnoddernase und ein brennendes Hinterteil waren. Dazu ein sich einschmeichelndes Anschmiegen bei Mama, die ihn bis gerade entnervt versohlt hat, noch mehr Liebe will er, betrachtet sie von unten nach oben, während sie irgendeiner Nachbarin erzählt, was genau sie in jenen Momenten durchgemacht hat, als der Junge verschwunden war. Und der Renault? Der schleicht dahin, wie es sich für eine Militärparade gehört, neben dem Fahrer sitzt eine junge Frau, das Schweigen des Fahrers macht ihr zu schaffen, von neuem beginnt sie ein Gespräch: »Du hast noch nicht gesagt, wie du heißt.«

»Fang n-nicht an, mir solche F-Fragen zu stellen. Ich habe k-keinen Namen.«

»Du bist nicht verheiratet, könnte ich mir denken.«

»N-Nein, nein.«

Und schon wird sie neugierig: »Wolltest du keine Kinder?« Nein, wollte ich nicht, ich sage dir doch, dass ich keine wollte. Warum, ich habe viele Antworten. Doch sie würden der Wahrheit nicht gerecht. Du brauchst die Wahrheit nicht. Du brauchst eine Antwort auf eine Frage. Meine Antwort genügt nicht, auch nicht auf meine Frage. Verstehst du? Lass uns nicht reden. Plötzlich sagte sie (und Angst lag in ihrer Stimme): »Du bist gegen den Krieg, oder?« Er überlegte einen Augenblick lang und sagte dann mit (gewisser) Entschiedenheit: »Absolut, ich bin g-gegen den K-Krieg!« Wobei schon nicht mehr klar ist, wer wem Geleit gibt, der Renault den Panzern oder vielleicht doch die Panzer dem Renault, dem sie auf der Stoßstange sitzen. Von überallher laufen Kinder neben der Kolonne her. Auch der Junge, der gerade von seiner Mutter eins hintendrauf bekommen hat, hat sie erneut reingelegt. Damit sie ihre Lektion lernt, die verhurte Tochter einer Hure. Und nachdem das Lockenköpfchen einen Blick nach hinten geworfen hatte, auf den riesigen Panzertransporter, und dann nach rechts in die Augen der verstörten Bürger, der selbstsicheren und der miteinander diskutierenden Bürger geschaut hatte, wandte sie abrupt den Kopf, betrachtete das Profil des Fahrers und seine sich bewegenden Lippen und sagte panisch: »Du meinst es ernst, oder?«

»W-Was?«

»Du mit all deiner Sanftheit, schweißbedeckt wie eine Jungfrau, bevor man ihn sie eindringt, du hast mal eben beschlossen, diese Stadt in die Luft zu jagen, richtig?«

Sie war wütend. Hatte Angst. Dieses Durcheinander war übertrieben. Ich will nicht mehr mit Jungfrauen ins Bett gehen. Wenn man es nicht schafft, muss man es wieder und wieder versuchen, eine Verabredung und noch eine, manchmal reißt es schrittweise, nach drei Anläufen, drei geschlagene Wochen, jedes Mal ein bisschen Blut, man hofft, das wars, ein bisschen Blut und gut, aber weit gefehlt, bis man es am Ende dann doch noch schafft, was ihr allerdings wehtut, sie bittet, mittendrin aufzuhören, das kleine Dummchen, erst wollte sie und hinterher bereut sie es, und dieses Verkrampfen bei ihr, falsche Schlange, ich höre nicht auf, hör auf, bitte, wieso plötzlich aufhören, und wenn es nicht mit dem Schwanz geht, mache ich es dir mit einem Stock. »Jetzt hör mir zu, fahr rechts und jetzt links.« Durch diese beiden Straßen, die sie zwar ein wenig von der Universität wegbringen, und damit natürlich auch von jener Shifra dort, doch die Kleine, die auf dem Beifahrersitz hockt, um den Weg besser sehen zu können, hat beschlossen, sie von der Panzerkolonne zu befreien, dieser Onkel hier hat seinen Spaß gehabt, jetzt würde sie die Richtung vorgeben, und er, zu ihrer Überraschung – doch eigentlich schafft sie es immer, Entscheidungen zu fällen und Anweisungen zu geben, wie, ist ihr auch nicht klar – folgt ihren Befehlen. Plötzlich lächelt er ihr zu. »Du bist süß«, sagt sie, als von hinten ohrenbetäubender Lärm ertönt, o weh, ein Mäuerchen an der Straßenecke hat dran glauben müssen, der Fahrer des ersten Panzertransporters, pflichtergeben und scharfsinnig, ist ihnen in die kleinen Straßen gefolgt, und im Unterschied zu ihrem Fahrer schafft sie es nicht, kühlen Kopf zu bewahren, wird von Heiterkeit erfüllt, die Angst ist zwar noch nicht ganz verflogen, aber kein Vergleich, wir stecken ganz tief drin, also lass uns Spaß haben. Sie selbst ist auch schon Soldatin gewesen, hat für Major Sassportas morgens Kaffee gekocht in der Versorgungskaserne, die Spaghettisiebe und Nationalfähnchen verschickte, Muttern und Flachs, zum Abdichten von Wasserhähnen, 613er-Formulare, um Soldaten ins Gefängnis zu schicken, und 105er-Formulare für Anträge auf Abtreibungen, alle möglichen Sorten von Stempeln und Stempelkissen, Tinte und tausende von Kugelschreibern, Kugeln, die auf Arabisch auch Balorot heißen, für die Armeemeisterschaften im Bowling, wobei sie auch geschafft hatte, sich ihre Jungfräulichkeit zu bewahren, nicht so sehr aus religiöser Überzeugung, sondern weil sie immer zu sagen wusste: »Schade, ausgerechnet heute hab ich meine Tage, tut mir Leid.« Und so war sie davongekommen, in kalten Schweiß gebadet, bis auf das eine Mal, als sie einem besonders verderbten Soldaten in die Hände gefallen war, dessen Verlangen, sie zu entjungfern, groß war, Blut war nun mal Blut, ihn interessierte nicht, was sie hatte, weshalb sie, im allerletzten Moment, tat, was sie noch nie getan hatte, und ihren Schließmuskel tun ließ, was sie sich lange verkniffen hatte. Der Soldat hörte nicht nur die Geräusche, sondern roch es auch, befühlte mit seinen Händen das Abscheuliche und schlug sie, bis ihr das Blut aus der Nase lief, doch sie war noch mal davongekommen, und als sie zu ihrem Vorgesetzten ging und ihm, bis auf einige Details, von der Sache erzählte, sagte Major Sassportas zu ihr: »Sieh mal, Tamar«, und sie sagte: »Ich heiße nicht Tamar, Herr Kommandant.«

»Unwichtig, sieh mal, das ist jetzt das fünfte Mal, dass du ankommst und mir was von Gewalt erzählst, und ich bin bereit, mir die Burschen vorzunehmen, doch nur unter einer Bedingung: Hör endlich auf, mit Kerlen auszugehen. Du weißt, dass deine Jungfräulichkeit sie um den Verstand bringt. Meinst du etwa, mich nicht? Du sitzt hier im Büro, und die ganze Zeit denke ich an dich wie an irgendeinen Tresor oder ich weiß nicht was. Außerdem, ich verstehe auch nicht, was du so eine große Sache daraus machst, ich bin nicht einverstanden mit dem, was du sagst, aber ich bin bereit, für dein Recht zu kämpfen, dies zu sagen, wer hat das noch gesagt, Garibaldi, nicht?«

Und so hatte sie verzichtet und aufgehört, mit Kerlen auszugehen. Die Fanfaren nahmen zu. Der Fahrer des Renault saß angespannt, strengte sich an, als befördere er mit Fußtritten den Wagen durch die Windungen der kleinen Sträßchen, drückte aufs Gaspedal, einmal mit dem rechten Fuß und einmal mit dem linken, worauf die Soldatin losprustete, »Bring mich um, aber wie lassen sie Leute wie dich Offizier werden, das gibts doch nicht«, und wäre sie nicht so jung gewesen, hätte sie ihn umarmt, nicht Mitleid war es, das sie drängte ihn zu umarmen, sondern Unschuld, nicht ihre Unschuld sondern seine, nein, auch nicht Unschuld, aber ein Gefühl von Gleichwertigkeit, mein Bruder, nein, nein, sie streckte den Kopf zum Fenster raus und machte zum ersten Mal – sozusagen als Partnerin bei diesem Unternehmen – dem Fahrer hinter ihnen ein Handzeichen, er solle endlich verschwinden, solle eine andere Straße nehmen, und er? Er antwortete ihr mit einem Brüllen seiner Fanfare, was sie mit einer obszönen Geste erwiderte, ein Finger, der mittlere, in die Höhe gestreckt, zufrieden dachte sie, wenn ihr Offizier das sieht, und der Fahrer von hinten antwortete mit einer noch obszöneren Geste, die ganze Hand nach oben gereckt, und seine Fanfare dröhnte ein Freundschaftsangebot. Vielleicht war sie ja überhaupt der Grund für all die Scherereien, seit sie in den Wagen gestiegen war, hatte das Spektakel angefangen, doch anstatt sich schuldig zu fühlen, wechselte sie ihren Standpunkt, plötzlich machte ihr die ganze Sache Spaß, lachte sie laut und klopfte ihrem Offizier auch auf die Schulter (warum trug er keine richtige Uniform?), versuchte ihn zu küssen, worauf er zurückschreckte, aber sie war nicht beleidigt, überging die beleidigende Bewegung, die er machte, und sagte zu ihm, »Wir werdens denen zeigen, denen ihrer Mutter und der Mutter ihrer Mutter.« Er antwortete nicht, bat aber plötzlich, »P-Putz mir bitte die Brille, ich seh ü-überhaupt n-nichts mehr«, und das Nachdenken über das Sein entfernt sich vom eigentlichen Sein: Deshalb wird man verwundet, Blut, fügt man Schmerzen zu, anstatt nachzudenken. Sie nahm seine Brille ab, lehnte sich auf seine Schulter, auch, um ihn zu berühren, lachte und sagte: »Was bist du schnuckelig«, aber in seinem Gesicht gab es keinerlei Anzeichen von Weichwerden, auch nicht von Unbeugsamkeit, vielleicht Gleichgültigkeit, schließlich war er Berufssoldat, zumindest seinem Wagen nach, bestimmt mehr als nur Major. Sie putzte seine Brille an ihrem Hemd, setzte sie ihm wieder auf, auf demselben Weg, auf dem sie sie ihm abgenommen hatte, streckte sich auf ihrem Sitz, suchte in seinem Gesicht nach Anzeichen von Zuneigung. Doch er dankt ihr nicht mal für das Saubermachen der Brille, und ausgerechnet jetzt verliert sie ihr Herz an ihn, nach all den Jahren, in denen sie sich vielleicht wegen des Ratschlags, den ihr Major Sassportas gegeben hatte, wegen der Erinnerung an die Schläge, die sie bekommen hatte, und an das, was den

Schlägen vorausgegangen war, Verbindungen zu Männern versagt hat. Jetzt aber will sie, dass er sich für sie interessiert, dass er sie fragt, wieso sie plötzlich ihre Meinung geändert hat und – anstatt sich aufzuregen – mit seiner Tat sympathisiert, diese unterstützt, bereit ist, die Kolonne auf die Mitte der Brücke zu führen, um dort stehen zu bleiben, doch alles, was sie sagt, ist: »Mach das Radio an«, aber er reagiert nicht, »Mach das Radio an, vielleicht reden sie über uns«, und er fragt: »Hast d-du sch-schöne Brüste?« Jetzt muss sie aussteigen, unabhängig von diesem Fest, solche Tage versetzen sie in Unruhe, auch ohne jeden Zusammenhang mit dieser Frage. Er streckt tastend die Hand aus wie einen Fühler, versucht, ihre Brüste zu berühren, und sie rückt weg, sagt, »Ich will nicht«, und er legt seine schwitzende Hand wieder ans Lenkrad, »Du musst nicht beleidigt sein«, bis eben war es nett und jetzt ist plötzlich alles anders, meine Brüste erinnern die Leute daran, dass sie ein hungriges Rohr haben. (Aber Euripides schreibt: Leb wohl auch du und gehe, Segensjungfrau! Leicht / verlässt du einen langen Freundschaftsbund. Ich will, / nach deinem Wunsch, nicht länger grollen meinem Vater. / Ich war ja früher schon gehorsam deinen Worten.)

O Lockenköpfchen, sie selbst könnte einen Bestseller auf ihren schmalen Schultern tragen, früh am Morgen ist sie aufgestanden, um Fitnessübungen zu machen, was sie regelmäßig tut, weil sie zu Übergewicht neigt, und hat im Radio gehört, dass Krieg ist. Die Lieder setzten ein, alle sollten dasselbe empfinden, dieser tief sitzende Kloß der Angst vor der Zukunft, wie lange lässt sich solches Leid aushalten, denn was sonst ist die Trauer, hatte sie schon mal gedacht, die Angst, was eines Tages sein wird, wenn man vor Sehnsucht durchdreht, dann geht man los und jagt sich eine Kugel in den Kopf, wie der eine, der Vater von Gadi, der Freund ihres Bruders Gadi. Der Vater hatte es nicht mehr ausgehalten, und nach einem Jahr, am Gedenktag für die gefallenen Soldaten, hatte er sich gegen Abend auf das Grab seines Sohnes gesetzt und sich eine Kugel in den Kopf geschossen. Sie ist aus der Wohnung geflüchtet, hat keine Kraft für den Besuch ihrer Mutter, was bist du so ernst, du hast meine Brüste nicht berührt, er wollte meine Brüste berühren, berühr meine Brüste, so oder so habe ich keinen Gefallen an ihnen, komisch was, vielleicht hab ich da keine Gefühlszellen wie andere, vielleicht hab ich zu viele davon und das macht mich nervös, macht mir so einen Kloß im Hals, fast schon Übelkeit, Theorien interessieren mich nicht, ich habs einfach nicht gern, wenn man mich da berührt, außerdem glaub ich nicht, dass du eine Gegenleistung für die Mitfahrgelegenheit verlangen solltest. Ich bin aus dem Haus geflüchtet, gleich nachdem ich die Übungen beendet hatte, ohne zu duschen, weil meine Mutter kommen wollte, um sich über meinen Vater zu beklagen, weil Krieg ist und er den ganzen Tag vor dem Fernseher hocken wird, sich nicht von dort wegrühren und immer wieder sagen wird, absichtlich, um meine Mutter aufzuregen, dass ihr Gadi tot ist, obwohl meine Mutter ihm nicht erlaubt, so zu reden, weil es keine Beweise gibt, sogar das Armeerabbinat erkennt nicht an, dass er tot ist, denn vielleicht ist er in Gefangenschaft, und mein Vater sagt: »Soll das Rabbinat doch zur Hölle gehen, sollen alle Rabbiner zur Hölle gehen, ja, alle sollen sie krepieren, auch wenn er in Gefangenschaft geraten sein sollte, haben sie ihn längst umgebracht«, aber vielleicht weiß er nicht, wie er nach Hause kommen soll, sagt meine Mutter, vielleicht hat er das Gedächtnis verloren, kann sich weder an seine Mutter, seinen Vater oder an seine Schwester erinnern, aber an sich selbst, an seinen Körper hat er noch Erinnerungen, oder vielleicht erinnert er sich an seine Freunde und an sich selbst nicht mehr, und vielleicht ist er zu ihnen nach Hause gegangen, weshalb meine Mutter vorsichtig herumtelefoniert, damit mein Vater es nicht hört, die Familien der Freunde anruft, um zu fragen, ob ihr Gadi zurückgekehrt ist, und sie brauchen einige Zeit, bis sie begreifen, wer spricht, im ersten Jahr sind sie noch nett, danach suchen sie nach Ausflüchten, ein Teil von ihnen hat bereits die Nummer gewechselt, denn sieben Jahre solche Anrufe zu bekommen ist wirklich zu viel des Guten, und an bestimmten Tagen übertreibt es ihre Mutter, ruft wieder und wieder an, bis sie drangehen, Egoisten, ihre Söhne sind zurückgekehrt, lebendig oder tot, was würde sie für ein Grab geben, um darauf zu sterben, ja, ja, Tränen hat sie schon keine mehr, und sie kann erzählen, ohne auch nur einmal in ihr Heft zu schauen, das sie schon hunderte von Malen durchgegangen ist, wie viel er bei der Geburt gewogen und wie viel er im ersten Monat zugenommen hat, wie hohes Fieber er nach den Impfungen hatte und wann er von Fläschchen zu Bananen übergegangen ist, was das erste Wort war, das er gesagt hat, und die Zähne, was für Schmerzen er hatte, als er Zähne bekam, und wann er dazu übergegangen ist, auf dem Töpfchen zu sitzen, alles kann sie sagen, wenn man sie wegen der Identifikation fragen wird, aber eine Identifikation wird nicht anhand solcher Angaben gemacht, da der Vermisste sich an diese nicht mehr erinnert, sondern nur seine Mutter, die außerdem – seit sieben Jahren – jeden Tag zu der alten Wohnung am Meer geht, die sie ohnehin nicht hatte verlassen wollen, wegen ihm, und die Vater aus ebendiesem Grund aufgeben wollte, denn sein Sohn ist tot, tot, tot, und er kann das leere Zimmer nicht mehr sehen, das frisch bezogene Bett, das Jugendlexikon, das Bild aus der Rekrutenzeit, den alten Schreibtisch, das Foto der Freundin, die längst schon geheiratet und ihren Sohn nicht Gadi genannt hat, denn vielleicht ist er noch am Leben, oder sie hat das nur so gesagt, und ihr Mann wollte, dass diese Sache ein für alle Mal erledigt ist, man kann nicht mit zwei Männern verheiratet sein, einem, der da ist, und einem, der nicht; aber meine Mutter sucht, fährt mit dem Bus zu der alten Wohnung, vom Balkon aus zeigt man auf sie, doch das stört sie nicht im Mindesten, sie schlüpft in die Hinterhöfe, die Gässchen rund um die Ge'ula-Straße, vielleicht irrt er durch die Straßen, versucht zurückzukehren und kann sich nicht erinnern, welches Haus genau es ist, schließlich hat sich hier inzwischen alles verändert, die Traueranzeigen sind andere, sind vom Regen getilgt worden, man hat neue Bekanntmachungen aufgehängt, Demis Russos, der größte Rocksänger aller Zeiten, ist längst vergessen, neue Rockstars wurden gekrönt und zu Einmalauftritten ins Land geschafft, ihre fluoreszierenden Plakate bedecken die Plakate von einst, und nur Gadis Zimmer in der neuen Wohnung ähnelt dem alten Zimmer, beide, Vater und Mutter, achten darauf, Vater wegen ihr, damit sie nicht zu sehr leidet, und sie wegen Gadi, damit er, wenn er kommt, alles bereit vorfindet, sie hat auch schon Laken und Bezüge gekauft für den Fall, dass er sofort heiraten will, wenn er zurückkehrt, und Vater sagt ihr in den Pausen zwischen den Programmen, vielleicht, um ihre Begeisterung abzukühlen, dass die Armee höchstpersönlich Gadi festnehmen würde, wenn er zurückkäme, um ihn einer Gehirnwäsche zu unterziehen gegen die Gehirnwäsche, die ihm die Araber in der Gefangenschaft verpasst haben, doch Mutter ist nicht dumm, sie sagt: »Ich werde ihm eine Gehirnwäsche gegen die Gehirnwäsche der Armee machen, wie sehr wünsche ich mir, ihn in den Arm zu nehmen«, und sie weint, plötzlich weint sie wieder und Vater verlangt von ihr, damit aufzuhören; wenn Krieg ist, ist es am Allerschlimmsten, weil dann alles wieder hochkommt, und nur sie, die kleine Schwester, wird eines Tages ihren Namen ändern, nachdem sein Tod offiziell festgestellt worden ist, sie seine Erkennungsmarke oder eine Aufnahme seiner Zähne gebracht haben; sein Gesicht ist ihr mit der Zeit in Vergessenheit geraten, bis auf das Foto in seinem Zimmer und im Wohnzimmerschrank der Eltern neben dem Fernseher, wie ihre Mutter glaubt auch sie nicht, dass er getötet worden ist, doch sie hat handfeste Gründe dafür: Immerhin ist er immer ein ausgeschlafenes Bürschchen gewesen, wollte ins Ausland fahren, hat ans Desertieren gedacht, und nachts spricht sie zu ihm, in ihren Träumen, die Straßen von Paris, der Eiffelturm, das Empire State Building, Victoria Station, ein Tempel in Thailand aus diesem Film, Yul Brynner als Kommandant, ja, das ist ein schöner Traum gewesen, denn Gadi hat sie an die Hand genommen und sie in große Gebäude geführt, in all die großen Bauten, und hat im Traum zu ihr gesagt: »Freu dich, wir haben den richtigen Tunnel gefunden«, und plötzlich jubelte sie vor Freude, meinte Sassportas, ihren Vorgesetzten aus der Armee, am Straßenrand gesehen zu haben, machte ihm durchs Seitenfenster eine obszöne Geste, ich hab Ihnen Kaffee gebracht, werd Ihnen den Bodensatz ins Maul stopfen, aber es war nicht Sassportas, denn Sassportas ist jetzt im Krieg mit der ganzen Sippe, und sie legt ihre Hand auf die Hand ihres Wohltäters am Steuer, und da er nicht zurückschreckt – vielleicht ist seine Verweigerung jetzt passé – sagt sie in besorgtem Ton: »He, du, wir haben sie genug aufgehalten, nicht? Komm, lass uns die Gelegenheit nutzen, fahr runter von der Straße ins Feld, brich nach rechts aus, wie hauen ab«, aber er lenkte, als höre er sie nicht, sodass sie einfach weiterredete, um nicht beleidigt zu sein.

Shifra wäre bereit gewesen zu verschwinden, aber was sollte sie sich selbst sagen im dem Moment, da sie anfangen würde, die Treppe hinabzusteigen? (So beginnt die Erniedrigung.) Und aus den Eingeweiden der Wohnung kam die heisere, mit Husten vermischte Stimme: »Ich hab nicht vor, durchs ganze Haus zu tropfen wie ein deutscher Arbeiter auf dem Weg vom Schlachter, bring mir einen Tampon.« Eleanor gab nach, nahm ihre Hand von der Tür, nur um in ihrer Hosentasche nach einem Tampon zu suchen, und genau in diesem Augenblick stürzte Shifra nach drinnen, anstatt ausgerechnet jetzt aufzugeben und zu verschwinden, sie an der geöffneten Tür stehen zu lassen und zu gehen, aber die schattige Wohnung war ihr so lange verwehrt gewesen, da diese Hündin in der Tür gestanden hatte, dass sie sich selbst das Vergnügen nicht länger versagen konnte hineinzustürmen. Wie ein Hund mit hechelnder Zunge schlüpfte sie hinein, ließ sich auf den einzigen Sessel fallen und sagte: »Es ist Krieg.«

»Du hättest eine Frau heiraten sollen.«

»Sicher, ihr betrügt euch gegenseitig wie Straßenköter.«

»Und was ist dir geblieben? Ein leeres Bett und der Finger.«

»Ein liebender Sohn, wenn es dich interessiert, ein mich über alles liebender Sohn, der aus dem Hort kommt, durch die Wohnung läuft, sich bückt, unter seinen Achseln hindurchschaut und ›Kuckuck!‹ ruft, zu mir kommt, wenn ich im Sessel sitze, mich umarmt, küsst, sich an mich kuschelt und sagt: ›Ich werde immer dein Sohn sein‹ – zum Beispiel. Jetzt kannst du weiterlästern.«

(Ich bin wach. Die Fußbodenfliesen ähneln einer großen Tafel Schokolade. In dem Schrank da hab ich mich früher versteckt. Oben waren Schritte zu hören. Dort wohnte so eine Verrückte. Wie viele Leute nach ihr noch dort gewohnt haben mögen? Ich weiß es nicht. Ist mir nicht wichtig. Im Haus gegenüber haben auch die Leute gewechselt. Niemand kann Buch darüber führen, wer alles durchgezogen ist. Auf dem Friedhof kann man schon mal einem Namen begegnen, der auf dem Briefkasten gestanden hat. Das ja.) »Eleanor, das Klo ist voll Blut, meine Hände sind voll Blut, das Waschbecken ist voll Blut.« Shifra verzog das Gesicht, lächelte, »Gib mir ein Glas Wasser, bitte«, »Hols dir selber«, aber Shifra wollte nicht aufstehen, hatte Angst, ihren Platz vorm Fenster, im Wind aufzugeben und danach gezwungen zu sein, wieder um einen Sitzplatz betteln zu müssen, verfluchter Sommer, und jetzt plötzlich Krieg, sie hat nicht viele Freundinnen, hat gelernt, dazusitzen und den Freundinnen, die mit den Jahren weitergekommen sind, aufmerksam zuzuhören, Leute kennen zu lernen, ohne neidisch zu sein, und wenn man ihr von irgendeiner erzählt, die es dank ihrer Schönheit im Leben geschafft hat, dank guter Beziehungen oder einer Möse wie ein Vielfraß ohne Appetit, lächelt sie entschuldigend, will nicht diskutieren, sich auch nicht an solchen Unterhaltungen beteiligen; sie hat gelernt, sich für andere zu freuen – egal, ob Frauen oder Männer – sich wirklich zu freuen, auch ihr Mann hat sie verlassen, weil sie es wahrscheinlich verdient hatte, wir sind schließlich alles keine Engel, sie hat es schwer, das stimmt, einen Bestseller könnte man über ihr Leben schreiben, doch Entschädigung findet sie darin, dass sie einige Freundinnen kennt, die es geschafft haben, die weitergekommen sind, und hätte sie nur den Mut zu mehr Nähe, wäre sie bestimmt auch weniger einsam, aber gesellschaftlicher Umgang ist eine kostspielige Sache, im Café, zum Beispiel, muss man etwas bestellen, kann nicht dasitzen und laut, ja nicht mal leise sagen, ›für mich nur ein Glas Wasser‹, das bringt die Leute auf die Palme, und auch im Pub, man kann nicht immer nur Coca-Cola bestellen, dabei ist immer eine da, die sagt, ›bestell dir was, Shifra, ich zahle‹, aber in der Regel verschwinden sie, können dieses Gefühl von Mitleid nicht ertragen, die linken Emanzen miteingeschlossen, und am allerschlimmsten ist, den ganzen Abend mit einem Glas Saft und Labane herumzusitzen, und am Ende beschließen sie, durch alle zu teilen, gleicher Anteil für jede, um nicht kleinlich zu sein, was ihr in der Seele wehtut, denn alles ist berechnet, für den Fall, dass sie mit Gadi zu einem Privatarzt gehen oder ein Taxi zur Krankenhausambulanz nehmen muss, hin und zurück, und zu den Abendessen muss man eine Flasche Wein mitbringen und immer darauf achten, dass der Wein teuer genug ist, um nicht armselig zu wirken, und irgendwann mal muss man auch für die anderen ein Abendessen ausrichten, bei ihr in der Wohnung, wo es nichts gibt, was irgendwie gefallen könnte, sie werden nicht kommen, sie weiß es, doch diese Eleanor gibt nicht nach, »Und du, Shifra, was hast du gehasst?«

»Warum in der Vergangenheit? Dich hasse ich.«

»Nietzsche hat das Ressentiment genannt, aber beruhig dich, ich hab meinen Vater noch nicht beerbt. Er bläst sein Schlafzimmer immer noch ganz gut durch das Ventil an, das ihm mitten im Gesicht steckt, und seine Haare in der Nase ekeln mich, ich werde noch viele Jahre in den Briefkasten spähen, um zu sehen, ob er es endlich aufgegeben hat, die Briefe herauszuholen, aber ich verspreche, dir ein Geschenk zu kaufen, vielleicht einen Ring, meiner Mutter haben sie nicht mehr geschafft, den Ring abzunehmen, als sie tot war, die Finger sind ihr im Laufe des Lebens angeschwollen und der Ring am Finger ist klein geblieben, und bis dass der Tod euch scheidet, ist der Tod gekommen und hat nicht geschieden, sprich: das Gold ist in die Erde gewandert, kurzum, den Schmied der Nacht hat der Herr Sensenmann bisher noch nicht aufs Kreuz gelegt. Ich rede viel, was?«

»Eines Tages wirst du die Bilder deiner Eltern betrachten und es wird dir das Herz verkrampfen vor Sehnsucht.«

»Ich sehne mich nach gar nichts.«

Auch das ist eine Möglichkeit. Shifra hat einen Mann kennen gelernt, der keine Sehnsucht hatte, nur nach seinem jungen Körper. Nicht einmal Fotos hatte er, und sie sagt nichts. In der Wohnung ist es still. (Sein Kopf tat weh. Wie lang hatte er geschlafen? Warum stimmte er diesem Verhältnis zu? Schließlich gehörte die Wohnung ihm. Er hatte kein Abkommen gebrochen. Ich habe ein Kind getötet. Ein Mensch kann verschwinden, kann jedes Wochenende wieder herkommen und am Sonntagmorgen gehen. Wieder schlief er ein. Das Boot umschwimmen kleine Fische, winzige Fischchen, Millionen von Fischchen, halt ihnen die Hand hin und sie fressen ihm die Hand ab, das Blut breitet sich im Wasser aus, ohnehin ist nicht für alle Platz im Boot, wir tauschen, du gehst ins Wasser und er kommt rauf, gib die Hand.) »Sonja, du hast Besuch«, sagte die Junge im ärmellosen, engen gelben T-Shirt, auf dem in Rot groß FOTZE stand. »Gib mir etwas Wasser, ich fühl mich nicht gut«, »Hols dir selber.« (Ich bin durstig, habe Lust zuzuschlagen, manchmal schlage ich mich selbst, ich bin nicht sicher, dass wir richtig gehandelt haben, als wir uns getrennt haben, du betonst immer wieder, du hättest das Richtige getan, aber ich bin mir nicht sicher, ob das deinem Gefühl entspricht, ich habe das Gefühl, du wirst mich dein Leben lang vermissen, nur so fehlst du mir, der deine, wie immer, ganz und gar, der Kopf fiel nach vorne, er schlief im Sitzen ein, auf der Matratze kein Laken, wieder sank der Kopf nach vorne, der Bauch schwabbelig, die Brust verkrampft, er muss pissen, kann unmöglich über den Flur, sie sind noch da. Fernseher kreischen, wer war der vorherige Ministerpräsident? Blut im Klo, er wird durchs Fenster fliehen.)

»Eines Tages ist er gegangen. Der Junge war krank. Sie nahmen an, er sei zurückgeblieben. Auch damals hab ich mich nicht geschämt, es auszusprechen, und ganz bestimmt nicht jetzt, da sich alles bereits eingerenkt hat. Ich hatte viel Arbeit. Hab viel investieren müssen, viel Aufmerksamkeit, viel mehr als gewöhnlich, Spiele, Animieren, stundenlang, viel Liebe.« Shifra verstummte, was war noch zu sagen, und mit gedämpfter Stimme fügte sie hinzu: »Weißt du, Männer, sie können Leid schwer ertragen. Noch weniger als Schande.« Gut, dass sie mir nicht antwortet, denn das ist ohnehin nicht, was ich über jene Jahre sagen wollte, die Angst nachts im Bett, ohne einschlafen zu können, das Aufstehen, das müde Schwanken auf dem Weg zu seinem Bett, die Zukunft, nein, das ist nicht, was ich sagen wollte, die Worte fesseln mich an die Erinnerungen, die Erinnerungen sind wie Flecken in mir geblieben, wir erinnern uns an Bilder aus der Vergangenheit, andere Gedanken kommen einem, Pläne, die nicht verwirklicht worden sind, haben keine Bilder, geraten in Vergessenheit, warum ziehen die Erinnerungen nicht weiter wie Wolken? Mich selbst besser ausdrücken, die Augenblicke des Erwachens, warum weint er so viele Monate, so viele Jahre? So nicht. Ich hatte – habe – zwei Söhne, einen hat sie betrachtet, wenn er schlief, voller Angst, Nervosität, Mitleid, und es gab keinen, mit dem sie hätte reden können, die Gedanken verfaulen, wenn niemand da ist, um zu reden, und der andere Sohn schlüpft ihr nachts in den Schoß, erfüllt sie mit Liebe, großer Liebe, ja, physischer Liebe, wie jede Liebe, oder im Gegenteil, die Seele ist das Blut, die Haut und das Fleisch der Arme, über den Ellbogen, wo sonst, der eine ist in ihren Armen, für die Liebe, und der andere in den Gedanken, für die Sorge, die Welt, die ich ohne mich zurücklassen werde, wie wird er klarkommen, wer wird sich um ihn kümmern, wenn mir etwas passiert, ich hab ihn in mein Nachthemd gewickelt wie eine kolumbianische Frühgeburt, Wasser, »Männer, weißt du, sie können mit dem Leid eines anderen nicht umgehen, haben Schwierigkeiten damit, entweder sie müssen helfen, oder es darf kein Leid geben, und noch schwerer fällt es ihnen mit der Schande.«

»Und schämt er sich nicht zu sagen, dass er dich mit einem kranken Kind hat sitzen lassen?«

»Der Junge ist nicht krank.«

»Unwichtig, ich frage.«

Shifra erwiderte ganz langsam: »Wer weiß, was er sich selbst erzählt, seiner Frau, seinen Kin… seinen Kindern. Was quatsche ich dich mit meiner Vergangenheit voll. Guck hier, an meinem Hals, siehst du das Blut in der Vene pulsieren wie ein

Fisch? Das ist meine Liebe. Immer, wenn ein Krieg anfängt, denke ich, wie ich Gadi von hier wegbringen kann. Was stört es mich, dass er gegangen ist, gut, dass er gegangen ist, er hätte mir ohnehin nur den Jungen verrückt gemacht mit seinen Neurosen, mit ... Schon wieder rede ich über ihn, ich liebe meinen Jungen so schrecklich ... Vor lauter Glück kann ich nicht über ihn reden.« (Also rede ich über etwas, wovon ich vor lauter Elend etwas verstehe, auch wenn ich das nicht so meine, ich bin ja so glücklich.) Sie lächelte, sterbensmüde, schlief beinahe ein, ihr Mund trocken, der Speichel klebte ihr um den Mund. (Alles wird in die Brüche gehen, ich werde an ihnen vorbeigehen und sie wird mir nicht verzeihen, wenn ich auftauche, und wenn schon, am besten, sie verschwindet aus dieser Wohnung. Ein Prozess? Soll es doch zum Prozess kommen, dann bin ich eben am Leben, wer kann beweisen, dass ich tot bin?) »Eleanor«, rief die Herrin der Wohnung (als ich kam, sagte sie nur: »Ach, du bist das, ich dachte, du wärst tot, bei mir hat sich einiges verändert, ich wohne schon nicht mehr alleine, nu, komm rein, Sonntagmorgen in aller Frühe bist du wieder weg, wo hast du all die Jahre gesteckt, egal, geh duschen, du stinkst richtig vor Schweiß, als hättest du dich drei Jahre lang in Kuhscheiße gewälzt«, wenn ich will, fliegt sie raus aus dieser Wohnung), und Eleanor vollkommen gelassen, »Louis, wenn du meinen Namen nicht behältst, bekommst du überhaupt nichts von mir.« (Also ist Louis Sonja.) Shifra fragte: »An ihr vergehst du dich also auch?«

»Sie werde ich um Verzeihung bitten und sie wird mir übers Haar streichen, als wäre ich ihr kleiner Junge. Du sagst überhaupt nichts zu meiner neuen Frisur.«

»Mir ist warm und ich bin durstig. Die Frisur ist sehr schön.«

Eleanor erhob sich und suchte nach einem sauberen Glas. Die Spüle quoll über vor dreckigem Geschirr. Fleckige Teller, Gabeln, an deren Zinken Fleischfasern mit Tomatensoße eingetrocknet waren, Teelöffel mit Marmelade, eine Kakerlake, die zwischen den Tellern herumspazierte und die sie mit einer Gabel aufspießte. Sie hat ein Geheimnis, ihr Gedichtband wird bald erscheinen, unter männlichem Pseudonym, und mit dem Lektor korrespondiert sie über ein Postfach, sie selbst könnte einen Roman über ihr bisheriges Leben schreiben, ihren Vater, einen Mossadagenten, Maskeraden, vom Staat ausgestellte gefälschte Pässe, einen Bestseller, sie macht ihn mit Briefen und plötzlichen Anrufen heiß, keucht ihm einen vor, bis er fast ohnmächtig wird, nachdem er ihr zunächst ihre Aufnahme in die lange Warteliste mitgeteilt hatte und dann ihren Sprung an die Spitze der Liste, bis er schließlich auch anfing, ihr zu schreiben, und sie ihn zwang, geile Briefe zu schreiben, Treffen in Cafés mit ihm vereinbarte, wo sie ihm auflauert, an einem Nebentisch, wenn Smira, die Bedienung, ehrfürchtig zu ihm kommt und fragt: »Was darf ich Herrn Professor bringen?« Die groß gewachsene Frau, mit der er eine Verabredung hat, vollbusig, mit langen schwarzen Haaren und blassem Teint, ist gerade erst von einem Autounfall genesen und wird mit Stock kommen, wegen der leichten Gehbehinderung. Er blickt auf die Straße, mustert die Passanten, niemals ist ihm aufgefallen, wie viele Leute mit Stock durch die Gegend humpeln, und im letzten Moment ruft man ihn ans Telefon, »Herr Professor, Telefon«, ruft Smira, die Bedienung, und sie, Eleanor, blond, sonnengebräunt, nun ja, von allem das Gegenteil und obendrein auch noch flachbrüstig, entschuldigt sich aus der Telefonzelle auf der anderen Straßenseite, befiehlt ihm, die rote Nelke zu zerdrücken, die sie ihn angewiesen hat, zu der Verabredung mitzubringen, und er lügt, sagt, er würde sie zerdrücken, während sie genüsslich beobachtet, dass er die Blume unversehrt lässt, jedoch am Telefon unterwürfig meint, er zerdrücke sie, und mit sanfter Stimme – wie sanft er doch ist – sagt, »Ich wusste, dass du nicht kommst«, nu, schön, du hast es gewusst, hast aber trotzdem gewartet, »Aber ich hatte wirklich vor zu kommen, beim nächsten Mal werde ich kommen«, und auch der Lektor würde sich einen Bestsellerroman wünschen, am besten über sich selbst, auf jeden Fall aber eine Lebensgeschichte, das ist die Hauptsache, das ist, was geht, und das ist die Wahrheit, auch gegen den Zerfall, die Figur und die Literatur sind als Zwillinge geboren wie Jesus und das Christentum.

»Sag, was war seine Begründung zu gehen? Was hat er gesagt, als er gegangen ist?«

»Wie alle, seelische Depression. Er lief monatelang mit Trauermine in der Gegend rum, als hätte er etwas verloren, hat aufgehört, mit dem Jungen zu reden, hat aufgehört, mit mir zu reden, hat gewartet, dass ich ihn aus dem Sumpf ziehe, ich will nicht mal ansatzweise daran denken, wie sehr ich mich bemüht habe.« Tatsächlich wollte Shifra nur wissen, ob Louis etwas über mögliche Aktionen gegen den Krieg wusste, schließlich war sie in solchen Sachen immer auf dem Laufenden, weshalb sie sagte, während die andere an der Spüle die zappelnde, auf einen Gabelzinken aufgespießte Kakerlake betrachtete, »Du müsstest sie mal auf Kongressen reden hören«, was sie voller Begeisterung sagte, was biedere ich mich an? Ich biedere mich nicht an, ich rede nie, das stimmt nicht, aber ich bin bereit, auch zuzuhören, so viel wie möglich. In allem, was mit Politik zu tun hatte, war ihr Mann hingegen durchaus in Ordnung. Liebt sie ihn? Nein. In Frieden mit den Erinnerung leben, das ja. Eine Regelung für die Zukunft finden. Die Jahre rumbringen, bis der Junge groß genug ist und für sich selbst sorgen kann, falls seiner Mutter etwas passiert. Aber sie ist glücklich. Am Nachmittag, wenn es sich etwas abkühlt, gehen sie in den Park, spielen, er hat viele Freunde, die gern zu ihm nach Hause kommen. »Am allereinfachsten ist, die Nase zu rümpfen und zu sagen, ›nu ja, in der Politik lässt sich mit Leichtigkeit Recht behalten, und sein Kind und seine Frau hat er rausgeworfen‹, aber trotz allem ist es auch in der Politik nicht einfach, schlag die Zeitung auf und nimm diesen Shmu'el Bite, monatelang hat er gegen den Krieg geschrieben und was schreibt er heute Morgen? Andererseits«, doch sie gab es auf, die andere Seite zu ergründen. Eleanor war in Gedanken versunken, dachte vielleicht darüber nach, dass die neue Freundschaft zu Sonja sie in eine langweilige Welt zog, langweilige Frauen, Mahnwachen verlassener Frauen, oder vielleicht war das überflüssige Gefühl von Mitleid in ihr erwacht, vielleicht war die Kakerlake schon tot, vielleicht hatte sie eine wichtige Entscheidung getroffen, vielleicht war ein Stern vom Himmel gefallen, wie auch immer – die schöne Freundin von Louis/Sonja wusste nichts über einen sich formierenden Protest gegen den Krieg, spülte ein Glas von dem daran klebenden Schmutz ab, ganz, ganz langsam, als handle es sich um Säure, hielt mit zwei Fingern der rechten Hand das Glas und mit zwei Fingern der linken den Schwamm, sagte, dass sie Bite nicht kenne, oder anders gesagt, wer hatte nicht schon vom ihm gehört, o. k., aber sie lese keine Kommentare, andererseits amüsiere es sie wiederum zu lesen, wenn Leute ihre Meinung änderten, wusste dann nicht, wie sie das Glas abtrocknen sollte, und wandte den Kopf. Shifra saß zurückgelehnt auf dem Sessel, ihr Mund stand leicht offen, ihre Augen waren gegen die Zimmerdecke gerichtet, ihr Atem ging schwer, sie hatte bereitwillig über sich und ihren verlorenen Mann gesprochen, um bewirtet zu werden, ein saftiger Buhlerlohn, vielleicht versuchte Louis, sie loszuwerden, beim letzten Besuch war sie noch ziemlich unlesbisch, vielleicht war sie verletzt wegen irgendeiner Bemerkung über wie Kerle wirkende Lesben, dabei war ihr bei Louis/Sonja nie der Gedanke gekommen, sie sei zu männlich, vielleicht waren sie, genau als sie kam, gerade im Bett gewesen und jetzt wusch sie sich, was müssen die sich nach dem Sex groß waschen? Wie treiben die es denn miteinander? Schieben sich die Hand in die Hose, während sie die Hand lieber auf der Hose hat, schwebend, doch sie geht mit keinem mehr ins Bett, weder mit Männern noch mit Frauen, mal abgesehen davon, dass er manchmal kommt, tut, was er nicht lassen kann, und wieder geht, vielleicht bleibst du mal, über Nacht, wann belügt sie sich, jetzt denkt sie darüber nach, entweder, wenn er ihr Haar und ihren ganzen Körper streichelt, ja, das ist der Moment, da der gesamte Körper um Erlaubnis bittet, abzuschlaffen, sich zusammenzuziehen, sich ganz, ganz klein zu machen, noch ein bisschen, noch einmal Streicheln, Durst, endlich brachte sie ihr ein Glas Wasser. »Danke, das hatte ich schon vergessen«, womit sie sich das feuchte Glas an die Stirn drückte, an den Hals, vor Erleichterung seufzte, lächelte, und die andere vor ihr saß und auf ihre Sandale schaute, ihre Zehen, den endlos langen großen Zeh und die anderen winzig kleinen, von Staub bedeckten, denn sie hatte einen Schotterpfad genommen, wo ihr kleine Steinchen zwischen die Zehen geraten waren. Plötzlich hebt Eleanor den Kopf, zwinkert anzüglich, ihr blondes Haar ist auf einen Schlag rot und stoppelig kurz geworden, ein neuer Name, und das wars, ich steh jetzt auf Kerle, will sie sagen, hat Lust dazu. (Jenseits der Wand rauschte die Dusche. Ich werd pissen gehen.) Shifra sagte: »Bist du sicher, dass es an der Universität ist?«

»Sicher nicht, aber sie verfassen da eine Petition gegen den Krieg. Vielleicht auch dafür. Ich würde viel dafür geben, den zu treffen, der zwei Petitionen schreibt, eine dafür und eine dagegen, aus Spaß.«

Wenn ich sage, ›Und zu wem der Krieg ins Haus kommt, hast du nicht mal Mitleid mit dem?‹, würde sie antworten, ›Soll er ins Ausland reisen‹, »heute Nacht sind wir in ein Pub gegangen und haben von dort einen Kerl mitgebracht, einen Doppelstecher, blutjung, für mich, einen Intellektuellen mit Brille, wie Sonja früher einen wollte, als sie noch gewollt hat«, lachte sie und hatte die Anspannung schon vergessen, die sie bereitet hatte, aber Shifra trank jetzt in kleinen Schlucken von dem Wasser (Ich bin Sonjas Lebensgefährtin, ich werde sie lieben, mit der Zeit werde ich sie lieben, obwohl ich den Geruch ihres Körpers nicht mag, was sie sich niemals eingestanden hat, bis sie Shifras Zehen gesehen hatte, und sie lernt auch, sich vor ihr zu fürchten, es ist nicht leicht für sie, es hatte geheißen, mit ihrer Grobheit und ihrer Unverschämtheit habe sie keine Chance bei Louis, also wird sie sich dieses eine Mal beugen müssen, immerhin haben sie vereinbart, ihre Namen zu ändern, und sie hat ihr erlaubt, ihr die Haare abzuschneiden, ihr die Locken abzurasieren, wobei sie so getan hat, als müsse sie weinen, aaah, aaah, und Sonja meinte, sie solle aufhören zu weinen, weil alle bei ihr die Locken abgeschnitten bekämen, was natürlich gelogen war, sie aber nicht bemerkte, so aufgeregt war sie, als Sonja hinter ihr stand und schnitt, und für eine Sekunde hatte sich die kahl geschorene Eleanor geschworen, ihre Locken zu rächen). Shifra nahm einen großen Schluck Wasser, spuckte, sprang auf, lief rot an, konnte vor Zorn nicht reden, soll das ein Witz sein, mir Salz reinzuschütten? »Igitt, du hast mich angespuckt, du Hexe! Hast auf mein schönstes T-Shirt gerotzt«, doch Shifra hat schon mit voller Wucht die Tür zugeworfen, und sie ihr nach, öffnet die Tür zum Treppenhaus, sie kann nicht schuld sein, kaum ist man böse auf sie, springt sie auf und macht noch schlimmer, was sie ohnehin schon angerichtet hat: »Wenn sie eine knallharte Petition verfassen, eine wirklich knallharte, dann werden wir vielleicht auch unterschreiben, und noch eins, Shifra«, sie wurde laut und Shifra blieb stehen, versuchte weiterzugehen, als sich die Frau aus der Dusche erneut einmischt, wissen will, wer gekommen ist und wer gegangen, alles bricht sich aus der einen Tür, ein Strom von Geräuschen und Gerüchen, auch andere Türen tragen ihren

Teil zu dem Konzert bei, angebratene Zwiebeln, falsches Filet in Margarine, Geva'tron am ersten Tag des Krieges, Tief, tief ist der Schmerz in den Augen, Herzl in the sky with diamonds, Der Abend sinkt auf mich herab, der Horizont erglüht, das Feuer am *Finjan* leckt. »Bring mir ein Handtuch und einen Tampon, ich bin es leid mit dir«, doch Eleanor bestand darauf, weiterzubrüllen (hinter Shifra her, aber auch für die Ohren der Nachbarin, die mit einem Geschirrhandtuch in der Hand in der Tür zur Nachbarwohnung erschienen war), »noch eins, Shifra, dein Mann wird nicht zurückkommen, hör auf, über ihn zu reden. Er ist in Urlaub gefahren, oder? Ist in Urlaub gefahren, du hast ihm den Urlaub finanziert, und am ersten Tag hat er dich alle zwei Stunden angerufen, richtig? Am dritten Tag hast du bereits ihn angerufen, und danach ist er verschwunden, stimmts? So ist das nun mal, ein gutes Leben ist ein Nomadenleben, Freiheit«, ihr T-Shirt ist von Speichel und Wasser durchnässt und auch im Gesicht hat sie Spucke, was sie noch mehr aufregt als das T-Shirt. Shifra stand auf der Straße und riss wutentbrannt ein Stück Papier in Fetzen, vielleicht hatte sie ihnen einen Brief aus dem Briefkasten geholt, vielleicht war es der Text einer Petition, den sie zu Hause verfasst hatte, ehe sie beschloss, ihn vorher noch mit Louis durchzugehen, und sie drehte sich um, um zum dritten Stock hinaufzuschreien, ohne zu sehen, wen sie da anschrie, weil die Sonne sie blendete, sodass sie ihre Augen mit der Hand abschirmte, während von den Balkonen italienische Nachbarn verstohlen einen Blick in die Wohnung der Lesben und einen auf die weinende Frau riskierten, »und außerdem, hoffentlich musst du bald mal nachts alleine durch die Gegend rennen, um einen Arzt für den Jungen zu suchen, und hast niemanden, wo du ihn solange lassen kannst.« Lange schon hatte sie nicht mehr geweint, und jetzt wegen einer Lesbe weinen, einer seelisch Verkrüppelten mit Spinnweben in der Seele, deren Gebärmutter wie ein verlassenes Haus ist, und was habe ich in der Gebärmutter, man könnte meinen Stroh, verfault vom Eiter eines flüchtigen Besuchers, er kommt, wann er will, fragt am Telefon, ob sie ihre Tage hat, und wenn nicht, kommt er frischweg, weil er gerade in der Gegend ist, und sie wagt nicht, ihm irgendetwas zu sagen außer ›in Ordnung‹, anämisch, dabei hatte sie einmal vorgehabt, ihn reinzulegen, wusste aber nicht, wann genau sie es ihm eröffnen sollte, und nachdem alles in Gang war, hatte sie Angst, mittendrin aufzuhören, das behagte ihr nicht, eines Tages würde sie es ihm schon noch sagen und bis dahin ekelte sie sich vor seiner Derbheit, oder vielleicht war es auch das nicht, aber sie hatte keine Worte, vermutlich freut sie sich, dass er kommen würde, was schert sie das und was schert sie Louis? Es geht ihr nur um ihren Sohn. Wie gewöhnlich betrügt sie sich selbst und sucht manchmal stundenlang nach der Wahrheit, mit der sie sich nichts vormacht, um am Ende bloß wieder leer und blöd zu bleiben, aber ihr Sohn ist wirklich gern hergekommen, um Musik zu hören, und Louis hat mit ihm gespielt, als sonst keiner mit ihm gespielt hat, weil alle dachten, sie hätte ein behindertes Kind, ganz allein auf sich gestellt hat sie gekämpft, und der Junge war ganz verrückt nach Louis, bis die das Gefühl bekam, er sei hier überflüssig, weil er sich mit dem Sprechenlernen schwer tat und Louis sich mit ihm langweilte, weshalb sie ihr vielleicht die beleidigende Bemerkung über männlich wirkende Lesben an den Kopf geworfen und sich hinterher schuldig gefühlt hat, aber Männer haben nun mal wirklich keine Geduld mit Kindern, ehe die nicht sprechen lernen, und Louis, ihr fehlte einfach die Geduld, ständig nur zu schmusen und zu küssen, zu krächzen und zu muhen und Stimmen von Hunden und Katzen nachzuahmen, wie Shifra es nachts macht, wenn er in ihr Bett geklettert kommt, bittet, dass sie ihre Brille aufsetzt, vielleicht, weil er sie ohne Brille nicht kennt. Und warum weint sie jetzt? Wegen des Krieges? Wegen der Hitze, ich hasse den

Sommer und den Hort, der bald den ganzen Sommer über zumacht, weshalb sie irgendeine Übergangslösung finden muss, ein Leben lang wird sie ihm erzählen, was für ein Hurensohn von Vater er hatte, denn nirgendwo steht geschrieben, dass ein Kind einen Vater braucht, eine Mutter dagegen schon, ihr Vater war ein wundervoller Mensch, und die Tränen schießen ihr in die Augen, geräuschlos, ohne die Nase hochzuziehen, mitten auf der Straße, wie kleine Regenperlen, dachte er in seinem Zimmer, vielleicht auch wie Tautropfen, meine Augen sind voller Finsternis, meine Pupillen zugenäht, ich werd jetzt rausgehen, sie wissen nicht, dass ich hier bin, und er stahl sich aufs Klo, urinierte im Sitzen, ohne zu tropfen, kam hoch, kein Blut, setzte sich wieder, seufzte, stand auf, tropfte auf den Boden, And he, Louis, was not at ease in that town, / and was not at ease by Jordan. Was kratzt mich das? Auch wenn das meine Wohnung ist und sich hier Frauen tummeln? Und wenn das nicht meine Wohnung ist? Hätte er bloß Strümpfe gehabt oder Hausschuhe, dann eben hinterher die Füße abputzen, er trat rein, verwischte, verteilte alles noch mehr, jetzt auch mit den Händen, denn da ist der alte Haken am Toilettenfenster, er hat sich verletzt, hat den Mittelfinger kräftig am Haken entlang geratscht, Blut quoll aus der Wunde, die Hand tat weh, eine Tropfenspur quer durch die ganze Wohnung.

»Sonja, ich hab dir doch gesagt, es war Shifra.«

»Aber warum hast du sie nicht reingelassen?«

»Ich war eifersüchtig.«

»Uuch, hör auf, zwei Wochen Lesbe und schon führst du dich wie ein alter Homo auf. Was wollte sie?«

»Sie leidet, ihr Junge ist eine Rotznase und ihr Mann hat sich mit dem Aupairmädchen aus dem Staub gemacht. Was sonst noch? Ach ja, es ist Krieg.«

»Sie hatten mir vorher gesagt, dass du abgrundtief böse bist.«

»Was haben sie sonst noch über mich gesagt?«

»Das werd ich dir nicht sagen.«

»Sag es, sag es, sag es.«

»Halt die Klappe, ich hab nicht die geringste Lust, mich mit dir zu streiten, du bist ein kleines Aas, wenn du sie nicht reingelassen hast.«

»›My lady of Ventadour / is shut by Eblis in / and will not hawk – nor haunt / nor get her free in the air.‹«

Sonja war groß gewachsen, beinahe schön, fast fünfzig Jahre alt und wenn sie tatsächlich noch ihre Periode hatte, dann vielleicht zum letzten Mal, die Haare trug sie (in der Regel) mit einem Gummi hinten zusammengefasst als Pferdeschwanz oder wie immer man das heute nennt, ihre Augen waren sehr blau, um die Augen wurde die Haut bereits faltig, ansatzweise, und wenn sie las, setzte sie eine Brille auf. Früher war sie mal Stewardess gewesen, es hieß, sie habe Mann, Haus und Kinder verlassen, weil sie keine Chance gehabt hatte, vor dem Rabbinatsgericht zu gewinnen, oder wer weiß, warum sie sonst verzichtet hatte, und seitdem hatte sie sie nicht mehr gesehen, sie lebten im Ausland, irgendjemand wollte einen Roman über sie schreiben, doch sie warf ihn raus, ich bin kein Thema für einen Bestseller, hatte sie gesagt und sich geweigert, darüber zu sprechen, andererseits erzählte man sich auch, dass sie sich hatte sterilisieren lassen, um nicht schwanger zu werden, und niemals Kinder gehabt hat. Sie wohnte in der Wohnung ihres verschollenen Bruders. Oder ihres Mannes. Er war freiwillig gegangen. Sie erlaubte ihm, am Wochenende in seinem alten Zimmer zu schlafen. Es war das Haus seiner Eltern oder von anderen Verwandten von ihm. Sie lachte nicht viel. Überall, wo sie hinging, um zu reden, behandelte man sie mit großer Ehrerbietung. Sogar im Fernsehen war sie schon aufgetreten und hatte über Pornografie gesprochen. Hatte dabei auch leise und mit ernstem Gesicht dem Moderator das Wort abgeschnitten und zu dem jungen Literaturdozenten gesagt: »Sie sind ein wandelndes Lexikon von Lippenbekenntnissen.« Dabei war sie milde und kühl geblieben, und als sich die Mädels die Videoaufnahme der Sendung gemeinsam angeschaut hatten, hatte sich die Kleine in sie verliebt oder beschlossen, sie zur Strecke zu bringen, und als alle am Ende der Vorführung applaudierten, sagte Louis/Sonja/Nawa: »Nicht schlecht, was?« Und die Kleine war zu ihr gegangen, hatte ihr einen dicken Kuss gegeben und es auch geschafft, mit einem Paar feuchter Augen zu klimpern, »Jetzt im Ernst, war das wirklich Shifra?«

»Jesuslatschen, zwei lange große Zehen, die anderen kurz und schmutzig.«

»Ja, das ist sie. Wie kannst du so was machen? Shifra und ich sind gute Freundinnen seit so vielen Jahren. Glaubst du wirklich, du kannst mein Leben verändern? Was hast du ihr gesagt?«

»Die Wahrheit, ich sage immer die Wahrheit, ich liebe die Wahrheit. Nur den Tod liebe ich mehr.«

Sonja war außer sich. Ging zum Telefon, überlegte, ob sie anrufen sollte, kam zurück, »Ich hab ihr gesagt, wir hätten einen vortrefflichen Kerl hier gehabt, mit weichem, zartem Schwanz wie eine Brustwarze«, lachte Eleanor, doch Sonja ließ sich nicht besänftigen, im Gegenteil, exakt solche Lesben gingen ihr auf die Nerven, »Du hast ein großes Mundwerk, ein großes Mundwerk und ein Spatzenhirn.«

»Außerdem verfasst sie irgendeine Petition.«

»Was ist passiert?«

»Ich weiß nicht. Wer weiß, vielleicht ein Krieg? Ich hab sie zur Universität geschickt.«

Eleanor willigte ein, wieder Eleanor genannt zu werden, wollte aber erneut wissen, was man über sie gesagt hatte und was ihre Geliebte bereits über sie wusste, noch bevor sie sich kennen lernten, große Freude überkam sie plötzlich, sie weiß nicht, warum, und das, obwohl Sonja/Louis starke Schmerzen hat, böse wegen Shifra ist und sich nicht beschwichtigen lassen will, und mit einem Mal weiß Sonja, dass sie machtlos ist, es ist heiß draußen, die Dusche hat gut getan und die Kleine ist so schön, weshalb sie ihr auch nicht erzählt, was sie vorher gewusst und was man ihr erzählt hat, das ist die Strafe, ja, da ist etwas Verkommenes, mit dem sie sich nicht abfinden kann, aber sie findet sich ab, wollte auch nicht zugeben, dass sie gelogen hatte, und der Wahrheit zuliebe, man hatte ihr gesagt, es sei von einer hysterischen Göre die Rede, schön und ständig damit beschäftigt, die *femme fatale* zu mimen. »Seit Jahren kommt sie her, wenn es ihr dreckig geht, sogar wenn sie nichts zu sagen hat oder ich nicht, sitzt sie in dem Sessel und ich mache ihr Tee, während sie sich das Album von Matisse anschaut und von ihrem Mann erzählt.«

»Ja, sie hat von ihm erzählt.«

»Ismail? Sie hat von ihm erzählt?«

»Ein Araber?«

»Was bist du so erschüttert? Der Papi mag keine Araber?«

»Sprich nicht so mit mir. Wo ist er?«

»In seinem Dorf, Familie, Kinder, hat auch ihr einen kleinen Jungen gemacht, manchmal kommt er, um den Jungen zu sehen, der seit seiner Geburt weiß, dass er nicht darüber sprechen darf.«

Eleanor murmelte, schrie fast tonlos: »Ich hasse Erbärmlichkeit, ich hasse Erbärmlichkeit, ich hasse Erbärmlichkeit«, vielleicht noch ein paar Mal, und sie saß da und betrachtete die Kleine mit amüsiertem Blick. Überkommt mich die Liebe? Noch nicht. Gut, dass sie hier herumschreit. Das erinnert mich, was man über sie gesagt hat, »Du bist eine nervöse Person.« Das Telefon klingelte und sie stand auf, hob ab. Sagte: »Wo? Was? Wie?« und legte auf. Wandte sich zu ihrer Geliebten und sagte: »Shifras Junge ist aus dem Hort ausgebüchst.«

»Telemachos ist losgegangen, seinen Vater zu suchen?«

»Ich werd dich vor die Tür setzen, kapierst du?«

»Schrei mich nicht an.«

Die Kleine verstummte. Nicht der drohende Rauswurf ängstigte sie, sondern die imaginäre Kraft. Vielleicht. Dann klingelte das Telefon, und Louis/Sonja stürzte erneut hin. »Shifra, gut, dass du anrufst, hast du den Jungen schon aus dem Hort geholt?«, »Ich verstehe, und wohin gehst du jetzt?«, »Aber warum willst du zur Universität?« (Shifra am anderen Ende der Leitung kam der Verdacht, Louis könnte der Krieg bereits egal sein, da sie sich schon durch die kleine dekadente Schlampe hatte beeinflussen lassen, was sie verletzte, da sie immer an Louis geglaubt hatte, wie schnell doch die imaginäre Kraft kleine Dramen verdaut.) Louis hingegen dachte, Shifra sei schuld an der Flucht des Jungen. »Hör zu, komm her, ruh dich aus und wir reden«, »Nein, sie wird nicht hier sein, wenn du kommst«, »Mach, was du willst«, und als sie zum Tisch in der Mitte des Raumes zurückkehrte und sich in den großen Sessel fallen ließ, bereute sie bereits: »Die ganze Sache mit dem Araber, dass du ja nicht wagst, jemandem davon zu erzählen, ich bin mir da selbst nicht sicher«, denn sie wusste auch nicht, was passiert war, als sie nicht hier gewesen war, wie ließ sich das wissen, ihr Haar war feucht und streng zurückgekämmt, sie trug einen weiten Morgenmantel, verströmte Seifengeruch und wollte verständlicherweise nicht die schönste Freundin, die sie je hatte, aus dem Haus werfen, wie konnte man ein so verkommenes Luder überhaupt lieben. Dann schob sie sich – auf dem Sessel – ein Zäpfchen rein, sagte, guck weg, was die andere aber nicht davon abhielt hinzusehen, und an Stelle der fürchterlichen Magenschmerzen, die sogleich nachließen, würde sie mit starkem Brennen bezahlen müssen, worüber sie aber nicht nachdachte, da sie sich anderenfalls das Zäpfchen nicht reingeschoben hätte, sich windend, einen Schrei unterdrückend, sah sie das Lächeln der Kleinen, schrie auf und die andere fiel in ihr Brüllen ein, beide brachen sie in Gelächter aus, schrien erneut, wie sehr liebt sie dieses junge Ding doch und schon ist es so weit für die endgültige Versöhnung: »Du bist wirklich nicht nett, sie ist eine gute Freundin von mir und hat ein hartes Leben. Du bist eine unverschämte Göre, jetzt muss ich mich zusammenreißen, um nicht loszurennen und Dünnschiss zu kriegen, weil sonst das Zäpfchen rausflutscht.« Danach rief Louis abermals den Hort an und sagte, sie wolle mit der Leiterin sprechen, und die Leiterin wollte wissen, wer spricht, und sie sagte, sie sei Shifras Therapeutin und wolle erfahren, was genau mit Gadi, dem Jungen, passiert sei, worauf die Leiterin ihr erzählte, der Junge habe gehört, dass Krieg sei, und sei fürchterlich erschrocken, offensichtlich redet seine Mutter zu Hause ein bisschen zu viel gegen Kriege, und er sei los, sie suchen, wo sonst könnte er denn hingegangen sein? Und Louis sagte: »Aus dem, was Sie sagen, entnehme ich, dass der Junge nur Mama-Papa und Angst hat?«, und die Leiterin sagte, das sei nicht, was sie gemeint habe, auf jeden Fall hätten sie bereits die Polizei angerufen, und im Moment bestehe keine Notwendigkeit zu kommen, da Shifra jeden Augenblick eintreffen müsse, um den Jungen abzuholen, und man sie dann in Kenntnis setzen würde. »Sie weiß es noch nicht?« Die Leiterin nimmt an, dass sie es weiß, aber sie ist sich nicht sicher, und es ist tatsächlich schwierig, die Mutter zu informieren, weshalb, wenn die Frau Psychologin ihr mitteilen könnte, zum Hort zu kommen, dies sehr hilfreich wäre, und Sonja legte auf, zischte einen Fluch, kehrte zu ihrem Sessel zurück, setzte sich still, sagte keine Wort, betrachtete das Mädchen. Das Mädchen lächelte sie an, »Sie bezahlt dir all die Gespräche?«

»Nur, wenn sie etwas hat, sie schuldet mir ziemlich viel. Was hat diese Leiterin gesagt, es ist Krieg? Wo ist Krieg?«

Die Hand der einen im Morgenrock, die der anderen auf der Jeans. Sie kam nicht wirklich, machte nur aaah, aaah wie ein

Clown, danach plapperte und ulkte die eine, musterte von Zeit zu Zeit das Gesicht ihrer älteren Freundin, um zu sehen, ob die schon ihrem Zauber erlegen war, es ist wichtig, während der Schwangerschaft Kontrollen zu machen, den Fötus komplett loszuwerden, wenn sich die Defekte alleine nicht beseitigen lassen, warum die Leute deprimieren, Liebe ist an Schönheit gebunden, soll man ein hässliches Baby auch loswerden? Nein, aber wie soll man ein behindertes Kind lieben, es ist zwar deins, aber ich habe viele Sachen, die ich nicht liebe, zum Beispiel mein Geschlechtsorgan liebe ich nicht. (Er huschte vorbei wie eine Katze. Sie sehen mich an, ich sie nicht. Ich war hier und hab euch nicht gesehen. Louis sagte mit einem Mal zu ihm: »Kommst du in drei Jahren wieder oder was?« Und Eleanor sagte: »Also das ist dein Mann?« Und er darauf protestierend: »Ich b-bin nicht ihr M-Mann.« Und Louis sagte: »Wenn er wenigstens wüsste, was er ist.« Wie ein beschämtes Ichneumon kehrte er in sein Zimmer zurück, packte ein paar Sachen zusammen, die *Cantos* von Pound, Celan, Euripides, Sophokles, etwas zum Anziehen, gut, dass er gestern geduscht hatte. Und ging.) Sonja sagte zu Eleanor: »Ich werd zum Hort fahren, wenn sie kommt, helfe ich ihr, sonst bricht sie zusammen, es ist schrecklich, obwohl sich alles sicher schon längst erledigt hat.«

»Bei dieser Hitze?«

»Das ist meine Pflicht.«

Wir müssen die Kiste an den Straßenrand manövrieren, sagte das Lockenköpfchen, das den Renault befehligte, und als er zögerte, griff sie überraschend, beinahe wie eine Furie ins Lenkrad, um aus der großen Karawane auszuscheren. Er bekam einen Mordsschreck. Für einen Moment kamen die vier Ungetüme zum Stehen und applaudierten ihnen. Er fragte sie: »Wir sind a-auf dem Weg zur Universität?«, und sie brach in Lachen aus. Zu beiden Seiten des Wagens steckten Unmengen von Menschen in Unmengen von Fahrzeugen fest, ein Teil schwitzend, ein Teil auf der Suche nach einem Radiosender, der ihnen erklären würde, wohin sie fahren und was künftig geschehen wird, Juni, Wochenbeginn, 27 Grad, zwei Uhr mittags. Und sie stecken in einer endlosen Kolonne fest.

»Wie lange denkst du, wird das dauern?«

»V-Viele Jahre.«

»Was redest du für einen Stuss? Wann hat es je einen Krieg gegeben, der Jahre gedauert hätte?«

»Der große P-Panzer h-hat sich tief eingegraben. Er hat k-keinen Ausweg, der große P-Panzer. Hör mir zu, v-vielleicht verstehst du es. Kannst du f-fahren?«, »Ja«, antwortete sie, »ich habe einen Führerschein, und du?« Er redete und redete, ohne sie anzusehen, wie ein Automat, und am Ende sagte er noch: »U-Unterbrich mich nicht, v-verstehst du, dieser Staat i-ist wie ein großer P-Panzer, der keinerlei Möglichkeit hat, sich a-an die S-Seite zu bewegen und umzudrehen, nichts, a-ab und an, wenn er tief im Sch-Schlamm steckt, be-beschließen sie, a-aus dem Schlamm rauszukommen. Wie?« Das Gespräch war wenig angenehm. Er tat ihr einen großen Gefallen und erklärte ihr kluge Dinge, über die er sehr viel nachgedacht hatte. Man gibt ihnen nichts, und sie mokieren sich noch. Dabei klang er gar nicht wie so ein Neunmalkluger. Der Motor hustete. Sie wurden angehupt. Überholt. Beschimpft. Er blieb gleichgültig. Ich bin nur gut als kleine Schwester, hinter kleinen Jungs herlaufen, du weißt, was ich meine, kleine Engelchen ohne Schwanz, ohne alles, daher hab ich die Fahrt so genossen, aber du hast alles kaputtgemacht, was juckt mich das, fass mir an die Brüste, wenn du willst, reiß sie ab, Silikon, wenn du willst, Teig, wenn du willst, ich fühle nichts, ich bin auch keine Studentin, hab dich einfach angelogen, ich bin Sekretärin.

An der Spitze der Kolonne fuhr der Fahrer des ersten Panzertransporters, er würde jetzt den Takt vorgeben, mal reißt er eine große Lücke auf, mal verlangsamt er das Tempo, hält an, das Lenkrad liegt in seinen Händen und der Zwerg hat Angst, sagt mit zitternder Stimme zu dem Fahrer: »Versuchst du … versuchst du einen Rekord in besonders intelligentem Fahren zu brechen?« Schieber, sein Vater, in der Bank von Israel, hätte längst etwas gesagt. Der Fahrer ist auch nicht gewählter im Ausdruck: »Hat man dich schon mal in den Arsch gefickt?« Gadi Schieber weigert sich zu antworten, und der Fahrer tut es an seiner Stelle: »Nein, hat man noch nicht.« Er sieht ihn an: »Also halt die Klappe«, und der gute Gadi – nein, habt kein Mitleid mit ihm, er ist kein kleiner Denunziant, hat schon einige von ihnen ins Kittchen gebracht, was sie aber nicht wissen – begreift, dass er keine Chance hat, rechtzeitig anzukommen, und schweigt. »Warst du schon mal im Kittchen?« Gadi tut so, als hätte er nicht gehört, kaltes, beißendes Blei rinnt ihm die Kehle hinunter in die Brust, seine Augen sind vernebelt, er schließt sie nicht, vergießt aber eine Träne und eine halbe, zieht die Nase hoch, genau das hat ihm gerade noch gefehlt, »Warst du im Kittchen, Süße? Nein, warst du nicht, also gut, hör zu, was ich dir sage, Kleine! Aber hör gut zu! Wir, die Fahrer der Panzertransporter, kommen so ungefähr alle drei Monate ins Kittchen. Willst du wissen, weshalb? Ich werde dir sagen, weshalb, Süße. Zu schnell gefahren, Verspätungen, Unfälle, nachlässige Wartung, Schlampereien. Hast du mal den Wagen eines Oberstleutnants zu Schrott gefahren?« Was soll er dem Pavian erklären? Dass der Wagen eines Oberstleutnants den Steuerzahler eine Stange Geld kostet? »Is mir passiert. Hab ihn zu Schrott gefahren. Total. Hab zurückgesetzt, ohne lang zu fackeln. Jetzt, was sagt der Richter zu mir? Der Richter sagt mir, dass der Wagen eines Oberstleutnants den Steuerzahler eine Stange Geld kostet. Was sag ich ihm? Ich sag erst mal, ›Wie ist Ihr Dienstgrad, Frau Richterin, ’tschuldigung, Herr Richter?‹ Hast du gemerkt, ein Versprecher, und er kommt auf

Touren, aber das ist noch nicht alles, Süße, warte, ich versteh schließlich was von Dienstgraden und sag zu ihm: ›Richtig, dass Sie genau so ’n Wagen haben wie den, den ich zu Schrott gefahren hab?‹ Und er antwortet mir nicht, weil er meint, ich hab keinen Grips, verstehst du, Pavian, ja? Also sag ich zu ihm: ›O.K., ich hab mich geirrt, hab *Frau* zu Ihnen gesagt, aber das ist noch kein Grund, ein Urteil zu fällen, bevor ich meine Aussage gemacht hab, der Herr Richter sollte nicht so pingelig in Geschlechtsfragen sein‹, und er guckt mich an, weiß nicht, was er machen soll, glaub mir, sie wissen nicht, woher unser Mund ihnen solch schlauen Sachen hinpfeffert, und ich sag zu ihm, hör gut zu, Süße: ›Zwei Dinge, erstens setzen Sie an Ihre Stelle einen Richter von uns, einen Panzertransporterfahrer, und wir werden sehen, ob er mich verknackt, denn Sie betrachten das Ganze ja vom Standpunkt eines Renaultfahrers aus, und ich hab ein Anrecht auf einen fairen Prozess, ja? Sie antworten nicht, also hören Sie sich gut die zweite Sache an, denn auch darin sind Sie nicht objektiv, aber ich sag Ihnen das fürs Protokoll, schreib schön mit, wozu braucht ein Oberstleutnant einen Wagen? Wo steht geschrieben, dass ein Oberstleutnant einen Wagen braucht?‹ Ich hab drei Monate im Bau bekommen. Und wie lang hab ich gesessen? Genau drei Tage«, dem Gefreiten zitterten die Hände, er wollte den Fahrer kratzen, ließ es aber bleiben, denn hin und wieder hielt der Fahrer an, schaute in den Seitenspiegel und kontrollierte die Länge der Kolonne, fuhr dann weiter, zufrieden, »Du musst verstehen, Süße, sie brauchen uns, deshalb stecken sie uns in den Bau und holen uns wieder raus, damit wir Panzer in den Norden schaffen, Panzer in den Süden, in den Norden, in den Süden, du kannst die Araber nicht einschüchtern ohne uns. Verstehst du, Süße? Jetzt, wer ist freier? Ich oder du? Ganz sicher ich. Und wer ist freier, ich oder mein Befehlshaber?« Gadi antwortete nicht. Wieder schaute der Fahrer in den Seitenspiegel, zog am Griff der Fanfare über der Tür und grunzte glücklich, »Weißt du, was das größte Vergnügen im Bau ist, Süße? Na gut, es reicht mit dem ›weißt du, Süße‹, weißt du, Kleiner, was das größte Vergnügen im Bau ist? In die Einzelzelle zu gehen, zu hören, wie der Wärter Witze über deinen Arsch dort reißt. Verstehst du, man kann sich da drin kaum bewegen, also liegt man auf dem Bauch, hebt aber den Arsch an, weil der Boden eiskalt ist, damit dir der Schwanz nicht abfriert, kapierst du? Und dann, du sitzt kaum drei Stunden in der Einzelzelle, kommt der Schließer, sein Gesicht wie eine Makrele, wie eine alte Möse, und sagt: ›Du kommst raus.‹ – ›Wieso komm ich plötzlich raus?‹ – ›Du kommst raus, Befehl.‹ – ›Ich will die Einzelzelle‹, so zum Spaß, verstehst du Pinocchio, nur zum Spaß.« Einmal hatte Gadi zu ihm sagen wollen, ›Muhammad, was tut dir weh, Muhammad?‹, aber da er wusste, dass er Prügel bekommen würde, begnügte er sich zu sagen: »Ich war das, der dir den Bau eingebracht hat, nachdem du den Hangar in Ze'elim demoliert hattest.« Der Fahrer blickte ihn amüsiert an, niemals hatte er irgendeinen Hangar in Ze'elim demoliert, ja nicht einmal den Renault, von dessen Totalschaden er zuvor erzählt hatte, hatte er tatsächlich überrollt. Der Fahrer schaltete das Funkgerät ein und sagte: »Hallo, P1 an P2, P1 an P2?« Und P2 antwortete: »P2 höre, was ist deine Geschichte, P1?« Und P1 sagte: »Kennst du den kleinen Panzergrenadier, der neben mir sitzt?« Und P2 antwortete: »Der, der losgerannt ist, um zu telefonieren?«

»Sags ihm nicht, bitte!«

»Was ist los?«

»Sags ihm nicht, bitte!«

Gadis Flehen rührte den Fahrer und er sagte: »Schon gut, unwichtig, und over.« Gadi sagte zu ihm: »Danke«, und der Fahrer sah ihn an, hatte kein Mitleid mit dem kleinen Stinker, aber auch keine Kraft, jetzt in Einzelheiten zu gehen, und in der Nacht, wenn alle schliefen, konnte man ihm immer noch kräftig einen über den Schädel geben, nachdem er eingeschlafen war. Auch er hatte andere verpfiffen, auch P3, auch ich hatte andere verpfiffen, kaum zu glauben, was für eine Welt.

Sie fürchtete, sich zu irren. Am Ende ist es immer so. Die Selbstsicherheit und das Glück verschwinden, und schließlich sitzt man neben dem besten Freund als säße man dem Schulleiter gegenüber. Er redete mit ihr, als sei sie erwachsen. Doch das war nicht das Problem. Seine Rede war kalt. Traurig. Sie sagte: »Du gehst mit ihnen, nicht?« Die Kälte wich einer pathetischen Leier. Er wurde unflätig. Auf idiotischem Niveau. Und vielleicht ist er ja wirklich gestört? Wieder und wieder sprach er von ihrer Möse, ohne sie anzusehen, und wenn er sie ansah, lächelte er höhnisch. Nein, das Reden verschaffte ihm keinen Genuss. Die Kränkung war es, die ihm Genuss verschaffte. Er hatte eine kalte Stimme. Noch nie war sie einem solchen Offizier begegnet. Und vielleicht ist er tatsächlich Schriftsteller und kein Offizier? »M-Mach deinen R-Ritschratsch auf.« Ich werd das einfach ignorieren. »Ja, wenn wir auf das vorherige Thema zurückkommen«, sagte sie zu ihm und lächelte, »mein Bruder ist kein Mädchen und er ist ihnen abgehauen. Macht sich ein schönes Leben im Ausland.«

»Mach den R-Ritschratsch der Hose auf.«

»Mitten im Verkehrsstau unter den Blicken von einer Million Leuten?«

»Das k-kann sehr nett sein.«

»Nicht für mich. Wenn du weiter so redest, steige ich aus.«

Er schwieg. Eine halbe Stunde schwieg er. Der Stau bewegte sich langsam vorwärts. Hätte er wenigstens versucht, sie zu umarmen, sie zu küssen, hätte sie es ihm gestattet. Aber er schwieg. Wieder saß sie auf ihrem Hinterteil. Vielleicht würde man sie so von draußen nicht sehen. Sein Schweigen setzte ihr zu. Wie sehr ich von seiner Aufmerksamkeit abhängig bin. Sie öffnete den Reißverschluss. Er hörte das metallische Ratschen. Sah auf ihre Leistengegend. Wandte den Kopf zurück zur Straße. Lächelte. Wurde dann wieder ernst. Erneut fuhren sie. Rechts von ihnen ein anderer Wagen. Aus irgendeinem Grund dachte sie, man sähe ihren offenen Reißverschluss, und verdeckte ihn mit beiden Händen. Als käme sie gerade vom Klo. »Kann ich meinen Ritschratsch wieder zumachen?« Er antwortete nicht. Etwas ihn ihm Gefangenes schlug gegen eine hohe Mauer. Er dachte daran, sie zu bitten, sie solle onanieren, schwieg aber. Vielleicht war es ihm peinlich. Er blickte auf ihren offenen Reißverschluss und auch sie sah hin. Der Knopf hielt ihre Hose unter ihrem Bauch zusammen. Wenn sie den Knopf öffnete, würde er es leichter haben, seine Hand zwischen ihre Beine zu schieben. Er lachte. Sie dachte, er lache über ihren grotesken Anblick. Sie lachte auch. »W-Wenn du ei-einen Rock anhättest, würde ich d-dir sagen, du solltest o-ohne Slip sitzen.«

»Und ich würde einwilligen, richtig?«

»S-Sicher.«

Tränen traten ihr in die Augen. Er zog sich wieder in seinen erpresserischen Käfig zurück. Wen quält er denn? Sie könnten sich doch unterhalten. Was bereitet ihm solch ein Vergnügen? »Ich weiß nicht, was du von mir denkst, aber …«

»Nur d-das nicht, ich b-bitte dich, n-nur nicht dieses Gefasel. I-Ich weiß, dass du n-nicht ge-gewohnt bist, s-solche Sachen zu machen, u-und noch nie solche S-Sachen gemacht hast. I-Ich bin sicher. A-Aber ich interessiere mich n-nicht für die V-Vergangenheit. Wenn es e-etwas gibt, d-das mich am L-Leben hält, dann ist es d-die F-Fähigkeit, die w-wenigen Au-Augenblicke zu i-isolieren, die in der G-Gegenwart e-etwas wert sind, e-eine kleine V-Vorführung, du stehst a-auf einer B-Bühne, im Rock, ohne S-Slip, die B-Beine g-gespreizt, ich sage dir, d-du s-sollst die Beine ö-öffnen, ich gucke, f-fahre und gucke, fasse d-dich nicht an, ich sehe eine V-Vorführung, ohne Vergangenheit, ohne Z-Zukunft …«

»Ich möchte aussteigen.«

»Bist d-du schon feucht?«

»Und du glaubst, diese Grobheit weckt irgendwas in mir?«

Sie hatte keine Angst. Schließlich waren sie von Autos umgeben. Wenig später war diese Erregung anscheinend bei ihm verflogen. Er war sachlich, wollte sie loswerden, sagte: »D-Du w-wolltest a-aussteigen, n-nicht?« Und sie sagte: »Und du? Wohin willst du? Du wollest irgendeine Ofra suchen?«

»Sh-Shifra.«

»Ja, Shifra.«

»Mach den R-Ritschratsch zu.«

»Du bist wieder derselbe Mann, mit dem ich vorhin so viel Spaß hatte, es fällt mir schwer, aber ich werd aussteigen. Gehst du in den Krieg? Pass auf dich auf. Ich hätte dich lieben können. Sei nicht so eine Schurke. Schalom.«

Sie stieg aus und er verschwand. Wohin ging es jetzt?

Vielleicht stieg sie aus und verschwand und er holte sie nach einigen Metern ein. Lautsprecher der Polizei hatten inzwischen Ordnung in die Anarchie auf der Straße gebracht. Zu zweit standen sie am Rand eines brachliegenden Feldes. Das Gras war schon vertrocknet, denn so ist der Juni hier bei uns. Er sah sich um. Unten wand sich der Yarkon, blau wie die Donau. Sie sah ihn an. Wenn er an meine Tür klopfen würde, würde ich ihm Unterschlupf gewähren? Sie gab ihm die Hand: »Komm, lass uns gehen«, und er ließ sich verführen, eilte ihr nach, sie gingen, ihre Hand drückte die seine, doch er reagierte nicht. Dann löste er seine Hand aus ihrer. Sie ging weiter. Er blieb stehen. Sie kam zurück: »Hab ich irgendwas falsch gemacht?« Sie zuckte mit den Achseln. »Du tust mir weh, langsam, langsam.« Er schaute sie an und sagte: »Ich t-tu dir nicht weh, ich hab um nichts g-gebeten, wollte nur zur U-Universität.« Sie schluckte. Hatte ein schönes Lächeln. Er unterdrückte die Erregung durch dieses Lächeln. In der Mitte des Feldes stand ein Baum und auf einem Ast zankten sich zwei Vögel. Unter dem Baum stand ein Junge, versuchte sie zu trennen, und als sie an ihm vorüberkamen, sagte er: »Der Große ist grausam.«

»Und du sch-schaffst es n-nicht, sie zu trennen?«

»Nein, sie hören nicht auf mich.«

»Ich werd einen St-Stein nach ihnen werfen.«

Er suchte nach einem Stein und fand nur einen Lehmklumpen, stach sich an einem Dorn, warf den Klumpen in den Baum und unten rieselte ihnen der Staub in die Augen. Die balzenden Vögel stoben panisch auseinander. Der Junge dankte ihm, war sehr beeindruckt von dem plötzlichen Losflattern, versuchte, sich dem Paar anzuschließen, aber sie sagte zu dem Jungen: »Komm nicht mit uns, in Ordnung?« Er wandte sich an den Jungen und sagte zu ihm: »Wie heißt deine M-Mutter?« Der Junge sagte: »Ich habe keine Mutter, meine Mutter ist tot.«

»Ja, ja, a-aber wie hieß s-sie?«

»Mein Vater hat eine neue Frau geheiratet. Wir ziehen bald um und werden in ihrem Haus wohnen.«

Sie wollte den Jungen nicht noch einmal bitten, sich von ihnen zu entfernen, nahm aber die Hand des Entflohenen und beschleunigte ihre Schritte. Der Junge versuchte, mit ihnen mitzuhalten, blieb dann aber zurück. »Ich weiß, wer Sie sind. Ich weiß, wer Sie sind«, rief er. Ihr Körper war jetzt sehr nah. Er drängte sich noch etwas enger an sie. Legte seinen Arm um ihre Hüfte. Nahm ihn wieder weg. Ihr Körper bebte ein wenig. Sie gingen auf einem Pfad, der vom Feld wegführte. Sie drehte sich um und sah den Jungen ihnen nachschauen. Seine Hose ging ihm bis zu den Knien. Sein Oberkörper war nackt. Er war mager und als er sie sich umdrehen sah, vollführte er auf der Stelle einen sonderbaren Tanz. Sie wandte den Kopf nach hinten: »Wie heißt du?« Er antwortete nicht. Sie sagte: »Wenigstens weißt auch du nicht, wie ich heiße.« Er blieb stehen, griff nach ihrer Brust, packte sie mit aller Kraft, zuerst am Brustansatz, drehte die Hand wie eine Spule, bis zwei Finger die Brustwarze zu fassen bekamen und sie quetschten. Als hätte er sein Verlangen von vorhin nicht vergessen oder ihre Schuld beglichen oder was auch immer. Sie keuchte, gab keinen Laut von sich. »H-Hast du das g-gern?«

»Jetzt schon nicht mehr.«

»Was soll d-das heißen?«

»Du hast gefragt, ich hab geantwortet.«

Aber er machte weiter und tat ihr noch mehr weh, bis sie sich krümmte. Kann sein, dass an dieser Stelle Sex ins Spiel kommen sollte. Doch es macht keinen Sinn, genau zu beschreiben, wie es passierte. Ein klein wenig Gebrüll, Zu-Boden-Drücken, Stöhnen, Reue, die Bitte aufzuhören, Angst, Schmerz, der Versuch, es zu genießen. Immer wird dies außerhalb des angemessenen Kontextes sein. Nicht wegen des Akts des Schreibens. Wegen des Aktes an sich. Er versuchte zu lächeln. Half ihr auf, gab ihr seine Hand und sie drückte sie voller Wärme. Sie gingen und schwiegen, hinter ihnen strömte die Fahrzeugkolonne dank der Polizei und ihrer Lautsprecher in befriedigendem Rhythmus. Vielleicht nach langem Schweigen sagte sie: »Das ist lustig, wenn man überlegt, wie du mich vor ein, zwei Stunden erst mitgenommen hast und was uns alles schon passiert ist.« Er antwortete nicht und sie erzählte ihm von ihrer Fahrt und wie er ausgesehen habe, wie schön er gewesen sei und wie viel Angst in ihr gewesen sei, dies alles zu verlieren, ihn mit seinem Schweigen und seiner Kühle. Sie versuchte, diese sich verflüchtigenden Momente noch einmal zurückzuholen. Er sah sie an. Ihn amüsierte, dass sie die Passanten am Straßenrand nachmachte. Wie hatte sie es geschafft, diese während der Fahrt zu betrachten? Er deklamierte:

> Winter and summer I sing of her grace,
> As the rose is fair, so fair is her face,
> Both Summer and Winter I sing of her,
> The snow makyth me to rembember her.

Und als sie ihn küsste, wollte er sie umarmen, ihr sagen, schläfere mich ein, und dachte, ich würd dir den Finger reinschieben, aber stattdessen sagte er: »K-Küss mich nicht, i-ich k-küsse dich auch nicht.« Vielleicht waren dies Abschiedsworte und sie verstand nicht so recht und machte sich nicht davon, und da sie sich nicht davonmachte, begann sie, ihm auf die Nerven zu gehen, denn so ist das nun mal, wenn jemand plötzlich allein sein will und nicht kann. In der schattigen Siedlung blühten noch Blumen in den Gärten, nur auf den Feldern waren die Chrysanthemen vertrocknet, der Mohn zerfallen und die Disteln gerade stachelig geworden, aber in den Gärten – Menschen gossen die Beete, barfüßig und in Unterhemden, ein kleiner Junge brüllte, »Wasser, Wasser«, und seine Mutter schrie ihm vom Balkon aus zu, »mach dir die Hose nicht nass, wir gehen zu Oma und Opa, Eiskaffee trinken«, als genau in diesem Moment vor dem Haus ein Wagen hielt, dem ein Soldat entstieg, der verstohlen, wie ein Spion, die Hausnummer kontrollierte, ehe ein Offizier im Rang eines Oberstleutnants ausstieg und mit ihm zusammen ein weiblicher Offizier im Rang eines Hauptmanns-und-noch-irgendwas. Der Bebrillte sagte nichts, aber sie sah, dass er ebenfalls stehen blieb, blieb auch stehen und setzte sich unter einen Baum, was ihr wehtat, und da sie aus irgendeinem Grund Angst vor einer Infektion hatte, kam sie wieder hoch und stand, das Gewicht erst auf das linke Bein verlagert und dann auf das rechte, und dachte bei sich,

›dass er niemals von mir geht‹, denn er war wie ein ausländischer Freund vor dem Rückflug nach Hause. Es war sehr warm. »Wer sind die?«, fragte sie. Noch ein Wagen kam, ein Taxi, aus dem ein Mann stieg, zusammen mit einer Krankenschwester in weißem Kittel. Das Grüppchen wurde von dem Block verschluckt. Stieg die Treppe hoch. Er sagte zu ihr: »S-Sie sind ge-gekommen, um zu b-benachrichtigen.« Zunächst begriff sie nicht und brach dann in Tränen aus. ›Ihre Kleider werden Pech sein, und ihre Angesichter werden Feuersflammen bedecken, und Gott wird eine jede Seele nach ihrem Verdienst belohnen, denn Gott ist schnell im Zusammenrechnen.‹ Sie sahen zu, dass sie wegkamen. Aus der Ferne brach sich das Schluchzen eines Mannes. Sieht so der Tod aus? »Ich will dir von meinem Bruder erzählen.«

»I-Ich will n-nichts hören.«

Sie sah ihn erstaunt an, taxierte ihn und sagte: »Du bist Araber, oder?« Die Wahrheit ist wie ein Block gefrorener Honig in der Brust. Er beugte sich herab, küsste sie und sagte: »Ich geh Sh-Shifra suchen.«

»Was ich bin, ist mir schon während eines halben Tages passiert.«

Sie versuchte, Steinchen und Staub aus ihren Sandalen zu schütteln. »Du guckst auf meine Zehen, ich weiß, dass ich lustige Zehen habe, die großen Zehen sind lang und die übrigen kleine Stummel. Na und?« Seine Geduld riss. Als er das Haus verließ, hatte er gedacht, dass der Tag aus einem Guss sein und nicht stecken bleiben würde, dass er die Sache zu Ende brächte. Der Gedanke kam ihm, sie sei ein Engel, sie wird ihn nach Hause bringen, seine Tasche auspacken, die verschimmelten Lebensmittel im Kühlschrank wegwerfen, lüften, sauber machen, Käse und Brötchen einkaufen gehen, und wenn sie zurückkommt, wird der Duft der Brötchen aus dem Treppenhaus aufsteigen und auch der Kaffee in der sonnendurchfluteten

Küche wird verkünden ›einen Moment‹, sie wird zu ihm treten und zu ihm sagen ›einen Moment‹, er wird auf dem Bett liegen, wird lächeln und sagen ›einen Moment‹, ehe sie seine Augen schließen und weggehen wird, das Licht ausmacht und der Moment vorüber ist, da sie seine Seele wie einen geschmolzenen Knopf mitnimmt. Sie betraten den Campus der Universität, sie auf den Wegen hinter ihm hertrottend, vielleicht ließ er sich erst jetzt hier (auf den Stufen) und nicht schon auf dem Feld nieder und setzte sie auf sich, nein, ja, was ändert das, überall bricht der Sex aus dem Leben wie ein falscher Schrei. *Save in my absence, Madame.* Er entfernte sich, wurde zu einer traurigen Erinnerung. Sie stand vor dem Eingang zu einem der Gebäude und schrie: »Warte auf mich, ich muss dir noch etwas sagen.« Er drehte sich um und sah sie in ihrer ganzen Schönheit, erinnerte sich auch, wie sie mit aller Kraft das Lenkrad zum Feld hin herumgeworfen hatte, dachte auch an ihr Lachen und sagte laut zu sich selbst: »Geh, verschwinde von hier«, und beeilte sich, von dem Gebäude verschluckt zu werden, anfangs hatte das Gebäude kein Inneres und danach kein Äußeres mehr.

Er stieg bis in den fünften Stock hoch, verlief sich, machte kehrt, öffnete Türen, entschuldigte sich, vielleicht war es ein anderes Institut, und hin und wieder murmelte er: »I-Ich s-suche Sh-Shifra, i-ich.« Die Stimmen eines Zimmers vermischten sich mit den Stimmen des Nachbarzimmers. Es waren nicht viele Widersprüche zwischen dem, was an einem Ort gesagt wurde, und dem, was man an einem anderen Ort von sich gab. Dank Descartes ist es uns ja bekanntlich gelungen, dies alles zu regeln: Als Erstes kommen wir, danach die Welt, die beweist, dass wir zuerst kommen, weil sie die Welt ist. Im obersten Stockwerk, vor dem Raum am Ende des Flurs, stand ein nach vorne gebeugter Mann, dessen Hintern in die Luft ragte wie ein Bügelbrett und dessen Visage am Schlüsselloch klebte. Er hörte die Schritte, richtete sich auf, blickte um sich, sein Rücken blieb gekrümmt, war offenbar auch gekrümmt, wenn er mal nicht durch Schlüssellöcher stierte, überlegte, sich aus dem Staub zu machen, und schlug dann vor: »Kommen Sie, kommen Sie.« Der Mann mit Brille folgte der Aufforderung. Beugte sich vor. Wenn ich doch nur ausruhen könnte, nichts wollen, warum bloß hatte er das Lockenköpfchen ihm nicht von ihrer unverhofften Begegnung am Morgen erzählen lassen? Im Zimmer stand ein sehr hagerer und behaarter Mann, ergraute Haarbüschel schmückten seinen Körper, sein Penis ruhte in den Händen einer älteren Frau, die in weißem Kittel auf einem Stuhl vor ihm saß, dann versuchte, ihm einen zu lutschen, bis sie husten musste und aufhörte. »Schön, was?«, fragte der Kartenabreißer und fügte großherzig hinzu: »So viel Sie wollen«, was heißen sollte, vergnügen Sie sich, so viel Sie wollen. Er weigerte sich weiterzuspannen. »Wenn Sie sie vertreiben wollen, versuchen Sies, ich habs nicht geschafft.«

»N-Nein, n-nein.«

Der Spanner kehrte zum Schlüsselloch zurück und er stand neben ihm. »W-Wissen Sie, wo die Versammlung wegen der P-Petition stattfindet?« Ohne den Kopf zu heben erwiderte der Spanner: »Zimmer 321.« Er stieg zwei Stockwerke hinab, die Umarmung, mit der er sie auf dem Feld umfangen hatte, war noch gegenwärtig. Ihr Freund wird kommen. Ich werde nur einmal in der Woche kommen, werde bei ihr schlafen, ohne Ficken, sie wird mich streicheln, bis ich eingeschlafen bin, ohne Liebe, am Morgen wird sie mir frische Brötchen bringen, wird mir Kaffee machen und ich werde gehen. Er wird ihr etwas über sich selbst erzählen. Wut erfüllte ihn, er hatte nichts über sich selbst zu sagen. Vor Zimmer 321 standen einige Greise, tranken Kaffee, jemand klatschte in die Hände: »Meine Herren, wir sind schon spät dran.« Er folgte ihnen, elf Leute, ein weiterer

Mann saß auf dem Katheder und ein anderer stand am Rednerpult und las von einem Blatt ab, das er allem Anschein nach nicht selbst geschrieben hatte, denn er hatte Schwierigkeiten, die Schrift zu entziffern, auf Englisch las er, seine Hände zitterten, vielleicht war er trotz aller Routine aufgeregt, als er sich in einen Lobgesang erging auf den Mann, der vor uns saß und lächelnde Blicke unter die Zuhörerschaft verteilte, die ihrerseits mit den Köpfen nickte, denn der Raum stand voller Stühle, und der Gast war nicht beleidigt ob der spärlichen Anzahl von Teilnehmern, ihm genügte es, dass sein Flug und der Hotelaufenthalt bezahlt worden sind, morgen würde er ans Tote Meer gefahren werden und danach nach zur Holocaustgedenkstätte Yad vaShem, ein kleines Land, er hatte im Flugzeug etwas darüber gelesen, als eine Frau in den Raum gestürzt kam und schrie: »Was sitzt ihr hier noch? Wisst ihr nicht, dass Krieg ist?« Der Gast kann kein Hebräisch, und fährt daher fort, freundlich mit dem Kopf zu nicken, annehmend, dass sie ihn in ihrer Sprache willkommen heißt, ›herzlich willkommen in unserem Land, bescheidener Gelehrter‹, lächelt gewinnend und neun der Anwesenden drehen die Köpfe und sagen zu ihr, sie solle den Mund halten, »Es ist Krieg, es ist Krieg!«, worauf der Dozent dem Gast erklärt: »She is very excited because of the political events in the region.«[1] Der Gast aber fährt fort, zu lächeln und zu nicken, und fügt hinzu: »Ah ja, ah ja.« Danach geht sie, ein Mann eilt ihr nach, sie versucht, in dem Labyrinth zu entkommen, grauhaarig ist sie, verschwitzt, dick, hält einen Pullover in der Hand, doch als er sie nicht in Ruhe lässt, fährt sie gereizt herum und sagt zu ihm: »Sie können Beschwerde gegen mich einreichen. Von mir aus, sollen sie mich doch vor Gericht stellen. Ich werde das zu einem Prozess gegen die Regierung machen. Es gibt Leute, denen passieren heutzutage viel erschütterndere Dinge.« Ihr Gesicht war von Falten zerfurcht.

»N-Nein, n-nein.«

»Was gucken Sie so? Sind Sie vom Inlandsgeheimdienst?«

»N-Nein, n-nein.«

»Was ›nein, nein‹? Glotzt sich die Augen aus dem Kopf, hier gucken Sie, noch nie die Brust einer Frau gesehen?«

»W-Wie heißen Sie?«

»Shifra, Shifra heiße ich.«

»Ihr K-Kind i-ist aus dem Hort weggelaufen?«

»Ich habe kein Kind. Was wollen Sie von mir?«

Er schwieg. Wollte sich entschuldigen, aber sie redete gleich weiter, warum sich also entschuldigen: »Wochenlang hat jeder Schmock geschrieben: Es wird Krieg geben, ihr seid gewarnt worden! Und siehe da, es ist Krieg, und jetzt, da der Krieg begonnen hat, bewegt keiner von ihnen seinen Hintern. Im Gegenteil, sie haben bereits Vorschläge parat, wie sich die Sache schnell beenden lässt, wie man siegen und den größten Nutzen daraus schlagen kann.« Sie holte jetzt tief Luft. Er hörte zu. Mit ein bisschen ruhigerer Stimme sagte sie: »Bei jedem kleineren Vergehen heißt es, man muss Acht geben, den Verbrechern nicht auch noch einen Preis zu geben, aber Krieg ist kein Verbrechen, richtig? Es werden bereits Vorschläge gemacht, wie sich daraus Gewinne erzielen lassen. Kotzen, ja man möchte kotzen.« Er war größer als sie, dennoch hob sie nicht den Kopf zu ihm, »Das i-interessiert mich.« Sie sah ihn an, fuhr dann zurück und sagte voller Bitterkeit: »Ich, ich kann nicht mehr. Verstehen Sie? Etwas Schreckliches, etwas, das einem die Luft nimmt, ist hier«, und sie griff sich an die Brust, zog es jedoch sogleich vor, sich an die Kehle zu fassen, da ohnehin ihre Brüste aus ihrem billigen BH zu quellen drohten, »ich kann das nicht benennen, eine Art grauenvolle Wahrheit, kleine Kinder sterben, Mütter fliehen mit ihren Kindern. Ich bekomme gesagt: Freu dich, dass du nicht tot bist – und was bin ich? Freu dich, dass deine Eltern nicht tot sind – und was sind sie? Dass man deine Stadt nicht bombardiert – und was hat man mit meiner Stadt gemacht? Dass du nicht aus deinem Haus fliehen musst – und was hab ich gemacht? Dass du nicht die Kinder einpacken und fliehen musst. Und wie haben sie mich mitgenommen?« Er staunte: »D-Das klingt sch-schrecklich, was Sie sagen.« Sie wandte sie ab und ging, hatte heute keine Kraft für Einfaltspinsel, zwanzig Jahre, dass sie keine Kraft für naive Trottel hat, immer kommt am Ende heraus, dass sie sich naiv stellen, und er eilte ihr nach, obwohl er bereits daran dachte, es sein zu lassen. Sie hinkte. Eine arabische Putzfrau in hellblauem Kittel kniete auf dem Fußboden und wischte vor den Toiletten auf. Die Alte sagte auf Arabisch zu ihr: »Fal-yasqut al-ihtilal!«,[2] und die Frau seufzte leise und erwiderte, ohne den Kopf zu heben, »Inscha'allah«, und wischte auch ihre Fußspuren weg. »S-Sind Sie A-Araberin?«

»Wollte Gott!«

Schnaufend stieg sie ein Stockwerk höher. Er folgte ihr. Sie betrat einen großen Hörsaal, stieg die Stufen des Auditoriums hinab und blieb neben dem Dozenten stehen, doch bevor sie den Mund aufmachen konnte, sagte der Dozent zu ihr: »Du kommst zu spät.«

»Ich bedaure.«

»Bedauern kannst du draußen. Geh jetzt.«

Sie machte kehrt. Draußen trat der Bebrillte zu ihr. »Was gucken Sie so? Wissen Sie überhaupt, wer dieser Professor ist?« Und verschwand im Gebäude. Er suchte nicht weiter. Ohnehin verlangte es ihn nach seinem kleinen Lockenköpfchen. Ihr Lächeln trat ihm vor Augen, als sie den Panzertransporter an ihrer Stoßstange hatte kleben sehen, oder dachte er wehmütig an den Moment zurück, in dem er sie umfangen hatte – wer weiß. Am anderen Ende des Flurs stand eine Frau und sprach in einen Telefonhörer. Er rief ihr zu: »T-Tamar, Tamar«, es war schon lange her, dass er sich derart gefreut hatte. Aber die junge Frau am Telefon sagte: »Entschuldigung, einen Moment nur«, drehte sich zu ihm um und sagte: »Was wollen Sie von mir?« Wie hieß das Lockenköpfchen noch, seine Odyssee in dem Gebäude erregte bereits Aufmerksamkeit. Einer der Hausarbeiter sagte zu ihm: »Sagen Sie, kommen Sie von einem anderen Stern?« Und er erwiderte lächelnd: »J-Ja«, »Ah, zweiter Stock, der dritte Flur von der Treppe ab, bis zum Ende, dann rechts, man wartet schon eine Ewigkeit auf Sie.« Er ging, bis er beim Lehrstuhl für Astrophysik angelangt war. Dort sagte er zu der Sekretärin: »I-Ich b-bin von einem anderen St-Stern.« Sie war ungehalten. »Das Interview war für vier angesetzt, jetzt ist es bereits fünf. Wieso kommt ihr immer so spät?« Er zuckte mit den Schultern, entschuldigte sich. »Professor Gonen wird Sie gleich empfangen, aber es wird ein kurzes Interview werden, ein bisschen bessere Manieren würden euch Journalisten nicht schaden, ihr tut, als gehöre euch die ganze Welt.« Wütend packte sie ihre Sachen zusammen und ging. Sie hatte niemanden, der auf die Enkel aufpasste. Ihre Tochter und deren Mann waren zum Krieg eingezogen worden. Der Boss hatte ihr nicht erlaubt zu gehen, bis nicht der Journalist da wäre, dabei gab es keine Fakultätssekretärin, die nicht schon am Mittag nach Hause ging. Er klopfte an die Tür des Zimmers von Professor Gonen, der zu ihm aufblickte, bleich wurde, lächelte, sich erhob und auf seinen Schreibtisch stützte, dann auf ihn zukam und sagte: »Du lebst?« Er antwortete nicht. Gonen sah ihn erneut an und stieß dann ohne übermäßige Freude hervor: »Ich freue mich ja so, dass du gekommen bist.«

»Ich h-hab mich v-verliebt. Seit Jahren ist mir s-so was nicht mehr passiert. Ich hab mich v-verliebt.«

Michael Gonen sagte: »Du hast dich verliebt?« Beide schwiegen sie. Michael wurde nervös: »Und was weiter?« Der ungebetene Gast zuckte mit den Achseln. Und Michael sagte das, was ihm half, sich ein wenig von seiner Nervosität frei zu machen, denn schließlich musste er zusehen, dass er schnell von hier wegkam: »Wir haben Krieg, was?«

Möglich auch, dass das, was durch den Irrtum eines gewissen Gadi, Panzergrenadier für Zionismus, in den Außenbezirken von Tel Aviv wie ein Stau aussah, aufgelöst wurde mithilfe dreier Polizeilautsprecher, die es verstanden, dem sich in nördliche Richtung bewegenden Bewusstsein Sicherheit einzuflößen, »Weiterfahren, nicht anhalten, weiterfahren, nicht anhalten, alles in Ordnung, alles in Ordnung«, und wenn jemand doch anhielt, wegen einer verstopften Benzinleitung etwa oder einer verbrannten Kupplung, schoben seine Reisegefährten den Wagen flugs an den Straßenrand und nahmen den ratlosen Fahrer in ihrem Fahrzeug mit, wo sie saßen und sich an Anekdötchen aus der Vergangenheit und über diese ergötzten, mit dem ›ich erinnere mich‹ als Garant für den Wahrheitsgehalt leeren Gefasels, genau wie in der Literatur, ›ich erinnere mich, wie einmal, 195…‹ und so weiter. Und von Zeit zu Zeit, je mehr die Selbstsicherheit zurückkehrte und das Labyrinth der verstopften Straße und die Windungen des müden Hirns füllte, nahm einer der Polizisten das Mikrofon und sang anspornende Lieder wie etwa die Nationalhymne, Lieder über die Verwirklichung des seit Generationen gehegten Traums, geborgen zwischen dem Meer und dem Jordan zu sitzen (obwohl sie überhaupt nicht in Richtung Meer und auch nicht in Richtung Jordan fuhren), wobei seine Stimme vor Verlangen zerfloss und nicht nur in sonderbarem Widerspruch zu den Kommandos stand, die er gab, »Beeilung, he, Sie da in dem blauen VW, weiterfahren, fahren Sie endlich«, sondern während des Gesangs, entgegen den Vorschriften, von einem Ende der Kolonne zum anderen zu hören war. Die Windschutzscheibe des Wagens verpasste ihm Glasaugen, dem Polizisten Herzl, der nach allem zusammen mit seinen Kameraden – »Weiterfahren, weiterfahren, nicht anhalten, alles in Ordnung, alles in Ordnung« –, aber vor allem er, diesen Verkehrsstau zu einer Erfolgsstory gemacht hatte, Panzer, Panzertransporter, Lastwagen, Taxis, Motorroller, Autobusse – alle fahren sie in den Libanon, und am Straßenrand berichten Zeitungsreporter ihren Zeitungen, Emotionen gilt es zu erzeugen wie Schießpulver, schwere Mercedes-Benz-Lastwagen, schwedische Volvo-Omnibusse, auch Busse mit Touristen, denen versprochen worden ist, das gelobte Land genau zum Zeitpunkt seines sich Breitmachens und Ausdehnens zu sehen, dazu rötliche Fiats mit schwarzen Punkten auf ihren Flügeln und weiße Renaults mit gelben Staubgefäßen, Fahrradglocken am Hals der Pedalritter wie Kuhglocken, so-wie eine Ziegen- oder Schafherde, die am ersten Rastplatz geschlachtet werden wird, schließlich muss man was essen, auch schlafen muss man, und alle trällern sie mit, »Je-ru-sa-lem, Je-ru-sa-lem«, auch die Äthiopier, während es der Militärpolizei gelungen ist, auf dem Weg nach Ra's an-Nakura auch noch die letzten Zivilisten zu rekrutieren, die es nicht geschafft haben, aus der Kolonne auszuscheren, und wenn sie schrien oder schluchzten oder sagten, »ich bin gerade erst wach geworden, bin aufgewacht, Wasser«, wurde ihnen ein klitzekleiner Krieg und fette Beute versprochen – ein roter Buchstabe mit weißen und blauen Längsstreifen, dazu eine Urkunde mit der Unterschrift des Oberbefehlshabers im Ruhestand Rafael Eytan, der eben erst, extra zur Verleihung der Urkunden, schreiben gelernt hatte, und vielleicht, wenn sie sich beeilten, bekämen sie auch noch einen Videorekorder ab (auf inoffiziell flüsterte man sich zu, dass es dieses kostspielige elektronische Wunderding in rauen Mengen im Libanon gäbe, einem Land ohne Zölle und mit minimaler Achtung vor dem Eigentum des Einzelnen: Man meldet sich zur Waffe – so war versprochen worden –, fährt, plündert und geht wieder). Kurzum, der Libanonkrieg begann mit einer Fahrzeugkolonne, die niemand anhalten konnte, wobei es auf immer ein ungelöstes Rätsel bleiben wird, wieso es nicht möglich war, diese zu stoppen, als sie sich in Bewegung setzte, denn später würden die Fahrenden, die Anführer der Kolonne, ihre Späher und Navigatoren, ihre Befehlshaber um ihr Leben flehen, »nach Hause, nach Hause«, wie kleine Kinder, die man zur Strafe im Kindergarten allein mit der hektischen Putzfrau gelassen hat, weil sie zuvor nicht ruhig hatten sitzen und aus ihrem Brotbeutel essen wollen.

Das Telefon klingelte im Zimmer der Sekretärin, niemand antwortete, das Klingeln blieb hartnäckig und erstarb erst nach mehreren Minuten. Beide warteten sie darauf, dass das Klingeln aufhörte. Ich sehe dich an, ich bin eine Fliege, die dich ansieht, mein Leben ist zeitlos, füge mir Schmerzen zu, das Neonlicht beruhigt mich, dann klingelte der Apparat auf Gonens Schreibtisch. »Ich höre, ich höre ... In Ordnung, was willst du noch sagen? O. K., ich werde dich nicht unterbrechen«, und nach einer Weile sagte er leise: »Ich bin wirklich sehr beschäftigt im Augenblick ... Willst du, dass ich trotzdem ernsthaft mit dir rede, dann werd ichs dir sagen: Ich schwöre dir, dass ich hier geschlafen habe, ja, hier in der Abteilung, in dem Bett, das ich mir organisiert habe«, wieder lauschte er und gab keinen Ton von sich, nickte und wagte nicht, seinen Gast anzusehen, der ihn aufdringlich anstarrte, und nachdem er höflich zugehört hatte, sagte er still: »Ich schwöre dir noch einmal, ich bin seit fünf Jahren zu keiner Hure mehr gegangen. Was kann ich noch tun, damit du mir glaubst?« Wieder lauschte er und redete weiter: »Wenn ich zu Hause schlafe? ... O. K., soll ich dich daran erinnern, wie du morgens wach wirst?« Vielleicht hoffte er, dass sie auf die Beweispflicht verzichten würde, aber dann sagte er: »Ich bin nicht allein. Aber du willst es so, also rede ich – was ist das Erste, das du am Morgen sagst? ... Nein, eben nicht … Als Erstes fragst du: ›Bist du die ganze Nacht hier gewesen?‹ Und gestatte mir hinzuzufügen – du fragst das immer vollkommen panisch.« Wieder lauschte er sehr höflich, wollte vielleicht seinen Gast in Verlegenheit bringen, ihn vertreiben, er hatte keine Kraft für Gespräche mit Toten. Er sagte: »Richtig, es ist meine Schuld, das stimmt, aber darüber waren wir bereits einer Meinung.« Wartete und ging dann in die Offensive: »Ich kann nicht mein ganzes Leben lang dafür bezahlen, dass ich dir die Wahrheit gesagt habe … Nein, ich bin zu keiner Hure gegangen, überhaupt nicht … Ja, ich verstehe, ich verstehe wirklich, du kannst nicht mit mir schlafen wegen dieser Huren, ich mache dir keine Vorwürfe.« Jetzt redete seine Frau und dieser Gonen hörte zu (Die schönste Erinnerung, die ich habe, das Lockenköpfchen, das weggelaufen ist, die angenehme Wunde, warum erliege ich den Erinnerungen?) »Ich verstehe, richtig, vor den Huren, weshalb hast du da nicht mit mir schlafen können? Weswegen konntest du vor den Huren nicht mit schlafen?« Jetzt wandte er sich seinem Gast zu, hielt den Hörer zu und flüsterte dem Kommandanten zu: »Sie weint, tut mir Leid, das kann manchmal lange dauern«, ehe er wieder in den Apparat sprach, »Du hast Recht, ich bin zu einer Hure gegangen, weil ich diese perverse Neigung hatte, die Frau nicht zu kennen, mit der ichs treibe … Ich bitte um Entschuldigung, ich meine, mit der ich schlafe … Sieh mal, das hat etwas, ich meine, das hatte etwas Angenehmes, nichts schuldig zu sein außer Geld … Ich habe Überstunden gemacht, es war nicht dein Geld. Es war nicht dein Geld«, und erneut hielt er die Sprechmuschel zu und sagte zu seinem Kommandanten: »Ich werde keine andere Wahl haben, als am Ende zuzugeben, dass es ihr Geld war«, »In Ordnung, es war dein Geld, aber ich bin weg davon … Und ich betrüge dich auch nicht … Nein, obwohl du nicht mit mir schläfst … Das stimmt, ich liebe dich, ja, meine Teuerste, ich liebe dich, geh jetzt schlafen.« Er hatte nicht vor, das Gespräch zu einer gegenseitigen Schuldzuweisung zu machen. Nein, Hannah, seine Frau, ist eine sehr zerbrechliche Frau. Niemals sei er zu Huren gegangen, sagte er nachher zu seiner Verteidigung, und habe dies nur zugegeben, um ihren Ängsten eine Entsprechung in der realen Welt zu verschaffen. Wenn tatsächlich Huren mit von der Partie sind, ist sie nicht verrückt, sondern nur verletzt. Ich bin sicher, du verstehst, was ich meine. Ich werde dir ein Beispiel aus unserer Berufswelt geben, für deine Leser: Stell dir einen Menschen vor, der jahrelang durch ein Teleskop blickt und nichts sieht, und dagegen einen Menschen, der durch ein Teleskop blickt und einen Stern sieht, ja sogar eine Straßenlaterne oder ein Paar, das sich in einem Zimmer des ›Hilton‹ küsst. Der Gast sagte: »Das ist eine E-Erklärung, es gibt bestimmt noch mehr E-Erklärungen.«

»Ja, ja, es gibt noch mehr Erklärungen, ihre Erklärungen zum Beispiel, die sich jeden Tag ändern. Meine Erklärung ist von Dauer, weshalb ich sie ein für alle Mal erfunden habe und an ihr festhalte. Sag mir, was machst du hier?«

Sie redeten sehr wenig, saßen in dem Zimmer, der eine dachte darüber nach, wie er seinen Gast loswerden könnte, und der Gast dachte, was er weiter tun sollte, wie er sich wieder und wieder Schmerzen zufügen könnte, um in diesem Augenblick hier zu sein und nicht darüber nachzudenken, was gewesen war oder was sein würde, und nach drei Tagen erreichte die Karawane die libanesische Grenze, doch der Krieg war noch nicht zu Ende, ein Teil der Panzertransporterfahrer und Panzergrenadiere wurde zu Haft verurteilt und gleich wieder freigelassen, um zu kämpfen, und ein Teil wurde nicht verurteilt, da ihre Einheiten sie und ihre Panzer unverzüglich und auf der Stelle benötigten. Niemals erfuhren sie den vollen Namen ihrer Genossen auf dieser Fahrt zur Grenze, die zweifellos eine eigene Geschichte verdient hätte, einen Bestseller. Noch bei Atlit, auf halbem Weg, hatten sie gepinkelt, alle gemeinsam, und einer von ihnen hatte die anderen fotografiert, Gadi wollte sich nicht fotografieren lassen, aber der Fahrer neben ihm hatte ihn hoch in die Luft geschwenkt und zu dem Fotografen gesagt: »Fotografiko, knips jetzt, Gepetto und Pinocchio ziehen in den Krieg.« Das Bild landete später auf einem großen Müllhaufen neben der Militärverwaltung in Tyros, als sich die Armee aus Gründen, auf die hier nicht näher eingegangen werden soll, zurückzog. Gadi, Panzergrenadier für Zionismus, blieb an der Grenze. Seine Einheit, die Einheit zur Stärkung des Bewusstseins, war für eine Vortragsreihe vor Soldaten zusammengezogen worden, und Gadi kam, wenn auch nur unwesentlich, zu spät zum relativ kritischen Vortrag eines relativ kritischen Autors, dessen Name ihm später entfallen sollte, »Der Krieg ist ausgebrochen und zu Ende gegangen – was dann?« lauteten Titel und Gegenstand des Vortrags, man schreibt bereits den Nachmittag des 8. Juni 1982 und die Sonne erwägt, im tiefen Meer zu versinken. Auf dem Meeresboden ruhen Altertümer aus Sidon, ein Schiff mit einer Ladung Zedern, die Knochen eines prähistorischen Hasen, eine Coca-Cola-Dose, Algen, Wiegenlieder, Lieder zum Abschied in tausenden von Sprachen, alle kommen sie, um an ein und demselben Ort zu ruhen. Die anderen Teilnehmer dieses Lausbubenausflugs wurden in alle Winde zerstreut. Ein Teil von ihnen wurde sicherlich getötet, ein Teil erlitt Verbrennungen und lässt bis auf den heutigen Tag plastische Operationen über sich ergehen, Gadi hörte auf, andere anzuschwärzen, wurde erwachsen, stritt mit seinem Vater und fand sich mit ihm ab, schrieb Erzählungen, wurde zu einem Emissär des Einwanderungsministeriums, lernte das Totengebet zu sagen, für alle Fälle, wurde Kulturattaché, Fernsehdirektor, Reformrabbiner und so weiter.

Als die Kolonne aus dem Norden zurückkehrte, nach Jahren, und sich in ihre Garagen, ihre kühlen Hangars unter der Erde und den Schoß des Oberkommandos verstreute, das angewiesen war, bereits den nächsten Krieg vorzubereiten, da glichen wir Kindern, die müde von einem Ausflug zurückkommen, immer warteten auf einige von uns die Eltern neben dem Schulhof, hörten von weitem das »Je-ru-sa-lem, Je-ru-sa-lem«. Wir stiegen von dem Lastwagen, umarmten Papa und Mama, auch der kleine Bruder ist mitgekommen, da ist er, dort drüben, man steigt herunter, stinkend, beschämt, zittert, die Mehrzahl ging ohnehin allein, niemand, der auf sie gewartet hätte, sie lauschten auf die Nachrichten aus dem Transistorradio oder auf die Fernsehnachrichten, die von den Balkonen kamen, Geografie, Geschichte, ein öffentliches Gebet, ein Untersuchungsausschuss, eine neue Regierung, der Kommandeur des Frontabschnitts will in die Politik gehen, wir werden für ihn stimmen, die Farbe des Lakens, der Geruch der Füße, an denen wochenlang Socken geklebt hatten, kostenlose Behandlung ist den Füßen zugesagt, an denen der Gestank haftet, was sollen wir den Freunden erzählen, Erlebnisse, Schlussfolgerungen, schlafen, ihr vor die Füße fallen, sie wäscht ab, sie küssen, ihre dicken, aneinander gepressten Schenkel, Mama, Mama, mein Körper stinkt, unsere Rucksäcke sind dreckig, der Name von jemand anderem steht auf meiner Tasche, vielleicht schleppe ich nicht meinen eigenen Rucksack, habe meinen Namen verloren, ich erinnere mich nicht mehr, wo mein Haus ist, die Füße sind schwer, unsere Hände sind blutbesudelt, die Fingernägel mit geronnenem Blut und Schlamm überzogen, von einem Kameraden, den man über der Schulter getragen hat wie in den Liedern, und vom Blut der Opfer, das nicht in den Liedern besungen ist, eine Autobombe, die in die Luft flog und unsere Kameraden erst in alle Richtungen verstreute und dann zu ein paar zusammengestückelten Leichen wieder vereint hat, eine Hand von diesem und ein Bein von jenem, und auch das Leben ist so, ein Name von hier, eine Adresse von dort, eine persönliche Kennzahl von da und Erinnerungen von hier und von dort.

So müsste man diesen Roman beschließen, handelte er nicht von winzigeren Dingen als einem Krieg: Die große Karawane in Richtung Norden war die Ursache des Krieges – nicht sein Resultat. Es ist gut, sich daran zu erinnern, wenn man wieder einmal eine Militärkolonne sieht, damit wir uns nicht noch einmal täuschen in der Einschätzung von Feldzügen, denen man sich anschließt, ohne zu wissen, wann man zurückkehren wird, selbst wenn wir alle lauthals in das Lied »Je-ru-sa-lem, Je-ru-sa-lem« mit einstimmen, manchmal aus dem Schlaf heraus, manchmal im Traum, in einem Käfig, der in Stücke gerissene Körper wartet darauf, dass man ihn wieder zusammenfügt, und die Leopardenbändiger sind angewiesen aufzuhören, die Peitsche knallt und der Zerstückelte fährt aus dem Schlaf hoch, aber der Knall ist nicht der Knall einer Peitsche sondern das Peitschen eines Maschinengewehrs, sodass er sich versteckt – seine Einheit ist weg, vielleicht hat es sie nie gegeben, vielleicht hören sie seine Stimme nicht, das ist mein Versteck, ich will nicht wegen euch sterben, welche Farbe hat die Blume auf der Tasse, die vom Hochzeitsservice übrig geblieben ist, welche Farbe hat das Laken auf dem Bett, das Laken, das du mir dagelassen hast, als du gegangen bist, wo haben wir unsere Laken gelassen, als du zurückgekommen bist, welche Platte ist auf dem Plattenteller liegen geblieben, als ich das Haus verließ, so lange schon habe ich keine Musik mehr gehört, wie pfeift man die konzertante Sinfonie von Mozart, warum streitet er mit seiner Mutter, was hat er ihr vorgehalten, dass sie in Tränen ausbricht, immerhin war er schon einundzwanzig, damals, jetzt ist er sechsunddreißig und sie ist schon nicht mehr, vielleicht wird er sie treffen, er muss nur noch eine Kugel abbekommen, diesmal in den Bauch, ihm ist kalt, die Beine sind schwer, das Blut ist warm, die Stiefel sind voller Schlamm, er hat nicht den Mut, auf die Stiefel zu schauen, es tut nicht weh-eh-eh, in der zweiten Klasse war ich ein guter Schüler, wegen der Lehrerin, sie hatte ein tolles, tolles, tolles Lächeln – er versuchte, sich unter einer Eiche neben dem Haus zu verstecken, verband sich als Erstes eine Wunde am Arm, verletzte sich an einem Haken neben dem Fenster, die Kugel zwischen den Oberschenkeln, vielleicht ja auch eine Handgranate, sie hatte einen Riss, und er verband sich die Verletzung an der Hand, ein Kleidchen, das er einer Puppe vom Körper gerissen hatte, wickelte das zerrissene Kleidchen um die Wunde, das Sturmgewehr in der einen Hand und in der anderen eine kleine, nackte Puppe, Tambolina heißt sie, ihre Augen sind weit aufgerissen, er bringt sie in Rückenlage und richtet sie wieder auf, blaue Augen mit schwarz in der Mitte, lange Wimpern, roter Stoff, das Blut läuft weiter oder nicht, die Stiefel kleben ihm fest, oder ist es ein Sumpf, umpf, umpf, ihm ist kalt, die Puppe sagt etwas, jedes Mal, wenn er sie aufrichtet, ich werde dich nicht verlassen, auf den Kopf muss man Acht geben, »Je-ru-sa-lem«, der Helm ist weg, das Funkgerät hat er liegen lassen, ich habe kein Glück, meine Frau hat mich verlassen, ist zu mir zurückgekehrt, jetzt wird sie die Rente bekommen, wie redest du denn, sie wird sagen, sagen, sagen, wo sind bloß alle Körperteile, die Leoparden haben ihn zerfleischt, unter einer Eiche neben einem knallgelben Busch, wie heißen diese Blumen im Libanon gleich noch, »Je-ru-salem, Je-ru-sa-lem«, erneut Feuer, 0.3, ich werd ein Sieb aus dir machen, vielleicht will er mich zum Tanzen bringen, ich hab keine Kraft zu tanzen, hab wirklich keine Kraft zu tanzen-anzen-anzen, was guckst du mich so an, blaue, blaue Augen, schwarze, schwarze Wimpern? Ich weiß, wenn die Stiefel voll Blut laufen, entleeren sich die Adern. Was ich am meisten liebe? Nichts, vielleicht meine Mutter, nein, interessiert mich nicht, ich bin müde-üde-üde, seine Stimme liefert ihn dem Scharfschützen aus, er kann nicht aufhören, vor sich hin zu murmeln, vielleicht sollte er rauskommen, sich ergeben, warum hab ich nicht abgenommen? Was für eine hässliche Wampe, all die Mahlzeiten in der Nacht vor dem Schlafengehen, es wird ihm gelingen, den Maschinengewehrschützen zu töten, entweder er oder ich. Ich. Tot. Ein Fotograf kam vorbei, fotografierte ihn mit der Puppe in der Hand, was ihn zum Titelbild der Wochenendausgabe machte, er war der beste Schüler in der vierten Klasse, ja, die meisten Organe sind in Ordnung, der Tote hinterlässt keine letzten Gedanken, sein Kommandeur sagt ›Deine Kameraden, deine Frau, du hattest nicht genug Zeit, eine Familie zu gründen, aber wir sind deine Familie, am Gedenktag werden wir deiner gedenken‹, und wer nicht an das Schaudern glaubt, wenn am Gedenktag für die gefallenen Soldaten die Sirenen heulen, der versteht gar nichts, Soldaten mit Schmerbäuchen sehen den vorbeifahrenden Fahrzeugen nach, an den ausschlagenden Bäumen jedes Blütenblatt eine Pupille, der Armeekantor wird jetzt das *El Male Rachamim* sprechen, wie hieß der Vater, ja, wer spricht das Totengebet? Ja, jetzt, wie warst du mit ihm verwandt? Du hast keine Eltern? Unwichtig, sprich nach, hier: *Sein Name, er werde heilig und groß …*

Zweites Kapitel (4. 11. 82)

Konfetti

Wieder werde ich alles vergessen. Jede Gegenwartsform mutiert zu einer Sache im Futur und im Präteritum, da jede Sache, die ist, immer bereits gewesen ist und künftig sein wird, und auch die Gegenwart benötigt Zeit, um zu entstehen, ich darf nicht nachdenken, komme nicht los von dem, was passiert ist, versinke in der Finsternis, dunkelrot schwarz, Blut in einem Beutel, die Farbe des Schmerzes liegt im Zusammenkneifen der Augen, wie sollen die Pupillen aufgetrennt werden, wie heißt du? Ich sag dir, wie du heißt. Und du wirst mir sagen, wie du heißt, so wie ich dir sage, wie du heißt, welche Bedeutung hat der Name, dass du einen Menschen beim Verhör derartig brichst. Vielleicht hatte er das junge Mädchen bemerkt, als sie das Kino verließ, eingehüllt wie eine Frau, die Arme um den Körper geschlungen, geduckt vor dem kalten Wind, das Gebäude vergoss noch eine Zeit lang Licht, eine Art Kielwasser, und zwei Scheinwerfer auf dem Dach des Gebäudes brachten seinen Schattenriss, zusammengekauert wie ein Raubtier im Hinterhalt, in einer Lichtgarbe zum Einsturz, die sich nach wenigen Metern auf dem Weg, der das Wäldchen querte, verlor und dann von der Dunkelheit verschluckt wurde. Er eilte ihr nach, worauf auch sie, so schien es, schneller ging, dieses Land ist nichts anderes als die Gegenwart Gottes und Gott nichts anderes als die Sprache des Gesetzes, und zwischen diesen beiden bin ich Vergangenheit, Gegenwart und Zukunft, Leere, Hingabe an das, was kommen wird, ich bin gewesen und existiere nicht, Schreie zerreißen meine Ohren, er überholte sie, bemerkte vielleicht nur ein Bündel Mensch, zu beiden Seiten des Weges sorgten Hecken für zusätzliche Dunkelheit, ihrem Mund entströmte weißer Dunst, auch aus seinem Mund kam weißer Dunst, »I-Ich hab gar nicht b-bemerkt, dass d-du das bist; hast du g-gar keine Angst, im D-Dunkeln nach Hause zu gehen?« Sie ging weiter, er lächelte, verlangsamte seine Schritte, bis sie ihn wieder überholte, ging dann erneut schneller, jetzt, auch wenn er dies nicht beabsichtigt hatte, holte er sie abermals ein, blieb ihr auf den Versen, ging langsamer, sprach sie von neuem an, als sie ihn passierte, ohne Kenntnis von ihm zu nehmen, »Du l-lernst bei mir, r-richtig?«, »Ja, und das war eine superlangweilige Stunde«, wobei sie (die ganze Zeit) weiterging und auch nicht in seine Richtung sah. Er bemühte sich, neben ihr zu gehen, die Dunkelheit kotzt mich aus, ich bin eine Zunge, er leckte über seine Zähne, da sind keine Zähne, Blut füllt meinen Mund, die Dunkelheit, die Kälte und das Blut, mein Mund und die Dunkelheit sind eins, das Hirn gehört mir nicht, wenn ich spreche (wie wunderbar dieses Gefühl ist): »Es g-gefällt dir, b-beleidigend zu sein, richtig?« Er würde lächeln, lächelte, die Nase ist kalt, schmerzt beinahe, was renne ich so, sie hatte es eilig, spähte zu ihm herüber, Schweiß auf ihrer Stirn, richtete sogleich den Blick wieder auf den Weg, einer holt den anderen ein, der andere flieht, oder wird langsamer, holt ein, von Ferne die Lichter eines Steinbruchs auf dem Berg, jeden Tag um fünf sprengen sie dort Felsen, schrecken die Vögel auf, die davonfliegen, nach einer Weile zurückkommen und sich wieder in den Bäumen einfinden, auch er geht jetzt hinein, stöbert in den Büchern, fängt an zu lesen, wird ein Tagebuch verfassen, fünf Mal hat er bereits damit begonnen und es wieder sein lassen, er wird ein Leben erfinden, nach fünf Seiten legt er das Buch zur Seite, markiert mit einem Fetzen Papier die Stelle, liegt wach und haucht gegen das Fenster, blickt in den dunklen Himmel, dieses Land ist nichts anderes als Gottes Gegenwart, und ich bin ein Fremder in ihm, ich bin die Zeitläufte, er wird schreiben: ›Ich habe sie auf dem Weg vom Kino vergewaltigt‹, oder ›Manchmal steht er am Fenster, ehe die Dunkelheit sich herabsenkt, und schaut den spielenden Kindern zu, die in ihre kleinen Jacken gehüllt sind‹, ›Ich habe sie nicht vergewaltigt, habe sie gepackt und an mich gezogen, sie dachte, ich würde sie küssen, und hat für einen Moment nachgegeben, da habe ich ihr meine Finger in den Hintern gestoßen, über der Hose aber mit Gewalt, sie hat es genossen, hat aber vor Scham gebrüllt‹, ihre Jacke ist rosafarben, ihr Haar kurz, sie schwitzt Pisse, wie das Sprechen, bevor es aus dem Mund kommt, nachdem der Gedanke geboren ist, denn was existiert, bevor die Grammatik ins Spiel kommt, gar nichts, das Geschrei eines Säuglings, die Umarmung einer Mutter, ich darf nicht denken, nicht sprechen, nicht schreiben, mein Kind, mein Kind, ich bin nicht mehr, »Nein, ich sage nur die Wahrheit«, und auch meine Stimme kommt von außen: »A-Aber es bereitet dir V-Vergnügen, die Wahrheit zu sagen?« Ich werde/werde nicht unflätig werden und sie wird erschrecken. »Das ist überhaupt keine Frage von Vergnügen«, »Oho, und wie das eine F-Frage von V-Vergnügen ist«, ich werde etwas anderes präsentieren, etwas Unverschämtes, wo ist meine Unverschämtheit geblieben, ich werde zuschlagen, »Und wenn schon.« Wieder gingen sie. Schnell. Wer verfolgt wen? Nichts ist verboten, in der Unterhose ruht das Glied wie ein Würstchen in der Windel, man könnte ihr auch die kalten Hände in den BH schieben, zwischen die Polsterung und die warmen Brüste, wer würde ihr glauben, ich habe keine Lust, Bedauern, Vergeudung, er hätte sie sich selbst überlassen können, von der anderen Seite nach Hause kommen können, ein schöner Film war das, führe ich einen Befehl für jemand anderen aus und es interessiert mich nicht? Es schwingt, mit anderen Worten, in der Vorstellung des Glücks unveräußerlich die der Erlösung mit, »Also bereitet es mir Vergnügen, dic Wahrheit zu sagen, und kein Vergnügen, eine langweilige Unterrichtsstunde zu ertragen, so what?« Rede, rede, auch wenn ich dich nicht vergewaltigen werde, auch wenn du mich beleidigst, ich tauche jetzt in ein anderes Leben ein, ertrinke in der Dunkelheit, »U-Und würde es d-dir zum Beispiel V-Vergnügen bereiten, mir eines Tages z-zu sagen, ›hey, w-was war der Unterricht interessant‹?«, »Im Leben werde ich so was nicht sagen.«

»S-Siehst du?«

Sie antwortete nicht, jetzt schweig, du weißt nicht, wie das ist, mit aller Kraft die Hand in einen Körper zu stoßen und dieses Blut herauszuholen, ich weiß es, ich hab das bei Menschen gemacht, die am Leben waren, aus welchem Grund, es gab einen Grund, ich kann sie nicht verteidigen, »Also hat dein V-Vergnügen weniger mit der Wahrheit zu tun, a-als mit dem W-Wunsch zu verletzen«, Sokrates liebte den Tod und genoss es, sich am Bein zu kratzen, die Fesseln bereiteten ihm gleichermaßen Schmerzen und Genuss, wie sonderbar doch diese Sache ist, die Menschen Genuss nennen, und mehr als alles andere liebte er den Tod, die Ruhe, eine Katze sprang aus einem weißen Fass, zuerst weiß und dann Fass, doch sie schreckte nicht zurück. Bemerkte nicht einmal das (gutmütige) Lächeln, das sein Gesicht überzog. Sie blieben unter einer Eiche stehen. Sie sah ihn an, sagte aber kein Wort. »I-Ich persönlich liebe es, im R-Regen zu gehen. Einmal b-bin ich bei R-Regen bis zum Meer gelaufen.«

»Und warum gehen Sie jetzt nicht zum Meer?«

»H-Hat dir der F-Film gefallen?«

»Nein. Er war langweilig.«

»D-Du hast einen schlechten T-Tag erwischt. Vom Morgen b-bis zum Abend hast d-du dich gelangweilt.«

Jetzt sah sie ihn an. Er erwiderte ihren Blick. Wer verfolgt hier wen? Was wird sein, wenn ich gehe? Wird sie mir folgen? Ich nehme es nicht an. »Eben nicht. Zwischen Ihrer Stunde und dem Film hatten wir eine Stunde Englisch, und die hab ich sehr genossen.«

»M-Magst du E-Englisch?«

Sie schwieg. Meine Schleimigkeit ist Ekel erregend. Die Eiche bietet nicht wirklich Schutz. Der Regen ist stärker geworden, man kommt nicht weg von hier. Ein Hund jaulte. Du hast einen weichen Bauch, angespannt und doch weich, um die Gebärmutter ist ein Körper, aus dem zwei Brüste hervorlugen, ich will dich berühren, dich sanft berühren, sprich nicht, ich werde wie einst sprechen, werde etwas über mich selbst erzählen, mir etwas ausdenken, »Früher wollte ich mal R-Regenmesser werden. Mit einem G-Geländewagen vom Landwirtschaftsministerium durch die Gegend fahren und d-den R-Regen messen. Früher hatten Regierungsautos blaue K-Kennzeichen, stell dir das mal vor, daran e-erinnere ich mich.« Sie ließ sich einen Moment lang besänftigen, hörte zu, »Ich nicht …«, bereute sofort. »Woran erinnern Sie sich denn? Bis Sie mal was gesagt bekommen«, wenn ich sie ins Gesicht schlage, wo spritzt dann das Blut raus, eine Frage der Ästhetik, was habe ich damals über die Zukunft gedacht, der Körper, ist es noch derselbe Körper oder nicht mehr derselbe? Ist die Seele noch dieselbe? Oder ist sie nicht mehr dieselbe? Was ist unverändert geblieben? »Eine Fahrt, g-getrampt, in den Z-Zitrusplantagen, ein Junge, ein k-kleiner Junge, die Absicht, eine F-Frau zu finden, nichts, die E-Erinnerungen rennen wie aufgescheuchte Vögel ohne Flügel, oder richtiger w-wie H-Hühner.«

»Sagen Sie, sind Sie überhaupt normal?«

»D-Du gehst so schnell, ich k-kriege keine Luft. R-Regenmesser zu sein, erschien mir damals schön, mit dem Auto im Regen herumfahren, ohne gute Sicht, neben dem H-Hygroskop anhalten, w-weißt du, wie e-ein H-Hygroskop aussieht?« Wasser stürzt auf die Windschutzscheibe, bevor der Scheibenwischer kommt, das ist genau der Moment, ich muss Tagebuch schreiben, was soll ich schreiben? Ich werde die Frauen zählen, mit denen ich geschlafen habe, Inge, in Amsterdam, eine Dänin, Tochter von Fischern, ließ mich nicht in ihr kommen, dicke, warme Schenkel hatte sie mit ganz dünnem Flaum, gib mir noch mehr Einzelheiten, wenn du keine Einzelheiten lieferst, wirst du hier nicht rauskommen, kann man überhaupt einen Roman schreiben ohne Helden? »Und warum haben Sie das nicht gemacht, anstatt Lehrer zu werden?« Etwas in ihrem aggressiven Tonfall verlangsamt seine Antwort, bringt eine andere Antwort zum Schweigen, »E-Ein M-Mensch m-macht v-viel d-durch.« – »Tatsächlich? Ich werde nicht viel durchmachen. Ich werde reisen, dann zur Universität und danach werde ich Lehrerin an einem Gymnasium sein, einem guten Gymnasium.«

»Du wirst bestimmt eine i-interessante L-Lehrerin werden.«

»Auf jeden Fall werde ich nicht über die Geschlechtsorgane der Schülerinnen sprechen.«

»N-Nein, das darfst du auf g-gar keinen Fall tun. Und außerdem wirst du zur A-Armee gehen, n-nicht?«

»Ich werde nicht gegen den Staat hetzen, wie Sie es tun, das ist eine Schande, mit Kindern zu reden, die sich nicht wehren können, warum hetzen Sie gegen den Staat?«

»I-Ich h-hasse den Staat. H-Hasse ihn.«

»Wissen Sie, wie viele für ihn gestorben sind?«

»G-Genau deshalb.«

Jetzt schweigt sie. Politik ist ein guter Kommunikationskanal. Ich werde über mich selbst reden, einmal habe ich mit einer Frau geschlafen, die mir Nacktfotos von sich gezeigt hat. Die gekeucht hat, als sie sie mir gezeigt hat. Wir haben es auf den Fotos gemacht. Ich bitte dich, dich nicht zu erinnern. Wenn du dich erinnerst, werden wir dir wehtun. Der Regen hatte nachgelassen. Wie schnell die Straßenlaternen bei Regen durchbrennen. Ihr Schirme sind rosafarben. Schalheit füllte seine Kehle. Ein nervtötendes Tröpfeln, für einen Moment nur zitterte sie vor Kälte. Ein Mädchen mit Brüsten, mit ganz kleinen Titten und vielleicht einem Schönheitsfleck, sein Haus ist kalt, sie hasst ihn, weil er nicht schön ist, schon fünfzehn Jahre, dass ihn das nicht mehr kratzt, das Leben vermehrt sich wie unter einem Mikroskop, Lüge gebiert Lüge, am Ende wird sich die Wahrheit finden, klein, langweilig, Faulheit, nein, Müdigkeit, Müdigkeit ist der Blick auf die Wahrheit, ich habe keinerlei Interesse, über mich selbst zu erzählen, versuche, nichts zu resümieren, auch nicht dieses Resümee hier. Die Annahme, dass die Erkenntnis einen Maßstab benötigt, geht der Annahme voraus, dass die Wahrheit sich nicht mit allem in Einklang bringen lässt, was bekannt ist. Die Wahrheit deckt sich nicht mit allem, was bekannt ist. Das sollte man an die Tür zu jedem Verhörraum schreiben.

»W-Welche Kollegin u-unterrichtet Englisch?«, fragte der Lehrer interessiert seine dahinhastende Schülerin, als sei sie anderthalb Köpfe größer als er. »Welche Kollegin?« Die Schülerin war fassungslos, »Was soll das heißen? Wissen Sie nicht mal, welche Lehrer bei uns unterrichten?« Sie umgingen eine Pfütze, schwiegen, ehe sie weiterschimpfte: »Das gibts doch nicht! Was für ein Lehrer sind Sie überhaupt?« Abermals schwieg sie und atmete heftig, floh, und er ihr nach, beide keuchten sie, bis sie sich erneut empörte: »Wissen Sie nicht mal, welche Lehrer wir haben? Wissen Sie tatsächlich nicht, wer unser Englischlehrer ist?! Er ist ein hervorragender Lehrer, nicht eine Sekunde ist es bei ihm langweilig, Sie könnten viel von ihm lernen.« Der neue Lehrer ging und schwieg (Werde ich mich nach ihr sehnen können, wenn ich nicht augenblicklich mit ihr schlafe? Fürs Tagebuch: Marcy, Amerikanerin, Eindhoven, Schnee, wie kalt deine Hand ist und wie warm mein Schwanz, habe ich gedrängt? Die Gefühle von damals beschreiben, das Reiben war Reiben, achtzehn war sie, und nachdem die Hand besudelt war, hat sie da geweint? Ich hab sie geküsst, sie hat sich mir entzogen, was ist mir geblieben? Eine Erinnerung). »Sie wissen nicht mal, wer der Englischlehrer ist, Sie sind ein Vollidiot, das ist es, was Sie sind«, jenseits der Bäume wurde lärmend ein Fensterladen zugeschlagen, ein Hund schreckte auf, bellte, wie hätte er vor zwanzig Jahren reagiert? Er hätte ihre beiden weißen, warmen Brüste gepackt, hätte zugekniffen und wäre gegangen, wie hab ich Weiber früher kleingekriegt? »Waren Sie schon mal in Amerika?«, »N-Nein, nein«, »Das hab ich mir gedacht. Passt zu Ihnen. Sie waren also nicht in Amerika. Was ist los? Haben Sie Angst vorm Fliegen?«, »D-Das stimmt genau, jeder F-Flug macht mir Angst, e-einmal muss es schief gehen.« (So würde ich spaßen, meine Vergangenheit in den Dreck ziehen, ich wollte mich verlieben und was ist geblieben? Kopulationen, ich muss mich an die Verliebtheit erinnern, sie liebt mich nicht und ich sie nicht, ich bin gleichgültig, in der 89sten Straße habe ich noch mal mit ihr geschlafen, wie in Eindhoven lag Schnee, aber sie hatte eine vaginale Infektion, eine ansteckende Geschlechtskrankheit, eine verdreckte Wunde, die Sehnsucht von Jahren war weg, wie sagt man auf Englisch Schweinezitzen, der Anus einer Katze, rosigrot, ein weiches Mädchen, Feuer, glühende Haut, Albinoflaum, Spucke, ich werde ihn dir reinschieben, ein Hund stirbt genau in der Sekunde, bevor ihm die Seele aus dem Leib fährt, ein Wagen hat ihn überfahren, er hebt den

Schädel, weiß er wirklich nicht, dass sein Leben vorbei ist? Wie ist dein Name? Ismail, stimmt nicht, bei meinem Leben, Ismail, ich sage dir, du heißt Achmed, wie heißt du? Ismail, wie heißt du? Ismail, wie heißt du? Achmed, so ist es gut, gut so, der halbe Körper klebt auf der Straße, nur der Schädel besteht darauf, zu verschwinden.) Es schien, als hielte sie noch immer Lobreden auf den Englischlehrer. Menschen rundherum leben schrecklichere Erinnerungen, ein durch den Schlag eines Verhörspezialisten getöteter Mann ist bloß ein toter Mann, ein toter Junge auf den Bildern aus Shatila liegt in den Armen seines schwarzen Vaters, der auf dem Leichnam seiner Mutter hingestreckt ist, die Großmutter des Jungen, ›Ja, das klingt interessant‹, werde ich nicht sagen, meine Socken sind nass, wer ist gestorben, nachdem er gesagt hat: ›Mir läuft das Blut runter, ich weiß nicht, woher, meine Stiefel sind voll Blut‹, »Zu Ihrer Information, der Englischlehrer ist verheiratet und hat einen Sohn. Sind Sie verheiratet?« Ich werde lachen wie ein Engländer. Er lachte wie ein Engländer. »I-Ich? Nein, nein. Ich bin nicht v-verheiratet«, lutsch ihn mir, ich will auf dem Meer fahren, wenn ich doch nur einen Fluss hätte, würde ich von hier wegrudern, »Sehen Sie?« Ihre Zähne klapperten. Am Ende der Dunkelheit, wie ein Loch, leuchtete sein Haus zwischen den Pampelmusenbäumen der Weintraub. Licht im Schlafzimmer. Das erleuchtete Haus durchflutete ihn mit Freude. Wer von ihnen beiden diktiert den Rhythmus, er hatte Angst, langsamer zu gehen, wollte aber auch nicht schneller werden, ich will nicht mit ihr schlafen, aber ich werde mit ihr schlafen, er wird mir stehen, ich werde an ihre kleinen Brüste denken, nicht klein, jung, werde ihr in die Brustwarzen kneifen, ihr den Finger in die Fotze schieben, und sie begeisterte sich: »Er kommt in Sandalen in die Klasse. Erlaubt uns, ihn mit seinem Vornamen anzureden. Bei Ihnen wissen wir noch nicht mal, wie Sie heißen. Er erzählt uns Witze auf Englisch, er hat kastanienbraunes, krauses Haar, auf den Händen, seine Hände sind sonnengebräunt und das Haar sieht aus wie Flachs, und er hat eine schöne Frau, und seine Kinder …«

»Wohnst du w-weit von hier? Weil ich nämlich sch-schon da bin. Ich w-wohne hier. J-Jemand -wartet auf mich.«

»Sie sind nicht verheiratet?«

»N-Nein, ich bin nicht v-verheiratet.«

»Sehen Sie?«

Wenn du mich gesehen hättest, würdest du sagen, schäm dich, werd erwachsen, Sadist, wozu vögelst du dich durch die Gegend? Du hättest gar nicht gefragt, ich werde einen Brief schreiben, einen langen Brief, werde mein Leben resümieren, ohne Sex, mein Gefühlsleben, ohne den Inlandsgeheimdienst, ich bin ein alter Mann, schlafe in meinen Kleidern, wechsle keine Laken mehr, ich werde das Laken wechseln, werde ein Bild an die Wand hängen, werde eine Haushaltshilfe kommen lassen, die das Haus putzt, werde Blumen in die Vase stellen, den Eingang schmücken. Komm in weißen Kleidern, was ich über die Vergangenheit, die Gegenwart und die Zukunft denke, dazu habe ich mich selbst verurteilt, letztendlich habe ich mich selbst verurteilt, schick mir bitte ein Bild, du musst dir keine Sorgen machen, ich bin verheiratet, ich werde dich nicht länger verfolgen, ich habe drei Kinder, Djamila, Marwan und Yazid, meld dich mal wieder, ich will nur, dass die Dinge sich zusammenfügen, wie du geweint hast, ich habe dein junges Leben zerstört, so jung und schon von deiner Pathologie besudelt, ein Bett, ein Anruf, ein fremdes Land, eine Unbekannte, ein paar Worte, schon zwei Wochen hab ich keinen mehr hochgekriegt, mehr noch, er hatte es versucht, hatte es sein lassen, war eingeschlafen, niemals hast du etwas über meine Vergangenheit hören wollen, du aber auch nicht, stimmt, wir haben keine Vergangenheit außer den Fantastereien, Donner von ferne, über dem Berg, aber in Brescia, in Brescia sind wir gerannt, in Brescia sind wir von der Straße gerannt, nicht mit dir, mit ihr, warum hasst du sie noch immer? In Brescia sind wir runter von der Straße zu der Bahnstation gerannt, geduckt, es war am Morgen, aus Geilheit oder aus Freude, es gelingt mir nicht zu begreifen/mich zu erinnern, warum wir glücklich waren, ich schreibe dir einen Brief über mein Leben, hör auf, mich zu verurteilen, ich erzähle mir das selbst, habe keinen, dem ich mein ganzes Leben erzählen könnte, auch mir selbst muss ich nicht mein ganzes Leben erzählen, ich habe kein ganzes Leben.

Plötzlich streckte er seine Hände nach der Schülerin aus und sie erschrak, schrie aber nicht. Die Haut ihres Gesichtes ist kühl. Ihr Haar spröde. Gelber Flachs. Sie wehrt sich nicht. Er versucht, sie zu küssen. Ihre Zähne sind zusammengepresst. Er hört auf. Dann umschlingt er sie erneut. Sie ist knöchern wie ein Baum. Ich bin klein und du bist groß. Gewaltsam drängt er sich an sie. Ich stinke vielleicht. Wieder gibt er sie frei. Verängstigt sieht sie ihn an. Zittert. Empfinde etwas, empfindest du gar nichts? Und wieder packt er sie. Zerquetscht ihre Brüste. Sie stöhnt. Vielleicht hat sie gar keine Angst. Vielleicht will sie ja, versucht, mir vorsichtig zu entschlüpfen. Ich werde sie schlagen. Ein abgestellter Zug, ein leerer Wagon, wir umarmten uns, warum glühten wir so? Wenn ich doch nur wüsste, was dieses Gefühl war, außer purer Geilheit. Ich erinnere mich nicht wirklich, nur an die bloße Tatsache, was ist diese Tatsache? Brutal umklammert er sie. Schiebt seine trockene Zunge in ihren Mund. Das hab ich gern. Er steht mir. Ich werde nicht zurückstecken. Sie standen vor seinem Haus. Er stieß ihr die Hand zwischen die Beine, ihre Hose fühlte sich unangenehm an, als er durch den Stoff kräftig ihr Geschlechtsorgan bearbeitete. Sie zitterte. »Hör auf«, sagte sie. Etwas in ihrer Stimme bebte. Er hörte auf. Ein gelbes Quadrat tanzte im Hof. Sein Herz schlug wild. Rauchen, vor dem Schlafengehen noch eine rauchen, »M-Mein S-Sohn ist zurückgekommen.«

»Du hast einen Sohn?«

»J-Ja.«

»Hast du nicht gesagt, du bist nicht verheiratet?«

»Nein, i-ich bin nicht verheiratet.«

»Glaubst du wirklich, der Englischlehrer unterrichtet Englisch nur, weil er Amerikaner ist? Und überhaupt, was ist schlecht daran? Wenn er Englisch kann, dann kann er eben Englisch.«

»W-Was möchtest du haben, d-durchgenudelt werden, eine O-Ohrfeige, oder dass ich dir an d-die Titten gehe?«

Sie versuchte zu fliehen, aber er hielt sie an beiden Händen fest, sah sie an, sie hatte Angst, Regen benetzte ihre Stirn. Schminke um die Augen. Dicke Striche. Verstörte Augen. Ihre Nasenflügel bebten. »Ich werde schreien.«

»Wenn du sch-schreist, ziehe ich dich aus u-und du musst nackt nach Hause gehen.«

Er hat schon keine Lust mehr, sie zu schlagen, ihre Brüste wird er unter der Jacke brutal zusammenpressen, mit aller Kraft, mit beiden Händen, sie wird nicht schreien, er drückte fest zu, sie schrie nicht, auch nicht, als er abermals zukniff, ich werd ihr die Jacke runterreißen, »Du g-gehst mir auf die Nerven mit d-deinen Geschichten«, er ohrfeigte sie, sie floh, blieb dann für einen Moment stehen und schaute zurück, wie ein Gemälde würde er dieses Sichumdrehen in Erinnerung behalten, der Kopf trennt sich vom Körper, vor zwanzig Jahren hätte er sie in die Arme genommen, ›Umarme mich anstatt zu kämpfen‹, immer hatte dieser Satz Erfolg gehabt, pissen, ich hab vergessen, den Boiler anzuschalten. Von ferne schrie sie: »Du bist neidisch auf ihn. Du bist einfach nur neidisch auf ihn. Er hat eine schöne Frau. Er hat Kinder. Er ist Amerikaner.« Wenn ich doch vergessen könnte, nur vergessen, was für ein Affentheater, ein Mensch schafft es, alles auszuradieren und plötzlich ein neues Kapitel, er betrat das Haus und aus ihrem Fenster meinte die Alte zu ihm: »Wo bist du gewesen?« Er antwortete ihr nicht, »Wo bist du gewesen? Man hat dich gesucht, sie haben nach dir gesucht und viel Lärm dabei gemacht, was brauche ich dich hier überhaupt?« Die Tür war nicht verschlossen, stand sogar offen, erwartungsvoll trat er ein, doch niemand erwartete ihn, er machte das Licht aus und stand am Fenster, presste seine Stirn gegen die kalte Scheibe, die Scheinwerfer des Steinbruchs, Lichter glitzerten in der Dunkelheit, ein Hochspannungsmast knisterte, ein schöner Film, warum konnte ich nicht einen anderen Weg nach Hause nehmen, über den Film nachdenken, mir Notizen machen, jetzt einen warmen Kakao, keine Milch da, und streift denn nicht uns selber ein Hauch der Luft, die um die Früheren gewesen ist? Ist nicht in Stimmen, denen wir unser Ohr schenken, ein Echo von nun verstummten? Haben die Frauen, die wir umwerben, nicht Schwestern, die sie nicht mehr gekannt haben? Ist dem so, dann besteht eine geheime Verabredung zwischen den gewesenen Geschlechtern und unserem. Dann sind wir auf der Erde erwartet worden. Dann ist uns wie jedem Geschlecht, das vor uns war, eine *schwache* messianische Kraft mitgegeben, an welche die Vergangenheit Anspruch hat. Billig ist dieser Anspruch nicht abzufertigen. Einen Brief schreiben, im Tagebuch notieren, dass ich einen Brief geschrieben habe, an meinen Vater, ich darf nicht an solche Dinge denken, ich werde einen Brief an meinen Sohn schreiben, die Gegenwart braucht keine Zeit, die Gegenwart verlangt nach Zärtlichkeiten, Misshandlungen, ich bin mit einer sechsundfünfzig Jahre alten Frau nach Hause gegangen, habs ihr in den Arsch besorgt, ihr Hintern war schlaff, ich hab ihn mit beiden Händen auseinander gezogen, sie hat es genossen, hat auch die Angst genossen, wie soll ich sie nennen?

Er suchte im Telefonbuch nach einem Namen, suchte den Namen einer anständigen Frau, der Morgen brach an, ich öffnete ein Fenster im Wagon, auf dem Dach stand ein Mann und strich den Schornstein rot an, winkte zum Gruß, wenn doch die Erinnerung verschwände, die Wohnung ist groß und leer, in einem Raum schläft der Junge, an der Wand das Bild einer Frau, und Hämmern – das Hämmern einer Abrissbirne, aus dem Bett aufstehen und den Jungen nehmen, warum steht er nicht auf, die Decke wird über dem Jungen einstürzen, »Papa, wer hämmert da auf dem Dach?«, »Das ist nicht auf dem Dach, das ist Opa, der uns sucht«, »Was ist ein Opa, Papa?« Das Hämmern dauerte an, der Junge schläft weiter, wer sprach, wenn er schlief? Eine Fliege wanderte über seinen Mund, er rührte sich nicht, das Bild an der Wand tropfte auf sein Gesicht, dann wachte er auf, denn das Hämmern kam nicht von einem Abrisskran, er hüllte sich in eine Decke, konnte sich nicht erinnern, ob er sich ausgezogen hatte, bevor er eingeschlafen war, und vielleicht hatte er in die Hose abgespritzt. Durch das Fenster neben der Tür sah er drei Polizisten, wusste, dass er das Recht hat zu fragen, was sie wollen, bevor er die Tür aufmacht, öffnete aber dennoch, sie sahen in seine Wohnung, Abscheu legte sich auf das Gesicht von einem von ihnen, die Schülerin hatte Anzeige erstattet, ich weiß von gar nichts, vielleicht hatte sie der Dienst geschickt, einer der Polizisten sagte zu ihm: »Wo ist das Kind?« Und ein anderer stauchte den ersten Polizisten zusammen und wies ihn an: »Frag ihn, wo die Kinder sind, und sag nicht ›das Kind‹, sonst weiß er, was er antworten soll, am besten ist immer, am Anfang allgemeine Fragen zu stellen«, aber der erste hörte überhaupt nicht zu, sah in den anderen Raum, schnüffelte, verzog das Gesicht zu einer angewiderten Fratze, drehte ein paar Bücher um, blätterte in einem von ihnen, und fragte, als sei er mitten in einem Kreuzverhör: »Warum haben Sie uns nicht Meldung erstattet? Ha?«

»I-Ich dachte, sie reißen d-das Haus ein, ich hab n-nur an meinen J-Jungen gedacht u-und er war in S-Sicherheit.«

»Der ist total bekloppt«, sagte der andere Polizist, und der Ermittler mit dem Buch in der Hand sagte zu dem in seine Decke gehüllten Lehrer wie zu einer Frau, die vor dem Ejakulat zurückschreckt: »Nu, ziehen Sie sich endlich was an und kommen Sie mit uns.« Er hätte fragen müssen, warum, legte aber die Decke ab, strich seine Kleidung glatt und ging verhasst, ja verhasst zwischen den beiden (im Streifenwagen wartete ein Fahrer mit mächtigem Schnauzbart, der mit dem Rückspiegel beschäftigt war, sich kämmte, wieder sein Polizeikäppi aufsetzte und dann der Puppe, die am Spiegel hing, zuzwinkerte). Der Traum war angenehm, sie gingen in einer Reihe über den grasbewachsenen Pfad, die Alte schlief oder redete zumindest nicht, das Aas, und auf der Straße stand klein und geschwängert ein lockenköpfiges Mädchen und wartete schon geraume Zeit. Sie lächelte vor Freude, hätte beinahe gesagt, endlich hab ich dich gefunden, mein Süßer, oder was sonst immer sie auf der Zungenspitze haben mochte. Als sie lächelte, wurden ihre Lippen blass und auch die Haut um den Mund spannte sich, als sei sie durchsichtig. Ihre Hand, he, ich will dir was erzählen, vielleicht wirst du dich freuen, reckte sie nur für einen Moment, aber die Polizisten sahen sie überhaupt nicht, auch nicht die drei Arbeiter, die zur Arbeit gingen und sich leise unterhielten, verschlafen, fremd. Doch als sie ihn in den Streifenwagen verfrachteten und der Fahrer mit dem mächtigen Schnauzbart den Motor anließ, kam das Lockenköpfchen an und fragte: »He, du, brauchst du irgendwas?« Er aber war in seinen Traum versunken, vielleicht, vielleicht betrachtete er noch den schlafenden Jungen, wie alt war er? Er wälzte sich im Bett herum, wäre beinahe aufgewacht, sah ihn an und schlief weiter, Gesicht und Körper gehören nicht zueinander, nicht so; in der Sprache entfernt sich der Begriff vom

Bild, in der Literatur und all dem, aber im Traum tauchen Begriff und Traum zusammen auf, und so verflüchtigt sich der Traum in der Welt, in der die Sprache sich von den Bildern entfernt, das Hämmern war bereits verschwunden, auch das Bild hatte er vergessen, nur der Junge rollte sich in seinem Bett zusammen, setzte sich dann auf, auch er saß so, zusammengekrümmt in dem Streifenwagen, und schwieg beharrlich, irgendjemand sagte irgendwas, jemand fragte etwas, er antwortete nicht, vielleicht antwortete er doch, »Wer ist dieser Großvater, über den Sie da reden?«

»Mein G-Großvater war der erste P-Polizeipräsident, wenn es das i-ist, was Sie meinen.«

Die Polizisten lachten. Glaubten ihm nicht, und zu Recht. Vielleicht dachten sie alle das Gleiche. Auch der Fahrer, der immer noch nicht mit seiner Frisur zufrieden war, sagte zu ihnen: »Habt ihr die kleine Schwangere gesehen?« Sie antworteten nicht, vielleicht hatten sie alle kapiert, dass dem ersten Polizeipräsidenten hier keine Ehre erwiesen wurde. »Wer war denn nun der e-erste P-Polizeipräsident?«, fragte der erwachende Häftling vorlaut. Der Traum war verschwunden, Bitterkeit überkam ihn, er würde es ihnen zeigen, plötzlich genoss er es, in ihre Visagen zu sehen, eine nach der anderen, als sei er selbst ein Papagei, sah er in kalte Augen und gab automatische Laute von sich, noch habe ich ein wenig Kraft in mir, »S-Sehr schön, P-Polizeibeamte und wissen den N-Namen des ersten Polizeipräsidenten nicht«, »Halt endlich die Schnauze«, sagte der Fahrer. Er (der Gefangene) schwieg und war für einen kurzen Augenblick erfüllt von Befriedigung. Ich hab heut Morgen noch nicht geschissen. Seine Schuhe waren durchnässt, die gestrige Nacht machte sich auf Kosten des Traums breit, mir ist kalt, die Jeans drückt mir den Schwanz ab, warum hatte er die blonde Schülerin nicht gebeten, ihm einen zu blasen, ich hätte sie bezahlt, wie viel Unrat in mir herumfließt. »Ezechiel Sacharow«, sagte der Fahrer, »Was?«, fragte sein Nebenmann, »War nicht Ezechiel Sacharow der erste Polizeipräsident?«, »Nein«, antwortete sein Kollege und danach debattierten sie, ob *Dunhill* eine englische oder amerikanische Zigarettenmarke ist.

Draußen vor dem lang gestreckten Polizeirevier – eine alte britische Festungsanlage, ein grauer, einstöckiger Bandwurm, am Unabhängigkeitstag behängen sie ihn mit bunten Glühbirnen, bestücken ihn mit Fähnchen und strahlen das Staatssymbol an – draußen vor dem Polizeirevier also balancierten zwei Häftlinge auf zwei dicht nebeneinander stehenden Leitern und malten die Vorderfront des Gebäudes an. Die Linke des Malers war an die rechte Hand des Häftlings gefesselt, der den Farbeimer hielt. Ein Polizist (ein verfetteter Hüne) in besprenkelten Sachen hatte sich unter ihnen postiert und hielt eine Skizze (weder klein noch groß) in der Hand, »Noch ein bisschen mehr Violett«, sagte er. Der Fahrer des Streifenwagens sagte laut: »Paratroopiko, he, Paratroopiko, du wirst noch mal den Israel-Preis fürs Anstreichen bekommen«, aber Paratroopiko antwortete nicht, zog es vor, zu den Häftlingen zu sprechen, »Grün gibt es bei Pissarro, jede Menge Grün, aber er hatte nicht das Licht, das wir hier haben«, die Hand des einen, der die Farben hielt, schmerzte, er beschwerte sich leise, und der Polizist fuhr sie mitten in seinem Vortrag an: »Hier wird nicht geredet«, um dann fortzufahren: »Pissarro, auch er Jude, was hat ihm seine Wanderschaft durch die Welt eingebracht?« Erneut brachte er sie zum Schweigen, war ein bisschen beleidigt, dass sie keine Bemerkung über seine Bildung machten. Einmal hatte er ein paar Araber festgenommen und ihnen einen Vortrag über Modigliani gehalten, einen jüdischen Maler aus Italien, und sie hatten ihm gedankt. Der Gehweg war nass, doch trotz des Regens bestäubte ein Wassersprenger die Rasenfläche. Die Polizisten gingen mit dem neuen Häftling in ihrer Mitte, vorsichtig, wie Tänzer. Heute werde ich mich umbringen, dachte der neue Häftling voller Begeisterung. Sie betraten das Gebäude. Auf der Bank vor dem wachhabenden Beamten saßen zwei Jungen, er setzte sich neben sie und fragte: »M-Marwan? Y-Yazid?« Sie reagierten nicht. Schließlich wird immer mit den Namen angefangen, wenn sie foltern. Keiner der Polizisten sagte auch nur ein Wort zu ihm. Der Fahrer ging raus, machte sich davon, brüllte von draußen: »Heute Abend komme ich nicht«, niemand antwortete ihm. »Heute ist der Eisprung meiner Frau«, rief er, als ob ein Eisprung nur einmal im Jahr oder nur alle zwei Jahre vorkam. Eine Tür knarrte. Aus einem anderen Trakt kam ein Schrei. Einer der Jungen murmelte etwas. Auch der andere sagte etwas, und sein Kompagnon antwortete, vielleicht ist er auch gar nicht sein Kompagnon, vielleicht haben sie sich hier erst kennen gelernt, auf jeden Fall hob der wachhabende Polizist den Kopf von einem Buch, das er las, und sie verstummten, auch der Lehrer hatte den Schrei gehört, »Du da, den wir gerade gebracht haben, komm her«, er ging der Stimme nach, »I-Ich?« Der Raum war leer, und wieder kam die Stimme, »Hörst du nicht? Ich hab dich gerufen«, er wollte schreien, ›Wo bist du?‹, aber seine Stimme ließ ihn im Stich, er krächzte, ich habe keine Angst, bin verlegen, fühle mich wie ein kleiner Junge in einer Bank, nein, nicht so, wie ein alter Mann, der mit dem Wagen mitten auf einer verkehrsreichen Kreuzung steht, sie hupen, er soll Gas geben, er weiß nicht, wem er Aufmerksamkeit schenken soll, der Ampel oder dem Gehupe, in einem Raum saß jemand, »Haben S-Sie nach mir gerufen?«

»Vielleicht hab ich das, vielleicht auch nicht, gib deinen Personalausweis her.«

»H-Hab ich schon.«

»Wem hast du den gegeben?«

»I-Ihnen.«

»Mir?«

»J-Ja.«

»Wann?«

»A-Als ihr zu mir gekommen seid, als E-Erstes habt ihr mir den P-Personalausweis a-abgenommen.«

Der Polizist war überhaupt nicht bei ihm gewesen, hatte vielleicht gerade jemand anderen verhaftet, dem er tatsächlich den Personalausweis abgenommen hatte, und wenn das der Festgenommene aus der letzten Nacht war, dann war von einem riesigen Durcheinander die Rede, und warum hatten sie ihn überhaupt dazu verdonnert, ausgerechnet den hier zu verhören, weshalb er brüllte, »Laschek« oder »Bernstein« oder etwas in der Art. (Ich hab dich an den Eiern, du Stück Dreck, Missgeburt, du Iraker, Rumäne, du weißt nicht, mit wem du es zu tun hast, ich werd dich erwürgen, wenn ich will.) »Und v-verlieren Sie ihn mir nicht, der A-Ausweis ist mir wichtig, i-ihr seid ja so …«

»Keine Sorge, wir verlieren gar nichts, wenn du ihn mir gegeben hast, wird er sich wiederfinden. Warum bist du hier?«

»Ich weiß g-gar nichts«, (Ich werd dir die Gurgel zuquetschen, werd mit beiden Daumen die Halsschlagader abdrücken, werd zudrücken und nachlassen, bis du mich röchelnd bittest aufzuhören, was würde ich sagen, wenn er mich schlüge), »Ich m-möchte ein G-Geständnis ablegen.« Der Polizist sah ihn amüsiert an. »Du bist wirklich ein dummes Stück Volltrottel, was? Womit haben wir dich verdient, du Pfeife?« Jetzt genoss er es. Ließ die Beleidigungen über sich ergehen und genoss es. Ich sitze dort und er sitzt hier. Vielleicht wollen sie ja über die Schülerin von gestern reden. Was hab ich ihr denn groß getan? Schade um jedes Wort. Vielleicht sollte ich ihm von ihr erzählen, ich werde eine Ohrfeige bekommen und reden, »Ich m-möchte über mein Leben reden, Ihnen a-alles sagen«, (Das Ganze war eine simple Affäre. Sie hat mich beleidigt. Ich wollte sie nur berühren. Sie war heiß, ihre Haut war heiß. Ihr Atem ging kurz. Sie blieb jedoch distanziert, als ich sie berührte, war sie zugleich heiß und distanziert. Glühendes Eis. Ich wollte, und am Ende hat sich mich gelassen, hat sich plötzlich nicht mehr gewehrt, wollte sogar noch mal, aber ich hatte keine Kraft, hab ihn beim zweiten Mal nicht mehr hochgekriegt, und der Polizist würde sagen, ›Ich krieg beim zweiten Mal immer einen hoch‹, und ich darauf, ›Gut, du bist noch jung‹), dann sagte er zu dem Polizisten: »D-Der Junge ist mir einfach a-abhanden gekommen.« Worauf der Polizist mit den Achseln zuckte und sagte: »Warum erzählst du mir Sachen, nach denen ich nicht gefragt habe?« Er wühlte in seinen Papieren, wusste nicht, wer der Kerl ist, warum sie ihn hergebracht haben, wusste nicht, wen er fragen soll, Kafka hat schließlich nur die beängstigende Seite erfasst, »Setz dich draußen wieder hin und warte, erst mal muss dein Ausweis gefunden werden, nicht?« Er verließ den Raum. Seine Beine waren schwer. Ich bin müde. Ich genieße es. Ich bin schwach. Ich werde verloren gehen. Hier werde ich verloren gehen. Die Jungen waren noch da, saßen Hand in Hand und sahen ihn an, ich werde nicht eher gehen, bis man sie nicht freigelassen hat, ringsum eine große Ebene, man kann sie sich nicht denken, ohne ein Teil von ihr zu sein, doch man kann unmöglich ein Teil von ihr sein, ohne außerhalb von ihr zu bleiben, »E-Entschuldigung«, nach einer Weile erhob er sich und trat zu dem wachhabenden Beamten, »W-Warum b-bin ich hier?« Der wachhabende Polizist lachte, »I-Ich kann die Stille n-nicht ertragen.« Die Jungen sahen den Lehrer an, einer von ihnen flüsterte dem anderen etwas zu und der zweite lächelte, sie waren müde, eine Frau ohne Augen, der Junge blickte zu ihr und schrie, lautlos, wie hab ich es gehört? Die beiden Jungen sprachen miteinander und der Wachhabende brüllte, ohne sie anzusehen: »Hier wird nicht geredet!« Die beiden verstummten, der Lehrer wollte fragen, warum es verboten ist zu sprechen, aber seine Stimme gehorchte ihm nicht, wieder ging Regen nieder, von draußen kamen die beiden aneinander gefesselten Häftlinge herein, einer hielt einen Farbeimer, der andere einen Pinsel, und hinter ihnen Paratroopiko, ein glänzendes Fallschirmspringerabzeichen auf seinem Arbeitshemd, sie verschwanden im Gang, ehe der Polizist für einen Moment zurückkam, »Sie wollen andauernd pissen gehen, ihnen ist kalt«, und ihnen nach wieder den Flur hinunter verschwand. Als sie zurückkamen, sagte er fröhlich: »Sie haben gleichzeitig gepinkelt, ohne dass ich ihnen die Handschellen öffnen musste, ich hab doch gesagt, das ist möglich«, doch der Wachhabende antwortete nicht, »Warum bist du die ganze Zeit so niedergeschlagen, Jizchakow? Nimms leicht«, aber der Wachhabende tat beschäftigt, las, und Paratroopiko resümierte: »Der Krieg wird niemals enden«, worauf er, vielleicht verlegen geworden über seine Freimütigkeit, hinzufügte: »Wir hier leben weiter wie gewöhnlich«, doch auch jetzt erhielt er keine Antwort, zuckte mit den Schultern, wandte sich ab und die beiden gefesselten Maler fielen wie ein Schlittengespann zum Geräusch seiner Schritte in Trab und trotten vor ihm her. »E-Ein mit R-Regen gesegnetes Jahr«, sagte der Lehrer zu den Jungen, doch sie verstanden kein Hebräisch, vielleicht interessierte es sie auch nicht, nur der Wachhabende hob den Blick von seinem Buch, musterte den Lehrer, musterte die Jungen auf andere Art, wählte und verkündete irgendjemandem am Telefon: »Hallo? Im Lande Israel fehlt es an nichts«, sah den Lehrer mit stumpfen Augen an und sagte, vielleicht zu sich selbst, vielleicht in den Hörer: »Das Land Israel unterstützt keine Gesetzesbrecher.« Und dann noch: »Das Land Israel steht über allen anderen Ländern.«

Der Tag brach an, draußen glitt ein Wagen vorbei, dann ein zweiter, es war kurz vor sieben, einer der Jungen war eingeschlafen, sein Kopf zur Seite gefallen, und sein Freund weckte ihn auf, erneut drang tief aus dem Bauch des Bandwurms ein Schrei durch die Mauern, die beiden Jungen fassten sich jedes Mal, wenn ein Schrei zu hören war, an den Händen, »Der Unrat des Landes Israel ist um vieles kostbarer als die Kostbarkeiten Ägyptens«, jetzt wimmerte hinter der Wand ein Mann und der Wachhabende ließ, bis er den Antworten vom anderen Ende der Leitung gelauscht hatte, seinen Blick durch den Raum wandern, bemerkte, dass die Jungen ihre Hände verschränkt hatten und wies sie mit einer energischen Handbewegung an, sich zu trennen, doch nur einer der Jungen bekam den Befehl mit und wollte seine Hand aus den Fingern seines Freundes lösen, aber dieser beachtete weder den Wachhabenden noch ließ er die Hand los, »Das Land Israel und Israel sind für einander bestimmt und unlöslich verbunden, nimm die Hand von ihm. Was? Nein, ich hab nicht dich gemeint.« Der Lehrer wollte nur für einen Moment die Hände der beiden Jungen in seiner großen Hand begraben, doch da erschien ein Polizist und rief ihn mit einer Geste zu sich. Er entschied zu warten, nicht zu gehen, bis sie ihn nicht bei seinem Namen gerufen hätten, stand aber doch auf, »I-Ich?« Auch jetzt sagte der Polizist kein Wort, führte ihn hinter sich her in ein leeres Zimmer, auch hier lächelte Begin von der Wand, wer wusste damals schon, dass sein Lächeln Symptom einer Geisteskrankheit war, besoffen waren wir von seiner Lebensfreude, der Fröhlichkeit seiner warmherzigen, gefälligen, langmütigen Herrschaft, »Nehmen Sie Platz, bitte«, sagte der Polizist ernsthaft, ein Tisch, ein Stuhl und noch einer, »Name?« Ich werde nicht antworten, »Name?« Ich werde nicht antworten, soll er mich schlagen, ich bin ein ganz kleines Licht, »Hab i-ich Ihnen schon gesagt.«

»Mir? Mir haben Sie nichts gesagt.«

»I-Ihnen, ganz bestimmt, N-Name und alles hab ich Ihnen g-gesagt.«

Ich hatte die Absicht zu reden, alles zu sagen, alles und noch mehr, aber etwas treibt mich, verhört zu werden, »Also sagen

Sie es noch mal, selbst wenn Sie bereits alle Angaben gemacht haben«, der Polizist hob die Augen zu ihm und sinnierte, »I-Ich werd es n-nicht noch mal sagen. Was ist denn d-das für ein U- Umgang? I-Ich nenne einen N-Namen und Sie ignorieren das.«

»Sind Sie sicher, dass man Sie schon vernommen hat?«

»W-Was denn sonst? I-Ihr wisst n-nicht, was ihr macht? A-Affenbande.«

Der Polizist stand auf, sah den auf seinem Stuhl kauernden Mann an, zog ihn am Kragen hoch und boxte ihm in die Seite, ein wenig von hinten, fachmännisch, Schläge auf die Niere hinterlassen keine Spuren, ich kenne das besser als du, gut, dass du mir wehgetan hast, das ist es, was ich wollte, »Jetzt setzt dich hin, gib mir deinen Personalausweis.«

»H-Hab ich bereits.«

»Wem hast du den gegeben.«

»Dem P-Polizisten, der mich schon v-vernommen hat.«

»Wer hat die vernommen?«

»I-Ich kann euch n-nicht auseinander halten.«

Der Polizist beabsichtigte, mit der Faust auf den Tisch zu hämmern, wartete noch einen Moment, Großmaul, dich werden wir lehren, doch dann hieb er nicht auf den Tisch, sondern ließ seine Faust auf die Tischplatte sinken, vorsichtig, danach suchend, was ihn in die Hand gepiekst hatte, bis er einen Holzspan fand und ihn herauszog. Ich habe keine Angst, ich habe keine Angst, ich bin klein, bin Yazid. Der Polizist ging zu dem hohen Fenster und schloss es. Als er sich streckte, machten seine Schuhe ein peinliches Geräusch, er drehte sich um und sagte zu dem Untersuchungshäftling: »Das sind die Schuhe«, und dann: »Geh, setz dich draußen hin und fang nicht noch mal mit deinen Unverschämtheiten an, hast du verstanden?« Erneut geschah nicht, was ich gewollt hatte. Was hatte ich gewollt? »I-Ich will meinen Ausweis, ich will m-meinen A-Ausweis.« Der Polizist suchte in den Schubladen, dienstbeflissen, zog eine Schublade nach der anderen auf, wurde überdrüssig, vielleicht hatte er schon mal Ausweise verloren, »Bist du sicher, dass du ihn mir gegeben hast? Wann hast du ihn mir gegeben?« Ich werde nichts sagen, diese Posse ermüdet mich bereits, es ist mir egal, »A-Als ich reing-gekommen bin.«

»Als du reingekommen bist, hast du ihn mir gegeben?«

»J-Ja.«

»Dann ist er beim Wachhabenden, frag ihn, warte draußen.«

»E-Einen M-Moment, schreiben Sie bitte mit: Ich habe meine E-Eltern 1948 verloren.«

Der Polizist sah ihn an, wurde ernst, ohne etwas zu sagen. Der Gefangene wollte brüllen wie ein Verhörspezialist, verzichtete dann aber und wurde ganz klein: »S-Sie machen sich ü-über mich lustig? Ich erzähle Ihnen das Schmerzlichste, was ich habe, u-und Sie machen sich ü-über mich lustig, nicht wahr?« Der Polizist erschrak ein wenig. Die Lippen des Gefangenen zitterten wie die Lefzen eines Hundes. »Was wollen Sie, dass ich aufschreibe? Ich weiß nicht mal, welches Formular ich nehmen muss.« Der Mann sagte: »Das i-interessiert mich nicht. Mein g-ganzes Leben habe ich meine E-Empfindungen abgeschaltet. Ich habe keine E-Empfindungen. Und ich bin sehr st-stolz, dass ich keine Empfindungen habe. Selbst wenn er mir steht, h-habe ich keine E-Empfindungen.« Der Polizist war beleidigt. Sowie das dreckige Gerede anfing, wusste er, dass der Mann ihn auf den Arm nahm, denn dieser genoss die Situation tatsächlich, was würde er dem nächsten Verhörführenden erzählen? »Raus hier und warte draußen, bis der Reviervorsteher kommt, glaub mir, wenn du ein Araber wärst, hätte ich kurzen Prozess mit dir gemacht«, er wusste nicht, ob er brüllen sollte – wenn er brüllte, würden die anderen es hören und kommen. »Ich weiß. I-Ihr seid schlimmer als die N-Nazis.« Und der Polizist: »Was war das? Was hast du gerade gesagt?« Womit sich eine neue Geschichte beginnen ließe. Der Polizist war erschöpft, wer hatte schon die Kraft für so was, und dennoch sagte er: »Oho, jetzt hast du ein Problem«, und beeilte sich, etwas zu notieren, ja bat den Mann sogar zu unterschreiben, doch der Mann wollte nicht unterschreiben, sodass alles erneut auf die Frage hinauslief, ob sie ihn schlagen würden oder nicht, doch wie gesagt, so schnell wird hier zu Lande nicht geprügelt. Abermals trat er hinaus auf den Flur, die Augen der Jungen begrüßten ihn freudig. Menschen treten auf den Flur und verlassen ihn, wie Dachse. Der eine tritt ein und kommt nicht wieder heraus, der andere tritt ein und erscheint nach eine Weile wieder. »Das Land Israel ist der Nabel der Welt und Jerusalem – das Herz des Landes Israel«, sagte der Wachhabende und verfiel, als gehe es auf die Zielgerade, in Stakkato: »Das Land Israel ist von der Sintflut verschont geblieben ... Das Land Israel tut Sühne ... Zunächst wurde das Land Israel erschaffen und hernach erst die ganze Welt«, als auf dem Höhepunkt des Zieleinlaufs ein hoher Polizeioffizier das Revier betrat, sich mitten im Gang aufbaute, die Hände in den Gürtel schob, den Wachhabenden ansah, wartete, das Becken vorschob und den Bauch einzog. Die Jungen verstummten, zogen ihre Hände zurück, rutschten auseinander, nur der Wachhabende hatte den Polizeioffizier, der die Hände in die Hüften stemmte, als urinierte er, noch nicht bemerkt und fuhr fort, Zitate ins Telefon zu murmeln. Endlich aber bemerkte er ihn, warf den Hörer auf die Gabel, sprang auf, salutierte und brüllte allen Anwesenden zu: »Der Herr Reviervorsteher!« Und sicherheitshalber gleich noch einmal: »Der Herr Reviervorsteher!« Tatsächlich wurden einige Türen zugeschlagen, wer weiß, wie viele Türen bis zum letzten Zimmer führten. Nach einer großen Treibjagd waren die Schlafräume der Polizisten überfüllt von Häftlingen und vor einer solchen, während die Unmengen von Polizisten auf den Einsatzbefehl warteten, schliefen in den Zellen, die später mit Arabern belegt werden sollten, jemenitische Demonstranten, Emigranten aus dem Kaukasus, Haschischraucher und Huren.

Es schien so, als hätten alle bereits ihren neuen Platz gefunden, doch der Wachhabende brüllte, sicher ist sicher, noch ein weiteres Mal: »Der Herr Reviervorsteher!« Der Reviervorsteher betrat eines der Zimmer, kam dann zurück und sah den Lehrer an, der mit gesenktem Blick dahockte, die kalten Hände noch immer in den Hosentaschen vergraben, und unter den Taschen, die einen bei Kälte so verwöhnen, ruhten mollig warme Unterhosen, und wenn die Erinnerungen, die mich überkommen, mir das Leben verhasst machen, was dann? Zwischen seinen Hoden und seinen Schenkeln hatte sich ein wenig Schweiß gesammelt, »Privatgespräche während der Arbeitszeit?« Und noch bevor der Wachhabende antworten konnte, fügte der Reviervorsteher hinzu, »Du weißt, dass ich das nicht mag, oder etwa nicht?« Der Wachhabende sagte: »Ich habe eine Erklärung, Herr Reviervorsteher«, und der Reviervorsteher darauf: »Hab ich dich nicht bereits zweihundert Mal schreiben lassen: ›Es ist verboten, Privatgespräche vom Arbeitsplatz aus zu führen‹?«

»Ich habe einen Grund, Herr Reviervorsteher.«

»Hab ich offenbar nicht, und wenn doch, hats nichts geholfen, du schreibst mir dreihundert Mal: ›Es ist verboten, Privatgespräche vom Arbeitsplatz aus zu führen.‹«

»Was ist denn los mit Ihnen, Herr Reviervorsteher?« Der Wachhabende hatte eine sanfte Stimme. Auch der Reviervorsteher hatte keine besonders grobe Stimme, er klang beinahe verbittert: »Immer hast du einen Grund. Immer. Ich bin es leid, von dem Zugführer ständig über die hohen Telefonrechnungen hier zu hören. Was glaubst du, antwortet mir der, wenn ich ihm sage, dass ich eine Erklärung habe?«

»Er sagt Ihnen, Sie sollen dreihundert Mal schreiben: ›Es ist verboten, Privatgespräche vom Arbeitsplatz aus zu führen‹?«

»Nimm dich in Acht, Jakobow, du fängst an, mir auf die Nerven zu gehen. Sag mal, Jakobow, hat die eine angerufen?«

Ich habe den Jungen verloren, habe keine Angst, sollen sie mich doch zusammenschlagen, der Körper ist bleiern, ich will an den Lügendetektor angeschlossen werden, habe den Unterschied zwischen Wahrheit und Lüge getötet.

»Die hat angerufen.«

»Und was hat die Hurentochter gesagt?«

»Dass sie später noch mal anruft.«

»Ihr Mann ist zu Hause, was?«

»Hat sie nicht gesagt, Herr Reviervorsteher.«

»Und hat meine Frau, die Hurentochter, angerufen?«

»Nein, nicht, dass ich mich entsinne, vielleicht.«

Der Wachhabende hatte Angst, log aber dennoch, sagte zu seiner Verteidigung, er könne die Stimme der Frau des Polizeioffiziers nicht von der Stimme der anderen unterscheiden, fürchtete, eine verzwickte Situation in der Familie des Reviervorstehers auszulösen, »Wie soll ich wissen, welche Hurentochter anruft, Herr Reviervorsteher?«

»Untersteh dich, alle Frauen so zu bezeichnen. Nur zwei rufen hier an. Wenn du Schweinefleisch isst, bekommst du zwei Wochen Urlaub, machst du das?«

»Sagen Sie nicht so was, Herr Reviervorsteher.«

»Du isst Schweinefleisch und bekommst zwei Wochen Urlaub, hast du mich gehört?«

»Herr Reviervorsteher, warum haben Sie sie Hurentochter genannt, wenn Sie sie lieben?«

»Nur so, wegen des Dialogs, ich liebe sie, mach mir einen starken Kaffee und verbind mich mit der einen, danach geh schlafen.«

»Zu Hause?«

Der Reviervorsteher betrat sein Zimmer und rief »Paratroopiko, Paratroopiko«, aber kein Paratroopiko antwortete, wohl, weil seine Kehle heiser geworden war, zwei Maler hatte Paratroopiko draußen, von denen nur einer redet, feilscht, bessere Bedingungen herausholt, während der andere nur pinselt und nicht spricht, mit dem Ellbogen bedeutet, dass er pinkeln muss, er ist der, der viel pinkelt, worauf der, der die Farben hält, brüllt, man müsse pinkeln gehen, und sie vorsichtig herabsteigen, jeder von seiner Leiter, parallel und aneinander gefesselt, und Paratroopiko, der Hüne, befürchtet, sie könnten fliehen, was auf ihn zurückfiele, oder aber er fürchtet um das Wohlergehen der beiden Genies – der Maler und sein Kompagnon haben schließlich das Geheimnis einer Farbe entdeckt, die sich bei Regen nicht abwäscht, der eine hat seine Frau verprügelt und der andere seinen Arbeitgeber. »Paratroopiko, Paratroopiko«, erneut gab das ganze Revier keinen Laut von sich und dann war der Schrei von einem zu hören, den sie in einer entfernt gelegenen Zelle zusammenschlugen, die Jungen murmelten etwas und die Stimmen im Inneren des Lehrers verwirrten diesen, da ihnen der Rhythmus fehlte, er wollte diesem Chaos seinen eigenen Rhythmus aufzwingen und dafür muss er reden, oder aber sie reden mit mir, soll endlich das Verhör beginnen, was hat er der Hurentochter denn getan, hat sie ein bisschen an den Möpsen gezogen, das ist alles, und mit einem Mal wollte er ihre Brüste berühren, sie streicheln, ja sogar zärtlich.

»Paratroopiko, Paratroopiko«, der Wachhabende ist müde, er wird dem Reviervorsteher nicht helfen, Paratroopiko reinzuholen, nur noch nach Hause, der Rücken tut weh, die Augen werden schwer, brennen, der Gaumen ist trocken vor Müdigkeit, das Wasser aus dem Hahn schmeckt abgestanden, an einer Zahnbürste lutschen, für einen Moment setzt sich der Geschmack der Zahnpasta durch, dann kommt der klebrige Geschmack wieder, das Waschbecken ist rostig und zu Hause die Nachbarn, der Junge, der wie ein großer Vogel über dem

Schlaf flattert, er hat die Nachtschichten satt, »ich hab die Nummer nicht, und außerdem«, (langes Schweigen, was ist die Wahrheit, Schweigen, und sich begeistern, von außen? Nur durch das Zusehen? Das Zuhören? Und wenn getanzt wird, was ist mit der Stimme, die nach Worten sucht, ich bin eine blinde, suchende Zunge, was sucht sie? Zähne, da sind keine Zähne, Blut, wessen Blut ist das?) »Du hast beschlossen, den Schlaumeier zu geben, Jakobow, stimmts?«, brüllte der Reviervorsteher aus seinem Zimmer, »Ich weiß die Nummer von der beim besten Willen nicht, jemand hat sie gelöscht.« Der Polizeioffizier kam aus seinem Zimmer, hatte bereits die Jacke abgelegt, als bereitete er sich auf das Gespräch mit der geliebten Unbekannten vor, wühlte in den Taschen seiner Hose und kramte dann die Nummer aus dem Gedächtnis hervor, kehrte in sein Zimmer zurück, gähnte laut, die Hände des Wachhabenden zitterten, als er wählte, dann brüllte er: »Herr Reviervorsteher, es klingelt.« Aus seinem Büro war der Polizeioffizier gut vernehmlich, da er laut mit ihr telefonierte und nur manchmal die Stimme senkte, »Wie geht es dir? ... Gehts dir gut oder nicht? ... Du bist schwer zu verstehen ... Bist du nicht alleine zu Hause? ... 70, 75 ... Nachts tun manchmal die Zähne weh ... Meine Schwester ist sauer ... Von der Sozialhilfe und von dem, was wir ihr geben ... Deine Stimme macht mich an, ich hab schon einen stehen, wenn ich nur deine Stimme höre ... Narzissen und Krokusse, ja.« Erneut war einer der Jungen eingeschlafen. Der andere fasste seine Hand, aber der Wachhabende war damit beschäftigt, das Gespräch zwischen dem Polizeioffizier und der Tussi zu belauschen (die Welt ist nichts weiter als all die Linsen, durch die man sie betrachtet, was also, wenn dem so ist, betrachtet man? Ich mime den Idioten und warte ab, nehme die Kinder, diesmal werde ich nicht scheitern), »Und von wem hängt das ab? ... Ich verstehe, ich liebe dich«, der Polizeioffizier kam aus seinem Zimmer, schloss den Gürtel seiner Hose, Teile des Gesprächs waren in empfindsamem Ton gehalten, besser, er wäre grob gewesen, der Wachhabende machte sich Sorgen, er würde die dreihundert Mal nicht abschreiben, sollte seine Frau das für ihn machen, die ganze Sache war ihm längst zuwider, wir sind zu weit gegangen, schon zwei Monate, dass du ihn hinhältst und seine Lust immer größer wird, kaum kommt er am Morgen aufs Revier und schon will er mit dir sprechen, der Wachhabende war sehr wütend, »Ich geh nach Hause«, er fing an, seine Sachen zusammenzupacken, »Jakobow, du fängst an, mir auf die Nerven zu gehen.«

»Schmeißen Sie mich doch raus.«

»Ich schmeiß dich nicht raus, Jakobow, aber du fährst von jetzt an Streife bei den Arabern, wirst nicht mehr hier schlafen, wie ein verwöhnter Balg, sondern auf der Westbank, hast du mich verstanden? Jetzt fängst du auch schon an, mir dumm zu kommen, Jakobow, wie soll das alles enden?«

Jizchakow tritt den Rückzug an, kehrt zu seinem erhöhten Sitz hinter dem Tresen zurück, wählt müde die Frau des Polizeioffiziers an, dieser geht zurück in sein Zimmer und Jizchakow brüllt ihm zu: »Ihre Frau ist in der Leitung.« Der Polizeioffizier streitet den ganzen Morgen mit ihr, hin und wieder sagt er ihr auch, wie sehr er sie liebt, wird dann obszön, die Kuh weiß, dass alle mithören, was sie nicht rührt, er sagt, wenn ich nicht wüsste, wie meine Frau aussieht, würde ich mich am Telefon in sie verlieben, und die andere, hat er die etwa nicht am Telefon kennen gelernt, sich nicht in ihre Stimme verliebt? Nur am Telefon, aber er weiß nicht, dass sie die Frau des Wachhabenden ist.

Warum hatte sie ihm ihre Nummer von Zuhause gegeben? Das hatte sie ihrem Mann nicht zu erklären vermocht. Später dann kam Jizchakow der Verdacht, sie könnte sich mit ihm anfreunden, während er selbst auf dem Revier seinen Dienst absitzt, weshalb er nun nachts zu Hause anruft, um zu kontrollieren, jedoch erst, wenn ihn tatsächlich die Angst überkommt, zunächst bloße Panik, ohne Worte, ein Pochen in der Brust, ein salziger Geschmack im Mund, danach Bilder, allesamt Einbildung, aber richtige Bilder, ehe die Angst in ihm hochsteigt, wovor muss er Angst haben, sagt er sich selbst mit der Stimme eines anderen, vielleicht seines großen Bruders, die Angst zerfleischt alle Gedanken, Säure, die alles zerfrisst, wie ein Film, der mitten in der Vorführung verbrennt, Bruchstücke, wovor soll er Angst haben, was sage ich ihr, wenn es wirklich so ist, sag gar nichts, was mache ich mit mir, soll ich mich umbringen, lass es, man gewöhnt sich an alles, dann antwortet sie, vollkommen verschlafen, er hat sie geweckt, vielleicht hat sie der Junge gerade erst einschlafen lassen, sie werden nicht noch ein Kind machen, wenn sie schwanger wäre, würde er es niemals glauben, vielleicht ist der Reviervorsteher bei ihr im Bett, er bittet um Entschuldigung, wie sehr er sie doch liebt, nie hat er sie nachts vom Revier aus angerufen, hat Angst, es zu wissen, ›bis ein Mann eine Frau nimmt, folgt seine Liebe den Eltern, hat er eine Frau genommen, folgt seine Liebe der Frau‹, es gibt nichts in seinem Leben, was er täte, ohne sich mit ihr zu beraten, wie ein Kind, einmal abgesehen von seiner Rückkehr zur Strenggläubigkeit, von der sie nicht das Geringste weiß, fürs Erste zumindest, ihm ist nicht klar, wie er ihr davon erzählen soll, nein, er will nicht, dass sie fromm wird, er wird sie auch nicht bitten, für ihn zu kochen, er wird selbst alles zubereiten, koscher, er hat erst geheiratet, nachdem seine Eltern gestorben waren.

Manchmal, vor lauter Angst, denkt er, der Reviervorsteher wisse Bescheid, und seine Angst übermannt ihn, auch wenn er es nicht weiß, eines Tages wird er es wissen, wird beleidigt sein, beide haben sie ihn an der Nase herumgeführt, das ganze Revier weiß es, nein, das Revier weiß nichts davon, mein

Glück, wer würde mir glauben, dass das Ganze nur ein Scherz ist, und vielleicht ist es gar kein Scherz, wer kennt die Wahrheit, alle außer einem, wie immer, niemals wird er sich verzeihen, dass er es hat so weit kommen lassen, ein ekelhafter Typ, obszön, und wäre es vielleicht besser, seine Frau würde sich mit einem nicht ekelhaften Typen abgeben? Warum musste er dieses Spielchen auch weiterlaufen lassen, zu dem Ball ist er schließlich alleine erschienen, weil er in Wirklichkeit nicht glaubte, dass seine Frau sich noch nicht mit dem Polizeioffizier getroffen hatte, und nicht wollte, dass sie sich dort begegneten, aber der Polizeioffizier kam überhaupt nicht, und den ganzen Abend über war Jizchakow zutiefst betrübt, das Misstrauen nagte an ihm, denn was am meisten schmerzt ist, dass es ausgerechnet der Reviervorsteher sein muss, der mich ständig erniedrigt, aber vielleicht erniedrigt er mich, weil sie ihn nicht ranlässt, oder er erniedrigt mich, weil ich in ihrem Bett schlafe, weil ich mit ihr schlafe, auch, ›auch‹ sagte er sich, nur einer kennt die Wahrheit nicht, wie immer. Von dem Ball war er überstürzt zurückgekehrt, war leise durchs Treppenhaus geschlichen, sie schlief, er hatte sich vorsichtig ausgezogen und dabei vergessen, das Hütchen abzusetzen, dann hatte sie sich herumgewälzt, ihre Decke wölbte sich, vielleicht versteckt er sich unter der Decke, ich bin verrückt, sie schlug die Augen auf, wie schön sie ist und wie jung, sie ist noch so jung, schaute dann zur Uhr, hob den Kopf und bemerkte ihn, hoffentlich täuscht sie sich und sagt seinen Namen, hoffentlich sagt sie meinen Namen, sie lächelte ihn mit ihren Augen an, die sich beinahe weigerten, offen zu bleiben: »Wie war es, mein Schatz?« Er schwieg, sagte dann: »Vergiss es, nichts los, sie haben Rogalach gefressen und schmutzige Witze erzählt, du weißt schon.«

»War der Psychopath da?«

»Nein, gar nicht.«

»Ist der Wurm gekrochen?«

»Ja.«

»Wie?«

»Ich hab gedacht, ihr beide wärt hier.«

Es war dies das erste Mal, dass er tatsächlich sagte, was er dachte, nachdem ihn die Bilder einen ganzen Monat lang gemartert hatten und er beschlossen hatte, nicht mehr ins Kino zu gehen, »Wieso hab ich mich nur darauf eingelassen?«, sagte sie und brach dann, noch während er neben ihr saß und ihre Hand hielt, mit einem Mal in Tränen aus. »Du bist ein Zuhälter und du behandelst mich, als sei ich eine Hure.« Er kniete vor ihrem Bett, umarmte sie und bat um Verzeihung.

Jizchakow war ein gut aussehender Mann, fast wie ein amerikanischer Filmschauspieler. Sein Haar war frühzeitig ergraut. Er hatte in einer Ziegelfabrik gearbeitet, war dort der fähigste Ofentechniker gewesen, und einmal, als er mit weißem Staub überzogen dastand, sagte eine, die gerade vorbeikam, »wie ein Bäcker«, vielleicht dachte sie, die weißen Haare kämen von dem Staub, und sie beschloss, sich an ihn ranzumachen, »andernfalls hätte sich gar nichts getan, du hättest nie etwas mit mir angefangen«, und er sagte, »du warst so jung, ich hatte Angst.« Sie kramen gerne Erinnerungen hervor. Was ist es, das Menschen gerne an die Augenblicke denken lässt, in denen sie sich kennen gelernt haben? So hatte er Rina kennen gelernt, die im Büro der Geschäftsleitung arbeitete, sie hatten geheiratet und fast schon ein Baudarlehen aufgenommen, doch genau da wurde er entlassen, wegen der Kürzungen, zu der großen Demonstration ging er nicht, denn sie wurde nicht entlassen, und er machte sich Sorgen um sie, doch als er sie bat, sich bei Bernstein, dem Besitzer der Fabrik, der auch Gedichte für Kinder schrieb *(Ein Abend mit dem Pony)*, für ihn einzusetzen, sagte sie ihm, es wäre sinnvoller, sich einen anderen Arbeitsplatz zu suchen, die Abfindungen jetzt seien besser, und bei der nächsten Entlassungswelle, das wusste sie, würden die Abfindungen geringer ausfallen, und was würden sie dazu sagen, dass er nicht zu der Demonstration ging, fragte er sie, komm zu spät, sagte sie, und tatsächlich war es gut, dass er sich verspätete, denn die Polizei schickte zwanzig Demonstranten ins Krankenhaus, einer von ihnen würde für immer vor sich hin vegetieren, aber die Untersuchung ergab, dass er hohen Blutdruck gehabt hatte, ohne davon gewusst zu haben, sodass sich nicht nachweisen ließ, ob er den Schlaganfall durch die Schläge oder nur wegen des Ärgers über die Entlassungen bekommen hatte, worauf die Kollegen ihn im Levinstein-Rehabilitationszentrum abwechselnd besuchten, nur Jakobow nicht, denn es war ihm unangenehm, dass er bei der Polizei angefangen hatte. Immer, wenn es Massenentlassungen gibt, gibt es auch Jobs bei der Polizei, ein Teil der Entlassenen kommt in Haft und einen Teil machen sie zu Polizisten, und die, die in Haft genommen werden, kommen wieder raus und gehen mit dem Jungen an der Polizeiwache vorbei, zeigen ihm die Zelle, in der sie gesessen haben, denn das ist schließlich keine Schande, sie haben ja nichts gestohlen, der Fabrikbesitzer ist es, der gestohlen hat, und sagen zu dem Jungen, vor allem, wenn sie einen Polizisten sehen, der draußen den Bürgersteig sauber macht, er soll hinspucken, und der Junge spuckt und freut sich. Jizchakow, der das natürlich weiß, hat immer vorgehabt, die Polizei zu verlassen, und bei der zweiten Entlassungswelle sprach der Revierleiter am Telefon mit Rina wegen möglicher Demonstrationen, so sagte sie zumindest, nur einer kennt die Wahrheit nicht, mindestens einer, die ganze Wahrheit. Sie war die Sekretärin des Bosses und beantragte Personenschutz für ihn, da sie ihn bedroht hatten. Bei all den Arbeitsunfällen, die passieren, schützt kein Mensch das Leben von irgendjemandem, aber Fabrikbesitzer, bei denen reicht es, wenn einer sie am Kragen packt, ihnen ins Gesicht spuckt, aus nächster Nähe, und sagt: »Du Hundesohn, dein Stündchen schlägt noch«, und schon ist ein Streifenwagen da. Rina erzählte ihrem Mann sofort von dem Gespräch mit dem Reviervorsteher, das ein bisschen anzüglich gewesen war, ein bisschen, und vielleicht verging auch einige Zeit, bis sie es ihm erzählte, und als sie es ihm erzählte, sagte er: »Diese Angst!«

»Wovor hast du Angst?«

»Ich weiß nicht, aber ich hab Angst, was tun wir uns damit an? Erst entlassen sie mich und du bleibst da, und jetzt telefonierst du mit meinem Vorgesetzten und er weiß nicht, dass du meine Frau bist«, doch vielleicht war es nicht das, was er ihr sagte, und nur diese Angst kroch wie ein Wurm in ihm hoch, auf jeden Fall aber sagte er: »Mein ganzes Einkommen hängt von ihm ab«, sie aber lachte: »Mein Liebster, dies ist ein demokratisches Land, du legst Beschwerde ein, falls uns etwas passieren sollte, legst du Beschwerde ein.« Und er sagte: »Du kapierst wirklich rein gar nichts«, und sie: »Aber du hast gesagt, ich soll weiterhin mit ihm reden, was willst du von mir?« Er war wie betäubt vor Schmerz, »Du kapierst tatsächlich nichts, überhaupt nichts.« Er muss vor Schmerz betäubt gewesen sein, wenn er zu ihr sagte, sie kapiere rein gar nichts, denn Jizchakow sagte ihr nur sehr ungern, sie kapiere überhaupt nichts, natürlich, weil sie klug war und größere Schmocks als den Industriellen Bernstein um den Finger wickelte, aber auch, weil er sensibel war und sie niemals beleidigte, vielleicht hatte er aber auch Angst, sie könnte gehen, wenn er sie beleidigte, da er fünfzehn Jahre älter war als sie, weshalb er ihr schnell erklärte: »Was redest du mir von einem demokratischen Staat? Versteh doch: Sie entlassen einen niemals wegen einer konkreten Sache, das heißt, wegen einer Sache, die man gemacht hat. Nur ein Gericht will eine Sache, von der sich sagen lässt: ›Das ist richtig oder das ist nicht richtig.‹« Er schluckte. Etwas war aufgebrochen. Er begriff jetzt, was es mit der Entlassung von Elias auf sich hatte, dass sie ihn nicht entlassen hatten, weil er Araber war und mit einer Jüdin verheiratet, was hatten sie dann gesagt? Sie hatten etwas gesagt, etwas Richtiges, die Wahrheit, etwas, von dem sich sagen ließ, es sei richtig, aber die Dinge lagen ganz anders. »Misstraust du mir?«

»Ich misstraue ihm. Ich sehe ihn und habe Angst, als hätte ich ihm die Frau weggenommen.«

Sie lachte und küsste ihn. Dann wusch sie das Geschirr ab. Der Junge spuckte ein Bonbon aus, das er lutschte, und plapperte die letzten Silben des Tages vor sich hin (ein authentischer Roman ließe sich über sie schreiben), albernd vor Müdigkeit, sie küsste auch den Jungen und sagte zu ihm: »Wir lieben unseren Papa, stimmts?« Der Junge war nicht einverstanden, schüttelte verneinend mit dem Kopf. Sie sah ihren Mann an, und er lächelte ihr zu, so wollte er, dass sie immer bei ihm wären – aber in jener Nacht, nach dem Ball, weinte er zum ersten Mal, seit dieses Versteckspiel begonnen hatte. Während des Balls hatte er die ganze Zeit wie erstarrt dagesessen, sie hatten ihn aufgefordert, das einzige türkische Lied zu singen, das er konnte, dachten, er sei Türke, dabei war er gar kein Türke, warum hatte er ihnen gesagt, er sei Türke, deswegen hatte er auch das eine türkische Lied gelernt, und in der Nacht saß er neben ihrem Bett, mit dem kleinen Clownshütchen auf dem Kopf, das sie am Eingang verteilt hatten, und weinte, doch sie zeigte sich nicht angewidert von seinem Weinen, tat vielleicht auch nur so, als sei alles in Ordnung, und versicherte ihm, die Sache würde bald beendet sein, ob er nun wolle oder nicht, und er sagte: »Aber was ist mit dem Führerschein?« Darauf sie ungehalten: »Hör auf, mich verrückt zu machen«, dann aber ließ sie sich besänftigen und sagte: »Ist es etwa besser, wenn du mir so nach Hause kommst?« Im nächsten Augenblick hatte sie sich im Bett aufgesetzt, die Decke abgestreift und war dabei, ihn wie ein Baby auszuziehen. »Stell dich hin«, und er stellte sich hin, sie knöpfte seine Hose auf, sein Glied war schrumpelig vor Kälte, wo hatte sie gelernt, so zu sein, sie lutschte ihn wie eine Mutter, zog ihn weiter aus, streichelte seinen Penis und vor allem die Unterseite der Hoden, lutschte noch ein bisschen und sagte dann, »Komm, leg dich aufs Bett«, er legte sich aufs Bett, das Clownshütchen auf seinem Kopf wurde zerdrückt und sie lachte, worauf auch er lachte, dann streifte sie ihr Nachthemd über den Kopf und schlüpfte aus dem Slip, warum schläft sie mit Slip, dachte er bei sich, als sie sich auf ihn setzte, ihn anlächelte, und er, ein ausgemachter Trottel, meinte mit belegter Stimme: »Die Büroleiterin des Bosses bumst einen Streifenbeamten«, und sie sagte: »Ich liebe dich.« Trotzdem erfüllte ihn Angst, diese Versteckspiel würde nichts bringen, brächte nur Ärger, was wird aus dem Führerschein werden. Nachts wachte er auf und streckte die Hand nach ihr aus.

Einmal war sie nicht im Bett, er versuchte, wieder einzuschlafen und erschrak, stand auf und lief im Haus herum, öffnete die Küchentür und fand sie nicht, ging auf den Balkon und fand sie nicht, trat ins Treppenhaus, setzte sich auf die Stufen und beschloss, auf sie zu warten, dann hörte er sie niesen, machte kehrt und fand sie im Badezimmer, sie saß auf dem Klo, pinkelte, war gerade dabei, abzuwischen, sodass er beschämt ins Bett zurückkehrte, ein andermal streckte er seine Hand aus, fand sie nicht, ging ins Badezimmer, fand sie nicht, fing an, durch die Wohnung zu irren, suchte nach ihr, bis ihre Stimme hinter ihm flüsterte: »Ich bin bei dem Jungen«, der Junge hatte geweint und sie geweckt, er selbst hatte das Weinen nicht gehört, sie fuhr fort, dem Jungen die Geschichte von dem König zu erzählen, der die Tiefe des Meeres mit einem Seil maß, das dreißig Jahre lang war, wobei sie die Jahre aufzählte, die das Seil betrug, und was ihm auf seinem Weg mit den Jahren begegnet war,

Altertümer aus Sidon, ein Schiff mit einer Ladung Zedern, die Knochen eines prähistorischen Hasen, eine Coca-Cola-Dose, Algen, Wiegenlieder, Lieder zum Abschied in tausenden von Sprachen, Sand, alle kommen sie, um an ein und demselben Ort zu ruhen, bis der Junge in der warmen Zeit einschläft, und Jizchakow wartet an der Tür, lauscht auf die dahinziehende Zeit, ihre ruhige Stimme, die Jahre, die zu Algen und Fischen hinabsinken, die antiken Schiffe, die Korallen, Haie und alten Flaschen, die Planken, die Kleidungsstücke, die Menschen verloren gegangen sind, die im Sommer an den Strand gegangen sind, die antiken Münzen, allesamt werden sie zu in hellen Farben gemalten Miniaturen, denn die Jahre waren schön und lang und leuchtend, danach hörte er, wie sie den Jungen in sein Bett legte, und ging auf Zehenspitzen zu ihrem Bett, lag wach und wartete im Bett auf sie, wollte sie fragen, woher der Reviervorsteher die Nummer von Zuhause hatte, aber er sagte: »Du bist eine so wundervolle Frau, wenn meine Mutter dich doch nur kennen gelernt hätte, aber das ist gar nicht, was ich dir sagen wollte, ich wollte dir sagen, dass der Junge glücklich ist, dass er eine solche Mutter hat, und dass ich glücklich bin, dass der Junge eine solche Mutter hat, und dass ich glücklich bin«, er dachte daran, es damit gut sein zu lassen, fügte aber trotz allem noch etwas über den Polizeioffizier hinzu, konnte nicht an sich halten, und wieder sagte sie: »Du hast mich schließlich gleich zu Beginn gebeten, seine Annäherungsversuche auszunutzen.«

»Als ob es dabei nicht um unser Auskommen ginge.«

»Ja, richtig, also warum hast du jetzt Angst?«

»Weil ich nicht, wie soll ich das sagen, ich, ich bin nicht …«

»Was bist du? Du stotterst schon vor lauter Müdigkeit, mein Schatz.«

»Weil ich, ich bin nicht ich. Denkst du, ich höre nicht, wie er mit dir redet?«

»Er ist tatsächlich eine Ekel erregende Kreatur.«

»Aber was sagst du ihm am anderen Ende?«

»Im Büro spreche ich leise, damit sie nicht denken, ich hätte irgendeine Affäre, und er wird ganz scharf durch das Flüstern, so sagt er, aber warum hörst du nicht mit? Hör mit.«

»Ich hab Angst.«

»Vor mir?«

»Auch. Vor der Wahrheit.«

»Ich bin eine Hure, stimmts?«

Ein andermal stritten sie wegen Sex. Jemand auf dem Revier hatte ein farbiges Pornoheft mitgebracht und auch er hatte einen Blick hineingeworfen, wollte einmal anders mit ihr schlafen, ein bisschen mit Gewalt, versuchte es einmal sogar in den Hintern, aber sie mochte es nicht mit Gewalt und in den Hintern wollte sie partout nicht, am Morgen schämte er sich, ihr ins Gesicht zu sehen, denn eigentlich hatte auch er nicht gewollt, und den ganzen Tag hatte sie Schmerzen von dem Versuch, ihr Gang verriet beinahe seine Wildheit, mitsamt dem Streit und der Ohrfeige am Ende, nur so, für ein plötzliches Vergnügen, und dem Weinen, außerdem weiß er auch nicht, ob der Reviervorsteher die Wahrheit kennt, ihr Einkommen ist höher als seines, er könnte kündigen und sich in aller Ruhe Arbeit suchen, denn sie würden mit der früheren Abfindung, die noch auf der Bank lag, über die Runden kommen, was findet sie an mir, was haben wir gemeinsam, und auch, wenn sie zärtlich miteinander schlafen, und sie richtig gut zu ihm ist, noch besser, als sie es früher gewesen ist, auch dann befällt ihn die Angst, sie könnte genau das Gleiche mit dem Polizeioffizier machen, und vielleicht ist es genau umgekehrt, bei ihm ist sie gütig und groß, bedeckt ihn wie einen Säugling, während der Polizeioffizier sie von hinten nimmt, ihr dreckige Sachen ins Ohr keucht, und wenn sie auf dem Bauch liegt und der Polizeioffizier neben ihr sitzt, ihr den Rücken streichelt, zwingt er sie, gemeine Sachen über ihn zu sagen, ihn herunterzumachen, und wenn sie sich weigert und ihn sogar in Schutz nimmt, sagt der Polizeioffizier: ›Wenn er nicht solch ein Idiot wäre, würdest du nicht mit mir schlafen.‹ Bis Jizchakow endlich einschlief und die Angelegenheit sinken ließ, und am Morgen reden sie nicht mehr darüber, sie haben so viel anderes zu bereden, schließlich hat sie den Architekten, der bei ihnen gearbeitet hat, bereits gebeten, ihr einen Gemüseladen anstatt das Café ›Johan‹ zu zeichnen, vielleicht sogar einen Minimarkt, entscheide du, was du lieber willst, einen Gemüseladen oder einen Minimarkt. Einen Möbelladen, manchmal ruft der Reviervorsteher sie abends zu Hause an, und wenn Jizchakow ans Telefon geht, egal, wer gerade dran ist, selbst ihre Mutter, verstellt er vor lauter Angst seine Stimme, schnürt es ihm die Kehle zu, und wenn es der Reviervorsteher ist, reicht er den Hörer mit einer Pantomime an seine Frau weiter und sie sagt: »Der Lüstling?« Dann bedeckt sie die Sprechmuschel und sagt zu ihm: »Er onaniert, glaube ich«, und er, Jizchakow, der er an Gott glaubt, ist sehr peinlich berührt, nur der Plan, das Café im Zentrum in einen großen Gemüseladen auf den Namen seiner Frau umzuwandeln, ›Rinas Gemüseparadies‹, nur dieses Begehren treibt ihn weiter an, stimmt nicht, nur die Angst, dass diese Sache in einem Riesenskandal enden könnte, und wer würde ihm Glauben schenken und wer dem Reviervorsteher, schließlich würde der Reviervorsteher sich selbst zu schützen wissen und den gehörnten Wachhabenden mit Dreck bewerfen, alles ist verloren, sagt er, doch bis es so weit ist, schließt der Reviervorsteher von neuem seinen Gürtel, hat genug mit seiner Frau geredet, »Jakobow, heirate niemals, hör auf mich, heirate niemals.«

»Nein, Herr Reviervorsteher, ich werde nicht heiraten.«

»Sie machen einem das Leben bitter, wenn meine Frau doch nur irgendeinen hätte, der sie durchfickt, ich kann sie nicht mehr ertragen.«

»Sagen Sie nicht so was, Herr Reviervorsteher, sie ist Ihre Frau, sie hat Ihren Kindern das Leben geschenkt.«

»Weißt du, was mir am meisten Angst macht, Jakobow? Am meisten macht mir Angst, dass sie eines Tages wie sie sein werden, Kühe wie sie, ich liebe mein Leben nicht, manchmal will ich aus meinem Leben fliehen und weiß nicht, wohin.«

»Was reden Sie da, Reviervorsteher?«

»Jakobow, wenn du mal heiratest und Kinder hast, reden wir weiter. Eines Tages findest du heraus, dass du eine Kuh geheiratet hast, und eines Tages begreifst du, dass du ihr ein Kind gemacht hast, das ihres ist, nicht deines, und das ihr auch noch ähnlich sein wird, eine als Engel verkleidete Kuh.«

»Haben Sie sie geliebt, als Sie geheiratet haben, Herr Reviervorsteher?«

»Oho, sehr.«

»Dann denken Sie daran. Denken Sie, dass der Junge wie sie sein wird, als sie bezaubernd war.«

»Mädchen, ich habe Mädchen, hätte ich einen Sohn, wäre alles anders.«

»Genau dasselbe, Herr Reviervorsteher.«

»Und später dann steht er einem auch nicht mehr, streikt er bei ihr, steht einfach nicht, und dazu die tiefe Angst im Herzen, dass das nicht in Ordnung ist, das Gewissen plagt einen, verstehst du, und anstatt um Entschuldigung zu bitten, brüllt man, streitet, aber was soll ich machen, warum haben sie dich aus der Jeschiwa geworfen, hast du Schweinefleisch gefressen?«

Der Reviervorsteher interessierte sich nicht wirklich für Jizchakows Geschichte und die Sache mit dem Schwein beschäftigte ihn weit über Jizchakow hinaus, ständig redete er in Gegenwart von Religiösen über Schwein. Jetzt hatte er keine Kraft für all das. Sein Leben war mit einem Mal beschissen geworden. Wenn er nur sein Leben nicht derart resümiert hätte, sicherlich hätte er es auch anders zusammenfassen können, hätte nach Hause kommen können, seine Frau in den Arm nehmen, aber es war irgendein Bedürfnis in ihm, Jizchakow das Leben zu erklären, und so resümierte er sein Leben wie beschrieben, und danach war der Hass besiegelt.

Aus den Zellen kamen von Zeit zu Zeit immer die gleichen Schreie, ein Ermittler, eine Antwort, ein Schlag auf Holz oder vielleicht mit einem Stück Holz, ein lang gezogener Schmerzensschrei. Einer der beiden Jungen weinte leise. Der Lehrer wollte ihn streicheln. Yazid, hab keine Angst, ich bin bei dir. Er streichelte ihn. Die beiden Jungen beeilten sich, von ihm wegzurücken. Der Midas des Todes bin ich. Seine Hand ist schmutzig. Plötzlich sah der Polizeioffizier den Lehrer an, sah ihn mit den Augen eines Verhörspezialisten an, dies war seine größte Begabung – Menschen mit forschenden Augen anzusehen, bis seine Opfer die Angst überkam. Der Lehrer fürchtete sich nicht, fast wartete er auf das nächste Verhör. Er würde sich selbst ans Messer liefern, ich habe den Jungen umgebracht, habe ihn in die Sonne gelegt und sein Bruder wird meinetwegen sterben, ›zurückgekehrt zu sich selbst, bedenke der Mensch, was er ist, demgegenüber, was ist, er trachte sich als verirrt in diesem versprengten Winkel der Welt und von diesem engen Verlies aus, wo er sich befindet – das Universum –, lerne er die Erde, die Königreiche, die Städte und sich selbst nach seinem wahren Wert einzuschätzen‹. Und außerdem, nichts ist so geschaffen, Prozesse durcheinander zu bringen, wie ein Lügendetektor, er wird die beiden Kinder mitnehmen, ich hab sie entführt, ›nur ein Schilfrohr, das zerbrechlichste in der Welt, ist der Mensch, aber ein Schilfrohr, das denkt. Nicht ist es nötig, dass sich das All wappne, um ihn zu vernichten: ein Windhauch, ein Wassertropfen reichen hin, um ihn zu töten. Aber, wenn das All ihn vernichten würde, so wäre der Mensch doch edler als das, was ihn zerstört, denn er weiß, dass er stirbt, und er kennt die Übermacht des Weltalls über ihn; das Weltall aber weiß nichts davon.‹ Der Kommodere sagte zu dem Lehrer: »He, du, heb die Augen zu mir«, und der Lehrer hob den Blick. »Warum hast du keine Anzeige erstattet wegen des Einbruchs?«

»I-Ich gehörte selbst zu den E-Einbrechern.«

»Die beiden?«

Er streichelte sie abermals. Sie schreckten zurück. Vielleicht begriffen sie nicht, welches Unglück er im Begriff war, über sie zu bringen, und hatten nur Angst vor seinen romantischen Absichten. »J-Ja.« Aber der Polizeioffizier war bereits ganz woanders. »Kenne ich dich irgendwoher?«

»N-Nein, nein, i-ich gehöre zu ihnen.«

»Gesichter vergesse ich nicht, niemals vergesse ich ein Gesicht, warte, warte, warst du nicht letzte Woche mit deinem Jungen bei der Krankenkasse?«

»Ja, a-aber ...«

Ein großes Grinsen breitete sich auf dem Gesicht des Polizeioffiziers aus, er griff nach den Händen des Lehrers, worauf die beiden Jungen den Lehrer ansahen und sich erneut an den Händen fassten, vielleicht hatten sie ja das Gefühl, einen Vertreter ihrer Interessen gegenüber dem Strafverfolgungsapparat gewonnen zu haben. Der Revierleiter umarmte ihn, schob ihn dann von sich weg, »Was erzählst du mir, du gehörst zu denen?« Er zwinkerte ihm zu, zerstreute noch einmal laut die vorherige, unangenehme Version, »Soldatiko, erinnerst du dich nicht an Soldatiko?« Der Lehrer sagte: »M-Meinen Sie mich?« Der Polizeioffizier feixte: »Ich meine mich, du Volltrottel, mich. Ich bin Soldatiko. Erinnerst du dich nicht an mich?« Der Polizeioffizier freute sich maßlos. »Ich bin Soldatiko, und guck dir an, wo ich heute bin.« Der Wachhabende sagte: »Ich gehe, immer kommt er zu spät, der Smucha, ich bin nicht bereit, länger zu warten.« Aber der Polizeioffizier antwortete ihm nicht, und der Wachhabende hatte Angst zu gehen, sagte lediglich von neuem, er werde gehen, und fügte sogar noch hinzu, »Kann Smucha nicht einmal pünktlich kommen? Was bin ich? Etwa nicht müde?« Der Lehrer seinerseits nickte immer, wenn ihm eine Frage gestellt wurde wie ›Erinnerst du dich nicht an mich?‹. »Triffst du noch jemanden?«, fragte der Polizeioffizier und der Lehrer vertraute dem Polizeioffizier eine bekannte Tatsache an, »W-Weißt d-du, d-dass J-Jizchak ge-getötet w-wurde?«

»Was du nicht sagst, Jizchak? Der Fahrer?«

»N-Nein, der Feldwebel a-aus der Adjutantur, jetzt ist er schon O-Oberfeldwebel, es hat i-ihn z-zerlegt, sie haben nicht genügend Überreste gefunden, um ihn zu b-beerdigen«, der Lehrer war zufrieden, »sie haben ein Bein gefunden, das l-linke Bein und den halben Schädel. J-Jizchak aus der A-Adjutantur. Du hast ihn sicher g-gekannt«, ich werde mich mit meinem großen Sohn fotografieren lassen, werde ihm die Hand auf die Schulter legen und er wird seinen Arm um meine Hüfte legen, nein, er wird die Arme verschränken, »d-das Rabbinat hat einem B-Begräbnis nicht zugestimmt. Die wollten w-wenigstens drei Viertel vom Körper o-oder das Herz.« – »Aber du erinnerst dich doch an Soldatiko, stimmts?« Der Lehrer nickte unwillig, vielleicht weil man seine Geschichte abgewürgt hatte. »Du bist einer von denen, die sich nicht freuen, jemanden aus der Vergangenheit zu treffen«, bemerkte der Polizeioffizier bedauernd, vielleicht sogar beleidigt. »Im G-Gegenteil, das hilft mir, b-besser zu leben. I-Ich gehöre zu denen«, sagte der Lehrer zu dem Polizeioffizier und streichelte die beiden Jungen neben sich. »Bist du sicher, dass ich diesen Jizchak gekannt habe? Wie hieß er?« Er hatte es schwer. »J-Jizchak K-Kummer, er war ein st-stiller Soldat, schüchtern, hängte Befehle a-ans M-Mitteilungsbrett. Einmal haben sie ihn v-vergewaltigt.«

»Sollen alle Araber draufgehen.«

»Warum ausgerechnet A-Araber? Im G-Gefängnis 6.«

»Und wo ist er auf die Mine gelatscht?«

»B-Beim Reserved-dienst, er hat einen O-Orden bekommen, aber keine Beerdigung.«

»Jakobow, mach uns einen Kaffee.«

Der Wachhabende hatte bereits seine Sachen zusammengepackt und schlurfte missmutig zum Wasserkocher. »Man hat mir gesagt, bei dir wurde eingebrochen und du hast keine Anzeige erstattet.« Wieder zwinkerte er, weil er den Lehrer gehen lassen wollte, dann deutete er auf die Jungen und sagte: »Sind die das nicht gewesen?« Worauf er sich weiter für den Werdegang seines Freundes interessierte: »Und die Frau, noch immer diese Deutsche?« Lass ihn sich auskotzen. Der Polizeioffizier glaubte, hier könnte eine interessante Geschichte für ihn rausspringen, und wiederholte daher seine Frage im warmen Tonfall eines alten Kumpels aus der Armee. »Und die Frau, noch immer diese Deutsche?« Her mit der Geschichte, »S-Sie hat mich v-verlassen, du weißt ja, sie mit all ihren Schuldg-gefühlen und ich mit meinem V-Vergnügen, Schuldgefühle zu m-missbrauchen, ich l-liebe es, Menschen mit Schuldgefühlen zu quälen, hab sie ständig e-erinnert, wer ihre E-Eltern waren und die Eltern ihrer Eltern«, ich werde einen Roman schreiben, einen Bestseller, die israelische Identität und all das, doch nun erzählte er dem Polizeioffizier, dass sie ihn nicht deshalb verlassen habe, sondern weil sie sich in einen deutschen Touristen verliebte, den sie hier getroffen hatte, einer aus ihrer Kindheit in Norddeutschland, Süddeutschland, was auch immer, und sie waren dermaßen glücklich, dass sie sich getroffen hatten, anfangs unternahmen sie nur etwas zusammen, saßen morgens in Cafés, doch dann, ganz allmählich, konnten sie nicht mehr einer ohne den anderen, eine echte Liebesgeschichte, wenn er doch nur beschreiben könnte, wie versessen sie darauf waren, ständig zusammen zu sein, »Und i-ich hab einfach g-gestört, hab abends zu Hause mit ihnen beim

A-Abendessen gesessen und das Gefühl gehabt, i-ich bin ein F-Fluch, also bin ich verschwunden.«

»So ist das nun mal, und davon abgesehen, wie stehts? Na? Du hast den Einbruch nicht gemeldet, aber das ist schon in Ordnung, du warst immer gleichgültig, was deine Sachen angeht.«

Der Wachhabende sagte erneut, ohne Hoffnung, diesmal eine Antwort zu erhalten, »Mir reichts, ich gehe.« Ein wahrer Menschenfreund war der Reviervorsteher, und große Rührung überkam ihn, einem Kameraden aus jenen sehr fernen Tagen bei der Armee zu begegnen und mit ihm über die alten Zeiten zu reden, schon überlegte er, den Lehrer auf eine Tasse ins Café ›Johan‹ einzuladen, da nichts wundervoller ist, als Erinnerungen aufleben zu lassen, doch in jenem Augenblick kam der Stellvertreter des Reviervorstehers zur Tür herein, seine Uniform glänzte, ebenso die Schwingen der Fallschirmjäger an seiner Brust und dazu die Orden aus zwei, drei Kriegen, klein und stämmig war er, hielt den Bauch unter großen Anstrengungen eingezogen, ständig, ein Kraftakt, der ihm schon Probleme mit dem Rücken beschert hatte, doch ungeachtet des Ratschlags seines Arztes weigerte er sich, damit aufzuhören. Der Reviervorsteher lächelte und schwieg, anstatt das Anliegen des Wachhabenden zu beantworten, bemerkte die roten Fußspuren, die sein Stellvertreter auf dem Bürgersteig hinterlassen hatte, und sagte zu dem Lehrer: »Das ist mein Stellvertreter.«

Der Lehrer lächelte dem Stellvertreter zu, der die beiden grimmig ansah und sich, die Hände in die Hüften gestemmt, den verwaisten Platz des Wachhabenden beschaute – Jizchakow hatte in einer Ecke bereits seine Uniform abgelegt, stand just in diesem Augenblick in Unterhosen da und faltete die blaue Polizeihose zusammen, da er ungern in Uniform nach Hause ging, und der Stellvertreter sagte: »Samsonow, wohin solls denn gehen?«

»Der Herr Reviervorsteher hat mir frei gegeben. Richtig, Herr Reviervorsteher?«

Der Stellvertreter des Reviervorstehers fragte: »Ist Smucha schon da, um dich abzulösen?« Aber Jizchakow fuhr fort, seine Uniform zusammenzulegen, »Was geht Sie das an? Wer hat Sie überhaupt gefragt?« Jetzt dachte der Reviervorsteher, die ganze Welt bekommt mit, wie ihm die Zügel entgleiten, und betrachtete vielleicht deshalb angewidert den Mann in Unterhose und Socken, als der Stellvertreter zu dem Reviervorsteher sagte: »Streich alle Urlaube. Eine arabische Aktion läuft zurzeit auf der Schnellstraße, auf dem Weg nach Chirba.« Der Reviervorsteher war ein bisschen größer als sein Stellvertreter, aber in der Regel lag die Durchschnittsgröße auf einem Polizeirevier bei 1.70 Meter (vom Rang eines Oberwachtmeisters aufwärts lag der Schnitt bei 1.65 Meter, was ständig für Witzeleien bei der Landespolizeidirektion sorgte). Der Reviervorsteher sagte leise: »Ich schlage vor, du hörst auf, dich aufzuregen, ich werd Jizchakow sagen, er soll Kaffee machen.« Dies war selbstverständlich eine unverhohlene Provokation. Der Stellvertreter wandte sich an den Lehrer und sagte zu ihm: »Sie!« Der Lehrer besah sich den Stellvertreter und sagte lächelnd: »M-Meinen Sie mich?« Darauf der Polizeioffizier zu seinem Stellvertreter: »Du bist unhöflich, er ist hier, weil er einen Einbruch anzeigen will, hat sogar die Einbrecher gestellt, und du redest mit ihm in einer hässlichen Art und Weise, was soll nur aus dir werden, Tomi?« So redete er mit seinem Stellvertreter, nachsichtig.

»Ist deine Unordnung etwa besser? Draußen steht ein Polizist mit Fallschirmjägerabzeichen und ohne das Recht, es tragen zu dürfen.«

Der Reviervorsteher antwortete nicht. Schon am Morgen schreit er ihn an, sein Stellvertreter. »Antworte mir: Hat er das Recht, die Fallschirmjägerschwingen zu tragen, oder nicht?« Die Anwesenheit des Lehrers verlieh dem Reviervorsteher

Mut, vielleicht, und vielleicht deshalb antwortete er nicht. Aber sein Stellvertreter brüllte: »Antworte mir, ich hab gesagt, hat er das Recht oder hat er kein Recht, die Schwingen zu tragen?« Mehrfach wiederholte er die Frage, jedes Mal ein wenig lauter. Der Reviervorsteher wusste nicht, was er erwidern sollte. Vielleicht wusste er es ja, wollte aber nicht antworten. Andererseits, auch er sah, wie der Lehrer lächelte, und fing deshalb wahrscheinlich ebenfalls an zu lächeln. Der Stellvertreter sah das Lächeln der beiden, was ihn, vielleicht, fürs Erste nur den Reviervorsteher weiter anbrüllen ließ: »Ich hab beim Verteidigungsministerium nachgefragt. Er hat kein Recht, die Fallschirmjägerschwingen zu tragen! Er hat kein Recht, die Schwingen zu tragen! Er hat kein Recht, die Schwingen zu tragen!« Bis der Reviervorsteher endlich in beruhigendem Tonfall zu ihm sagte: »Nu, wirklich, Tomi, es reicht! Wie kann man sich am frühen Morgen schon so zanken?«

»Morgen? Weißt du, seit wann ich auf den Beinen bin? Weißt du, seit wann ich in diesem beschissenen Streifenwagen durch die Felder holpere? Weißt du, wie viele Araber es schon bis zu den Oxidierungsbecken geschafft haben? Weißt du, was für eine Qual das ist, ohne Klimaanlage mit dem Streifenwagen durch die Gegend zu fahren? Und was finde ich hier? Einen falschen Fallschirmjäger mit zwei Häftlingen, die eine Wand mit einer nackten Frau beschmieren, einen Wachhabenden in Unterhosen, zwei Dreckspatzen, die an der Tür hocken und jeden Augenblick flüchten können, und er wird auch gleich türmen, dein Freund, wie die fünf anderen Freunde, die du hier gehabt hast, alle haben sie mit dir in der Armee gedient, alle haben sich an dich erinnert und sind sie dir etwa nicht bei der erstbesten Gelegenheit über alle Berge? Abgehauen sind sie, weil du alle liebend gern davonkommen lässt. Sag mir einen Fluchtversuch, der dich geärgert hat? Und wen werden wir am Ende noch hier haben? Wen? Antworte mir.«

Er war sehr aufgebracht, Tomi, der Stellvertreter. Seine Haut war rosa angelaufen wie eine Mortadella. Die Sehnen am Hals traten hervor wie an der Gurgel eines Truthahns. Es war gerade mal acht Uhr morgens und er schon beinahe am Ende. Zu seiner Verteidigung sei gesagt, dass er die Arbeit ernst nahm. Manchmal schlief er vor lauter Wut nicht ein, kämpfte gegen die hochmütige Polizeispitze an, wachliegend, im Bett, seine Schwester schlief bereits, murmelte hin und wieder ein, zwei Worte, hatte zuvor wie immer ihre Eltern beschuldigt, ihre Ehe verhindert zu haben, und wenn er ihr sagte, der Bräutigam sei ein Verbrecher gewesen, sagte sie, er sei Araber gewesen, worauf er meinte, das mache keinen Unterschied, statistisch betrachtet seien von allen Arabern, die Jüdinnen heiraten würden, neunzig Prozent Kriminelle, aber jetzt schlief sie, er hatte ihr ein Medikament gegeben, jede Nacht gab er ihr ein Medikament und wartete, bis sie eingeschlafen war, die Medikamente kaufte er von seinem Geld in einer anderen Stadt, befürchtete, bei der Krankenkasse würden sie sich das Maul zerreißen über diese Medikamente, saß neben ihr und wartete, dass sie einschliefe, und manchmal beruhigte er sie, sagte mit ganz sanfter Stimme zu ihr: »Erinnere dich an die schönen Dinge, die wir als Kinder hatten, dann kannst du einschlafen«, und sie sagte: »Wie kann ich mich daran erinnern? Wir hatten eine so grässliche Kindheit«, und er: »Erinnere dich, erinnere dich, wie es war, bevor die Deutschen kamen«, und sie, vielleicht jetzt sogar schon mürrisch: »Ich erinnere mich an gar nichts, bevor die Deutschen kamen«, denn tatsächlich erinnerte sie sich nicht, weil sie gerade mal erst drei war, als die Deutschen kamen, und er versuchte, ihr über ihr Leben zu erzählen, bevor die Deutschen kamen, erfand Sachen, weil er selbst sich nicht erinnerte, sich schämte zuzugeben, dass er keine Erinnerungen hatte, er war damals fünf und das Land ist schließlich voll von Kindern, die Erinnerungen aus dem Alter von fünf erzählen, ganze Bücher, er jedoch erinnerte sich an gar nichts, und obgleich der Psychologe ihm gesagt hatte, es bestünde kein Zusammenhang zwischen dem Vergessen und dem Zwischenfall, bei dem er einen anderen Polizisten zusammengeschlagen hatte, wusste er, dass es einen gab, einen Zusammenhang zwischen der Tatsache, dass er keinerlei Erinnerung an die Kindheit hatte, und seiner Reizbarkeit, denn wie ließ sich das sonst erklären, und wenn seine Schwester eingeschlafen war, stand ihr Mund wegen der Medikamente offen, als sei sie eine Leiche (einmal hatte er eine tote Frau gesehen, ermordet, und hatte sogleich an seine Schwester gedacht, und danach hatte er es nicht geschafft einzuschlafen, war von Mitleid, Schmerz und Bitterkeit wegen seiner Schwester erfüllt gewesen). Andererseits, seine Schwester gab ihren Eltern die Schuld dafür, dass sie unverheiratet geblieben war, und warum tat sie das, denn schließlich waren ihre Eltern ja in Europa gestorben? Damit sie ihm nicht die Schuld geben musste, weil er für sie gesorgt hatte, sie den ganzen Krieg über auf den Armen getragen hatte, ihr geschworen hatte, sie niemals im Stich zu lassen, da er es ihrer Mutter versprochen hatte, zumindest sagte er ihr, er habe es der Mutter versprochen, obwohl sie überhaupt keine Zeit mehr gehabt hatten, ihn darum zu bitten, weder die Mutter noch der Vater, außerdem hatten sie sie gar nicht zusammen abgeholt, sie waren jeder für sich gestorben, an verschiedenen Orten, nur sie beide hatten aneinander gehangen wie ein neues Paar Socken, und seine Verbitterung mischte sich mit den Intrigen in der Polizeispitze, unklare Gespräche des Reviervorstehers mit Mitgliedern der Landespolizeidirektion haben ihn aufgeschreckt, wieso hat diese Null noch immer das Kommando, er hat kein Recht dazu, und so liegt er und starrt an die Decke, hört die Worte, die zusammen mit dem Schnarchen aus ihrem Mund schlüpfen, drückt ihre in die Höhe gereckte Hand nach unten, auch, weil ihm dieser Ausdruck von Unterwürfigkeit wie der Tod erscheint, und auch, weil sie schnarcht, wenn ihre Hand nach oben gestreckt ist, dann geht er in die Küche, um nachzusehen, ob er die Tür zugemacht hat, auch den Kühlschrank, und um aufzuschreiben, was einzukaufen ist (er erzählt Freunden nur, seine Schwester koche für ihn, in Wahrheit macht er alles, sie rührt sich nicht, tut den ganzen Tag keinen Streich), danach kehrt er ins Bett zurück, nimmt eine Schlaftablette, nur eine halbe, um rechtzeitig aufzustehen, ist wegen der Tablette am Morgen aber immer etwas hektisch, andererseits ist ja er gezwungen, etwas zu schlafen, (einmal hatte er einen Mörder auf frischer Tat verhaftet, war nur Sekunden zu spät gekommen, hatte seine Pistole gezogen und hätte ihn, einem Instinkt folgend, töten können, hatte stattdessen jedoch die Leiche der Frau betrachtet, ihr einer Arm lag über dem Kopf, und zu dem Mörder gesagt, aus tiefstem Herzen: »Gerade hatte sie noch Luft in der Nase und jetzt nicht mehr. Die Seele ist entwichen«, und auch bei den Fallschirmjägern hatte er einmal gekotzt, 1967, in Jerusalem, und gleich darauf aber wieder alle sieben Sinne bei sich und dem Kerl Handschellen angelegt, ihn nicht getötet, und später dann noch eine sehr bewegende Aussage gemacht, von der ein ganz kurzer Ausschnitt sogar im Radio gesendet wurde), und wenn er nicht die ganze Arbeit hier machen würde, würde schließlich alles zusammenbrechen.

Der Wachhabende Jizchakow zog erneut seine Polizeiuniformhose an, trotz allem, was er gesagt hatte. »Ich möchte, dass du meinen Freund aus der Armee kennen lernst, einen der Männer, die ich am meisten verehre«, sagte der Reviervorsteher zu seinem Stellvertreter, und der Stellvertreter sagte, das heißt, sagte bei sich, geh ficken mit deinen Heldenfreunden aus der Armee, und musterte diesen Freund. Der Reviervorsteher sagte leise zu seinem Stellvertreter: »Vielleicht kommst du in mein Zimmer und wir reden«, ehe die beiden losmarschierten in Richtung Zimmer des Stellvertreters. Der Diensthabende beschloss abermals, nach Hause zu gehen, zog erneut seine Hose aus, verfing sich im rechten Hosenbein, wäre beinahe gefallen, weshalb die beiden Jungen lachten, denn ein Polizeibeamter in Unterhosen hatte tatsächlich etwas Komisches an sich, lange weiße Beine, ein behaarter Mann war Jizchakow, wie alle Kurden, und daher sagte er zu ihnen: »Lesh tadhchaku?«[3] Die beiden verstummten. Dann machte er sich daran, seine Uniform sorgfältig zusammenzulegen und seine Jeans anzuziehen, und sagte zu dem Lehrer: »Ich gehe. Das juckt mich nicht. Ich bin auch ein Mensch. Mittags kommt der Junge aus dem Kindergarten, und dann hab ich keine Chance mehr zu schlafen. Wir haben keinen Ganztagesplatz bekommen. Für alles braucht man Kontakte. Heut Abend bin ich wieder hier.« Seine Sätze waren abgehackt, da er Knöpfe löste, die Uniform auszog, sie faltete und in den Spind legte, sich anzog und Knöpfe schloss, während er sprach, »Smucha macht das jeden Tag mit mir, wacht um halb sieben auf und sagt sich, Jizchakow geht nicht eher, als dass ich da bin, und schläft weiter, und wann soll ich schlafen? Passen Sie auf die beiden Kinder auf, dass sie nicht ausbüchsen, in Ordnung? Sie sind doch Jude, richtig? Und die sind Araber.«

»Wir gehören z-zusammen, also v-verlassen Sie sich nicht auf mich.«

»Interessiert mich nicht, ich gehe.«

Aus dem Zimmer des stellvertretenden Reviervorstehers erhob sich das übliche Gebrüll, dann kamen die beiden Männer irgendwann mit strahlender Miene heraus. Der Reviervorsteher hatte mal Jura studieren wollen, aber sie hatten ihn nicht genommen, er hatte überlegt, sein Abiturzeugnis zu fälschen, aber nicht gewusst, wie. Der Stellvertreter sah den Lehrer an und sagte zu ihm: »Also Sie sind das? Ich hab viel von Ihnen gehört, Sie sind gekommen, um Anzeige gegen die beiden Dreckslappen zu erstatten, gut, sehr gut, folgen Sie mir«, und der Reviervorsteher rief ihnen gut gelaunt nach: »Sei höflich zu ihm, er ist ein Kriegsheld.« Der Lehrer folgte dem Stellvertreter den langen Flur hinunter, linste verstohlen in die vergitterten Zellen, in einer Zelle stand ein Mann und studierte die Annoncen für Eigentumswohnungen in der Zeitung, in einer anderen Zelle spielten sie Karten und in einer dritten stand ein Mann und weinte gegen die Gitterstäbe. Ein penetranter Geruch nach Urin kam aus den Zellen (oder von dem Stellvertreter?). Der war ein kleiner, fetter Kerl mit rosigem Gesicht, seine Uniform sah aus, als würde er in einer Stunde zum Staatspräsidenten gehen, und sie sagten über ihn, er vögle seine Schwester, regelmäßig, seit Jahren, vollkommen offiziell sozusagen, aber er hatte seine Informanten auf dem Revier, stets wusste er, wer was über ihn gesagt hatte, wobei einige sagten, der Reviervorsteher sei sein Hauptinformant, er habe Angst vor ihm, lästere über ihn und beeile sich dann, andere anzuschwärzen, um sich selbst reinzuwaschen, so sehr fürchtete er sich vor seinem Stellvertreter. Der Geruch wurde nicht schwächer. So viel Pisse in einem Flur.

Sie betraten einen Raum, an dessen Tür stand »Ermittlungen 1, Inspektor Tomi Cock«. Sein stürmischer Auftritt auf dem Revier eine Viertelstunde zuvor war wie weggeblasen, als hätte er nie stattgefunden. Dieses Revier hat keinen Vater. Auch der Staat hat keinen. Und wenn kein Vater da ist, herrscht Terror, herrscht Verbrechen. Der Lehrer würde dem zustimmen, gewiss. »Personalausweis, bitte.« Der Lehrer seufzte, »H-Hab ich einem schon g-gegeben und dann i-ist ein anderer gekommen u-und wollte ihn, weshalb ich ihn zu dem e-ersten geschickt hab, er ist zu ihm gegangen und hat danach mit mir g-gestritten, bis sie den A-Ausweis gefunden haben, und am Ende h-haben sie ihn mir wiedergegeben, bis ihn mir jemand anderes wieder a-abgenommen hat.«

»Wie ist Ihr Name?«

»Wozu b-brauchen Sie meinen Namen?«

»Weil ich von Ihnen eine Zeugenaussage aufnehmen muss.«

»Wozu eine Z-Zeugenaussage?«

Während er einen Aktendeckel aufschlug und einige leere Blätter darin ordnete, sagte er: »Er war dein Freund in der Armee, unser Herr Reviervorsteher, die Saufnase, der alte Lude, der impotente, senile Knacker.« Unser Lehrer antwortete ihm nicht. »Seid ihr zusammen verwundet worden?«

»I-Ich erinnere mich nur an sehr w-wenig, habe durch a-andere etwas über mich erfahren.«

»Ich auch. Die meisten Dinge, an die ich mich erinnere, weiß ich aus den Geschichten anderer, aus den Treffen mit den Jungs.«

»Das i-ist ein P-Problem, wie heißt du?«

»Nenn mich Inspektor Kook.«

»A-Aber wie ist dein V-Vorname?«

»Du wirst mich nicht mit Vornamen anreden.«

»W-Warum nicht?«

»Weil ich der Ermittler bin und du der Häftling.«

»I-Ich werde nicht mit dir reden, wenn d-du mir nicht sagst, w-wie du heißt.«

»Du wirst reden, so viel ich will.«

Erneut wurde dem Lehrer weit ums Herz, da war sie wieder, die Lust, etwas wirklich Unverschämtes zu sagen, danach würde er sich wieder schwerfällig auf die Bank in der Ecke des Polizeireviers plumpsen lassen, das Mädchen in der rosafarbenen Jacke, ihr flachsblondes Haar – warum habe ich sie nicht vergewaltigt? »F-Foltert ihr hier?« Der stellvertretende Reviervorsteher sagte: »Bei uns ziehst du den Kürzeren«, schaute in die erloschenen Augen des Lehrers und meinte: »Du machst dich über mich lustig, hab ich Recht?« Dann sah er ihm nicht mehr in die Augen, sondern hämmerte vor Nervosität, seine Hände zitterten sogar, mit der Faust auf den Tisch und stimmte ein fürchterliches Gebrüll an: »Du machst dich über mich lustig, hab ich Recht? Du machst dich über mich lustig, hab ich Recht?«

Daraufhin brach in den Zellen der Teufel los. Im Chor wiederholten sie die gequälte Frage: »Du machst dich über mich lustig, hab ich Recht? Hab ich Recht? Hab ich Recht?« (Ich werde gnädig sein, später dann werd ich ihn zusammenschlagen.) »Nein, E-Entschuldigung, wenn du das Gefühl hattest, bitte ich um E-Entschuldigung«, erneut tastete er in seiner Hosentasche herum, stieß gegen seine gespannten Eier, die ihm durch die grobe Berührung beinahe Schmerzen bereiteten. Der Ermittler brüllte aufs Neue: »Wie heißt du?«, und aus den Zellen grölte und jubelte es, »Wie heißt du? Wie heißt du? Wie heißt du?«, und irgendjemand riet dem Häftling von weitem: »Sag ihm nicht, wie du heißt, nur unter Folter kriegen sie hier Namen raus, und auch dann wissen sie es nicht genau, lass sie sich den Kopf zerbrechen.« Beim besten Willen ließ sich nicht sagen, was sie wollten, ob nun der Ermittler leiden sollte oder der Häftling, oder beide, eine Art große Freude hatte sie erfasst. Der Stellvertreter sagte: »Willst du ihn fragen, wie wir diesem Stück Scheiße den Kopf geknackt haben? Frag ihn«, und der Lehrer tat so, als hätte er Angst, und vielleicht hatte er ja Angst, wer weiß das schon: »W-Wer sind die, Herr I-Inspektor?«

»Der Abschaum der Menschheit, die Todesstrafe müsste es für die geben.«

Ich habe eine Gegenwart, einen Körper, kein Übergewicht, »Nebenbei b-bemerkt, im Zusammenhang mit den A-Arabern, die auf ihr Land z-zurückkehren. G-Glaubst du nicht, dass das e-eine L-Lösung ist? In punkto G-Gerechtigkeit, meine ich. Niemand wohnt auf diesem Land. U-Und sie sehnen sich nach d-dem Land.«

Der Ermittler kniff die Lippen zusammen. Abscheu regte sich in ihm, vielleicht. »Ich habe Sehnsucht nach Ungarn. Na und? Fahre ich deshalb hin? Meine Schwester sehnt sich nach unserem Vater, fährt sie also zu ihm? Man darf keine Sehnsüchte haben und Schluss!« Obwohl er ausgesprochen hatte, was er zu sagen gehabt hatte, blieb die Verkniffenheit auf seinem Gesicht. Als ob ihm etwas wehtut, dachte der Lehrer plötzlich, etwas bereitet Schmerzen, und die Worte erfinden einen anderen Kreis, genau das ist es, was ich sagen wollte, der Schmerz ist ein geschlossener Kreis und die Gedanken sind ein anderer geschlossener Kreis, und das, was man sagt, die Worte, ist ein weiterer geschlossener Kreis, wer weiß, wie sich die Kreise miteinander verbinden.

»Das ist sch-schrecklich, was du sagst. Mein g-ganzes Leben ist eine Art Sehnsucht, über die ich gar nicht sp-sprechen kann, die ich mir vor lauter Schmerz n-nicht einmal vorstellen kann, e-ein V-Vergnügen, verstehst du?«

»Wie heißt du?«

»E-Es reicht langsam mit diesen F-Fragen. Ich werde dir nicht sagen, wie ich heiße. I-Ich erinnere mich nicht, i-in Ordnung?«

»Und an was erinnerst du dich?«

»Wie m-mein V-Vater mich hochgehoben h-hat, e-einmal, daran erinnere ich mich.«

Der stellvertretende Reviervorsteher sah ihn an. Für eine Sekunde bebten seine Lippen. »Du hast gehört, wie ich das gesagt habe, stimmts?« Sogleich wollte er dies ungesagt machen, obgleich der Satz nachhallte, zumindest in seinen Ohren, aber wie ließ sich dieser verstörte Satz löschen? Verlegen sagte er: »Ich meinte, ich habe auch eine solche Erinnerung, eine schmerzhafte, und jetzt hast du mich plötzlich wieder daran erinnert, als ob sie mir verloren gegangen war.« Er wollte wissen, warum der Lehrer keine Anzeige wegen des Einbruchs in seinem Haus erstattet hatte, und alles erschien ihm klein, bedeutungslos, Donne-nous aujourd'hui notre pain quotidien,[4] und vielleicht deshalb notierte er etwas und fügte in gelangweiltem Ton hinzu, warum der Lehrer den Polizeikräften nicht geholfen habe, Einbrüche an anderer Stelle zu verhindern. Der Chor verstummte. Donne-nous aujourd'hui notre pain quotidien. Der Gefangene sah den Ermittler nicht mehr an, ich sitze und tue schlau, ich könnte weiter Zirkus mit dir spielen, aber ich bin ein großer Weiser geworden, ich muss hier sitzen und dich mich verhören lassen, ich muss auf deine Fragen antworten, sodass er ihm vorschlug, noch mal von vorne zu beginnen, er würde ihm seinen Namen nennen und die Decknamen, sämtliche Decknamen, denn die Wahrheit ist einfach: Er ist geflohen, hat dem Vater zur Flucht verholfen, der Junge ist seinen Vater suchen gegangen, ohne zu wissen, wie sein Vater aussieht, er hat eine Frau mit Kind verlassen zu Gunsten einer anderen Frau mit Kind, das nicht von ihm ist, aber das hat ihn nicht gestört, er hat diesen Jungen mehr geliebt als seinen eigenen Sohn, und wie weiter, ich werde so weitermachen, sein eigener Sohn hat ihn bei dem neuen Roman gestört, und vielleicht war ihr Sohn ein hübsches Kind und sein Sohn ein hässliches, das ist die einfache, primitive Wahrheit, wie jede Wahrheit, als ob sich die Kreise ohne weiteres verbinden, was wehtut, was gedacht wird und das, was gesagt wird. Warum nimmt mich keiner und foltert mich, warum schlagen sie mich nicht zusammen, um etwas über mich herauszukriegen. Der Inspektor sah reichlich müde aus. »Wer bist du? Sag mir, wer du bist!« Und er brüllte ihm die Antwort entgegen: »I-Ich? Ich bin d-der Mahdi«, und noch einmal, »I-Ich bin d-der Mahdi Mu-Muhammad«, und noch einmal brüllte er: »I-Ich bin der Mahdi Muhammad Bashi Utrak.« Das rosige Schwein ohrfeigte ihn. Die Ohrfeige brannte. Wieder ohrfeigte er ihn, vielleicht wegen des Lächelns, aber das Lächeln verharrte dort wegen der Tränen in seinen Augen. Die Brille war ein wenig verbogen. Er hoffte auf Blut. »Jetzt reicht es mit den Witzen, sogar dein Publikum in den Zellen langweilt sich schon. Wirst du reden wie ein Mensch?«

»J-Ja.«

»Warum hast du das gestohlene Bild versteckt?«

»Ich werde a-alles erklären.«

Der Verhörende wars zufrieden und legte den Vordruck für die Anzeige bereit. »Dein Freund, der Reviervorsteher, bumst die Frau des Diensthabenden und denkt, keiner weiß das, aber ich weiß es.« In jenem Augenblick kam Paratroopiko ins Zimmer, und der Inspektor sagte: »Hab ich dir nicht gesagt, du sollst die Schwingen von der Brust nehmen?«

»Aber warum, Herr stellvertretender Reviervorsteher?«

»Weil du kein Recht darauf hast, weil du kein Recht darauf hast, weil du kein Recht darauf hast.«

»Hab ich doch, hab ich doch, hab ich doch.«

Beide waren sie vollkommen unbeteiligt bei diesem Streit, wiederholten ihre Sätze wie beim Auswendigpauken, aber die Zellen jubelten ihm Chor (schon ein Jahr dauerte der Kampf, und am Ende würde der Subalterne siegen, wie immer). Der stellvertretende Reviervorsteher fragte: »Ist alles fertig für die Gegenüberstellung?«

»Alles fertig, Herr Inspektor, aber es sind keine Leute da außer den Dieben selbst.«

»Wo sind deine Maler?«

»Draußen.«

»Bring sie rein.«

»Soll ich sie losmachen?«

»Ja, mach sie los, und du, du guckst dir alle Verdächtigen an und sagst mir, wer bei dir eingebrochen hat.«

Zur Gegenüberstellung bauten sich die Häftlinge/Maler auf und auch die beiden arabischen Jungen wurden in die Zelle geschickt. Dann wurde die Gittertür hinter ihnen zugeworfen. Der Reviervorsteher traf ein. Der Identifizierende und die Polizeioffiziere standen auf dem Gang und besahen sie sich durch die Gitterstäbe. Der Stellvertreter fragte den Lehrer: »Nu, wer von denen hat dir das Bild gebracht?«

»K-Keiner.«

Der Reviervorsteher sagte zu seinem Stellvertreter: »Glaubst du, vier Leute bei der Gegenüberstellung, davon zwei Erwachsene und zwei Kinder, das ist fair?« Der Stellvertreter sagte zu dem falschen Falschschirmjäger: »Schaff auch den Alten her«, und tatsächlich brachten sie einen älteren, schnauzbärtigen Mann mit silbergrauem Haar, der sogleich die beiden Jungen umarmte, einer der beiden weinte, genauer gesagt der, der auch schon zuvor geweint hatte. Der Alte umarmte sie wieder und küsste sie, und dem, der weinte, strich er noch einen Moment lang über den Kopf. Der Stellvertreter brüllte sie an. Sie nahmen Aufstellung. Wieder war der Lehrer gezwungen zu entscheiden, wer von ihnen in seine Wohnung eingebrochen war: »K-Keiner von denen, i-ich bin sicher, keiner.« Aber der Stellvertreter war nicht von gestern. Flugs drohte er dem Lehrer laut und vernehmlich: »Du hast gesagt, die Kinder gehören zu dir, richtig?« Der Lehrer wusste, dass er die Kinder reingerissen hatte. Er suchte ihre Blicke. Sie sahen ihn nicht an. »Dein St-Stellvertreter will jemandem e-etwas anhängen«, sagte er zu seinem Kumpel aus der Armee, Soldatiko oder weiß der Teufel, was der verkappte Christ über sich erzählt hat (überlegt nur, wie viele Ashkenasim in Israel verkappte Christen sind und wie viele Orientalen verkappte Araber, da stirbt man vor Angst).

Wie auch immer, dem Reviervorsteher behagte diese Unverfrorenheit nicht, und daher riet er dem Lehrer: »Sachdelikte sind eine Plage für den Staat, hier geht keiner weg, bis nicht einer identifiziert ist.« (Ist Pessimismus notwendig das Zeichen des Niedergangs, Verfalls, des Missratenseins, der ermüdeten und geschwächten Instinkte?)

Er stand vor der Zelle, sah sie durch die Gitterstäbe an, und als sie ihn ansahen, befiel ihn tiefe Scham. »Wie Tiere«, meinte der Reviervorsteher angewidert und der Lehrer nickte. Der Stellvertreter stellte die fünf auf: Maler 1, Junge 1, Maler 2, Junge 2 und der alte Mann, der dem Jungen die Hand gab. »Die Hand runter, du Schwuchtel«, brüllte der Stellvertreter. »Er ist sein Vater«, sagte Paratroopiko. »Interessiert mich nicht, sie sollen nicht Händchen halten, und wer hat dir überhaupt gesagt, dass er sein Vater ist?«

»Deswegen haben wir ihn festgenommen.«

»Auch ein Beweis.«

Der Reviervorsteher ignorierte den andauernden Zank und sagte zu dem Vater, was wohl eine Art Kompromiss zwischen den beiden gegensätzlichen Standpunkten sein sollte: »Tausch mit dem Ersten auf der anderen Seite«, doch auch dort kam der Vater neben einem seiner beiden Jungen zu stehen, dem, der weinte, und auch ihm reichte er seine Hand, und auch jetzt brüllte der Stellvertreter: »Die Hand runter!« Der Reviervorsteher sagte zu seinem Stellvertreter: »Er ist sein Vater, hör auf, so zu brüllen.« Der Stellvertreter zischte, ja, »zischte« ist ein guter Ausdruck an dieser Stelle: »Du willst diese Gegenüberstellung leiten? Leite sie, was juckt mich das?« Und steuerte verärgert sein Büro an, blieb in einiger Entfernung stehen und wartete, dass man ihn zurückriefe. Der Reviervorsteher, der nicht genau wusste, was man bei einer Gegenüberstellung so macht, rief: »Komm, also wirklich, warum bist du so ein Choleriker? Was hab ich denn schon gesagt?« Der Stellvertreter kam zurück. Verlegenheit herrschte. Die Häftlinge standen in einer Reihe. Der Vater strich seinem Sohn verstohlen über den Kopf. Der Reviervorsteher begriff, dass sein Platz nicht hier war, »Ich muss ohnehin gehen«, aber der Stellvertreter regte sich weiter auf: »Geh, geh die Frau von Samsonow bumsen«, worauf Paratroopiko empört zum Reviervorsteher sagte: »Wie können Sie ihm erlauben, sich so aufzuführen? An jedem normalen Arbeitsplatz hätten sie einen wie ihn längst mit einer Kugel in den Kopf aus dem Weg geräumt. Er ist ein Stück Dreck, dieser Kerl, ein Stück Dreck«, und tatsächlich hatte es für einen Moment den Anschein, als würde Paratroopiko den Stellvertreter erwürgen, aber der Reviervorsteher sagte zu ihm: »Sprich nicht so über meinen Stellvertreter.« Nu, nach solch einem Dialog hatte der Stellvertreter hier eigentlich nichts mehr verloren, man sagt über ihn, was immer man auch sagt, und was tut der Herr Reviervorsteher, er verteidigt ihn pflaumenweich, anstatt sich Paratroopiko mal richtig vorzunehmen, alles bleibt an ihm hängen, an dem Stellvertreter, was für eine Art Job ist das, wenn man der Stellvertreter eines solchen Versagers ist? Die Leute in der Zelle wurden allmählich müde. Einer von ihnen lehnte sich an die Wand und wurde zurechtgewiesen. Der Farbenhalter sagte zu Paratroopiko, womit er seinen Malerkumpan meinte: »Er muss pinkeln«, und Paratroopiko sagte zu dem Stellvertreter: »Er muss pinkeln.« Der Stellvertreter sagte zu Paratroopiko: »Warum kommst du zu mir? Warum gehst du nicht zu deinem Herrn Reviervorsteher?« Der Maler machte sich in die Hose, der Lehrer schauderte. Sein Kopf schmerzte. Sein Glied ruhte wie trockener Schorf auf einer Wunde. »Erkennst du die, die in deine Wohnung eingebrochen sind?« Da brüllte der Lehrer, als sei er der Bezirkspolizeichef höchstpersönlich: »N-Nein, und sch-schreib d-dir auf, ich i-identifiziere niemanden.« Der Stellvertreter war einen Moment lang bass erstaunt über das Gebrüll und sagte dann: »In

Ordnung, jetzt gehst du in die Zelle.« Der Lehrer trat in die Zelle. Er wusste nicht, wo er stehen sollte, aber ein Gefühl der Erleichterung überkam ihn. Ein großer Mensch, ein kleiner Mensch, ein großer Mensch, ein kleiner Mensch, ein großer Mensch. »Wo s-soll ich stehen?« Er würde die Symmetrie durcheinander bringen, das ist sicher, ich bin zu dick und zu schwerfällig, gehöre nicht dazu, bin überflüssig, aber sie müssen einen Dieb schnappen und keine Tableaux errichten. Der Stellvertreter befahl Paratroopiko, den Vater der Jungen aus der Zelle zu holen. Der Mann kam raus. Die Kinder hatten Angst. Eines von ihnen sagte etwas auf Arabisch. Der Stellvertreter brüllte es an, »Uskut«,[5] und den Vater fragte er: »Identifizierst du den Dieb?« Der falsche Fallschirmjäger, der die mit Abstand überflüssigste Person bei diesem Schauspiel war, sowohl hinsichtlich seiner Körpermaße als auch in vielerlei anderer Hinsicht, die schwer zu erklären ist, wie immer, wenn es um Überflüssigkeit geht, da die Erklärung die Überflüssigkeit ja aufhebt, wer von uns kann denn tatsächlich die eigene Überflüssigkeit erklären, selbst hier, vor diesem Blatt, diesem bedrohlichen Blatt, auf jeden Fall sagte der falsche oder echte Fallschirmjäger in etwa Folgendes: »Er versteht doch kein Hebräisch«, worauf ihn der Reviervorsteher zurechtstutzte, obgleich Paratroopiko zu seinen verlässlichsten Leuten bei der inneren Organisation zählte: »Was bist du? Rechtsanwalt?«, »Nein«, erwiderte Paratroopiko, »aber er versteht kein Hebräisch, Herr Reviervorsteher. Genügt nicht, was im Libanon passiert? Wann lernt ihr endlich, dass sie nicht erst dann Menschen sind, wenn sie uns umbringen? Erst in dem Moment, in dem ihr krepiert, kapiert ihr, dass der Mörder ein logisch denkender Mensch ist.« Der Reviervorsteher hörte ihm zu, betrachtete ihn, diese Dialektik gefiel ihm, vielleicht aber dachte er bloß daran, eine gewisse Nummer zu wählen, denn er redete sich raus wie folgt: »Ich weiß nicht, was er vorhat. Er ist der für die Gegenüberstellung

Verantwortliche, und Schluss. Ich bin nicht der Papa für alle, und außerdem, bis heute hat unser Tomi noch jeden unserer Fälle geknackt. Das musst du zugeben.«

Wir standen schweigend. Car c'est à toi qu'appartiennent, dans tous les siècles, le règne, la puissance et la gloire. Der Reviervorsteher sprach zu Paratroopiko mit großer Liebe. Aber der Stellvertreter ignorierte jetzt die Provokation. Einmal hatte er versucht, seine Schwester mit Paratroopiko zu verkuppeln. Noch während er dies tat, wusste er, dass er einen Fehler gemacht hatte, genau in dem Sekundenbruchteil, der zwischen dem Gedanken und der Reue verstrich, hatte er bereits seinen Vorschlag unterbreitet, oder wie immer man das nennen will. Seither hatte er keine Möglichkeit mehr, dieses Riesenbaby unter Kontrolle zu halten. Aber das Glück seiner Schwester ist ihm wichtig, und auch jetzt noch wäre er bereit, sie diesem Scharlatan zu geben, wenn der nur bereit wäre zu heiraten, doch Paratroopiko hatte ihm die ganze Sache übel genommen, war beleidigt, als er die (vor lauter Medikamenten) aufgedunsene Schwester sah. Für sich selbst hatte der Stellvertreter ein Bild von ihr aufgehoben aus den Tagen, als sie noch schön war, hatte aus dem Foto ihren arabischen Freund herausgeschnitten. Paratroopiko wusste auch, dass sie was mit einem Araber gehabt hatte. Deswegen wollte er sie nicht, ganz sicher, aber das hatte er nicht gesagt. Der Stellvertreter setzte die Untersuchung fort: »Identifizierst du den Dieb?«, fragte er erneut überdeutlich und langsam, als spräche er mit einem Taubstummen. Der Araber umklammerte von außen die Gitterstäbe. Er trug Arbeitskleidung in hellem Khaki. Seine Söhne verstanden nicht, was vor sich ging, vielleicht konnte er Hebräisch und sie nicht. Einer von ihnen zog die Nase hoch. (Yazid, Marwan, mein Augenlicht würde ich für euch geben, eine Niere für euren Vater, wenn er nur zu mir kommt.) Der Vater sah die Maler an, dann den Lehrer, zuckte mit den Achseln und sagte: »Nicht verstehen.« – »Geh zurück in die Zelle. Paratroopiko, bring einen von deinen Malern her«, doch sicherheitshalber stieß der Stellvertreter den Vater zurück in die Zelle und beorderte mit einer Handbewegung den heraus, der seine Frau verprügelte. Die Angelegenheit verkomplizierte sich zusehends. Jedes Resultat dieser Art zog eine Umgruppierung der Verdächtigen nach sich, die mal größer, mal weniger groß waren. Der stellvertretende Reviervorsteher formte Formationen, listete Listen auf, bis dann Madame Sisi eintraf. (Ich werde bleiben, um hier zu schlafen, werde hier sterben, werde eine Frau treffen, mich in sie verlieben, werde ihr erzählen, wie ich erkrankte, mein kleiner Junge, er hustet, alles noch einmal neu beginnen, Weintrauben werden an unserem Fenster wachsen, Donne-nous aujourd'hui notre pain quotidien.) »Bleibst du wohl drin, du Schwuchtel«, müde lehnte er sich gegen das Gitter. Der Reviervorsteher öffnete die Augen und wollte etwas zu seiner Verteidigung sagen, er würde ja auf die Leitung verzichten, würde sich zum stellvertretenden Reviervorsteher machen lassen, aber wenn der als Stellvertreter schon so mit ihm redete, was würde er dann mit ihm machen, wenn er hier das Kommando hätte, und Madame Sisi, aus ihrem Haus ist schließlich das expressionistische Kunstwerk gestohlen worden, war nun endlich eingetroffen, mit dem Stock in ihrer von Altersflecken übersäten Hand, ihre Lippen sehr anmutig angemalt, sie war mal eine sehr schöne Frau, doch jetzt lassen sich ihre Falten kaum noch zählen (du hast gelogen, du hast ja doch noch irgendeine Erinnerung in dir). »Schalom, Madame Sisi, es ist uns eine Ehre, Sie auf unserem Revier zu Gast zu haben, möchten Sie einen Kaffee? Paratroopiko, mach einen Kaffee für Madame Sisi! Möchten Sie einen Stuhl? Bring ihr auch einen Stuhl!«, sagte der Stellvertreter, und der Reviervorsteher ging in das nächstgelegene Zimmer, ließ die Tür offen stehen, um sie im Blick zu haben, ließ sich hinter dem Schreibtisch nieder, zog das Telefon heran und begann zu wählen. Es war das Zimmer des Stellvertreters, im Regal standen Bilder der Eltern, darunter eines, auf dem sie jung waren und sich in den Armen hielten. Wie hat er es geschafft, ausgerechnet dieses Bild aus dem verbrannten Europa mitzubringen? Vielleicht hat er die Bilder eines x-beliebigen jungen Paares genommen, wie ich?

Sisi hatte beim Stellvertreter Anzeige erstattet und er hatte ihr versprochen, das Gemälde wiederzubeschaffen. Die Leiterin der Schadensabteilung der Versicherung hatte schon zweimal angerufen, wollte die Diebe finden und hatte versprochen, einen ihrer eigenen Folterer zu schicken, der den besagten Gegenstand schon auftreiben würde, wenn nur der Verdächtige gefunden würde; im Gegensatz zu den Sicherheitsdiensten, die foltern, um ein Geständnis zu bekommen, und sei dies auch noch so dürftig, da die Richter ein solches akzeptieren, wenn sie nur die Unterschrift sehen und von den Folterern die eidesstattliche Versicherung erhalten, eine Folter habe nicht stattgefunden – im Unterschied hierzu müssen die Ermittler der Versicherung wie gesagt foltern, um Kunstwerke zu finden, nicht bloß ein beschriebenes Stück Papier, da nicht einmal der liberale Oberste Richter Aharon Barak einen Zettel als Beweis zulassen könnte, auf den der Gefolterte schreibt »Expressionistisches Gemälde«, egal, ob nun Blutflecken drauf sind oder nicht. Daher also hatte der stellvertretende Reviervorsteher versprochen, das Gemälde zu finden und daher war er nun auch so aufgeregt, während die alte Dame dastand, auf ihren Stock gestützt, sich mit der Zunge über die Lippen fuhr und feststellte, dass der Lippenstift nicht besonders schmeckte und die Risse in der Lippe unangenehm waren wie die in der Ferse: »Es stinkt hier so fürchterlich. Warum macht ihr nicht sauber?« Der Stellvertreter sagte aufgeräumt: »Madame Sisi, das ist ein Gefängnis, kein Museum«, und linste zu dem Reviervorsteher, aber dieser hatte nicht zugehört, da er telefonierte. Madame

Sisi stand vor der Gittertür, bat um mehr Licht, das ist alles, was an Licht da ist, klar, dass die Kinder unter den Verdächtigen waren, sie selbst war es gewesen, die angegeben hatte, zwei Jungen gesehen zu haben, weshalb man umgehend die beiden Söhne ihres Gärtners verhaftet hatte. Der Gärtner war zu ihr gekommen und hatte ihr von der Verhaftung erzählt, nicht weil er dachte, sie habe die Kinder denunziert, sondern weil es nun mal in der Natur von Sklaven liegt, an die Allmacht ihrer Herren zu glauben, und was hätte sie ihm sagen können? Dass sie ihn von vornherein nicht hätte anstellen sollen? Das genau hatte sie ihm gesagt, denn sie hatte keine Kraft für seine Klagen, der Mensch soll zufrieden sein mit der Arbeit, die er hat, mit seinem täglich Brot, was muss er sich ständig beklagen? Er aber beharrte darauf, seine Söhne vor der Verhaftung zu retten, nachdem die Polizisten bereits in sein Dorf gefahren waren und sie abgeholt hatten. Er hatte zwar noch mehr Kinder, aber die waren gerade nicht zu Hause. Die Polizisten hatten auch ein Gemälde mitgebracht, der Felsendom auf dem Rücken eines gebeugten und stolzen Palästinensers, mit einem Koranvers darüber, und hatten sie gefragt, ob das das gestohlene Gemälde sei. »Nein«, hatte sie verächtlich geantwortet und war auch nicht besonders glücklich über die Verhaftung der beiden Kinder, worauf sie das Bild in die Abteilung für ethnische Minderheiten geschafft hatten, um zu überprüfen, ob es sich dabei nicht um Hetzmaterial handele, und am Ende wurde entschieden, dass dem so sei, weil es auf Arabisch darauf hieß, Jerusalem sei auf ewig eine arabische Stadt, was natürlich nicht stimmt, und sicherheitshalber, angesichts der liberalen Rechtsprechung, hatte man noch behauptet, das Bild stelle eine Gefahr dar für das öffentliche Wohlergehen, selbstverständlich ohne jeglichen Bezug zum Wahrheitsgehalt dieser Aussage. Andererseits, dachte sich die Sisi, wenn die Polizei glaubt, es seien die Kinder ihres Arabers gewesen, warum dann diskutieren, ohnehin gefiel es ihren Nachbarn nicht, dass sie einen Araber beschäftigte, und daher, als sie schon vorhatte, die Jungen zu identifizieren, und der Uringestank ihr zusetzte, ihre Füße wehtaten und Paratroopiko ihr einen nicht gerade sauberen Becher Kaffee brachte, wies sie diesen zurück und sagte: »Ich trinke nur Koffeinfreien.« Und der Stellvertreter sogleich: »Der ist ohne Koffein, Madame Sisi«, aber Paratroopiko meinte zu ihm: »Warum lügen Sie sie an? Vielleicht ist sie herzkrank? Der ist mit Koffein und wie, der steht vor Koffein.« Und dann, einen Moment vor der Entscheidung, änderte Madame Sisi ihre Meinung. Schließlich sind unsere Mitbürger anständige Leute und werfen nicht übereilt unschuldige Kinder ins Kittchen; denn wir sind nicht nur die Söhne Ben Gurions, sondern auch die Enkel des Propheten Jeremias, kann man sagen, mehr oder weniger, und vielleicht deshalb wurde sie mit einem Mal mutig und sagte: »Ich will meinen Gärtner zurück. Ich will seine Kinder zurück. Und ich will mein Gemälde wiederhaben«, womit sie auf den Lehrer deutete und sagte: »Das ist der Mann!«, »Wie heißt er?« Stille machte sich dort breit. Sie sagte zu dem Stellvertreter: »Sind Sie der Verantwortliche hier?« Der Stellvertreter sah zum Reviervorsteher, der noch immer telefonierte, sein Gesicht strahlte, diesmal ist es Liebe, und sagte daher, aus allen möglichen Gründen, zu ihr: »Ja, im Grunde genommen«, und sie: »Warum habt ihr diese beiden Kinder verhaftet? In ihrem Alter müssten sie in die Schule gehen.«

»Madame Sisi, Sie haben uns gesagt, man habe ihr Gemälde gestohlen, und die beiden waren verdächtig.«

»Sie waren nicht verdächtig, ihr seid zu ihnen ins Dorf gefahren, um sie zu verdächtigen.«

Die Menschen standen in der Zelle, eine lange, lange Reihe, die Angst spiegelte sich in ihren Augen, sie wussten nicht, ob ihnen schon gestattet war, auseinander zu gehen, der Maler urinierte erneut, die gelbliche Flüssigkeit lief ihm aus der Hose,

Paratroopiko trat ans Gitter, wollte den Sprecher des Pissers beruhigen, zuckte mit den Schultern, sprach in Andeutungen, als sei die Frau des Ministerpräsidenten zu Besuch im Zellentrakt, wollte auch, dass sie mit seinem Bild fertig würden, eine schöne nackte Frau, die aus einer Muschel steigt, ein Traumgebilde, das er eines Nachts gesehen und sich am Morgen beeilt hatte, seine Einzelheiten zu notieren, ihr goldenes Haar, der breite Hintern, ihre anmutige Nacktheit, die Wellen des Meeres, und er hatte ihnen erklärt, den beiden Gärtnern, da er selbst nicht besonders gut malen kann, was genau er wollte, und einer der Gärtner, der später dann zum Farbeimerhalter werden sollte – der Sprecher, der, der seine Frau verprügelte – hatte ins Gesicht seines Zellengenossen, auch er Gärtner, geschaut und sich, höchstwahrscheinlich, über Blicke mit ihm verständigt, hatte dann genickt und gesagt: »Kein Problem, wir malen dir das«, und da er Angst hatte, sie könnten ihm türmen, hatte Paratroopiko zu ihnen gesagt: »Könnt ihr auch in Handschellen arbeiten?« Abermals hatte sich der Sprecher, der, der seine Frau verprügelte, und der Maler, der, der seinen Herrn verprügelt hatte – oder auch umgekehrt, falls möglich – mittels Gesten verständigt, abermals hatte der geniale Maler mit den Schultern gezuckt und ihm scheinbar grünes Licht gegeben, worauf sein Kompagnon dem Polizisten antwortete: »Ja, is möglich, is zwar schwer, aber wir werdens versuchen«, und so wurde der Traum ganz allmählich Wirklichkeit, nur dass jetzt der Maler beschämt dastand, weil Madame Sisi, eine geachtete Frau, ihr Mann war früher einer der führenden Köpfe der Sicherheitsorgane, das gelbe Rinnsal betrachtete, das von seinem Fuß lief, und voller Abscheu sagte: »Was Wunder, dass es hier stinkt«, worauf Paratroopiko ihr trocken erwiderte: »Es besteht überhaupt kein Grund, Gefangene zu beleidigen, ich bin sicher, eines Tages werden Sie auch auf die Hilfe eines Katheters angewiesen sein.«

»Halt die Schnauze!«

»Sag mir nicht, ich soll die Schnauze halten, sonst denkt sie gleich, du wärst hier der Reviervorsteher, richtig? Und du redest noch von Amtsanmaßung? Fünf Mal am Tag tust du so, als seiest du der Reviervorsteher. Er ist nur der stellvertretende Reviervorsteher, Madame Sisi. Und du, du Schwindler, hol sie aus der Zelle, und der da soll sich umziehen gehen.«

Paratroopiko trat an die Zellentür. Fehlt nur noch, dass sie mir was sagen, und ich rebelliere, gleich ist Mittag und sie gehen essen und sind mit dem Bild so gut wie nicht weitergekommen. Der Stellvertreter fragte ihn: »Wohin bringst du sie?«

»Ich bring sie zum Malen, Herr Inspektor.«

Madame Sisi sah dem großen Fallschirmjäger nach, wie er seine Häftlinge wegführte, und sagte: »Also ich verstehe das nicht, wer hat denn nun eigentlich hier das Kommando?« Der Reviervorsteher selbst war immer noch dabei, leise ins Telefon zu sprechen, war ein wenig verlegen, wagte nicht, die Tür zu schließen, immerhin war dies nicht sein Büro, und zudem noch hell erleuchtet, wirkte wie ein strahlendes Hintergrundbild, als der Stellvertreter zu ihr sagte: »Ich habe hier das Kommando, Madame Sisi, Sie können ganz beruhigt sein«, und sie darauf: »Und warum lassen Sie die Unschuldigen dann nicht frei und verhaften den Dieb?« Der Stellvertreter war verwirrt und sagte: »Weil Ordnung in dieser Welt herrscht.«

»Was für eine Ordnung denn? Dass Sie Unschuldige festnehmen?«

»Sie sind nicht unschuldig, wieso wären sie sonst hier?«

»Sie sind Araber.«

»Sehen Sie.«

Die Alte war erzürnt, drehte sich um und ging, humpelte die Flure entlang. Der Stellvertreter holte den Vater und seine beiden Söhne aus der Zelle, sagte ihnen, sie sollten gehen und im

Eingangsbereich des Reviers, beim Wachhabenden warten, war höchstwahrscheinlich erschrocken über den Abgang der Humpelnden. Glücklich du, o Unordnung. Nun stand der Stellvertreter vor dem Lehrer, der in seinem Herzen hoch erfreut war, endlich hatte man ihn für schuldig befunden, und der Stellvertreter sagte: »Was hat sie von dir gewollt, die Alte?« Der Lehrer zuckte die Schultern, und anstatt zu beichten oder zu flehen, wie er sehr wohl wusste, dass er es hätte tun können, und wie er es eigentlich auch vorgehabt hatte, da er nur zu gern all seine Verbrechen herausgestottert hätte, schließlich war er ja gekommen, um sich zu stellen, sein Herz auszuschütten – stattdessen also sagte er in arrogantem Ton: »W-Wenn d-du mir einen Stuhl bringst, werde ich mit d-dir reden.« Von draußen brüllte Smucha: »Cock, hast du den Arabern erlaubt, mit der Alten zu gehen?« Cock murmelte verärgert, und sein ungarischer Akzent wurde noch stärker, wenn er leise sprach: »Jetzt fängt er auch schon an, mich Cock zu nennen.« Der Lehrer daraufhin: »W-Wie willst du denn t-tatsächlich genannt werden?« Der stellvertretende Reviervorsteher sah den Häftling durch die Gitterstäbe an und sagte zu ihm: »Du hast eine Ohrfeige von mir bekommen, aber richtig Prügel hast du noch nicht gekriegt, nimm dein Grinsen runter, nichts wird dich vor mir retten, du nennst mich Herr Kommandant, ja?« Und der Lehrer antwortete mit Vergnügen: »Ja, Herr K-Kommandant«, und setzte sich hin, als Smucha von neuem aus der Ferne rief: »Die Araber sind mit der Alten weg, Cock«, und noch ehe der Stellvertreter antworten konnte – er war gerade dabei, den auf dem Fußboden sitzenden Lehrer anzustarren –, kam aus den Zellen Applaus, wurde rhythmisch, und Cock brüllte ihnen zu: »Was freut ihr euch so? Das sind Araber«, aber die Schadenfreude war stärker als alles, oder vielleicht war es auch die Hoffnung, eines Tages zu fliehen. »Finde einer heraus, wer hier Araber ist und wer nicht, allesamt Untermenschen«, und zu dem

Lehrer sagte der Stellvertreter: »Du wirst auf meine Fragen im Stehen antworten, ja?« Aber der Lehrer war in Gedanken versunken und antwortete nicht, vielleicht suchte er unter all seinen Verbrechen das plausibelste heraus, das selbstverständlichste oder das schmerzlichste, das neueste von allen, Yazid schmerzte ihn mehr als alles andere, warum? Weil er das Weinen seiner Mutter vernommen hatte, die im gleißenden Sonnenlicht nach ihm suchte. In diesem Moment kam der Stellvertreter in die Zelle, um ihn am Kragen hochzuziehen, »Ich b-bitte, mich jetzt in R-Ruhe zu lassen, ich muss n-nachdenken, ich bin müde, lassen Sie mich jetzt in F-Frieden, verschwinden Sie von hier, mein Herr.« Der Stellvertreter stand über ihm und musste beinahe lachen, die Hände des blasierten Kriegshelden waren dreckig, er saß dort, wo der Maler sich erleichtert hatte, und wieder kam Smuchas Stimme, der mitteilte: »Die Maler sind getürmt, Cock, die Maler sind getürmt, bald bleiben uns keine Häftlinge mehr.«

In den Zellen applaudierten sie, schlugen gegen die Gitterstäbe, und während die Häftlinge entkamen wie durch ein Sieb, saß der Reviervorsteher die ganze Zeit über im Zimmer des Stellvertreters und telefonierte. Er hatte gerade eine Neue kennen gelernt, ständig verwählte er sich, um am Telefon Frauen kennen zu lernen, glaubte an das Schicksal, welches ihn aus seinem beschissenen Eheleben holen würde, das Stoff für einen richtigen Roman liefern könnte, und überall, wo er ein Telefon sah, nahm er Platz, wählte und sprach, wählte und sprach, wählte erneut und sprach, sogar in der Bank, bei einer Routineüberprüfung seines Saldos, pflegte er den Filialleiter zu fragen, ob er das Telefon benutzen könne, als handelte es sich um eine Fahndung oder einen anderen Notfall. Der Lehrer hob den Kopf, er war müde, und fragte den Stellvertreter: »W-Was j-jetzt, C-Cock?« Der Stellvertreter wurde böse. Doch anstatt zuzutreten (immer hatte er Angst, Menschen zu treten, die vor ihm lagen), sagte er: »Du kommst nie wieder aus dem Gefängnis, dafür werde ich sorgen, wo ist das Gemälde?« Doch als er sich abwandte, um die Zelle zu verlassen, vielleicht um sein Versprechen in die Tat umzusetzen, wähnte er die Gittertür verschlossen, versetzte ihr daher einen Stoß, doch diese öffnete sich nicht, worauf er panisch daran rüttelte und schrie: »Holt mich hier raus, holt mich hier raus.« Niemals zuvor hatten sie hier einen von solch panischer Angst befallenen Menschen gesehen. Und das war nicht komisch. Ein zu Tode erschrockener Mensch, der an Gitterstäben rüttelt, ist keine spaßige Sache. Dessen ungeachtet erhob sich wildes Gelächter aus den Zellen. Einen Moment später stellte Cock fest, dass die Tür unverschlossen war, er sich nur in der Stoßrichtung geirrt hatte, ziehen hätte er müssen, aber die Häftlinge in den Zellen brüllten unvermindert weiter: »Holt mich hier raus, holt mich hier raus«, wohingegen der Reviervorsteher inzwischen von seinem Telefonat zurückgekehrt war, ein wirklich gutes Gespräch hatten sie gehabt, hatten auch abgemacht, noch einmal miteinander zu reden, und sagte zu seinem Stellvertreter, der vor Angst zitterte, noch nie war er so verstört gewesen, schwitzte, hatte auch Angst, er könnte sich in die Hose gemacht haben: »So, bring die Alte und die Kinder rein, nimm Zeugenaussagen auf, und es reicht langsam mit diesem Gemälde, immerhin hat sie eine Versicherung«, was den Stellvertreter bewegte zu sagen: »Sag mir, bist du ein Idiot oder tust du nur so?« Der Reviervorsteher protestierte: »Ich bin weder ein Idiot noch tue ich so«, und um sich zu erklären, sagte er: »Ich frage mich nur, wie lange wir uns noch mit einem gestohlenen Gemälde beschäftigen müssen – warum ist dieser Typ mit den Orden in der Zelle?«, »Weil sie ihn identifiziert hat.«

»Und du hast ihre Zeugenaussage aufgenommen?«

»Guten Morgen, vier Häftlinge sind geflohen, fünf Häftlinge sind geflohen, dafür war die Alte hier, die die Versicherung geschickt hat, um uns übers Ohr zu hauen, die Landespolizeidirektion ist schon im Bilde, und du hockst da am Telefon und geilst dich mit den Tippsen des Bezirkspolizeichefs auf, richtig? Guten Morgen.« Die Häftlinge sangen »Guten Morgen, guten Morgen«, und der Reviervorsteher sagte durch die Gitterstäbe zu seinem schläfrigen Freund auf dem Zellenboden: »Willst du eine lustige Geschichte hören?« Darauf der Stellvertreter verbittert zu dem in der Pisse sitzenden Lehrer: »Jetzt erzählt er dir gleich die Geschichte von dem Schuldiener, den ich als Spion verhaftet habe«, womit er sich an den Reviervorsteher wandte, beide hielten sie die Gitterstäbe umklammert, und ihn spöttisch drängte: »Erzähl ihm auch von der Ziege, die du festgenommen hast«, und wieder zu dem Lehrer gewandt: »Er hat eine Ziege festgenommen, glaubst du das?« Sie standen gegen die Zellentür gelehnt und trugen dem Häftling ihre Behauptungen vor. Keiner von ihnen wusste genau, ob man ihn laufen lassen oder hier in der Zelle behalten sollte, und vielleicht deshalb ging am Ende jeder seines Weges, der Reviervorsteher sagte von weitem: »Ich lass dich bald laufen«, und der Stellvertreter erwiderte von weitem: »Du kennst ihn überhaupt nicht.« Wobei unklar war, zu wem er dies sagte und über wen. Jeder von ihnen ging, seine Akten bearbeiten, denn dies war die Stunde, da sie angewiesen waren, sich der Aktenarbeit zu widmen, und vielleicht kamen noch zwei oder drei und nahmen den Lehrer mit in ihr Zimmer, stellten ihm Fragen über alle möglichen Sachen, und er beeilte sich, seine weniger schlimmen Verbrechen zu gestehen, die Frauen, die er vergewaltigt, verlassen, beschuldigt und gezüchtigt hatte. Am Ende gestand er auch, den Jungen in der Sonne zurückgelassen zu haben, es war heiß und er war Wasser suchen gegangen, hatte aber vergessen zurückzukehren, und als er gefragt wurde, warum er erst jetzt komme, dieses Kapitalverbrechen zu melden, sagte er, dass er immer auf den Augenblick gewartet habe, dass er aufgehört haben würde zu fliehen, jetzt will er nicht mehr fliehen, blieb allein in seiner Zelle zurück, schlief ein, vielleicht war ein Tag vergangen, vielleicht weniger, sie brachten ihm Essen, wie allen, Schwarzbrot, Quark, Oliven, es schmeckte gut, wie im Krankenhaus, besser sogar noch, weil sie einen nicht weckten, um Fieber zu messen.

Die Häftlinge redeten laut übers Essen. Sollten sie sie ruhig bestrafen. Ein Kind pulsiert in mir, ein schönes, lächelndes Kind, ich bin nicht verrückt, das Herz pocht heftig, die Zellen hatten sich geleert. Übrig geblieben waren nur der Lehrer und ein alter Häftling mit weißem Haar im Gesicht. Der Lehrer stand auf und ging. Unterwegs traf er den Reviervorsteher. Der Vorsteher rief: »He, du.« Er ging weiter. Der Vorsteher rief erneut: »He, du, bleib stehen, wenn ich dich rufe«, doch er ging weiter, obgleich er seine Schritte verlangsamte, vielleicht fürchtete er sich. Der Reviervorsteher holte ihn gegen Ende des Flurs ein, verfolgte ihn an den leeren Zellen vorbei, fast waren sie schon im Vorraum des Wachhabenden angelangt. »Warum bist du mir weggelaufen? Du warst mit mir in der Armee, richtig? Deine Frau hat dich verlassen, richtig? Hat den Jungen außer Landes gebracht trotz des Urteils des Rabbinatsgerichts?« Er antwortete ihm nicht, genug von diesen Geschichten, genug, der Vorsteher fragte: »Was unterrichtest du?« Er überlegte einen Moment, was unterrichte ich, sagte: »Astrophysik.« War ungeduldig. Es gibt solche Augenblicke, dass ein Mensch von Ungeduld befallen wird, er will raus, will gehen, der Junge trödelt? Soll er zurückbleiben, ich gehe, »Verstehst du, in den G-Galaxien gibt es k-kein Gesetz, außer den G-Gesetzmäßigkeiten, die die Wissenschaft v-versucht zu finden, kein Gesetz, die Welt geht aus sich selbst hervor, strömt über, verstehst du, d-deshalb wird die M-Milchstraße auch so genannt.« Alles geschah sehr schnell. Der Mann war regelrecht gewalttätig. Fast hätte er ihn erwürgt. »Du denkst, ich bin ein

Vollidiot, stimmts? Hast du immer gedacht.« Die Augen des Lehrers waren schwer, beinahe wäre er eingeschlafen. So übersteht man Schläge, indem man einschläft. »Wir sagen das in der Synagoge jeden Morgen: DU bist der eine, ehe die Welt erschaffen ward, DU der eine, seit Anbeginn der Welt. In Wahrheit bist DU der Erste und der Letzte, außer DIR gibt es keinen Gott. DU hast den Himmel und die Erde erschaffen und alles, was in ihnen ist, du denkst wirklich, ich bin ein Idiot.«

»D-Das ist so sch-schön, was du da g-gesagt h-hast. Ich bin wirklich daran i-interessiert.«

Und der Polizeioffizier packte den Lehrer abermals am Hals und kniff ihm kräftig zu beiden Seiten in den Nacken. »D-Du tust mir weh«, aber der Polizeioffizier ließ nicht locker, »Ich b-bitte dich, mir nicht wehzutun, bitte«, »Du sagst mir die Wahrheit«, aber er führte nicht aus, welche Wahrheit er wollte, vielleicht Fakten über den Schmerz, über die am allerschmerzvollste Sache. »Ich s-sehne mich nach dem J-Jungen, nach meinem Jungen, i-ich kann dir das nicht e-erklären«, und der Polizeioffizier hörte zu und bereute, dass er ihn angebrüllt hatte.

Das Telefon schellte. Es war später Morgen. Die Zellentüren standen offen. Die Jungen waren schon nicht mehr im Vorraum des Diensthabenden. Auch der Diensthabende war nicht da. Das Telefon läutete weiter, doch niemand hob ab. Draußen blieb das Gemälde an der Wand unvollendet, eine Muschel und goldenes Haar, rosige Brüste, ein zu kräftiges Rosa, »Das muss alles übertüncht werden«, sagte der Reviervorsteher voller Enttäuschung, vielleicht Müdigkeit, denn es gilt, neue Häftlinge zu suchen. Sie stiegen in den Wagen. Der Reviervorsteher fuhr. Er bewegte seine Lippen. Sprach ein bisschen mit sich selbst. Lebte vereinsamt an diesem Ort. Immer hatte er befürchtet, sie wollten ihn nicht, wegen der Frau, wegen des Sohns der Frau, der fürchterliche Dinge über ihn erzählte, wegen des lautstarken Streits in der Bank, er wusste nicht genau, warum, aber wenn er irgendeinen Ort betrat, zog er es vor, so schnell wie möglich zu verschwinden. Der Lehrer betrachtete den massigen Nacken des Polizeioffiziers. Auf welcher Seite bin ich? Ist es mir angenehm, auf seiner Seite zu sein? Die Schule war jenseits eines Viehfutterfeldes zu sehen. Eine Häckselmaschine mähte das hohe Grün um und spuckte es klein gehackt auf einen Hänger. »W-Wie kann das sein, d-dass sie nach dem R-Regen mähen?«, sagte der Lehrer. »Du warst immer so ein Misch-dich-in-alles-ein. Weißt du das?«, sagte der Vorsteher belustigt. Der Lehrer wollte aussteigen, aber der Polizeioffizier wollte noch ein bisschen reden. Er erzählte von dem Leben ohne Vater. Vielleicht wäre es überhaupt besser gewesen, sich all die Jahre mehr um Freundschaften zu kümmern, sagte er, anstatt kreuz und quer durchs Land zu ziehen mit der Frau und ihren Brüdern, und dem Exmann, der anruft, um Erinnerungen aufleben zu lassen mit ihr und ihrem Sohn, der bereits versprochen hat, das Haus nicht zu betreten, wenn er da ist, was er aber dennoch tut, alles dreckig und absichtlich kaputtmacht, und eines Tages, das weiß er, im Alter, wird sie ihn aus dem Haus werfen und die Wohnung ihrem Sohn überlassen, und was wird aus der Tochter, schließlich ist die Tochter auch von ihr, ihn interessiert nicht, was eines Tages sein wird, man kann sich nicht auch noch den Kopf darüber zerbrechen, wie die Welt ohne uns sein wird, es wird sie geben und gut. Der Mann sprach aus Schmerz. Man muss mit ihm reden. Er suchte nach der Stimme, wie im Traum, wenn die Füße Gewicht wollen, um zu fliehen, aber gerade ihr Gewicht entscheidend stört, dann sagte er: »J-Jetzt steige ich aus«, betrachtete die Finger des Reviervorstehers, seine Schultern gehen bis zum Kinn, sein Kopf sitzt auf dem Rumpf, wie ein Vogel vor dem Regen, eine Faust zwischen die Lippen, unter die Nase, sicherheitshalber, mein Leben ist nichts wert, ihm die Visage zermanschen, die Nasenflügel aufreißen, der Lehrer öffnete die Tür, »Ich m-muss jetzt g-gehen, ich habe eine U-Unterrichtsstunde.«

Er ergriff die Hände des Lehrers. »Bleib bei mir. Lass uns zusammen fliehen. Flieh mit mir«, er schüttelte sie und ließ sie sinken. Schüler standen neben dem Wagen und verfolgten das Schauspiel. Dann begannen sie, den Streifenwagen hin und her zu schaukeln. Der Polizeioffizier sah sich um und schaute in vier oder fünf Grimassen. Sie zeigten ihm ein hässliches Grinsen und riefen weitere Kinder herbei. Einer spuckte gegen die Windschutzscheibe. Der Polizeioffizier wollte den Scheibenwischer betätigen, aber seine Hände hielten noch immer die des Lehrers umklammert. Bis der Vorsteher schließlich, vielleicht war er erschrocken, vielleicht wutentbrannt, die Tür öffnete und ausstieg. Zunächst wollte er seine Pistole auf uns richten, schob dann jedoch die Waffe zurück in das Holster und brüllte: »Sagt mal, seid ihr verrückt geworden, ihr kleinen Mistkerle? Spinnt ihr eigentlich? Wo glaubt ihr, dass ihr seid?« Wie ein Echo sprachen wir alle zusammen ihm nach: »Sagt mal, seid ihr verrückt geworden?« Und: »Seid ihr auf den Kopf gefallen?«, und so weiter. Der Polizeioffizier steckte den Kopf in seinen Streifenwagen, versuchte vielleicht, wieder einzusteigen, oder überlegte, wie er Verstärkung anfordern konnte, ohne sich lächerlich zu machen, und sagte: »Sind das deine Schüler?« Die Häckselmaschine spuckte abgemähtes Grünzeug auf den Hänger. Ein Mädchen mit Allergie und Heugabel stand darauf, nieste und lachte. Die Kinder fuhren wie von einem Dibbuk besessen fort, den Wagen hin und her zu schaukeln und dem Vorsteher nachzusprechen, wobei sich die ganze Zeit über weitere Schüler hinzugesellten. Brechreiz überkam den geschüttelten Lehrer. Er hatte seit gestern Abend nichts mehr gegessen und sein Gaumen war trocken. Der Polizeioffizier sagte viele Sätze, sprach immer schneller, vielleicht, damit sie es nicht mehr schafften, ihm nachzusprechen. So auf jeden Fall hat es sich zugetragen: Sie brachen mit einem Mal ab, und als ihre Stimmen sie verrieten, hörte auch das Geschaukel des Wagens auf, stieg der Polizeioffizier ein, leichenblass war er, spürte vielleicht sein Herz, stieß den Lehrer aus dem Wagen und machte sich davon. Nehmen wir mal an, dass es so gewesen ist.

Der Lehrer erbrach gelbe Magensäure. In einiger Entfernung stand der Schuldiener Nissim und winkte ihm zu. Ein Pulk von Schülern verfolgte ihn. Die Schüler sagten, einer von ihnen, vielleicht zwei, nacheinander: »Unerhört, Nissim, unerhört«, und danach fügte jemand hinzu: »Wir haben den neuen Lehrer vor der Polizei gerettet«, und ein Dritter brüllte: »Jeden Augenblick kommt ein großes Polizeiaufgebot mit Helmen, lass uns Barrikaden bauen, Nissim, lass uns Barrikaden bauen.« Nissim lud den Lehrer in seinen winzigen Verschlag im Keller ein, verscheuchte die Kinder, verriegelte die schwere Eisentür, setzte Wasser auf und sagte zu ihm: »Er hat sich heute Morgen nicht gewaschen vor der Arbeit, schade, nachher werden die Bastarde zum Direktor gehen und sich beschweren, ›Der Lehrer stinkt.‹« Er lächelte und machte es sich bequem in dem alten Sessel, den Nissim von irgendeinem Müllhaufen aufgelesen hatte. »Ich will nicht indiskret sein, Gott behüte, aber sein Auskommen hat er?« Der neue Lehrer lachte verhalten. Nissim lachte nicht. Wut gärte in ihm. »Die Tradition der Unterdrückten belehrt uns darüber, dass der ›Ausnahmezustand‹, in dem wir leben, die Regel ist. Menschen treiben sich in der Welt herum. Und was erzählen sie nicht alles über ihre Reisen? Am Ende halten sie inne, schauen in den Kühlschrank, was sie ihrem Kind zu essen geben können, und der Kühlschrank ist leer. Das ist alles.« Erneut trat Schweigen ein und Nissim sagte: »Arm sind wir geworden. Ein Stück des Menschheitserbes nach dem anderen haben wir dahingegeben, oft um ein Hundertstel des Wertes im Leihhaus hinterlegen müssen, um die kleine Münze ›Aktuelles‹ dafür vorgestreckt zu bekommen.« Die Glocke schellte. Fußgetrappel. »Will er nicht unterrichten gehen?«

»Ich hab k-keine Kraft.«

»Lass er sie einen Aufsatz schreiben.«

»I-Ich hab über kein T-Thema nachgedacht.«

»Er gebe ein freies Thema und öffne ihre Augen. Ich selbst – ein überraschendes Thema, das mir aufgegeben ward, ein Pflichtthema, vor Jahren, hat mich weit getragen. Bis wohin? Das ist ein Geheimnis. Gib er ihnen ein freies Thema. Zum Beispiel, ›Die jeweils Herrschenden sind aber die Erben aller, die je gesiegt haben. Die Einfühlung in den Sieger kommt demnach den jeweils Herrschenden allemal zugut.‹« Der Ölofen wärmte das Kämmerchen. Schüler klopften an die Tür, »Kreide«, grölte jemand von draußen. Nissim holte Kreide aus dem Schrank, schob sie durch den schmalen Schlitz in der Tür, wusch sich erneut die Hände, goss noch ein Glas Tee ein. »Eine Schülerin ist verschwunden. Wer weiß, wo sie sich herumgetrieben hat. Er denke gut über die Schandtaten nach, die er begangen, und er wird sehen: Niemand weiß davon. Aber wenn er gefasst werden wird, dann für die Schandtat, die ein anderer begangen, und dann wird er verstehen, die Erde ist ein Tohuwabohu, kein Windhauch rührt sich auf ihr, nur Staaten, Polizei, Parteien und Politiker, ihre Namen seien ausgelöscht bis in alle Ewigkeit, Hausbesitzer und ihre Verwalter, ihr Andenken möge getilgt sein, und wir, wir haben uns nicht zu beklagen außer über uns selbst, über die Male, da wir aus freien Stücken für sie gearbeitet haben. Niemand weiß, wo ich 1965 gewesen bin. Alles wissen sie über mich, ich weiß. Aber eines wissen sie nicht. Wo war ich 1965? Jetzt gehe er und unterrichte, und am Ende des Tages komme er wieder zu Nissim. Schalom und beste Wünsche.« Er wollte nicht gehen. Bleierne Müdigkeit hatte ihn befallen. Der Sessel, das Öfchen, der süße Tee und das verschwommene Bild an der Wand. Dennoch erhob er sich. Nissim bereitete die Teegläser für das Lehrerzimmer vor und ordnete Gebäck auf zwei, drei Glastellerchen. »Vielleicht habe ich so geklungen, als wollte ich mich beklagen, aber dies ist ein guter Ort. Menschen kommen von draußen. Fühlen sich hier zu Hause. Und was ist angenehmer als dieser Zustand des Philosophierens? Er denke nicht, dass das Wort Philosophieren eine abfällige Bezeichnung ist. Viele sind hergekommen. Schauen auf die Welt wie Voyeure. Gehen zum Fenster. Was sehen sie? Etwa alles? Niemals, niemals sehen sie alles. Wechseln zu einem anderen Fenster. Sehen, was wir zuvor nicht gesehen haben. Zuweilen scheint uns, wir hätten das Bild vervollständigt, aber genau in jenem Augenblick wechselt eine nackte Frau, die bis gerade in dem einen Raum gewesen ist, in ein drittes Zimmer, sodass wir sie abermals nicht sehen. Und manchmal genau das Gegenteil: Im Zimmer hält sich ein Mann mit Pfeife auf, wir spähen durch die Bäume, als er sich in ein neues Zimmer begibt, eben jenes leere Zimmer, das wir leer sehen wollen. Niemals ist es möglich, alles zu sehen. »Das wahre Bild der Vergangenheit huscht vorbei. Nur als Bild, das auf Nimmerwiedersehen im Augenblick der Erkennbarkeit eben aufblitzt, ist die Vergangenheit festzuhalten. Gewiss, man kann uns ausspähen lassen, aber das ist schon eher Aufgabe der Polizei. Gut, dass er gute Kontakte zu ihr hat. Es lässt sich nicht philosophieren ohne gute Kontakte zur Polizei. Spricht er Französisch?«

»K-Kennst du mich w-wirklich nicht?«

Jemand brüllte von draußen: »Wo ist der Lehrer, Nissim, wo ist unser Lehrer?« Und der Chor der Schüler schrie: »Sie foltern den Hebräischlehrer im Keller.« Der Lehrer lächelte ihm zu. Nissim nahm die Brille ab und putzte sie mit dem Zipfel seines Hemdes. Ein kariertes Flanellhemd. »Hört dieser Krieg niemals auf?«

»Nein, i-ich denke, dass er n-niemals aufhört.«

Der Lehrer roch an seinen Händen, weit weg heulte ein Kind, als schlüge man es oder setzte es aus, seine Hand wollte das Haar streicheln, der Schuldiener war ungeduldig, wartete, dass der Lehrer ginge und er die Tür zusperren konnte, und sagte schroff, gleichsam im Ton der Gewissheit: »Les hommes naissent et demeurent libres et égaux en droits.«[6]

Er trat schnell ein, und anstatt zu sagen ›alle setzen‹, ging er sofort zum Fenster, sah aufs Feld, wandte dann den Kopf zu uns und betrachtete uns, als ob einer aus der Klasse die Lehrer repräsentierte, die wir vorher gehabt hatten, und so vergingen fast drei Minuten, und wir, die wir dachten, er wolle uns zum Lachen bringen, lachten nicht, Stille herrschte, vielleicht war es seine Besorgtheit, die uns schweigen ließ, und dann sagte der neue Lehrer, »Die Tradition der Unterdrückten belehrt uns darüber, dass der ›Ausnahmezustand‹, in dem wir leben, die Regel ist«, wobei er uns nicht aus den Augen ließ, um zu sehen, ob wir begriffen hatten, was er sagte, und als er sah, dass wir nicht wussten, was wir vor lauter Verlegenheit mit uns anfangen sollten, oder vielleicht war das auch nur, was wir seinem Blick entnahmen, unter dem wir zappelten wie Karpfen in der Badewanne, ein halb schläfriger, halb debiler Blick – da also meinte er, wir sollten die Hefte rausholen und diesen Satz aufschreiben: »Die Tradition der Unterdrückten belehrt uns darüber, dass der ›Ausnahmezustand‹, in dem wir leben, die Regel ist«, und nachdem alle fertig waren, ging er durch die Reihen und schaute in die Hefte, hier und da verbesserte er leise einem, der nicht wusste, wie man ›Unterdrückte‹ schreibt oder ›Tradition‹ oder ›Ausnahmezustand‹, und danach fragte er uns, ob unsere Hände schon warm geworden seien, denn es war kalt in der Klasse, der Herbst war früh dran dieses Jahr, »Jetzt sch-schreibt ihr eine halbe Stunde lang ei-einen A-Aufsatz über ein freies Thema«, und als wir fertig waren, fragte er, »W-Wer möchte seinen Aufsatz v-vorlesen?« Versteht sich von selbst, dass niemand wollte, außer einer Schülerin, die nicht wollte aber zögernd aufzeigte, als müsste man sich jedes Mal, wenn ein Lehrer etwas will, freiwillig melden, und der Lehrer sagte ihr, sie solle ihren Aufsatz vorlesen, wir machen ordentlich Lärm, aber er hörte selbstverständlich zu, betrachtete sie, zitternd, verschreckt, warum hatte sie auch aufgezeigt, die dumme Nuss, stotterte fast, wagte nicht, die Augen vom Heft zu heben, irgendein Schmonzes über Liebe, der Vater ist dagegen, sie will den Vater beschwichtigen, beschließt, sich für den Geliebten zu entscheiden, der Vater zerbricht, macht dann aber doch noch seinen Frieden mit ihr, und er war angewidert, der Lehrer, ganz klar, ab und zu warf er uns einen Blick zu, obwohl er gleichzeitig ihre zitternde Visage verfolgte, die Lippen gehorchten ihr nicht, die Kehle gehorchte den Lippen nicht, die Stimme den Worten nicht, sie wollte Schriftstellerin werden, Liebe und Konflikt, einmal linste er zu uns, wir langweilten uns natürlich, freuten uns aber auch, dass die Zeit rumging, ein Teil genoss auch die ganze Peinlichkeit, und dann schellte es, wir packten unsere Hefte zusammen und er sagte: »Du möchtest Sch-Schriftstellerin werden?« Sie nickte schüchtern, wer wüsste nicht, dass sie Schriftstellerin werden will, sogar der Gemeinderat, »W-Wer möchte noch Sch-Schriftsteller werden?« Niemand zeigte auf, aber er glaubte uns nicht und fragte noch mal, die Pause ging uns flöten, also zeigten wir auf, zögernd, noch mal so zehn, »Die g-großen Konflikte, d-die, die unser Leben beeinflussen, spielen sich nicht zwischen Ch-Charakteren ab, und die K-Konflikte, die sich zwischen Charakteren zutragen, sind n-nicht mehr wert als eine Meldung in der Z-Zeitung o-oder-im Fernsehen«, sie nickte noch mal und Orit sagte: »Wären Sie bereit, das zu erklären?« Das war, was nach dem Schellen gerade noch gefehlt hatte, und schon brach der Tumult los. Doch er sagte zu ihr: »E-Erinnere mich in der k-kommenden Stunde gleich zu Anfang daran u-und ich werde das selbstverständlich e-erklären. Andererseits«, tröstete er Judith, die Schriftstellerin werden wollte, »was gut an d-deinem Aufsatz ist, ist, dass er b-banal ist, m-menschlich, verstehst du?« Sie nickte. »Und a-alles, was originell ist, betrügt den Leser.« Wieder nickte sie. Die ganze Stunde über war er verschlafen gewesen und jetzt, als wir die Pause schon fast abschreiben konnten, wachte er auf: »W-Wenn ihr e-etwas seht, ein Grab, e-einen Esel, eine Frau auf h-hohen Absätzen, einen Mann im Anzug, ein w-weinendes Kind, irgendetwas, versucht, e-euch davon zu lösen, wenn es sich als etwas h-herausstellt, das schon erzählt worden ist, warum solltet ihr es noch einmal erzählen, schade um die M-Mühe, jetzt g-geht in die Pause, seid geduldig«, aber noch ehe wir aus der Klasse waren, wies er uns an, die Aufsätze in den Papierkorb zu werfen, wir dachten, er macht sich über uns lustig, doch er baute sich an der Tür auf und ließ keinen durch, bestand darauf, dass wir zum Papierkorb gehen und die Aufsätze vernichten.

Es half nichts. Wir gingen einer nach dem anderen zum Papierkorb, der Anordnung folgend, hatten bereits fünf Minuten von der Pause verloren, eine gute Ausrede, zu spät zur nächsten Stunde zu kommen, rissen die Aufsätze in Fetzen und warfen sie in den Papierkorb, jemand behauptete, er fände es schade, seinen Aufsatz wegzuwerfen (und erst Wochen später sollte sich herausstellen, dass es auch den anderen Leid tat, vielleicht war der Schmerz mit seiner Unnachgiebigkeit gewachsen). Nach der Stunde ging Judith zu ihm und fragte: »Kann ich mit Ihnen reden, Herr Lehrer?« Und er sagte: »Du bist b-beleidigt, das kann i- ich verstehen, ich bedaure, aber …«

»Nein, Sie müssen nicht bedauern, Ihre Erklärung war interessant. Vielleicht kann ich Ihnen alle Aufsätze bringen, die ich geschrieben habe?«

Und sie brachte sie ihm. Einen ganzen Packen. Niemals verlor er auch nur ein Wort über ihre Aufsätze, die einen kompletten Roman hätten liefern können. Gab sie ihr nicht zurück und sagte kein Wort. Sie, ihrerseits, saß und wartete, sah ihn an, hasste ihn, war beleidigt, verletzt wie eine streunende Katze, und er vergaß, oder vergaß nicht, vielleicht hatte er sie auch gar nicht gelesen und wusste nicht, was er ihr sagen sollte, vielleicht war er zu schüchtern, um sich an sie zu wenden, während sie – da sie sich nicht an ihn wandte – eine Gelegenheit vertat, mit ihm zu reden, denn manchmal schien es, als schämte er sich zum Beispiel, auf die Möpse der Mädchen zu gucken, obwohl das das Allerbeste in dieser Klasse war, wenn man das Geplapper abschaltete, unter den einfachen grünen und roten Pullovern wuchsen die Möpse der Mädchen wie Knospen, während wir noch so richtige Milchbubis waren, Rami mit eingeschlossen, der Zwergrammler, wie er sich selbst nannte, der sich bereits in der sechsten Klasse rasierte und ständig auf dem Klo sein Ding rausholte, es hin und her schwenkte und sagte: »Der Dampfhammer des Gnoms«, und einmal, mitten beim Schwenken, sagte er: »Hier bin ich ein großer Held, aber zu Hause? Zu Hause verdrischt mich mein Vater.« Stille trat ein. Er sah uns an. »Ich würde euch das nicht erzählen, wenn ich nicht wüsste, dass ihr ohnehin hinter meinem Rücken über mich redet, vor lauter Neid auf meinen Langen redet ihr. Das ist wegen der Prügel, dass mein Schwanz immer länger wird.« Seine Stimme zitterte, er ließ den Dampfhammer los, der irgendwie wie ein aus der Steckdose gezogenes Kabel herabhing, er hatte tatsächlich ein Riesengerät. Warum ließ er den Dampfhammer los? Weil er sein Hemd hochzog, und dort sahen wir die Striemen, rote und blaue, ein, zwei Tage alt. »Und der Lehrer erlaubt ihr nicht, Geschichten zu schreiben über das Verhalten von Eltern. Was weiß er denn? Und wenn ich über den Gürtel schreiben würde? Was weiß der schon?« Aber wie bin ich auf Rami gekommen? Ja, weil neben den Möpsen der Mädchen in der Klasse sogar Rami sich wie ein kleiner Junge fühlte, Haut und Knochen und Fett, und Haar und alles, was auf jeden Fall vom Körper übrig bleibt, wenn der Körper tot ist, denn was glich der großen Blüte der violetten Kletterhortensie mehr als die Möpse der Mädchen. Manchmal, neben diesen Brüsten, fühlst du dich, als wärst du tot. Jede Stunde endete gleich. Judith hockt da, wartet, dass er ihr etwas zu dem Roman sagt, den sie ihm gegeben hat, er sieht sie an, versucht, sich krampfhaft zu erinnern, woher er sie kennt, scheitert, geht raus, wirft für einen Moment noch einen Blick in den Papierkorb, hebt irgendeinen entzwei gerissenen Aufsatz in die Höhe, (denn niemals verzichtete er auf das Zerreißen der Aufsätze), riss ihn in Viertel, Achtel oder noch kleinere Fetzen, warf diese in die Luft und einmal rief er: »Konfetti.«

Am nächsten Morgen kam der Lehrer irrtümlich in die Klasse, an Stelle der Geschichtslehrerin. Wir waren ziemlich happy. Er verschanzte sich hinter einem Lächeln, »G-Geschichte«, murmelte er. »He, Sie unterrichten doch überhaupt nicht Geschichte!« Und er: »Ich rede nicht über die G-Geschichte, ich rede ü-über die Zeit, hört mir zu, die Vorstellung eines F-Fortschritts des Menschengeschlechts in der G-Geschichte ist von der Vorstellung ihres eine homogene und leere Z-Zeit durchlaufenden F-Fortgangs nicht a-abzulösen«, er wartete einen Augenblick, schluckte, der Kehlkopf ging auf und nieder wie ein Fahrstuhl, die Brille fleckig, er lächelte nicht, aber jetzt war der Blick an die Stelle des Grienens getreten, und wie das Grienen fing uns der trennende Blick wie mit einem Netz ein, rutschten wir auf unseren Stühlen unbehaglich hin und her. »S-Sondern welche Zeit?« Selbstverständlich war er es auch, der die Antwort gab, denn wer wusste überhaupt, was er wollte, »Die mit dem V-Vorhandensein des Jetzt a-angefüllte Zeit, sprich die G-Gegenwart«, er lächelte ein schwaches Lächeln, dies zu erfinden hatte ihn erschöpft, er schrie nicht und rief nicht ›Ru-he‹, niemals, in der Regel lehrte er auch nicht, sondern ließ uns Aufsätze schreiben, gab seinen Schülern die Freiheit, selbst zu wählen, was sich vielleicht gut anhört, aber normalerweise brauchte er viel zu lange, um zu entscheiden, und anstatt uns in Ruhe nachdenken und am Ende über den Zionismus als Befreiungsbewegung schreiben zu lassen (»B-Befreiung von wem?«, murmelte er und strich sofort das Thema, das er selbst vorgeschlagen hatte), oder über das Dilemma zwischen dem Wohl der Allgemeinheit und dem Wohl des Einzelnen (»W-Wer ist d-dieser Ei-Einzelne, den ihr so vorschnell von der A-Allgemeinheit absondert, und wer d-diese Allgemeinheit, die ihr mit solcher Leichtigkeit i-identifiziert?«, machte er seinen eigenen Vorschlag zunichte), wurden Unmutsbekundungen laut, man schrie und versteckte sich hinter dem Rücken von jemandem, der größer war, »Uff, genau darüber wollte ich schreiben«, »Ich auch«, und noch zwei, drei »Ich auch«, während andere brüllten: »Ruhe, lasst uns nachdenken«, wobei der Lehrer zu meinen schien, das alles sei spontan, andererseits war er ganz und gar nicht naiv, sondern interessierte sich wohl einfach nicht für uns, fuhr fort, Themen vorzuschlagen und sie in dem Moment wieder zu revidieren, da er sie ausgesprochen hatte, und einmal sagte er ganz leise: »Was i-ist die V-Vergangenheit?« Er suchte selbst nach der Antwort, und als er sich bei uns nicht fand, sagte er: »Das wahre B-Bild der V-Vergangenheit huscht vorbei. Nur als Bild, d-das auf Nimmerwiedersehen im A-Augenblick seiner Erkennbarkeit eben a-aufblitzt, i-ist die V-Vergangenheit festzuhalten.« Den Großteil der Stunde brachten wir mit Erwägungen rum, was wir schreiben sollten, bis wir eine Lösung gefunden hatten und ihn verfluchten, ihn ansahen, als sei er ein Rätsel, ein großer Mann, kahl, mit Brille und verlegenem Lächeln.

Bei einem der Male, als er sagte, wir sollten leere Hefte herausholen und einen Aufsatz schreiben, und noch ehe wir Gelegenheit hatten, uns lautstark zu erbittern und wie im Chor ›uff, uff, uff‹ zu murren, murmelte er: »Die G-Gegenwart birgt in sich einen A-Abriss der Geschichte der Menschheit«, und Orit, die die beste Schülerin war und mehr als alle anderen freie Themen hasste, weil sie es vorzog, über das zu schreiben, worüber geschrieben werden muss, und deren Meinung nach es so etwas wie ein freies Thema überhaupt nicht gab, da über jedes Thema, über das man schreibt, ohnehin schon eine Million Mal geschrieben worden ist, und es auch keine Schande ist, zu versuchen auf die Meinung des Lehrers zu zielen – Orit, die Lutscherin, sagte also: »Haben Sie das ernst gemeint, was Sie gesagt haben?« Und er darauf: »W-Was? Ich hab so u-unglaublich viel gesagt«, und sie: »Sehen Sie? Sie verarschen uns, richtig? Es macht Ihnen Spaß, uns zu verarschen und uns nur sinnloses Zeug zu erzählen.« Später dann schrieben wir über das, was die anderen Klassen als Pflichtthema bekommen hatten, denn so machten wir es, wir übernahmen von den anderen Klassen die Pflichtthemen und machten sie zu unseren freien Themen, und auch Orit saß friedlich und schrieb. Ihr Schreiben war sehr demonstrativ, sie ritzte fast ins Heft, und ihre Lippen bewegten sich zusammen mit den Worten, ihre schönen Lippen, wie eine Rose genau vorm Aufblühen, nicht einen Moment stockte sie, wir beobachteten sie, sie hatte früh entwickelte Brüste (rosige, zarte Brustwarzen wie Rosen, bevor sie blühen), und wenn sie Luft holte, vor lauter Wut tief Luft holte, bewegten sich die Brüste, wollte Gott es wäre möglich gewesen, sie zu entkleiden, ihr einen Finger reinzustecken, ihn rauszuziehen, abzulecken und wieder reinzustecken, oder auch nur sie zu verführen, sich auszuziehen und uns ihre Brüste zu zeigen, aber was fehlte ihr überhaupt? Sie hatte alles, im Gegensatz etwa zu Ruchama, die immer darum bat, im letzten Moment die Hausaufgaben abzuschreiben, aber wer hätte sie ihr zeigen wollen, obwohl sie einmal, auf dem Nachhauseweg, neben dem Friedhof über sie hergefallen waren, sie ausgezogen und versucht hatten, ihr eine Tulpe reinzustoßen, eine von den Tulpen, die zu Beginn des Frühlings blühten, in ihr Loch, weil sie Angst hatte, es in der Schule zu erzählen, da ihre Eltern dachten, sie sei sowieso schuld, wegen der Haare, die sie auf den Oberschenkeln hatte, die sie jetzt ganz fest zusammenpresste, weshalb sie sie umdrehten und ihr die Tulpe in die Arschspalte stießen, dazu noch ihre Kleider an die Eiche hängten und lachend nach Hause gingen, doch sie weinte nicht, sammelte die Sachen ein, machte sich sauber, sah sich um zu den Gräbern, zog zuerst den BH an und erst danach ihren Schlüpfer und ging nach Hause, weinte nicht und erzählte niemandem davon, vielleicht ja, weil sie die Misshandlungen einer Art Liebe zuschrieb, die sie für sie empfanden, denn Tatsache ist, dass sie immer hinter allen hergeschleppt wurde, so sind die Menschen, warten, bis man sie abschiebt, und selbst wenn man ihnen eine Tulpe in den Arsch rammt, kapieren sie nicht, dass man sie nicht will, und der Lehrer, er blickte nur auf Orit, ihre Brust hob und senkte sich wie ein Babypopo, ihr schien, er hatte große Angst vor ihrem Aufsatz, und dann, ganz plötzlich, klappte sie ihr Heft zu, legte ihren prachtvollen Kugelschreiber auf das Heft und wartete still, ohne einen Laut von sich zu geben, worauf er zu ihr sagte, so als wenn wir alle fleißig schrieben, nur sie nicht, und nicht das Gegenteil der Fall gewesen wäre: »Nu, b-bist du im Streik?« (Von allen Seiten wurde bereits geschrien, »Ruhe«, »Lassen Sie uns arbeiten«, »Die Zeit reicht ohnehin nicht«.)

»Nein, ich bin im Gegenteil schon fertig.«

»I-Ich habe gesagt, es s-sind zwei Seiten zu schreiben, und du hast nicht einmal eine g-geschrieben. Das ganze V-Vergnügen liegt darin, zu sch-schreiben und nicht aufzuhören zu schreiben, versuch, mich e-ernst zu nehmen.«

Dann trat er zu ihr, aber sie stürzte sich auf das Heft, vielleicht bist du schwanger, bald werden sie dich ins Krankenhaus bringen, dich betäuben, die kleine Kaulquappe in deinem Bauch töten und sie dem Labor übergeben, sie ließ ihn nicht sehen, saß und blinzelte nicht einmal, starrte ins Leere, ihr Kinn erhoben, ihre Hände verschränkt, drückte alles an ihr Verachtung für den Lehrer aus, als er plötzlich zu ihr eilte und versuchte, ihr das Heft zu entreißen. Für einen Moment kämpften sie und die Klasse schwieg, denn es war ein furchtbarer Anblick, doch einen Moment später fing das übliche Geschrei an: »Gibs ihm nicht, gibs ihm nicht«, und ein anderer Teil brüllte: »Lassen Sie sich von dieser Hurentochter nicht unterkriegen«, und einer schrie auch: »Sie ist die größte Schwanzlutscherin«, denn was kümmerte es uns, und als es ihm schließlich gelungen war, ihr den Aufsatz zu entreißen, hatte sie sich verletzt, aber er tat gleichgültig, las nicht, verzichtete, gab ihr das Heft zurück und sagte ihr, sie solle aufstehen und den Aufsatz vor allen lesen, laut, genau was sie geschrieben habe. Und sie las: »Der Lehrer für Bibelkunde ist auch der Lehrer für Literatur und auch für Grammatik. Aber Grammatik kann er nicht und von der Bibel versteht er nichts, weil es unmöglich ist, die Bibel wirklich zu verstehen, wenn man nicht an Gott glaubt, und Literatur mag er nicht, denn jeder, der Schriftsteller werden wollte und es nicht geschafft hat, hasst die Literatur.« Der Lehrer lächelte und sagte: »Das ist sehr sch-schön, v-vor allem die Passage ü-über die Propheten, noch nie h-habe ich darüber nachgedacht«, und dann sagte er zu uns: »Hab ich R-Recht, dass das ein schöner A-Aufsatz ist?« Natürlich reagierte die Klasse wie immer, ein Teil brüllte bejahend, ein Teil verneinend, und er sagte plötzlich leise: »A-Alle schreiben das h-hundert Mal, und bitte bemüht euch, in einer H-Handschrift wie der von O-Orit zu schreiben, versucht, O-Orits Handschrift nachzumachen, bitte.« Er meinte es ernst und eine Woche lang überprüfte er, ob es uns gelang, ihre Handschrift nachzumachen, und von da an wurde das Fälschen zur aufregendsten Sache in seinen Stunden, manchmal mussten wir die Handschrift des Direktors fälschen und manchmal seine eigene, aber seine Handschrift veränderte sich von Mal zu Mal, weil er selbst die Handschrift anderer Leute nachahmte, »St-Stellt euch vor, j-jeder von euch hätte zu Hause neben dem Bett noch einen P-Personalausweis, noch zwei, drei P-Pässe.« Er riet einem Jungen, der sich schwer tat, diese Geschichte zu begreifen, obwohl alle vor Langeweile schon beinahe einschliefen, in eine andere Stadt zu fahren, und dort unter falschem Namen herumzulaufen, aber der Junge kam zurück und hatte es gehasst, wie sehr er das gehasst habe, sagte er, ohnehin habe dort niemand seinen echten Namen gekannt, also was hat mir der falsche Name gebracht?

»Und d-du hast es nicht g-genossen, daran zu denken, dass du mit falschem N-Namen durch die Straßen läufst?«

»Nein.«

»Das ü-überrascht mich sehr. U-Und du hast nicht an dich selbst als an jemand a-anderes gedacht, während du dort herumgelaufen bist? W-Wo war das?«

»In Tiberias.«

»S-Sonderbar, ich habe in T-Tiberias immer gefühlt, wie die Zeit alle Sättel abwirft.«

Nach der Stunde kam der Junge zu ihm und sagte: »Geben Sie mir Privatunterricht.« Der Lehrer war nicht interessiert, »W-Was soll ich dich lehren?« Und der Junge: »Alles. Sie wissen so vieles. Ich habe sehr einfache Eltern. Sie dagegen sprechen über die Welt. Ich werde Sie bezahlen«, aber der Lehrer hatte nichts, was er hätte lehren können, so sagte er. »Sie wollen mir nichts beibringen.«

»E-es gibt nichts zu lehren, U-Uli.«

»Ich heiße nicht Uli.«

»Ich w-weiß, ich weiß, U-Uli.«

In einer Stunde sagte er gar nichts, saß vor uns und schwieg. Als wir lachten, zuckte er mit den Schultern, wusste vielleicht nicht, was er tun sollte, faltete dann die Hände und sagte: »I-Ich habe nichts, was ich l-lehren könnte«, als ob er sonst etwas gehabt hätte. Danach zuckte er erneut mit den Schultern, und sagte: »A-Arm sind wir geworden. Ein Stück des M-Menschheitserbes nach dem a-anderen haben wir dahingegeben, oft um ein H-Hundertstel des Werts im L-Leihhaus hinterlegen müssen, um d-die kleine M-Münze des ›A-Aktuellen‹ dafür v-vorgestreckt zu bekommen.« Jemand stand auf, immer stand jemand auf, und wir gingen in die Pause, ein Teil ging an ihm vorüber, als wäre er nicht da, wie Trauernde, und wir wussten nicht, worüber, auch er wusste es nicht, und wenn er es wusste, sagte er es nicht, und wenn er es sagte, log er. Bevor wir die Klasse verließen, vielleicht war es das letzte Mal, dass wir etwas von ihm zu hören bekamen, vielleicht am Ende jenes Jahres, sagte er: »Ich habe v-versucht, euch G-Geschichte beizubringen, a-aber vielleicht muss man einfach nur dasitzen und die Z-Zeit alles überfluten lassen, sich in E-Erinnerung rufen, dass die G-Geschichte selbst eine h-hässliche Einteilung der Zeit ist, dass es im Grunde g-genommen keine andere U-Unterteilung der Zeit gibt, weshalb es besser ist, sie alles überschwemmen zu lassen.« Sie saßen schweigend, verstanden nichts, er lächelte und sagte: »I-Ich bin ein V-Verbrecher, versteht ihr jetzt? I-Ich bin ein V-Verbrecher.« Und in ganz anderem Zusammenhang sagte der Lehrer, es lasse sich auf Grund des äußerlichen Verhaltens unmöglich wissen, was ein Mann oder eine Frau im Bett tatsächlich anstellen, und all diese Dinge seien offen, und sanft fügte er hinzu, ohnehin verändere sich alles im Laufe des Lebens, wer einmal gehasst habe, lerne zu lieben, und wer geliebt habe, lerne zu hassen, wer seinen Samen überall verspritzt habe, werde enthaltsam, und wer enthaltsam gelebt habe, werde zum Wüstling, und auch bei den Frauen sei das so, alles sei offen, solange wir unserem eigenen Körper und dem unseres Mitmenschen nicht mit Grausamkeit begegneten und keine Zeichen hinterließen, die sich nicht mit den Jahren verwischen ließen, und alle schwiegen, stellt euch das mal vor, Kinder in der zehnten Klasse und dann so etwas zu hören, wer wusste denn überhaupt irgendwas, außer Onanieren mit schweinischen Büchern, und vielleicht noch Pornofilmen, alles andere die reine Unschuld, und plötzlich ermutigt er uns mit solchen Worten, Stille machte sich breit, und Shlomit kam nach der Stunde zu ihm, rotwangig wie ein betrunkener Russe, und sagte ihm mit Tränen in den Augen: »Ich habe noch nie etwas so Schönes gehört wie das, was Sie gesagt haben. Wer sind Sie? Sagen Sie endlich, wer sind Sie?« Sie schrie beinahe und er lächelte schüchtern und sagte: »N-Niemand, ich bin ein N-Nichts, gib nichts auf das, was ich gesagt habe, ich habs sicher i-irgendwo g-gelesen, du meinst bestimmt die Bemerkungen über den S-Sex, nicht? Wie heißt d-du?« Und sie gingen und redeten die ganze Pause über, sie sprach und er zuckte mit den Schultern und versuchte, ihr etwas zu sagen, doch sie weinte, aber das alles ereignete sich später.

Für gewöhnlich bekamen wir ziemlich gute Noten für die Aufsätze, die wir schrieben, und diese Noten übertrug er auch auf die anderen Fächer, wer eine 75 im Aufsatzschreiben bekommen hatte, bekam 75 auch in Literatur, Grammatik und Bibelkunde, und wenn man feilschte, fragte er zögernd: »Also w-wie viel möchtest du dann?« Anfangs waren alle noch bescheiden und baten um 80, nur, dass er postwendend 80 gab, also lernten wir, wie die Sache läuft und verlangten von ihm 95, was er sofort auch gab, wodurch sich der Zensurenschnitt merklich verbesserte und die Anzahl derjenigen, die ihre Aufsätze freiwillig vernichteten, immer kleiner wurde. Er lächelte verständnisvoll, ermutigte uns aber dennoch, wir sollten gehen und sie wegwerfen, und hin und wieder murmelte er etwas, das zu seinem Markenzeichen wurde, wenn man es so formulieren will: »Eine Sch-Schwangerschaft darf nicht aufhören«, und einmal, als eine Debatte losbrach, ein bisschen Gegröle, nichts Ernsthaftes, nur so zum Spaß, das war alles, sagte er todernst, mit den Augen eines totalen Volltrottels oder eines frommen Professors: »Auch die W-Wasserspülung betätigt ihr nach dem Sch-Scheißen erst, wenn es im Klo ist, a-aber das Scheißen selbst ist etwas anderes, ist nicht passiv in euch und nicht passiv außerhalb von euch, e-es i-ist regelrechte A-Arbeit, wie ein Traum.«

Und wie an vielen anderen Orten auf der Welt, nicht nur bei uns, verziehen sie ihm viele Sachen, nicht aber die Sache mit dem Scheißen, in diesem Fall kreuzte umgehend der Direktor auf und rief noch in der Tür: »Schreiben Sie einen Aufsatz«, und er fragte: »W-Worüber?

»Worüber? Ich werde Ihnen sagen, worüber, darüber, wie ich Ihnen eine Anstellung gegeben habe.«

»Bei mir w-wird über freie Themen geschrieben.«

»Ich nicht, ich schreibe nicht.«

»Sie sind der D-Direktor.«

»Richtig, und bei mir wird nur geredet, wenn ich sage: Reden.«

Der Lehrer lächelte verlegen, und der Direktor seinerseits lächelte sein beängstigendes Lächeln und stellte es sofort wieder ab. »Ich warte«, brummte er.

»Ich habe um A-Arbeit gebeten und Sie haben m-mir welche gegeben.«

»Das ist alles?«

»Ja, i-ich habe Sie gebeten und S-Sie haben mir gegeben.«

Der Direktor war wirklich sauer. »So bringen Sie ihnen bei, einen Aufsatz zu schreiben? Das ist alles, was davon übrig bleibt? Sie waren hungrig. Haben geweint, haben gesagt, Sie hätten schon nichts mehr zu essen und dass Sie vor den Banken auf der Flucht wären und vor wem nicht alles, haben mich um Arbeit gebeten und ich habe sie Ihnen gegeben, und was soll diese Verspätung, Sie sind heute zu spät gekommen, Sie hätten am Morgen hier sein müssen und sind erst am Mittag gekommen, wie viele Tage sind Sie schon zu spät gekommen?« Der Lehrer sagte: »Ei-Einen Tag?« Und der Direktor lachte: »Einen Tag?« Dieser Übergang – aus der Klasse ins Zimmer des Direktors – ist zu abrupt. Daher sagte er, vielleicht, noch während er in der Tür stand: »I-In Ordnung.« Seine Stimme zitterte. »Was, in Ordnung? Was, in Ordnung?«, erbitterte sich der Direktor, »Wollen Sie rausfliegen?« Der Lehrer antwortete leise: »N-Noch n-nicht«, und der Direktor sagte: »Was soll dann das Gerede über das Rektum in Ihrem Unterricht?« Der Lehrer darauf: »R-Rektum?« Panik hatte ihn ergriffen, seine Lippen bewegten sich langsam, die Stimme hatte sich von ihnen losgemacht, und der Direktor brüllte, dass man ihn überall hörte: »Ja, das Rektum, das Rektum. Sind Sie vollkommen wahnsinnig geworden? In dieser Klasse sitzen Mädchen. Die haben Angst vor Ihnen. Sie sagen ›Rektum‹ und schon tut denen alles weh. Begreifen Sie das nicht? Muss ich Sie tatsächlich warnen?« Dann lächelte er, hörte gleich wieder auf damit und fragte: »Was ist mit dem Wettbewerb, den Sie mir versprochen haben?«

»Was für ein W-Wettbewerb?«

»Was für ein Wettbewerb? Ein Aufsatzwettbewerb über den Zionismus, zum Unabhängigkeitstag. Wozu sonst würde ich Sie denn hier brauchen? Sie haben mir versprochen, die Klasse würde Aufsätze schreiben über ...«

Aber der Direktor war kein Mann mit übertriebenem Selbstbewusstsein. Jetzt war er schon nicht mehr sicher, was die Aufsätze anging, wühlte in den Papieren auf seinem Schreibtisch und fand das Thema. Hatte ein bisschen Mühe, es auszusprechen. Er war 1933 ins Land gekommen und konnte nicht richtig Hebräisch. »Ja, ja, der Zionismus als Befreiungsbewegung.« Der Lehrer sagte: »B-Befreiung von wem?« Der Direktor zuckte mit den Schultern und sagte ein bisschen erzürnt: »Was interessiert mich, von wem? Muss ich den Aufsatz schreiben oder die?« Der Lehrer murmelte etwas, der Direktor wollte wissen, was er da gemurmelt hatte, blieb aber hart, und der Lehrer sagte: »S-Sie verstehen nicht, i-ich w-wollte das nicht sagen.« Der Direktor wurde müde. »Genug, genug, unwichtig. Sie sagen so was einfach nicht mehr. Kein Rektum mehr.« Beide schwiegen sie. Der Blick des Direktors spießte den Lehrer wie mit einer Heugabel auf. Im Allgemeinen machte man sich über den Direktor lustig. Im Lehrerzimmer herrschte der Brauch, in dem Moment, in dem er hereinkam, in Schweigen zu verfallen, egal ob über ihn geredet worden war oder nicht, sodass er nie wusste, ob sie nun über ihn geredet hatten oder nicht, weshalb er sie mit einem knappen Lächeln wie ein Gähnen bedachte, Bildung hat er ohnehin keine und noch dazu keinen Schimmer, wann man ihn betuppte und wann nicht, war überzeugt, wir würden ihn wegen seiner idiotischen Reime lieben, den Sportlehrer, den sie zum Direktor gemacht hatten, um nicht den Lehrer für Algebra ernennen zu müssen, der Iraker war und sich mit größtem Vergnügen an dem plötzlichen Verstummspiel im Lehrerzimmer beteiligte, obgleich er sehr gut wusste, dass seine Mitstreiter bei dem Verstummspiel es gewesen waren, die zugestimmt hatten, den Sportlehrer zum Direktor zu ernennen, um nicht einen Lehrer mit arabischem Akzent als Direktor zu bekommen.

»Haben Sie von meinem Sohn gehört?«

»Ja, e-es hat mir sehr Leid getan, das zu hören.«

»Ich vermisse ihn. Ich vermisse ihn sehr.«

Der Lehrer schob die Hände in die Taschen. Seine Füße taten weh. Warum juckt mich sein Sohn nicht? Er wollte sich setzen, war aber zu verlegen, um zu fragen. »Er kommt fast jede Nacht zu mir – dieses Aas von Geschichtslehrerin.« Der Direktor meinte die Biologielehrerin. Eines Tages hatte er sie gefragt: »Sagen Sie mir, bitte, bringen Sie ihnen bei, Antibiotika herzustellen?« Und sie darauf: »Nein, aber wie man Meskalin zubereitet, bringe ich ihnen bei«, und da er über ihre Antwort beleidigt war, weil er nicht wusste, was Meskalin ist, und sie tatsächlich etwas über Antibiotika hatte fragen wollen, weil sein dreizehn Monate alter Enkel erkrankt war und der Arzt sich geweigert hatte, ihm Antibiotika zu verschreiben, wegen der Schlussfolgerungen aus dem Experiment, das sie mit kriegsgefangenen syrischen Soldaten im Shmu'el-Harofeh-Krankenhaus durchgeführt hatten, nach der Litani-Aktion, während er seinerseits den Anblick des schwer atmenden Säuglings nicht ertragen konnte, in dem Zimmer voller Schwaden, die aus einem großen Topf in der Ecke aufstiegen, und daher überlegte, seinem kleinen Enkelsohn die Antibiotika unter der Hand zu besorgen, aber in der Apotheke hatte man sich geweigert, ihm Antibiotika ohne Rezept zu verkaufen, da wegen jenes Experiments auch die pharmakologischen Bestimmungen empfindlich verschärft worden waren, weshalb er voller Sorge war, dieser Enkel war die Freude seines Lebens, so viele Jahre hatte er seinen nichtsnutzigen Sohn gehasst, und dann hatte ihm diese Pfeife, bevor er verschwand, ein süßes, lächelndes Baby beschert, war der Herbst vergangen, die Bronchitis aber nicht, das Zimmer stand immer noch voller Schwaden und der Kleine hustete, und so hatte er zu der Biologielehrerin voller Wut, Verbitterung und unterdrückter Gewalttätigkeit, wenn Sie so wollen, vor allem aber voller Mitleid mit dem Säugling gesagt: »Egal ob Lehrer oder Lehrerin / die Façon geht dahin. / Der einen vertrocknet der Saft / dem anderen welkt der Schaft. Was hat der Dichter damit sagen wollen? Er hat sagen wollen, Feuchtigkeit ist eine Frage der Zeit, ein Tag ist Feuchtigkeit da, ein Tag ist keine da.« Die Lehrerin wusste, das Allerwichtigste war, nicht in Tränen auszubrechen und sich nicht zu beschweren, weil es niemanden gab, bei dem man sich hätte beschweren können, immer fände sich irgendein Mann, der über diesen Witz lachen würde, und deshalb stand sie und sah ihn ganz scharf an, trat dicht an ihn heran, er wartete, lächelte sogar, spannte seine muskulösen Arme hinter dem Nacken, sein Achselhaar war weiß, sein Unterhemd noch weißer, er verteilte gerne Ohrfeigen, so hatte man ihr gesagt, und dann verließ sie mit einem Mal das Zimmer, ging auf die Toilette und erbrach sich, weinte aber nicht, weil sie danach eine Stunde hatte und nicht wollte, dass die Schüler sie verspotteten. »Mein Sohn ist zum Marinekommando gegangen, weil ich mich über ihn lustig gemacht habe, und jetzt das, während des Reservedienstes, genau genommen nur eine Reserveübung, sehen Sie, während seiner gesamten Wehrdienstzeit hab ich mir Sorgen gemacht und so getan, als sei ich nicht besorgt.«

»Es sind a-auch solche v-verschwunden, deren Vater sich nicht über sie lustig gemacht hat.«

»Ich suche keinen Trost. Ich will in der Wunde stochern, stochern und stochern und stochern, bis mir die Seele rausläuft wie Eiter, wenn der Eiter rausspritzt, kommt die Seele raus.«

Eine große Uhr tickte dem neuen Lehrer in den Schläfen, der Direktor sah ihn an, deutete auf seine Hand und sagte: »Hier tut es mir weh, hier, ich kann ihn spüren, wie er meine Hand festhält.« Stille stand im Raum. Er erhob sich, der Direktor, seine kurzen weißen Shorts spannten. Ein alter und schöner Mann. »Ich war letzte Woche auf einer Direktorenkonferenz. Worüber wurde dort gesprochen? Über Pädagogik? Über Psychologie?« Er war wütend: »Aber wieso denn das? Über Pädagogik haben sie nicht gesprochen. Sie haben über den Gedenktag geredet, irgendjemand hat über die vielen gefallenen Soldaten geredet, die sie in ihrer Gedenkecke hätten, wie

Blumen, hat er gesagt, der Idiot, so ein Idiot.« Der Lehrer verließ behutsam das Zimmer des Direktors. Tief in jenem Winter, der uns bedeckt mit Nebel und schweren Wolken, die von Westen kommen und über der Spitze des Bergs verharren, kollidieren, aufgeschlitzt werden, Regen abladen und weiterziehen. Er ging, dachte und dachte und dachte, und am Ende kam er nach Hause, irgendwann, die Geschichte ist nicht nach einer verbindlichen zeitlichen Ordnung aufgebaut, ein Teil der Ereignisse liegt vorher, ein anderer hinterher, aber andererseits, keine andere Ordnung würde die Dinge besser organisieren, einige Sachen sind vorher passiert und andere später, so viel ist sicher, aber es lässt sich sehr schwer sagen, wie es kommt, dass es unmöglich ist, dies alles einer Ordnung folgend hintereinander zu bringen. Wer kann sich schon an alles erinnern? Versucht, damit klarzukommen.

Drittes Kapitel (10. 3. 83)

Die Affäre Schibboleth

Aus der Dunkelheit heraus, manchmal aus dem flüchtigen Blick durch eine Luke auf deinen sich quälenden Körper, manchmal ohne Luke, irgendwo dort gefangen in seinen Qualen, einmal so und einmal so, aus der Dunkelheit heraus und manchmal inmitten der Dunkelheit, manchmal wie der Grund des Meeres und manchmal wie ein tausend Jahre alter Fisch, sucht sich der Körper einen Ort, um sich zu strecken, vielleicht sogar, um sich auf den Rücken zu wälzen, seine eigene Wärme zu spüren, ohne Bewusstsein, ohne einen Funken Bewusstsein, verprügelt, zusammengeschlagen und sogar blutüberströmt, von wessen Hand rührt die Verletzung? Wahrlich, dies ist der wundervollste Augenblick, ohne jegliches Bewusstsein, die Sprache ist vergessen und auch der Körper hatte keine eigene Sprache mehr, keinen Gang, sondern nur noch Auflösung, Glieder und Gelenke und die Stimmen wie Blitze, knirschend, pfeifend wie kranke Lungen, und nur der Körper ist blind, taub, riecht seinen eigenen Geruch, erinnert sich, an was ein Körper sich erinnert, an seine Vergangenheit, nein, nein, an seine Unversehrtheit, vielleicht, seine Unversehrtheit, die er nur im Tod hat, wenn keine Erinnerung mehr existiert. Es war kein Platz, um sich so auf den Rücken zu wälzen, Staub wirbelte vom Fußboden auf, die Kehle ausgedorrt, die Nase lief und die

Augen tränten, brannten, Mücken, Niesen von allen Seiten und manchmal Satzfetzen, lautstark, aggressiv, drohend, und Flehen, von Zeit zu Zeit auch ein leises Flehen, um Licht, um tiefere Finsternis, und aus dieser Tiefe, als schrie er aus der Ferne, obgleich er ganz nahe war, sprach ein alter, heiserer Mann: »Bring die Nacht mit mir rum, ich hab Angst, alleine wach zu bleiben. So viel ich auch im Knast gesessen hab, ich hab Angst, dafür wär ich bereit, deine Lebensgeschichte anzuhören, im Grunde genommen mag ich es sehr, die Geschichten von Menschen zu hören; vielleicht würdest du nicht glauben, wie viele Menschen hier durchkommen, über ihr Leben erzählen, die frühesten Sachen, an die sie sich erinnern, die letzten Erinnerungen, die sie noch von draußen haben, an einen im Sterben liegenden Vater, und sie erzählen von anderen, irgend so ein Shimon erzählt von einem Levi, der mal mit ihm gesessen hat, und der, der mit ihm gesessen hat, kennt Ruben vom letzten Mal, der mit dem Cousin von einem anderen Jehuda gesessen hatte, die Geschichten spinnen sich immer weiter, vermehren und entfernen sich, aber schon ist da für einen Moment ein Sternenhimmel wie ein Netz, das man gegen die Mücken über eine Wiege hängt, sie umspannen die Welt, die Sterne der Nacht, verstehst du, was die Sterne in der Nacht machen? In der dunklen Wüste hilft dir Kassiopeia nicht zu gehen, dort rauszukommen, nein, aber warum auch rauskommen? Dort bist du zu Hause, atmest tief ein, deine Augen sind blutunterlaufen, ja, so kommt man nach draußen, und wenn man keine Angst hat, dann ist es wegen des Leuchtens des Himmels, des sternenübersäten Himmels, ist Wasser in der Flasche? Deck sie gut ab, das ist die kälteste Stunde jetzt, der Fuß schmerzt von der Kette, ich bin hier, weil ich mal eine hatte, deren Stirn wie der Vollmond im Monat Sha'aban war, ihre Brauen gewölbt, ihre Augen die Augen eines Rehs und Wangen wie Anemonen. Wie eine Perlenkette ihre Zähne. Ihr Loch hätte eine halbe Flasche Behennussöl aufnehmen können, und ihre Hüften waren schlanker als dieser Körper hier, mein Körper, der vor Liebe abgemagert ist, aber schon beim ersten Mal, als sie mich in ihr drin kommen ließ, hat sie den Verstand verloren, hat gesagt, ich hätte ihr wer-weiß-was gestohlen, schläfst du? Nein, tust du nicht, und das alles unter lautem Geschrei, ganz plötzlich, mitten in der Nacht, steht sie auf und geht, sich meinen Samen rausspülen, als sei ich Dreck oder so was, ich hab mich aufgeregt und bin hinter ihr her, um ihr zu sagen, dass mein Sperma nicht dreckig ist, Ehre erweise ich ihr, da hör ich einen Schrei und krieg einen mächtigen Schreck, auch die Fenster bei den Nachbarn leuchteten sofort auf, die lieben es, Streitereien zu hören, und vor allem die Schreie beim Beischlaf – sie brüllt, das ist gut, das ist gut, schieb ihn noch weiter rein, und ich schreie, ich schieb ihn dir noch weiter rein, ich schieb ihn dir noch weiter rein – solche Schreie belauschen sie, ohne das Licht anzumachen, stehen hinterm Fenster und lauschen, aber damals, bei dieser Sache, kaum hatte sie angefangen zu schreien, gingen sofort die Lichter an, dem Nachbarn helfen, der bedrängten Frau zu Hilfe kommen, ›Du Dieb, du Dieb‹, ›Was hab ich dir denn stibitzt, meine Süße, gerad erst hat er dir alles gegeben, was er besitzt, und schon hast du dich abgeputzt‹, ich hab noch Witzchen gemacht, verstehst du? Hatte noch nicht kapiert, was mir blüht, und sie brüllte, ›Du hast mir das geklaut‹, während sich die Balkone mit Leuten füllten, besorgten, sich beratschlagenden Nachbarn, vielleicht sollte man besser die Polizei rufen, vielleicht einen Krankenwagen, jeder denkt, er werde gebraucht, das Waschbecken voller Blut, auch die Kloschüssel, jeden Augenblick muss die Polizei da sein, sagte ich mir, hab leise gesprochen, bevor ich ihr den Mund zugehalten habe, das alles ist ohnehin passiert, bevor ich ihr das Maul gestopft habe, das ist ganz wichtig, dass du den richtigen Ablauf der Dinge behältst, es genügt schon, ein Element zu verschieben, und alles verändert sich; auf jeden Fall hab ich zu ihr gesagt, ›Süße, was soll ich dir denn geklaut haben? Was hab ich denn gegen ihn? Jedes Mal, wenn ich ihn berühre, zitterst du, und jedes Mal, wenn du zitterst, zittere ich auch, als wär ich wieder dreizehn‹, hat es mir was geholfen? Nein, hat es nicht. Schläfst du? Sie hat meine Einwände überhaupt nicht beachtet, hat weiter geschrien, ihre Hände waren blutbesudelt, sie suchte im Klo, wie eine Frau, die ihre Kontaktlinsen verloren hat, und während sie suchte, schrie sie, als hätte sie 'ne Rolle in einem Stück, ›Du Dieb, du Mörder, Mörder‹, und jetzt hatte ich schon Angst, die Polizei könnte die Wohnung stürmen, weshalb ich ganz leise redete, es kann nicht sein, dass sie mich gehört haben, wie sie hinterher gesagt haben, ich hatte ja überhaupt kein Interesse zu schreien, das ist gegen jegliche Logik, ich flüstere also, ›Was brauch ich ihn denn? Ich hab tausende, tausende hab ich.‹ Geholfen hats mir nicht, am Anfang soll ich nur geklaut haben, wie sie sagte, dann kam sie und behauptete, ich hätte mit Absicht geklaut, in umgekehrter Reihenfolge natürlich, die Planung erst und dann die Tat, und danach, als sie zu den Nachbarn sprach, hat sie sichs vermasselt, denn wer hat diese Geschichte geglaubt, und das Blut haben sie von weitem nicht gesehen, denn das Blut allein, das sag ich dir, das Blut allein, ohne irgendwelches Geschrei, hätte mich überführen können, aber sie, auf dem Balkon, vor all den Nachbarn, die mich gehasst haben, genau wie hier im Knast, wegen meiner Kraft, auf jeden Fall hat sie ihnen was zusammengedichtet, irgendwas hat ihr zu schaffen gemacht, da kannst du sicher sein, doch gerade bei denen hat das nicht funktioniert, denn die wussten nicht, was für eine wundervolle Frau sie war, bis zu der Sache mit dem Blut, sie stand auf dem Balkon, sah das Publikum auf den Balkonen ringsum und erklärte, ohne das Blut zu zeigen, wie ich beim Bumsen, genau, als ich hätte abspritzen müssen, mich zurückgehalten hätte, mich noch mal zurückgehalten hätte und am Ende, als ich mich schon nicht mehr hätte zurückhalten können, wobei ich, nur damit du das weißt und ganz unabhängig von dieser Geschichte, stundenlang an mich halten kann, ihr, anstatt abzuspritzen, reingepinkelt hätte, so hat sie gesagt, schläfst du? Und als sie aufgestanden sei, um sich abzuspülen, denn warum hätte sie die Pisse erdulden sollen, sah sie, dass nichts mehr da war, dass er futsch war, nein, das Blut hat sie nicht erwähnt, dabei hat das Blut ausgesehen wie der Nil in Ägypten, und dann sind die Nachbarn schlafen gegangen, alles fing an, wie eine Horrorgeschichte zu klingen, die Vorstellung war vorbei, jetzt musste gedeutet werden, Deuten ist immer gut, jeder Journalist macht das, aber ihre Vorführung, ihre wilde Vorführung, war aus ihrer Sicht vorbei, als sie anfing zu erklären, sie selbst fing an zu erklären, wie ich ihr den Kitzler mit meiner Pisse gespült haben sollte, und sie machten das Licht aus, lachten sich im Bett bestimmt kaputt, sagten sich, sieh an, der grauhaarige Alte schleppt schöne Frauen in seine gemietete Wohnung, und das ist, was er davon hat, Wahnsinn. Und die Wahrheit? Eine Frau wirkt immer wie eine Kandidatin fürs Wahnsinnigwerden, und auch ein Teil der anständigen Nachbarn, die ihren Kindern sagten, sie sollten schlafen gehen, oder ihnen eine beruhigende Erklärung gaben, wie armselig solche Erklärungen doch sind, wenn du bedenkst, was sie vom Balkon gehört oder vielleicht sogar gesehen haben, vor allem wenn einige von ihnen ein Fernglas hatten, was für eine armselige Erklärung das dann ist, ›schlaf mein Kind, die Frau dort fühlt sich nicht gut‹ – auf jeden Fall hat ein Teil von ihnen, da bin ich ziemlich sicher, nach jener Nacht reichlich Angst gehabt, ihre Frauen zu ficken, wegen dieses Körpers, der durch das Eindringen auf einen Schlag auseinander fallen kann, wobei man nie wissen kann, ob gerade diesmal ihr Körper auseinander gerissen wird in dem Moment, in dem du ihn reinsteckst, und so viel die Bücher das auch als Hineingleiten beschreiben, und vielleicht gleitet er ja wirklich da rein, vor allem, wenn du ihn in die Vagina und nicht ins Rektum schiebst, aber auch wenn er gleitet, werden die lieben Nachbarn nach dieser Sache nie wieder denken, dass es so einfach ist, weil sie eben auseinander brechen könnte, so wie meine, die Ärmste, ein Teil hat vielleicht sogar schreckliche Sachen angestellt, wegen dieses Schauspiels, Eva ward nicht aus einer Rippe gezeugt, sondern durch einen Fels, einige von ihnen, wer weiß, einige haben angefangen, an solche Sachen zu denken, schneiden und so, und vielleicht hatten sie das Gefühl, dieses Aufreißen gehöre dazu, aber ihr Gerät war nicht groß genug, und wenn das Gerät klein ist, das Aufreißen aber groß sein soll, muss man eben ein Messer nehmen, oder einen großen Meißel, oder die Freunde holen, damit alle sie vergewaltigen, ja, ja, die Welt wird von neuem erschaffen. Fragst du nicht, was mit ihr passiert ist? Du bist auch erschrocken, hast vielleicht selber mal 'ne Frau in zwei Hälften gesägt, auf jeden Fall war sie nach jener Nacht nicht mehr zu beruhigen, hat ihren verlorenen Kitzler gesucht, blutüberströmt, und ich hab sie natürlich aus der Wohnung geworfen, aber sie war nicht zu beruhigen, wie ich schon gesagt hab, kam jeden Tag in diese Straße, und jeden Tag wurde die Geschichte größer, sie ging zum Kaufmann, so ein kleiner Minimarkt um die Ecke mit tiefgefrorenem Fleisch, Kaffee und Saft, dort haben wir, wie dir ja bekannt ist, unser Einkäufe gemacht, einige ziemlich schöne Augenblicke unseres Lebens haben sich dort abgespielt, ob diese Augenblicke jetzt schön erscheinen oder auch damals schon schön waren, lässt sich nicht sagen, auf jeden Fall hat sie manchmal einen Nachbarn getroffen, einen von den Zuschauern bei ihrer Horrorshow, die hatten den Stoff zu Hause schon gründlich durchgekaut, konnten schon ironisch sein, benutzten ihre Worte schon in allen möglichen Zusammenhängen, und der Nachbar sagt zum Beispiel so was wie, ›Nu, wie ist die Wunde? Verheilt?‹, und sie, sie hat den Schmerz nur noch größer gemacht, hat auf einmal einen Anfall gekriegt, natürlich nicht gegen ihn, sondern gegen wen? Gegen mich selbstverständlich, ich war schuld, und vielleicht hat sie mich auch mit ihm verwechselt, denn ich war ja überall, und so ist auch diese kleine Vorstellung zu einer toten Veranstaltung geworden, ironische Bemerkungen, anstatt das Leid zu sehen und zu schweigen, auch diesen Anfall haben sie genau analysiert. Und wo? Im Café vielleicht, beim Kaufmann, in ihren Betten, zusammen mit der Frau, vor dem Ficken oder anstatt zu ficken, haben herausgefunden, welche Wörter ihr so einen Anfall rauskitzeln, ›Wunde‹, ›Zustechen‹, Messer‹, ›Pipimann‹, solche Wörter halt, die sie selbst nicht benutzt hat, aber sie hatten kapiert, was den Schmerz aus ihr herausholte, ja, selbstverständlich auch ›Eindringen‹, das ließ sie überschnappen, wieder kamen Tobsuchtsanfälle, und aus diesen Tobsuchtsanfällen produzierten sie neue Geschichten und Minidramen, haben sie wie Regisseure benutzt, und sie ist immer vor meiner Tür erschienen, hat sich sicherheitshalber draußen selbst irgendwohin gestochen, da bin ich sicher, damit ihr noch mehr Blut rauskam, aber ich, das Einzige, was mir wehgetan hat, war, dass ich gezwungen war, sie zu verlassen, wegen des Geschreis, natürlich, ich konnte mir keine Skandale erlauben, überall kannte man mich, und zu Hause hatte ich eine Frau, deshalb hat es mir wehgetan, wie sie mit ihrem Leid zurückgeblieben ist, mit den heuchlerischen Nachbarn, die das genossen haben, und als sie vor der Tür hingefallen ist, hat sie geweint: ›Papa, Papa, verlass mich nicht‹, aber was konnte ich machen?« Er schwieg für einen Moment und fragte dann erneut, mit erhobener Stimme: »Sag du mir, was hätte ich tun können?« Und ein Junge in der Nachbarzelle sagte vorsichtig: »Er lügt.« Ich bedauerte, dass ich ihn nicht auch unterbrochen hatte wie dieser Junge. Ich hasste den Mann bereits.

Nicht so hatte die Nacht begonnen. War es der Tag, an dem er verhaftet worden war, war er danach hierher gebracht worden, lag diese Nacht vor der Verhaftung, wir müssen uns dem Verlangen der Sprache widersetzen, mit der Zeit zu gehen. Der Junge sagte (während der Alte in der Dunkelheit saß, still abwartete, die Geschichte des Jungen nicht ein einziges Mal störte, ich habe zugehört, du glücklicher König): »Er war in sie verliebt, sie war wie der aufgehende Vollmond, wie ein weidendes Rehkitz, vierzehn Jahre alt, und sie ist zu unserer Mutter gegangen, um ihr die Wahrheit über ihn mitzuteilen, weil man ihr gesagt hatte, wer? Wer weiß, wer ihr das gesagt hatte, man hatte ihr auf jeden Fall gesagt, das Allerwichtigste sei, nicht zu lügen, und so redete sie und er saß in der Ecke und schwieg, so wie jetzt, niemals mischt er sich ein, wenn über ihn geredet wird, er weiß, dass er auch noch drankommen wird, dass seine Gelegenheit kommt, die Früchte zu ernten, weiß, dass er Kraft hat, und am Ende ihrer Geschichte lächelte er und sagte: Wie schön sie lügt, und deutete Mutter an, dass sie verrückt ist, und unsere Mutter glaubte weder ihm noch ihr, sie ging in den Garten, um zu rauchen, rauchte, weinte aber nicht, unsere Mutter weint niemals, weil unsere Mutter keine Mutter hatte, und er, anstatt zu ihr zu gehen, im Garten eine Zigarette mit ihr zu rauchen und über Alltagssachen zu reden, saß mit dem Mädchen und erklärte ihr stundenlang, mit allen möglichen wissenschaftlichen Beweisen, dass sie eine Behandlung bräuchte, da sie sich niemals auch nur getroffen hätten, und ihre Fantasie sei sehr gefährlich, nicht etwa wegen einer Verleumdungsklage, sagte er, Gott behüte, sondern weil man sie schlimmstenfalls einweisen, sie in eine Irrenanstalt sperren könnte zusammen mit zahnlosen alten Weibern, sagte er, und lieferte ihr Beweise, überzeugte die Ärmste, dass sie verrückt ist.

»Ich hab sie nicht überzeugt. Warum hätte ich sie überzeugen sollen?«

»Weil du Angst vor dem Skandal gehabt hast.«

»Welchem Skandal?«

»Zum Beispiel, dass sie sich umgebracht hat.«

»Dummkopf, ich hatte Angst, dass Mutter sich umbringt.«

»Mutter hat sich umgebracht?«

»Nein, aber sie ist eingewiesen worden, weißt du das denn nicht? Ich hab dir gesagt, Frauen können jeden Augenblick durchdrehen, man muss vorsichtig sein, ihre Haut hält den Wahnsinn wie eine Blase zurück, ich hab doch gesagt, ich sei schuldig, warum mischst du dich dann ein?«

Sogar die Schreienden zu identifizieren war unmöglich. Nur der Alte konnte sie auseinander halten. Vielleicht verstellte er sich auch. Seine Geschichte hatte die Nacht nicht eröffnet, sondern war mitten drin ausgebrochen, aus der Dunkelheit, was war wem vorausgegangen, es gibt keine frühe und keine späte Finsternis, keine frühe und spätere Stille, kein frühes oder späteres Erwachen, ja, das Wasser war zuerst da gewesen und noch immer hat die Bibel nicht aufgedeckt, wann sich die Schöpfung des Wassers ereignet hatte. Ich schlafe, träume, ich wäre wach, bin wach und träume, ich würde schlafen, du siehst mich an und kratzt deine Beine, auch ich stinke, gleich wird meine Übelkeit vorüber sein, entschuldige, dass ich erschrocken bin, Jahre, dass ich schon nicht mehr mit Frauen geschlafen habe, mit Männern überhaupt noch nie, in meinen Träumen schlafe ich mit einem Mann, weiß nicht, wer er ist, ein wichtiger Mann, ich träume von ihm, jedes Mal, wenn mein Leben beschissen ist, wenn sie kommen, um mich vor Gericht zu schleppen, ist es schon zehn Uhr morgens, wenn sie mit dem Essen kommen, ist es schon zwölf Uhr mittags, und wenn sie kommen, um Abendessen zu bringen, ist es bereits sechs Uhr abends. Die Schreie des Arabers? Er kriegt keine Schläge, das ist seine Arbeit, neben den Verhörräumen zu brüllen, damit die anderen Angst kriegen, ich will hier nicht raus, versuche, an den

Ort zu gelangen, an dem ich mich nicht mehr bewegen muss, werde über mich selbst nichts erzählen, auch die Gegenwart ist ein Gedanke, auch die Vergangenheit ist ein Gedanke in der Gegenwart, die ein Gedanke mit einem Anfang ist, der bereits vorüber ist, und ihre Gegenwart beginnt, vergeht und gelangt zu einer Gegenwart, die beginnt, vergeht und in eine Gegenwart mündet, das macht keinen Sinn, ich kann die Kluft zwischen dem Chaos und dem Gedanken, den ich diesem aufzwinge, nicht überbrücken, und wenn ich rede, komme ich bereits doppelt zu spät, »Schläfst du?«, küss mich, mein Kind, niemals werde ich dich vergessen, werde Jahre hier schlafen, bleib in meinen Armen. »Warum bist du hier?«, küss mich mein Kind, geh nicht, mein Kind, »Schläfst du?«, ›Wundersteine‹, hat eine mal gesagt, vielleicht auch ›Wunder, Wunder, Steine‹, eine braune Tür mit Längsrillen, Tabak oder Politur, wie Essensdünste weht es von innen herein, aber wo ist das Draußen, die Haut ist abgeschält, eine dünnhäutige Blase, alles wird herausspritzen, wird sich ergießen, eine Krake, das ist nicht mein Haus, dort ist das Drinnen, aber als er klopfte, vielleicht kam er auch nicht mehr dazu, hatte er sich geirrt, er hat keinen Namen, ich hab mich geirrt, hab den Weg verloren, kann ihn nicht finden, aber das war vorher, und im Traum hinterher – eine Rasenfläche und ein Wassersprenger vor dem Haus, ein Paar grüne Plastikreifen, zehn lärmende Kinder, eines ärgert die anderen und wird verprügelt – auf der Wiese vor dem mehrstöckigen Haus, die Wand des Treppenhauses ist dreckig, die Treppenstufen sind sauber, ›Hat der Araber heut geweint?‹, aufgebrochene Briefkästen, eine Tür wird aufgerissen gegenüber von einer bereits aufgerissenen Tür, ein Schrei hinter der Wand, Musik kommt aus dem offenen Rachen der Wohnung, »Schläfst du?«, der Junge sagt wau, wau, wau, der Hund des Arztes ist schon an seinem Hals noch ehe er an die Tür geklopft hat, der Kratzer am Hals ist nicht gefährlich, der Arzt, Glatze und Brille, spielt auf einem duftenden Kasten, Politur, wo ist das Draußen wenn alles Drinnen ist? Pisse, wie viel Pisse, ich pisse, schlafe in Pisse, schlafe nicht, ich gehe, bleibe vor dem Haus stehen, erreiche das Haus nicht, zutraulich streichelte er den Hund, voller Wärme, vielleicht lügt er, wie kommt es, dass er diesen Hund derart liebt, wo sind die Augen des Hundes, voller Blut sind sie, das ist das Blut vom Hals, dort, dort oben in dem Hochhaus ist die Wohnung, sie sind gerade erst eingezogen, wer hat die Sachen ausgeladen, sie und der Kleine warten, die Jacke in seiner Hand zusammengerollt wie ein Bündel, Blutflecken, »Schläfst du?«, eine sperrangelweit aufgerissene Tür, Kochgerüche, ›Ich hab dir gesagt, nicht anfassen, das ist heiß‹, ›Ich kann nicht mehr‹, ›Alleine, alles alleine‹, »Schläfst du?«, laute Musik, »Schläfst du?«, und warum läufst du als halber Körper durch die Gegend, »Schläfst du?«, musst du nicht, »Schläfst du?«, es waren nicht wenige Tage, bis er starb und beim Müll landete, Würmer aus seiner Nase krochen, bei Kälte und Finsternis, jemand rüttelte ihn aus der Dunkelheit, tausend Augen, tausend Hände, und obgleich er merkte, dass ihn jemand rüttelte, wusste er nicht, ob er schlief oder wach war, oder nur träumte, er sei wach, »Schläfst du?«, so plötzlich war das Erwachen, und vielleicht dauerte das Schütteln schon eine Weile an, der Schlag, ging schon lange so, reduzierte sich auf einen einzigen winzigen Punkt, auf das Verhör, ein Tisch vor ihm, eine Lampe, ein Ausweis, du, ja, ich hab niemanden mehr, bin leicht wie eine Feder, schlafen, meine Lider sind zugenäht, tausend Augen schauen, ich stinke, wer bist du? Sicher, dass ich das bin, du bist in Israel geboren, aber da gab es einen solchen Staat noch nicht, auch ein solches Land gab es noch nicht, irgendwann wurde es wie mit dem Lineal festgelegt, ›Hat es eine Welt vor dem Menschen und eine Zeit vor dem Menschen gegeben‹, Vergangenheit, Gegenwart, Zukunft, ›Und das Sprechen ist gegeben, um die Wahrheit zu sagen‹, nach all dem, vielleicht fügte er noch hinzu, brüllte, aber seine Kehle war trocken, ›Die Zeit ist keine Ewigkeit, die Zeit erschafft sich selbst als Zeit nur als menschlich-historische Existenz‹, er sah den Ermittler an, wo ist dein Vater geboren, ich bin mein Vater, bin meine Mutter, mein Sohn, wie ist dein Name? Mein Name, niemals wirst du ein Kind haben, du hast keine Beine, ins Bett, tiefer als Licht, er fällt und fällt und fällt, aber die Knochen schmerzen nicht, da der erste Mensch sah, dass seine Söhne bestimmt waren, in die Hölle zu fahren, enthielt er sich des Seid-fruchtbar-und-mehret-euch, er wachte durch das Schütteln auf, sah die Person nicht, die ihn schüttelte, denn es kommt vor, dass das Schütteln dich packt, du geschüttelt wirst und zugleich selbst schüttelst, wobei eine große Kluft sich auftut zwischen dem Schüttelnden und dem Schütteln, und in dieser Kluft suchst du wie in einem Spiegelsaal nach deinem Spiegelbild, aber du suchst, siehst nicht, und wirst daher auch nicht gesehen, wachst nicht auf, das Schütteln tut weh, Vater, siehst du nicht, dass ich brenne, »Schläfst du? Du schläfst ja gar nicht, du tust nur so, Waschlappen, Egoist«, unter den Pupillen ruht ein gesunkenes Schiff, dreißig Jahre ist es schon da unten, mein eines Auge ist auf eine rostige Eisenkrake gerichtet, das andere ein von der Seefahrt türkisfarbener Fisch, »Schläfst du? Schlaf nicht, antworte mir, antworte mir«, unterwegs, kein Wille, Stärke, keine Stärke, Energie, keine Energie, Leben, bis zu der Stimme, die sagt ›ich‹, gibt es eine wacklige Brücke, ich kann nicht darüber gehen, zwing mich nicht, zu gehen, vor was fürchte ich mich, zu fallen, du bist bereits gefallen, noch habe ich Angst, der Sturz ist noch nicht zu Ende, das Bett ist tiefer als das Schiff, »Schläfst du? Ich muss einige Dinge von dir wissen«, unter der Brücke ist ein tiefer Fluss, mein Auge, eine Krake, »Was? Was willst du von mir? Geh weg, sonst schreie ich«, ich schaffe es nicht, zu schreien, die Füße kleben am Boden, »Ich hab nur gefragt, ob du schläfst. Warum bist du so hysterisch?«, »Ich bin nicht hysterisch.« Von weitem brüllte jemand: »Bist du das, du Dieb? Er will nur, dass du mit ihm redest, der Ärmste will, dass du mit ihm redest, nur nachts, acht Stunden lang, das ist alles, er hat niemanden außer den Polizisten und den Wärtern, red mit ihm, du Dieb, bei deinem Leben«, wann fangen die Stimmen an, gehört zu werden?

»Sie hatte überhaupt keine Haare, glatt wie ein Karpfen, und am allerschlimmsten war, dass man nicht hinsehen mochte, es war, als guckt dich ein gekochter Fisch mit seinem kalten Auge an«, und jemand anderes brüllte, oder schlafe ich und wache auf: »Warum musstest du dir auch eine Blondine suchen?«

»Weil ich ein hässlicher Zwerg war.«

»Das stimmt, er war der Kleinste inne Schule, sie ham über ihn gesagt, er würd keine finden, nich mal 'ne Nutte, ham sie gesagt, würd ihn wollen, denn wie kann 'ne Frau mit 'nem Kerl rumlaufen, der kleiner is wie sie.«

Wieder räusperte sich der Bass und spottete: »Also was hast du mit ihr gemacht?« Jemand rief »Ruhe!«, aber dem Sichräuspernden gelang es, seinen Schleim zu lösen, auszuspucken und zu sagen: »Halt die Klappe, du, lass uns hören! Nu, was hast du mit ihr gemacht?« Schweigen breitete sich im Raum aus, auch die anderen Gespräche verstummten und warteten die Antwort ab.

»Ich hab ihn mit dem Messer weggenommen, alles.«

Jemand, vielleicht der Zellengenosse des Sichräuspernden, die Stimme kam von derselben Seite, sagte: »Das ist gelogen, er selbst ist ohne geboren und hat es geschafft, eine schöne Frau zu heiraten, obwohl er ein hässlicher Zwerg war, weil er ihr jeden Tag Blumen geschickt hat, jeden Tag hat er ihr einen Strauß Blumen geschickt, hat jede Menge Geld verschwendet, bis sie dachte, er sei schwer reich, aber das alles war nur auf Pump, und die ganze Anstrengung, die er investiert hat, das war nur, um zu heiraten, danach hat er zwei Jahre nicht mit ihr geschlafen, und sie wusste nicht, was sie sagen sollte, hatte sich mit der Armut schon abgefunden, dachte aber, irgendwas sei bei ihr nicht in Ordnung, und sie hat sich die Haare abrasiert, weil sie dachte, sie hätte dort zu viele Haare«, er erschrak, der Erzähler, als hätte seine eigene Frau einen solchen Pelz, innen an den Schenkeln und auf dem Bauch, »Sie dachte, er würde Panik kriegen, wenn er ihr nach unten guckte, wie der Kopf eines Kükens, als wäre der Kitzler zwischen den Haaren ein verkümmertes Glied«, er kicherte und jemand fragte ungeduldig (aus einer ganz anderen Richtung des Arresttraktes): »Und was ist dann passiert?« Worauf der Zellennachbar des Erzählers antwortete: »Ihre Brüder haben sie mal gefragt, sie waren zum Essen dort an einem der Feiertage, ›Nu, was ist mit einem Kind?‹, denn sie hatten alle bereits mehrere Kinder und nur die beiden noch nicht mal eines, und nichts hat geholfen, also haben sie, als sie alleine blieb, weil er zur Arbeit gegangen war, er arbeitete Nachtschichten in einer Molkerei, angefangen, ihr auf den Zahn zu fühlen, was er macht und was sie, und sie hat sich beeilt zu sagen, wie bei der Musterung, sie sei schuld, aber was das betrifft, waren sie sich ohnehin sicher, wollten nur wissen, wie sie schuld sei, und sie stammelte, was hätte sie auch sagen können, dass sie im Bett liegen, ein bisschen reden, fernsehen, und sie danach so tut, als sei sie eingeschlafen, und er dann vorsichtig, in der Dunkelheit, um sie nicht aufzuwecken, ein bisschen an sich herumreibt.«

»Was hat er denn gerieben, wenn er nichts hatte?«

Und noch jemand mischte sich ein, auch er von weitem: »Das ist es ja, dass Lebenswichtige hatte er, aber er wusste nicht, was man damit macht.« Unmut wirbelte auf, weil die Geschichte ins Stocken geriet, weshalb sie im Dunkeln den Unbekannten aus der Finsternis aufmunterten weiterzuerzählen, und nur der Mann, über den sie sprachen, lag still da, in derselben Zelle, wie gesagt, hatte vielleicht die Augen gegen die Decke gerichtet, »Und die Frau des ältesten Bruders, er hat einen Laden für Elektronikzeugs, also ihre Schwägerin, nahm sie beiseite, um ihr zu erklären, was man anstellt, damit er ihm steht, und auch sie genierte sich, die Schwägerin, weil sie auch so ihre Schwierigkeiten hatten, aber der mit dem Elektronikkramladen, der hatte ihr gesagt, nichts über die Schwierigkeiten zu erzählen, sie soll ihr nur erklären, was sie will, also brachte sie ihr bei, was sie in Pornofilmen gesehen hatte, die ihr Mann ihr mitbrachte, und wie er ihr die mitbringt, er zwingt sie, sich das anzugucken, aber von den Geschichten und dem Pornofilm wurde der Kleinen übel und sie hat gekotzt, weil das Gelutsche im Film und der Samen, der in den Mund spritzt, sie angeekelt hat, und seither und vielleicht noch, bevor sie den Film gesehen hatte, hat sie Angst, er könnte es ihr in den Mund machen, der Schmerz und die Erniedrigung waren ihr egal, nur dass seine Brüder und deren Frauen sie in Ruhe ließen, aber die waren auf den Geschmack gekommen, ›Der Kühlschrank der Familie‹, sagten sie über sie. Wie blond sie war? Nicht besonders, weil das vom Bleichen war, und sie hatte auch schon keine Lust mehr zu bleichen, wozu soll sie sich die Haare blondieren, wenn er abends zur Arbeit in die Molkerei geht, und jedes Mal meinte ein anderer Bruder zu seiner Frau: ›Rede mit ihr, sie sind arm dran, die beiden, beschränkt und dann nicht mal ficken‹, bis die Brüder kapierten, dass was nicht in Ordnung ist, denn eines Tages sagte sie zu ihrer jüngsten Schwägerin: ›Und was dann?‹« Sie lachten, das ganze Untersuchungsgefängnis lachte, und das Licht am Ende des Gangs, bei dem wachhabenden Aufseher, ging an, und der, der in der Zelle lag und redete, sich begeisterte, auf dem Rücken lag und an die Decke sah, genau genommen gar nichts sah, nur Finsternis, sagte: »Einmal, vielleicht waren die Brüder betrunken oder vielleicht sauer, weil ihnen klar geworden war, dass ihr Bruder ein absolutes Würstchen ist, zogen sie ihn aus und entdeckten, dass er keinen Schwanz hat, Punktum, und alles, was er über die Haare gesagt hatte, die sie nicht hat, und darüber, dass er ihn ihr abgeschnitten hätte, all das stimmte nicht, nichts als Lüge, vielleicht hatte sie auch keine Haare und vielleicht hatte er ihn ihr tatsächlich abgeschnitten, aber das war etwas anderes.« Der Held der Geschichte blieb still. Sollen sie so viel lachen, wie sie wollen, er kennt die Wahrheit, das kümmert ihn nicht, sie wissen gar nichts, er könnte ihnen erzählen, was er wollte, ohnehin hat er ihn sich selbst abgeschnitten, jetzt ist es an ihm, in stichelndem Tonfall zu fragen: »Wenn das alles stimmt, was du gesagt hast, mein Bruder, warum bin ich dann hier?«

»Inzwischen sind ihr die Haare nachgewachsen, wie der Bart bei Trauernden, und dir ist gar nichts gewachsen. Ein Fisch und sonst nichts. Sie war eine schöne Frau.«

»Du redest Unsinn. Sie hat viel gelitten, das ist richtig. Sie wollte mich nicht, auch das ist richtig. Insgeheim liebte sie einen anderen, ich weiß nicht, wen, sie hat es mir nie verraten.«

Er wartete, dass jetzt irgendjemand irgendeine spaßige Bemerkung machen würde, aber sie schwiegen, die Verschworenen der langen Nacht. Die beiden Männer sprachen laut miteinander, wegen der zahlreichen Zuhörer. Der ganze Arresttrakt war jetzt auf diesen Schlagabtausch konzentriert. »Immer hat sie sich nach jemand anderem gesehnt, das weiß ich, auch wenn ich nicht weiß, wer es war, jeden Tag wurde sie trauriger, saß und weinte, was heulst du, hab ich sie gefragt, und sie sagt zu mir, du willst mich nicht, und alle möglichen solchen Antworten, die sie in Filmen gesehen hatte, und ich hab gelacht und immer dasselbe gesagt: Mit wem redest du jetzt, mit mir oder mit ihm? Und dann ist sie aufgestanden und hat mir Essen gemacht, wie eine Dienerin, und nachts hat sie immer Angst gehabt, ich könnte mit ihr schlafen, hat so getan, als schliefe sie, wenn ich ins Bett gekommen bin, aber ich wusste, dass sie nicht schläft, denn sie hat sich jedes Mal bewegt, wenn ich ins Bett gekommen bin, eine Frau dagegen, die wirklich schläft, muss man bewegen.«

»Also warum bist du hier?«

Zwischen einem Satz und dem nächsten war Stille. Sie lachten nicht, auch wenn die Geschichte zum Lachen war. Nirgendwo war Lachen zu hören. Wer betrachtete sie und sah etwas? Ein jeder wartete, an der Reihe zu sein. Manchmal furzte oder hustete einer. Jede Antwort wurde nach längerem Nachdenken gegeben. Vielleicht lagen sie in ihre Decken gewickelt und überlegten, ob sie sich an der Diskussion beteiligen sollten. »Ist es möglich, dass jemand ohne Geschlechtsorgan geboren wird?« Der, der Erbarme-dich-unser genannt wurde, sagte: »Wollte Gott, ich wäre ohne geboren worden.«

»Warum?«

»Als wüsstet ihr das nicht.«

»Erzähl, erzähl es ihnen, Erbarme-dich-unser.«

»Das tut zu weh, ich kann nicht.«

»Nie kannst du.«

Grausam zu seinem Tier, wie soll er sich da seines Mitmenschen erbarmen? Warum sind sie nach seiner gequälten Antwort in Stillschweigen verfallen? Schweigen, auch ohne den Antworten zuzuhören, einer Musik, einem Konzert zwischen Kehlen. Hätten sie das Licht angelassen, wären die Gestalten zu sehen gewesen, aber draußen war es bewölkt, nicht ein Stern, ferner Geschützdonner, noch einer, eine Maschinengewehrgarbe, »Vielleicht werden Männer manchmal ohne geboren, aber Frauen nie«, beklagte sich einer, »ich hab mal ein Baby gesehen, das ohne Hände geboren wurde, seine Mutter hatte Beruhigungsmittel während der Schwangerschaft genommen«, »Manchmal werden Mädchen mit Geschlechtsorgan geboren«, danach entspann sich von neuem ein kurzes Gespräch über das weibliche Geschlechtsorgan, ob dieses nun eine

Wunde sei oder ein Stumpf, aber das war nicht die Absicht gewesen, schließlich hatte er vorgehabt zu sagen und sagte noch einmal: »Ihr habt mich nicht verstanden«, doch der Lärm hielt an, und was sie nicht alles über das weibliche Geschlechtsorgan sagten, dass es einer kleiner Zunge unter einen größeren ähnele, der Schamlippe nämlich, die an eine Rachenentzündung erinnere, an einen Karpfen, den man in der Mitte aufschneidet und ausnimmt, an die Spitze eines Hundepenis, bevor die Erektion beginnt, »Ihr habt mich nicht verstanden, warum hört ihr nicht zu? Ich meinte: Manchmal werden Mädchen mit dem Geschlechtsorgan von Jungen geboren.« Darauf mischte sich der Alte von seinem Platz aus in das Gespräch ein: »Dann ist es kein Mädchen, sondern ein Junge, es reicht langsam mit eurem Gequatsche, wie kleine Kinder, habt ihr das in eurem Leben etwa noch nie gesehen? Noch nie geleckt? Noch nie betastet, ganz langsam wie in einer Schüssel mit Schokoladenteig, bis es ganz feucht ist, und dann pflügt man durch?«

»Und der Geist Gottes schwebte auf dem Wasser. Und Gott sprach, es werde …«

Er war nicht aufgelegt für derartiges Spötteln und sagte zu seinem Nachbarn, dem Dieb des Gemäldes: »Nur fünf Jahre hier und alle sind pervers. Auch du musst dich vor den Gedanken in Acht nehmen, sie werden zu Bildern und die Bilder zu Gelüsten.« Und der Mann redete, sagte nach all diesem Schweigen: »Ich erwürge sogar Bilder«, bedauerte sogleich oder verstummte einfach. Am besten sind Zellen ohne Fenster, da hat man die Kälte nicht, an den Gestank gewöhnt man sich, an die Kälte nicht, einer ist gestorben, weil sie dachten, er huste wegen des Rauchens, aber er hatte eine Lungenentzündung. »Aber wie pinkeln sie, wenn sie kein Geschlechtsorgan haben?« Der Alte betonte die Abgesondertheit ihrer Zelle, sollten sich die Idioten in ihren Zellen doch weiter über die Wundersamkeiten der geschlechtlichen Mutation unterhalten, er ließ sich nicht beirren: »Schläfst du?« Und der Alleswisser der Bande, sein Name war Berkowitz oder Scheherazade, erklärte: »Wie bei einem fehlenden Schlauch, das Wasser kommt aus dem Boden, eine Quelle.«

»Dann ist es auch möglich, so abzuspritzen?«

»Das ist wie das, was einer Frau abgeht, wenn sie kommt, passiv, ganz still und heimlich, ein bisschen Ausfluss.«

»Lässt sich dabei sogar ein Kind so machen? So Loch an Loch und ausgießen?«

»Freu dich nicht zu früh und stör mich nicht.«

»Aber warum bist du hier?«, beharrte der eine, der es wissen wollte, und jemand anderes meinte: »Ich hab meinen Vater verraten.«

»Aber warum bist du hier?«

»Er war ein harter Mann, man konnte unmöglich in seiner Gegenwart aufwachsen.«

»Aber warum bist du hier?«

»Ich hab meinen Vater verraten.«

»Aber warum bist du hier?«

»Mitsamt meinen Steinen, / den großgeweinten / hinter den Gittern, / schleiften sie mich / in die Mitte des Marktes, / dorthin, / wo die Fahne sich aufrollt, der ich / keinerlei Eid schwor. So hat mir der Junge gesagt, der mit mir in einer Reihe ging, ich hatte darum gebeten, im Eichmann-Prozess als Zeuge auszusagen, aber als sie mich ließen, war ich nicht vorbereitet, erinnerte mich nicht, was ich ihnen sagen sollte, hörte die Fragen nicht, stand im Zeugenstand und schwor, die Wahrheit zu sagen, die ganze Wahrheit und nichts als die Wahrheit, aber ich sagte: Nichts, nichts, nichts.«

»Verunglimpfung des Gerichts?«

»Ja, und der Geschichte.«

Er sprach mit Unterbrechungen. Sagte gute Dinge über seinen geliebten Vater, und manchmal schlechte Dinge, man konnte ihm unmöglich folgen wegen der Kehrtwenden, er hörte nicht auf, über seinen Vater zu sprechen, als sei der einzige Grund, dass er sprach, Dinge über seinen Vater zu sagen, und vielleicht hätte man die ganze Zeit über wach bleiben sollen und nicht immer wieder einschlafen. Seinem Vater waren Freigebigkeit und Kaltschnäuzigkeit zu Eigen, er hatte gute Ratschläge für alle und Grausamkeit, Sadismus für die Kinder, außerdem viele Frauen, eine Gabe, diese zur Strecke zu bringen, und große Potenz, eine breite Bildung, mangelnde Toleranz und Hass gegen den Sohn. »Wie lange bist du schon hier?«

»Gerade erst gekommen.«

»Und wann ist der Prozess?«

»Es wird keinen Prozess geben, ich hab ein Geständnis unterschrieben und das wars.«

Stille bedeckte alles. Ich werde den halben Körper nicht suchen. Nur die Schuhe, wenn ich groß bin, was kümmert es mich, dass der halbe Körper weggeworfen ist, der Lastwagen von der Stadtverwaltung war schon da, um den Rest vom Rumpf, die Beine, die Exkremente und das alte Schild, auf dem sein Name geschrieben stand, einzusammeln, »Schläfst du?«

»I-Ich?«

»Und warum antwortest du die ganze Zeit ›ich‹, ohne irgendetwas hinzuzufügen?«

»I-Ich weiß nicht, was ich h-hinzufügen könnte.«

»Worüber denkst du nach?«

»Ü-Über das D-Denken.«

»Und das ist alles?«

»W-Wenn ich keine Wahl habe, f-fliehe ich zu meinem K-Körper.«

»Viele Leute verbringen die Nacht mit einer Geschichte über sich selbst.«

»I-Ich will die Nacht mit Sch-Schlafen verbringen.«

»Aber das geht nicht.«

»W-Warum?«

»Weil wer nachts mit mir übrig bleibt, nicht schläft, das ist bereits bekannt.«

»Khalil, halt endlich deine Schnauze, verstehst du mich, halt endlich deine Schnauze.«

»Jawohl, Herr Offizier.«

»Er ist nicht Offizier«, widersprach der Alte flüsternd sich selbst, »er ist einfacher Polizist, aber ich erweise ihm die Ehre. Er ist ein guter Mann, einmal hat er auf dem Nachhauseweg einen Umschlag mit einem vollen Monatslohn gefunden, hat ihn zur Polizei gebracht und ist jeden Tag gekommen, um zu fragen, ob sie denjenigen schon ausfindig gemacht hätten, der ihn verloren hat, dachte, vielleicht hätte einer der Arbeiter aus der Ziegelfabrik seinen Lohn verloren, aber ein Polizist stahl das Geld, worauf er einen Riesenskandal machen wollte, aber er war gerade arbeitslos, also haben sie ihn hier anfangen lassen. Er hat nicht das Herz, uns wegzuschließen, deshalb sind alle Türen offen. Er ist der Einzige, der mich nicht umbringen will, er kontrolliert nur, ob ich noch am Leben bin.

»Warum f-flüchten sie nicht?«

»Weil sie auf den Morgen warten, sie werden mich umbringen, wenn der Morgen aufzieht. In der Zwischenzeit fürchten sie sich, warten auf einen Streit, einen Gewaltausbruch.«

»Khalil, willst du in die Einzelzelle marschieren?«

»Aber ich bin doch schon in der Einzelzelle, Herr Offizier.«

Ein Junge fragte: »Aber vergiftet hast du ihn nicht?«

»Nein, mit dem Messer, mit dem er seinem kleinen Sohn Spielzeug geschnitzt hat, seinem Sohn von der deutschen Frau«, und jemand sagte leise, als könnte das ganze Gefängnis nicht mithören, und mit viel Groll: »Nicht eine Nacht bist du in der Lage, dieselbe Geschichte zu erzählen, jede Nacht erfindest du neue.«

»Sie erfinden welche. Deshalb ist er ja hier. Dem Richter hat es gelangt, also hat er zu ihm gesagt: Du sitzt, bis dir die Geschichten ausgehen.«

»Lass den Richter eine Woche im Knast sitzen. Dann wird er lernen, dass die Geschichten in der Nacht wie Läuse kommen.«

»So sehr er seinen Sohn auch züchtigt, der Sohn liebt seinen Vater umso mehr und erweist ihm Ehre.«

Jetzt kamen die Worte wie Leuchtspurmunition von allen Seiten. (Sie prahlten nicht mit ihren Weisheiten. Vielleicht waren sie nicht besonders klug, aber die Müdigkeit nahm ihnen jede einfältig wirkende Angestrengtheit.) Ich will schlafen, Ruhe, der Fußboden ist mit einer Schicht von mit Flüssigkeiten vermischtem Staub bedeckt, die Hände sind dreckig, alle Körper kommen mit dem Staub des Landes in Berührung, bis vom Körper nichts übrig bleibt als ein Schöpflöffel voller Moder, ein Flugzeug kreist am Himmel, Ismail, der Sehn-sucht hatte nach Abraham, seinem Vater, und den sein Vater nicht bestrafte, wich vom rechten Wege ab, hasste ihn und wies ihn mit leeren Händen aus seinem Haus, »W-Wie spät ist es?«

»Jedes Mal der da mit seinem Wie-spät-ist-es. Khalil, wer ist der Kerl, der keine Zeit hat?«

Der Alte sagte laut, seinen Kameraden in Schutz nehmend, der ihm half, die Nacht zu vertreiben, die anderen würden jeden Augenblick eingeschlafen sein: »Ein Neuer, hat ein Bild geklaut und weiß nicht, wo er es verstecken soll«, und danach meinte er leise zu mir: »Du schläfst doch nicht? Wenn du nicht erzählen willst, musst du nicht.«

»I-Ich möchte schlafen, ich b-bin so müde.«

»Warum bist du hier?«

»Lassen Sie mich sch-schlafen, mein H-Herr.«

»Wenigstens bist du kein Denunziant. Denunzianten reden sofort über sich selbst.«

Jemand betete fast: »Die Tage vergehen, der Körper verdreckt, die Seele ein Fetzen, nicht einmal das, nur was du nicht denken, nicht sehen, nicht aussprechen kannst, das ist die Seele, antworte nur, wenn sie dich rufen, vergiss deinen Namen, jedes Mal, wenn sie dich beim Namen rufen, frag dich selbst, ›Bin ich das?‹« Der Alte stimmte zu und riet seinerseits dem Gemäldedieb: »Damit hat er Recht, dreh dich nicht um, selbst wenn sie sagen: ›He, du!‹, drehst du dich nicht um.«

»Warum nicht u-umdrehen?«

»So fängt der Verrat an, mit dem ›He, du!‹«

»I-Ich drehe mich n-nie um, wenn jemand sagt ›H-He, du!‹«

»Gut, sehr gut. Wie heißt du?«

»Was s-sind Sie, ein E-Ermittler?«

Es schien ihm, als rückte der Mann näher heran, um ihn zu schlagen, weshalb er sich in seine Decke wickelte und wartete, die Angst vor dem Schmerz ist angenehm, »Ich kann a-auch z-zurückschlagen, a-aber ich …«, er schaffte es nicht, vor Müdigkeit einen halben Satz zu sagen, hing zwischen Schlaf und Nicht-Schlaf, die Schläge können herabprasseln wie Regen, ich werde schlafen, da gemeinhin ein Mensch, dem sein Freund sagt: ›Du, schlag deinen Sohn‹, mit diesem eine Rechnung zu begleichen hat.

Der Mann stellte noch einige Fragen, und als er keine Antwort erhielt, kam er in der Dunkelheit herangekrochen, schlug zu und entfernte sich wieder, ich ziehe mich über den Boden, der gute, gesegnete Dreck, ich werde nicht um Hilfe rufen, bin am Hals gekratzt worden, es brennt, beißt, gut, wieder kratze ich, der Mann sprach, manchmal schwammen seine Worte auf dem Schlaf, manchmal sprach er zu anderen, jemand brüllte von ferne, aus einem anderen Trakt: »Genug, bitte, ich kann nicht mehr«, mein Körper hängt in der Mitte fest, »Wo b-bin ich?« Der Mann lachte. Aus der Dunkelheit. Tausend Speichelreifen gurgelten ihm im Schlund: »Frag das noch mal.«

»Wo b-bin ich?«

»Gut, jetzt ohne Kalkül, leise.«

»W-Wo b-bin ich?«

»Jetzt sag: Ich bin er.«

»I-Ich bin er.«

Aus der Nachbarzelle ließ sich ein anderer Junge vernehmen: »Ruhe, bitte, morgen ist ein schwerer Tag, wir gehen in den Libanon, Gräber ausheben«, und der Mann zu ihm, anscheinend voller Boshaftigkeit: »Nicht Libanon, das hier ist der Friedhof, und außerdem gibt es kein Morgen«, »Nein?«, fragte der Junge erstaunt, »Woher weiß man das?« Vierzehn Jahre alt, und der Alte, einmal ist seine Stimme rau wie der Nacken eines Bauern, und einmal klar wie Wasser, lachte in der Dunkelheit, »Die Sonne wird verlöschen.« Darauf der Junge: »Wollte Gott«, aber der Alte predigte ihm voller Wärme: »Und was hab ich dir schon vor langem gesagt?« Der Junge antwortete nicht, vielleicht war er eingeschlafen. »Ich hab dir schon vor einer Ewigkeit gesagt, du sollst versuchen zu lernen, bei Lärm zu schlafen, man kann nicht auf ewig in der Gebärmutter sein.« Der Junge schwieg, sagte dann: »Und ist es nicht erlaubt, einen ruhigen Schlaf zu genießen?« Khalil sagte zu dem Lehrer: »Wie oft hab ich versucht ihm beizubringen, sich selbst nicht so zu verhätscheln, und hab es nicht geschafft. Was dich lehren sollte, dass jeder, der uns hindert zu züchtigen, am Ende Übel nur mehrt.« Der Junge zürnte: »Warum sagst du immer, ich versuchte mich selbst zu verwöhnen, alles, um was ich gebeten habe, ist Ruhe, du lärmst schon die halbe Nacht, lass die Leute allein mit sich selbst sein, auch wenn sie nicht schlafen, die kleinen Affen kreischen.« Seine Stimme fiel stetig, »Wohin ich auch gehe, immer bist du schon da, sollen dir die Affen das Blut aus dem Hals saugen.« Worauf Khalil, ein finsterer Klotz in der Ecke, erwiderte: »Wie er es bei anderen abgeguckt hat – er kann nicht, ohne sich zu beklagen, und warum glaubst du, hat er all diese Sorgen?« Wenn du Geschichten hörst, produzierst du Geschichten. »Summst du? Das ist gut, tu dir weh, morgen früh suchst du dir einen Nagel, damit kannst du dich ritzen, das ist auch gut.«

»Hör nicht auf ihn, du, die Nägel hier sind rostig, man kommt nicht her, um zu sterben.«

Der Alte spaßte nicht, war sogar besorgt: »Er geht sich nicht waschen wegen des kalten Wassers, liegt im Dreck.« In einiger Entfernung von ihnen bat jemand um Wasser, und Abraham erhob sich früh am Morgen und nahm Brot und einen Schlauch mit Wasser, damit du verstehst, dass er Ismail hasste, weil dieser vom rechten Weg abgekommen war, und er schickte ihn fort, ihn und seine Mutter Hagar, und wieder brüllte der Durstige, »Wasser«, der Alte zitierte und kroch, offenbar kroch er hin und zurück, denn was sonst hätte geklirrt, der Schlag kam nicht, niemand brachte Wasser mitten in der Nacht, und wer sich nicht Wasser vor dem Schlafengehen bereitstellt, der durstet halt, zu Hause kann man nachts aufstehen, wacht mit trockenem Mund auf und geht in die Küche, um den Kühlschrank aufzumachen, sich mit kaltem Licht zu besprenkeln und etwas Trinkbares zu suchen, und wenn keine frische Milch da ist, geht man zum Wasserhahn, spült den Mund, spuckt aus, kehrt ins Bett zurück, in den Schlaf, und schläft weiter, aber hier nicht, hier gibt es das nicht, und sooft er sie auch warnt, sich Wasser vor dem Schlafengehen bereitzustellen, sie vergessen es doch, oder sind zu faul, oder suchen den Durst und den nächtlichen Streit, und wenn abends der Zählappell kommt, ist es bereits zu spät, darf kein Wasser mehr geholt werden, und manchmal hat einer sich tatsächlich Wasser abgefüllt, aber dann stehlen sie es ihm, so denkt er zumindest, denn wohin sonst sollte das Wasser verschwunden sein, das er sich bereitgestellt hatte, er erinnert sich genau, dass er welches geholt hat, erinnert sich daran, während er schläft, den Oberkiefer zurückgezogen, den Unterkiefer nach vorne geschoben und die Zunge über die Lippe gewölbt, eine narkotisierte Frau, der Handschuh des Gynäkologen, die Hand kommt wieder heraus, Blut und Gewebe, wie sieht ein zwei Monate alter Fötus aus? Wie ein Schrei? Nein, wie ein geräuschloses Weinen, zusammengebissene Lippen, ich hab dich hingeschickt, was hab ich davon gehabt? Jetzt wacht der Tote auf, der vor Durst schläft, die Schreierei beginnt, bis der wachhabende Aufseher kommt, was ist hier los? Was ist hier los, hab ich gefragt, »Niemand verrät einen, das ist besser so, wie ich dir gesagt habe, es ist besser, Schläge zu bekommen und ein Sklave zu sein, als zu den Polizisten zu gehen.«

»A-Aber warum?«

»Kapierst du das nicht von alleine?«

»W-Warum i-ist es mir verboten, um Schutz zu bitten, wenn sie mich vergewaltigen?«

Wer bist du? Was steht in deinem Ausweis? Bist du das auf dem Foto? Bin ich das auf dem Foto? Ist der Ausweis gefälscht? Nein, er ist nicht gefälscht. Wie heißt du? Wo ist deine Mutter geboren? Und dein Vater? Ich habe niemanden auf der Welt. Hast du nie geheiratet? Ich hab nie geheiratet, sie haben mich verlassen und ich sie, das ist alles, was es zu erzählen gibt, es besteht kein Zusammenhang zwischen dem Verlassen und dem Verlassensein. Draußen kommt Wind auf, vielleicht ist es schon Frühling, vielleicht werden am Morgen die Mandelbäume blühen, die Birnen- und Nussbäume, der Kerl, dem sie seine Wasserflasche gestohlen hatten, grollte weiter, während sein verdächtigter Zellengenosse schrie: »Was bin ich denn? Ein Tier? Ich soll dein Wasser geklaut haben? Ich würde mein Wasser mit dir teilen, würde dir abgeben, wozu soll ich deines klauen?« Darauf hatte er keine Begründung, der Geprellte, und so stieß er hervor: »Dann hast du in meine Wasserflasche gepisst.« Ein Flugzeug, eine rotes Positionslicht am Heck, man sieht das Fenster, sobald das Flugzeug verschwindet, verschwindet auch das Fenster, eine für einen Moment aufgebrochene Wunde, die sich wieder schließt. Der Alte rief den beiden Streithähnen zu: »Jetzt ist es genug, hier wollen welche schlafen, außerdem ist bald Morgen und ihr könnt trinken, so viel ihr wollt.«

»Aber das passiert jede Nacht wieder.«

Nur ein junger Mann redete nicht, die ganze Nacht über sagte er kein Wort, hatte nichts, wohin er hätte gehen können, wollte aber gehen. Am Tage sagten sie ihm, geh, und er bat, bleiben zu dürfen, und in der Nacht bedauerte er, nicht gegangen zu sein, hoffte, dass sie ihn noch einmal in die Freiheit entlassen würden und er sich nicht erneut weigerte, obgleich er sich schon viele Male geweigert hatte, und jede Nacht verkrampfte sich ihm das Herz noch mehr, ich werde schon niemanden mehr haben, und manchmal denkt er, dass er vielleicht doch irgendjemanden auf der Welt hat, der draußen auf ihn wartet, dann schläft er ein, und wie bei einem Flugzeugabsturz vermischen sich Bilder, die nicht zueinander passen, heiseres Gekeife von der Nachbarin in der alten Wohnsiedlung, und wen beschimpft die Nachbarin? Die Katze, und wem gehört die Katze? Seinem Bruder, aber woher hat er mit einem Mal einen Bruder? Und auch sein Vater hustet plötzlich, dabei ist sein Vater damals doch gar nicht im Land gewesen, als die Nachbarin diesen schrecklichen Husten hatte, geflüchtet ist er, und was sagt sein Vater im Traum? Er verspottet seinen Sohn, und weshalb verspottet er ihn? Wegen der Niederlage beim Schachspielen, und dann kommt ihn das Weinen seiner Mutter an, seine Mutter, die vor Jahren schon gestorben ist, und danach, als er sich auf den Rücken gewälzt hat, vielleicht ist seine Unterhose nass, völlig durchnässt, und er sich wie eine krepierende Katze der Sehnsucht nach seiner Mutter hingibt, verfolgt ihn der Besitzer des Ladens wegen eines Kaugummis und der Postbote trifft ihn unterwegs und sagt zu ihm: »Warum bist du so dreckig?« Danach hat er das Klassenbuch verloren, in der

Klasse, bevor die Lehrerin hereingekommen ist, und seine Mutter kommt, um ihn in den Arm zu nehmen und zu küssen, dass er den Kaugummi gestohlen hat, glaubt sie nicht und den Postboten nennt sie »selber dreckig«. (Wer hat ihr bereits erzählt, dass er mich beleidigt hat? Und wenn er mich überhaupt nicht beleidigt hat, wieso bin ich dann beleidigt?) Das Klassenbuch hat sie selbst in der Klasse gefunden, woher wusste sie, wo es war, und von wo hat sie eines beschafft, schließlich hatten die Zwillinge das Klassenbuch doch verbrannt, der eine von ihnen hatte einen roten Fleck im Gesicht und der andere keinen Fleck, sie drohten, ihn umzubringen, wenn er etwas verriete, holten ihm auch den roten Kaugummi aus dem Mund, und seine Mutter löst sich auf, wird morgen wiederkommen, auch als er in Haft war, hat sie ihm zur Seite gestanden, Jahre nach ihrem Tod, weshalb er nichts gestanden hat, und deswegen glaubt er auch, dass er Erfolg haben wird im Leben und nur auf seine Gesundheit achten muss, nicht wie sie, die sie ihn, aus Verantwortungslosigkeit, im Stich gelassen hat, nur ihn allein, nicht seinen Bruder, der bei einem Unfall mit dem Fahrrad ums Leben gekommen ist, und auch nicht seinen Vater, der geflüchtet ist, über die sagt sie nicht, dass sie sie im Stich gelassen hat, nur ihn gesteht sie, im Stich gelassen zu haben, und nimmt ihn in den Arm, zeigt sich ihm erneut in ihrer ganzen Schönheit, es gibt keine Gerechtigkeit, sagt er, das wird er auf jeden Fall zu der sagen, die an den Bahngleisen auf ihn wartet, die sich auf den Rücken legen und die Beine spreizen wird, worauf er ihn ihr vorsichtig reinschiebt, dort, wo die Schenkel eine Art ovalen Durchlass bilden, er will kein Mitleid wecken, sondern eine echte Freundin gewinnen, und weiß aus Erfahrung, dass zwischen dem Verstand und dem Schwanz nicht zu trennen ist, ebenso wenig wie zwischen dem Gefühl und dem Herz, aber Schwanz wird er ihr nicht sagen, andererseits, warum sollte er nicht Schwanz sagen, da, schon meint er heiser zu ihr, »Mein Schwanz macht dich an?«, und sie flüstert ihm zu, wie sehr ich deinen Schwanz liebe, wie sehr ich deinen Schwanz liebe, wie sehr ich deinen Schwanz liebe, ohne die Kaltschnäuzigkeit einer Nutte oder das Grinsen einer Nymphomanin, im Gegenteil, sie will ihm eine gute Freundin sein, bis zum Lebensende an seiner Seite gehen, und so flüstert sie weiter, während er in seinem Traum den Postboten zusammenschlägt, der wie der Schulleiter aussieht, ihm den Schwanz abschneidet und auf einen Teller im Speisesaal der Armeebasis wirft, wo er zu einem der Rekruten sagt, »Oliver, abgrundtief die Traurigkeit in den Augen, Twist«. Oh, schöne Katzenwelt, grüner Pelz und blaue Augen, wie in dieser Nacht auf einen Schlag alle Bäume Knospen ansetzten und dann weiß erblühten, unmittelbar nach dem Ausschlagen, (in der Nacht war Wind aufgekommen und am Morgen, als der Sandsturm vorüber war, hatte, wer auch immer, den großen Schleier fortgenommen, sodass die Bäume in voller Blüte standen), und ihr Duft trieb auch jenen verschwitzen Engel aufzuwachen, »Hör endlich auf zu stöhnen«, rüttelt ihn irgendjemand, doch warum solche Grausamkeit gegen den einzigen Mann in diesem Gefängnis, der Liebe suchte?

Der alte Khalil sagte von neuem: »Jede Nacht wiederholt sich das«, ohne dass klar war, was sich jede Nacht wiederholte, oder aber er sich nicht erinnerte, was jede Nacht wiederkam. Ich werde ihm etwas erzählen, damit er mich in Ruhe lässt, ich will schlafen. Ich war auf einer Reise im Ausland. Bin allem Anschein nach in ein Fahrzeug eingestiegen. Eine Mitfahrgelegenheit. Es gab einen schweren Unfall. Einer von uns beiden ist verbrannt. Ich oder der Fahrer. Ich erinnere mich an nichts. Ich war schwer verletzt. Man hat mich gerettet. Ich verlor das Gedächtnis. Willigte ein, er zu sein. Der Fahrer hatte ein kleines Vermögen. Er hinterließ niemanden. Fünfzig Prozent, dass ich Recht hatte. Ich weiß nichts über ihn. Ich bin er. Das ist alles. Jetzt, bitte, lass mich schlafen. Was bin ich doch für ein Einfaltspinsel. Ich hab ihm nicht nur eine Geschichte verkauft, sondern auch noch den Ansporn geliefert, über sich selbst zu reden. (Eine Geschichte gebiert eine neue Geschichte, dieselbe Geschichte, ein Seufzer des Vergnügens weckt Lust, weckt einen Seufzer, dasselbe Seufzen.) Er fing abermals an: »Ich hab schon fünf Jahre am Stück nicht mehr geschlafen, sie sind angelaufen gekommen, um mich zu untersuchen, für die Universität, nachdem mich ein Anthropologe besucht hatte, und dann haben sie auch noch einen Schlafexperten mitgebracht, von der Technischen Hochschule, doch ich hab nicht eingewilligt, und als sie mir gesagt haben, das wird dem Staat helfen, hab ich ihnen gesagt, das ist ein Scheißstaat, ich helfe dem nicht«, die Beschimpfung gegen den Staat Israel, eine geheiligte Instanz sogar in seinen Gefängnissen, gab der Alte laut und vernehmlich von sich. Vielleicht empörte ihn der Schlaf der Gerechten, den die Diebe und Betrüger schliefen. Und wie zu erwarten (der Alte im Dunkeln war erfahren und schon lange mit von der Partie) brüllte irgendjemand aus einer der Zellen: »Aufseher, Khalil redet gegen den Staat«, worauf sich das Anschwärzen wiederholte, diesmal aus einer anderen Richtung: »Aufseher, Khalil redet gegen den Staat, er redet gegen den Staat.« Das Gefängnis erwachte, eine patriotische Zuckung überkam die Murmelnden. Der Lehrer sprach erneut, stichelte beinahe: »Also w-wird hier nun a-angeschwärzt oder nicht?« Jemand hörte ihnen von ganz nahem zu, vielleicht teilten sie ihre Zelle ja mit noch einem, der sagte: »Es ist unser aller Staat«, womit er der Luft des Staates Israel einen dicken Kuss zuschmatzte, ehe sich das Kussmaul dem Geschrei anschloss: »Aufseher, Khalil redet gegen den Staat.« Wie Trauernde beim Totengebet, die dem Vorbeter an den für sie vorgesehenen Stellen nachsprechen, riefen sie: »Khalil redet gegen den Staat«, machten jedoch weiter, als hätte Hysterie sie ergriffen, »Khalil redet gegen den Staat, Khalil redet gegen den Staat«, bis sie sich beruhigten und die Stille sie wieder einhüllte. Der Alte lachte und sagte: »Schreit doch, Denunzianten, schreit, bis euch das Blut aus dem Hintern und die Pisse aus dem Speichel läuft, niemand schert sich um diesen Staat, ihr werdet einen Dreck von Strafermäßigung bekommen, Schweine, ich werd über diesen Staat sagen, was ich will, Räuber haben ihn erbaut und Räuber sind in ihm groß geworden. Was wollt ihr mir denn tun, wollt ihr mich etwa umbringen?« Es bereitete ihm Vergnügen, sie zu beschimpfen, während sie vor Schmerz stöhnten, einer weinte, aber der Alte genoss es, genoss es wirklich, fügte noch irgendeine Verwünschung gegen die Armee hinzu, hustete, kicherte und sagte zu seinem Zellengenossen: »Ich hab sie aus dem Haus geworfen, aber sie ist zurückgekommen, ich hab sie rausgeworfen und sie ist zurückgekommen, ist auf der Türschwelle zusammengebrochen, ich hab ihr Weinen durch die Tür gehört, auch ihr schwächer werdendes Klopfen an der Tür hab ich gehört, hab aber nicht aufgemacht, woher ich diese Grausamkeit wohl hatte, ohne einen Funken von Schuldgefühl? Ich hab ihnen gesagt, ich hätte sie umgebracht, und sie haben mich von einem Ermittler zum nächsten geschleppt, ich hab ihnen erzählt, dass ich sie umgebracht habe, bin von meiner Geschichte nicht abgewichen, wir haben keine Leiche, na und, sage ich, ich hab sie aus dem Zug geworfen, in den Schnee, im Wald, steckt mich, sage ich, steckt mich, sage ich zu ihnen, steckt mich ins Gefängnis, aber sie, sie verstehen mich nicht, haben mich schon durch fünfzehn Gefängnisse geschleust, vielleicht mehr, dabei hab ich meine Frau geliebt, hab sie kennen gelernt, als sie ganz jung war, sie war fünf Jahre jünger als ich, und als ich sie rausgeworfen hab, sah sie zehn Jahre älter aus als ich, jetzt wirst du sagen, ich hab sie umgebracht wegen ihrer Hässlichkeit, aber das stimmt nicht, ich hab sie geliebt, hab ihre

Leiche betrachtet, hab sie auf dem Bett drapiert wie ein besticktes Kissen, hab sie zurechtgerückt und noch mal zurechtgerückt, meine greise Frau, der Körper eines Säuglings, ich hab sie geliebt, und seit sie tot ist, liebe ich sie noch mehr, ich hab sie ausgezogen, sie hatte noch denselben Körper, den ich kannte, hab an ihr gerochen, auch ihr Geruch war noch derselbe, sie war noch warm, ihre Augen lächelten, das ist der Vorteil beim Tod durch Werfen, sie lächelte und schlief, ich hab ihre Augen geöffnet und auch die Augen waren dieselben, dann hab ich meine Notizen aufgeklappt, immer hab ich mir Notizen gemacht, hab mir die ganze Zeit über Gründe aufgeschrieben, warum ich sie umbringen werde, hab also gelesen und konnte nicht glauben, was ich geschrieben hatte, die Handschrift war meine, doch die Gedanken waren nicht von mir, hab ich bereut? Nein, du wirst fragen, sicher wirst du fragen, ob ich die seelische Kraft zur Reue habe? Ich weiß nicht, ob ich die Kraft zur Reue habe, aber ich, ich sage, ich denke, ich dachte, ich sage, ich denke, ich sage, dass ich gedacht habe, dass ich nicht bereuen werde, ich denke, dass ich gedacht habe, unter einer Bedingung, du schweigst, ich weiß, auch du hattest eine Mutter.« Er senkte seine Stimme.

Ich wollte schlafen, hatte es geschafft, mich an die Ecke auf dem Fußboden zu gewöhnen, die Sprache ist noch keine Sprache und schon kein Schrei mehr, Stimmen kommen aus dem Kopf, ich habe Schmerzen, nur aus Höflichkeit neigte er sich herab, um die Geschichte zu hören, der Mann stank wie ein Leichenwäscher: »Unter einer Bedingung: Ich rufe mir ihr Bild nicht ins Bewusstsein, das heißt, ihr Bild nach dem Tod, eine Fliege lief ihr plötzlich übers Gesicht, es war Sommer und sie verscheuchte sie nicht, die Fliege lief herum mit ihr als Hintergrund, und jetzt gehe ich einen Schluck Wasser trinken«, seine Stimme bebte, er rührte sich nicht, besann sich und fuhr dann fort: »Aber wenn ich nicht an ihre tote Gestalt denke, wie soll ich sagen, oder an ihre junge Schönheit, wie soll ich sagen, sie hatte rosige Brustwarzen, wie soll ich sagen, wie junge Rosen, die sich öffnen, ich hab sie geheiratet, als sie fünfzehn war, ich war der Erste bei ihr, sie hat mich sehr geliebt, du musst dich konzentrieren«, Häftlinge schnarchten, redeten im Schlaf und der Alte fuhr fort: »Mit den Jahren hab ich gehofft, sie würde zur Frau werden, so hab ich gesagt, aber sie blieb ein kleines Mädchen, so hab ich gesagt, alle wollen, dass ihre Frau ein junges Mädchen bleibt, so hab ich gesagt, und auch ich hätte nichts dagegen einzuwenden, so hab ich gesagt, andererseits, sag ich mal, man kann nichts machen, aber wenn sie doch wenigstens erwachsen geworden wäre, sag ich mal, damit es interessant gewesen wäre, sie eine eigene Meinung gehabt hätte, sag ich mal, manchmal hätte sie vielleicht mit mir übereingestimmt, hätte mir gesagt, wie klug ich bin, sag ich mal, gerade weil sie eine eigene Meinung gehabt hätte, hätte sie mir zugehört, wäre vor lauter Aufregung über das, was ich sage, rot geworden, hätte mir gesagt, sag ich mal, vielleicht bin ich nicht einer Meinung mit dir, aber du bist klug, ich liebe dich, aber nein, sie hat nichts gesagt, immer mucksmäuschenstill, als hätten sie sie mir verkauft, aber ich hab sie schließlich spät geheiratet, sie war keine fünfzehn, wie sie dir bestimmt gesagt haben, und trotzdem war sie auf der Stelle ein Teil von mir, ziemlich bald, sofort, aber ich hab einige Zeit gebraucht, bis ich verstanden hatte, begriffen hatte, dass sie keine Kraft hat zu existieren, verstehst du, du glücklicher König, sie wollte nicht existieren, interessierte sich nicht dafür zu existieren, ich existierte bereits für sie, mit einem solchen Körper gibt es keinen Sex, gibt es nicht«, er hob die Stimme und senkte sie sogleich wieder, »du wirst fragen, ob ich ihren Ansichten gegenüber tolerant gewesen wäre, wenn sie eigene Ansichten gehabt hätte? Du wirst fragen und ich werde antworten, obwohl ich es nicht beweisen kann, nicht einmal mir selbst beweisen kann, nein, hier geht es nicht um Ansichten, was interessieren die Ansichten eines anderen, ich zum Beispiel habe überhaupt keine Ansichten, von mir aus könnte der Krieg«, er flüsterte jetzt, als hätte er etwas zu verbergen, »könnte dieser Krieg so oder so ausgehen, ich hab dabei ohnehin alles verloren, alles, weshalb ich keine Ansichten habe, aber ich wollte, dass sie sich widersetzt, nein, nicht widersetzt, dass sie diskutiert, nein nicht diskutiert, dass sie tut, was sie will, nein, nicht, dass sie tut was sie will, es gelingt mir nicht, das Richtige zu sagen«, er brach für einen Moment ab, flüsterte, hatte vor zu schreien, gab dann, allem Anschein nach, den Gedanken auf oder aber fuhr fort, ihn mithilfe unverständlicher Erklärungen zu fassen, »dass sie außerhalb von mir existierte, dass ich ihr ein wenig hätte nachstellen müssen, nein, nicht nachstellen, ich habe keine Worte, die Worte fliehen mich, sie sprach über nichts anderes als die Dinge, die sie tun musste, niemals darüber, zu sein, ich bin die ganze Zeit über fremdgegangen, manchmal steht er mir noch, wenn ich an die Weiber denke, die ich hatte, und sie lebte mein Leben, abzüglich all dessen, was sie nicht wusste, selbstverständlich, war nicht glücklich, nicht glücklich aber auch nicht unglücklich, verstehst du? Als ginge ihr Leben von selbst vorüber, als sei ich der Wind und sie ein Blatt im Garten, unterbrich mich nicht, bitte, stör mich jetzt nicht, ich bin meinem Schmerz ganz nahe, hätte sie gleich rauswerfen sollen, als sie jung war, hatte aber nicht das Herz dazu, vielleicht lüge ich auch, vielleicht war sie nicht schön und jung, denkst du, ein Mensch kann den letzten Punkt seiner Existenz berühren, den Ort, von dem aus er seine Asche sieht, und die Wahrheit über ihn sagen? Und wenn ihm jemand anderes diese letzte Wahrheit sagt, die auch eine Lüge ist? Was dann? Glaubst du, dass etwas von ihm bleiben wird? Möglich ist nur, einen detaillierten Bericht abzugeben wie für die Ermittler, und denkst du, sie würden es verstehen? Dass irgendjemand von ihnen all die Aussagen, die ich gemacht habe, sammeln würde und es ihm gelänge, daraus eine Wahrheit zusammenzufügen? Ich hab gewartet, wie oft hab ich gehofft, sie würde gehen, ich schwörs dir, aber ich hatte nicht das Herz dazu, ich schwörs dir, sie hat den Fußboden um meine Füße gewischt, ohne mich zu bitten, aufzustehen, ich schwörs dir, und nachts, wenn der Kleine geweint hat, immer ist er verwöhnt worden, hat immer Schwierigkeiten gehabt zu schlafen, hat sie mich nicht gebeten aufzustehen, ich schwörs dir, hat mich niemals geweckt, hat nie gesagt, bitte, steh auf, ich hab schon keine Kraft mehr, niemals, als hätte das die gute Ordnung des Lebens durcheinander gebracht, ich weiß nicht, wie das in ihrem Kopf gearbeitet hat, ich schwörs dir, ihr war klar, dass das Leben so abläuft, dass ich existiere und dies der Segen ist, dass sie kraft dieses Segens existiert, ich schwörs dir, so sehr ich uns Männer verstehe und gedacht hab, dass ich die Frauen verstünde, diese Frau hab ich nicht begreifen können.« Seine Kehle war heiser, abermals suchte er nach einer Wasserflasche, schleifte seine Ketten über den Zellenboden, doch nirgends eine Wasserflasche. »Du hast kein Wasser?« Dann beruhigte er sich wieder, ohne etwas getrunken zu haben. »Du wirst fragen, was schlecht daran ist, nu, ja, du glaubst mir nicht, wirst sagten, ›Viele hätten dich beneidet‹, und du wirst sagen, was all die Ermittler vor dir gesagt haben, nu, ja, aber ich sage dir, mein Herr, hast du kein Wasser? Ich hab sie nicht ertragen können, hab sie jeden Tag mehr gehasst, weil ich mich nicht von neuem in sie verlieben konnte, und ich konnte mich nicht von neuem in sie verlieben, weil sie ein Teil von mir war und nicht die, in die ich mich verliebt hatte, Wasser hast du keines? Und wenn du fragst, wie all die anderen Verhörspezialisten auch, nu, ja, ob ich sie nicht erst zu einem Teil von mir gemacht habe, nachdem ich mich in sie verliebte, und ich dir sage, dass ich es nicht weiß, weil ich nicht lügen will, wirst du sagen wie alle Ermittler und zu Recht, ›Morden ja, lügen nein?‹ Und ich werd dir sagen, dass ich es nicht weiß, du hast kein Wasser, oder? Es gibt keinen Augenblick, in dem es mir nicht Leid um sie tut, bereuen, nein, stör mich nicht, jedes Bild, das ich mir vor Augen führe, nein, unterbrich mich nicht, jedes Bild von ihr, sie wischt den Boden, bereitet Essen zu, spült im Sitzen das Geschirr ab, vor lauter Müdigkeit setzte sie sich immer dazu hin, nein, stör mich nicht, ich hab ihr im Haus nicht geholfen, sie bringt mir das Frühstück ans Bett, bringt mir einen Regenschirm zur Arbeit, wenn es anfing zu regnen, bringt mir ein neues Buch, jedes dieser Bilder bringt mich um vor Schmerz, nicht vor Reue, vor Schmerz, nein, unterbrich mich nicht, und dann, manchmal, liebe ich sie von neuem, obwohl ich nicht bereuen kann, weil …«

»Er ist ein Lügner, der Mann ist ein Lügner, er ist noch dreckiger, als was du denkst.«

»Das war Akavya, die ganze Nacht schweigt er.«

Lass mich schlafen. Ich hätte dich umgebracht. Nichts rettete ihn. Der Mann in der Zelle fuhr fort: »Du antwortest nicht, du glaubst nicht, ich verbringe schon Jahre im Gefängnis, ein bekannter Anthropologe war mal bei mir, hat versucht, ein Geständnis über Polygamie und Monogamie aus mir herauszuholen, hat geredet-geredet-geredet und am Ende hat er mich gefragt, ob ich einer Meinung mit ihm sei. Unsinn, hab ich ihm gesagt, es gibt keine Monogamie. Hat es nie gegeben. Frauen haben sich verleiten lassen, die Geschichte mit der Monogamie zu glauben, weil man ein bisschen die Gesetze verändert hat, aber auch die werden sie rückgängig machen, die ganze Sache ist gescheitert. Es gibt keine Monogamie und das ist gut so, schläfst du?«

Von ferne feuerten Geschütze. Lauschten sie auf den Kanonendonner? Leichen mit aufgerissenen Mündern. Im Schoß ihrer Mütter aufgeschlitzte Kinder. »Hör endlich auf, ihm auf die Nerven zu gehen.« Der Alte ließ sich aufstacheln, klang für einige Augenblicke beleidigt, schnaufte durch die Nase. Sie können einschlafen, aufwachen, ihre Reihe auffüllen, er wird immer hier sein: »Die Zellentüren sind nicht verschlossen, die Handschellen nicht angelegt, jeder, der will, kann raus«, Stille trat ein. Vielleicht war dies Khalils größte Begabung, Gespräche zu unterbinden, so stopfte er ihnen das Maul, wem es nicht gefällt, der soll aus meinem Haus verschwinden, oder so ähnlich, und anstatt zu lachen, waren sie beleidigt und schwiegen, aber Khalil, er würde nicht schweigen, er schlief niemals ein, und obwohl sein Zellennachbar eingenickt war und sogar schnarchte, sagte er zu ihm: »Ich, schläfst du?« Es kam keine Antwort und er grinste vernehmlich, »Ich, willst du eine Geschichte hören?« Er näherte sich ihm, tastete sich in der Dunkelheit voran, Beine hatte er keine, zog sich selbst über den Lehmboden: »Du hast Angst vor Geschichten, richtig? Wegen der Philosophie«, er sagte »Philosophie«, um sich lustig zu machen, sag immer wieder dasselbe, dann wird es leichter sein für dich und für mich auch, wiederhole deine Worte, bitte, nur so wird mein Schmerz abklingen, werde ich ein wenig von dem vergessen, was mir widerfahren ist, »David züchtigte nicht seinen Sohn Absalom«, sagte plötzlich der älteste Häftling im Gefängnis, »und wies ihn nicht in die Schranken, sodass dieser vom rechten Weg abkam und begehrte, seinen Vater zu töten, mit seinen Nebenfrauen lag und ihn baren Fußes gehen und weinen ließ, worauf von Israel einige Tausend und Zehntausend abfielen, und er ihm vielerlei garstige Dinge antat, deren kein Ende ist.« Der Junge in der Nachbarzelle seufzte und sagte (enttäuscht?): »Ich hab gerade von Mama geträumt.« – »Schlaf, Junge, ich bitte um Entschuldigung«, flüsterte der Alte.

»K-Kennst du ihn?«

Der Alte sagte leise: »Das ist mein Sohn.«

»A-Aber warum ist er h-hier?«

»Er hat versucht, mich umzubringen.«

Jemand sagte, vielleicht war es derselbe Junge, aber seine Stimme war jetzt drohender: »Ich erinnere mich nicht einmal, wie Mama ausgesehen hat, ohne ein Bild erinnere ich mich nicht.«

»Siehst du, Ich?«

Der ›Ich‹ Genannte antwortete nicht, war nicht böse auf Madame Sisi, die ihn der Straftat beschuldigt hatte, er würde gehen, um mit ihr zu reden, sie würde ihm die Anschrift geben, die Telefonnummer, er würde mit ihm reden, würde vor Freude ›Papa, Papa‹ brüllen, ich halte ihn auf den Armen, werfe ihn hoch in die Luft, er greift nach meinen Wangen, zieht mir die Kiefer auseinander, schaut neugierig in meinen Mund und betrachtet meine verfaulten Zähne. Schlaf überwältigte ihn für einige Augenblicke, andere Bilder scharten sich zusammen und zerstoben, Splitter, ein Mädchen ein Fahrrad sie zieht sich aus der Unterleib ihre Leistengegend ist tätowiert der Lehrer für Amerika, ein großes Auge umhüllte ihn, »Mama, warum hast du mich verlassen? Ich bin nicht schuldig«, rief der Junge, »Ich habe dich nicht verlassen, mein Sohn, ich suche einen Rechtsanwalt für dich, habe die Schmuckstücke verkauft und werde den besten Rechtsanwalt nehmen«, »Schade, schade, dass du sie verkauft hast, sie sahen immer so schön an dir aus«, »Ich hab sie von meinem Vater bekommen und der sie von seiner Mutter«, »Was ändert ein Rechtsanwalt schon, ich werde ohnehin verlieren, und der Rechtsanwalt kriegt so oder so Geld«, »Was soll ich dann tun, um dir zu helfen, mein Sohn?«, »Du sollst mir nur glauben«, »Und was noch, mein Sohn?«, »Warum bist du so früh gegangen, wie soll ich alles alleine lernen?«

»Ruhe endlich! Ruhe.«

Khalil sagte: »Auch du, Zadok, könntest etwas toleranter sein, er hat es schwer.«

»Wir alle haben es schwer, na und, sollen wir deshalb alle die ganze Nacht lang krakeelen?«

»Sie haben mich dir weggenommen, Mama, aber sie werden dich mir nicht wegnehmen.«

»Ich, hör die meine Geschichte an, bitte.«

Und jemand flehte von ferne: »Papa, lass ihn in Ruhe.«

»Wir hätten ihm die Zunge abschneiden sollen.«

Orpheus hielt das Universum an, wie Glassplitter waren die eingefrorenen Wälder, wie grüne Scherben die erstarrten Tiere, nur für einen Moment gefroren zu Eis, weil die Melodie alles übertönte, nur das Schnarchen im Gefängnis nicht und auch nicht die stinkenden Furze, das Gestöhn, die Streitereien und das stille Weinen in einer entfernten Ecke, und auch nicht den wachhabenden Aufseher, der mit seiner Frau telefonierte, nämlich der Krankenschwester Sarit im fernen Beilinson-Krankenhaus, die sich schämte, dem Dienst habenden Arzt zu erzählen, wo ihr Mann arbeitete, nur einer der Krankenschwestern hatte sie es erzählt und ihm stattdessen weisgemacht, er arbeite beim Inlandsgeheimdienst, als seien die vom Inlandsgeheimdienst besser und wir nichts weiter als Schlüsselhalter, und so viel er auch mit ihr diskutierte, sie seien genau dasselbe, sagte sie zu ihm, ›Versteh doch, das ist genau wie in der Medizin, was ist der Unterschied zwischen einem Hausarzt und einem Facharzt am Krankenhaus? Es gibt nun mal einen Unterschied und was würdest du sagen, wenn sich, zum Beispiel, ein arabischer Sanitäter in mich verlieben würde?‹ Und er sagte: Hör auf, hör auf, ›Und was würdest du sagen, wenn sich ein Herzchirurg in mich verlieben würde?‹ Und er: Hör auf, hör auf, aber sie blieb hartnäckig, wollte die Unterschiede wissen, vielleicht war sie ja selbst auf der Suche nach der Antwort, ›Erklär es mir, erklär es mir‹, doch der Schmerz lässt sich nicht erklären, ob er nun verschieden ist oder nicht, möglich, dass kleine Kinder das erklären könnten, bei einem Schmerz weinen sie mal so und bei einem anderen mal so, sieh mal, unsere Tochter, ›Erklär es mir, erklär es mir und versuch nicht, dich rauszureden‹, was redest du wie ein Ermittler, und wie kannst du vergleichen, was fragst du deine Kranken? ›Erklären Sie mir den Unterschied zwischen dem Schmerz eines Handbruchs links und sagen wir Bauchschmerzen?‹ Und er fügte hinzu: Ich kann zwar vergleichen, aber das ist nicht logisch, was du sagst, und überhaupt, was treibst du in den Nächten dort, was er nicht fragte, und am Ende, bevor er kam, um sie zur Nachmittagsvorstellung abzuholen, sagte sie ihm am Telefon, er solle sich umziehen, zweimal sagte sie ihm das, weil er nicht antwortete, zieh dich um, dass du mir ja nicht in Polizeiuniform im Krankenhaus auftauchst, es genügt, dass du deinen Familiennamen nicht geändert hast, das sagte sie nicht, dachte es aber bestimmt, keine Arbeit gereicht dem, der sie macht, zur Schande, sagte er ihr, sagte es mit Verbitterung, ganz offenbar, dies war zumindest, was sie später ihrer Freundin erzählen sollte, die ungefähr dieselbe Geschichte mit ihrem Polizistenehemann durchmachte, weshalb sie gute Freundinnen geworden waren, aber der Mann jener Frau hatte den Namen gewechselt, konsequent, bis zum Ende, nicht einfach ins Hebräische übertragen, wie sie es in der Regel machen, sondern nannte sich selbst jetzt Bernstein, das sei sein gutes Recht, hatte er beim Innenministerium gesagt, und die Beamtin war losgegangen, die Sache zu klären, worauf der Abteilungsleiter gekommen war, ihn angeschaut und zu ihm gesagt hatte, Herr Hassan, Sie sind Jude, richtig? Und er hatte gesagt, warum? Steht nicht in meinem Personalausweis, dass ich Jude bin? Und der Leiter des Einwohnermeldeamtes im Innenministerium hatte zu Hassan gesagt, ja, ja, wir führen nur Kontrollen durch, weil wir Arabern nicht gestatten, ihre Namen in jüdische Namen zu ändern, worauf der Beamte den Polizisten angelächelt und erneut zu ihm gesagt hatte, Herr

Hassan, Sie wollen also Bernstein sein? Warum Bernstein? Und der Polizist hatte gesagt, wegen meiner Frau, vielleicht war es das, was er gesagt hatte, und vielleicht sagte er, um schneller ein Baudarlehen zu bekommen, oder vielleicht, nur so, als Scherz, während es andere gibt, die sagen, er habe auf der Stelle eine Nachbarin erfunden, deren Vater im Holocaust ermordet worden war und die selbst nicht geheiratet hatte, weshalb sie ihn auf dem Sterbelager gebeten hatte, den Nachnahmen ihrer Familie anzunehmen, und der Leiter des Einwohnermeldeamtes hatte die Geschichte an eine der Abendzeitungen durchsickern lassen, wo dann ein Interview mit dem Ehemann erschien, während Sarits Ehemann, der bei seinem Namen geblieben war (erst später, als das Mädchen zur Schule ging, überredete die Lehrerin sie, den Namen zu ändern), das Krankenhaus erreichte und gerade, als er in Begriff war, ihre Station zu betreten – er war schon auf dem Krankenhausflur gewesen und hatte dort das Zimmer eines schwer Verletzten gesehen, das von drei Polizisten bewacht wurde, sie lassen sie nicht mal alleine sterben, dachte er, die Flure waren voller alter, kranker Menschen, Winter, Grippezeit –, wusste er plötzlich, dass seine Frau ihn ignorieren würde, auch sie hat ihre Gefühle, auch sie hat sich bemüht, den Beruf zu erlernen, ist bei einer Prüfung durchgefallen und hat noch ein weiteres Jahr wegen des Kurses drangehängt, was er ebenfalls vor seinen Freunden geheim gehalten hat, für sie, vielleicht auch für sich selbst, sie ist die Kluge, und er schlüpfte in die Toilette, ohne dass ihn einer bemerkte, sah erst zur einen Seite und dann auch zur anderen, beeilte sich, seine Uniform auszuziehen und sie in eine Plastiktüte zu stopfen, in der er Zivilkleidung mitgebracht hatte, und warum hatte er das getan? Weil er alles von vornherein gewusst hatte. So wuchs diese Geschichte in seinem Hirn wie ein riesiges Blutgerinnsel, jedes Mal kamen weitere Details dazu, und vielleicht hatte er jetzt gerade gar nicht mit ihr telefoniert, sondern mit seinem besten Freund, einem Polizisten, dessen Frau auch Krankenschwester war und die ebenfalls, wenn sie von ihrem Mann erzählte, log und sagte, er sei beim Inlandsgeheimdienst, warum schmückten sie sich so mit dem Inlandsgeheimdienst? Was für einen Narren hatten sie an denen gefressen? Schlägertypen in weißen Fahrzeugen, und dann hörte er die Schreie, die aus den Zellen kamen, unterbrach das Gespräch und vom anderen Ende der Leitung antwortete ihm das Mädchen: »Warum sind Sie wach?« Er sagte: »Ich will nicht, dass sich irgendwer hier umbringt.«

»Ah, das ist es, was Sie sich selbst antun?«

»Was meinen Sie? Dass ich mir selbst Schmerzen zufüge, während ich mit Ihnen rede?«

»Wie tun Sie sich weh?«

»Ich bereite mir niemals selbst Schmerzen, aber es gibt Häftlinge, die das tun, vor allem die, die schweigen, weshalb ich von Zeit zu Zeit eine Runde drehen und einen Blick in die Zellen werfen muss, so ist die Anweisung.«

»Aber es ist ihnen verboten, zu sprechen?«

»Verboten«, sagte der wachhabende Aufseher in seinem beleuchteten Zimmer, »die ganze Nacht laufe ich rum und sorge für Ruhe«, »Warum?«, fragte das Mädchen, das hier angerufen hatte, um mit einem Mann vom Inlandsgeheimdienst zu reden, der sie in seinem Wagen mitgenommen und ihr diese Nummer gegeben hatte, damit sie mit ihm über ihre Abschlussarbeit reden konnte. »Warum?«, sagte er, »Weil sie nachts schlafen sollen, und wenn sie reden, verlieren immer die Schwächeren, können nicht schlafen, und wenn sie um Ruhe bitten, verprügeln sie sie, worüber sie sich nicht beschweren dürfen, also mache ich meine Runde und passe auf«, aber das Mädchen wollte wissen, was sich die Häftlinge antun, und der Polizist, weil er sich bereits in die Geschichte verstrickt hatte, erging sich jetzt in Einzelheiten, vielleicht hatte er auch Angst, das

Gespräch könnte abrupt zu Ende gehen, warum fürchten sich Menschen davor, derartige Nonsensgespräche zu beenden, warum reden sie überhaupt (zur selben Zeit versuchte etwa seine Frau, ihn anzurufen, um sich für die peinliche Situation zu entschuldigen, in die sie ihn am Nachmittag gebracht hatte, als er gezwungen gewesen war, ihrem leitenden Stationsarzt, Professor Dick, zu sagen, er verhöre Palästinenser in Metulla und sei mit einem schwarzen Mercedes im Libanon unterwegs, um Personen zu fassen und sie in Metulla zu verhören, von wo aus man sie ins Gefängnis schaffen würde, während er in den Libanon zurückkehrte, Spaß hatte ihm die Geschichte nicht gemacht, die ganze Zeit über hatte er befürchtet, jemand könnte ihn erkennen, wie lächerlich sie sich gefühlt hatte, gerade wegen ihm, als er die Geschichte erzählte, hatte er sich pausenlos umgesehen und nach einem großen, spöttischen Auge Ausschau gehalten, so hatte er ihr mal in Bezug auf die Welt gesagt, ein großes, spöttisches Auge ist die Welt, und aus diesem Grund versuchte sie anzurufen, um sich zu entschuldigen, aber es war ständig besetzt, und so machte sie sich erneut daran, die Monitore zu kontrollieren, schließlich ist eine Nachtschicht auf der Intensivstation eine verantwortungsvolle Sache, während der Dienst habende Arzt in einem fort auf sie einredete, ihr von seiner Tochter erzählte, auch, während sie versuchte zu wählen und auch, als sie das Stationszimmer verließ, um die Monitore zu kontrollieren, und als sie zurückkam, fragte er sie: »Was hab ich vorhin erzählt?« Sie versuchte, sich zu erinnern, er versuchte es auch, und am Ende fuhr er fort, etwas anderes zu erzählen, das er bereits an einem anderen Tag erzählt hatte, vielleicht stieg in jenem Moment ein bitteres Gefühl von Eifersucht in ihr hoch, plötzlich sehnte sie sich nach ihrem Mann, der sie immer auslachte, ›Ich bin nichts neben dir, wer hat nicht alles schon bei dir am Katheter gehangen? Begin sogar, und dieser Knessetabgeordnete, wie war noch sein Name, und wen habe ich hier? Einen Dreck von Typen und nicht einen Knessetabgeordneten‹), wobei er nicht verstand, was diese neugierige Göre von ihm wollte, fast hätte er gelogen und gesagt, er sei siebenundfünfzig, obgleich er erst zweiunddreißig war, als sie sagte: »Geben Sie mir ein Beispiel«, und er nicht wusste, was er antworten sollte, aber sagte: »Wir hatten einen, der hat sich aufgeschlitzt, unterhalb des Bauchnabels«, und sie darauf: »Und was haben sie mit ihm gemacht?«

»Der Rabbiner ist gekommen und hat verlangt, das zu begraben, weil es verboten ist, irgendein Körperteil vom Menschen in den Müll zu werfen.«

»Ich hab gedacht, sie machen sich selbst Tätowierungen, ich kann nicht weiter mit Ihnen reden, Sie Perverser.«

Das Mädchen legte auf. Gut, dass sie nicht gefragt hat, wie ich heiße, ich dachte, das sei, was sie hören wollte, ich habe ihr überhaupt nichts Säuisches gesagt, hab wirklich die Wahrheit gesagt, denn es hat mal einen gegeben, der hat sich selbst alleine den Blinddarm wegoperiert, und der Zuschlag mit dem Rabbiner war nur ein Witz, in der Stunde, als Gott, gepriesen sei ER, den ersten Menschen erschuf, Androgynus vor Augen – ein Doppelgesicht vor Augen – einen Golem vor Augen, war er geworfen von einem Ende der Welt zum anderen. Und im Raum zwischen den Zellen brüllte jemand: »Khalil, sag, wo hat er das Bild versteckt, das er geklaut hat?« Khalil nahm seinen Zellennachbarn in Schutz: »Bist du von der Geheimpolizei, oder was?« Dann sagt er leise zu seinem Nachbarn: »Ich, was ist auf dem Bild gemalt? Beschreib mir das Gemälde. Damit du es weißt, früher haben wir uns gegenseitig die ganze Nacht lang Bilder beschrieben. Leute haben Gemälde erfunden, Zeichnungen, einige waren echte Genies, ich ganz und gar nicht, aber einige waren wirklich große Maler, und alles nur mit Worten.« Der Körper schmerzte. Er schüttelte ihn, schreckte zurück, warf sich auf die andere Seite, rollte sich in der Ecke zusammen, stieß gegen Eisen, die Gitterstäbe sind Furcht erregend, tun weh, sind angenehm, das Fleisch ist heiß, kalt, eine Decke, die Augen meines Kindes hab ich gesehen, ein Traum, gekratzt, in einem Spucknapf, ich hab nicht gestohlen, auch ich hab in meinem Tagebuch Anschuldigungen geschrieben, hab dreckiges Zeug geredet, und der Junge aus der Nachbarzelle sagte: »Papa quält ihn, er ist schamlos«, aber alle schliefen bereits. Im Fenster brach der Morgen an. Ein Faden Himmelblau, der Flügel eines großen Vogels, die zurückweichende Nacht, die etwas bedeckt, was ist das Licht?

Danach erwachten die Häftlinge, jemand brüllte: »Bulle, komm her, wenn du Mut hast.« Der Aufseher antwortete nicht. Er löschte das Licht in dem Raum, in dem er saß, der erleuchtete Schlitz unter der Tür verschwand, »Komm schon, Bulle, komm, komm lutsch in mir.« Khalil brüllte: »Ruhe, hab ich gesagt, Lumpengesindel, Ruhe.« Stille trat ein. Als seien die Unflätigkeiten eine Überspanntheit des Augenblicks gewesen. Das Licht in dem Spalt unter der Tür ging wieder an.

Ich war eingeschlafen. Ein kleiner Junge kletterte auf mir herum, umarmte mich. Geh nicht runter. Küss mich. Er wusste nicht, wie man küsst. Speichel auf dem Kinn. Papa, Papa, rief der Junge fröhlich, und der alte Mann sagte: »Hast du jemanden draußen?« Er antwortete ihm nicht. »Glaubst du noch immer, es wird dir gelingen zu schlafen?« Küss mich, mein Junge, ich gehöre dir, geh nicht weg, Junge, warum gehst du, kneif mich, du tust mir weh, Junge, er küsst mich. Papa, Papa, Papa wird er dir singen. »Du denkst, der Morgen zieht auf und du bist mich los? Richtig? Niemals«, hast du das Reiten auf Papa nachmittags am Schabbat aufgegeben? »Erzählst du mir nun von dir oder nicht?« Ich habe keine Angst, mein Sohn, weil du in meinen Armen bist. Der Alte spuckte Schleim aus, der sich ihm in der Kehle gesammelt hatte. Vielleicht war er beleidigt wegen des beharrlichen Schweigens seines Zellengenossen. Der Junge schnarchte, sein Zellennachbar weckte ihn und sagte ihm, er solle nicht schnarchen. »Du schnarchst auch, wenn du schläfst«, sagte der Junge, »Und warum hast du mich dann nicht geweckt?«

»Weil du mir Leid getan hast.«

»Du tust mir nicht Leid.«

»Psychopathen«, sagte der Alte zu dem, den er ›Ich‹ nannte. Ich habe nichts außer einer Vergangenheit, über die ich reden könnte, aber diese Vergangenheit gehört mir nicht. »Schläfst du nicht?« Missmutig erwiderte er: »N-Nein, wie s-soll ich schlafen?«

»Willst du, dass ich dir über mein Leben erzähle?«

»N-Nietzsche hat geschrieben: Könnten wir uns aber mit der Mücke v-verständigen, so würden wir vernehmen, d-dass auch sie mit diesem P-Pathos durch die Luft sch-schwimmt und in sich das f-fliegende Z-Zentrum dieser Welt fühlt.«

»Nietzsche? Ich hab von ihm gehört, aber ich hätte nie gedacht, wie wenig er von der Liebe begriffen hat, der Liebe eines Menschen, eine Stimme zu hören, und sei es, seine eigene. Jahre bin ich schon allein; die Schweiger, hörst du mich, sind schlechte Menschen, grausame Menschen, die keine Liebe zu sich selbst haben, verdorrte Gestalten wie Alte-Männer-Penisse«, stieß der Alte beleidigt hervor.

»I-Ich habe n-nichts zu e-erzählen, i-ich e-erinnere mich an gar nichts, s-sie haben mir v-vorgeschlagen, e-eine V-Vergangenheit zu erlernen, aber ich w-will nicht, schaffe es nicht, mich an i-irgendetwas zu e-erinnern, e-einige Stimmen, d-die ich nicht zu Stande bringe, nicht m-mehr als das, wirklich, das B-Blut läuft mir herab, m-meine S-Socke ist voller B-Blut, ich hab mich selbst v-verletzt, so ist m-mein S-Schmerz eindeutig, z-zu g-groß, um in e-eine K-Klage übersetzt zu werden, ja sogar in einen Sch-Schrei, ich bin ein M-Mensch, d-dem sie die H-Hirnhaut genommen h-haben.« Der Alte erwiderte (gleichgültig?): »Ich werde über mich erzählen, alles werde ich über mich erzählen, alles, morgen bin ich schon nicht mehr am Leben, ich hab dich ›Ich‹ genannt, aber das war nur zum Scherz, in Wahrheit bist du bloß ›Er‹«, »D-Dank d-dir, i-ist mir a-angenehmer so, es g-gibt Sprachen, in d-denen das e-eine H-Höflichkeitsform ist.«

»Du redest mit mir, als sei ich primitiv. Ich spreche vier Sprachen, und in allen gibt es eine solche Form der Anrede in der dritten Person.«

»E-Entschuldigung.«

Es gibt Frauen, deren Geschlechtsorgan reagiert derart sensibel bei normalem geschlechtlichem Kontakt, dass sie die Lust nicht aushalten können, ihr Körper kann die Lust nicht fassen, lieber Schmerzen, des Rektums vielleicht. So und so war meine Freude, sie war zu groß, ich bin eine Vagina, kann nicht sprechen vor lauter Freude, und damit verzichtete ich, Freude anstatt Lust, Schmerzen an Stelle von Grauen, aber als ich verzichtete, wurde der Schmerz zu groß, als dass ich über ihn hätte sprechen können.

Der Lehrer wachte erneut auf, vor Kälte. Im Fenster war bereits Licht. Die Augen seines Zellengenossen fixierten ihn. Ein hagerer, unrasierter Mann. Seine Bartstoppeln waren grau, seine Wangenknochen standen hervor. Sein Kopf war kurz geschoren. Er lächelte ihm zu. Vielleicht habe ich eine halbe Stunde geschlafen. Es war kalt, zu guter Letzt schliefen alle, der Wärter schlief im Sitzen, seinen Kopf auf die Rückenlehne des Stuhls gestützt, sein Mund ein Trichter. »Sag mir noch was, das Nietzsche der Bösewicht gesagt hat«, schon wieder redet er, »Und wie j-jeder Lastträger seinen B-Bewunderer haben will, so meint gar der stolzeste Mensch, der Philosoph, von allen Seiten die Augen des W-Weltalls t-teleskopisch auf sein Handeln und D-Denken gerichtet zu sehen.« Erst jetzt bemerkte er, dass der Mann sein Glied in der Hand hielt. »Du guckst mich an und schämst dich, dass ich onaniere, als hätte ich die ganze Nacht so dagesessen und ihn in der Hand gehabt. Es tut mir Leid, du könntest auch denken, ich hätte jetzt gerade erst damit angefangen, weil ich dachte, du schliefest, aber Nietzsche hat nicht verstanden, dass der Mensch – sowohl ein Lastenträger als auch ein Philosoph – keinen Verehrer benötigt, nur die Liebe. Ich hab gelogen. Ich versuche schon lange Zeit zu onanieren, aber ich habe nichts, was ich mir zusammenfantasieren könnte, keine erotische Szene fällt mir ein, vielleicht steht er mir ja deshalb nicht?« Er packte sein Glied wieder ein, seine Augen brannten, »Ich bin alt und hässlich. Früher war ich ein gut aussehender Mann. Männer wie Frauen vergötterten mich.« Zerreiß deinen Aufsatz, Alter, »N-Nietzsche hat auch gesagt: Der I-Intellekt, als ein Mittel zur E-Erhaltung des I- Individuums, entfaltet seine Hauptkräfte in der V-Verstellung.«

»Ein Deutscher, was? Sicher. Ein solcher Selbsthass, ein solcher Hass auf Menschen.«

»Im Menschen kommt diese V-Verstellungskunst auf i-ihren G-Gipfel: hier ist die Täuschung, das Schmeicheln, Lügen und Trügen, das Hinter-dem-Rücken-Reden, das Repräsentieren, das im erborgten Glanze Leben, das Maskiertsein, die verhüllende Convention, das Bühnenspiel vor anderen und vor s-sich selbst, kurz das fortwährende Herumflattern um die eine Flamme Eitelkeit so sehr die Regel und das G-Gesetz, dass fast nichts unbegreiflicher ist, als w-wie unter den M-Menschen ein ehrlicher und reiner Trieb z-zur W-Wahrheit aufkommen konnte.«

Und der alte Mann – der Morgen brach an und es war kalt, er wickelte sich in seine Decke, wie mager er war, vielleicht hatte ihn niemand gefesselt, vielleicht hatte er sich selbst die Ketten angelegt, denn wie sonst war zu erklären, dass er sich hinbewegte, wohin er wollte – sagte: »Wir haben die Nacht rumgebracht, wie viele Leute hier durchkommen, sprich nicht, jetzt spreche ich, ist Wasser in der Flasche? Unwichtig, sieh nicht her, hör mir zu, deck dich gut zu, das ist die allerkälteste Stunde jetzt, das Massaker in Shatila, zu welcher Stunde hat es stattgefunden?« Keine Antwort. »Hat dich Nietzsche auch das gelehrt?«

»I-Ich verstehe nichts v-von P-Politik.«

»Was für Politik denn, Mensch.«

Er brüllte. Einige Häftlinge schreckten aus dem Schlaf hoch. Schreie waren zu hören. Dann wurden die Zellentüren geöffnet und geschlossen, Leute traten heraus, gingen den Gang hinunter. Der Alte sagte: »Im Fernsehen haben sie sie auf dem Rücken liegend gezeigt, auf ihr mein Sohn und auf ihm mein Enkel, ein Volk von Schlächtern, daher bin ich hier.«

»W-Weil du gesagt hast, ›ein V-Volk von Schlächtern‹?«

»Nein, Nietzsche, nein, deswegen bekommt man nicht lebenslänglich.«

»Warum d-dann?«

»Weil er sie verstoßen hat.«

Der Alte schwieg. Die Stimme kam ganz aus der Nähe. Als hätte der Sprecher die ganze Nacht zugehört und schweigend gewartet, um diesen einen Satz zu sagen. Der Alte nickte und wischte eine Träne fort, als spielte er in einem Theaterstück mit. Seine Augen waren trocken. Tagsüber muss man die Augen offen halten und so tun, als hörte man zu. »Sie hat geweint und er hat sie verstoßen.«

»Das stimmt. Sie hat geweint, es gab keine andere Wahl. Anfangs hatten wir vor, sie bei uns zu verstecken, ihr einen Ausweis zu besorgen, haben ihr einen neuen Ausweis machen lassen, ich habe sie sehr geliebt, sie hatte die Anmut eines kleinen Mädchens, den Körper eines kleinen Mädchens, und als sie schwanger war, sah sie aus wie ein Engel, wir haben die Omnibusse und Lastwagen durch das Fenster gesehen und sie hat geweint, ich hab ihr gesagt, die kommen wieder, und sie, nein, die kommen nicht zurück, und danach ist das Kind geboren worden.«

»Lügner.«

»Unterbrich mich nicht, tu Sühne, bitte.«

»Ich bin es leid, diese Geschichte zu hören, die ganze Nacht.«

»Einmal fragte der König der Araber den Rabbi Akiva, ich bin schwarz und meine Frau ist schwarz und hat mir einen weißen Sohn geboren, soll ich sie töten, weil sie gehurt hat?«

»Aber dieses Kind war von dir, von dir.«

Der Lehrer fragte leise: »W-Wer ist das, der da so sch-schreit?«

»Ich hatte gehofft, jetzt, da der Morgen anbricht, würden sie mich nicht unterbrechen, du bist mein Freund, ich habe meine Frau sehr geliebt, aber er war schwarz, verstehst du etwas von Genetik? Ein Teil ihrer Familie war aus dem Sudan, und ich wollte das Kind, aber meine Familie wollte es nicht. Ich wusste, dass sie in Shatila wohnt, danach ist einige Zeit vergangen und ich hab im Fernsehen die Bilder gesehen, dann bin ich losgegangen und hab Arik Sharon ermordet, der von der Bühne vor der Stadtverwaltung herunterkam.«

Helles Tageslicht ergoss sich durch die Fenster, die Türen, »Ich habe nicht einen Augenblick, da ich sie nicht bemitleide, bereue, jedes Bild von ihr, das ich mir vor Augen führe ...«, und noch während er sprach und sich dabei seine Bartstoppeln kratzte, erschien eine hagere, ältere Frau, ihre Stirn von Falten zerfurcht, die eine Metallform mit dampfendem Essen, das nach Omeletts roch, in den Händen hielt. »Mama, Mama«, rief der Junge und die Frau lächelte ihm zu und fragte: »Guten Morgen, mein Sohn, wie war die Nacht?« Sie blieb noch einen Moment lang vor seiner Zelle stehen, »Papa hat mich gestört, die ganze Nacht hat er mich gestört.« Dann ging sie weiter zu ihrer Zelle, trat durch die offene Tür ein, legte eine Serviette auf den Zellenboden, einen Teller und Besteck und leerte das Essen, das sie zubereitet hatte, auf den Teller, »Iss«, sagte sie und hockte sich neben ihn, sah ihm zu, wie er aß, ihre Augen wanderten mit dem Löffel vom Teller zum Mund und zurück, nicht zu glauben, wenn Salz fehlte, salzte sie nach, und wenn das Brot alle war, schnitt sie schnell neues ab. Sie strahlte weder Zorn noch besondere Wärme aus, auch keine Kühle. Der Alte sagte, »Danke, Sarah«, und den neuen Lehrer fragte er mit vollem Mund: »Ich darf doch essen?« Der Lehrer beäugte die Speisen und hoffte, dass auch für ihn etwas abfiele. Nachdem der Alte fertig war mit Essen, stand sie auf, ihre Beine waren spindeldürr und mit blauen Adern überzogen wie eine Niederschlagskarte, ihr Haar war schütter, wirklich schütter, hellbraun, mit grauen Strähnen durchsetzt, der Lehrer wollte obszöne Fragen stellen, nicht um der Information willen, sondern um seinen Ärger zu stillen, da es ihm nicht gelingen wollte, der Geschichte keinen Glauben zu schenken, warum hab ich ihm zugehört? Wenn er nachfragte, würde er nur noch eine Geschichte zu hören bekommen, da war es besser, die Dinge blieben so, wie sie aussahen und geklungen hatten, bald würde die Sonne aufgehen, und die Frau fragte: »Noch etwas?« Und er: »Gibt es eine Nachspeise?« Sie sagte: »Gibt es«, und gab ihm einen Kuss, er schreckte zurück und sie sagte: »Vielleicht will dein Zellengenosse die Reste?« Der Alte wollte auch den Ermittlern kein Essen anbieten, um sie nicht in ihrer Ehre zu verletzen. So aß sie die Reste selbst auf.

»Gepriesen seiest Du, Allmächtiger, der Du einen Schrei hörst.«

»Schrei nicht, meine Teuerste, schrei nicht, das Leben war schön, und das ist alles, was du dir sagen kannst.«

»Aber du bist hier wegen mir.«

»Ich bin hier wegen mir selbst, und fang nicht mit deinen Schuldgefühlen an.«

Der Junge sagte: »Erst verpasst er ihr jahrelang Schuldgefühle und dann hasst er sie deswegen.« Sie ging. Khalil wartete auf Fragen. Etwas erwachte in dem Lehrer, Ausgelassenheit, na bitte, er brachte diesen furchtbaren Mann um ein Vergnügen. Dieser sagte nichts. Schwieg. Hätte er in der Nacht so geschwiegen, wäre ich nicht so müde. Ich habe nicht vor, dich irgendetwas zu fragen. Keinerlei Erklärung. Von mir aus können alle Omelettbraterinnen der Welt deine Frauen sein. Du kannst den ganzen Friedhof hier antreten lassen. Ich werde nichts fragen. Ausruhen, die Wahrheit und die Lüge machen müde. Der Junge verließ seine Zelle. Auch die anderen traten heraus. Die Arrestzellen leerten sich. Nur der Alte und der Lehrer blieben zurück. Dann, als der Alte eingeschlafen war, erhob sich der Lehrer und ging zum Zimmer des Reviervorstehers. Saß in dessen Büro, den Kopf in den Händen vergraben, »W-Warum lässt du mich n-nicht g-gehen?«

»Ich höre nicht.«

»Warum st-stehen sie im Hof u-und w-warten?«

»Bleib hier, hier im Zimmer, und sie werden dich nicht verschicken.«

»W-Wohin verschicken sie d-denn?«

»So ist das eben. Die Araber bleiben hier.«

»Und die J-Juden kommen f-frei?«

»Die Juden kommen frei und gehen in den Krieg.«

Der Reviervorsteher war sehr müde. »Du bist verheiratet, richtig? Steht er dir, wenn du deine Frau besteigst?«

»Wie ist d-dein Schwanz? G-Groß?«

Der Polizeioffizier nickte, ohne Stolz. »W-Wie?« Der Reviervorsteher spreizte seine Finger auf die Spanne zwischen kleinem Finger und Daumen. »L-Lass mich gehen.«

»Ich kann dich nicht gehen lassen, was soll ich meinem Stellvertreter erzählen?«

Die ganze Zeit über klingelte ein Telefonapparat. Niemand hob ab. Die Zellen waren leer. Es war später Morgen, höchstens zehn. Ein Mann vom Inlandsgeheimdienst trat aus seinem

Zimmer, lächelte nach allen Seiten, als würde er alle kennen und alle Welt ihn. Er fragte den Diensthabenden: »Entschuldigen Sie, haben Sie Tinte?« Aber der Diensthabende hatte keine Tinte, wer schreibt heutzutage denn noch mit Füller? Das stimmt, aber er besteht darauf, mit Tinte zu schreiben, liebt es, fein säuberlich mit Füller beschriebene Seiten zu lesen, am Fuß jeder Seite unterschreibt er mit seinem Namen, ›Gad‹, und manchmal mit seinem Decknamen, ›Khalil‹, denn jeder beim Inlandsgeheimdienst hat auch einen arabischen Namen, für liederliche Taten. Dann bemerkte er das Treiben auf dem großen Innenhof. Einige Dutzend Häftlinge standen mit heruntergelassenen Hosen und Unterhosen dort und der stellvertretende Revierleiter ging durch die Reihen, kontrollierte, sah sie an und schrieb etwas auf. Gad war Geheimdienstmann mit Leib und Seele. Die Tatsache, dass sie ihn in dieses gottverlassene Revier versetzt hatten, hing nicht unmittelbar mit der Qualität seiner Arbeit zusammen. Im Gegenteil. Seine Marotte, alles zu dokumentieren, jedes noch so kleine Detail in seinen Ermittlungen, auf von Hand mit blauer Tinte dicht gedrängt beschriebenen Blättern, diese Akribie hatte ihm schon einige Zusammenstöße mit seinen Vorgesetzten eingebracht, und nicht nur mit seinen Vorgesetzten, sondern auch mit seinen Untergebenen, die flugs ihren Weg zu seinen Vorgesetzten gefunden hatten, um zu melden, dass Gad alles dokumentiere. Sie hatten ihn vorgeladen, ihm gesagt, das sein zu lassen, hatten geraunt, ›Es gibt Anweisung von oben‹, doch er hatte einen schriftlichen Befehl verlangt, worauf sie ihm sagten, sie hielten nichts von schriftlicher Niederlegung, auch solcher Befehle nicht, trotz der Immunität, ›Und wenn Immunität besteht, was juckt es euch, dass ich das festhalte?‹ Sie gingen, kamen zurück und sagten, es gäbe eine erneute Anweisung von oben, von höchster Stelle, und auch der Oberste Gerichtshof würde ihm nicht helfen (er hatte mit dem Obersten Gerichtshof gedroht), ›Und was haben wir zu verbergen, wer meint überhaupt, dass etwas nicht in Ordnung ist?‹ Sie hatten ihn gewähren lassen, hatten ihn nicht degradiert, aber er war eben hier gelandet, langweilige Ermittlungen, Telefongespräche (einige sagten, er habe überhaupt keine eigene Leitung, und dass sie alle Gespräche ans Hauptquartier weiterleiteten, ohne dass er etwas davon wusste), langweilige Dokumentationen, und da er keine Tinte hatte, überlegte er, ob er losgehen sollte, ein Tintenfässchen zu kaufen, oder einige Seiten mit Kugelschreiber schreiben, bis sie ihm Tinte brächten, wie sie versprochen hatten, um dann alles mit Tinte in sein Tagebuch zu kopieren und die kugelschreibergeschriebenen Entwürfe zu vernichten. Doch jetzt hatte er die Häftlinge mit ihren heruntergelassenen Hosen bemerkt und wollte, durch das Fenster, von dem Stellvertreter laut wissen: »Entschuldigen Sie, was glauben Sie, dass Sie da machen?«

Der Stellvertreter war nicht verpflichtet, ihm zu antworten. Wer ist denn dieser Spinner, der bei den Verhören Berichte verfasst wie Partituren für eine Sinfonie, die Seite in Gruppen zu je vier Zeilen unterteilt – oberster Zeile: Aussagen – eine Zeile darunter: Tonfall – dritte Zeile: Hintergrundgeräusche – vierte Zeile: parallele Aktionen. Der Stellvertreter hätte ihn auch einfach beleidigen, ihm etwas über seine hässliche Tochter sagen können, weil ihn das tief verletzte, oder hätte ihn schlicht ignorieren können, aber er drehte sich um und sagte leise: »Entschuldigen Sie mich, hat Ihnen jemand erlaubt, sich einzumischen?« Erneut ging Regen nieder, ihre Hosen waren herabgelassen, auch die Unterhosen, ihre Penisse klein, verschrumpelt, müde, faltig, hiesig. Gad brüllte aus dem Fenster: »Ich befehle Ihnen, sofort aufzuhören, alle Mann Hosen hochziehen und sich wie Menschen mit menschlichem Antlitz hinstellen, aber sofort!« Die Häftlinge wussten nicht, wem von den beiden sie gehorchen sollten. Erstens, ein Teil von ihnen genoss es sogar, das Glied zu lüften nach dem Schweiß und dem klebrigen

Gefühl in der Unterhose unter der Decke, die ganze Nacht lang. Zweitens, ein letzter Regenguss hatte einen Frühlingstrank gebraut. Kartoffeln blühten. Vielleicht erfüllte auch der Duft von Orangen die Luft. Unmengen von Bienen summten durch die Gegend. Drittens, dieser Test sollte bestimmen, wer blieb und wer freikam. Wer blieb, freute sich, weil man ihn nicht in den Krieg ziehen ließ. Und wer freigelassen wurde, freute sich auch. Außerdem schien es Sinn zu machen, ihm zu gehorchen: der Geheimdienstmann sah aus wie ein Wettbürobetreiber oder Dozent für Literatur, klein und kahlköpfig mit der gebrochenen Nase eines Boxers, ein bisschen gebeugt, Böses im Schilde führend, schnupperte von Zeit zu Zeit wie ein Hase und verschreckte so die, die ihn ansahen. Die Häftlinge wollten es folglich beiden recht machen und zogen nur die Unterhosen hoch. Oder genauer erst drei, danach noch zwei, bis schließlich der ganze Hof in Unterhosen dastand und nur die Hosen heruntergelassen blieben. Doch anstatt sich mit dem Hosen unten, Unterhosen oben zufrieden zu geben, brüllte der ungarische Stellvertreter: »Alle die Unterhosen runter, hab ich gesagt.« Und während sie noch dem Befehl des Mannes, der es gut mit ihnen meinte, nachkommen wollten, brüllte seinerseits der Mann vom Inlandsgeheimdienst durch das hohe Fenster noch lauter: »Die Hosen anziehen, hab ich gesagt, alle!« Der Geheimdienstler kannte sehr wohl die sensiblen Punkte derjenigen, die vor ihm standen. Anstatt sich auf einen törichten Wettstreit mit dem Polizeioffizier einzulassen, sagte er laut vor allen zu ihm: »Ich hab gehört, Sie sind ein Perverser, hab aber nicht gewusst, wie sehr.« Tomi bemerkte das Lächeln der Häftlinge und meinte beleidigt: »Noch ein Wort und ich gehe, dann können Sie sie selbst sortieren.« – »Was sortieren Sie denn?«, fragte der Mann vom Inlandsgeheimdienst mit verantwortungsbewusster Zurückhaltung. »Araber von Juden«, sagte Tomi leise, »man kann sie nicht auseinander halten. Alle sehen gleich aus.« Einer stand im Fenster. Der andere stand vor der Mauer, etwas entfernt von den Häftlingen und näher zum Fenster.

»Aber was kontrollierst du sie denn am Schwanz?«

»Ob sie beschnitten sind, wer beschnitten ist, kommt frei.«

Gad lachte nicht. Er hegte tiefe Verachtung für Unbildung. Er verzichtete darauf, weiter durchs Fenster zu reden, begab sich auf den Hof und sagte voller Groll vor den Häftlingen mit heruntergelassenen Hosen, von denen ein Teil sich gerade bückte, um die Hosen hochzuziehen, weil der Geheimdienstmann in jenem Augenblick stärker als zuvor wirkte, und ein anderer Teil dabei war, auch noch die Unterhosen herunterzuziehen wegen des genau gegenteiligen Eindrucks: »Bist du nicht acht Jahre auf der Schule gewesen, Idiot? Weißt du nicht, dass Araber auch beschnitten sind?« Der ungarische Stellvertreter erwiderte erbittert: »Als ich sieben war, kamen die Deutschen, also war ich nicht acht Jahre auf der Schule.« Der Mann vom Inlandsgeheimdienst hörte es, antwortete jedoch nicht. So sind wir nun mal, wenn man uns mit schlagenden Argumenten kommt. Davon abgesehen, ein jeder und sein eigener Holocaust. Er, zum Beispiel, war stark erregt durch dieses Selektionsszenario im Freien. »Hast du einen Füllfederhalter?«, fragte er den Stellvertreter, der Block und Filzstift in der Hand hielt. »Dann also Filzstift, was störts mich?«, stieß er voller Abscheu hervor. »Mir nach!« Er trat zu dem ersten Häftling und befahl ihm: »Zieh die Hose an!« Der Häftling sah zum Polizeioffizier, sah auf das Kleidungsstück, zuckte mit den Achseln und zog die Hose hoch, er war Jude, unbeschnitten, wollte aber in den Libanon gehen, rechnete sich aus, dass er vielleicht unterwegs vom Lastwagen flüchten könnte, durch die Felder, vom Libanon nach Zypern, und Zypern wäre bereits Europa, kurz vor Griechenland, und von dort aus nach Italien, Giorgione war Italiener, »Sag: Geschichte«, sagte der Geheimdienstler zu ihm.

»Was?«

»Sag: Geschichte, Schwachkopf.«

»Geschichte.«

»Der ist Jude, schreib ihn auf.«

»Sag: Geschichte.«

»Geschichte.«

»Auch Jude, schreib ihn auf.«

»Sag: Geschichte.«

»Gesiechte.«

»Hoppla, ein Araber, aufschreiben.«

Und so, in fünf Minuten, war der Appell beendet. In den Fenstern standen die Polizisten des Reviers, voller Bewunderung für Gads Geistesgegenwart. Die Juden schickte man in den Libanon. Die Araber kehrten in die Arrestzellen zurück. Auch Khalil. Er kam an dem Lehrer vorüber und flüsterte ihm zu: »Nietzsche, ich hab Gesiechte gesagt, um zu bleiben, ich hätte Geschichte sagen sollen, ich kann sagen, was sie von mir verlangen.« Der Lehrer blieb allein zurück, der Reviervorsteher sah in an. »Guck dir an, was sie mir hier angerichtet haben. Haben nur die Araber dagelassen. Ich ertrage diesen Ort nicht länger. Sie haben ihnen den Libanon versprochen, aber in den Libanon bringen sie sie nicht. Das ist ein Friedhof hier, Hektarweise Gräber, der Traktor hebt aus, Reihen müssen gezogen werden, Syrer, Libanesen, Palästinenser, begraben, markieren, alles ist markiert, durchlaufende Nummern, wo gehst du hin?«

»Unterrichten.«

»Was unterrichtest du?«, fragte der Polizeioffizier. »A-Astrophysik«, sagte der Lehrer. War ungeduldig. »V-Verstehst du, in den G-Galaxien gibt es kein Gesetz, a-außer den G-Gesetzmäßigkeiten, die die Wissenschaft versucht zu finden, kein Gesetz, die Welt geht aus sich selbst hervor, st-strömt ü-über, verstehst du, deshalb wird die M-Milchstraße auch so genannt.«

»Du denkst, ich bin ein Vollidiot, richtig?«

»G-Gott b-behüte.«

»Du glaubst, ich bin ein Vollidiot, oder?« Der Lehrer hatte keine Angst. »Wir sagen das in der Synagoge jeden Morgen: DU bist der eine, ehe die Welt erschaffen ward, DU der eine, seit Anbeginn der Welt. In Wahrheit bist DU der Erste und der Letzte, außer DIR gibt es keinen Gott. DU hast den Himmel und die Erde erschaffen und alles, was in ihnen ist, du denkst wirklich, ich bin ein Idiot, erst zwingst du mich, mir selbst den Schwanz zu vermessen und danach auch noch das Morgengebet zu sprechen, verschwinde von hier, du Hund, du Hund.«

»I-Ich meinte genau das G-Gegenteil, a-aber das ist so sch-schön, was du gerade ge-gesagt hast. Ich bin wirklich daran i-interessiert.«

Der Reviervorsteher packte den Lehrer beim Kragen und kniff ihn kräftig in beide Wangen, drückte seinen Kiefer auf und sah in verfaulte Zähne. »D-Du tust mir weh«, aber der Würger ließ nicht locker, »Ich b-bitte dich, mir n-nicht weh zu tun.« Schließlich schleppte ihn der Vorsteher weg, verfrachtete ihn in einen Streifenwagen, ließ den Motor an und fuhr los. Den Weg kannte er bereits. Von Zeit zu Zeit bewegte er die Lippen. Lebte vereinsamt an diesem Ort. Der Lehrer, seinerseits, dachte an die Häftlinge. Betrachtete den breiten Nacken des Polizeioffiziers. Ich traue ihm. Auf welcher Seite bin ich? Die Schule war jenseits des Grünfutterfeldes zu sehen. Eine Erntemaschine mähte das hohe Grünzeug um und spuckte es kleingehäckselt auf einen Hänger. Sie kamen an. Der Lehrer wollte aussteigen, der Polizeioffizier reden. Man muss zu ihm sprechen. Er suchte nach seiner Stimme, wie im Traum, wenn dir die Zunge beim Kotzen ins Klo gefallen ist, und sagte dann: »J-Jetzt steige ich a-aus«, sah auf die Finger des anderen, ein Hüne, seine Schultern gehen bis zum Kinn, der Kopf sitzt auf dem Rumpf, wie bei einem Vögelchen vor dem Regen, und öffnete die Tür, »I-Ich muss jetzt g-gehen, ich habe eine U-Unterrichtsstunde.« Ein Mädchen mit Allergie und Heugabel stand auf dem Grünfutterhänger, nieste und lachte. Er stieg aus. Der Streifenwagen fuhr. Die Schule war leer. Von irgendwoher tauchte Nissim auf, »Was ist er gekommen?« Der Lehrer hatte Angst, Nissim könnte anfangen, ihm eine Geschichte zu erzählen, und meinte daher: »Ich w-weiß, dass heute Sch-Schabbat ist, ich war nur g-gerade in der Nähe.« Nissim sagte: »Heute ist bereits der erste Wochentag. Sie sind zur Beerdigung gegangen. Nur ich bin hier geblieben. An dem Tag, an dem alles vorüber sein wird, wird jemand die Geschichte erzählen müssen, frei von persönlichen Abrechnungen, von Rachegelüsten.«

Sie gingen am Feld entlang. Das Mädchen auf dem Futtergrünhänger nieste. »Er war zu jung. Sie haben ihn nicht eingezogen, weil er die Schule noch nicht beendet hatte. Da hat er sein Alter gefälscht.«

Ich höre nichts. Mir ist übel. Ich will in dem feuchten Mais sterben. Ich werde ohnmächtig werden. Dann wird er endlich den Mund halten. Als der Lehrer aufwachte, saß Nissim neben ihm und lächelte, bedeutete ihm mit dem Finger, er solle schweigen. Alles, was der Allmächtige, gepriesen sei ER, am Vieh für untauglich befand, erklärte er beim Menschen für geeignet, denn es steht geschrieben in der Heiligen Schrift, das Herz ward gebrochen und ging entzwei. Er stand von dem Feldbett auf. Jemand hörte offenbar, dass er aufgewacht war. Vielleicht war er gegen den Tisch gestoßen. Die Schule war noch nicht zu normalem Betrieb zurückgekehrt. Stille herrschte. Die Klassen waren von der Beerdigung zurückkehrt und nach Hause entlassen worden. Nur die zwölfte Klasse war geblieben. Der Schulleiter flehte die Schüler an, zu den Eltern des jungen Gefallenen zu gehen, der elf Jahre gemeinsam mit ihnen gelernt hatte. Sie hatten Angst. Der Schulleiter wusste nicht, was er ihnen noch sagen sollte. Rote Augen und versagende Stimmen. Langes Schweigen. Auch der neue Lehrer wurde gebeten, die Schüler der zwölften Klasse zu überzeugen, die Eltern ihres getöteten Mitschülers besuchen zu gehen. Er betrat die Klasse, sah sie an und sagte: »Es v-vollziehen sich p-permanente Veränderungen und Aktivitäten auf dem Feld der M-Moral. Dies wird bedingt durch die V-Verbrechen, die u-ungesühnt bleiben (wozu, zum Beispiel, alle Modifikationen d-des moralischen Denkens gehören).« Es waren bereits so gut wie alle Lehrer bei ihnen gewesen, der Schulleiter, der versucht hatte, witzig zu sein und zu flehen, zu drohen und zu verstehen, um sich schließlich enttäuscht davonzumachen, die Biologielehrerin, die rot vor Zorn gebellt hatte: »Diese Eltern haben ihren Sohn für uns gegeben, ihr könnt wenigstens vorbeigehen und ihnen Trost spenden, ihnen Erinnerungen an ihren Sohn erzählen, ihnen sagen, dass ihr statt seiner ihre Söhne sein werdet«, und dann auch noch der verrückte Englischlehrer, der, wie es der Zufall wollte, sehr heiser gewesen war und überhaupt nicht hatte sprechen können, beim besten Willen nicht, weshalb er auf Englisch an die Tafel geschrieben hatte, das Thema des Gesprächs auf Englisch laute Verantwortung und Selbstdisziplin, ein Thema, das die Engländer generell und auch einige wenige Amerikaner über alles lieben, sodass die Worte selbst – responsibility und self-discipline – bei ihnen einen angenehmen Schauder wecken, dann hatte er auf diejenigen Schüler gewiesen, die über das Thema sprechen sollten, ohne ihre Namen zu nennen, weshalb sie so getan hatten, als wüssten sie nicht, wen er meine, da sein Finger immer nur in eine ungefähre Richtung deutete, wie das Feuer von Scharfschützen, und er, der er seine Stimme ausgerechnet bei der Beerdigung verloren hatte, mit einem Mal, allem Anschein nach, oder vielleicht auch bei einem Streit zu Hause, da er sich viel mit seiner Frau stritt, versuchte, die Diskussion in der Klasse mithilfe von Pfiffen zu dirigieren, ungelogen, aber sie lachten nicht und auch er hatte nicht gelacht.

Der neue Lehrer stand vor ihnen und suchte nach dem Mädchen, das zuvor vor Nissims Kellerverschlag geschluchzt hatte, doch die Augen der meisten Mädchen waren rot und ihre Nasen liefen, als sei eine Grippeepidemie ausgebrochen, bis er ihnen schließlich zulächelte. Mein Sohn, ich habe dich gerettet. »M-Man hat mir gesagt, ich soll zu euch in die K-Klasse, aber ich kenne euch nicht. Ich habe euch n-noch n-nie unterrichtet, oder?« Sie schüttelten mit den Köpfen, waren angespannt aus Furcht vor spitzfindiger Rhetorik. Er war bleich. »Ich v-verstehe nicht, wozu man mich geschickt hat. Zu unterrichten o-oder über den T-Tod zu sprechen«, sie schwiegen, ängstlich auf der Hut vor der Verlockung zu reden. Hatten gehört, dass dieser Lehrer mit allen Wassern gewaschen sei. »Ü-Über den T-Tod reden, kann ich nicht, ich weiß einfach nicht, w-was ich über ihn sagen sollte, ich selbst wollte schon viele Male sterben, a-andererseits, wenn ich sterben will, wenn ich sterben wollte, w-warum ist es mir nicht g-gelungen? Es kann sein, dass ich es nicht w-wirklich gewollt habe«, er wartete ab, aber sie waren klug genug und versagten sich ihm gegenüber jegliche Bemerkung. Cohen-Levi, der Chef der Regionalverwaltung, hatte schon zweimal den Schulleiter angerufen und gesagt, die Eltern hätten nach den Klassenkameraden ihres Sohnes gefragt, und wenn sie noch nicht gefragt hatten, würden sie dies mit Sicherheit bald tun, und wie es sein könne, dass man die Schüler nicht einmal mit Drohungen, ja sogar Bestrafung verpflichten könne, hatte der Leiter der Regionalverwaltung gesagt. Sehr gut möglich, dass ein Teil von ihnen bereits seine Meinung hinsichtlich der ganzen Angelegenheit geändert hatte und sich bereit gefunden hätte zu gehen, hätte sich diese Sache nicht zu einer Art rätselhaften Wut ausgewachsen, einer Verbitterung ohne Erklärung, da sich gegen den Tod schließlich nicht wirklich protestieren lässt, und außerdem war der Tote auch nicht der bei allen Beliebteste gewesen, einige hatten ihn bestimmt gemocht und andere eben nicht, und wenn sie zu seinen Eltern gegangen wären, hätten sie bestimmt von seinem Kommandeur oder vom örtlichen Kontaktoffizier erfahren, wie er getötet worden war, doch fürs Erste wussten sie nur, was am Grab gesagt worden war, wo es geheißen hatte, er sei für das Volk Israel gestorben, Soldaten hatten Salutschüsse abgefeuert, der Militärkantor hatte das *El Male Rachamim* angestimmt, und seine Mutter war heiser vor Weinen gewesen, ihre Augen bereits trocken von Tränen, und sein weißhaariger Vater ganz gebeugt, und nach den Schüssen waren die Schreie der Mutter so heiser gewesen, dass die Jungen es mit der Angst zu tun bekommen hatten, wie sollten sie gehen und was sollten sie tun?

»Nietzsche hat gesagt: Er ist im U-Unglück, und nun k-kommen die ›Mitleidigen‹ und malen ihm sein Unglück aus – endlich gehen sie b-befriedigt und erhoben fort: sie haben sich an dem E-Entsetzen des Unglücklichen wie an d-dem eigenen Entsetzen geweidet und sich einen guten N-Nachmittag gemacht.« Sie sahen ihn mit prüfenden Blicken an. Jemand zeigte auf: »Das ist genau, was ich empfunden habe.« Aber eine Schülerin brach in Tränen aus und sagte: »Schämen Sie sich.« Es war die Schülerin, die ein Kind von dem Gefallenen hatte haben wollen und jetzt geschworen hatte, niemals eines zu bekommen, weil sie sich geweigert hatte, ihm zu erlauben, in ihr zu kommen. »Warum gehst du dann nicht zu ihnen?« Sie antwortete nicht. Zog die Nase hoch. Hielt die Tränen zurück. Ihre beste Freundin nahm sie in den Arm. Alle wussten längst, dass sie sich gestritten hatten, dass er in den Krieg gegangen war, weil sie ihn nicht gelassen hatte, mehr oder weniger. Sie haben eine etwas vereinfachende Art zu denken, unsere Schüler. Und der Lehrer nickte und sagte traurig: »Andererseits, N-Nietzsche, vielleicht, i-ich weiß es nicht, bin nicht s-sicher, a-aber jemand hat g-gesagt, er war ein b-böser Mensch, bitte, ich hab meinen S-Sohn außer Landes geschmuggelt, d-damit er nicht in den K-Krieg muss. Ein V-Vater zieht das g-ganze L-Leben seinen Sohn groß, läuft n-nachts mit ihm zum A-Arzt, wenn er F-Fieber hat, manchmal muss er einen W-Wald durchqueren mit d-dem fiebernden J-Jungen im Arm, a-auf einem Pferd, m-manchmal hat er zwei Jobs, w-weil das G-Geld nicht reicht, um all die Sachen zu kaufen, die n-nötig sind, u-und dann bringt man ihm das S-Sprechen bei, freut sich über das e-erste W-Wort, wenn er ›P-Papa Papa‹ sagt, f-freust du dich, als könnte er schon a-alles sagen, und dann bleibt das Z-Zimmer l-leer und du sagst: W-Wo ist er j-jetzt, wo s-schlägt er sich jetzt durch?«

»Wer? Der lebende oder der tote Junge?«

Er antwortete nicht. Die Enthaltsame konnte nicht mehr. Sie schluchzte laut. Der Lehrer wartete. Die anderen saßen still. Möglich, dass der Schulleiter nur darauf wartete, dass sie zusammenbrechen und zu dem Trauerhaus gehen würden, um von diesem Marathon erlöst zu sein. Einer der Schüler sagte zu ihm: »Aber das ist moralisch nicht in Ordnung, dass andere getötet werden und Ihr Sohn leben wird.«

»W-Was schlägst du v-vor?«

»Dass jeder tut, was er tun muss.«

Dieser Junge würde die Eltern besuchen gehen, kein Zweifel. Er hatte Verantwortungsgefühl. Jetzt sah er alles anders. Jetzt vermaß er alles mit dem Maßband der Pflicht. Wartete, dass jemand sich im anschlösse. Der neue Lehrer sagte: »Und w-was sollte der V-Vater tun?«

»Unterstützen.«

Sie fingen an zu diskutieren. Ein Teil der Schüler ging, die hinterbliebenen Eltern zu besuchen. Saß dort. Schwieg. Wusste nicht, was sagen. Die Mutter sah sie mit trockenen Augen an. Der Vater wollte, dass sie endlich gingen, weil die Frau schlafen muss. Der Besuch war kurz. Ein Teil der Schüler ging nicht mit zu dem Besuch, vor allem nicht die ehemalige Freundin, die sehr verängstigt war. Doch ausgerechnet sie baten die Eltern zu kommen. Der Vater sagte: »Er hat sie so sehr geliebt, sagt ihr, dass sie kommen möchte, bitte, wir werden nicht weinen. Ich verspreche es.«

Und Nissim sagte zu dem Lehrer: »Der Schulleiter ist sehr zufrieden mit dem, was er geschafft hat. Aber er erlaube mir, ihm zu sagen, die Sache mit seinem Sohn, das war ein guter rhetorischer Kunstgriff, aber die nächste Frage hätte lauten müssen: ›Also was muss getan werden?‹ Und dann zu sagen: ›Für den Frieden kämpfen, die Armee verändern, einen Propagandafeldzug führen, nun gut, Propaganda ist nicht das richtige Wort, aber den Soldaten Hoffnung einflössen, dass man nach Hause zurückkehren muss, eine andere Botschaft übermitteln, dass es unmöglich ist, mit dem Tod zu leben, dem unseren und dem ihren‹, versteht er das nicht?« Der Lehrer antwortete nicht. Auch so hatte er schon zu viel geredet. Alle anderen Lehrer warteten im Lehrerzimmer, und als er hereinkam, applaudierten sie und der Chef der Regionalverwaltung drückte ihm die Hand und dankte ihm im Namen der Einwohner.

Viertes Kapitel (6. 6. 84)

Efraim kehrt zurück zur Armee

In der Nacht habe ich von dir geträumt. Ich denke, ich war nicht fett, nein, fett war ich nicht, bin nicht zerkrümelt, nein, zerbröselt war ich nicht, nicht gespalten, gespalten habe ich mich nicht, Augen, ich war Augen, wie es scheint. Wir durchquerten einen Eichenhain. Hier habe ich gespielt, als ich ein Junge war. Wir kannten uns noch nicht, als ich damals hier war, und hierher sind wir gekommen. Mit uns ging eine Freundin. Ich erinnere mich nicht, wer sie war, nur dass sie eine Freundin war, die du schon nicht mehr kennen gelernt hast. Ich erinnere mich, dass ich sehr viele Male mit ihr geschlafen habe, nachdem du mich verlassen hast. Wir begegneten zwei jungen Männern und einem Jungen. Die beiden kannte ich als Jugendlicher, lange, bevor ich dich kennen lernte. Im Traum riefen sie mich mit dem Spitznamen, mit dem sie mich früher gerufen hatten. Ich bin nicht in der Lage, ihn niederzuschreiben. Am Ende des Wäldchens hast du dich aufgelöst. Ich bin umgekehrt, um dem einen von ihnen ein Messer in die Brust zu stoßen, zwischen die Rippen. Mich habe ich nicht gesehen. Ich habe ihn gesehen. Habe mich auf ihn geworfen, er hat geblutet und ist gestorben. Ich hätte fliehen müssen, doch ich fand dich, Liebste, wir fuhren in einem Wagen mit anderen Menschen, der Wagen verschwand, wir waren nicht darin, sie suchten ihn, ich hoffte, sie würden mich niemals finden, sie wussten, dass ich zuvor unter den Insassen gewesen war, es ist besser so. Ich habe dir nicht gesagt, dass ich einen Menschen umgebracht habe. Sie fanden sie, weil sie sich verfahren hatten. Ich wusste, sie würden erzählen. Den, der den Wagen und die Leute, die darin unterwegs waren, fand, bat ich, mich nicht zu erwähnen, als sei ich der Einzige, der verschwunden war, ich war nicht bei ihnen, um so etwas zu bitten, ist gefährlich, dennoch bat ich darum, verwischte meine Spuren und hinterließ neue. Es war mitten auf einer belebten Straße, restaurierte arabische Häuser, angestrahlt mit goldfarbenem Licht, ein Touristenviertel. Im Fernsehen redeten sie. Blaues Licht überflutete uns. Er verstand nicht, was ich wollte. Warum sollte ich verschwinden? Warum sollte er mich nicht erwähnen? Wer war ich für ihn? Jetzt fing er an, sich zu interessieren. Ich war in seinem Wagen gewesen. War es und war es auch wieder nicht. Ich bin sicher, dass ich nicht dort gewesen war, dass es auch ohne mich gegangen wäre, aber jetzt war es zu spät, jetzt hatte ich ihn erinnert. Eine Verletzung war ihm unter dem Kinn aufgebrochen, dem, den ich unterhalb des Herzens erstochen hatte, ich wachte auf, weil mir bewusst wurde, dass ich gefasst werden würde. Der Spitzname hatte mich beleidigt, beleidigt mich noch immer. Viele Kinder haben mich ausgelacht. Das war unerträglich. Sein Tod machte mir Vergnügen und Angst. Das Blut schoss ihm zwischen den Rippen heraus und traf mich. Ich trat auf den Hof, die Zigarette bewegte sich im Fenster der Alten wie ein Glühwürmchen, ich schaute zum Himmel, ging zum Briefkasten. Ein Brief war dort, der nicht an mich adressiert war. In der Badewanne tropfte der Wasserhahn wie ein Specht, der gegen einen Baumstamm pocht. Was ist der Unterschied? Vögel schlafen nachts. Die Bäume standen wie Felsen. Hättest du nicht meine Briefe geöffnet, Liebste, hättest du mich nicht verlassen, wer hatte sie auch gebeten, mir die Briefe zu öffnen? Wer war der Junge bei den beiden Burschen im Wäldchen?

Ich las die intimen Einzelheiten in dem Brief, eine schöne Frauenhandschrift, wie närrisch ist doch der Körper, wie schnell macht er sich zum Gespött, erregt setzte ich mich hin, um ihr zu antworten, schrieb, ich sei nicht der Mann, würde mich aber freuen, weitere Briefe zu erhalten, ich klang infam, vernichtete, vernichtete wieder und wieder, und dann traf ein weiterer Brief ein. Erneut erzählte sie dem Mann unter der Adresse, unter der ich wohnte, von den Dingen, die ihr widerfahren waren: Ein Liebhaber, sie sah in ihm den Mann, an den sie schrieb, also mich, der ich mich schnell an den neuen Namen gewöhnt hatte, von Mal zu Mal redete sie mich mit einem Kosenamen an, entschuldigte sich für die stürmische Affäre mit dem Mann, der ihr über den Weg gelaufen war, genau wie in dem vorherigen Brief, ein bisschen mehr Schuldgefühle, mehr intime Details über ihren Körper, als hätte ich während unseres gemeinsamen Lebens nicht die Farben bemerkt, die in intimen Momenten auftraten, und auch inständiges Flehen, sie zu verstehen, als hätte ich auf ihren vorherigen Brief geantwortet, hätte ihr verboten, irgendetwas zu beschreiben; hätte sie mich nicht verlassen, wäre sie nicht mit solcher Leichtigkeit in eine Liebesaffäre geraten, tröstete sie sich, sie sei schließlich keine Nymphomanin, und obwohl ich nicht antwortete, niemals antwortete, gehe sie davon aus, dass ihre Briefe mich erreicht hätten, anderenfalls hätte die Post sie zurückgeschickt. Ich gestehe, dass mich vor allem starke sexuelle Erregung überkam. Ich onanierte auf der Stelle. Danach gab ich sie nicht auf, sprich: ich wollte Liebe. Denn das ist schließlich die eigentliche Prüfung. Hassen kannst du mich. Ich antwortete ihr, ich sei selbstverständlich mehr denn je in sie verliebt, und wenn sie mich hinter der Lampe neben dem Bett sähe, wenn sie ihrem neuen Lover einen blase – dann genüge mir das, dort zu sein, bei ihr, niemals habe ich von ihr getrennt sein wollen, obwohl ich ihr nicht das geben könne, was sie wirklich brauche, einen liebenden und verlässlichen Mann. Sie antwortete postwendend. Der Liebhaber habe sie verlassen, sie sei wieder allein, würde wie ausgewrungene Wäsche in der Trommel einer Waschmaschine umhergeschleudert, so schrieb sie. Gelingen ihr solche Metaphern mit Leichtigkeit? Vielleicht stehen sie in irgendeinem Herz-Schmerz-Gedicht? Die Sehnsucht macht sie besser, zuweilen wirkt sie angespannt.

Die Alte, der das Haus gehörte, hatte mich mal durchs Fenster angeschaut und gesagt: »Nu, vielleicht verliebst du dich endlich mal?« Ich habe angefangen, daran zu arbeiten. Habe keine Kraft zu schreiben. Bin gefahren, sie zu treffen, wollte bei ihr bleiben, es war eine anstrengende Fahrt, ich fand die Straße, fand das Haus, drei Stockwerke, sechs Balkone, setzte mich auf ein Fass, noch immer beschäftigt mit meinem neuen Namen wie eine ältliche Braut, die geheiratet hat und (glücklich? panisch?) ihren neuen Ausweis betrachtet, der Name des Vaters ihres neuen Mannes ist jetzt ihr Name. Ich übertreibe. Ich hockte da und schaute, bemerkte, dass ich meine Knie umfangen hielt, mein Kinn auf die Knie gestützt, noch nie hatte ich so dagesessen, aber vielleicht hatte er, mein neuer Name, mein neues Ich so gesessen. Lichter gingen in den Wohnungen an, im Inneren der Wohnungen war es bereits so dunkel, dass man einen Fleck nicht mehr von einem Blatt unterscheiden konnte, und in einer von ihnen wohnte sie. Ich machte mich daran, die Briefkästen zu überprüfen. Ein Mann kam an mir vorüber und fragte wie ein Detektiv: »Kann ich Ihnen helfen, mein Herr?« Ich wusste nicht, was ich antworten sollte, früher hätte ich eine solche Frage einfach ignoriert und weitergesucht. Der Fragesteller verharrte auf der fünften oder sechsten Treppenstufe, um zu sehen, wann ich verschwände. Ich sagte: »Ich muss mich ein bisschen ausruhen und gehe dann weiter.« Ich wollte ihn um ein Glas Wasser bitten, in seine Wohnung gehen. Er wartete auf der

Treppe, um zu sehen, ob ich tatsächlich verschwände. Ich wusste auch nicht, an welche Tür ich klopfen sollte, da die Namen an den Wohnungstüren ja doch nie zu den Mietern passen, die auf den Briefkästen stehen. Die Namen auf den Briefkästen sind genauer. Man sollte die Post den Leuten Namen geben lassen. So, wie es bei den Arabern in Israel gemacht wird. Manchmal steht an der Tür der Name einer Familie, die schon vor Jahren ausgezogen ist, und manchmal steht überhaupt nichts da. Plötzlich hatte ich Angst, eine abstoßende Frau könnte mir die Tür öffnen, vielleicht würde sie einen Schnurrbart haben, wieso hatte ich nicht daran gedacht, dass sie heiser sein könnte, verbraucht, was noch konnte ich zu den Dingen zählen, die sie an sich haben mochte, ein stark behaartes Rektum vielleicht. Er stand auf der Treppe und wartete, dass ich ginge. Ich ging. Nicht wegen ihm. Oder vielleicht doch wegen ihm. Wegen ihrer hässlichen Gestalt. Ihrer hässlichen Gestalt wegen meiner Angst vor ihm. Ich saß auf dem Fass vor dem Haus. Legte meinen Kopf auf die Knie. Auf dem untersten Balkon sammelte ein Mann eine verstreute Zeitung vom Fußboden auf, warf einen Blick auf eine Seite, zog eine Schachtel Zigaretten aus der Hosentasche, fingerte eine Zigarette aus der zerknautschten Schachtel, zündete sie an, rauchte, schaute auf die Straße, lehnte sich auf das Balkongeländer, warf die Zigarette weg, trat in die Wohnung, kehrte mit einem Blumenstrauß zurück, kürzte die Stiele und stellte den Strauß in eine Vase, vielleicht hatte ein Bote die Blumen gebracht, vielleicht hatte das Haus noch einen Eingang, und wenn ich jetzt losgehe und mich vor den Hintereingang setzte, gebe ich diesen Eingang auf und sehe sie nicht zurückkommen? Warum habe ich gedacht, ich könnte glücklich mit ihr zusammenleben? Der Mann verschwand erneut ins Innere der Wohnung, kam dann mit einem Stuhl in der Hand heraus, setzte sich und sah mich an, ganz sicher. Ich wollte nicht gesehen werden. Der Abend senkte sich herab. Ich ging und kehrte um, kam zu schnell wieder zurück. Auf dem obersten Balkon deckte ein Mann den Tisch, dann kam ein Mädchen heraus und nach ihm seine beiden jüngeren Brüder, die drei setzten sich an den Tisch und warteten. Der Mann hatte ein Schürze um die Hüften, nein, keine Schürze, sondern ein Handtuch, das er sich in die Hose gestopft hatte, er verteilte Omelett aus einer großen Pfanne, vielleicht auch kein Omelett, vielleicht Kartoffeln, und die Kinder aßen, der Kleinste ließ sich Zeit. Der Mann wartete neben ihm, dass er anfing zu essen, dann erst setzte er sich, um selbst zu essen, dem Kleinen genau gegenüber, sein Profil zeigte zu mir. Auf dem Nebenbalkon ging Licht an, der ältere Junge bei dem Essen, der mir frontal gegenüber saß, stand auf, um über das Geländer zu schauen, er sah mich nicht, während der Mann ihm mit einer Bewegung der Gabel, vielleicht mit vollem Mund befahl, sich wieder hinzusetzen und aufzuessen. Eine junge Frau setzte sich auf den mit einem Mal beleuchteten Balkon, in ihrem Schoß ruhte ein kleiner Hund, dann trat ein junger Kerl auf den Balkon, mit langen Haaren (so wie meine mal waren, in ihren Briefen hat sie mir geschrieben, sie vermisse mein langes Haar), vielleicht redeten sie leise miteinander, ohne einander anzusehen, ein Nachtfalter flatterte um die Glühbirne und warf einen wirbelnden Schatten darauf. Licht ging auch im zweiten Stock an, eine dicke Frau schüttete Wasser aus einem Glas in eine Topfpflanze, eine alte Frau gesellte sich zu ihr, beide standen da und sahen einander an, erstarrten für einen kurzen Augenblick. Ich dachte, die große Frau wäre vielleicht die Frau, die ich suchte. Niemals hatte sie mir etwas über ihre Mutter geschrieben. Hätte sie etwas über ihre Mutter geschrieben, hätte ich sie beide begehrt? Wie auch immer, die Zeit verging, der Abend hob sich wie ein Ozean, in der Ferne fuhren Busse und die Lichter auf dem Berg waren schon vor langem entzündet worden. Die junge Frau setzte den Hund ihrem Freund in den Schoß und verschwand in die Wohnung. Der junge Mann kraulte den Hund, versuchte, ihn festzuhalten, aber der Hund sträubte sich und sprang ihr nach ins Innere der Wohnung. Balkone wurden erleuchtet, andere versanken im Dunkeln. Der Mann mit der Schürze sammelte die Teller der Vorspeise ein, blieb noch einen Moment neben dem jüngsten Sohn stehen, wartete, bis er aufgegessen hatte, die beiden Kinder, die schon fertig waren, spielten »Schnick, Schnack, Schnuck«, glaube ich, der Kleine aß noch, der Mann wartete, beugte sich dann über den Jungen, strich ihm über den Kopf, nahm ihm den Teller weg, verschwand und kam mit dem Hauptgang zurück. Dann muss ich allem Anschein nach eingeschlafen sein. Ich schlafe häufig ein, an allen möglichen Orten. Habe schlechte Träume. Uringestank. Fernsehgeräusche kamen aus den Wohnungen, bläuliches Licht tanzte über ihre Wände, was sitze ich hier, dachte ich. Hättest du mich doch nur gesehen, dachte ich. Vielleicht wäre dies keine Schande gewesen. Eine Katze näherte sich mir, maunzte, ich fuchtelte mit der Hand, damit sie verschwände, doch sie kam beharrlich wieder, wollte bestimmt Wärme, aber die konnte ich ihr nicht geben. Vielleicht ging der Uringeruch von ihr aus. Ich war gekommen, um Wärme zu bitten. Die Kinder saßen schon nicht mehr am Abendbrottisch. Ein Frau saß dort, den Kopf zwischen den Händen, der Mann brachte ein Kind mit, das in ein großes weißes Handtuch gehüllt war, der kleine Sohn. Nackt entwischte er dem Mann, wie ein Engel, der seine Flügel abstreift, wollte zu der Frau, lief zu ihr, sie küsste ihn zärtlich, dann kehrte er zu dem Mann zurück, der ihn wieder einwickelte, ehe beide durch die offen stehende Balkontür traten und ich danach nichts mehr sah. Inzwischen saßen Freunde bei dem Paar mit dem Hund und rauchten. Die dicke und die alte Frau kamen aus dem Treppenhaus, um noch eine Runde auf der Straße zu drehen, und kamen an mir vorüber. Sie sprachen russisch und beachteten mich nicht. Ein Streifenwagen tauchte auf und der Mann, der mich zuvor verfolgt hatte, kam aus dem Haus. Er deutete auf mich und sagte: »Wie ein Irrer läuft der hier rum.« Ich wollte fliehen, aber die Beine waren schwer. In der Tasche ruhte der Brief der Frau. Der Polizist in dem Streifenwagen sah mich an und sagte: »Verschwinden Sie von hier«, und der Mann kehrte schnell in seine Wohnung zurück. Auch der Streifenwagen fuhr davon. Ich konnte mich nicht zurückhalten, stieg vorsichtig die Treppe hoch und blieb im obersten Stockwerk vor einer Tür stehen. Eine Kinderstimme ertönte dahinter. Ich habe keine Kraft zu schreiben. Als ich an die Tür klopfen wollte, kam der Mann, der die Polizei gerufen hatte, aus seiner Wohnung, unter mir. Leise und schnell stieg ich aufs Dach. Ein kühler Wind wehte dort. Ich überlegte zu springen. Zwei junge Leute kamen aufs Dach und knutschten plötzlich herum wie sich balgende Hunde, ohne einen Laut von sich zu geben. Er drückte sanft ihre Brüste. Sie stöhnte auf. Ich sah sie an, sie bemerkte mich, unterbrach ihn, machte seine Hände von sich los, obgleich er hartnäckig blieb. Sie sagte leise: »Wir werden beobachtet.« Er drehte sich um, sah mich, kam auf mich zu. Ich ließ mich zu Boden gleiten, lehnte mich gegen die Dachbrüstung. Sollte er mich doch schlagen. Er sagte sanft: »Wer sind Sie?« Ich antwortete nicht. Das Mädchen sagte ängstlich: »Komm, lass uns zurückgehen«, vielleicht wohnten sie nicht mal hier, hatten nur ein Dach gesucht, um zu knutschen. Langsam stieg ich die Treppe hinunter. An keiner Tür stand der Name der Frau, die ich liebte. Ich habe keine Kraft zu schreiben. Am Fuß der Treppe packte mich der Argwöhnische. Vielleicht hatte er dort gestanden und mir hinter der Tür aufgelauert. Er mich packte am Kragen. Ich fragte ihn flüsternd nach dem Familiennamen der Frau. Aus Furcht? Aus Freude? Er flüsterte aufgebracht: »Hier gibt es keine Familie mit dem Namen«, dann lief er hinter mir her und rief: »Warten Sie einen Moment.« Der Hals tat mir noch weh von seinem Würgegriff. »Wer, sagten Sie?« Ich antwortete nicht. Er sagte: »Sie haben den Mädchennamen meiner Frau genannt.« Er wollte wissen, wer ich bin. Ich nannte ihm den Namen, den sie in den Briefen benutzt hatte. Er sah mich mit sonderbarem, forschendem Blick an. Dann flüsterte er: »Sie sind ein Lügner. Er wurde getötet.« Ich flüsterte zurück: »Hier liegt ein Irrtum vor«, und machte mich davon. Er eilte mir nach. »Sie ist eine Lügnerin, er ist nicht tot«, meinte er zu sich selbst. Ich floh. Er rief: »Kommen Sie, kommen Sie zu uns.« Ich hatte Angst. Wollte bei einer guten Frau schlafen, die mich nach Hause bringen würde, die verschimmelten Lebensmittel aus dem Kühlschrank holen und sie in einem Müllsack aus der Wohnung schaffen würde, die lüften, sauber machen und dann losgehen würde, um Käse und Brötchen zu besorgen, und wenn sie wiederkommt, wird der Duft der Brötchen durchs Treppenhaus ziehen, und auch der Kaffee aus der erleuchteten Küche wird verkünden ›einen Augenblick‹, sie wird zu mir treten, mir sagen ›einen Augenblick‹, ich werde im Bett liegen, lächeln, werde sagen ›einen Augenblick‹ und sie wird mir die Augen schließen und gehen, wird das Licht löschen, der Augenblick ist vorüber, nimm meine Seele wie einen geschmolzenen Knopf. Wie gut war dieser Briefroman zwischen mir und dieser Frau (was ist das Zuhören wenn nicht ein Aussieben um der Klarheit, der Schönheit der Wahrheit willen?), wie viel unkritische Wahrheit haben wir in unserem armseligen Leben gehabt, wie armselig ist unser Leben, das nicht für immer begräbt, was gewesen ist, ich bin ein Massengrab schmerzhafter Augenblicke, so schrieb mir diese Frau, und ich dachte aus irgendeinem Grund an massenhaft weiße Brüste. Der Mann verfolgte mich noch eine ganze Weile lang. Als ich müde wurde, holte er mich ein, sagte mir, er habe gelogen, und dass ich alles vergessen solle, was er gesagt hatte, seine Frau sei eine gute Frau, er habe sie als Jungfrau geheiratet, er habe gar keine Frau, die habe ihn schon vor langem verlassen, und er suche sie nur wegen der Telefonnummer, die auf ihren Namen eingetragen sei, die Telefongesellschaft will das Nutzungsrecht für die Nummer nicht ohne eine schriftliche Einwilligung von ihr ändern, und er, bis er endlich ein Telefon hatte, als sie noch verheiratet waren, und jetzt will er lediglich, dass dieser Anschluss unter seinem Namen läuft, denn sie ist schon vor einer Ewigkeit gegangen und er will nicht, dass man ihn anruft und nach ihr fragt, weil ihn das schmerzt. Gegen Morgen kehrte ich nach Hause zurück. Ich werde dir diesen Brief nicht schicken. Ich wünschte mir eine Frau, die sagen würde: »Aber es ist doch selbstverständlich, dass du dorthin gefahren bist.« Jemand hat mich an der Nase herumgeführt. Was mich nicht stört. Wieder träumte ich in der Nacht von dem Spitznamen, mit dem sie mich riefen. Ich habe keine Kraft zu schreiben. Ich werde dir diesen Brief nicht schicken. Ich habe noch nicht entschieden, welchen Namen ich oben auf die Seite schreiben werde.

Es war die Stunde der Abenddämmerung und der Westhimmel über dem Berg schwamm in Rosa, auch der Berg beschattete sich mit Rosa, der Himmel, das Land und die Bäume versanken innerhalb von Minuten in Rosa, aber der bebrillte Lehrer stand wie ein Schattenriss (der Mensch kann mit der Schönheit der Natur seine toten Glieder entschädigen, das Hirn, das man ihm durch die Narbe entfernt hat, so hatte er seinen Schülern gesagt; Wer hat Ihnen das Hirn gestohlen?, hatte einer von ihnen verstört gefragt. Wer könnte es gestohlen haben?, fragte er lächelnd und antwortete, ohne zu lächeln, auch sein Lächeln war kalt, der Seelendieb hat es genommen, hat es ausgesaugt, auch das Verschwinden des Lächelns war kalt; der Mensch kann sich mit einem kleinen Krokus entschädigen, kann staubbedeckte Nelken betrachten oder eine weißbläuliche Lupine oder einen späten Klatschmohn, einen abgezehrten Überlebenden mit gelichteten Staubgefäßen, der im Juniwind zittert, dem warmen Juniwind). Die Weintraub kehrt Blätter zusammen. Sie will ihn rüffeln wegen der Papierschnipsel, die er erneut unter seinem Fenster verstreut hatte. Doch sie verzichtet. Jede Woche geht sie zur Bank, um die Höhe ihres Vermögens beziffern zu lassen, als verkündete dessen Höhe irgendetwas darüber hinaus, mit all ihren Notizblöcken geht sie, als wollte sie wissen, wie ihre Lage ist, lächelt beim Anblick der Bankangestellten, die die Summen und Erträge auf einem Zettel notiert, »Du denkst dir«, sagt die Weintraub zu ihr, »jede Woche komme ich und was wird mit all meinem Geld, wenn ich tot bin?« Die junge Bankangestellte lächelt, ist verängstigt. »Ich krepiere nicht. Ich bin eine Hexe. Du weißt, dass ich eine Hexe bin?« Und als die junge Frau verlegen lächelt, wiederholt die Weintraub wie ein sehr unartiges Kind: »Du weißt, dass ich eine Hexe bin?« Die Kleine kapituliert und entgegnet trocken: »Das stimmt nicht, Frau Weintraub, Sie sind keine Hexe.«

»Du bekommst keinen Pfennig von mir, also sei nicht so schrecklich nett.«

Das Gesicht der Bankangestellten verfinstert sich. Jedes Mal bedrückt sie dieser Besuch. Auch danach, bis in die Nacht hinein, kann sie sich von ihm nicht freimachen, von dem Schwermut, oder der Angst, oder der Erniedrigung, denn der Filialleiter verlangt von ihr, nett zu der Weinreb zu sein, aber er selbst flüchtet, und das junge Mädchen geht abends, zu Hause, ins Badezimmer, falls ihr Vater dort nicht auf dem Klo sitzt und Zeitung liest, denn nur dort hat man seine Ruhe vor den Streitereien ihrer beiden Brüder, und dort zieht sie sich aus und sucht nach der Stelle am Körper, wo der Alterskrebs auftreten wird, auf der Haut, neben der Brust, rings um die Brustwarze, wo die Faltenbildung beginnt, eine Stelle gibt es, an der ist ihr ein Haar gewachsen, sie hat es ausgerissen und das Haar ist wiedergekommen, wann werde ich ein Oberlippenbärtchen haben? »Siehst du meine Finger? Gekrümmt. Ich bin eine Hexe, deswegen, hier.«

»Frau Weintraub, das kommt von der Gelenkentzündung, die Sie gehabt haben. Auch meine Großmutter hatte eine.«

Shifra, die Schalterangestellte, wartet, dass dieses Kundengespräch endlich vorüber ist (aber erschrickt jedes Mal von neuem), weshalb sie sich die Gelenkentzündung ihrer Großmutter ausgedacht hat. »Pustekuchen, deine Großmutter, Mejdele. Siehst du meine verschrumpelte Haut? Ich bin eine Hexe.« Die Alte hustet und die Bankangestellte gibt auf, sprich: schweigt. Man darf die reiche Schnepfe nicht beleidigen. Was soll sie auch sagen? Ihre Haut ist wirklich sehr verschrumpelt, und außerdem mag Shifra diese Unflätigkeiten nicht, als arbeitete sie nicht in einer angesehenen Bank, selbst ihre Lehrer aus der Schule kommen, um sich mit ihr zu unterhalten, obwohl sie in der zehnten Klasse von der Schule abgegangen ist, und nachts liegt sie manchmal wach und malt sich ihren Tod aus. Die Alte lässt nicht ab von ihr, auch nachdem sie bereits das Haben und die Zinserträge ausgerechnet hat. »Hast du mich schon mal nackt gesehen? Nein. Hast du nicht. Meine Vagina, ja? Meine Vagina ist wie von einem Baby«, sie gerät ganz aus dem Häuschen über ihre Vagina, »dreiundfünfzig Jahre hat man mich dort nicht berührt. Weder ich noch sonst irgendjemand, weil sie mir gehört, mir, mir, mir. Ja, aber wenn sie mir gehört, warum hab ich mich dann nicht berührt? Ich weiß es nicht, ja, ja.« Die Kleine weiß nicht, wo sie ihre Augen lassen soll, nicht vor lauter Scham, sondern vor Zorn. »Weißt du überhaupt, was eine Vagina ist?«

»Ja, das weiß ich, Frau Weintraub, ich bin nicht ganz so dumm.«

Aber die Alte denkt überhaupt nicht daran aufzuhören: »Pussi sagt man, richtig? Also, meine Pussi ist wie die Pussi einer Puppe. Nebenbei, sag mir: Wenn man zu einem Mädchen ›Pussi‹ sagt, ist das eine Gemeinheit oder ein Kompliment? Das wollte ich schon immer wissen.« Sie lacht, steckt sich eine

Zigarette in den Mund, ihre Lippen sind trocken, sie holt die Zigarette aus dem Mund, betrachtet den Filter, was hat er, dass er ihr die Lippen austrocknet, mal angenommen, sie verbrennt, sie reißt ihn ab, sucht einen Aschenbecher, schnippt ihn auf den Fußboden und murmelt etwas wie eine Verwünschung, schiebt sich die enthauptete Zigarette wieder in den Mund, Tabakkrümel bleiben an ihren Lippen kleben, sie fährt mit der Zunge darüber, die Tabakkrümel im Mund haben einen sonderbaren Geschmack, aber die Bankangestellte hat Angst, die Alte habe jetzt vor, lautstark ausfallend zu werden, weshalb sie sich verkrampft. »Warum reden Sie so?« (Szene: ›Einmal kam Frau Weintraub in die Bank‹; andererseits, es kommen haufenweise Leute in die Bank und bringen einen um den Verstand), »Ich bin eine Hexe. Ich werd niemals sterben«, und trotz allem zündet sie sich die Zigarette an. Die Kleine ist höflich und wedelt vorsichtig den Qualm weg. Denn die Weintraub könnte, wenn sie nur wollte, ihr Geld zu der Konkurrenzbank bringen, auf der anderen Straßenseite. Endlich räumt die Alte Shifras Schreibtisch, ihr Name steht eingraviert auf einem kleinen Schild, ein USA-Fähnchen steckt in einer Topfpflanze und eine rote Nelke in einem Glas mit Wasser, und die Kleine eilt zur Toilette, die ganze Zeit hat sie aufs Klo gemusst, aber befürchtet, die Alte könnte zum Filialleiter gehen, und die Weintraub kommt zurück, gebeugt und ernst, wartet, dass ihre Sachbearbeiterin von der Toilette wiederkommt, mustert ihr Gesicht, eine blödsinnige Pein, denkt sie bei sich, wie viel Angst sie vor mir hat, vor geschmacklosen Witzen: »Und deine Pussi? Runzlig, stimmts? Denn du wirst sterben, und ich nicht.« Lasst uns die Geschichte des Bankbesuchs beenden. In Ordnung? Jetzt ist es Nacht. Die Weintraub schläft. Hat eine Schlaftablette genommen und schläft. Ganz einfach. Ein Nescafé, eine Zigarette und eine Tablette. Ohne Träume.

Fünfzig Jahre sind vergangen, seit die Weintraub Witwe geworden ist – in ihrem Hof, zwischen den alten Pampelmusenbäumen, wohnt er – und wenn sie die Bäume wässert, im Morgenrock, mitten am Tag, betrachtet sie ihren Untermieter, ohne ein Wort zu sagen, raucht, genießt den Geruch der Erde, sie hat keine Klagen über die Einsamkeit, und er wundert sich (oder sollten wir sagen: ›plötzlich‹ oder ›er fragt sich plötzlich verwundert‹, denn alles ereignet sich ja irgendwann innerhalb der Zeit? Aber erfindet dieses Geschehen nicht seine eigene Zeit? Und was dann, wenn dies alles passiert? Ist dann nicht die Zeit außerhalb des Geschehens, dieser ganze Ozean, festgelegt? Wird er nicht unsere Worte untergehen lassen? Das Blut? Das starke Herzpochen in unzähligen Herzschlägen?). Ihr Haar ist ihr an Teilen des Schädels ausgegangen, und vielleicht fällt es noch immer aus. Morgen für Morgen schüttelt sie es vom Kopfkissen in die Spüle wie Brotkrümel vom Tisch, nachdem man Brotscheiben grob abgesäbelt hat, ein Sandwich im Stehen isst, und was noch übrig ist, kämmt sie nicht, wegen der Schmerzen in den Händen, vielleicht, Locken sind noch von einer alten Dauerwelle übrig, jämmerlicher Flachs, kastanienbraun, eine misslungene Färbung, die mit der Zeit verblichen ist, sie raucht noch eine Zigarette, riecht die Erde, spritzt aus einem rosafarbenen Schlauch Wasser in die Gießteller, die einer namens Ismail um die Bäume aufgeschüttet hat, im ersten Moment erheben sich Staubwölkchen, danach versickert das Wasser, Schlingen trockener Erde werden miteinander verbunden wie Eiterbläschen, und wenn das Wasser den Gießteller überflutet, werden Reisignadeln an den Rand gedrückt, mit einer kreisförmigen Bewegung spült sie sie weg, mit einem Spritzer, drückt kräftig das Schlauchende zu, lacht, hustet, die Zigarette klebt ihr an der Lippe, und wenn gerade jetzt ein Käfer sich dorthin verirrt hat, ersäuft sie ihn wie alles andere auch. Und wie ist uns die Alte in die Geschichte reingeraten?

Ja, was würde er sagen, wenn sie ihn bäte, in ihr Bett zu kommen und mit ihr zu schlafen, und sei es nur für eine Nacht? Aber wieso sollte eine alte Frau plötzlich zu ihrem Untermieter kommen (fünfzig Jahre ist der Mann, großer Gott), der in dem kleinen Haus vor ihrem großen wohnt, und ihn bitten, mit ihr zu schlafen? Was muss im Hirn eines Mannes vorgehen, der Angst hat, immerzu zu versagen? Der ewige Lückenfüller zu sein? Nachts schläft sie und tagsüber ist sie beschäftigt, spricht niemals mit ihm, und warum sollte sie derartige Bitten vorbringen, aber das Bild bläht sich auf, die Stimmen kommen aus ihrem Mund, werden immer deutlicher, bis sie ihre Stimme sind, von ganz nahem, Gerüche ihres Zimmers steigen ihm in die Nase, obgleich er noch nie dort gewesen ist, als ob ihre Zimmer muffig sind, so scheint ihm. Einmal hatte sie ihm gesagt: »Es stört mich nicht, dass du dein Haus nicht sauber machst, ich putze mein Haus auch nicht. Besser für die Gesundheit. Menschen, die in Sauberkeit leben – sterben. Wir, die wir im Dreck leben, werden ewig leben.«

Einmal hatte sie beim Kaufmann gesagt, dass sie seit fünfzig Jahren keinen Schwanz mehr in ihrem Körper gespürt habe. Stille hatte sich dort breit gemacht, niemand hatte gelacht. Während sie einen Käse in der Käsetheke suchte, hatte sie dies gesagt (nehmen wir zumindest an, dass es so war: Im Meer der Zeit und im Meer der Geräusche beugt sich eine vierundachtzig Jahre alte Frau vorsichtig über die Käsetheke, um einen leichten Stinkkäse zu suchen, so nennt sie bei sich die pseudo-französischen oder pseudo-deutschen Käsesorten, und plötzlich sagt sie leise, der Ventilator dreht sich langsam unter der Decke, eine tote Fliege klebt auf der Oberseite eines Flügelblattes, bestreiten Sie das ruhig, schließlich braucht es eine Kontrastierung, sonst wäre der unglückliche Satz der Weintraub gleich vergeudet), und auch er war in dem Laden gewesen, hatte sich davongemacht, gleich nachdem sie es gesagt hatte, ohne etwas zu kaufen, wollte diesen Satz nicht in sein Herz vordringen lassen, und doch hatte er sich selbst geprüft, so auch heute Nacht, noch immer ist sein Herz frei von Mitleid, könnte er in seinem Tagebuch vermerken, wenn er sich denn endlich daranmachen würde, eines zu führen, und warum eigentlich kann er kein Tagebuch schreiben? Ist es einfach nur Faulheit oder ist dieses Aufschieben nicht doch etwas Komplexeres, etwas Simpleres, etwas Gebrocheneres? Gereiztheit erfüllt ihn jedes Mal, wenn er in letzter Zeit an das Tagebuch denkt, das er nicht begonnen hat zu schreiben, einmal abgesehen von einigen wenigen Sätzen an seine Frau, die Frau, der er ein Kind gemacht hat, die Frau, der ein anderer ein Kind gemacht hat, das er jedoch bereit gewesen ist großzuziehen, und an die Frau, die sich wegen ihm die Pulsadern aufgeschnitten hat, vielleicht hat er dies lediglich geträumt, der Polizeioffizier und der Schulleiter kamen mit zwei Hunden herein, jungen Schäferhundwelpen, einer von ihnen in ein farbenfrohes Nachthemd gehüllt, und er hat Angst, zu spät zur Abiturprüfung zu kommen, aber er hat doch längst sein Abiturzeugnis, denkt er mit Erleichterung, im Traum, im Traum fragt er sich verwundert, wieso er auf die Abiturprüfung gekommen ist, wo er doch gar nicht losmuss, um geprüft zu werden, wie kann es sein, dass dieser Traum ausgerechnet jetzt auftaucht, verlaufen sich denn auch Träume? Dann kamen die Hunde herein und weckten ihn, und jedem von ihnen, getrennt selbstverständlich, wollte er erklären, warum er in seinen Augen wie russische Holzpuppen wirkt, ein winzig kleiner Körper, der eines Kindes, neben großen, fruchtbaren und schönen Frauen, empfänglichen Frauen, er weiß nicht einmal, in welches Loch genau man ihn steckt, zieht es immer vor, zwischen den Beinen abzulegen, in das üppige, schäbige Fleisch, neben jungen und weit von ihm entfernten Frauen, klein und fröhlich, voller Leben, mit straffen Brüsten, aber in keinem Fall kann die Rede sein von zueinander passenden Körpern, und auf einer anderen

Seite hat er eine Zeile, von der er nicht glaubt, dass er sie geschrieben hat: Dem Brüllen der Wellen ausgesetzt, den Klangwellen, und der Dunkelheit, auch sie ein Wellenmeer; sein Körper, genau wie der Körper der Alten, ja, so ist es, er widersteht der Einsamkeit, trotzt der Einsamkeit, wird durch die Einsamkeit gestärkt, verändert seine Form wie Kalkstein, aber hält die Einsamkeit aus, und sie – die Einsamkeit – schwillt immer mehr an und wird schwächer, der Bauch wächst, die Haut am Hintern wird schlaff, auf beiden Seiten, Haut wie Pergament, aber das ist nicht der große Fluch, über den so viel geschrieben steht, das Erschlaffen der Haut am Hintern, am Bauch, an der Brust. Der große Fluch sind die Flüsse im Körper, die an allen möglichen Stellen ausbrechen wollen, Menschen, Liebesbeziehungen, ein sich Festklammern an fauligem Schilfrohr. Ihr Mann hatte zwei Jahre, bevor er zu Gott ging, aufgehört mit ihr zu schlafen, obwohl er noch jung war, und das war seine Strafe, eine größere Strafe als das fortdauernde Leben, an dessen Ende kein Tod wartet, aber auch die Erwartung, dass jemand in dieses Leben kommt, damit es nicht länger so sein wird, wie es ist, ist eine Strafe, und wie viele Lügen werden Tag für Tag über die Einsamkeit geschrieben, die Erlösung von der Einsamkeit sei die Erlösung, die der Körper wünscht, als bedürfe der Körper eines anderen Körpers, anderer Körperteile, hin und wieder, einer anderen Seele, aber der Körper will nur eine vernarbende Wunde sein. Der bebrillte Lehrer steckt in der Küche den Stecker in die Dose, wickelt das Kabel um seinen Handrücken und am anderen Ende des Kabels ist nichts.

Als er aus der Untersuchungshaft zurückkehrte – ein Streifenwagen hatte ihn vor dem Haus abgesetzt –, warf sie ihm aus ihrem Fenster einen Blick zu und sagte: »Du suchst weiter? Durch wie viele Gefängnisse willst du denn noch ziehen, um ihn zu finden?« Er schaut sie an, lächelt und sagt – es ist bereits

Abend, ein Frühlingsabend, der Sommer lässt in diesem Jahr auf sich warten, die Felder riechen gut, die Pampelmusenfrüchte hängen rund und prall zwischen den Blättern: »N-Niemand traut niemandem im G-Gefängnis, wie in einem I-Irrenhaus.« Er betritt seine Behausung, ein Ozean aus Gestank, Dunkelheit, kein Licht. Der Duft der Nacht draußen. Die Schwaden erleichtern ihr das Atmen, bevor sie einschläft, an die erste Zigarette am Morgen denkt, der Husten vergeht, der Atem geht leichter, die Lungen beruhigen sich, am Morgen wird sie den sandfarbenen Filter abreißen und ihn aus dem Fenster schnipsen, wird sich eine gute Zigarette anstecken. Sie denkt nicht über ihre Vergangenheit nach, ihr Leben ist verpfuscht, was hätte das große Los sein sollen für eine, die mit dem zwanzigsten Jahrhundert geboren wurde und dreißig Jahre später ihren Mann verlor? Er ist nicht krank und hustet auch nicht. Ein Mann von vierzig oder fünfzig Jahren, sein Aussehen das eines alternden Mannes (er übertreibt in diesen Nächten, kein Zweifel, denkt ohne Vergangenheit, denkt ohne Zukunft, und was macht die Gegenwart? Entstellt bis zur Unkenntlichkeit den Körper, die Gestalt des Körpers in den Augen seines Besitzers, sodass kein Entrinnen ist vor der Verfolgung des Gedankens durch einen Gedanken, der über den verfolgten Gedanken nachsinnt, auch ohne Vergangenheit und ohne Zukunft, und vielleicht gilt es, das Gelübde aufzuheben), er sitzt in der Dunkelheit, im kleinen Häuschen der Weintraub, die Zeitmessung wirbelt im Zimmer auf, was ist schlecht am Aufwirbeln der bemessenen Zeit? Wenn ich doch nur etwas lesen könnte, vom Anfang bis zum Ende, eine Meldung in der Zeitung, nein, einen alten Bericht, den ich geschrieben habe, nein, ich habe nicht einen Bericht aufgehoben, eine Kurzgeschichte, vielleicht etwas aufschreiben, einen Brief erdichten, wem soll ich den Brief schreiben, der mir im Kopf herumgeistert, ein Liebesbrief, ich kann nicht leben ohne dich, I can't live without you, nein, keinen Liebesbrief, genug davon, die Enttäuschung des Briefromans war zu groß, nie wieder wird er Liebesbriefe schreiben, eine Schuldzuweisung, nein, keine Schuldzuweisung, eine Beschwerde, ja, eine Beschwerde, ich beschwere mich, beklage mich, werde mich nicht entschuldigen, ich werde dir schreiben, werde mich beklagen, dass du mich nicht genommen hast, mich nicht mitgenommen hast, mich nicht geschwächt, nicht behandelt hast, mir nicht ein anderes Leben zusammen mit deinem anderen, schönen Leben bereitet hast. Die Sehnsucht geht vorbei, du wirst ausgelöscht wie der Schatten eines Fisches

Und was, wenn es unmöglich ist, Zeichen zu geben, unmöglich, einen abgeschiedenen, ausgewählten Ort zu finden, einen Lichtkreis, eine saubere Nische, einen Ort, an dem sich nur auf eine Sache lauschen lässt, ein Fleckchen in dieser auf den Kopf gestellten Wohnung, man weiß nicht, ob Diebe eingebrochen sind oder die Polizei da war, oder ob der, der in ihr wohnt, sie auf den Kopf gestellt hat, um etwas zu suchen, das eine halbe Stunde, nachdem die Suche begonnen hat, bereits keinerlei Wert mehr besitzt. So sehen die Dinge in diesem Ekel erregenden Moment aus: Ein Mensch will irgendetwas suchen, tastet sich in der Dunkelheit voran, empfindet Feindseligkeit gegen seine Behausung, er hat schon eine Vergangenheit zusammengetragen, erinnert sich daran, wie er hergekommen ist, er muss gehen, packen, die wenigen Dinge, die er mitnehmen möchte, und nachdem er gepackt hat, steht derselbe Mann, der neue Lehrer, so ist er mitten in der Nacht hergekommen und so wird er sich davonmachen, wie ein Dieb, obwohl er im Voraus gezahlt hat, wird er jetzt verschwinden, ohne die wenigen Sachen, sie werden nicht wissen, dass er weg ist, werden nicht einmal diese Spuren finden, mit der Morgenröte wird er die Wohnung verlassen, zwischen hellblau und weiß. (Er übertreibt in diesen Nächten, kein Zweifel, denkt ohne Vergangenheit, denkt ohne

Zukunft, und was macht die Gegenwart? Entstellt bis zur Unkenntlichkeit den Körper, die Gestalt des Körpers in den Augen seines Besitzers, sodass kein Entrinnen ist vor der Verfolgung des Gedankens durch einen Gedanken, der über den verfolgten Gedanken nachsinnt, auch ohne Vergangenheit und ohne Zukunft.) Ich trat aus dem Haus, der Junge spielte gerade draußen, alleine, hatte einen langen Stock, einen trockenen Ast, der vom Paternosterbaum gefallen war, und machte etwas nach, das ich nicht verstand, vielleicht eine Sichel, aber woher sollte er etwas von einer Sichel wissen, wobei er Worte ohne Bedeutung von sich gab, Bandas, Jabi, Meme, Pit, Bing, Beng, mit einem Vergnügen, das anders war als sein Vergnügen, uns gewollte Dinge zu sagen, Dinge, von denen er wollte, dass wir sie wollen, denn dann sprach er leise, benutzte ganz kurze Worte, hob seine Stimme nicht, es war ein deutlicher Unterschied, er stand allein auf dem Hof, zwischen den Chrysanthemen, ich konnte der Versuchung nicht widerstehen, fragte ihn, ob er einen Ausflug mit mir machen wolle, auf den Schultern, er sagte Ja, freute sich, sodass ich ihn auf die Schultern nahm und wir gingen und gingen und gingen, immer weiter, ich erinnere mich nicht, wann er verschwunden ist, wann ich den Weg zurück verloren habe, wohin er gegangen ist, ob du gewartet und wann du ihn geholt hast, verstehst du, wer ist wem verloren gegangen, der Sohn dem Vater oder der Vater dem Sohn, wer schreibt dir diesen Brief? Der Sohn oder der Vater, und wer bist du? Die Frau des Vaters, die Frau des Sohnes, eine Mutter, werde ich jemals um Verzeihung bitten können? Zu lange bin ich mein Vater und meine Mutter gewesen, die Finsternis lässt mich nicht schreiben, und warum will ich heute Nacht um Verzeihung bitten? Ich will nicht um Verzeihung bitten. Wenn ich zum Telefon gehe, werde ich irgendeine Nummer wählen

Er trat zum Telefon, wählte irgendeine Nummer, ließ lange läuten, doch niemand hob ab. Sein Brille lag irgendwo im Haus und er wusste in diesem Augenblick nicht, wo. Auch einen solchen Augenblick gibt es: Die Frage berührt einen nicht. Die Brille ist im Haus. Wenn ich Licht mache, werde ich sie an einer der drei, vier Stellen finden, an denen ich sie immer ablege. Die möglichen Plätze sind begrenzt. Im Badezimmer, auf der Ablage unter dem Spiegel, in der Küche, auf dem Kühlschrank, vielleicht hier, in diesem Zimmer, in der Dunkelheit, ich werde nicht suchen. Wenn ich wollte, würde ich sie finden, er lehnt mit dem Rücken gegen einen Schrank, dessen Holz kühl und duftend ist. Was bezaubert ihn? Die Kühle oder der Duft? Was ein Kleinkind an den Dingen fasziniert, die es kennt, und was ihm Vergnügen bei der Rückkehr zu Vertrautem bereitet, das wissen wir, einmal angenommen. Aber was an dem unbekannten Chaos bereitet Vergnügen, was an der Angst vor dem Ekel? (Es gibt Augenblicke, da ein Mensch das Wenige nicht isolieren kann, um es mit der Bezeichnung »das Ganze« zu belegen, und an Stelle dieses Wenigen treten lärmende Myriaden, die dem »Ganzen« weitaus näher sind.) Er steht auf und streckt seine Arme aus, um das kalte Holz zu umarmen, presst sein Gesicht gegen die Tür, für einen Sekundenbruchteil nur, seine Nase bekommt etwas ab, ein Kribbeln, er wird das Niesen unterdrücken, ein stechender Schmerz, ich blute, er wischt sich mit der Hand über die Nase, ist die Hand feucht? Schnupfen oder Blut? Er wird zum Fenster gehen, in die Küche, in der Spüle türmt sich Geschirr mit verschimmelten Essensresten, er kommt aus der Küche, lauscht nicht auf die Stimmen der Nacht, nicht auf den Esel, nicht auf die Hunde, nicht auf den Säugling, nicht auf den Mann und die Frau, die sich in der Dunkelheit unterhalten. Die Nacht ruht in den Armen Gottes – ein Esel, Hunde, ein Säugling, Mann und Frau, die miteinander reden. Ein Säugling, der schmatzt, während er von der Milch träumt, ein Schiff, das den Hafen verlässt, Lachen, Gähnen, das Knirschen einer Brunnenpumpe,

Wind im Geäst, Wasser, das in ein fernes Waschbecken tropft, ein Mann nimmt Abschied von einem Jungen an Deck eines Schiffes, das Schiff verschwindet aus den Augen, der Vater kann nicht mehr erkennen, wer von den an Deck Stehenden sein Sohn ist, unendlich viele Stimmen. Seine Nase blutet und seine Brille liegt irgendwo im Haus, er kann nicht einmal ein paar von den Missklängen benennen, in denen unterzugehen er Angst hat, es verlangt ihn unterzugehen, er weiß nicht, wie das ist, unterzugehen, alle Fantasien werden dem einen Tod nicht gerecht, dem kurzen, vollkommen fremden, nein, nicht fremd, es ist mein Tod, ich liebe dich, fürchte mich nicht vor dir, was nicht stimmt, ich kenne dich, liebe dich, kenne die Furcht vor dir, liebe die Bekanntschaft mit dir. Das Durcheinander klärt sich für einen Moment auf, ein kleiner Junge ruft, Papa, Papa. Ich werde ein bisschen lesen und dann schlafen, wenn ich elektrisches Licht hätte, würde ich lesen

Die Weintraub hat bis eben Kräuterschwaden aus einer Zinkwanne inhaliert, ein Handtuch bedeckt sie, sie wartet, dass der Husten vorbeigeht und der Atem wieder regelmäßig wird, wartet auf den Morgen, um zu rauchen, und das Geld hält die Vierundachtzigjährige beieinander für die Tage, da niemand sich um sie kümmern und sie bestimmt auf ein Altenpflegeheim angewiesen sein wird, ihre Finger sind schon seit langem gekrümmt wegen einer Gelenkentzündung, an der sie vor vielen Jahren erkrankt war, aber früher hat sie schöne weiße, lange Finger gehabt. Einmal hat sie ihren Mann betrogen, mit einem anderen Mann, einem Bergmann oder Matrosen, der sich in ihre weißen Finger verliebte oder in ihr blondes Haar, achtzehn war sie damals, hat die Sprache vergessen, in der sie mit ihm geredet hat, hat vergessen, welche Sprache es war, sie jauchzt, jauchzt vor Freude, wenn sie über das Vergessen der Sprache spricht, es löscht alles aus, gut, dass das Leben so ist, und wenn sie nun kein

Altenpflegeheim benötigt, wozu dann Geld horten? Die Miete verlangt sie im Voraus, für ein, zwei Jahre, vielleicht krepiert sie ja nach der Hälfte des Vertrags, sie prellt die örtliche Verwaltung bei allem, was mit Steuern und Grundgebühren zu tun hat, sie hat es sogar geschafft, die deutsche Regierung übers Ohr zu hauen, bekommt Wiedergutmachungsgelder aus tausend verschiedenen Gründen, obwohl sie überhaupt nicht von dort stammt und noch rechtzeitig hergekommen ist, aber es ist ihr ein Vergnügen, die ganze Welt zu betrügen aus dieser Festung heraus, die ihr verstorbener Mann ihr vererbt hat, und als genüge ihr all dies noch nicht, hat sie auch noch zehn Lottoscheine in Petto, die große Summen gewonnen haben und die sie nicht einlöst, aus lauter Beglückung über deren Gegenwert, vielleicht. Auch Land besitzt sie, das Araber bestellen, gegen gute Bezahlung, Land, das mal deren Vorvätern gehört hat, wie sie genüsslich sagt, oder aus Schadenfreude, das kann man nicht wissen, weil sie Dinge weiß, die niemand sonst weiß, und wenn sie mit anderen Menschen spricht, redet sie stets über triviale Dinge, eigentlich hasst sie es, mit anderen Menschen zu reden, bleibt stehen, sagt irgendetwas zu irgendjemandem, der nicht weiß, ob sie ihn tatsächlich erkannt hat oder sich nur über ihn lustig macht, denn lachen tut sie immer erst am Ende, hustet, atmet keuchend und lacht erneut. Einmal hat sie gesagt: »Stört dich mein Husten?« Und er darauf: »Husten? W-Welches Husten?« Und sie: »Sehr gut, ich möchte nicht, dass du denkst, ich sei eine kranke Frau, ich rauche viel, das ist alles, aber ich bin eine außerordentlich gesunde Frau, ich denke, ich könnte noch gebären, aber ich will nicht, habe keine Geduld für Kinder, der Körper muss aus Marmor sein.«

Als das Blut über seine Hand lief, aus der Nase oder von der Lippe, durchströmte auch Wärme seinen Körper, und er sagte laut: »Bandas, Bani, Meme«, ging zum Fenster und rief erneut, »Bandas, Bani, Meme«, als zwei Jungen und ein Mädchen auf der Straße vorbeikamen. Der eine brüllte: »Der Lehrer ist verrückt geworden, der Lehrer ist verrückt geworden«, worauf andere Jugendliche angelaufen kamen und schrien: »Er ist nicht verrückt, er hat eine Macke, wer will denn schon mit dem ficken?« Aber er wollte überhaupt nicht mit diesen kleinen Schülerinnen schlafen. Oder vielleicht doch, aber die Sache war zu weit von seiner Vorstellungskraft entfernt. Es sagte Rabbi Eli'eser: »Drei Wachen hat die Nacht, die erste – ein brüllender Esel, die zweite – bellende Hunde, die dritte – einen Säugling, der aus den Brüsten seiner Mutter trinkt, und eine erzählende Frau mit ihrem Mann.« Wie schade, dass diese Nacht, in der wir uns ausgerechnet bei dieser erzählten Gelegenheit befinden, keine klaren Grenzen hat, um gar nicht von Charakteren mit einer klaren Vergangenheit und einer bekannten Geschichte zu sprechen, einer dem Leser so sehr vertrauten Vergangenheit, dass sie mit den Händen zu ertasten wäre. Er steht in seinem Zimmer, blättert in der Dunkelheit in einem Buch, befleckt die Seiten mit Blut, neben dem Fenster, dorthin fällt das Licht der Straßenlaterne, sein Schattenriss fällt auf den Bücherschrank, Blut tropft aufs Papier, vielleicht ist es ja trotz allem Schleim aus der Nase, Blut mit Rotz vermischt, er fragt sich verwundert, wer der Riese über ihm ist – für einen Tausendstelaugenblick lässt er sich auf dem Tisch nieder, was ist da unter ihm zu Bruch gegangen, vielleicht die Brille, nein, nicht wichtig – eine alte Enzyklopädie, die er in diesem Haus gefunden hat, das Licht der Straßenlaterne bescheint die Seiten, Übelkeit erfüllt ihn, der Obelisk in Paris, Enzyklopädien lassen seine Hände schlaff werden, Ungeduld, kleine, undeutliche Zeichnungen, der Grand Canyon, der Kölner Dom, er will ihn nicht sehen, wird ihn niemals sehen, wird sich an eine Zeichnung davon erinnern, bis wann wird er sie in Erinnerung behalten? Ein einziges Mal (nicht Erinnerung, geh Erinnerung, verschwinde Erinnerung). Er wird einen vollkommen frei erfundenen Brief schreiben, tagelang, einen Roman in Briefform vielleicht, einen Roman in Tagebuchform, so wird die Vergangenheit vertrieben werden: Die Splitter werden zu einem Körper, zur Wahrheit, er warf die Enzyklopädie mit voller Wucht nach dem Schrank, ein dumpfer Aufprall kam von dort, Teil von etwas Ganzem, das Ganze ist nicht klar, die Einzelheiten führen nicht zu ihm, sondern verschwinden in was? In einer wilden Nacht, nein, nicht wild, auch das Meer in dieser Nacht ist nicht wild, Wasser warm wie Teig, geradeaus marschieren mit kerzengeradem Rücken bis das Wasser ihn bedeckt, die Stille ist Getöse und das Getöse geht verloren, besteht schon nicht mehr aus Einzelheiten, das Hirn hüpft wie nach einem Stromschlag, ersäufende Stille, ein fernes Telefon klingelt und wird verschluckt, alles zieht vor dem sternengeschmückten Firmament auf, er lehnt gegen die kalte Wand, der Tau knattert laut auf den Hochspannungsmasten wie ein Maschinengewehr weit weg auf dem Feld jenseits der Straße, unter seinem Fenster, ein elektrischer Stuhl, Funken stieben von den Leitungen, dunkle Transformatoren, wartende Raubvögel, der Tau verbrennt, ein flüchtiger Gedanke, Lust, er lässt sich auf dem elektrischen Stuhl nieder, in dem Sessel, wieder sitzt er auf einem Buch, er steht auf, nimmt es hoch. Ein Roman über eine Ehe, er hat ihn mal gelesen, die Beschreibung eines komplexen Charakters, einer sich entwickelnden Identität, Entwicklungsstufen, auch die Geschichte entwickelte sich, bekam Ordnung. Er warf das Buch weg, ließ sich erneut in den weichen, verstaubten Sessel sinken, wie lange würde es ihm gelingen, nach dem ersten Schlag noch am Leben zu bleiben, der Körper würde beben, keine Schmerzen, ein heftiges Durchgeschütteltwerden, es gibt welche, die leben noch eine Minute und dann erst zerlegt es ihnen das Blut, Material über die Tötung auf dem Stuhl sammeln, Lust wird geboren, aber die Tat erstirbt, noch ehe sie begonnen hat, einmal hat er eine

Leselampe repariert, ohne den Stecker herauszuziehen, und einen Stromschlag bekommen, einmal hat er zugesehen, wie sie einem Häftling Elektroden an den Hoden befestigt haben, hat noch mit ihm gesprochen, bevor sie den Schalter umgelegt haben. Ist es möglich, einen elektrischen Schlag verpasst zu bekommen, ohne Angst zu haben? Und die Angst vor dem zweiten Schlag? Was ist es, das Angst vor dem ersten Schlag auslöst? Wie viel Volt sind nötig, um sich selbst einen Stromstoß zu verpassen und nicht zu sterben, er wird einen Versuch vorbereiten, ja, er wird das Klo unter Strom setzen, wird pinkeln und so einen elektrischen Strom auslösen, der ihm in den Schwanz fährt, er könnte aufhören zu pinkeln, und der Strom wäre unterbrochen. Er kniff sich in den Schwanz. Es tat nicht weh, er kniff stärker, es tat nicht weh, tat ein bisschen weh, vielleicht würde er sich einen runterholen.

Er rubbelte, hörte auf. Alles vermischte sich zu Getöse innerhalb der Stille, einen Rhythmus gab es nicht, man muss jemandem zuhören in dieser Dunkelheit, auf irgendeinen Rhythmus lauschen, vielleicht beruhte ja tatsächlich alles auf der Fähigkeit, einen Rhythmus in dem Durcheinander herauszuhören, einen Roman, nein, Musik. Schallplatten lagen im ganzen Haus verstreut herum, niemals steckte er sie zurück in ihre Hüllen. Er kann nicht schlafen, und wenn jetzt plötzlich die Weintraub kommt und ihn bittet, mit ihr zu schlafen? Und wenn sie stirbt, werden ihre Zähne herausragen, werden das Gesicht überlagern. Er fand ein Transistorradio. Schaltete es ein. Wenn sie mir die Augen ausstechen. Während er noch von einer Frequenz zur nächsten wechselte, Pfeifen, Rauschen, Musik, hörte er plötzlich Ismails Stimme, einen Gruß an unseren Vater, und schaltete erschrocken das Gerät aus. Früher hatte er das Radio jedes Mal abgeschaltet, wenn ein Nachrichtentelegramm losschnarrte, hatte erst später gelernt, zuzuhören, als sei von einem fernen Land die Rede. Er wechselte vom Sessel zum Bett, tastete auf dem Tisch herum, fand einen Medikamentenbeutel, öffnete eine Schachtel, nahm irgendeine Tablette, der Mund ist trocken, der Körper angespannt wie eine Sprungfeder, der Kopf will schlafen, aber der Körper kann nicht einmal stillsitzen, die Hände baumeln an den Seiten, die Schultern beben, er irrt umher, um die Anspannung einzuholen, stößt gegen Sachen, Wände, einen Türrahmen, was ist das für eine Tablette, die ich da genommen habe? Was kümmert es mich, was ich genommen habe? Er sprach mit irgendjemandem. Ich bin der Mann, der das Elend besah unterm Stabe seines Überwallens. Mich trieb steten Ganges er in die Finsternis, da Licht nicht mehr ist, wiederkehrend wandte er, gegen mich nur, seine Hand all den Tag. Er zerfaserte mein Fleisch und meine Haut, zerbrach mein Gebein, verbaute mich, umzirkte Giftzeug und Ungemach, in Verfinstrungen setzte er mich wie die von Urzeit her Toten.

Ein lang gezogenes Pfeifen im Radio. Ich habe geschlafen. Vorher war hier endloses Gerede. Sein Bein, unterhalb des Knies, blutete stark, er betrachtete sein Knie, kratzte an der Wunde, bohrte mit dem Fingernagel, der sofort blutverschmiert war, darin herum, Blut schmeckt salzig, am Himmel zog bereits bleich der Morgen auf, sogar die Sonne kam draußen schon durch die Pampelmusenbäume, ich werde die Unterrichtsstunde vorbereiten, noch nie hatte er eine Stunde vorbereitet, hatte sich viele Male darangemacht, etwas zu notieren, und es sogleich wieder sein lassen, mein Sohn, komm. Komm nach Hause, mein Sohn. Abermals drehte er den Sendersuchknopf am Transistorradio. Radio Monte Carlo sendete auf Arabisch, als sei die ganze Welt ein Frühlingssonnenbad an der französischen Riviera. Beirut ist niedergebrannt. Ich habe dir Yazid verloren. Was noch soll ich dir sagen? Wir haben alles verloren, was teuer war, und es wird nie zurückkommen. Du hast es verloren. Ich habe es nie besessen.

Im Morgengrauen schrieb er eine Stelle ab, die er ihnen mit dümmlichem Grinsen im Gesicht diktieren würde, was guckt ihr mich so an, es hat keinen Sinn, etwas zu lernen, außer ein paar schöne Dinge auswendig zu lernen, was wird euch denn von diesen Tagen bleiben? »Der Grund liegt darin, dass bei der historischen Nachrechnung jedes Mal so viel Falsches, Rohes, Unmenschliches, Absurdes, Gewaltsames zutage tritt, dass die pietätvolle Illusionsstimmung, in der alles, was leben will, allein leben kann, notwendig zerstiebt.« Und wieder würde einer sagen, ›Aber das ist keine Geschichtsstunde‹, und was würde er sagen? Dass er sehr gerne Geschichte unterrichtet hätte, sie ihn aber nicht gelassen hatten, und auch, dass er Geschichte hatte unterrichten wollen, um über die Sinnlosigkeit der Vermittlung von Geschichte zu sprechen? Und was würde er diesem Idioten antworten? Schreib das zweimal, dreimal ab. Was reizt ihn daran, vor diesen Jungen und Mädchen zu stehen und sie vollkommen durcheinander zu bringen? »Es beleidigt zum Beispiel die Moral, dass ein Rafael sechsunddreißig Jahre alt sterben musste: solch ein Wesen sollte nicht sterben. Wollt ihr nun der Geschichte zu Hilfe kommen, als Apologeten des Tatsächlichen, so werdet ihr sagen: er hat alles, was in ihm lag, ausgesprochen, er hätte, bei längerem Leben, immer nur das Schöne als gleiches Schönes, nicht als neues Schönes schaffen können, und dergleichen. So seid ihr die Advokaten des Teufels, und zwar dadurch, dass ihr den Erfolg, das Faktum zu eurem Götzen macht: während das Faktum immer dumm ist und zu allen Zeiten einem Kalbe ähnlicher gesehen hat als einem Gotte.« Was würde er den Kindern sagen? Welchen Sinn macht es, sie in Reihen hinzusetzen, junge Körper, auch große und fette wie Kühe, die Augen – kleine Glubscher, begierig auf Nichtiges, besondere Sportschuhe, verletzlich, ein Finger, und es wird ihnen wehtun, ein Fingernagel, und sie bluten, er verspürt viel Liebe zu ihnen, aber das wird er nicht sagen, weil es sie nicht interessiert und ihn selbst verletzen würde, doch das ist es, was er ihnen in Wahrheit zu sagen hat: Ich liebe euch und ihr mich nicht, ein jeder bringe sich in Sicherheit, geht schnell, bevor die Welle kommt, denkt euch falsche Identitäten aus, sagt ›ich bin von dort‹, welchen Sinn hat dieses Sichfestklammern an einer Schulbank, einer Klasse, einem Zuhause, einem Namen, einer Laufbahn, geh, mach dich auf und verlasse dein Land, bedeutet nichts anderes, als dass du immerzu gehen sollst, bis nur Müdigkeit und Schlaf folgen, und als er dieses gesagt hatte, stand einer der Schüler auf und sagte zu ihm: »Haben Sie wirklich kein Zuhause, keinen Ort, wo sie hingehören wollen, keine Mutter, nach der Sie sich sehnen und von der Sie möchten, dass sie Sie in den Arm nimmt?« Der Lehrer fragte: »U-Umarmst du etwa d-deine Mutter?« Die Klasse schwieg. Warum lachen sie nicht. Warum schließen sie die Augen? Eine stand auf, eine Vorlaute, immer gibt es irgendeine vorlaute Göre, mit der man sich gut stellen muss, und sagte mit verquollenen Augen: »Er hat keine Mutter, Sie sollten sich schämen.« Er schaut die beiden Schüler an und es interessiert ihn nicht, aber der Junge, der den Lehrer sieht und dessen Gleichgültigkeit wahrnimmt, sagt von ganz weit weg: »Ich hab wohl eine Mutter.« Dabei sieht er das Mädchen überhaupt nicht an, kennt seine Rolle auswendig.

Die Klasse schweigt, ihre Lippen bewegen sich und die Vorlaute sagt: »Sie sind ein gestörter Lehrer, Sie misshandeln uns«, und der Junge sagt abermals: »Ich hab eine Mutter«, bleibt vielleicht eine Weile noch so stehen und sagt dann zu dem Lehrer: »O.K., vielleicht ist meine Mutter ja tot, aber ich vermisse sie und erlaube meinem Vater nicht, das Haus zu verkaufen, denn sie geht durch die Zimmer, schaut mich durch die Fenster und die Glasscheiben des Bücherschranks an, und wenn es das Haus nicht mehr gibt, wird die Erinnerung an sie sterben, ihr

Geruch, wird mein Hirn ausbleichen.« Einer der Schüler sitzt an die Wand gelehnt, die Füße auf dem Pult, zeigt auf und sagt, ohne Erlaubnis erhalten zu haben, mit genießerischer Unverschämtheit: »Herr Lehrer, er hat eine Mutter und er macht ihr das Leben zur Hölle«, und jemand anderes zeigt auf, will etwas sagen, bricht dann aber ab, sein Mund weit aufgerissen, räuspert sich, und der Junge, der noch immer steht, der seinem Vater nicht erlaubt hat, das Haus zu verkaufen, sagt mit sanfter Hartnäckigkeit: »Sie ist nicht meine Mutter, ist sie nicht, mein Vater hat sie geheiratet, weil sie schön ist.« Der Lehrer saß vor ihnen und äußerte sich nicht, jeden Augenblick sprang einer von ihnen auf, brüllte eine andere Version über den schmächtigen Jungen, wie viele Geschichten bloß über diesen Jungen erzählt wurden, »Er hat eine Mutter und nennt sie Stiefmutter, um sie zu kränken«, in diesem Stil, allesamt Bestseller für Frauen, und am Ende setzte sich der Junge hin und schrieb, anstatt zu weinen, dem Lehrer einen Brief, denn so hat er gelernt, seine Tränen zurückzuhalten, hat irgendein Kinderbuch gelesen, kurz vor dem Abitur und liest noch Kinderbücher, wegen des Happyends: »Ich habe eine wunderbare Mutter, ich liebe sie, wir leben bestens, ich verstehe nicht, warum Sie uns überreden, unser Zuhause unter einer falschen Identität zu verlassen, ich will niemals von zu Hause weggehen, nachmittags holt sie Eis aus dem Kühlschrank und häuft weiße, braune und rosa Kugeln in leichte, kupferfarbene Metallkelche, baut sie draußen auf und ruft uns alle auf den Balkon, und Plätzchen gibt es auch, für meinen Vater, meine Schwester und meinen kleinen Bruder, wie können Sie uns dann predigen, alles zu verlassen? Es geht mir gut im Schoß meiner Mutter«, worauf der Lehrer seinen Schülern diese Version diktiert, die alle dreißig Mal abzuschreiben haben.

Von Anfang an hatte er Geschichte unterrichten wollen, doch ihm wurde gesagt, einen Geschichtslehrer gebe es bereits, vielleicht könne er Bibelkunde geben, worauf er sagte, er werde den Koran lehren, und der Schulleiter (er hatte versprochen, alles zu tun, um ihm ein Auskommen zu verschaffen, wegen seines Sohnes und der ganzen hinlänglich bekannten Tragödie) sagte, nur Muslime könnten den Koran lehren, er müsse Literatur und Bibelkunde unterrichten. Der Schulleiter ist zugleich Sportlehrer und kann keinen Akzent vom anderen unterscheiden, jeder Akzent ist für ihn ein orientalischer, einmal abgesehen von dem deutschen, aber alle anderen sind für ihn Araber, sollen sie doch Araber sein, wenn nur am Unabhängigkeitstag alles ruhig verläuft und alle zum Ehrenmal für die gefallenen Soldaten gehen und die Gedenkzeremonien abhalten, ohnehin ist sein Sohn nicht als ein für das Vaterland gefallener Soldat registriert, weil irgendjemand von den Eltern sich dagegen gewehrt hatte, dass ein Selbstmörder als Gefallener gelten sollte, vor seinem Vater und seiner Mutter ist er geflohen und hat sich das Leben genommen, in einem anonymen Schreiben haben sie sich beschwert. Der Schulleiter sagte: »Wo ist da der Unterschied, es laufen doch alle vor ihrem Vater weg, oder?«, und fing an zu lachen wie ein Schulleiter. Nichts passierte. Der Krieg hinterließ seine Spuren auch bei den Pädagogen. Zweifel regte sich an allen Ecken und Enden.

(Insgeheim wurde das Am-Leben-Bleiben der Befehlshaber des Libanonfeldzugs ausgenutzt, zumindest eine vage Beschreibung dessen zu erstellen, was sich dort ereignet hatte, da 1982 tausend Panzer in den Libanon geschickt worden waren und 1985, als sie sich von dort zurückzogen, mindestens eintausendfünfhundert Panzer den Rückzug antraten, und dies, obwohl dort zweihundertfünfzig Panzer ausgebrannt waren; mehr noch: Als man sich zurückzog, verließen siebenhundert Lastwagen den Libanon, entgegen den zweihundert, die ursprünglich dort eingerollt waren, und ungeachtet der Tatsache, das wenigstens einhundert vernichtet worden waren, und auch die Armee, die abgezogen wurde, war um ein Vielfaches größer als die Armee, die einmarschiert war, trotz aller Verluste an Leib und Seele, und um die noch nicht ihrer Söhne beraubten Eltern nicht aufzuschrecken, wurde die Untersuchung streng vertraulich vorgenommen, in jenem geheimen und gewundenen Keller, in dem vor dem Krieg alle Informationen gesammelt worden waren über den vergessenen Mahdi, den Führer der gewaltfreien Rückkehrbewegung, oder sollte diese doch gewaltsam gewesen sein, je nach dem, wer angegriffen hatte. Eine unerschöpfliche Informationsquelle war der ausscheidende Chef des militärischen Abschirmdienstes, der damals, während der Vorbereitungen auf den Krieg, akribisch jedes Wort mitgeschrieben hatte, das der Ministerpräsident, Nachum Begin, bei den zahlreichen Treffen zwischen ihnen zu ihm gesagt hatte. Besonders maßgeblich erschien den mit der Untersuchung Betrauten jenes Gespräch, in dessen Verlauf der Abschirmdienstchef von dem Marsch der palästinensischen Kinder nach Balad ash-Scheikh, ihrem Heimatdorf, berichtet hatte. [Dies war Teil des perfiden Plans: Fünfzehnjährige Kinder konnten nicht auf dem Gebiet des Staates Israel geboren werden, von dem ihre Eltern und die Eltern ihrer Eltern fünfzehn Jahre, bevor sie geboren wurden, vertrieben worden waren.] Es war ein stockendes Gespräch. Der Ministerpräsident stellte eine Frage. Der Chef des Abschirmdienstes antwortete. Der Ministerpräsident stellte sogleich noch eine Frage. Er liebte seine Fragen. Maß deren treffender Formulierung großes Gewicht bei. In seiner Kindheit hatte er Rechtsanwalt werden wollen. Das Leben treibt zuweilen seine Späße mit uns. Die Antwort ließ auf sich warten. Warum? Der Abschirmdienstchef zeichnete zunächst die bisher gestellten Fragen und die betreffenden Antworten auf. Jedes Gespräch wurde so alle drei Minuten unterbrochen, da der Bericht erstattende Offizier mit großer Genauigkeit alles festhielt, was in den vorangegangenen drei Minuten im Zimmer gesagt worden war, und erst nach fünf Minuten des Notierens, Lesens, Abzeichnens und Gegenzeichnens wieder ins Gespräch zurückfand. [Diese Aufzeichnungen erleichtern uns, ganz nebenbei gesagt, die Arbeit des Erzählens: Wir müssen nicht das Geringste erfinden.] Dann ging die Tür auf und die Sekretärin von Menachem Requiem Begin kam herein, um ihn an irgendetwas zu erinnern, hinter dem Rücken des Generals, ohne ein Wort zu sagen, alles mittels Grimassen, Verrenkungen und Andeutungen, doch Begin stand der Sinn nach einem Späßchen, gut aufgelegt war er und tat daher so, als verstünde er sie nicht, ließ sie all die Grimassen und Verrenkungen noch einmal wiederholen [wollte wohl auch den Chef des militärischen Abschirmdienstes ein wenig zum Lachen bringen, der versunken in dem hohen Sessel hockte, als sei er zu einem Gespräch beim Schulleiter bestellt worden], bis er schließlich laut sagte: »Was gibt es denn, Rugatka, was stimmt nicht?« Sie wurde rot, aber der Abschirmdienstchef drehte sich nicht um, weil er nicht wusste, ob tatsächlich eine Frau hinter ihm stand oder aber der Ministerpräsident erneut zu scherzen beliebte, sodass Rugatka abermals mithilfe heftiger werdender Handbewegungen signalisierte, bis ihr am Ende – nachdem der Ministerpräsident sie einige Male gefragt hatte, »Was gibt es denn, Rugatka, was stimmt nicht?« – die Geduld riss, schließlich arbeitete sie nicht hier wegen einer besonderen Begabung für Pantomime, und sie erzürnt zu ihm sagte: »Das Lithium, Herr Rechtsanwalt Begin.« [Wenn sie ihn Rechtsanwalt nannte, wurde er weich und sprach in den höchsten Tönen über die Gedichte ihres Mannes, des Kinderpoeten Arije Bernstein, *Ein Abend mit dem Pony* ist sein wichtigstes Buch.] Und Begin sagte zu ihr: »Ich habe keine Geheimnisse vor der nachrichtendienstlichen Gemeinde, Rugatka, dem Kaiser, was des Kaisers ist«, [überlegte bei sich, wie man das wohl auf Latein sagte, wusste es nicht, auch etwas zu erfinden gelang ihm in jenem Augenblick nicht, und so fuhr er mit ein bisschen Enttäuschung auf Hebräisch fort], »Bring mir die Lithiumdosis.« Das Gespräch endete damit, dass der Chef des militärischen Abschirmdienstes zur Tür geleitet wurde, sich dann, in einem Augenblick der Unverfrorenheit, Verlegenheit oder des Hasses umdrehte, eine tiefe Verbeugung machte und sagte: »Utque in corporibus sic in imperio gravissimus est morbus, qui a capite diffunditur«,[7] worauf der Ministerpräsident ihm entgegnete: »Ut sementem, feceris ita metes«,[8] und sehr erfreut war, den hochrangigen Offizier geschlagen zu haben, obgleich er dessen Ausspruch nicht verstanden hatte, so wie auch der Nachrichtendienstchef den Sinnspruch des Ministerpräsidenten nicht verstand, da beide bloß ein schönes Quantum lateinischer Zitate auswendig gelernt hatten, doch wie auch immer, Herr Begin setzte schnell hinzu: »Iustum est bellum, quibus necessarium; et pia arma, quibus nulla nisi in armis relinquitur spes«,[9] und fügte geschwind noch eine weitere Sentenz hinzu, zufrieden lächelnd: »Qua re si pace frui volumus, bellum gerendum est si, bellum omittimus pace numquam fuemur.«[10] In seinem Wagen, als sein Fahrer ihn nach Tel Aviv fuhr und fragte: »Wohin, Herr Kommandant, zu Ihrer Frau oder zu der Wie-heißt-sie-noch-gleich?«, notierte der Chef des militärischen Abschirmdienstes in seinem Tagebuch: »Der Ministerpräsident bekommt Lithium; beim leitenden Sanitätsoffizier klären, bei welchen Krankheiten wird Lithium gegeben?« Die große Diskussion im Generalstab, noch während des Fiaskos im Libanon, drehte sich bereits um die Frage, wo die Antwort auf die Frage nach besagter Krankheit geblieben war, und später dann debattierte der Untersuchungsausschuss endlos, bis der Ministerpräsident, verlassen und mit Haaren im Gesicht, am Ende seine Seele aushauchte, und beschlossen wurde, ihn fortan in Ruhe zu lassen, schließlich war er nun ebenso tot wie all jene, die er ums Leben gebracht hatte, und stattdessen entschied man sich, einen hochrangigen Mann des Inlandsgeheimdienstes zu suchen, bebrillt und vernarbt, der zum Islam übergetreten und von seinem letzten Einsatzort Gaza spurlos verschwunden war, nachdem ihm ein wichtiger Häftling hatte entwischen können.

Als das Zimmer, die Küche und die Toilette vom Licht des Morgens erfüllt waren, fand er seine Brille, die wie zwei kleine Kinder ruhte und auf ihn wartete. Er liebt seine Brille. Das Zimmer hatte sich auch verändert. Die Bücher und Schallplatten auf dem Fußboden weckten keinen Ekel mehr in ihm, nein, es muss nur aufgeräumt werden, im Augenblick hat er keine Kraft dazu, ist müde, sein Kopf dreht sich noch, auch wenn sein Körper zur Ruhe gekommen ist, er könnte jetzt einschlafen, wollte aber an diesem Morgen irgendwohin gehen, wohin beabsichtigte er zu gehen, zu jener Frau, die dem Professor ein Kind geboren hatte, das ist es, was er wollte, er würde mit dem Säugling spielen, ein Spiel gibt es, das der Säugling über alles liebt, der Gaumen ist trocken, er könnte sich jetzt im Bett zusammenrollen, die Sonne streichelt durchs Fenster, dies ist die Stunde, um einzuschlafen, wenn die Nacht vorüber ist und die Sonne kommt, der Körper Ruhe findet und seinen Platz in dieser Hülle, diesem Taucheranzug, der Haut sucht, er wird gehen und mit der Frau reden, vielleicht ist der Professor ja getürmt. Professoren fliehen, forschen und flüchten. Er trat ins Freie, ohne die Tür hinter sich zu schließen, vielleicht würde er nicht zurückkommen, das Buch Esra hallte in ihm wider, Buchstaben ausgerechnet, er wühlte in seinen Taschen, warf Zettel fort, und als dies aber beendet war, traten die Obern zu mir, sprechend: »Nicht haben sich abgesondert das Volk Jissrael und die Priester und die Lewiten von den Völkern der Länder, deren Gräueln gemäß, dem Kanaaniter, dem Chetiter, dem Prisiter, dem Jebussiter, dem Ammoniter, dem Moabiter, dem Ägypter und dem Amoriter, denn sie haben von ihren Töchtern für sich und für ihre Söhne genommen und haben sich, Same der Heiligung, vermischt mit den Völkern der Länder, und die Hand der Obern und Präfekten war in dieser Untreue voran.«

Trotzdem würde er zur Schule gehen, eine Turteltaube stieg auf in das Blau des Himmels, ein Palisanderbaum stand dort, versucht, alles von neuem zu lesen, würde er ihnen sagen, vielleicht kennen die Samaritaner ja die Geschichte der Hebräer besser, Sichem wurde als ewige Hauptstadt erfunden, weil es irgendwann einmal Hauptstadt gewesen ist, Jerusalem wurde als ewige Hauptstadt erfunden, weil es irgendwann einmal Hauptstadt gewesen ist, irgendwer hat irgendwann angefangen, die Dinge aufzuschreiben, einige Schriften haben gesiegt, andere sind unterlegen, das ist alles, und wann hat die Geschichte begonnen, Herr Lehrer, ab wann wurde die Geschichte schriftlich fixiert, Herr Lehrer? Sie schauten mich an wie einen Geistesgestörten. Wer sagt denn, dass das Land Israel im Mittelpunkt des Lebens der Juden lag, nein, ich spreche nicht vom »Exil«, auch das Land Israel ist irgendwann erfunden worden, seine Grenzen wurden zu einem bestimmten Zeitpunkt erfunden, nicht ganz so früh wie die Thora sagt, viel später, was dachten etwa in Alexandria im dritten Jahrhundert Juden, die überhaupt kein Hebräisch sprachen und die Bibel, wie wir sie kennen, nicht kannten, gar nicht zu reden vom Talmud, den es überhaupt noch nicht gab, und sechshundert Jahre später gab es auf der arabischen Halbinsel Juden, vielleicht also war dort das Zentrum, schließlich sagen die Muslime, unser Stammvater Abraham sei in Mekka gewesen, warum ihnen nicht glauben? Warum soll man ausgerechnet der Thora Glauben schenken? Versucht, alles von neuem zu lesen, was tue ich ihnen an, sie interessieren sich doch weder für die allgemein akzeptierte noch für die vertuschte Version.

Unter den Bäumen steht er, uriniert und denkt an Zerstörung, dürre Ästchen schwimmen auf seiner Pisse und der himmelblaue Blütenstand zerfällt in der Luft, im Namen von was spreche ich, in wessen Namen spreche ich? Die Ästchen klumpen in einer Ecke zusammen, die Pisse läuft nach unten auf meine Schuhe zu, im Namen von was spreche ich? Im Namen meiner Irrtümer, »Wenn du fertig bist mit Pinkeln, mach deine Hose zu«, hustete die Alte hinter ihm. Er erschrak, unzählige Vögel, wie lässt sich das Pochen des Spechts, das Zwitschern des palästinensischen Sonnenvogels, die Heiserkeit der Turteltaube beschreiben (es ist möglich, aber bei anderen Schriftstellern). Hinter ihm rauchte das Großmütterchen, schöpfte Luft nach dem Erwachen, er sah sie an und drehte den Kopf weg, sah auf seine Hose, die er schon wieder zugeknöpft hatte, höchstwahrscheinlich wollte sie ihn nur aufziehen oder hatte ihn nicht zuknöpfen sehen, wie auch immer, sie unterscheidet sich sehr von dem wie er sie in der Nacht gesehen hat, alles ähnelt dem Ende einer Horrorgeschichte, bei der der Schrecken nur ein Schreckchen gewesen ist. Er hatte sich selbst Schmerzen zugefügt. Sich einen elektrischen Schlag zu verpassen, hatte er nicht gewagt. Das Großmütterchen ist still, ihre Augen irren nicht über die Fenster, ganz vorsichtig inhaliert sie den Rauch der Zigarette, die Schachtel steckt in der Tasche ihres Morgenrocks, gleich wird sie die nächste Zigarette von dort herausfingern, steht auf den Stiel des Rechens gestützt, atmet auch vorsichtig aus, genießt und quält sich, hat Schmerzen. Es ist kalt zwischen den Bäumen. Er trat in die Sonne. Heiß. Er liebte es, die Urinlache unter dem Pampelmusenbaum zu hinterlassen, hatte aber tatsächlich nicht gewusst, dass sie ihm zuschaute, als er pinkelte. Hatte sie seinen Schwanz gesehen oder nicht? Wieder ist sie im Schatten, ihr ist kalt, sie zittert, geht in die Sonne, wie zwei sich entfernende Züge, deren Fenster einen Schatten auf die Bäume entlang des Schienenstrangs werfen, welcher von beiden bewegt sich, das Wechselspiel von Licht und Schatten macht sie zu einer beweglichen Silhouette, mal sichtbar, mal unsichtbar, eine schwarz-weiß-schwarz-weiße Katze flüchtet vor ihm, was für eine Tablette hat er genommen, wie viele Stunden sind vergangen, die Katze sieht sich um und flieht, bleibt stehen, sieht ihn erneut an und nimmt abermals Reißaus, Ismail, nein, ich habe kein Mitleid mit mir selbst, ich habe Menschen Schmerzen zugefügt, kann weder sagen, ich hätte es genossen, noch, ich hätte es überhaupt nicht genossen, ich wollte es genießen, warum bin ich diesen ganzen Weg bloß gegangen. Ich denke an nichts.

Er ließ sich auch von der Katze nicht anstecken, seine Füße waren schwer. Einmal habe ich dich betrogen mit einer Frau, die eine Katze hatte, und plötzlich, ich meine, es sei sogar mitten beim Ficken gewesen, vielleicht auch danach, als ich neben ihr lag und sie mich streichelte, ich erinnere mich, dass die Katze jaulte, unsere Körper betrachtete und jaulte, wartete, dass wir irgendetwas zu ihr sagten oder sie zu uns holen würden, aber ich hab die Katze verscheucht, ihre Augen, ich dachte an unseren Sohn und sie wollte, dass ich es ihr mit der Hand mache, deutete mit der Hand, die meine streichelte, so etwas an, weil sie nicht gekommen war, doch ich tat so, als verstünde ich nicht, Bedauern überkam mich wegen der Augen der Katze, die uns zuschaute. Ich überzeugte sie, dass jeder von uns es sich selbst mit der Hand besorgen sollte, aber die Katze stierte weiter und jaulte, als protestierte sie dagegen, dass wir sie nicht mit ins Bett holten, im Namen meines Sohnes protestierte sie, wieso eigentlich im Namen meines Sohnes, was hat der damit zu tun? Doch so hatte ich auch eine Ausrede, nach Hause zu gehen, die Trauer, die die Katze in mir geweckt hatte, ich lief nach Hause, du warst mit dem Jungen in seinem Zimmer und ich ging mich waschen.

Er flieht vor dem Großmütterchen, will nicht mit ihr schlafen, ihre Brüste sind verschrumpelt, wenn man die Haut auseinander zöge, würde sie eintausend Quadratmeter bedecken, woher hat der Mensch so unendlich viel Haut, wie verschlungene Gedärme, mein kleiner Körper steckt in der dicken Haut, zusammengerollt, wenn sie inständig bittet, könnte ich im Nebenzimmer onanieren, damit sie sich bereitmacht, das verstopfte Loch mit Wasser befeuchtet, er würde bereit zu ihr kommen, mit geschlossenen Augen, würde ihn wegstecken, ihr wehtun, wenn sie beglückt wäre, umso besser, aber warum sollte sie beglückt sein, ich zerfalle doch, der Bauch wie ein ausgeschütteter Sack, die Flüssigkeiten im Körper werden stocken, gerinnen, versteinern. Ich werde zur Frau des Professors gehen, ich weiß, wer der Vater ist, kenne das Geheimnis, doch ich will nichts dafür, nur mit dem Jungen spielen, ihn auf die Schultern nehmen und mit ihm spazieren gehen, wir werden zu den Lupinenfeldern gehen, blaue und gelbe Lupinen gibt es, und weiße, die das Weiß von Haut mit bläulichen Blutgefäßen unter der Blässe haben, ich werde gehen und ihn aus dem Kindergarten abholen. Die Angst, aus dem Haus zu gehen und nie wieder zurückzukehren, die Freude, zu gehen und den Weg zurück nicht zu kennen.

Wie viel Tau auf dem Gras ist, meine Socken sind nass, wann hab ich zuletzt die Socken gewechselt? Seine Frau sagte, ›Bring einen Fisch‹, und er kam mit einem Fisch wieder, aber seine Frau war bereits sehr betagt und sagte zu ihm: ›Wo bist du gewesen?‹ Und er erwiderte, erschüttert über die Falten um ihre Augen, sie hatte doch so schöne Augen gehabt, als er gegangen war: ›Was willst du von mir? Du hast mir gesagt, ich soll Fisch mitbringen, also hab ich Fisch mitgebracht‹, und sie darauf: ›Aber du bist schon so viele Male hier gewesen ohne Fisch, wir haben den Fisch längst vergessen, sind bereits vor dem Verzehr von Fisch gewarnt worden, haben dann den Jungen losgeschickt, Fische aus fernen Ländern zu beschaffen, warten, dass er zurückkommt, er hat geschrieben, du hattest keine Kraft zu warten.‹ Oder sie würde sagen: ›Wo hast du all die Jahre gesteckt? Hast du die ganze Zeit über Fisch gesucht oder ist das nur ein Vorwand, um wieder hier einzuziehen?‹ Wenn er entscheiden könnte, was zutrifft, würde er sich hinsetzen und den Brief schreiben, den er seit Jahren im Kopf hat. Meine eine Teuerste, niemals werde ich dich vergessen, du kannst mich verachten, doch ich werde dich nie vergessen. Es ist verboten, sich unter die Hochspannungsmasten zu setzen, doch ausgerechnet dort kann man sich gegen die grauen Eisenträger lehnen. Die Sonne kommt heraus, sein Hemd ist nass vor Schweiß. Oder vom Tau. Und das Gras, das Gras brennt

Gut, dass er in der Nacht kurz eingenickt ist. So kann er den gestrigen Tag als Gestern rechnen. Der Schlaf blättert einen Tag um. Ein kleiner Junge wird auf seinem Arm vor dem Rasierspiegel sitzen, er wird ihm eine Schaumflocke auf die Nase tupfen und fragen: Wer ist dein Papa? Und der Junge wird ihm einen Kuss geben, die Frau des Professors im Nebenzimmer wird lachen und sagen: Warum bringst du ihn durcheinander? Ein Husten in seinem Rücken. Großmutter, Großmutter, warum hast du so einen knochigen Körper? Ihre Augen irren wieder umher wie in der Nacht, hetzen über die Fenster. Braune Spulen die Transformatoren, ich werde bis nach dort oben klettern, berühren verboten, ein roter Totenkopf, Gefahr. Ich werde das Großmütterchen betrachten, um mich zu beruhigen, von der Straße aus betrachtet er sie, jenseits des Hügels verläuft die Hauptstraße. Ein Arbeiter mit einem khakifarbenen Schlapphut auf dem Kopf fährt mit seinem Fahrrad auf dem Weg, der mitten durch das Feld führt, und am Ende des Feldes steht das Wäldchen aus Eichen und Pistazienbäumen, das der Weg ebenfalls durchquert. Hier habe ich als Kind gespielt. Habe den Kadaver eines Schakals gefunden und mich auf die

Suche nach seinem Geist gemacht, sie haben mich ausgelacht, doch ich habe gesagt, nicht alles sei verfault. Den Schädel fand ich nicht weit von dort, die Fänge weit aufgesperrt, Tiere nagten daran herum, nicht weit von denen, die am Gerippe herumnagten. Warum lasse ich die Erinnerung an mich heran? Er kehrte zur Straße zurück. Die Häuser der Siedlung lugten zwischen den Bäumen hervor, große, von Ungeziefer bedeckte Zitronen hingen an einem gedrungenen Baum vor dem Lebensmittelladen, neben dem Bekleidungsgeschäft und dem Gemüseladen, und über dem Lebensmittelladen prangte ein großes Schild, der Name des einstigen Krämers, der schon seit zwanzig Jahren tot war, doch der Name hatte überdauert, ebenso wie das Emblem einer Waschseife.

Der Rabbiner stand da und schaute in den geschlossenen Laden, vor dem sich die Kästen mit Milch und Quark, Käse und Sahne bis zum Eintreffen des Kaufmanns türmten oder aber in der Sonne sauer wurden, wenn er nicht käme, denn alles gründet auf der Gewissheit, der Lastwagen fährt vor und lädt seine Ladung ab und zwei Stunden danach kommt der Kaufmann, öffnet die Türen, überprüft die Rechnung und räumt die Ware in die Kühltheke, die Geschichte würde einen jeden an seinem Platz vorfinden. Und wer nicht an seinem Platz wäre? Schade um ihn. Würde noch eine Geschichte kommen? Nein. Die Geschichte ist schließlich kein Autobus. Nur ein einziges Mal kommt sie und geht ihrer Wege. Sehen tun sie nur jene, die sie in der Öffentlichkeit verkünden. Alle anderen müssen es glauben oder sie verpassen. Und vielleicht gibt es gar keine Geschichte, das ist es, was ich ihnen sagen muss, es existiert nicht die eine Geschichte, nicht wenige Alternativen sondern unendliche viele, und Menschen seid ihr, mithin schwach, ihr schwächt euch selbst ohne Notwendigkeit, schwächt euch nicht, Jungen und Mädchen, denen Fingernägel die Haut zerreißen, plötzlich fällt eine Frau mitten bei der Arbeit um, es gibt keine Geschichte, der Krämer erwacht am Morgen, als Erstes zur Toilette gehen, denn die Toilette des Lebensmittelladens gehört zu drei Geschäften, und es gibt keinen Schlüssel, sodass jeder Besoffene sie nachts benutzt, und zu allem Überfluss scheißt er nicht gerne in der Hocke, ohne den Klodeckel zu berühren. In der Küche dampft bereits der Kaffee im Glas, so wie er ihn liebt, zwei Drittel heißes Wasser auf einen gehäuften Teelöffel türkischen Kaffee und Milch, außerdem hat der Filialleiter der Bank am Ende doch noch den Kredit bewilligt, zwanzig Jahre betreibt er jetzt den Lebensmittelladen, und das mit Erfolg, ist nicht auf seinen Schulden sitzen geblieben, meine teure Frau, er schlurft in Hausschuhen durch die Wohnung, zuallererst pinkeln, das Kaffeemehl setzt sich derweil im Glas, bis er da ist, wird der Kaffee genau richtig sein, seine Frau sucht noch ein Paar Socken heraus, nach der Hälfte des Tages werden seine Füße müde und er wechselt gern die Socken, die Zehen jucken ihm in den Schuhen, aber das hat er ihr verschwiegen, dass er Fußpilz hat, vielleicht, weil er vor dreißig Jahren, in der Armee, gehört hat, es sei eine Schande, Fußpilz zu haben, verbirgt er das vor ihr, vielleicht hat er auch gedacht, das sei ansteckend, dabei liebt er es, nachts, bevor sie einschlafen, jede Nacht, seine nackten großen Zehen an ihren kühlen Zehen zu reiben, so erinnern sie sich vielleicht, zumindest er erinnert sich, fragt sie aber nicht, hat Angst, denkt an ihren Sohn, wie er zwischen ihnen im Bett gelegen und ihnen die Zehen gekitzelt hatte, aber auch er flieht vor der Erinnerung, genießt nur das Streicheln der Zehen. Sie bringt ihm auch ein sauberes Taschentuch, für den Schweiß zwischen Kragen und Hals, Kisten warten, wenn bloß der Lieferant drei Milch und drei Hüttenkäse dagelassen hat, wie ich ihn gebeten habe, immer macht er mir Ärger, Was kümmert dich das?, schimpft sie, Was mich das kümmert? Wenn bis zum Mittag nicht genug Milch da ist, marschieren sie zum Supermarkt im Zentrum, und wenn er zu viel bringt, geht der Rest auf meine Rechnung. Alles wird stimmen, auch die Bilanz, die Jahreszeiten, alle werden ihre Haltestellen erreichen, der Bus fährt große Runden, Leute steigen an den Haltestellen aus, andere ein, die Aussteigenden grüßen die Einsteigenden, der Fahrer lächelt in einem fort, wartet aber nicht, alles kann plötzlich aufhören, der Kaufmann wird auf dem Weg zum Kaffee nicht aufstehen, wird es sich anders überlegen, wird sich den Bauch halten, die Brust kann es nicht sein, etwas, das ich gegessen habe, wird langsam zum Bett wanken, sein Frau wird nach ihm rufen, hat ein Stöhnen gehört, immer meint sie, aus seinem Zimmer ein Stöhnen zu hören, wenn sie in der Küche ist, panisch ruft sie nach ihm, was bleibt ihr auf der Welt, wenn ihm etwas passiert? Wir werden nicht über den Jungen reden, das bricht Benjamin das Herz, sie hastet ins Schlafzimmer, er liegt gekrümmt auf der Seite, schnell zum Telefon, keucht er, sie versteht ihn kaum, zieht ihm die Schuhe aus, schnell, die Hände zittern, der Hörer zwischen Wange und Schulter, du bist der Einzige, mein Ein und Alles, du wirst den Bus verpassen, auch ich werde nicht fahren, wir werden in der Dunkelheit bleiben, an einem anderen Ort, und die Geschichte geht weiter, die Kisten warten in der Sonne, ich habe auf der Welt nichts außer dir, vor dem Laden Milch und Hüttenkäse, das Ganze muss in die Kühltheke und der Lieferant für die Seife will bezahlt sein, was kümmert mich das, bleib mir am Leben, Benjamin, dann Schaum in seinem Mundwinkel und der Kaufmann ist nicht mehr, und alles wird draußen stehen und warten, bis irgendjemand die Todesanzeige für die Beerdigung aufhängt, der Sohn der Nachbarn mit seinem Fahrrad vielleicht, und was ist nun der Rest? Was stimmt nicht? Wer ist an der Haltestelle nicht eingestiegen, hat einen großen Schein hingehalten und kein Wechselgeld bekommen? Wer ist in der Dunkelheit geblieben? Leute steigen ein und aus, der Bus erreicht die Endstation, der Fahrer sucht nach Liegengebliebenem, doch es ist nichts verloren gegangen, alte Zeitungen müssen weggeworfen werden, Schulden sind geblieben, die Milch ist sauer geworden, im Laden verkommt die Ware, die Frau wird noch einige Zeit allein bleiben, das Leben danach ist ein neues Leben, aber es braucht fünfzehn Jahre, um zu begreifen, dass ein vollkommen anderes Leben begonnen hat und das vorherige Kapitel an jenem Morgen zwischen dem Pinkeln und dem Kaffee zu Ende gegangen ist, und irgendwann ist auch dieses Kapitel vorbei, der Laden gehört ihr nicht, sie wird woandershin fahren, wird die Schulden bezahlen und fahren, wohin, zunächst ohne Benjamin, dann kam Benjamin, dann war der Sohn da, danach folgte das Leben ohne den Sohn, danach das Leben ohne Benjamin, und auch sein Leben war ein Puzzle, wenn man es so betrachtet.

Der Rabbiner scheint in die Schaufensterscheibe versunken, kühlt vielleicht seine Stirn an ihr, sein Mantel ist schwarz, sein Hut nach hinten verrutscht, seine Hände schirmen die Scheibe ab, damit er besser sehen kann, er taxiert die Dinge dort drinnen, vielleicht will er selbst Lebensmittelhändler sein, wenn der Kaufmann einwilligt, Rabbiner zu werden, oder stirbt oder nach Amerika fährt, viele sind nach Amerika gefahren, laufen auf den von Menschen schwarzen Straßen Amerikas herum, Ismail, wie sehr möchte ich, dass du zurückkommst, jetzt spiele ich kein falsches Spiel, komm nach Hause. Immer schon hatte er den Rabbiner neugierig betrachtet, hatte ein- oder zweimal versucht, ihm zu folgen, aber der Rabbiner bemerkte die Nachstellung stets und flüchtete, betagt ist er und sein Körper massig und verfettet, aber seine Beine sind flink, warum hatte der Lehrer mit ihm sprechen wollen? Vielleicht, weil der Rabbiner über die Straße ging und mit bebenden Lippen geräuschlos vor sich hin murmelte, nicht auf Fragen antwortete, niemals, nicht einmal auf das »Wie geht es Ihnen, ehrwürdiger Rabbiner?« Als behelligte man ihn mit derartigen Fragen, und beim Gebet dreht sich der Rabbiner nur hin und wieder um, um die Gemeinde zu sehen, und wer wollte nicht den Rabbiner laut psalmodieren hören, wissen, wie sein Stimme klingt, wenn er betet ›Lass Ewiger unser HERR in Frieden uns niederlegen und im Wohlfein wieder erwachen, breite über uns das Zelt DEINES Friedens.‹ (Nur der Chef der Regionalverwaltung kommt in den Genuss, ihn entspannt zu sehen, gelassen sitzt er vor ihm, seine Augen blicken furchtsam, aber er selbst ist ganz ruhig. Ein jeder hat seinen Beamten, der einen gemächlich vor sich Platz nehmen lässt, wartet, dass man sein nervöses Haupt senkt, bereitwillig nickt und alle Verfehlungen und Irrtümer gesteht, sagt, Sie haben Recht, ich bin ein Volltrottel gewesen, und Ablass gewährt bekommt – wenn auch das Verzeihen recht reserviert ausfällt, denn wie oft noch kann ich dich decken, auch ich bin vor Kritik nicht gefeit. Ein jeder also sucht sich einen Beamten, um ihm ohne Scham zu sagen, ich bin ein Volltrottel, vielleicht auch, um zu denunzieren, denn bei dir suche ich Schutz, auf dich vertraue ich, ja, ja, und auch später, in der Nacht, kommt kein Schamgefühl auf, ein jeder braucht sein Auskommen von unserem HERRN, auch der Lehrer sitzt gelassen vor dem Schulleiter, und wenn ein neuer Chef der Regionalverwaltung gewählt werden sollte? Daran denkt der Rabbiner nicht, fast jeden Tag wird er beim Chef der Regionalverwaltung vorstellig, alle erweisen ihm dort die gebührende Ehre, und nur der Chef selbst schimpft ihn leise aus, damit sie draußen nicht hören, wie er dort drinnen von dem Rabbiner nicht einmal einen klitzekleinen Segensspruch für den Erfolg bei den Wahlen oder das Gelingen der Fünfzigjahrfeierlichkeiten unserer Ortschaft gesagt bekommt, sodass er ihn schilt, warum er ein kleines Mädchen geheiratet hat, und ihm danach Vorhaltungen macht, ich hab dir diese Stelle beschafft, verhalte dich entsprechend, mach dem Amt keine Schande, die Leute brauchen einen Rabbiner, keinen Waschlappen, sei stark, in

Ordnung? Der Rabbiner jedoch hat seine Anspannung längst abgelegt, was gegen ihn geredet wird, trifft nicht zu, doch den Chef der Regionalverwaltung kratzt nicht, was nun zutrifft und was nicht, nur, dass sie nicht mit Beschwerden zu mir kommen, warum muss ich dich ständig in Schutz nehmen? Der Rabbiner geht, ist vielleicht beruhigt, dass der Chef der Regionalverwaltung ihm verziehen hat, aber dieser verbirgt seinen Ekel vor sich selbst, glaubt, dass er sich versündigt, wenn er so mit dem Rabbiner redet, andererseits kann er der Versuchung nicht widerstehen, sieht den Rabbiner und wird von großer Abscheu erfüllt, redet mit ihm wie ein Sohn mit seinem kranken und verhassten Vater redet, na ja, vielleicht nicht ganz so, und in der Eingangstür bittet er den Rabbiner vor den Augen aller Angestellten um einen Segen, geben Sie mir einen Segen, ehrwürdiger Rabbiner, sagt er draußen, und der Rabbiner legt eine Hand auf den gesenkten Kopf, segnet ihn leise und will erneut seines Weges gehen, und eine Angestellte namens Shifra, die Sekretärin der Stadtreinigung, plant schon seit langem, um einen Segen für die Fruchtbarkeit des Leibes zu bitten, traut sich indes nicht, sie ist nicht verheiratet und woher weiß sie, dass sie keine Chance hat, je zu gebären? Sie hat keine Gebärmutter, nur einen großen Magen, der ständig arbeitet, und außerdem hat sie in der Nacht geträumt, ein großer Adler habe ihr die Gebärmutter herausgerissen und auf eine Müllhalde geworfen, doch sie hat sich geschämt, die Müllmänner zu bitten, dort danach zu suchen, im Traum hat sie sich geschämt, und am Morgen hat sie sich geschämt, so etwas geträumt zu haben, außerdem hat sie viele Male mit einem Mann geschlafen und ist nie schwanger geworden, obwohl er nicht aufgepasst hat und in ihr gekommen ist, drei- oder viermal hat sie mit ihm geschlafen, der Chef der Regionalverwaltung ist es, mit dem sie geschlafen hat, weshalb sie dem Rabbiner nicht hinterherläuft, weil sie sich fürchtet, doch wie sehr wünscht sie sich schwanger zu werden, was interessiert es sie, dass der Chef der Regionalverwaltung Familie und fünf Kinder hat, warum weinst du, warum issest du nicht und warum grämt sich dein Herz, bin ich dir nicht gut, mehr als zehn Söhne, segne mich, Rabbiner, aber der Rabbiner war bereits gegangen, immer sieht er zu, dass er schleunigst wegkommt, und der Chef der Regionalverwaltung schaut sie an, zuckt mit den Achseln, weiß nicht, was sie will, denkt, sie will mit ihm reden, aber er kann nicht, ist zu seiner Frau zurückgekehrt oder hat eine andere Angestellte, oder beides). Der Lehrer steht hinter dem Rabbiner, nahe genug, um ihn geräuschlos umbringen zu können, es ist viel über ihn gesagt worden, über den Rabbiner, sonderbare Geschichten, hauptsächlich nach seiner Hochzeit mit einem jungen, dürren Ding. Der Rabbiner hasst den Lehrer. Er dreht sich nicht um.

Der Lehrer fragte Nissim, was zuträfe und was nicht hinsichtlich des Rabbiners. Nissim lächelte, man kann nicht alles wissen, nur das Unerlässliche braucht es, den ganzen Rest kann man getrost weglassen, Gerüchte sind nicht wichtig, »Der Klassenkampf, der einem Historiker, der an Marx geschult ist, immer vor Augen steht, ist ein Kampf um die rohen und materiellen Dinge, ohne die es keine feinen und spirituellen gibt. Trotzdem sind diese letztern im Klassenkampf anders zugegen, denn als die Vorstellung einer Beute, die an den Sieger fällt. Sie sind als Zuversicht, als Mut, als Humor, als List, als Unentwegtheit in diesem Kampf lebendig und sie wirken in die Ferne der Zeit zurück. Sie werden immer von neuem jeden Sieg der den Herrschenden jemals zugefallen ist, in Frage stellen.« Was philosophierst du da, du dreckiger Araber. Aber Nissim fährt fort, Che Guevara zu zitieren, bereut dann und ändert seine Meinung, nicht Che Guevara, beim Wesentlichen bleiben, bei den Fakten, die zum Prozess gehören, er lächelt wie ein Kind, ein Lächeln zwischen Schnurrbart und Brille, alles andere bewegt sich nicht, die Augen hinter den Brillengläsern sind gefroren, die Lippen unter dem Schnurrbart reglos, aber wenn er spricht, verrät er Selbstsicherheit und nur die Augen bleiben starr vor Angst, »Er weiß ja, dass mein Schnurrbart angeklebt ist«, ja, nein, was lässt er mich zappeln? »Aber er ist angeklebt. Jeden Morgen klebe ich ihn an. Mein Gesicht hingegen, ich kenne es, seit ich ein Kind gewesen bin. Hat er von dem Spion Eli Cohen gehört, den die Syrer aufgehängt haben? Wie haben sie ihn geschnappt, was glaubt er? Ein altes Foto, aus der Zeit, als er noch ein kleiner jüdischer Junge in Ägypten war, das haben sie mit einer Aufnahme verglichen, die sie extra aus Ägypten beschafft hatten, ja, ja, das Gesicht verändert sich nicht im Mindesten, sein Vater und seine Mutter, wenn sie ihn sähen, selbst nach dreißig Jahren, würden ihn sogleich wiedererkennen, deswegen habe ich auch nie Angst gehabt, verloren zu gehen, all diese Geschichten über Zigeuner, die Kinder verschleppen, alles Unsinn, Vater und Mutter erkennen das Kind auch noch nach vierzig Jahren, alles bleibt, wie es ist, verändert sich nur ein wenig, aber das Wesentliche bleibt.« Er wandte sich ab, unterdrückte seinen Zorn, ging mitten in dem Monolog davon, hätte ihm sagen können, du denkst, ich weiß nicht, dass du weißt, wer ich bin? Aber Nissim blieb erstaunt, wartete auf das nächste Gespräch, glaubt an die Zwangsläufigkeit. Alles wird dorthin gelangen, wo es hingehört, wie der sich verspätende Autobus.

Der Nacken des Rabbiners ist von der Sonne verbrannt vor lauter ziellosem Umherwandern auf den Straßen und Feldern. Rot ist die Haut, wie angesengt, und in der Haut winzige Karos, Rhomben wie ein gebranntes Mosaik. Eines Tages werden sie zu Falten werden, werden wachsen, sich verbreitern, gedehnt werden, und in ihnen wird der Körper umherwandern, ruhelos wie zuvor, klein wie er immer gewesen ist, in seinen gespannten

Hüllen, wird er in der schlaff gewordenen Haut vor sich hin klappern wie ein Samenkorn in einer trockenen Hülse, was sucht er in dem Laden? Ich werde ihm etwas erzählen, meine Geheimnisse werde ich ihm erzählen, hör mir zu, ich bin ein großer Frevler, habe mich mehr an anderen versündigt als sie sich an mir, ich war es, der dir einen Kürbis ins Fenster gestellt hat, mit Augen und Mund und einer Kerze, ins Fenster. Er war erschrocken, hatte vor Angst geschrien. Er erinnert sich nicht an mich (seine Frau ist tot, hat sich, bevor sie sie umbringen konnten, das Leben genommen, und bevor sie ihrem Leben ein Ende gemacht hat, hat sie ihren kleinen Sohn getötet, und er, der er versprochen hatte, gemeinsam mit ihnen zu sterben, ist am Leben geblieben und irrt, seitdem er hierher gekommen ist, durch die Gegend.) Er geht behutsam auf den ans Schaufenster gelehnten Rabbiner zu, doch der bemerkt sein Spiegelbild und entfernt sich, hustend und mit bebenden Schultern. Vielleicht weint er tonlos? Er eilte ihm nach, würde um Vergebung bitten, ein für alle Mal. Sie kamen am Hof der Weintraub vorüber, seine Müdigkeit war groß, die Weintraub sah ihn den Rabbiner verfolgen, versuchte etwas zu sagen, lächelte, hob eine Hand, die für einen kurzen Augenblick in der Luft hing und dann herabsank. Der Rabbiner verschwand in eine Seitengasse, in einen Hof, zwischen Bäumen (immer wenn er in der Nähe seines Hauses war, das Zypressen vor den Augen der Passanten auf der Straße verbargen, schlüpfte er hinein und wartete, um bald darauf wieder ziellos umherzulaufen). Auch in seinem Haus und im Hof seines Hauses laufe er pausenlos umher, heißt es, er könne nicht an einem Ort sitzen, und der Bebrillte verfolgte ihn, hatte den Rabbiner vielleicht auch gebeten, auf ihn zu warten. Dann, als die Müdigkeit und vielleicht auch die Tablette, die er genommen hatte, ihn übermannten, rief er ihm nach: »E-Ehrwürdiger R-Rabbiner? E-Ehrwürdiger Rabbiner?« Worauf der Rabbiner sich mit einem Mal zu ihm umdrehte und sagte, wobei er weiterging, aber mit sonderbarer Stimme sagte, vielleicht auch nur mit merkwürdigem Akzent, wer weiß, woher er stammte, vielleicht nicht einmal aus Europa? (Sollten also alle Geschichten, die man sich erzählte, frei erfunden sein? Und wenn schon): »Warum verfolgst du mich alle Tage, lass mich in Ruhe«, und der Lehrer, dessen Füße schwer sind, die Zunge ausgetrocknet, die Sonne brennt, sagte: »I-Ich möchte b-beichten«, in Wirklichkeit habe ich keine Sehnsucht, ich bemühe mich, Sehnsucht zu empfinden, und es gelingt mir nicht, ich stochere in der Wunde, die Wunde ist blutüberströmt, ich habe gekratzt und das Blut fließt. Der Rabbiner ging schnell, schaute sich nicht mehr um: »Nur wer keinen Gott hat, will beichten«, aber der Lehrer ging ihm weiter nach, der Abstand wuchs. Er will nicht zurück zu seinem Zimmer. Wohin beabsichtigt er zu gehen? Mein Körper stinkt. Warum habe ich mich nicht gewaschen? Ich habe das Haus verlassen, um zurückzukehren. Wohin gehe ich? Die Morgenluft hatte den kräftigen Geruch der Felder herbeigetragen, der Rabbiner begibt sich auf seine Runden um die Ortschaft, und damit er als Rabbiner geachtet wird, hat er ein junges Mädchen geheiratet, alle Welt erzählt sich Witze über sein Sexualleben, »das Volk Israel spricht vor dem Heiligen, gepriesen sei ER, HERR der Welt, erinnerlich die Qualen, die ich erlitten, und mein Ungehorsam gegen DICH, die Pein, die mich mit Wermut und Gifttrank getränkt, da eines das andere bewirkt.«

In der Ferne, aus den Zitrusplantagen, die die Dünen verbergen, die von Akazien und anderen Sträuchern bedeckten Dünen, im Frühling blühen die Bäume, doch jetzt tragen sie bereits harte, trockene Blätter, der Frühling ist genau genommen vorbei, so schnell ist er zu Ende gegangen – in der Ferne also tauchte die kleine Kuhherde von Willi auf, jenem Willi, der immer so gut tanzen konnte, als im Café ›Eden‹ zum Ausgang des Schabbats noch Musik gemacht wurde und britische

Soldaten sich dort einfanden, aber Willi konnte besser tanzen als die britischen Soldaten, sie nannten ihn »den Deutschen«, diese Trottel aus Manchester oder woher auch immer diese Primitivlinge kamen, die den Unterschied zwischen einem Deutschen und einem deutschen Juden nicht kannten, aber Willi störte das nicht, weil er nämlich Deutscher war, ein wenig zumindest, und wenn er den Juden etwas vorzuhalten hat, dann nur, dass sie sich keine andere Sprache zugelegt haben, als sie mit dieser ganzen Sache anfingen, ein neues Volk aufzubauen, denn was für ein Unsinn war das denn, in einer Welt großer Staaten und weit verbreiteter Sprachen mit einer kleinen und verstoßenen Sprache anzufangen, die die meisten Leute hier nicht fehlerfrei beherrschen, und wenn schon allen eine neue Sprache beibringen, warum dann nicht eine andere, so ist unser Willi eben, der Bruder von Frau Ratner und Onkel von Gadi, dem stillen Gadilein, dem begabtesten Zeichner hier bei uns, der vor einigen Monaten zur Armee gegangen ist und den sein Vater in seinem kleinen Wagen zur Rekrutierungskaserne gefahren hat. Der Rabbiner ist jetzt stehen geblieben und wartet unruhig auf die Herde, neben der Willi herläuft mit einer abgeschälten Orangenbaumgerte als Stock in der Hand. Das ist kein fester Stock bei ihm. Wenn er an einem Baum vorbeikommt, wirft er den Stock weg, läuft vielleicht gar nicht gerne mit Stöcken durch die Gegend, sucht sich trotzdem immer gleich einen neuen. Die Herde kommt näher. Der Lehrer verharrt, weil der Rabbiner stehen geblieben ist. Jetzt, da er ihn einholen könnte, hat er nicht den Mut, ihn einzuholen, ist wirklich darauf bedacht, ihn nicht zu verfolgen, sondern nur mit ihm zu reden. Heute Nacht werde ich sterben. Die Kühe muhen. Willi grüßt von Ferne den Rabbiner mit einer ironisch gemeinten und gutmütigen Verbeugung. Ein Mann mit Brille, dessen graue Augenbrauen zusammengezogen sind und Licht aus den Augen pressen. Trotz der Ironie ist er ein gutherziger

Mann, und jedes Mal, wenn er jemandem antwortet, hat er genau genommen eine andere Antwort parat, die er aber zurückhält, bis sein Gesprächspartner noch ein paar Dinge mehr gelernt hat, und vielleicht verbirgt sich dies hinter seinem Lächeln, wer kann so etwas schon sagen.

Willi hält an. Die Kühe umkreisen den wie angewurzelt dastehenden Rabbiner. Vielleicht hat er Angst vor den Kühen. Aber sie trotten weiter, erreichen die Stelle, an der der Lehrer steht, und nun fällt es Willi ein, sie zum Stehen zu bringen, brrrrr, wie Schafe bleiben sie stehen (vielleicht sind es ja auch Schafe), ehe Willi den Rabbiner hinter sich lässt, weil er es eilig hat, die Kühe sind in der Nacht ausgerissen, sagt er, der Hund ist eingeschlafen, hat abends ein Huhn gerissen und ist eingeschlafen. Ein Hund darf nachts nicht einschlafen, deswegen geben sie ihm abends nichts zu fressen, aber vor lauter Hunger hat er ein Huhn gerissen, und die Schakale haben das Blut gerochen und sind über den Hühnerstall hergefallen, haben zwölf Hühner geraubt, worauf die Kühe in Panik geflohen sind. Ich hab nichts gehört, weil ich ohne Hörgerät schlafe, seit mein Ismail gegangen ist, kann ich nicht mehr arbeiten, wie es sich gehört, und auch Gadi ist schon bei der Armee, was bleibt noch? Der Lehrer tritt zu den beiden. Willi hat bereits die Kühe auf einen Pfad getrieben, der zwischen zwei parallel verlaufenden Straßen verbindet. Der Rabbiner wartet. Willi weiß, worauf der Rabbiner wartet. Er sagt zu dem Lehrer, als würde der Rabbiner es nicht hören: »Er will frische Milch, der Rabbi, aber heute Morgen hab ich keine Milch, hab noch nicht gemolken, seit drei in der Früh hab ich nach den Kühen gesucht, die mir weggelaufen sind. Ich komm, um zu melken, und was seh ich? Keine Kühe da. Im ersten Augenblick hab ich einen mächtigen Schreck gekriegt, vielleicht hat einer die Kühe gestohlen, die Araber stehlen jetzt Kühe.«

»Die Araber?«

»O ja, die Araber stehlen Kühe. Hast du nicht von dem Mahdi gehört? Die sind in den Libanon rein, um ihn zu töten, und anstatt ihn zu töten, bringt er nun uns um. Und er hat denen auch gesagt, sich alles, was ihnen mal gehört oder nicht gehört hat, zu nehmen.«

Der Rabbiner sagt mit heiserer und sehr hoher, vielleicht auch energischer Stimme, wer ihn noch nie hat reden hören, kann das kaum mit Bestimmtheit sagen: »Gibt es keine Milch heute?« Und Willi, in guter Absicht, erwidert, all dies an der Einmündung des Feldwegs, wo die Kühe die Kletterpflanze am Zaun des leeren Armeelagers fressen, da alle in den Libanon gezogen sind: »Komm zu mir nach Hause, ich werd dir im Stall Milch melken«, aber der Rabbiner will auf der Stelle Milch und Willi sagt: »Woher soll ich ein Glas nehmen?« Eine große Zugmaschine hält auf der kleinen Straße, von der der Schotterpfad abzweigt, der Straße, die in die Zitruspflanzungen führt und welche die Kühe mit Fladen zugeschissen haben, als sie sie überquerten, ein riesiger Panzer thront auf dem Auflieger, die Kühe nehmen Reißaus, Willi läuft schnell, um sie wieder zusammenzutreiben, ehe die Sonne ihm den Schädel erwärmt und sie ihm erneut entwischen, während der Rabbiner ein Glas aus seinem schwarzen Mantel fischt und zu Willi tritt. Der Fahrer fragt: »Wo ist die verfickte Hauptstraße? Ich hab den verfickten Weg verloren. Und ich muss heute Mittag in dieser Hurentochter von Libanon sein.« Der Lehrer deutet mit der Hand, sagt: »Dort«, und lässt den Panzertransporter irrtümlich die schmale Straße nehmen, die in die Zitrusplantagen führt, eine Sackgasse, ein riesiger Panzer in den Farben eines Marienkäfers ragt zwischen den kleinen Häuser hervor, und die Fanfare der Zugmaschine verschreckt erneut die Kühe. Willi beruhigt sie abermals, wie ein Vater, der sich seiner Söhne erbarmt, und lässt sich dann an der Weggabelung nieder, um für den Rabbiner ein Glas Milch zu melken. Die Kuh scheißt beim

Melken, spritzt grünen Brei aus einem kleinen Loch unterhalb des Schwanzes. Willi steht vornüber gebeugt, wie soll man im Stehen auch melken, und der Rabbiner verharrt mit dem ausgestreckten Glas in der Hand. Willi sagt zu dem Lehrer: »Du hast immer 'nen Schrecken gekriegt, kriegst du immer noch 'nen Schrecken davon?« Und der Lehrer sagt: »N-Nein, schon nicht m-mehr«, aber in Wahrheit stößt ihn dieses Scheißen noch immer ab, wenn der grünliche, morastige Brei zu Boden und in alle Richtungen spritzt. Willi lacht. Der Rabbiner trinkt mit Gluckslauten, wie er die Milch genießt, er segnet, trinkt und geht seines Weges, dankt vielleicht Gott aber nicht dem Willi. Zurück bleiben nur der Lehrer und Willi mit der Herde. »Das Kalb is nicht zurückgekommen. Entweder habn sies geklaut, oder es kommt nicht zurück. Schade drum. Es war ein nettes Kalb. Ach, was juckt mich das. Schade. Is von einem nicht registrierten Bullen.«

»W-Wo nicht r-registriert?«

»Im Herdenbuch.«

»Was ist das, ein H-Herdenbuch?«

»Nu, das is das Buch, in das man jede Kuh einträgt, von welchem Samen und von welchem Bullen is sie gezeugt, das is das ordentlichste Buch im ganzen Staat Israel.«

»U-Und warum war dein B-Bulle nicht registriert?«

»Darum, darum, darum.«

Willi ist sehr zufrieden mit seiner Antwort. Vielleicht weiß er, dass der Lehrer ein Mann vom Inlandsgeheimdienst ist. Er schaut den Lehrer herausfordernd an. Der Lehrer ist müde. Die Sonne schlägt diagonal ins Gesicht. Sieben Uhr morgens, es ist bestimmt sieben Uhr morgens. Der Panzertransporter hupt in der Ferne. Er wird es nicht rechtzeitig in den Libanon schaffen, sein Leben hat eine Fristverlängerung erhalten. »Klingt das verrückt?«, fragt Willi. »W-Was?« fragt der Lehrer zurück, »Dass ich ihnen einen Prachtbullen für das Buch unterschlagen hab?« Und der Lehrer antwortet, vielleicht lügt er, vielleicht sucht er einen Freund, der Rabbiner ist gegangen, gekommen ist ein Viehzüchter: »Nein, im G-Gegenteil, das klingt v-verrückt, dass man alle Kühe in einem Buch a-aufschreibt.« Willi betrachtet den Lehrer, mit einem Lächeln, prüft die Antwort, vielleicht, vielleicht sucht er auch nur nach richtigem Hebräisch, »Genau so, genau wie im Diasporamuseum, wo sie alle Juden aufschreiben, woher sie gekommen sind und zu welcher Familie sie gehören. Glaubst du das, glaubst du, dass sie alles wissen?«

»Ich w-wusste nicht, dass sie alles registrieren, wie bei den A-Arabern.«

Das genau mochte Willi nun gar nicht, oder anders gesagt, wenn er mit etwas nicht einverstanden war, mochte er dies nicht, weil Willi nun mal aus Deutschland war, und mit etwas einverstanden sein bedeutet sich zu freuen, nicht mit etwas einverstanden sein jedoch heißt sich aufregen. Damit wir uns nicht falsch verstehen, er steckte nicht unter einer Decke mit Martin Buber oder mit irgendwelchen anderen arabophilen Philosophen, und er hatte auch nichts für die Araber übrig, aber ebenso wenig hatte er etwas gegen sie, trotz allem, was all jene (bei uns) gegen ihn sagen, die immer irgendwas gegen die Araber haben, als ob sie die Geschichte unseres Ortes auf der Landkarte nicht kennen. Willi mochte Menschen, mit denen man sich über gutes Essen unterhalten konnte, schöne Erinnerungen, ohne Sentimentalitäten, ohne Frauen, aber der Lehrer mit seinem Schwachsinn ist ihm genau in seine These gefahren, und Willi, wie jeder gute Deutsche (Jude), bis er mal eine These formuliert hat, bis er sie entwickelt, sie an Dutzenden Orten nachgebessert hat, in Läden, in der Molkerei, dem Silo, für unzählige müde Ohren, beim Kaufmann, in der Molkerei, im Silo, wo nicht, und ausgerechnet jetzt muss er ihm solch einen Schwachsinn sagen, der dämliche Fettwanst, der hat sich überhaupt nicht verändert, »Genau im Gegenteil«, sagt Willi aufgebracht, schon ist das Lächeln aus den dunklen Augen verschwunden, »die Araber haben überhaupt nichts, wo alles registriert ist, wer ist der Sohn von wem, wer stammt woher, die reinste Anarchie, zwanzig Jahre wohnt der Arbeiter bei mir in der Hütte, die ich ihm eingerichtet hab, im Hof. Und wer hat das vermerkt? Niemand. Wer weiß davon? Alle und niemand, als ob er einfach nicht da ist. Nein, nein«, er schüttelt mit dem Kopf, ist bemüht, den Eindruck der Behauptung des Lehrers vergessen zu machen, und lächelt von neuem.

Der Lehrer schweigt. Es gibt natürlich Vermerke. Es wird sehr wohl registriert. Aber er wird nicht fragen, wer bei ihm gearbeitet hat, obgleich eine sonderbare Lust in ihm aufsteigt zu wissen, wer bei dem Viehzüchter wohnt, vielleicht zu vergleichen, und woher er ist, doch der Lehrer bleibt bei seinem Schweigen, und so gehen sie hinter den muhenden und sich erleichternden Kühen her. »W-Was ist mit diesem R-Rabbiner?« Willi ist vielmehr besorgt wegen des Kalbs, mit einem Mal überkommt ihn Sehnsucht nach dem Tier, vielleicht erinnert er sich an dessen Geburt, »Was soll das heißen, ›was ist mit diesem Rabbiner‹?« Er zieht die Augenbrauen zusammen und lächelt, und der Lehrer sagt, während sie noch hinter den Kühen herlaufen, die immer wieder stehen bleiben, um von der Hecke dieses Schmocks, dieses Bernsteins, zu fressen, worauf Willi sie verscheucht und sie weitertrotten, jedes Mal den Schwanz heben und grünes Mus verspritzen. Willi weiß nicht, was er antworten soll oder was nicht. Vielleicht mag er den Lehrer nicht: »Bist du noch immer da?« Und nach längerem Schweigen (da der Lehrer niemals auf derartige Belanglosigkeiten antwortet), sagt Willi gutmütig: »Der Rabbiner ist ein guter Mann. Weil sie die Wahrheit überhaupt nicht wissen, machen sie ihm das Leben zur Hölle. Er hat überhaupt keine Siebzehnjährige geheiratet. Sie ist siebenunddreißig und sehr mager, weil sie nicht gesund ist. Und überhaupt, er hat sie überhaupt nicht geheiratet, weil sie überhaupt die Tochter seiner Schwester ist oder die Tochter von irgendeinem aus seiner Stadt. Was hab ich nur immer mit diesem ›überhaupt‹? Und Klatsch mag ich ganz und gar nicht. Wer im Glashaus wohnt, wirft nicht mit Steinen, kennst du das Sprichwort, auf Deutsch hört sich das noch besser an, alle lästern und alle verstecken sich.« Erneut schwiegen sie. Die Kuh Shifra, so nannte er sie, leckte ein kleines Kälbchen ab, plötzlich, mitten auf dem Weg, war sie stehen geblieben, um zu lecken. Willi sagte, beinahe zu sich selbst: »Er hat uns bei Gadi geholfen. Wir wollten, dass Gadi zur Armee geht, das ja, aber auf keinen Fall zu einer Kampfeinheit. Ja? Und Gadi? Nu, er mit seiner Brille, von klein auf hat er gesagt: ›Entweder eine Kampfeinheit oder überhaupt nicht‹, wir hatten auch Angst, er bringt sich um, ja, ja, die Sabres sind Vollidioten, wie du weißt, Vollidioten«, aufgebracht wie er war, zogen sich seine Augenbrauen zusammen, »die Junker, weißt du, wer die Junker waren? Die Junker waren wirkliche Idioten, aber keine größeren als die Sabres, also haben wir es beim Militärsender versucht, Armeewelle oder wie diese Kacker sich nennen, weil man uns gesagt hatte, dort gäbe es jede Menge netter Jungs und Mädels, alle nicht besonders intelligent, und Gadi, der kein Genie ist, könnte dort unterkommen, würde Grüße an Soldaten senden, aber sie haben uns nicht genommen, man muss besondere Beziehungen haben, dann war es so weit und es hieß, die Armee suche Zeichner für den Unabhängigkeitstag, also hab ich ihm gesagt, weil ich solche Angst hatte, er würde zur Armee gehen, verstehst du? Ich wusste die ganze Zeit, dass es Krieg geben würde, also hab ich zu ihm gesagt: ›Gadi, geh und zeig ihnen deine Zeichnungen.‹«

Gadi war der allerbegabteste Zeichner hier bei uns und obwohl der Oberbeauftragte für Malerei, Rafi Lavi, selbst halb Maler, halb Kommunalpolitiker, sagte, Gadi verstünde von

Kunst nichts, aber auch gar nichts, glaubten der Onkel und die Nachbarn an Gadi, doch so wie die Dinge in unserem Land nun mal laufen, war Rafi Lavi nicht nur der Oberbeauftragte für Malerei, sondern auch Oberkustos des Museums, Berater des Kultusministers in Fragen der Malerei und außerdem derjenige, der für die Armee entschied, wer die Gemälde zum Unabhängigkeitstag malen durfte, sodass Gadi für untauglich befunden wurde, Armeemaler zu werden, und gleich auch noch seinen wunderbaren Farbkasten vernichtete, den er aus der Schweiz hatte, und Willi, der nicht wusste, wer Rafi Lavi ist, verunglimpfte diesen, weil er meinte, hier sei die Rede von einer Bolschewikenmentalität, die diesen Staat regiert, und was kümmerte es diesen Schmock, wenn die Armeemalerei ein bisschen pluralistischer wäre? »Stell dir vor, als kleiner Junge, bis er drei war, hat ihn seine Mutter 1095 Mal gewaschen, 1095 Mal, nur bis er drei war, hat ihn auf den Arm genommen, ins Bett gelegt und ihn zugedeckt, hat ihm 1095 Mal die Haare gewaschen«, er suchte nach weiteren Beispielen, erregte sich wie ein Vater, obgleich er der weit und breit bekannteste Junggeselle war, schimpfte dann erneut auf Rafi Lavi, der nach allem ein in seinen Fähigkeiten ziemlich beschränkter Maler war und als Beauftragter für Malerei in der Armee in der Hauptsache über Musik sprach vor Leuten, die wenig von Musik verstanden, denn so ist das bei uns, und Willi sagte ein paar Mal »Schmock«, und seine starken Hände zerbrachen den Stock, um nicht die Kühe damit zu schlagen, und als Gadis Einberufung unmittelbar bevorstand und alle Versuche fehlgeschlagen waren, holten sie den Rabbiner, gaben ihm ein Glas Milch und gleich noch eins zu trinken und führten dann den Jungen herein, der dem Rabbiner mit Selbstmord drohte, doch der Rabbiner überzeugte ihn, auf die Idee zu verzichten, Armeemaler oder Angehöriger einer Eliteeinheit zu sein, und versah ihn mit der Approbation, Kontrolleur für die Einhaltung der Speisegesetze zu sein, obwohl sie bei ihnen zu Hause nicht mal wussten, was das ist, koscher, und so wurde Gadi vor diesem schwachsinnigen Krieg bewahrt, der niemals aufhören wird, sagt Willi erzürnt, niemals, und unterbindet das Lecken der Kuh, »Genug, genug geschmust«, sagt er voller Grobheit, die bei ihm mit der Wut kommt, wobei man nicht weiß, worüber er erzürnt ist, über jenen Tel Aviver Kleckser oder darüber, dass Gadi für die Dauer seines Militärdienstes gezwungen ist, sich als Kontrolleur für die Einhaltung der Speisegesetze zu verstecken, seine Kameraden zu betrügen und abermals verhasst zu sein, da alle in der Armee die Kontrolleure hassen, eine allseits bekannte Tatsache, die keiner weiteren Erläuterung bedarf, denn wer in der Armee verhindert, dass man am Schabbat einen heißen Kaffee zum Frühstück trinken kann, wenn nicht diese Denunzianten, die Acht geben, dass alles schön koscher ist? Willi treibt weiter seine Kühe in Richtung Stall und der Lehrer strebt ihm nach, wobei er sich sehr schlecht fühlt, der Lehrer, während Willi ein bisschen auf Deutsch flucht und die Nachbarn herauskommen und ihm aufgeregt von dem Überfall der Schakale in der Nacht erzählen, »Das ist ganz einfach«, sagt Willi, »der Hund vergisst sich selbst, denkt plötzlich, dass er ein Wolf ist, was ein Mal in tausend Jahren vorkommt, das wird ihm nicht wieder passieren«, und alle wundern sich über die gehobene Stimmung des Junggesellen, doch die Bestürzung auf den Gesichtern der Nachbarn beim Anblick der zerfleischten Hühner auf dem Hof weckt in Willi eine Art Vergnügen, ihnen Angst einzujagen.

Stattlich, eine Gummischürze um die Hüfte und in schwarzen, lärmenden Stiefel, weil diese ihm fünf Nummern zu groß sind und seine Füße gegen alles treten, was ihnen in die Quere kommt, denn so ist das mit einer großen Größe, marschiert er zum Kuhstall, und der Lehrer folgt ihm bis dorthin, seine Schuhe kotbesudelt, doch die Scheiße stört ihn schon nicht mehr. »Nu, willst du immer noch melken oder hast du das ›Melken, Melken‹-Flennen inzwischen drangegeben?« Der Lehrer betrachtet die rosigen Euter der Kühe, daran saugen, das will ich, aber er sagt nichts, verzichtet auf das Melken, Willi beim Melken zusehen, das ja, und Willi stellt den Eimer unter die Kuh, streichelt sie und beginn zu melken, »An deine Mutter erinnerst du dich schon nicht mehr, was?« Er antwortet ihm nicht, »Nein, auch ich erinnere mich nicht an meine Mutter und ich war älter als du, als mir das passiert ist, und meine Mutter hat man nicht verstoßen, mein Vater hat meine Mutter geliebt, ist bei ihr geblieben.« Mein Körper stinkt und ist wie Blei. Die Schuhe stinken und sind wie Blei. »Ich hätte Ismail ein Stück Land geben sollen. Mit ihm teilen. Doch das Gesetz lässt das nicht zu. Wie die Nürnberger Gesetze. Aber wir verdienen daran. Stimmts? Wir alle.« Warum provoziert er mich? Vielleicht will er nicht, dass ich hier bleibe. Du, Geliebte

Er grüßte und ging. Vielleicht grüßte er auch nicht, aber nicht aus Zorn, plötzlich rannte er los und hinter ihm erzählte Willi seiner Schwester von dem verloren gegangenen Kalb, auf Deutsch selbstverständlich, sie beide sprachen Deutsch. Es war der Mann der Frau, Herr Ratner, der darauf bestand, Hebräisch zu sprechen, auch nachdem der Sohn zur Armee gegangen war und kein Grund mehr bestand, sich die Zunge beim Reden zu brechen, dabei war auch sein Hebräisch reichlich lächerlich, und seine Frau sprach leise, obwohl das Kalb viel wert war und Willi laut und ausgelassen über die ganze Sache erzählte. Das Kalb wird zurückkommen, es kommt zurück, und wenn nicht?, fragte die Ratnerin, dann nicht, sagte Willi, und überlegte einen Moment lang zu lachen, lächelte sogar noch für eine Sekunde, schaute dann seine Schwester an, oder was auch immer die Ratnerin für ihn war, und sagte: »Weißt du, was ich werden wollte? Weißt du, was Vater wollte, dass ich werde?« Und sie, wie immer, wenn er sie mitten auf dem Hof zu fassen bekam, wurde, zumindest in seinen Augen und in den ihren auch, von Unruhe erfüllt und sagte auf Deutsch, er solle mit dem Philosophieren aufhören, aber er hörte gar nicht zu und erwiderte auf Hebräisch, was Zufall war oder auch nicht: »Soll ich etwa um das Kalb weinen? Bei allem, was ich im Leben durchgemacht habe? Du meinst, ich will schon wieder über mich selbst reden? Ja, ja. Also, ich hab nichts über mich zu sagen, wie du weißt, aber dass ich bei unserem Leben um ein Kalb weinen soll? Manchmal träume ich, wie ich in einem langen Zug nach Triest gefahren bin, aber die Fahrt endet nicht am Strand, die Fahrt geht weiter und immer weiter, die Fahrgäste wachen aus dem Schlaf auf und starren auf die Stationsschilder, schlafen wieder ein und erwachen abermals, die ganze Welt zieht in den Lampen der Bahnhöfe vorüber, und die Hühner schlüpfen mir aus den Händen, die Kühe laufen mir weg und auch die Pakete, die Koffer, der Anzug, den man mir für die Reise gekauft hat, immerzu muss ich daran denken, wo der Koffer ist, den ich in einem anderen Abteil gelassen habe, wen habe ich zurückgelassen, denke ich im Traum, wen habe ich in einem anderen Abteil zurückgelassen, ich will nicht um ein Kalb weinen, nach allem, was ich verloren habe, soll ich um ein Kalb weinen? So nicht.« Wieder mal kapierte sie nicht, wovon er redete, oder zumindest schien es so, und in solchen Momenten hasste er sie, weil sie idiotische Sätze zu Stande brachte, das wollte er ihr sagen, deine trockene Art ist idiotisch, ein harter Mann ist Willi, mit all seinen Weisheiten und seiner klaren Weltsicht, und deshalb erklärte er ihr nicht, wieso er nicht um das Kalb trauern wollte, das er im Gegenteil geliebt hatte, vom Augenblick seiner Geburt an, Ismail hatte es auf die Welt geholt, er liebte es wegen des weißen Flecks mitten auf der braunen Stirn, und Ismail hatte irgendetwas gesagt, vielleicht ein Sprichwort, aber er hat keine Kraft, mit ihr darüber zu reden und auch nicht zu trauern, das Tier zu vermissen, an jeder

Station auf dem Weg haben wir etwas weggeworfen, und jetzt, in diesem Sommer, heiß ist es, die Haut ist bereits zum fünften Mal durch die Sonne verbrannt, ist nichts mehr übrig, das heißt, nicht einmal mehr Kraft, sich nach einem kleinen Kalb zu sehnen, das er Hänschen genannt hatte. Sie lächelte ihr trauriges Lächeln und sagte auf Hebräisch: »Du bist ein reicher Mann und du beklagst dich«, und er: »Ich wünschte, ich wäre reich.« Und dann sagte er ihr, dass alles an Gadi gehen würde, ihren Sohn, den Soldaten vom Armeerabbinat, für den er selbst so viele Anstrengungen unternommen hatte, um ihn vom Dienst in einer Kampfeinheit freistellen zu lassen. (Er hatte damals seine Meinung Ismail vorgetragen und Ismail hatte genickt und gesagt, das Leben in dieser Welt sei besser als das in der kommenden, worauf Willi entgegnete, er glaube überhaupt nicht an das Jenseits, und Ismail – eine ketzerische Bemerkung hätte ihm eigentlich genügen müssen, warum musste er sich auch zu zwei fürchterlichen Ableugnungen hinreißen lassen – gab ihm ein vulgäres arabisches Sprichwort zum Besten, »Ad-Dunja sej khijar, marra fi idak wa marra fi tisak«, was – ohne Reime – in etwa bedeutet, die Welt ist wie eine Gurke, einmal in deiner Hand und einmal in deinem Hintern, aber das erzählte Willi nicht der Ratnerin, seiner Schwester, die es immer eilig hat.) Und überhaupt, alles, was er über den langen Zug gesagt hat, die Pakete, die ihm während der Reise verloren gehen, versteht sie sehr gut, denn wer ist nicht in einem endlos langen Zug nach Triest gefahren, und wenn man aussteigt und sich umsieht, weiß man nicht, ob das die richtige Station ist, vielleicht sind wir falsch ausgestiegen und jetzt ist der Zug weg, dann sammelt man ein, was einem geblieben ist, und geht, aber sie beteiligt sich nicht an seiner Elegie, denn Metaphysik ist der große Feind, einmal angenommen, dass es so gewesen ist, und nicht etwa die Angespanntheit einer Schwester, die keine Zeit hat für ihren geschwätzigen Bruder, dem sein Knecht weggelaufen ist und der mit nichts zurechtkommt, außerdem liegen die gerissenen Hühner noch auf dem Hof und müssen begraben werden, denn alles ist bereits voller Fliegen und der Hund der Nachbarn hat schon versucht, davon zu fressen, sodass sie ihn mit dem Stiel der Hacke hat vertreiben müssen.

Die kräftig rosafarbenen Euter wie eine Maus, die im Labor ohne Fell geboren wird – nackt haben sie sie gemacht –, diese Euter widerten den Lehrer an, wie die Erektion eines Hundes, wenn der rosige Teil zum Vorschein kommt, weshalb er floh, denn auch zu fette Brustwarzen bei Frauen, vielleicht nicht fett, aber Brustwarzen, deren Hof zu groß ist, erweckten Abscheu bei ihm, lieber zugespitzte und kleine, am besten in hellrosa, zart violett, sogar hellbraun, fast wie die Farbe der Haut, ein langsamer Übergang, Wasserfarben, von der Brust zur Brustwarze, nur nicht solche Nippel, die aussehen wie ein Zylinder, am Ende der Brust ein großer, brauner Warzenzylinder, fast rot, (in der Nacht hatte er geträumt, wann, oder wann erinnerte er sich, dass er geträumt hatte, welchen Unterschied macht das schon, ich fliehe vor dem Gedanken, ertappe mich selbst dabei, wie ich dem Gedanken an die Flucht vor dem Gedanken nachjage, wie auch immer, im Traum geht er plötzlich an die Universität, um zu studieren, nach Jahren, fährt in einem großen Wagen auf den Hof des Studentenwohnheims, wo Autos verboten sind und jüdische Studentinnen aus Frankreich ein Sonnenbad nehmen, sie kommen für ein, zwei Jahre, oben ohne, bräunen ihre Brüste in der Sonne, schwere, dunkle Brüste, bronzefarben, amerikanische Jüdinnen haben kleine Brüste, dachte er im Traum, starrte durch die Windschutzscheibe bei ganz langsamer Fahrt, saß in einem Autobus, am Fenster, man murrte über ihn, was glotzt er, aber er ist ein alter Mann, schafft es nicht, nicht zu glotzen, die Brüste überraschen ihn, vor lauter Sonnenbräune sah man die Brustwarzen nicht.) Erneut die

Zitzen der Kuh, grell rosa, dick und lang. Seine Füße stinken, sein Atem geht kurz, neben der Straße Leichen, Pickel auf der Brust, erdfarbenes Blut, Krieg ist keine Seuche, ich bin krank, habe Flecken am Körper, schwarze Flecken, der Kopf kocht, ist sehr schwer, müde, der Magen rebelliert, mein Puls ist zu langsam. Mitten auf der Straße maß er sich den Puls, es ist schon heiß, wohin gehe ich überhaupt, der Puls fliegt, ist stark, die Augen brennen, alles verschwimmt, ich werde die Augen reiben, die Zunge hat sich aufgebläht, wenn ich doch bloß einen Spiegel hätte, weiße, ätzende Punkte habe ich auf der Zunge, die Zunge ist geschwollen, den Mund kriege ich nicht mehr richtig zu, was fantasiere ich mir Leichen zusammen? Nur ich bin tot, laufe zwischen blühenden Bäumen umher, wohin hatte ich heute Morgen vor zu gehen? Ich hatte nichts vor, wohin gehe ich, ich gehe nicht, vielleicht werde ich das Gemälde suchen gehen, das sie der Alten gestohlen haben

Er hätte Soldat bleiben sollen, sogar im Krieg sterben, in diesem oder im vorherigen oder in dem davor, er wäre längst vergessen, welche Bedeutung hat es, wer auf seinem Grab weint (einmal im Jahr suchen die Repräsentanten des Staates das Grab heim, jaulen ein bisschen), der Kampf, der mit Verlusten endete, hat mich am Leben gelassen, die Kugel, die mich verfehlte, traf ihn in den Eingeweiden, stülpte sie ihm nach außen, Fliegen schwirrten über seinen langen Gedärmen, irgendeiner muss die Gedärme zurück in die Bauchhöhle stopfen, doch sie haben Angst, sind unter Beschuss, vielleicht bin ich bei diesem Kampf auch überhaupt nicht dabei gewesen, ein idiotisches Feuergefecht, eine Routinepatrouille, irgendjemand ist für mich eingesprungen, ich hab die Abfahrt versäumt, meine Strafe war, an seiner Stelle zu leben. Ein Gutes hat der Krieg: Immer bist du auf derselben Seite, liebst deine Kameraden in der Kompanie, triffst dich nicht nur einmal im halben Jahr mit ihnen, nicht nur bei Beerdigungen, nicht nur bei Gedenkfeiern oder im Reservedienst. Man singt traurige Lieder, obszöne Lieder, er steckt seinen Pipi in ihren, seiner ist groß wie von Stieren, sein Pipi geht rein und raus, ihr Pipi weint vor Graus, immer dieselben Witze, wie Gadi einen ganzen Film auf demselben Bild verknipst hat, weil der Fotoapparat kaputt war, und alle Posen, die sie gemacht haben, umsonst waren, ha, ha, ha, wieder diese Geschichte, meine Brüder, Helden des Überlebenskampfs, wir sind alt geworden, unser Kommandant ist inzwischen Generalstabschef, Verteidigungsminister, wir sind für ihn, er war ein Schmock, doch wir vergessen, dass er ein Schmock war, genießen, es zu wissen und unter uns darüber zu reden, behalten das Geheimnis, das geblieben ist, für uns, denn was sonst haben wir noch anzufangen mit unserem Leben, unser Leben ist durch seine bloße Existenz im Recht, das ist die Gesundheit, Nietzsche hat Recht gehabt, es gibt keinen Grund zu betrügen, wenn ich doch nur wieder leben könnte trotz des aufgedunsenen Bauchs. Und was bin ich? Arbeite im Geheimen, manövriere, kämpfe gegen Feinde, von denen keiner weiß, wer sie sind, und die, die ihn schicken, wissen nicht, wer seine Leute in Wahrheit sind, während seine Leute nicht mit Bestimmtheit wissen, wer ihn schickt, aber auch er vermischt alles, Informanten und Feinde, Hassgefühle und Sympathien, Sehnsüchte und Grausamkeiten, ein Bericht, den er abliefert, ist immer ein Bericht unter Vorbehalt, da er sofort auch einen gegenteiligen Bericht abfasst, was zum Teil sein Vergnügen ausmacht, »Wie viel Verantwortung an den Unglücken tragen Sie?«, »Vielleicht nicht mehr als ein Fallschirmjäger, der zwanzig Flüchtlinge umbringt? Oder eher weniger?« Er ärgert seinen Vorgesetzten. Seine Kalkulation geht auf. Lass mich das Risiko bei der Auswahl meiner Informanten tragen. Auch sein Vorgesetzter riskiert etwas mit ihm, auch er schreibt seine Berichte über ihn, und vielleicht immer auch gleich die gegenteilige Version, auch er hat Feinde, die Agenten und Gegenagenten sind, und am Ende bleibt er allein, doch nicht wie in den Spionagegeschichten, sondern allein gegen seine Zehen und Hände, gegen die schlaff werdenden Brustmuskeln, bald werden mir Brüste wachsen, hässliche Brüste, kleine, ringsum behaarte Brustwarzen, (»Wann haben Sie begonnen, alle Agenten gegeneinander aufzubringen?«). Yazid, mein teurer Kleiner, Ismail, mein Bruder. Er will in die Luft gebrüllte Sätze nicht verstehen, weil er nicht zwischen den Schmerzen des Körpers und den erschreckenden Anblicken der Leichen unterscheiden kann, Ein el-Hilweh ist nicht die Pest, und die Toten liegen dort und warten auf eine Bestattung, Mäuse nagen an Händen, Fingern, eine angebissene Brustwarze, die rosig-nackten Zitzen der Kuh. Und von vorne die kleine Frau des Rabbiners, siebzehn Jahre oder wie alt auch immer dieser dürre Körper sein mag, ein kleiner Junge in ihrem Kinderwagen, »Was nimmt sie den Jungen?«, sie sieht ihn furchtsam an, bleibt stehen, verfolgt seine Schritte, wägt vielleicht ihre Schritte ab, »Was nimmt sie den Jungen?«, der Junge sieht sie nicht aus seiner bequemen Liegeposition, streckt die Hand nach oben aus, dem angenommenen Ziel entgegen, möchte etwas, doch sie bemerkt es nicht, da ihre Augen wild umherirren, die Flucht planen, aber der Junge bekommt die Flasche nicht, um die er bittet, und wimmert. Sie schaut wie eine Katze, abermals auf den Fluchtweg und dann wieder zu ihm, hat nichts, wohin sie fliehen könnte, die Gasse ist eng, und die Frau vom Nebenhof macht dem allem mit heiserer Stimme ein Ende, antwortet auf die Frage, die sie selbst in die Luft geworfen hat: »Sie hat den Jungen gestohlen, du lieber Himmel, sie hat den Jungen entführt.«

Jetzt wird das Mädchen panisch. Er bleibt stehen. Vielleicht ist sie eine Frau. Wie soll man das feststellen? In diesen absonderlichen Sachen, ein langes hellblaues Gymnasiastenhemd über langem Rock, einem grünen Rock. Der gebeugte Körper eines jungen Mädchens, eine flache Brust hat sie, ganz sicher, dass ihre Brust nichts ist, deswegen sagen sie, sie sei erst siebzehn, ich kann Flachbrüstige nicht ertragen, zwei entleerte Hautlappen auf mageren Rippen, vor allem, wenn sie sich bücken, Nippel wie die Zitzen einer Beduinenziege nach dem Melken, »Sie hat den Jungen weggenommen«, schreit die Frau zwischen den Bäumen, hat Angst, auf die Straße zu treten, oder ist noch dabei, Hausschuhe anzuziehen, und er sieht das Mädchen an, woher kommt die Stimme, wenn das keine verborgene Stimme ist, die nur ihm gehört, in einer Welt, in der Gestank, Kühe, Leichen und die Sirenen von Sidon und Tripoli vor dem nächsten Bombenangriff treiben, und die Euter der Kühe, Mama, Mama, und die Dattelpalmen im Hof des Hauses und die Stimme der Frau, »Sie hat den Jungen gestohlen«. Die Kleine bleibt für dreißig Sekunden unschlüssig, was sie tun soll, dann beugt sie sich ganz, ganz zögerlich zu dem Zweijährigen hinunter. Wäre der Junge nicht dermaßen dreckig, von Schokolade oder Eis oder Schlamm, vielleicht ist es auch eine ansteckende Krankheit, würde er zu ihm hingehen, es zieht ihn zu ihm, ja sogar zu der Dürren, einen langen Rock trägt sie, wie wir bereits gesagt haben, aber sie hatte auch schwarz gelocktes schütteres Haar, ihre Augen sah er nicht, er würde sie beide in den Arm nehmen, die Mutter und ihren Sohn. Aber ich bin ein hadersüchtiger Patron, ein Midas des Todes, alles, was ich berühre – stirbt. Abermals hebt sie den Kopf und sieht ihn an, Katze, beugt sich dann schnell zu dem Kleinkind hinab und nimmt es auf den Arm, er ist zu schwer, zu groß für sie, seine Beine baumeln von ihren Armen, acht Gliedmaßen, der Oktopus flieht, sie kommt an ihm vorüber, keucht, verausgabt sich, er wird sie nicht verfolgen, warum fliehst du vor mir, und die dicke Frau kommt im Morgenrock zwischen den Dattelpalmen hervor und ruft ihm zu, denn es ist ihre Stimme, die zuvor gebrüllt hat: »Was glotzen Sie so? Wann fangen Sie endlich an, sich wie ein Mann zu benehmen?«

Meine Beine sind schwer. Meine Zunge ist geschwollen. Mein Blut schwarz. Ich habe die Pest. Ich kann fallen. Die Frau lief auf der Stelle, ihre Fleischkaskaden waren ein angenehmer Anblick, sie wollte den Hof in Wirklichkeit gar nicht verlassen, lief zum Tor und dort auf der Stelle, wie in der Armee, und dann blieb sie stehen, »Laufen Sie, na laufen Sie endlich, das ist Shifras kleiner Sohn, sehen Sie das nicht? Das ist genau, was ihr jetzt noch gefehlt hat, dass man ihr den Jungen wegnimmt.« Ihre schweren Brüste gefielen ihm. »Nu, Sie Fettsack, sehen Sie nicht, dass das Shifras Junge ist?«, keifte sie, und wer ist Shifra, fragt er sich, rennt aber los, will sie nicht einholen, er könnte sie einholen, tatsächlich, aber er will sie nicht verfolgen, und die Kleine, die Frau des Rabbiners, eilt in Richtung der Zitrusplantage am Ende der Straße, grüne und harte Orangen hängen an den Ästen, Geruch von feuchten Wurzeln steigt auf aus dem Erdreich, das immer im Schatten liegt, dort haben wir Ichneumons gesucht, in den Hohlräumen zwischen den Bäumen, und auch Maulwürfe, einmal haben wir ein langes Rohr in ein Loch im Boden gestoßen, um eine Ratte zu vertreiben. Sie rennt panisch, sieht sich um und der Junge lacht, vielleicht weint er auch, »Mama, Mama«, sie flieht vor mir, hab keine Angst, ich will nur mit dem Jungen spielen, »Mama, Mama«, mehr Leute kommen aus ihren Häusern, in Schlafanzügen, auch die Ratnerin ist herausgekommen, Willi ebenso und auch der Hund der Nachbarn, der die Reste der zerfleischten Hühner hat verspeisen wollen, das Mädchen hat die Straße schon geschafft, mit dem Jungen auf dem Arm, sie atmet schwer, er will sie in Ruhe lassen, aber sie soll sehen, dass er ihr nichts Böses will, im Gegenteil, er wird ihr helfen, den Jungen zu entführen, aber ihm fehlt die Kraft zu laufen, und die Frau am Tor brüllt ihm zu: »Was rennen Sie, wenn Sie nicht rennen können? Lassen

Sie sie müde werden, sie wird gleich stehen bleiben und dann schnappen wir sie.« Sie stieren ihn an, die Nachbarn, was rennt er, zucken mit den Achseln, die kleine Frau des Rabbiners rennt mit dem lachenden Jungen auf dem Arm, sie freuen sich geradezu, den Kleinen lachen zu hören, wie er »Mama, Mama« schreit, ist eine Entführung eine Frage der Definition von Eigentum, oder warum ereiferten sich die braven Leute nicht? (Und warum gerieten sie ausgerechnet über das Lachen in helle Aufregung? Weil es zuweilen so scheint, als würden in dieser Straße niemals wieder Kleinkinder wohnen.) Sie kehrten in ihre Häuser zurück, mit Stiefeln an den Füßen, auch unser Plakatkleber, Herr Novik, der unentgeltlich bei den Ratners auf dem Hof wohnt, nicht weit von Ismails Kammer – nachts verkauft er Eis im Kino und tagsüber klebt er Bekanntmachungen an, wenn er gerade keine epileptischen Anfälle hat – und auch der Lehrer macht kehrt, aber in der Reihe der Tore hat er keinen Hof, wo er eintreten könnte, sein Atem geht schwer, sein mächtiger Bauch macht ihm beim Laufen zu schaffen, ich bin ein fetter Kerl, was kümmerts mich, dass ich ein fetter Kerl bin, ich werde mit dieser Frau schlafen. Er ging zu ihr, blieb dicht vor ihr stehen, auf der anderen Seite des pechschwarz angemalten Holztores. Jetzt sprach sie nachsichtig mit ihm, wie eine gutherzige Bayerin, »Ihr Rennen hat sie nur verängstigt, und den Jungen haben Sie auch verschreckt. Der Kleine wird vor Hunger weinen und dann schnappen wir sie und bringen ihn zu seiner Mutter zurück, auch so eine, wer weiß, wer ihr den gemacht hat, so sind sie, die Frauen der Herren Professoren. Die machens mit den Studentinnen und die Studenten machens mit ihren Gattinnen«, lachte sie. Die akademische Welt erschien ihr an diesem Morgen eine amüsante und gerechte Welt. Er wird ihr zulächeln. Das Reden fällt ihm schwer. »Was lächeln Sie so, wie eine Leiche?«

»S-Sie wollten n-nicht, dass ich sie f-fasse?«

»Nein, nein.«

»A-Aber Sie haben g-geschrien.«

»Ich hab geschrien, weil ich wollte, dass sie stehen bleibt, nicht, damit sie wegläuft.«

Sie hat einen große Busen, einen sehr großen Busen, und sie hat es nicht mehr geschafft, einen BH anzuziehen, aber vielleicht tragen die hier auch keine BHs auf ihren Höfen, Hängetitten, ich werde ihr einen Finger unter die Brust legen und die Brust auf den Finger fallen, sich darüber legen lassen, was lässt sie mich auch rennen? Bei großer Müdigkeit erigiert mein Schwanz, ich weiß noch immer nicht, warum, Jahre, dass ich das herausfinden wollte, und die Frau resümiert: »Wir sind nicht schuld, dass sie geflohen ist, wir haben versucht, alles Menschenmögliche zu tun, sie ist die Frau des Rabbiners, sie wird zurückkommen, sie hat nichts, wohin sie gehen könnte, sie weiß nicht zu reden«, sie lehnte sich gegen das Holztor, ihr Kinn auf den schwarzen Holzpfosten gedrückt. Er stand vor ihr, wie hab ich früher falsch lächelnd gebuhlt, hab mir vorgestellt, wie genau ich mit dem Lächeln aussehe, habe es ein bisschen verstärkt, ein bisschen abgeschwächt, ein bisschen nach rechts gerückt, nach links, jetzt genau so, und ich hätte gelächelt, was bin ich hinter dieser Schabracke her?

»U-Und Sie wissen zu r-reden?«

»Mein Mann sagt sogar, ich rede zu viel.«

»U-Und Ihr Mann?«

»Was mein Mann?«

Er hätte sagen müssen, ›Und Ihr Mann weiß zu reden?‹, ich will ihre Brüste berühren, kräftig zudrücken, dass sie mir wie Teig aus den Händen quellen, die weißen, mit einem Netz bläulicher Adern überzogenen Brüste, wie die Flusskarte von Arizona, oder wo auch immer, und Ihr Mann weiß zu reden?

»U-Und Ihr Mann fickt Sie?«

»Dann sind Sie tatsächlich, was meine Tochter sagt.«

»Wer ist Ihre T-Tochter?«

Sie wandte sich zum Haus, ich werde ihr nachgehen, werde sie nicht anrühren, ihre Beine sind schön in dem Morgenrock, nur das Gesicht ist ein bisschen alt, der Körper in dem Morgenrock ist voller Leben. Du hast eine Quelle, nein, keine Quelle, einen trockenen Brunnen. Ich werde in dir graben, in ihm, werde Wasser entdecken, Erdöl, Olivenöl. Unsinn, ich will dich ficken, gäbe es einen Ort, um zu onanieren, würde ich verzichten, das Mädchen ist verschwunden, mit dem Jungen in ihren Armen, »Mein Mann hat schon viele Jahre nicht mehr mit mir geschlafen, aber auch Sie werden viele Jahre nicht mit mir schlafen«, sie wandte sich nicht um zu ihm, aber er ging ihr nach, nicht verzaubert und nicht wie durch einen Zauberstab berührt, einfach nur lüstern. Schlicht und ergreifend.

»W-Warum?«

»Warum? Weil ich nicht einwillige.«

»Und wenn ich S-Sie zwinge?«

»Wie wollen Sie mich zwingen?«

Er geht ihr nach zwischen den Dattelpalmen hindurch am Eingang zum Hof. Löwenmaul, Phlox, Katzenpfötchen, sie bleibt stehen. Sie genießt es, dass ich mit ihr über Sex rede, warum mache ich mich an ältere Frauen ran? Ich habe vierzehnjährige Schülerinnen, die mir auf der Lehrertoilette einen lutschen können, in meinem Zimmer, gerade erst sind ihnen Brüste mit ovalen Brustwarzen in der Farbe der Haut gesprossen, wie die Färbung einer Leiche, aber die Brust ist warm und die Leiche kalt, ich habe ein Tagebuch, in das ich schreiben kann, ich hab die Fette gefickt, sie hat mich gerufen und mich gebeten, alle möglichen Sachen mit ihr anzustellen, was für Sachen, meine Fantasie arbeitet schon nicht mehr, ich kann auch Frauen auf der ganzen Welt anrufen, wie ekelhaft war der Euter der Kuh, will ich, dass sie mir einen bläst? Nein. Aber sie ficken will ich. In den Hintern? Nein, nicht in den Hintern. Sie hat einen armseligen Hintern, weder schmal noch straff, »Ich will nicht, gehen Sie, bitte gehen Sie.«

»W-Was willst du denn?«

»Ich will gar nichts. Verschwinden Sie von hier, bitte, verschwinden Sie einfach.«

Sie sah ihn besorgt an. Vielleicht ist ängstlich das richtigere Wort, denn sie floh, ging schnell in Richtung Haus, durch die Blumen, auch Stiefmütterchen waren dort, haufenweise, dunkles Violett und helles Orange, und Mönchskraut, alle Nachbarn hören zu, sie hat meinen Ständer gesehen, vor Trockenheit aufgeplatzte Lippen hat sie, ihre Stimme ist heiser vom Rauchen, Blutgefäße zeichnen sich deutlich am Hals ab und auch Verknorpelungen, sie hat Angst vor mir, wenn sie flieht, folge ich ihr ins Haus, warum sehe ich nicht zu, dass ich wegkomme? Von ferne hörte er den Jungen weinen. Der Panzertransporter betätigte seine Fanfare, »Mama, Mama«, vielleicht hatte ihn die Frau des Rabbiners tatsächlich entführt, der leere Kinderwagen war mitten auf der Straße zurückgeblieben. Der Panzertransporter ließ abermals seine Fanfare ertönen. Die Straße ertrank in dem Mark und Bein erschütternden Lärm, jemand soll den Kinderwagen wegschieben. Der Transporterfahrer stoppte, Luftdruckbremsen, wie Fürze eines Riesen, dann stellte er fest, dass niemand der Armee auf ihrem Weg in den Libanon zu Hilfe kam, und hatte auch keine Lust, auszusteigen, den Kinderwagen beiseite zu schieben, vielleicht die Mutter zu suchen und dann wieder in seine turmhohe Fahrerkabine zu klettern, überhaupt ist er müde, schon seit einer Stunde versucht er, aus diesem Nest herauszufinden, weshalb er den Kinderwagen mit seiner Zugmaschine beiseite schob, vorsichtig, im ersten Gang, Luftdruckbremsen, doch die Flasche fiel aus dem Kinderwagen, rollte über die Straße, wobei der Sauger wie ein Schnitzel mit Sandkörnern paniert wurde, ehe sich der Kinderwagen überschlug, ein Rad sich löste und von selbst in die Ecke des Hofs rollte, »Nu, gehen Sie, ich bin schuld, ich hätte nicht mit Ihnen reden dürfen, gehen Sie, Sie sind sexbesessen, das wissen wir.«

»S-Sind Sie sicher, dass Sie nicht w-wollen?«

Ich will ja, ich will, ich will einen jungen schönen Kerl, dem ich beim Vögeln ins Gesicht schauen kann. Sie sind dreckig, hinterlassen Spuren im Haus.

»Im Hof, w-wollen Sie im Hof, hinterm Haus?«

Wo habe ich zum ersten Mal in meinem Leben onaniert? Er stand mir, ich habe ihn nicht rausgeholt, habe aber den Hosenschlitz aufgemacht, meine weiße Unterhose ist rausgequollen, eine weiße Auswölbung, jemand hat mich gesehen, hat in seinem Wagen gehupt, ich bin nicht gekommen, wusste nicht wie, wo ist das gewesen, unter Bäumen, heiligen Bäumen, »Ich m-möchte onanieren, Sie schauen zu, wie ich o-onaniere, und dann werde ich g-gehen.«

»Sie sind krank, richtig?«

»Ich f-fühle mich nicht besonders gut.«

Sie ging ins Haus. Er trat nach ihr ein. Hatte mit ihr schlafen wollen. Nicht aus Liebe, ihr Idioten! Auch nicht aus Hass, ihr Idiotinnen! Sein Trieb überkam ihn und beruhigte sich wieder, wegen der Schande, und wie erging es ihr, nachdem sie verzichtet hatte? Vielleicht bedauerte sie. Onanieren ältere Frauen auch? Vielleicht. Vielleicht würde sie vor anderen über ihn herziehen und man würde ihr nicht glauben, würde sich lustig über sie machen, vielleicht würden sie es glauben, vielleicht nicht, auf jeden Fall würden sie sich das Maul zerreißen und es weitererzählen, würden sie beide auslachen, weshalb er vielleicht doch ins Haus schlüpfte, mit ihr schlief und sie beide die ganze Sache als Geheimnis bewahrten, denn er wollte mit der Tochter und mit der Mutter schlafen und sie mit einem Mann, der mit ihrer Tochter geschlafen hatte, alles wie in einem französischen Film, und neben dem platt gewalzten Kinderwagen stand der Backfisch Shlomit, Shlomit Haqtshainik, die Milchflasche mit dem sandpanierten Sauger in der Hand und sagte zitternd zu ihm, erschrocken über den Anblick des verwaisten Fläschchens: »Herr Lehrer, haben Sie Gadi gesehen?«

»G-Gadi, i-ist das der Junge?«

»Alles ist da, nur das Kind nicht.«

Ihre Stimme bebte, der Anblick war beängstigend, die Nachbarn sind verschwunden (auch der Anblick der Entführung war nicht besonders erbaulich, aber sein Trieb hatte ihn verwischt, oder sein Scheitern oder Djamila, denn das war es, was ihm in jener Sekunde vor Augen trat, Djamila hieß sie, sie hält Yazid, wiegt ihn in den Schlaf, singt ihm ein Schlaflied oder flüsterte ihm sonst was ins Ohr, zwischen den Häusern, als er in einem Wagen mit verhängten Scheiben durch die Straße rollte, sie betrachtete, ein Schauder lief über seinen Rücken, er hört Yazid fragen, wann Papa kommt, um sie zu holen), und die duftende Erde der Zitrusplantagen, die Erinnerung an die Ichneumons, die wie getigerte Ratten durch die Gegend laufen, der Wunsch, mit dieser Fetten zu schlafen, wie er sich fast zum Gespött gemacht hat, die geschwollene Zunge, alle Muskeln tun ihm weh, und dieses junge Ding steht hier, mit ihrer Schönheit, na ja, einigermaßen hübsch ist sie, so wie er seine Schülerinnen liebt, alle sind sie schön in seinen Augen, niemals wird er sie anfassen, ihr Körper ist wohlgeformt, erinnert ihn daran, was für eine schwabbelige, unangenehme Sache er noch vor einem Augenblick hat ficken wollen, ruft ihm seinen eigenen jämmerlichen Körper in Erinnerung, und was beschäftigt er sich überhaupt mit seinem bemitleidenswerten Körper. Sie steht vor ihm mit der Milchflasche des Kleinen in der Hand, hat Angst und wiederholt ihre Frage, was hat sie gefragt, was ändert das schon, was wirklich passiert ist, er stellt sich die Farbe ihrer Brustwarzen vor und welche Farbe ihr Loch hat, wenn man es anschaut, bevor man es berührt, »Sie h-hat ihn genommen und ist g-geflohen.«

Shlomit brach in Tränen aus und der Lehrer hütete sich, ihr zu nahe zu kommen, weil er dreckig war, stank und noch von zuvor einen Ständer hatte, vielleicht aber erschien sie ihm auch zu sauber, um sich ihr zu nähern (früher hatte er geglaubt, wirklich schöne Frauen, Frauen von Piloten zum Beispiel, würden nicht erlauben, dass man kommt, wie bei den Kaisern von China, vögeln ohne abzuspritzen, und wenn doch abgespritzt wurde, dann unverzüglich abwischen, wegspülen und sich waschen, warum er ausgerechnet von schönen Frauen so dachte, nicht schön, sauber, die heiraten und den versauten Geschichten des Gatten und seiner Freunde lauschen, ohne sich daran zu beteiligen, die höflich lächeln, keine Moralpredigten halten, einem keinen blasen, und wenn sie blasen es nicht schlucken, nicht mal bereit sind, ihn auch nur für eine Sekunde im Mund zu behalten.) »Sie sind in den P-Plantagen, sie werden zurückkommen, m-man hat sie v-verschreckt.« Sie versuchte, sich zu beruhigen. Es war ihr unangenehm mitten auf der Straße zu heulen, vielleicht war es ihre Schuld, dass sie den Kleinen in der Obhut der Frau des Rabbiners gelassen hatte, die sich während der ganzen Schwangerschaft um Shlomits Mutter gekümmert und Gäste, ja sogar Professor Michael Gonen verscheucht hatte, weil ihre Mutter ihn nicht mehr sehen wollte, und als die Schwangerschaft beendet war, hatte die Frau des Rabbiners darauf beharrt, mit dem Säugling spazieren zu gehen (wobei es durchaus sein kann, dass ein großer Teil dieser Geschichte sehr viele Veränderungen erfahren hat, da sie – ungeachtet der zutreffenden Fakten – keinen Kern an Wahrheit aufweist), und Shlomit putzte sich die Nase, bemerkte das Rad, brach erneut in Tränen aus, hob es auf und warf es weg, alles glich dem Albtraum, den sie im Wachen noch einmal erlebte, sie geht mit dem Jungen spazieren, man entführt ihn ihr und überfährt ihn, und einige hatten ihr bereits gesagt, dies sei eine Art geheimer Wunsch von ihr, den Jungen zu töten, der ihr überhaupt keine Freude macht, aber was verstanden die schon? Fast hätte sie ihnen gesagt, er sei ihr eigenes Kind, ihre Mutter habe sie nur geschützt, habe so getan, als sei sie schwanger, aber sie sagte nichts, und jetzt, am Ende des Frühlings, mit dem nervtötenden Gesang der Vögel, Amseln, Sonnenvögel und Spatzen, wirkte alles wie ein Unglück im Herzen der Natur, sodass sie sich abermals beruhigte: »Wer hat ihr denn einen Schrecken eingejagt?«

»W-Wer? L-Leute eben.«

»Was für Leute könnten ihr einen Schrecken eingejagt haben, wo leben wir denn hier?«

»I-Ich habe sie verschreckt.«

»Warum haben Sie sie verschreckt?«

»Ich w-weiß es nicht.«

»Was stottern Sie mir vor? Wo ist der Junge, warum haben Sie sie verfolgt? Warum müssen Sie immer alle ängstigen? Wo ist Gadi? Was soll ich meiner Mutter sagen? Was für ein Mensch sind Sie eigentlich?«

Jetzt schrie sie. Vielleicht wollte sie, dass ihr Leute zur Hilfe kämen, oder sich der Schuld entledigen, und dass sie Zeugen hätte, wo ist er Junge? Wo ist der Junge? Ihr Geschrei war zu viel für seine Ohren, Djamila, Djamila hieß die Schwester, zwei Männer kamen aus ihren Höfen, mit Grabschaufeln, was begraben sie? Vielleicht hatten sie auch sein Gespräch mit der Fetten gehört, er hatte nicht richtig mit ihr schlafen wollen, wäre ihr zwischen den Brüsten gekommen. Wenn er sie platt drückte, sähen sie jung und straff aus. Von der Plantage winkte die Frau des Rabbiners Shlomit zu, der Junge ruhte in ihrem Schoß wie das Bündel eines Flüchtlings. Shlomit sagte zu dem Lehrer: »Da ist sie, sie hat Angst vor Ihnen, gehen Sie.«

»Ich k-kann vielleicht helfen?«

»Sie können nicht helfen, Sie können nur stören, wie in der Klasse, Sie stören beim Denken, beim Schreiben. Heute Nacht hab ich geträumt, mein Vater und Sie würden Frauen im Krankenhaus untersuchen, würden ihnen die Beine anheben, die grünen Operationshemden hochschlagen und sie kräftig wie Vögel öffnen, aber was erzähle ich Ihnen überhaupt meine Träume, ich rede zu viel.«

»D-Dein Vater ist A-Arzt?«

»Sagen Sie mal, was für eine Art Lehrer für Literatur sind Sie eigentlich, wenn Sie nicht wissen, wer mein Vater ist?«

Sie war nicht verärgert. Ungläubiges Staunen ging von ihr aus, wie eine Blume, die sich plötzlich öffnet, und außerdem freute sie sich, verärgert über ihren Vater reden zu können, und war andererseits auf das langsame Vorankommen der Rabbinersfrau mit dem Jungen wie einem Bündel auf dem Arm konzentriert, sie kam näher und blieb stehen, kam näher und verharrte erneut, die Frau des Rabbiners, vielleicht ruhte sie aus, vielleicht tat ihr der Fuß weh, vielleicht hatte sie wirklich Angst vor ihm, wer weiß das schon. Dann redete Shlomit und flocht ihren Zopf beim Sprechen (denn was macht man, wenn so viel geredet wird, und man eine Szene konstruieren, Regie führen muss? Vögel zwitscherten und Blumen blühten und Shlomit redete und flocht ihren Zopf, im Freien, am helllichten Tag, sprach über ihren Vater, erging sich in Einzelheiten über die Fachaufsätze, die er verfasst hatte, die Bücher, die er noch schreiben würde, die anatomischen Besonderheiten seiner jungen Freundin). Es wirkte, als sei sie mit allen Einzelheiten des Lebens ihres Vaters bestens vertraut. Und gegenüber stand, wie gesagt, schon nicht mehr weit von ihnen entfernt die Frau des Rabbiners mit dem Kind, dem kleinen Bruder der siebzehnjährigen Shlomit auf dem Arm, hat Angst zurückzukommen, während die andere über ihren Vater spricht, ihre Bestürzung vergessen hat, und der Junge hat kein Fläschchen, es ist heiß, er hat keine Mütze auf, wo doch die Sonne die Straße versengt, »die Qualle hat meine Mutter verlassen und eine Studentin gefunden, die glaubt, wie klug er doch ist, eine Meduse hat die andere gefunden, eine Feuerqualle reibt sich an der anderen und sagt: Ho, ho, was heizt du mir ein, meine kleine Qualle.«

»U-Und du denkst, er ist nicht klug?«

»Nein, das nicht, aber dafür denke ich, er ist ekelhaft, ein Lügner, und dass er nicht zehn Prozent von den Quellenangaben gelesen hat, die er in seinen Artikeln nennt. Und am allerlustigsten ist, dass er in Büchern kontrolliert, wo sein Name in den Anmerkungen oder in der Bibliografie genannt wird, und das dann mit einem farbigen Textmarker anstreicht. Was bin ich langweilig, es ist uns bestimmt, uns, der akademischen Gemeinde und ihren Kindern, langweilig zu sein.«

Sie sprach leise, sogar als sie den Lehrer schalt, keifte sie nicht, sondern sprach eher wie eine Rechtsanwältin, die den Anwalt der Gegenseite trifft, und verfolgte gleichzeitig die Frau des Rabbiners, die versuchte, sich auf einer Tonne am Straßenrand niederzulassen, unter einer Dattelpalme, um darauf zu warten, dass der Lehrer ginge, oder vielleicht wollte sie auch nur ein wenig ausruhen, doch der Junge verlangte von ihr, sie solle aufstehen und weitergehen, unwichtig, wohin, Hauptsache, sie ging, denn das ist es, was er liebte, auch die kümmerliche Brust der Frau des Rabbiners erschien dem Jungen die wundervollste Brust auf der Welt zu sein, weshalb er sie küsste, und sie ein wenig peinlich berührt war, aber – um bei der Wahrheit zu bleiben – das Ganze durchaus genoss, die Freude einer Mutter an ihrem Sohn eben, und als der Kleine wimmerte, sie solle aufstehen und gehen, erhob sie sich, schwer war er, und ging weiter, als würde diese Straße niemals ein Ende finden. Ein Hund überquerte die Straße, hatte Fetzen eines gerissenen Huhns in den Fängen, lief bis zu dem alten Mitteilungsbrett, normalerweise pinkelte er dort, aber jetzt fraß er die Keulen des Huhns, dessen Innereien die Ichneumons und Schakale bei dem nächtlichen Fleischfest verspeist hatten, auf dem gemeinsamen Hof von Willi und den Ratners, und an dem Brett prangte eine Traueranzeige: »Gesiegt haben Geistesgrößen über Engel, der Aufrechteste unter den Menschen, der begnadete Pädagoge und Publizist, bekannt als politische Persönlichkeit wie als Schriftsteller, Kritiker und Herausgeber zahlreicher Zeitschriften, Professor und Doktor der Universität Oxford, Michael Komed, er ist nicht mehr, sein Gehirn wurde der Wissenschaft gespendet, Tel Aviv, am ersten Tag der Woche, dem 23. des Monats Ijar, 5352.« Regen und Sonne hatten alle Anzeigen zerrupft, auch die Ankündigung des Films *Die Adler kamen im Morgengrauen,* nur die Todesanzeige dieses Unbekannten nicht, niemand kannte ihn (und ein paar Leute waren deshalb zur Lokalverwaltung marschiert, um zu klären, wer die prachtvolle Todesanzeige aufgehängt hatte, wer der Mann war und wann denn die Beerdigung stattfinden werde, aber man sagte ihnen, das Gehirn werde über viele Jahre untersucht werden, und dass der Professor Doktor der Universität Oxford kein Ortsansässiger gewesen sei, jedoch in seinem Testament darum gebeten und zu diesem Zweck auch ein größere Summe hinterlassen habe, dass die Traueranzeige seines Todes an allen Mitteilungsbrettern im ganzen Land aufgehängt werde, weshalb er sich noch kurz vor seinem Tode die Mühe gemacht habe, mit seinem Rechtsanwalt und Zeugen der Testamentsniederlegung zusammenzusitzen und alle Mitteilungsbretter landesweit aufzulisten), und der Hund, dem es eins war, wessen Kerze leuchtet und wessen erloschen ist, legte die Reste des Huhns auf die Erde und fraß sie, sah sich um und nagte daran, sah sich erneut um und fraß weiter, als störte man ihn, den stinkenden Kadaver zu verspeisen, der von den Ausschweifungen der Nacht übrig geblieben war, »Ich bin auch sehr erfreut, dass ich erfahren habe, dass er überhaupt nicht mein Vater ist, was er aber noch nicht weiß.« Meine Augen brennen, meine Zunge kann sich nicht mehr heben, wie eine Schildkröte, deren Kopf in ihrem

Panzer stecken geblieben ist, was höre ich ihr eigentlich zu, der Lehrer beäugte die dürre Frau des Rabbiners und den Jungen in ihren Armen, und sie blieb jedes Mal stehen, wenn er sie ansah, wie ein Spiel, aber ein Spiel mit der Angst.

»U-Und woher weißt du es?«

»Keine Antwort.«

»Ich v-verstehe.«

Er wollte sich nicht im Mindesten mit dieser langweiligen Angelegenheit beschäftigen. Was wird er tun, wenn sein Sohn so groß sein wird, dass er Offizier werden will, oder Astronom, oder Schuhimporteur? Was wird er ihm sagen? Es kümmert ihn nicht, er wird dasitzen und ihn jeden Tag und jede Nacht betrachten, wird ihn ansehen, ohne dass er davon weiß. Soll er werden was auch immer er werden wird. Sogar ein Schnüffler des Inlandsgeheimdienstes. Shlomit hatte sich noch immer nicht beruhigt, aber ihre Stimme war leicht zu ignorieren: »Er wird aufhören, Unterhalt zu zahlen, wenn er es erfährt, und wenn er es erfährt, dann weiß ich, dass er es von Ihnen erfahren hat, denn ich habe es niemandem sonst erzählt.« In meinem Körper fließt Eiter, mein Gehirn ist von schwarzem Blut überflutet, wie das Meer nach dem Sonnenuntergang, bevor die Dunkelheit kommt, es tut weh, »Ich k-kenne ihn nicht«, und sie wunderte sich erneut, wie es sein kann, dass der Lehrer für Literatur an einem Gymnasium nicht weiß, wer ihr Vater ist, schließlich hatten bis auf den Tag alle Lehrer für Literatur an unserer Schule nicht nur gewusst, wer ihr Vater ist, sondern auch stets aus seinem berühmten Aufsatz über Steinbergs Erzählung *Die Gehörlose* zitiert, ein Aufsatz, den alle in seinem Seminar behandelt hatten, Jahre war das schon her, dass sie bei ihm studiert hatten, die Erzählung selbst kannten sie nicht einmal, und er war sehr stolz, dass alle die Erzählung längst vergessen hatten und sich nur noch an seine Interpretation erinnerten, doch sie weiß, dass man eines Tages auch seine Interpretation vergessen haben wird, und der Skandal, für den sie sorgen wird, die Wahrheit über ihren richtigen Vater, ja, ja, dieser Skandal wird alles überdecken, und was wird seine Studentin, das Fötzchen nannte sie sie, und er schreckte zurück, was wird sie davon haben, wenn sie meinen Vater heiratet? Andererseits, meine Mutter wird niemals in die Scheidung einwilligen, das ist ihre Rache, und sie hat Recht, selbst wenn es besser für sie wäre, jemand anderes zu finden und ebenfalls zu heiraten, noch ein bisschen Spaß zu haben, denn auch Frauen in mittleren Jahren können Freude am Sex haben, wie Ihnen sicher bekannt ist. Sie war von verhaltenem Zorn zu Geplapper übergegangen. Von Zeit zu Zeit warf sie einen Blick auf den Jungen in den Armen der Frau vor ihnen, lächelte ihm zu, vergaß die Frau des Rabbiners und die Entführung oder die Entführung, die keine war.

Ganz langsam, wie ein Stillleben, näherte sich ihnen das Mädchen mit dem Kleinen auf dem Arm. »Ist er eingeschlafen«, fragte Shlomit, als sie bereits in Rufweite war, und die Frau des Rabbiners nickte, ja, er ist eingeschlafen, und legte einen Finger auf die Lippen, um Shlomit zum Schweigen zu bringen. Schwer war ihre Last, die Füße des Kleinen hingen auf ihrer Hüfte und von Zeit zu Zeit versuchte sie, seine Lage zu verbessern, um weiterzugehen, stehen zu bleiben und nicht anzukommen. Der Kinderwagen ist zerbrochen. Die Frauen werden den Jungen tragen müssen, wohin werden sie ihn schleppen? Was sollten sie so früh am Morgen im Freien anderes mit ihm tun? Warum schläft er nicht? Wo ist seine Mutter? Wie sind sich die beiden Frauen begegnet? All diese Dinge, die ein literarischer Text übermitteln sollte, hingen natürlich weiterhin über der allzu simplen Konstruktion aus einem zerstörten Kinderwagen, einer jungen Frau, die ein Kind trägt, einer jungen Schwester, hübsch ist sie, das muss man ihr lassen, ihre Brust jung und stramm, der BH passt nicht so ganz, sie hat sich von der Panik beruhigt, andererseits ist noch immer nicht klar, was genau sie jetzt nervös werden lässt, schließlich ist sie nur losgegangen, um die Hausaufgaben in Algebra abzuschreiben, und wenn sie lediglich unterwegs war, um die Hausaufgaben in Algebra abzuschreiben, woher kommt dann plötzlich die Frau des Rabbiners mit dem Kleinkind? Und wo ist ihre Mutter? In der Zwischenzeit ist der Kinderwagen überrollt worden und der Kleine in der Zitrusplantage verschwunden. (Wird sie eigentlich je den Mund halten, um sich selbst klar zu machen, was sie in jenem Augenblick gedacht hat, als sie das einzelne Rad am Straßenrand und den Kinderwagen auf der verwaisten Achse hat liegen sehen?) Und jetzt ist ihm warm, denn es ist bereits drückend heiß, es wird einer dieser Wüstenwindtage werden, die Kinder trotten gemächlich zur Schule, sein Fläschchen ist dreckig geworden und die Milch sauer, ganz sicher, sie müssen den ganzen weiten Weg bis zu ihrem Haus zu Fuß gehen, doch vielleicht bringt sie den Jungen auch in die Schule, weil es eine Literaturstunde zu erleben gibt bei dir, du siehst aus, als hättest du eine Sickergrube repariert, nein, nicht repariert, als hättest du in ihr geschlafen. Der Lehrer trat mit heiliger Ehrfurcht zu dem Jungen, aber heilig oder nicht heilig, die Bewegung kam überraschend und zu unbeholfen und die junge Frau schreckte zurück. Er sagte zu ihr: »H-Hab keine Angst vor mir, w-was soll ich dir d-denn tun?«

»Hab keine Angst vor ihm, er wird dem Jungen nichts antun.«

Aber die Frau des Rabbiners schreckte zurück, was ihn jedoch nicht verletzte, denn er hatte sich bereits daran gewöhnt, fett zu sein, vor allem am Bauch, und dazu die Brille und die Glatze, kurzum, den Habitus eines männlichen Vaters hatte er verloren, um nicht zu reden vom männlichen Liebhaber oder männlichem Was-auch-immer, und Shlomit sagte ihr, nachdem die Bewegung erstarrt war: »Warum fürchtest du dich?«

Sie schreckte zurück, und er versuchte es abermals, nahm das Kind, fast gewaltsam, obschon er es gut meinte, da er sich danach sehnte, den kleinen Jungen zu halten, dessen Hinterteil in dem kurzen Höschen prall von der Windel war, seine Beinchen unzählige kleine Speckringe. Ein entzückendes Kind. Alle zwei Jahre alten Kinder sind entzückend (das ist die Botschaft dieses Romans, in Ordnung?). Der Kleine hatte sehr wache Augen. Aber er brach in Tränen aus, war beleidigt, »Mama, Mama.« Shlomit befahl dem Lehrer: »Geben Sie ihn mir! Sie stinken zu sehr.« Der Junge sah die einige Schritte von ihnen entfernt stehende Frau des Rabbiners an, sein Gesicht lief rot an und er brüllte weiter, »Mama, Mama«, wollte nicht auf Shlomits Arm bleiben, nur die Strenggläubige wollte er, »Mama, Mama«, was Shlomit sehr verärgerte, die beinahe mit Abscheu sagte, »Halt die Klappe«, und das wimmernde Kleinkind der Frau des Rabbiners zurückgab, worauf er sich sogleich beruhigte, der kleine Fratz. Er wischte sich über die Nase, mit der Hand, wie ein leidgewohnter Alter, und die Frau des Rabbiners klopfte ihm auf den Rücken, küsste ihn und sagte: »Schon gut, mein Liebling, schon gut.« Ihre Stimme war selbstsicher und sanft, sie wusste sehr wohl zu reden, lächelte den Jungen an, schaffte es, ihn zum Lachen zu bringen, er ruhte an ihrer Brust und von Zeit zu Zeit hob sie ihn sich vor die Augen, um zu sehen, ob noch Traurigkeit in ihm war nach all der Flucht und seinem kurzen Schlummer im Orangenhain, und auch der stinkende Mann und Shlomit hatten seine Lebensfreude nicht gemehrt.

Der Lehrer war verlegen. Nicht nur, dass er das Kind dazu gebracht hatte, so bitterlich zu weinen, kein Trotzgeheul, sondern bitteres, gekränktes, verzweifeltes Weinen, nicht nur das, nein, er hatte auch noch für Unfrieden zwischen dem Kleinen und seiner älteren Schwester gesorgt, sodass nicht von ungefähr ihre Wut jetzt gegen ihn gerichtet war, auch, weil es ihr unangenehm war, auf den Dreikäsehoch böse zu sein, der nichts kapierte, und ihre Wut steigerte nur noch die Verlegenheit des Bebrillten. Daher zog sie es nun vor, mithilfe der Frau des Rabbiners über den Lehrer herzuziehen, sagte irgendetwas zu der anderen über seine Ausdünstungen und seine bekoteten Schuhe, die befleckte Brille und den Schweiß, der seine Stirn bedeckt, vielleicht auch über seinen Bauch, doch er hörte es nicht, hörte niemals solche Dinge, zwei dumme Gören reden über ihn, was interessiert ihn das? Ihn erregen nur fette Frauen, denen die Brüste aus dem Morgenrock quellen, wenn schon, und die Frau des Rabbiners lachte ein bisschen, das erste Mal, dass sie lachte, worauf der Kleine plötzlich auch in Gelächter ausbrach, so wie Kleinkinder stets dem Beispiel desjenigen folgen, den sie lieben, ihr Sinn für Humor ist eher zweifelhaft, aber immerhin wird in ihrem Fall die Erlaubnis zum Lachen von einer geliebten Person erteilt und nicht etwa von einem gefürchteten Kommandanten oder dämlichen Schulleiter oder Arbeitsdirektor, die uns über schale Witze lachen lassen. Wie sehr der Lehrer das Lachen des Kindes liebte, wie sehr er es erneut im Arm halten wollte, aber das war unmöglich, denn das Lachen würde umgehend ersterben, weshalb er beschloss, den Kinderwagen zu reparieren, vielleicht würde er damit auch den schlechten Eindruck, den er auf den Kleinen gemacht hatte, ungeschehen machen, er wollte in seiner Liebe zu diesem kleinen Wesen vollkommen aufgehen, großer Gott, mein Junge, was würde ich nicht darum geben, dich noch einmal zu berühren, wie viele Jahre warte ich auf solch einen Moment, meine Hände springen aus den Gelenken, ich will dich noch einmal halten, werde mich waschen gehen, geht nicht weg, ich werde ihm Süßigkeiten mitbringen, was mag er gern? Der Geruch des Kleinen, seine Windel war voller Aa (wie die Exkremente von Kleinkindern in medizinischen Einrichtungen und im Schlafzimmer der Eltern genannt werden), vermischt mit dem Geruch der Öle und Salben, mit denen Säuglinge eingecremt werden, all das war in der Nase des Lehrers wie der Duft von Myrre, und hätte er nur gebären können, wäre er jetzt losgelaufen, um sich schwängern zu lassen, war außer sich vor Freude, wie man so sagt, überlegte aber, wie es wäre, wenn er schwanger würde, während die beiden jungen Frauen, die gemeinsam mit dem Kind lachen, bereits beabsichtigen zu gehen, eine hält den Kinderwagen, die andere tritt ein wenig vor ein Rad, auf den Wagen werden sie wohl verzichten.

Schweigen herrschte, was soll Shlomit ihrer Mutter über den Kinderwagen sagen, was interessiert sie das, die Frau des Rabbiners hat ihn kaputtgemacht, was kümmert mich das? Soll ihre Mutter ein Mal kapieren, dass diese Dame kein solches Genie ist. Ich werde den Kinderwagen reparieren, wenn du nicht bei mir auf dem Arm sein willst, kaufe ich einen neuen, es ist meine Schuld, ich habe den Panzertransporter in die Irre geleitet, was für ein Glück, dass du nicht im Wagen gelegen hast, du wärst zermalmt worden, ich werde es wieder gutmachen. Er trat heran, um den Kinderwagen mitzunehmen, zunächst das Rad, das Rad ruhte ganz dicht vor dem langen Rock der Rabbinersfrau, er beugte sich einmal hinab und richtete sich wieder auf, und als er sich erneut bückte, das Rad in der Hand, und versuchte, es wieder auf die Achse des Kinderwagens zu stecken, brach er unter einem Schwindelanfall zusammen. Die beiden Frau lachten, vielleicht, weil der Kleine, der ihn mit weit aufgerissenen Augen ansah, lachte, da nämlich Leute, die hinfallen, eine bestimmte Sorte von Erwachsenen und todsicher auch kleine Kinder zum Lachen bringen. Auf der Straße liegend wälzte er sich herum, verletzte sich ausgerechnet am Ellbogen, versuchte zu lächeln, durch das Mönchskraut fuhr der Wind und der dunkelviolette Doldenbusch strömte ihm in die Augen, zusammen mit dem Blut. Ich habe einen Gehirnschlag, Blut überflutete seinen Ellbogen, kein Vergnügen, endlich ging dieser hässliche Morgen mit seinen sexuellen Fantasien zu Ende, sie ihrerseits gingen auch, lachten, auch der Kleine lachte, weil die Frau des Rabbiners lachte, und die Frau des Rabbiners lachte, weil Shlomit lachte, und Shlomit lachte, weil dieser große Herr, der in der Klasse Nietzsche zitierte, dieser Kerl, der ihnen jede banale Idee zunichte gemacht hatte, die es den Schülern der anderen Klassen erlaubte, unbeschädigt ins Leben zu treten, jetzt auf der Erde lag, versuchte, im Liegen das Rad anzubringen und scheiterte, sich aufsetzte, wieder hinsank, ehe sie ihn sich selbst überließen, lachend, doch ihn kümmerte das Lachen nicht, wirklich nicht, denn was bedeutete es schon, aber der Junge, der zusammen mit ihnen lachte, nahm sein Herz gefangen, nein, nicht gefangen, das ist nicht das richtige Wort, schöpfte sein Herz aus, ein Schluck und sein ganzes Herz war bei dem Kleinen, die beiden Frauen entfernten sich, scherzten mit dem Kind, und nur Shlomit versuchte zu ergründen, ob er vielleicht Anzeichen machte, zurück zu ihr zu wollen, doch der Junge rief hartnäckig, »Mama, Mama«, und blieb bei der Frau des Rabbiners. Die drei gingen und der Lehrer verharrte neben dem Kinderwagen kniend.

Leer ist die Straße. Warum haben sie ihn eigentlich auf der Straße zurückgelassen? Nur, weil er öffentlich den Hass ihres Bruders auf sie aufgedeckt hat? Vielleicht war ihr der Lehrer auch nicht so hilflos erschienen, wie er uns erscheint, bei interpretierender Lektüre dieser Szene? (Stets deuten wir die Bilder, auch wenn uns der Erzähler selbst seine verflachende Interpretation vorenthält). Vielleicht wirkte er wie ein großer, starker Mann auf sie, der es verdient, ein bisschen gequält zu werden, oder was ließe sich sonst über derartige Grausamkeit sagen? Vielleicht war sie von Natur aus eine zu Grausamkeiten neigende Frau und schwache Menschen erschienen ihr einer noch etwas grausameren Behandlung würdig? Oder vielleicht hatte diese sanftmütige junge Frau den Anblick des massigen, um Hilfe schreienden Mannes nicht ertragen können? Wer weiß. Und vielleicht hatte sie sein Gesicht nicht gesehen, sondern nur seinen gekrümmten Rücken, hatte nicht seine blutüberströmte Hand gesehen, seine weiße und aufgequollene Zunge, und dass er sich übergibt, oder fast übergibt, oder sie hatte gedacht, er würde sich übergeben und war geflohen? Vielleicht war es auch die Frau des Rabbiners, die bei diesen morgendlichen Ausflügen die Regeln vorgab und Shlomits Mutter, Shifra Haqtshainik, versprochen hatte, auf den Jungen aufzupassen, und Shlomit hatte sich bloß von ihr mitreißen lassen? Oder vielleicht schlägt Shlomit den Jungen heimlich und er hat Angst vor ihr?

Nach einer Stunde, unter großer Anstrengung und vielen körperlichen Qualen, hatte der Lehrer den Kinderwagen repariert und sah sich um, doch niemand beachtete ihn, denn wer hat morgens um acht Zeit, sich mit Kinderwagenreparateuren zu beschäftigen? Daher schob er den Wagen leer vor sich her. Der Erfolg weckte Freude in ihm. Wirklich. Als er den Bürgersteig erreicht hatte, hob er den Wagen vorsichtig an, als könnte das Baby herausfallen, und als er von der Bordsteinkante zurück auf die Fahrbahn musste, ließ er ihn vorsichtig hinuntergleiten, beherrschte nicht wirklich die Kunst des Hantierens mit einem Kinderwagen zwischen Bürgersteigen und Fahrbahnen, aber die Vorsicht konnte nicht schaden, weder ihm noch dem Baby, Beglückung überkam ihn, der Schweiß war ein wenig getrocknet, er suchte nach Schatten, wenn nicht für sich selbst so doch für den Säugling, ging im Schatten der Bäume, es war noch Morgen, die Kinder verschwanden allmählich von den Straßen und wurden von den Schulgebäuden verschluckt, für einen Augenblick beugte er sich über den Kinderwagen, vielleicht, um über den Kopf des Babys zu streichen, vielleicht suchte er aber auch irgendetwas, ein Stück Papier, um seine Brille zu putzen, einen Zettel mit einer Adresse, oder fantasierte sich etwas über das weiche Haar des Säuglings zusammen, aber es braucht keine Fantasien, um das feine, seidene Haar eines Babys streicheln zu wollen, der Duft des Shampoos steigt dir in die Nase und du bist ganz und gar von Liebe erfüllt, neben der nichts ist, gar nichts, nur Liebe, Gott ist ein solches Baby, ganz sicher, alle rennen, ihm zu dienen, und er weiß von nichts, nur von seiner bloßen Existenz, die keinen Schaden anrichtet, und du liebst ihn mit all deiner Kraft, solcherlei Unsinn zog durch sein Hirn, vielleicht (für den Fall, dass an dieser Stelle ein Bewusstseinsstrom vonnöten sein sollte), auch Menschen begegneten ihm, die ihn grüßten, auch der sonnenverbrannte Rabbiner, der mit seinem üblichen Tempo ausschritt und in einer der Straßen fast mit ihm zusammenstieß, worauf der Lehrer ihn höflich grüßte, aber der Rabbiner hasste ihn. »Ein Mann des Krieges«, hatte er geflüstert, als der Lehrer ihn wieder einmal inständig bat, mit ihm über das Judentum zu sprechen. Und auf seinem Weg zur Schule traf er eine Frau, die mit weit aufgerissenen Augen in den Kinderwagen blickte, nicht sprach, nur in den Wagen starrte, vielleicht verglich sie Details an diesem Kinderwagen mit einem Kinderwagen, den sie kannte, und da er stehen geblieben war und etwas stammelte, schrie die Frau mit Abschluss der Überprüfung: »Sagt mir die Wahrheit, was ist dem Jungen passiert?« Er zog die Schultern hoch, wusste vielleicht nicht, wer noch, abgesehen von ihm, aufgefordert war, die Wahrheit zu sagen, gab schließlich nur eine Antwort in eigenem Namen, sagte, der Kinderwagen sei überrollt worden, der Junge habe jedoch überhaupt nicht darin gelegen, und er habe ihn repariert, als die beiden Frauen den Jungen mitgenommen hätten, aber der Zeitplan, den er mitlieferte, war unverbindlich, sodass die Frau sich einen ziemlich erschreckenden Ablauf der Ereignisse zusammenreimen konnte. Was war wem vorausgegangen? Hatten sie, zum Beispiel, den Jungen im allerletzten Moment gerettet? »Was für zwei Frauen, von wem reden Sie?«

Sie ist verängstigt. Ich muss mich konzentrieren. Ich habe das Kind nicht entführt, habe nur den Kinderwagen repariert. Ich werde ihn dir zurückgeben, wer bist du? »Was für zwei Frauen, von wem reden Sie überhaupt?« Schrei nicht, mein Hirn ist voller Blut, ich habe keine Blutgefäße, »Sh-Shlomit und die F-Frau des Rabbiners.« Die Frau beruhigte sich. »Woher kennen Sie Shlomit?«

»S-Sie lernt bei mir.«

»Was unterrichten Sie?«

»L-Literatur«

»Ah, Sie sind das? Dann glauben Sie auch, der Junge ist von Michael Gonen?«

Er erinnerte sich nicht, wer Michael Gonen ist, vielleicht ist das der Professor, der über Steinmann geschrieben hat, »Möchten Sie den K-Kinderwagen haben?«

»Gonen hat Sie angelogen, und ich wollte Ihnen schon lange sagen, dass es eine Unverfrorenheit seinerseits ist, Ihnen zu sagen, er habe mir ein Kind gemacht, er hat mir überhaupt kein Kind gemacht. Er ist ganz einfach impotent.«

»D-Der Junge ist so schön, i-ich wollte ihn nur im Arm halten, aber sie sind gegangen«

»Wohin sind sie gegangen? Ich erlaube meiner Tochter nicht, mit dem Kind rauszugehen, sie ist nicht verantwortungsbewusst genug.«

Sie unterschied zwischen der maskulinen und femininen Form des Personalpronomens ›sie‹, wie die Verlagslektoren für neue hebräische Literatur. Er sagte ihr: »I-Ich muss unterrichten gehen. Möchten Sie den Kinderwagen m-mitnehmen oder s-soll ich ihn mit in die Schule nehmen?«

Am besten wäre es, sie würde nach Hause gehen. Immer kommt der Junge mit der Frau des Rabbiners zurück, weint und muss gewickelt werden. Und wie oft schon hatte sie mit diesem Lehrer reden wollen und nicht gewusst, wie sie ihn einladen soll, und Shlomit wird ungehalten, wenn sie sie bittet, den Lehrern etwas auszurichten, falls diese Männer sind, ungehalten ist nicht der richtige Ausdruck, sie brüllt sie an, nennt sie sogar Nutte, wenn jemand sie besuchen kommt, ruft sie auf der Stelle ihren Vater an, verpetzt sie, macht ihr Szenen, und jetzt dieser Mann, über den sie so viel gehört hat, steht vor ihr mit dem Kinderwagen in den Händen, und sie will ihm sagen, komm bitte zu uns, nimm ein heißes Bad, ich werde dir Sachen von meinem Mann geben, auch wenn der klein und du groß und stark bist, du kannst dich ausruhen, du siehst so schlecht aus, ja, wie viel Zärtlichkeit empfand sie für den Mann mit ihrem Kinderwagen, aber Schwäche erfasste sie, und er, in seinem Kopf drehte sich alles, stand am Schultor, während seine ganze Klasse durch die Fenster linste und sich dann daran machte, ihren üblichen Schmähgesang anzustimmen, damit der Direktor käme, nachdem sich die anderen Lehrer beschwert hätten, weshalb er ihr den leeren Kinderwagen überließ, einen Augenblick lang noch überlegte, den Säugling darin zu streicheln, und schließlich zu ihr sagte: »I-Ich muss unterrichten g-gehen«, und sie erwiderte: »So wollen Sie in die Klasse gehen?« Er betrachtete sich, das erste Mal nach langer Zeit, dass er sich selbst besah, und sagte: »I-Ich l-lebe das L-Leben eines a-anderen, v-verstehen Sie? I-Ich l-lebe ganz einfach d-das L-Leben eines a-anderen«, zuckte mit den Achseln und ging, zu unterrichten.

Mit schweren Beinen betrat er die Klasse, brachte sie nicht zum Schweigen und bat nicht um Ruhe, sondern verlangte von ihnen eine Bibel, worauf sie brüllten: »Jetzt ist kein Bibelkundeunterricht, jetzt ist Aufsatzschreiben dran«, und ein Teil schrie auch: »Jetzt ist Chemie«, um die ausgelassene Stimmung noch zu steigern, denn im Monat Mai, der gerade zu Ende gegangen war, hatten wir viele Gedenkveranstaltungen in der

Schule – der Holocausttag, der Gedenktag für die gefallenen Soldaten, der Unabhängigkeits- und der Jerusalemtag – und all diese Tage hatten eine Unmenge von Proben erforderlich gemacht, sodass wir überhaupt nicht mehr gelernt und nur noch nationale Literatur deklamiert hatten, doch er sagte leise, als hätten wir jedem seiner Worte gelauscht: »G-Gebt mir eine vollständige B-Bibelausgabe, bitte.« Seine Stimme erschreckte einige von ihnen, belustigte einige und erfreute andere, denn so sind Menschen nun mal, eine Bandbreite von Gefühlen, und am Ende brachten sie ihm eine vollständige Bibelausgabe, und er, mit zitternden Händen, suchte einen Vers, den er ihnen vorlesen wollte, und las: »Und Schchanja Sohn Jechiels, von den Söhnen Elams hob an, er sprach zu Esra: ›Untreue haben wir an unserem Gotte geübt, dass wir fremdbürtige Frauen, von den Völkern des Landes, heimgeführt haben. Und jetzt – ein Hoffen west darob für Jissrael –, und jetzt, schließen wir einen Bund auf unsern Gott zu, hinwegzuschaffen all die Frauen und das von ihnen Geborne, nach dem Rat meines Herrn und ihrer, die dem Gebot unsres Gottes entgegenbeben, und der Weisung gemäß werde getan! Steh auf, denn dir liegt die Sache ob, und wir sind mit dir, sei stark und tu!‹« Er sah sie an. Sie sahen ihn an, ein heißer Junimorgen, 1983. Der Mai mit seinen Feierlichkeiten war vorüber, der Juni mit den Prüfungen hatte begonnen, danach die großen Ferien, und nichts an dem Vers hörte sich für sie besonders an, sie wussten nicht, was er ihnen sagen sollte, und überdies war dieses Rätselraten reichlich ermüdend, denn in der Pubertät willst du dir abends den Pickel zwischen Nase und Mund ausdrücken oder am Kinn, danach onanieren gehen, bevor du mit deiner Freundin weggehst, und warum vor der Freundin onanieren und nicht hinterher? Damit er nicht sofort beim Schmusen abgeht, was keine kleine Blamage ist, aber wegen der Aufregung halt passiert. Er sah uns an. Seine Augen waren erloschen. Als hätte er etwas entschlüsselt. Was sollte dieser Vers. Eine Vorlaute fragte: »Soll das ein Witz sein, oder was?« Sofort brachten sie sie zum Schweigen, aber Gadi Shmukler, dessen Onkel Knessetabgeordneter war oder Sekretär des Arbeiterrats, fragte wichtigtuerisch: »Gehört das zum Prüfungsstoff oder nicht, denn wenn es nicht dazugehört, fangen Sie an, mit dem Feuer zu spielen, Herr Lehrer, wir haben jetzt schon Juni«, und der Lehrer blätterte, das war es nicht, was er gesucht hatte, und las dann abermals etwas vor, inmitten des allgemeinen Tumults und der Debatten, ob dies nun zum Prüfungsstoff gehöre oder nicht: »Da stand Esra der Priester auf und sprach zu ihnen: ›Untreue habt ihr geübt, dass ihr heimführtet fremdbürtige Frauen, der Schuld Jissraels noch hinzuzufügen. Und jetzt, gebt Lob IHM, dem Gott eurer Väter, und tut seinen Willen und sondert euch ab von den Völkern des Lands und von den fremdbürtigen Frauen.‹ Da entgegneten sie, all die Gemeinschaft, und sprachen mit lauter Stimme: ›Ja, deiner Rede gemäß liegt es uns ob zu tun.‹« (Die Wahrheit ist, dass auch die tolerantesten Schüler, und es gab unter uns einige solche, nicht mehr wussten, was sie mit diesem Lehrer und seinen Bibelzitaten anfangen sollten, was lässt sich denn schon groß über diese Verse sagen? Ein Prophet kommt und sagt ihnen, die Schicksen zu vertreiben, so what?) Er blätterte vor und zurück und suchte weitere, überzeugendere Verse, weil er spürte, dass wir das Drama nicht so recht verstanden, aber da war nichts Dramatisches, und so sah er uns an und brachte seinen Standardsatz: »Holt die H-Hefte raus und sch-schreibt einen Aufsatz«, worauf sich der übliche Lärm erhob, die Fürze, Erbrechensgesten und das Stühlerücken, bis er plötzlich mit letzter Kraft brüllte (genauso wirkte er zumindest): »Sch-Schreibt einen Aufsatz ü-über ein Fantasiethema.« Oho, wir waren überrascht! War das nicht der Mann, der gesagt hatte, das Fantastische sei die größte Gefahr, die sicherste Vervielfältigung der Torheit der Regierung, all das und was sonst nicht noch alles, aber ein Teil freute sich und ein Teil nicht, je nach Begabung und Fantasie, und er fuhr fort: »Ich w-war eine f-fremdbürtige Frau, die auf B-Befehl Esras verstoßen wurde.«

Da zeigte einer der Rasierer auf (alle in der Klasse, die sich bereits rasierten, saßen zusammen; sie liebten es, zusammenzuhocken und Aftershaveproben auszutauschen, sich Dreitagebärte nach italienischem Vorbild wachsen oder beim Rasieren kleine Bärtcheninseln am Kinn Marke Frank Zappa stehen zu lassen) und sagte: »Wie kann ich einen Aufsatz als Frau schreiben?« Der Lehrer sah ihn an und sagte zu ihm (was in ausdrücklichem Widerspruch zu den Bestimmungen des Erziehungsministeriums steht): »B-Bist du b-bekloppt oder was?« Und da dieser Rasierer zu unseren Mitschülern orientalischer Abstammung gehörte, trat Stille ein, denn Orientalen darf man nicht beleidigen, da jede Beleidigung zu einem politischen Skandal wird, und zwar zu Recht, aber der Lehrer sagte noch einmal leise, wobei er sich an seinem Pult festhielt: »B-Bist du ein Idiot, oder w-was? I-Ich habe gesagt, ein f-fantasierter Aufsatz, v-versuch, für eine halbe Stunde eine F-Frau zu sein.« Gelächter brach aus. Da hatte der Lehrer den Richtigen gefunden, um ihm so etwas zu sagen, Sassportas nämlich, der sich seit der vierten Klasse rasierte und seit der siebten Klasse vögelte, doch der Lehrer sagte zu ihm: »St-Steh auf!« Er stand auf, aus Angst, alles war schon zu spät und auf der Grenze zu einer Misshandlung, »G-Geh wie eine F-Frau«, und Sassportas wackelte mit dem Hintern wie ein Schmierenkomödiant und die Klasse lachte, aber der Lehrer sagte zu ihm: »N-Nein, nein, das ist nicht gut, stell dich hin. H-Hol eine Brust raus«, worauf der Junge nicht wusste, was er tun sollte, »B-Bück dich, b-bück dich vor allen, vor a-allen, bück dich tiefer, jetzt d-dreh dich um, dreh dich um.« Unklar ist, warum der stoppelbärtige Jugendliche diese Befehle ausführte, aber in der Klasse herrschte Stille, und der Lehrer sagte: »J-Jetzt warte, bis der T-Tritt kommt, g-gleich kommt der Tritt, fängst du schon an, dich als Frau zu f-fühlen?« Er antwortete nicht, der Rasierer, aber das Ganze war selbstverständlich eine unsinnige Sache, weil sehr viele Männer gesagt bekommen, sich zu bücken und einen Tritt in den Hintern zu bekommen, und das macht sie noch nicht zur Frau, und der Lehrer selbst kapierte das und sagte zu allen: »W-Was ist hässlich an d-dieser Frau, w-was ist nicht v-vollkommen an ihr? B-Bleib weiter gebückt und lächle uns a-allen zu, lächle, v-vorwärts, was ist an ihr nicht v-vollkommen?« Niemand machte mit bei dem Verbrechen des Sadisten. Da ließ der Lehrer den Rasierer weiter gebückt stehen und sagte: »Morgen m-möchte ich, dass dieser Aufsatz f-fertig ist, ja?« Eine kleine Freche zeigte auf: »Und wenn ich eine Frau bin, worüber schreibe ich dann?« Der Lehrer darauf: »G-Gut, dass du fragst, denn du schreibst über d-den Ehemann, der die F-Frau verstößt wegen Esras Befehlen und der s-sich selbst quält, weil er sie l-liebt, dem aber der M-Mut fehlt«, und so wurde die Arbeit aufgeteilt, widerwillig aufgeteilt, während der Rasierer mit dem Hintern zu uns stand und von Zeit zu Zeit versuchte, sich aufzurichten, aber der Lehrer zwang ihn jedes Mal wieder in die gebückte Haltung einer Frau, so als sei eine Frau grundsätzlich eine Hure, und am Ende, als er vielleicht schon eine halbe Stunde so gestanden hatte, fragte er den Lehrer mit dünner und fraulicher Stimme: »Kann ich mich aufrichten, Herr Lehrer?« Niemand lachte. Noch nie war einer von uns vor allen gedemütigt worden. Der Lehrer sagte zu ihm: »J-Ja, du kannst dich ein b-bisschen gerade machen, K-Kleine, und es empfiehlt sich für dich, den besten Aufsatz zu sch-schreiben, ja?«

An der Tür klopfte Nissim. Jedes Mal, wenn er hereinkam, stimmte die ganze Klasse ihr Lied an: »Nissimiko, der Schuldiener, Nissimiko, der Schuldiener / sein neuer Besen / sein neuer Besen / der fegt noch cleaner.« Sein Gesicht war bleich. Er sagte zu dem Lehrer: »Kann ich ihnen eine Mitteilung machen?« Und der Lehrer: »M-Machen Sie M-Mitteilung, warum nicht?« Nissim sagte: »Gadi Ratner, der eine Klasse über euch war, ist schwer verwundet worden. Es werden Blutspender gesucht.« Stille befiel die Klasse. Es wurde geflüstert. Seit der Libanonkrieg begonnen hatte, gab es von Zeit zu Zeit Tote. Auf einem Teil unseres Friedhofs lag der Bezirksmilitärfriedhof. Wir gingen hin, um als Ehrenwache zu dienen. Aber jetzt war es etwas anderes. Auch, weil Gadi Ratner irgendeine seltene Blutgruppe benötigte. Der Lehrer sah Nissim an und fragte ihn: »W-Wo ist er verwundet w-worden?« Der Schuldiener erwiderte wütend, als sei der Lehrer schuld an dem Krieg: »Wo soll er schon verwundet worden sein? Im Libanon.«

»N-Nein, ich meinte, an w-welchem Teil des Körpers?«

Die Unterrichtsstunde war vorzeitig beendet. In Nissims Kellerverschlag versammelten sich die Blutspender. In Wirklichkeit wurde dieses Blut gar nicht für Gadi gebraucht, da er einen Vater mit derselben seltenen Blutgruppe hatte, aber von den Schülern zapfte man bei dieser Gelegenheit gleich Blut für die kommenden Verwundeten und Getöteten ab. Eine endlos lange Schlange schweigsamer Jungen und Mädchen reihte sich außerhalb des Kellers auf. Die Geschichtslehrerin verzieh dem neuen Lehrer seine Einmischung in ihr Fachgebiet, da in solchen Momenten allgemeine Hochstimmung herrscht. Sie sagte zu ihm: »Schauen Sie sich ihre Gesichter an, das Silbertablett, auf dem der Staat der Juden gereicht wird, ist es nicht so? Sehen Sie ihren Gehorsam, ich möchte weinen, wenn ich sie sehe.« Und was ist mit Gadi Ratner, wollte der Lehrer fragen, aber es wäre etwas Hässliches an einem solchen Disput gewesen, noch hässlicher als die sentimentalen Anwandlungen der Geschichtslehrerin, die Gadi Ratner unterrichtet hatte und der die Idee eines nichtgläubigen Kontrolleurs für die Einhaltung der Speisegesetze, der sich vor dem Krieg drückt, ganz und gar nicht gefallen hatte. Was wusste sie denn über die Verschlagenheit der Historie? Dann sagte sie: »Wer weiß, ob sie nicht Blut für sich selbst spenden, wie bei einem Sparbuch? Ich weine einfach zu leicht, aber ich hab genug von all dem, stehe vor den Kindern und denke, wer von ihnen wird leben und wer sterben.«

Die lange und stille Schlange von Jungen und Mädchen, die bereit sind, sich hinzulegen und von ihrem Blut zu geben für irgendeinen Gadi Ratner, an den sie sich schon nicht mehr erinnern, zwang sie, zu reden anstatt zu schweigen und die lange und stille Schlange von Jungen und Mädchen zu betrachten, die bereit sind, sich hinzulegen und von ihrem Blut zu geben für irgendeinen Gadi Ratner, an den sie sich schon nicht mehr erinnern. Plötzlich sind sie erwachsen, was ist so wunderbar daran? Die Lehrerin verstummte. Fing an zu weinen. Versuchte, die Tränen zurückzuhalten, was ihr aber nicht so recht glückte, weshalb sie lieber wieder redete. Wo war er, wo liegt er jetzt, wo kämpft er um sein Leben, was weiß er, da er um sein Leben kämpft, all das muss man Hirnforscher und Spezialisten für Wiederbelebung fragen, doch der Lehrerin fiel auf, dass von allen Anwesenden nur sie allein sprach, weshalb sie abermals verstummte und wartete, bis die Reihe an ihr war, sich hinzulegen und Blut zu spenden. Nicht ein Wort sprachen sie dort, außer dem Arzt und den Militärsanitätern, die Blut aus den Venen der Kinder zogen, als sei von einer komplizierten Operation die Rede oder als würden sie Gadi persönlich kennen, der in jener Stunde zwar um sein Leben kämpfte, dessen Gehirn jedoch sowieso nie wieder funktionieren würde. Andererseits, was wird nicht alles getan, um uns wiederzubeleben, und vielleicht wäre es besser, er stirbt, anstatt am Leben zu bleiben wie eine Pflanze, und es war nicht seine Mutter, die das sagte, natürlich nicht, weil sie genau das Gegenteil sagte: »Zeit zu sterben ist immer, der Tod ist so groß wie das Meer, aber zu leben, ja sogar im Rollstuhl, ohne zu sprechen, mit Spucke am Kinn, ist nur wenig Zeit, so schrecklich wenig, Gadi«, was sie laut sagte zu

Gadi, im Krankenhaus, in Haifa, und die Maschine machte piep, piep, piep, ein Geräusch, das alle Kriegsarchitekten ihr Leben lang verfolgen sollte, piep, piep, piep. Unser Leben kreist um Familien, die ihre Söhne verloren haben. In der Knesset sitzt zwar nicht ein einziger Getöteter, aber dafür gibt es dort viele Vertreter der Getöteten, und du findest nicht einen Knessetabgeordneten, der nicht bereit wäre, im Namen der Toten zu sprechen und auch seinen politischen Gegnern viel Hochachtung zu erweisen, wenn diese im Namen der Toten sprechen.

Die Lehrer und Schüler in Nissims Kellerverschlag ließen einander den Vortritt, vielleicht aus Höflichkeit, vielleicht, weil sie Angst hatten, Blut zu spenden, weil die Beutel, dunkel wie Wein, Furcht erregend aussahen, wie viel Blut hat ein Mensch denn in seinem Körper, dass dies alles in Beutel abgefüllt werden kann, oder vielleicht wollten sie auch nicht zurück in den Unterricht, wollten vielleicht zusammenbleiben, hier, in dieser Atmosphäre stiller Brüderlichkeit. Der Letzte war der neue Lehrer, weil er für die hinter ihm Stehenden zur Seite getreten war. Sein Körper verströmte einen üblen Geruch, und die Geschichts- oder Biologielehrerin sagte zu ihm, als sie fertig war mit Blutspenden, ganz verhalten: »Ich warte im Lehrerzimmer auf Sie«, (was sofort fünf, sechs Schüler hörten und die ziemlich verworrene Version einer fortdauernden Sexaffäre verbreiteten. Wir wissen nicht, ob diese Geschichte stimmt oder nicht). Als der Lehrer an der Spenderliege angelangt war, sagte man ihm, es gäbe bereits genug Blut, aber er wollte trotzdem von seinem Blut spenden. Der Arzt fragte ihn, welches seine Blutgruppe sei, aber er erinnerte sich nicht. Schließlich sagte er: »Ich habe B-Blutgruppe X«, doch da niemand in der Stimmung für Witze war (am selben Tag, an dem Gadi verwundet worden war, wurden sechs oder sieben Soldaten getötet und die Verwundeten erst nach den Getöteten gemeldet, legte sich tiefe Trauer über unser Land, hörte man im Radio Shlomo

Artzi und all die anderen Sänger, die besondere Lieder für solche Tage im Repertoire haben), trat der Arzt zu ihm, schickte die feixenden Sanitäter weg, und während er ihm den Puls maß und danach den Blutdruck, ihm den Bauch abtastete, seine Lungen abhörte und diesen ganzen Voodoozauber abzog, sagte er zu ihm: »Sie sind sehr krank. Zeigen Sie mir Ihre Zunge. Ja. Ich glaube nicht, dass Ihnen gestattet sein sollte, sich unter Schülern aufzuhalten, bis Sie eine Blutuntersuchung haben machen lassen. Wir brauchen noch viele gesunde junge Leute. Ich mache nur Witze. Im Ernst, seien Sie nicht so ernst. Sie haben erhöhte Temperatur. Sollten nach Hause gehen. Sagen Sie Ihrer Frau, sie soll Ihnen kalte Wickel machen. Rufen Sie einen Arzt an. Danach fahren Sie zu einer Untersuchung. Das ist nicht bloß ein einfacher Virus. Ihre Augen sind blutunterlaufen. Gelb. Vielleicht haben Sie tatsächlich Hepatitis. Wo tut es Ihnen weh?«

Er stand auf und wankte hinaus. Die Geschichtslehrerin, oder die für Biologie, wartete vor dem Kellereingang auf ihn. Nissim sah ihnen nach. Nissim liebte die Geschichts- oder Biologielehrerin sehr, aber sie glaubte, etwas mehr im Leben verdient zu haben als Nissim. Ihr Vater lebt noch und niemals setzt er ihr wegen einer Hochzeit zu, und auch sie hat sich bereits an das Unverheiratetsein gewöhnt. Wenn es ihr noch gelänge, ein Kind zu bekommen, was wollte sie mehr. Wenn nicht, würde sie ein vietnamesisches Mädchen adoptieren. Ja. Der Lehrer sagte zu ihr (und Nissim ließ sie nicht aus den Augen): »Ich b-bin gezwungen, nach Hause z-zu gehen. Der Arzt sagt, ich hätte die P-Pest. Wissen S-Sie etwas über den historischen Hintergrund des B-Buches Esra? Haben sie t-tatsächlich alle Frauen v-verstoßen? Am l-liebsten hätte ich o-ohnehin *Ödipus auf K-Kolonos* mit ihnen gelesen, aber die hebräische Ü-Übersetzung ist so f-furchtbar.« Sie eilte neben ihm her, er ging schnell, wankte und lief, der Kinderwagen des

Säuglings, wo ist der Kinderwagen des Säuglings? Kennen Sie Shifra Haqtshainik? Sie hat mir die Ehe angeboten und ich Trottel, ich habe nicht eingewilligt, hätte eine große Tochter und einen zwei Jahre alten Sohn bekommen, nur selbst zu gebären ist mir noch nicht gelungen, aber auch das wird kommen, »Kommen Sie mit zu mir nach Hause, Sie nehmen eine Dusche und ich rufe einen Arzt. Die Pest gibt es schon nicht mehr. Sie haben ganz schlicht und einfach Fieber.«

An der Wand hing das Bild, das sie der humpelnden Madame Sisi gestohlen hatte. »D-Du hast das B-Bild gestohlen?« Er brach in Gelächter aus. Es fiel ihm schwer, in die Badewanne zu steigen. Er hatte Angst zu fallen. Durch die Tür reichte sie ihm (ohne hinzuschauen) ihren Bademantel. Er spülte sich irgendwie ab, zog danach den rosafarbenen Bademantel an und sah in den großen Spiegel, sah, dass der Bademantel ungefähr drei Viertel seiner Körperlänge bedeckte, aber der mächtige Bauch immerhin verbarg sich, er mochte seinen Anblick im Spiegel, dann brach er auf ihrem ordentlich gemachten Doppelbett zusammen, dachte, er würde einschlafen, schlief aber nicht ein. Sah auf seinen Bademantel. Seine Brustwarze ragte heraus. Sie betrachtete ihn von der Tür aus, dachte, er schliefe, entschuldigte sich. Er sagte: »Das ist in O-Ordnung. Du k-kannst dich hierher setzen.« Und sie darauf: »Vielleicht sollte ich einen Arzt rufen?« Aber er: »N-Nein, nein, ich möchte l-lieber, dass du es m-mir mit der Hand machst, schon seit l-langem hab ich so in meinem Bett liegen wollen, in d-dieser Sauberkeit, meinem B-Bademantel, und d-dass du es mir m-mit der Hand machst.« Sie war, ausgerechnet aus emotionaler Sicht, nicht bereit, diese Bitte zu erfüllen. Hätte er ihr die Ehe angeboten, wäre das Ganze wahrscheinlicher gewesen. Aber er nahm – fast gewaltsam – ihre Hand und führte sie in den Bademantel, darunter trug er nichts, allein das erregte ihn sehr, er überlegte, wie es wäre, mit offen stehendem Bademantel durchs Haus zu gehen, und sein Schwanz würde hervorlugen. Er stand ihm nicht. Lange melkte sie ihn und am Ende kam Sperma, ohne dass er ihm gestanden hätte, aber es war angenehm, was juckt mich das, dass ich keinen Ständer hatte. Sie war verlegen, die Lehrerin für Geschichte, oder Biologie, fing an, ein bisschen vor sich hin zu plappern, sagte etwas über Gadi, der ein guter Schüler gewesen sei (das Sperma auf der Hand trocknet an oder was zieht mir da die Haut zusammen?), eigensinnig, mit vielen Problemen, vor allem Probleme, die mit seiner Familie zusammenhingen, seine leibliche Mutter war schon vor langer Zeit gestorben, aufgezogen hatten ihn sein Onkel und die Frau seines Onkels, aber er selbst habe nicht gewusst, dass sein Onkel sein Vater ist, oder so etwas in der Art, das war nur eine der Versionen, an die sie sich erinnerte, und es gab noch eine andere Version, die sie ebenfalls zu entwickeln versuchte, und in Bezug auf Esra, da weiß sie nichts, versprach aber, es zu klären, und *Ödipus auf Kolonos* hatte sie nicht gelesen, er sah sie an, angenehme Müdigkeit breitete sich in seinem Körper aus, gleich nach dem Erguss hatte er Kühle verspürt, als sei das Fieber für einen Moment gesunken, ehe es erneut anstieg, doch er wollte, dass sie es ihm noch einmal macht, jetzt würde er ihm auch stehen, weil er sie sich jetzt als Partnerin beim Sex denken kann, nein, er will nicht mit ihr schlafen, sie wird sich an mich hängen, wenn ich mit ihr schlafe, oder ich sollte grausam zu ihr sein, das ist besser, ich werde ihr an den Brüsten wehtun, und sie redete, war voller Verwirrung über den Job, den er ihr aufgenötigt hatte, erleichtert durch seine Krankheit und ihre Gutmütigkeit, schließlich hatte sie noch nie neben jemandem gesessen, den sie kaum kannte, und seinen Penis bearbeitet, ohne Kuss oder Umarmung, ohne ein nettes Wort, einfach so, ihm plötzlich einen runterholen, nachdem sie ihm Seife und Shampoo, ein Handtuch und ihren Bademantel gegeben und Tee aufgesetzt hatte, wobei ihr am unangenehmsten war, aufzustehen und sich sein Sperma von der Hand zu waschen, weil sie das wirklich anekelte, während es ihm Vergnügen bereitete, bei seinem Fieber, seinen Schmerzen und der angeschwollenen Zunge, seinem undeutlichen Sprechen, aufzupassen, dass sie nicht aufstand und neben ihm sitzen blieb, wozu er sogar bereit war, das verwöhnte Kind zu mimen, ›Geh nicht weg, bitte, geh nicht weg von mir‹, nur damit sie dort mit ihrer erstarrten Hand und der antrocknenden Stärke auf dem Handrücken sitzen blieb, ehe er zu ihr sagte: »M-Mach es mir noch mal m-mit der Hand.« Schweigen. Sie sah ihn mit erzürnten Augen an. Dann lächelte sie und sagte: »Du übertreibst ein bisschen, nicht?«

Sie stand auf, dummes Luder, na bitte, das ist ihre Gelegenheit, aufzustehen und sich die Hand abzuwischen, und da er tatsächlich etwas Starkes, Extremes, ein Vergnügen wollte, keinen Schmerz, er wollte sich wirklich nicht selbst wehtun – schließlich hatte er hohes Fieber, der rosafarbene Bademantel versprach ihm ein langes Leben, voller Seelenfrieden, vielleicht würde er diese Shifra heiraten und den wundervollen Säugling aufziehen – fasste er sein Glied vorsichtig mit zwei Fingern und fing an, es zu kneten, damit es erigierte, und als es ein bisschen angeschwollen war, dehnte er den Griffbereich aus, vier Finger, zwei Hände, ein bisschen Spucke, ihr wisst, wie das ist, und sie kam zurück, sah ihn, vielleicht spürte er ihr Gegenwart, aber sie machte sich hastig davon, wusste nicht, was sie tun sollte, unverheiratet war sie, richtig, gut möglich also, dass sie vieles noch nicht gesehen hatte, auch nie zu sehen bekommen würde, und wenn schon, aber wie hätte sie sich auch gewöhnen können an den Anblick eines halb nackten Mannes in ihrem Bett, der sich einen runterholte? Er seinerseits verspürte große Freude, ja liebte sich sogar selbst plötzlich, weil sein Glied ihm gehorchte und sich aufzurichten begann, und sie sah verstohlen aus dem anderen Raum zu, von wo aus sie seine Hand und seinen

Schwanz sehen konnte, wie rede ich mit mir selbst, und die behaarten Beine, aber nicht das Gesicht, und tatsächlich bemerkte sie, wie sein Glied hoch kam, bereute schon, nicht neben ihm sitzen geblieben zu sein, denn was sollte sie jetzt machen, wie sollte sie dort reinplatzen oder sich lieber davonstehlen, ohne ihn zu stören, und so wandte sie den Kopf ab, einmal hatte sie auf einem Parkplatz einen Mann urinieren sehen und den Kopf nicht weggedreht, worauf der Urinierende sie angesehen, gelächelt und gesagt hatte: »Groß, was?«, und sie geflohen war, und was würde passieren, wenn er plötzlich abspritzte, wie fett ich bin, nein, nicht fett, aber ich habe nicht die richtigen Proportionen, ein kräftiger Körper mit kümmerlicher Brust, vielleicht mag er keine kleinen Brüste an einem untersetzten Körper, und was wird sie machen, wenn sie es sieht, noch nie hatte sie es rausspritzen sehen, vielleicht ist er pervers, vielleicht ist sie pervers, dass sie dabei zuguckt. Er nickte ein und schlief Stunden dort, sein Erguss befleckte ihr das Laken, Abscheu erfüllte sie, weil sie das anekelte, und vielleicht hat sie deshalb bis heute nicht geheiratet, weil sie das noch immer abstößt, die zähe Flüssigkeit und der Geruch, der aus ihrer Scheide kommt, wenn sie bereits erregt ist. Und nachdem er nach Hause gegangen war, beschloss sie, nie wieder an die Begegnung zwischen ihnen zu denken. Doch er hatte noch zu ihr gesagt: »V-Vielen Dank. Was ein g-gefallener Soldat bei einem Lehrerpaar doch so alles auslöst«, und gekichert. Auch das konnte sie ihm nicht vergessen.

Fast Abend. Sein hohes Fieber beschäftigte ihn schon nicht mehr, als sei er mit hohem Fieber geboren, mit einer Hornhauttrübung, mit eingetrübtem Sehvermögen, mit schweren Beinen und Kurzatmigkeit. Er ging bis zum Ende der Häuser. Jenseits der Häuser wand sich – unten in der Ebene – die breite Straße. Er setzte sich nicht. Wenn er sich jetzt setzte, würde er nicht wieder aufstehen können. Er setzte sich. Drei Lastwagen transportierten Schotter. Wie Kamele hielten sie nacheinander an. Die Fahrer stiegen aus, einer von ihnen erzählte irgendetwas, sie lachten und kehrten in ihre Fahrerkabinen zurück, fuhren weiter. Bestimmt hatten sie die Geschichte schon gekannt. Auch ein Bus hielt an, die rückwärtige Tür öffnete sich, doch niemand stieg aus. Eine Araberin, eine Fellachin in langem Hemdgewand, die schon etliche Zeit an der Haltestelle gestanden hatte, eilte zur vorderen Tür und richtete eine Frage an den Fahrer, worauf der die Tür schloss, dann erneut öffnete, wieder fragte sie ihn etwas, wieder schloss er die Tür, fuhr ein paar Meter, rollte zurück, öffnete und ließ sie einsteigen. Die Frau kletterte unter größter Mühe hinein. Der Bus fuhr. Einige wenige Mohnblumen erzitterten auf dem Feld. Von hier bis zur Straße unten stand wilder Hafer, das Wildgetreide wird vor der Gerste und dem Hopfen golden, stirbt ohne Frucht. Er kehrte erst gegen Abend zur Zeile der Häuser zurück. Versuchte, Autos zu zählen. Zählte Panzer. Krankenwagen. Hubschrauber. Ein Polizeiwagen hielt Fahrzeuge an, suchte Araber aus der Karawane, die nach Balad ash-Scheikh unterwegs war. Der Verteidigungsminister, Atniel Sharon, behauptete, die Karawane habe sich nur zum Schein aufgelöst und ihre Teilnehmer bewegten sich einzeln in Richtung des Dorfes. Veteranen der Armee und der Bürgerwehr wurden gebeten, sich freiwillig zu melden, um alle möglichen zerstörten Dörfer zu bewachen. Den Männern wurde empfohlen, in jene Dörfer zu fahren und sich dort aufzuhalten, an deren Zerstörung sie selbst beteiligt gewesen waren, um über jede verdächtige Bewegung, vor allem von Kindern, in Richtung der Ruinen zu berichten. Der Knessetabgeordnete Hexenschwanz, ein netter Mann, verlangte, die Überreste der Moscheen, die an allen möglichen Orten stehen geblieben waren, zu zerstören. Inoffiziell, wegen der Amerikaner, die gegen Maßnahmen in aller Öffentlichkeit waren, wurde ihm zugesichert, dass, sobald der Libanonkrieg beendet sei, die letzten Überreste der zerstörten Häuser in Ein Rasallah, Bantatura, Beit Jibrin und überall dem Erdboden gleichgemacht würden. Hexenschwanz listete ein lange Reihe von Ruinen überall im Land auf. Von vierhundert Dörfern waren fünftausend Überreste stehen geblieben. Der Kibbuz Zowa in den Jerusalemer Bergen jedoch wandte sich in aller Schärfe gegen den Vorschlag. Das zerstörte Dorf zu seinen Füßen war vollständig erhalten geblieben. Die Häuser hatte man gesprengt, ihre Überreste aber niemals weggeräumt. Eine Genossin aus dem Kibbuz schrieb einen erregten Brief an die Redaktion der sozialistischen Zeitung *Davar*, in dem sie die herbstliche Zitronenbaumblüte in dem zerstörten Dorf beschrieb, die Ausflüge der Kinder des Kibbuz an Frühlingsmorgen, um die Häuser der Nachbarn zu sehen, alles um der Koexistenz willen, »Ein Mensch ist aus der Landschaft verschwunden«, zitierte sie vielleicht Paul Celan, »befindet sich aber vollkommen in ihr«, und die Bewohner von Ein Hod, die Künstler, die die Häuser der Vertriebenen genau so bewahrt hatten wie einst und ausgelassene Purimfeten gaben, veranstalteten einen gemeinsamen Abend mit jenen alten Palmachkämpfern, die die Bewohner des Dorfes damals vertrieben hatten, wozu auch arabische Künstler geladen waren, um gegen den inhumanen Vorschlag zu protestieren. Was gewesen ist – ist gewesen, sagte das Oberhaupt des Dorfes, ein berühmter Maler. Nur die arabischen Künstler kamen nicht. Wieder einmal hätten sie damit ihre Halsstarrigkeit unter Beweis gestellt, wurde den Symposiumsgästen gesagt. Hexenschwanz, der nette Knessetabgeordnete, als der Verstand verteilt wurde, war er gerade auf einer politischen Versammlung, schrieb einen Artikel im humoristischen Mitteilungsblatt der Knesset. Erneut hätten die Araber bewiesen, so schrieb er, dass sie die Vorsehung der Geschichte nicht akzeptierten. Die Bestimmung von Häusern sei es, zu zerfallen, zitierte Verteidigungsminister von-Sharon seine Mutter, ein Zitat aus einem Wiegenlied, das sie ihm immer sang. Als Kind war er Bettnässer. Anfangs schlugen sie ihn jedes Mal, wenn er nachts ins Bett machte. Danach weckten sie ihn immer und sangen ihm Lieder vor, damit er ins Töpfchen machte. Am Ende kam die Sache von selbst in Ordnung. Als er seines Postens enthoben wurde wegen der Verantwortung für das Massaker in Sabra und Shatila, ging er zum Grab seiner Mutter, um sich im Gedenken mit ihr zu vereinen. Sogar die Pressefotografen ließen in diesem schweren Moment von ihm ab. Die Erinnerung an die Nächte, in denen er geschlagen worden war, kam ihm. Gut, dass sie mich geschlagen haben, sagte er sich. So habe ich gelernt, seelische Grausamkeiten von den Menschen zu ertragen, dir mir am nächsten stehen.

All das hat nichts mit unserer Geschichte zu tun. Was haben der Lehrer und die Kinder gemeinsam, die ihre Wurzeln in den verlorenen Dörfern suchen. Er sucht nach Yazid. Ist schuld an seinem Verschwinden. Klopfte an die Tür und hörte Madame Sisi schreien: »Es schellt«, und ihr Mann antwortete von ferne: »Um diese Uhrzeit? Du gehst um halb zehn schlafen. Du hast es mir versprochen. Ich hab auch ein Recht, ein bisschen im Wohnzimmer zu sitzen«, aber die Frau öffnete trotz allem. Ihre Hände waren von Pigmentflecken bedeckt. Jahre, dass sie in diesem Land lebte. Die europäische Haut hatte sich gewöhnt, hatte besondere Eigenschaften im Kampf mit der brennenden Sonne entwickelt. Zuweilen erkrankten Menschen an Hautkrebs, wegen der Sonne. Klammerten sich an die Erklärung, der Sonne übermäßig ausgesetzt gewesen zu sein. Unfug. Was kann ein Mensch denn tun? Nur bei Nacht leben? Das Land unterteilen in jene mit dunklem Teint, die tagsüber dort leben, und jene mit europäischer Haut, die nachts leben dürfen? Wo leben diese neunmalklugen Ratgeber denn? Der Platz des gestohlenen expressionistischen Gemäldes an der Wand gähnte nackt wie ein herausgerissener Ziegel, ein weißer, rissiger Fleck. Sie sagte: »Hat man dich freigelassen? Das freut mich. Das war nicht rechtens, du hattest nichts mit dem Diebstahl zu tun, die ganze Zeit hab ich das gewusst, gut, dass du gekommen bist, setzt dich.« Sie humpelte zu einem Regal mit Arzneimitteln und Hochprozentigem. Goss ihm einen Cherry Brandy ein. Ihre Hände zitterten. Die Flasche war klebrig. Sie versuchte die Klebrigkeit loszuwerden, indem sie über das Regal fuhr. Ihr Mann brüllte von ferne: »Wer ist das, der um diese Uhrzeit noch gekommen ist?« Und sie darauf leise: »Du kannst weiterlesen.«

»Kann ich wirklich, es geht mir gut hier, ich habe alles hier.«

»Er liest die Bibel. Dreißig Jahre liest er die Bibel.«

Der Gatte brüllte zurück: »Ich lese sie schon zum zweiten Mal.«

Die Frau sagte zu dem Lehrer: »Ich hab dir was zu essen gemacht, setz dich.«

»M-Man hat bei m-mir eingebrochen.«

»Vielleicht sind es ja doch die arabischen Kinder gewesen, ich weiß wirklich nicht mehr, wem ich glauben soll. Und was sie im Radio sagen. Glaubst du, dass sie in ihre Dörfer zurückkehren werden?«

»Die P-Polizei ist in mein Haus eingebrochen, a-alles haben s-sie durchwühlt, haben m-mir Kaffee auf ein Buch von N-Nietzsche gegossen.«

Wieso plötzlich Kaffee? Und warum eigentlich Nietzsche? »A-Ausgerechnet auf meine L-Lieblingsstelle. Das sch-schmerzt mich. Sie haben sich wie V-Vandalen aufgeführt, haben m-mich beleidigt. Wirklich b-beleidigt haben sie m-mich.«

»Nu, gut, aber das ist kein Einbruch, sie mussten nach Spuren des vorherigen Einbruchs suchen.«

»Aber es hat k-keinen vorherigen Einbruch g-gegeben.«

»Bist du sicher?«

Nein, er war nicht sicher. Sie schwiegen. Er setzte sich. Sie sagte zu ihm: »Ich hab vergessen, dich aufzufordern, dich zu setzen.« Danach setzte sie sich auch. Musterte ihn, als versuchte sie herauszufinden, aus welchem Teil ihres Lebens er aufgetaucht war. Aber genau genommen hatten sie nichts, über das sie hätten reden können. Sie wartete, dass er ein bisschen redete. Dann fragte sie: »Also, was schreibst du?« Er wusste nicht, was er sagen sollte, da er gar nicht schrieb, niemals geschrieben hatte, »D-Du meinst das T-Tagebuch? Ja, Tagebuch sch-schreibe ich. Das heißt, T-Tagebuch wollte ich ...«

»Dasselbe Tagebuch, das du über die Sexbeziehung zu der einen geschrieben hast?«

»Nein, n-nein, ein anderes T-Tagebuch.«

»Stimmte das denn?«

»Nein, es w-war eine Art R-Rache, nein, nicht Rache, ich g-glaube nicht an Rache, es war S-Sex.«

»Literatur?«

»N-Nein, ich glaube nicht an L-Literatur.«

»Und dass deine Schwester lesbisch ist, stimmt das? Weil du auch das geschrieben hast.«

»D-Damals stimmte es nicht, jetzt v-vielleicht.«

»Oj, dieses verfluchte Tagebuch. Ich verstehe es nicht. Wenn ich über euer Leben nachdenke, bricht es mir das Herz. Wozu musstest du alles mit diesem dummen Tagebuch zerstören, ich glaube nichts von dem, was du dort geschrieben hast.«

Wir sehr wollte er dieses Gespräch in die Länge ziehen, alles zugeben, was auch immer sie sagte, nur damit die eine Frage hinausgezögert würde, die er stellen wollte. »D-Du hast Recht.« Sie sah ihn an, hielt ihm jetzt wirklich eine Moralpredigt, leise, vielleicht wollte sie nicht, dass man sie hörte. »Ich weiß, dass ich Recht habe, anderenfalls würde ich dir dies alles nicht sagen. Du hast euer beider Leben zerstört. Was für Lügen du geschrieben hast, all die Mädchen, mit denen du angeblich geschlafen hast und was du mit ihnen angestellt hast, wie ein dreckiges Pornoheft. Ich hab verstanden, dass sie dir weggelaufen ist, hab sie vollkommen verstanden, obwohl ich noch versucht hab, mit ihr zu reden, dass sie bei dir bleiben soll, weil jeder seine kleinen Absonderlichkeiten hat.« Jetzt konnte er sich schon nicht mehr beherrschen: »W-Was macht s-sie?« Aber die menschliche Zunge, vor allem wenn sie geschwollen und mit kleinen Bläschen übersät ist, wie bei einer Krankheit, die Kühe von Zeit zu Zeit befällt, versagt kläglich, wenn es an der Zeit wäre zu fragen, was ist sie, wo ist sie, sie soll zu mir zurückkommen, soll mit mir leben, sie ist noch immer mein, spricht über mich, sie spricht über mich, rede mit ihr über mich und all die anderen Fragen, Bitten, weshalb er mit seiner geschwollenen Zunge erneut fragte, was er nicht hatte sagen wollen: »W-Was macht sie?« Und nicht einmal fragte, wo wohnt sie, in welcher Stadt, in welchem Land, auf welchem Kontinent, wie kommt es, dass Menschen verloren gehen, aber dass Menschen verloren gehen, weiß er, und warum versteift er sich ausgerechnet auf diesen einen Verlust, wäre er bei einer anderen Tante gelandet, hätte er sich dann über einen anderen Verlust gegrämt? Wer weiß. Die Tante seufzte: »Was sie macht? Sie hat es schwer, sehr schwer.«

»W-Was ist mit dem J-Jungen?«

»Hast du von dem Jungen gehört?«

»W-Was ist mit d-dem Jungen passiert?«

Ich werde sie umbringen, wenn dem Jungen irgendetwas passieren sollte, wen werde ich umbringen, wenn dem Jungen irgendetwas passiert? »Ach, der Junge, der Junge ist entzückend, so hübsch, tiefschwarze Augen wie Kohlen und blonde Haare mit großen Locken, irgendwo hab ich ein Foto«, sie stand auf und setzte sich sogleich wieder, als hätte sie ihm das Bild bereits gezeigt. Er zitterte. »Du hast Fieber, richtig? Du musst zu einem Arzt. Das kommt von der Haft. Ich hab einen Beschwerdebrief an die Polizei geschrieben. Sie haben mir auch geantwortet. Wo ist der Brief bloß?« Wieder stand sie auf, als wollte sie den Brief suchen gehen, und setzte sich abermals wieder hin, als hätte sie ihm das Schreiben bereits gezeigt, oder was auch immer dieses Aufstehen und Wiederhinsetzen genau sollte, vielleicht furzte sie auch, weil der Arzt ihr geraten hatte, die Blähungen wegen der Hämorriden nicht zurückzuhalten, oder sie hatte vergessen, was sie ihm bringen wollte, oder sich erinnert, dass sie keinerlei Ordnung in ihrer Korrespondenz pflegte.

»V-Von was lebt sie?«

Erneut hatte er nur wenig von dem gefragt, was ihm im Kopf herumging. Alles wird noch anders werden, sagte er sich, sie wird zu mir zurückkommen, wir werden unser restliches Leben glücklich vereint leben, ich werde zu ihr dorthin fahren, bin einverstanden, von hier wegzugehen, sag ihr, ich habe meinen Dienst quittiert und werde das Land mit einem gefälschten Pass verlassen, sie werden mich nicht festnehmen, ich trage auch die Schuld an dem Libanonkrieg, aber ich werde hier rauskommen, und die Tante sagte: »Das Wasser kocht, Kaffee oder Nescafé oder Tee oder einfach heißes Wasser? Bei uns wurde früher einfach heißes Wasser getrunken, um den Magen zu beruhigen.«

»Egal, w-was dir recht ist, wirklich, hat s-sie dort eine f-feste Bleibe?«

Die alte Tante wird denken, dass ich bei ihr wohnen will, ich will die Adresse und werde mich langsam heranarbeiten, werde nachts wiederkommen, wenn sie mir die Adresse nicht gibt, einzubrechen verstehe ich noch immer, vielleicht haben sie mich deshalb verhaftet, vielleicht bin ich schon mal hier gewesen. »Du hast immer Tee gemocht, richtig?«

»W-Was dir r-recht ist, wirklich, sie ...«

»Du hast dich nicht verändert.«

»In der N-Nacht, bevor sie m-mich verhaftet haben, träumte ich, ich hätte eine F-Frau gesehen, die in einen Jungen weint, als w-wäre der Junge ein W-Waschbecken, nein, kein Waschbecken, eine g-große Hand, eine große g-gewölbte Handfläche.«

Die alte Tante wollte mehr Einzelheiten über ihn wissen, »Jetzt reden wir ein bisschen über dich«, fing sie ein neues Gespräch an, nach diesem Traum, der dem Unsinn in seinem Tagebuch ähnelte, diesem Tagebuch, das sie ihm nicht verziehen hatte, was er macht, will sie wissen, vor allem, was er schreibt, sie hat so viel über ihn gehört, hat sich immer vor ihren Freundinnen mit ihm gebrüstet, und die Leute hier freuten sich, dass aus ihm geworden war, was aus ihm geworden war, besonders nach allem, was er durchgemacht hatte, und auch zu seiner Großmutter sagte sie immer, das könne ihr Trost sein, nachdem sie all die Jahre ganz allein geblieben war, und er wusste nicht, was zu sagen, so ist er nun mal, ein unsteter Geist, von hier nach dort, weißt du, mal hier, mal dort, und all diese Odysseen wird er in seinem Buch beschreiben? Er weiß es nicht, reist nicht durch die Welt, versteckt sich hauptsächlich, bis der Krieg beendet ist, hält er sich versteckt. Du wieder mit der Politik, ich verstehe, doch dann konnte sie sich nicht mehr beherrschen und fragte: »Und was ist mit deiner deutschen Frau?«

»Wer? G-Gretchen?«

Irgendeine Wut war in ihr oder Lust, ihn zurechtzuweisen, vor allem seine Traurigkeit und seine armseligen Antworten weckten in ihr eine grausame Ader, wie auch immer, irgendwie mündete dies alles in den schnippischen Satz: »Ich weiß nicht, wie ihr Name ist, erwartest du das etwa auch noch von mir?« Er zuckte mit den Schultern, »In dem Tagebuch gab es viele Stellen über die Deutsche und sehr peinliche Einzelheiten über das, was ihr getrieben habt, als sie durchs Land gereist ist«, und er: »W-Wo wohnt sie? Hier im L-Land?« Ihre Hände schienen für einen Moment mit Stricken befasst, ohne Stricknadeln und Wollgarn, sie versuchte, Ordnung in ihren Zorn zu bekommen, einen manuellen Zorn, ehe sie erneut keifte: »Habe ich nicht genug damit zu tun, einen senilen Ehemann zu pflegen, der die Bibel auf dem Klo liest?« Worauf der Gatte sogleich brüllte: »Ich höre alles, mit wem redest du da?«

»Ich hab gehört, sie ist gefahren, und dass du danach nichts mehr von ihr gehört hast. Alles lese ich. Das war ein bewegendes Interview, obwohl du dort viele Lügen verbreitet hast, vor allem in den Passagen über meine Familie, die ich sehr gut kenne, und ich kann nur hoffen, dass die anderen Teile, bei denen ich mich nicht auskenne, zutreffender gewesen sind. Andererseits, du hast eine große Narbe unterhalb des Ohrs. Darüber habe ich nichts gelesen.«

Schweigen stand im Raum. Sie spricht nicht über mich. Will erneut über meine Mutter reden. Wenn sie über meine Mutter redet, gehe ich, vielleicht schlage ich sie einfach, ihre Hände sind so verknöchert, und er schlief auf seinem Sessel ein oder schloss nur die Augen, und als er sie aufschlug, sah er, dass sie halb schlummerte, doch auch sie schlug die Augen auf und sagte sofort: »Schade, dass ihr nicht zusammengeblieben seid und gelernt habt, mit den Schwierigkeiten umzugehen. Ihr wärt nicht schlecht zurechtgekommen. Ich weiß, dass sie eine problematische Frau ist, aber ihr hättet das alles hinbekommen können, nicht? Und was machst du einer anderen Frau ein Kind, das ist furchtbar. Wer weiß, wie viele Kinder du anderswo gemacht hast? Du verstehst die Frau nicht, wenn du so etwas tust. Du verstehst ihre Angst nicht, ihr Sohn könnte nicht der einzige Sohn seines Vaters sein, vielleicht hat er alle möglichen Brüder und Schwestern, die ihn um immer mehr Liebe im Herzen des Vaters bringen, und ich rede nicht von materiellem Besitz.« – »Ich habe eine Tochter«, brüllte ihr Mann vom Klo,

»und du hast keine Vorstellung, wie schön sie ist, sie wird selbstverständlich alles erben, alles.«

»Er hat ein Thema für einen Witz gefunden.«

»Ein Sohn, das ist, was du mir hättest schenken sollen, einen Sohn für den Kaddisch, das ist es, was ich brauche.«

Er fing an, das Totengebet zu sprechen, mit allen hier zu Lande üblichen Entstellungen des Aramäischen, aber dafür mit großer Inbrunst, noch nie war der Kaddisch auf einer Toilette mit derartiger Emphase gesprochen worden, laut, nicht zu seiner Frau sprach er sondern zu seinem offenen Grab, seit Bonzi Schweig hatte es keinen solchen Frommen mehr gegeben, ja, ja, dass das Echo bei seiner Beerdigung widerhallte, so wollte er es, und ER wird herrschen über ihr Königreich, und ER wird herrschen über ihr Königreich, wiederholte er ein ums andere Mal.

»Sei ruhig und lies die Bibel. Weiß nicht zu unterscheiden zwischen koscher und trejfe, und plötzlich will er einen Kaddisch und liest die Bibel, Schabbat weiß er nicht, was das ist.«

»Schabbat ist der Tag, an dem aus allen Häusern Kinderlachen erschallte und nur bei uns Friedhofsstille herrschte, das ist Schabbat.«

Sie tat so, als hörte sie nichts. Vielleicht hatte sie tatsächlich nichts gehört. Vielleicht wiederholten sich diese Szenen jeden Tag. Wir erzählen hier nichts, was sich plötzlich und unerwartet zugetragen hat. Jeder unserer Helden war in unendlich viele weitere Ereignisnetze verfangen. Humpelnd brachte sie den Kaffee und wischte sich Tränen aus den Augen, die ihr gekommen waren. Ihre Kraft war bloßer Schein. Der Alte auf der Toilette fuhr fort, ihr von seiner Tochter zu erzählen: »Tamar haben wir sie genannt. Glaubst du wirklich, ich sei jedes Jahr zum Reservedienst gegangen?« Der Lehrer sagte zu der alten Frau, nicht um sie von der Misshandlung durch den Senilen auf dem Klo abzulenken, sondern weil er nichts wollte, als zu der zurückzukehren, die sein Herz liebte, für Augenblicke schien es ihm, als verstecke sie sich im Nebenraum, wiege ihren Sohn in den Schlaf, verstecke sich vor ihm, warne ihren Sohn, nicht einen Laut von sich zu geben, weil er Kinder in Angst und Schrecken versetzt, Kinder sterben wegen ihm, Föten werden wegen ihm ausgekratzt, ich bin der Todesengel, und als sie ihm Zucker in den Tee gab, bemerkte sie ihre zitternde Hand, schüttete den Löffelinhalt auf den Boden, erbitterte sich, beschuldigte den auf der Toilette, der dort ihm unverständliches Aramäisch deklamierte, und er sagte: »W-Wie alt ist der J-Junge jetzt?« Sie wusste es nicht oder erinnerte sich nicht, wollte ihren Mann fragen, wäre fast zur Klotür gehumpelt, an der das Plastikrelief eines pinkelnden Jungen klebte, bereute dann aber ihren Entschluss. Seidiges Haar eines kleinen Jungen brannte in seinen Händen, der Junge, der versucht hatte, ihn an der Hand zu nehmen, der Junge, der geweint hatte, und warum hatte er den Heiratsantrag der Mutter, dieser Shifra Haqtshainik, zurückgewiesen, schließlich hätte sich der Junge sofort in ihn verliebt, er ist in einem Alter, in dem er sich in jeden Vater verliebt, auch wenn dieser nicht sein leiblicher ist, was besagt schon die biologische Herkunft? Sie sagte: »Er ist ein schönes Kind. Wir haben ein Foto von ihm. Er sieht seiner Mutter sehr ähnlich. Es stimmt doch, dass sie schön war? Du hast ihre Schönheit sehr geliebt. Manchmal hast du sie auf die Augen geküsst und ihr gesagt, wie sehr du sie liebst, sogar mitten auf der Straße, nicht so grob, wie andere es machen, mit Berührungen der Brüste, nein, nein, ihr wart ein schönes Liebespaar, sie schmiegte sich an dich und fragte: ›Liebst du mich?‹, und du hast gesagt: ›Und wie ich dich liebe‹, hier habt ihr gesessen, du erinnerst dich gewiss, was erzähle ich dir das alles? Was ich dir das alles erzähle? Damit du weißt, was für ein Trottel du gewesen bist, damit du weißt, dass all die Frauen, die du in deinem Leben beschlafen und über die du in deinem Tagebuch geschrieben hast oder nicht, nichts wert waren, denn was bleibt dem Menschen wenn nicht die erste Ehe, die die letzte wirklich glückliche ist?« Wie sehr er dieses Foto wollte. Sein Körper bebte. »M-Mein Bademantel, das ist w-wegen der Dusche, das hat mir geholfen, die K-Krankheit zu überwinden, ich habe mich b-bei den Kühen von W-Willi angesteckt.« Wie alle bei uns dachte auch sie, dass, wenn sie die Schriftsteller nicht versteht, dies nicht ihrer eigenen Beschränktheit zuzuschreiben ist, sondern deren Übermaß an Weisheit, und so begnügte sie sich mit dem, was sie verstanden hatte. »Z-Zeig mir das B-Bild, ich bitte dich.« Erneut suchte sie und fand es nicht. Er dachte an Gretchen, Gretchen hieß sie? Wie sollte er sich daran erinnern? Und vielleicht hat er Kinder, von denen er nichts weiß, die aber andere als Väter kennen, und welchen Sinn hätte es, sie ihren Vätern wegzunehmen? Kind ohne Vater gesucht. Unverheiratete Mutter gesucht, die einen Vater für ihr Kind will. Es gibt bestimmt viele solcher Frauen. Schade, dass er bald sterben wird.

Die Finger der Alten gehorchten ihr nicht. Die Schublade barg viele Dinge, die die Erben unsortiert wegwerfen würden. Sie suchte abermals. Das Haus war nicht aufgeräumt. Puschkin in hebräischer Übersetzung stand neben einem Bildband zum Sechstagekrieg, und dort stand auch der Katalog einer expressionistischen Ausstellung und *Exodus* von Leon Uris, dem Visionär unseres Staates, in violettem Einband, wer hatte damals nicht mit unbeschreiblicher Ergriffenheit unseren Eintritt in die Weltliteratur als neue Nation gelesen? Ihre Papiere waren auf einem Regal gestapelt, auf dem auch braune Arzneimittelfläschchen standen, eine Flasche Rotwein, süß, für den Tischsegen, zwischen anderen Büchern in verschiedenen Größen, *Johann Christof* und Ähnliches. Schubladen, die sie öffnete und in denen sie nicht fand, was sie suchte, wurden unter ihren Händen nicht wieder geschlossen, und anstatt Hilfe zu erbitten, ärgerte sie sich, ärgerte sich vor allem über ihren Mann, fand dann einen großen Umschlag und begann, Briefe zu sortieren, vergilbte Bögen, »Hier ist eine Seite aus deinem Tagebuch«, sagte sie, aber es war nicht seine Handschrift, vielleicht hatte sich seine Handschrift aber auch verändert oder sie verwechselte ihn mit jemand anderem. Dann unterbrach sie mit einem Mal ihre Suche und sagte zornig: »Warum habt ihr euch scheiden lassen? Warum bloß die Scheidung?« Sie hat mich verlassen, hat mein Kind genommen und ist geflüchtet. »W-Was macht sie h-heute?« Die Greisin machte sich wieder daran, Briefe zu suchen, und es war ihm unangenehm, dass er sie nötigte, ihre ungehorsamen Finger zu versuchen, ihr faltiger Handrücken war von Sonnenflecken bedeckt, sie bemühte sich sehr, hatte Angst, er würde gehen, wenn sie nichts fände, weil er bereits einmal eingenickt war. Such. Ihre Hände müssen ihr gehorchen, auch einen Wiederbelebungskurs hatte sie mitgemacht, weil sie befürchtete, ihr Mann könnte plötzlich sterben und sie wüsste nicht, was sie alleine tun solle, draußen war eine dumpfe Explosion zu hören, vom Nachbarhof kam das Heulen eines Hundes, ein Bus fuhr auf der Straße vorüber, sprich über sie, bitte, sprich nicht über sie, sprich über den Jungen. Ich erinnere mich nicht an ihr Gesicht. Erinnere mich nicht an ihre Stimme. Warum erinnere ich mich nur an die hässlichsten Augenblicke? »D-Dieses Kind gehört m-mir.« Draußen kam Wind auf. Sie sagte: »Erinnerst du dich an Efraim?«

Er erinnerte sich an Efraim, mit einem Mal erinnerte er sich an ihn, ihren Bruder. Er hatte ihren Bruder gehasst. Aber auch sie hatte ihren Bruder gehasst, oder? Nein, sie hatte ein sehr enges Verhältnis zu ihm. Er ist der einzige Mensch, zu dem sie noch Kontakt hat. Sonderbar, dabei hatte sie immer mit ihm gestritten. Vielleicht hast du es falsch aufgefasst? Vielleicht, aber sie redete immer furchtbare Sachen über ihn. Ja, das war ihre Schwäche, immer redete sie furchtbare Sachen über Menschen, die sie liebte. Wenn er wüsste, was sie über ihn erzählt hatte, würde er sich schämen, und dennoch, die erste Ehe ist und bleibt die einzige. Und was macht Efraim? Nun gut, wie du sicher weißt, ist er einer der ganz hohen Offiziere, und erst jetzt, da der Krieg ins Stocken geraten ist, hat er einiges, was man nicht hätte sagen sollen, gegen den Verteidigungsminister vorgebracht, was umgehend, wie du sicher weißt, an die Presse gegangen ist, und nun ist seine Karriere in Gefahr, alle haben gedacht, er würde Generalstabschef werden, auch er hat mir einmal gesagt, ich solle mir keine Sorgen machen, er würde nicht getötet werden, da er beabsichtigt, Generalstabschef zu werden, und wer getötet wird, sagte er, wird nicht Generalstabschef, und das Gespräch über den Bruder zog sich in die Länge, was ihn aber nicht störte, da er nicht zuhörte, denn mit einem Mal stiegen alle verhassten Erinnerungen an den großen Bruder wieder in ihm hoch. Warum hasste er ihn? Vielleicht, weil er schön und schlank war. »Er w-war schön wie eine Sch-Schönheitskönigin.« Die Alte sagte: »Ja, er ist noch immer sehr schön. Sie waren eine schöne Familie. Schade, dass sie in alle Richtungen verstreut sind.« Warum hasste er ihn? Wegen seiner soldatischen Prahlereien? Vielleicht. Immer hatte er sich mit den Getöteten gebrüstet, deren Zahl er auf dem Kolben seines Gewehrs einritzte. Hatte damit angegeben, um ihn zu verletzen. Aber er hatte Charme. Hatte das Lächeln von einem, der Diskussionen mit vollkommener Kapitulation seinerseits beendet. »Er hatte Ch-Charme, verstand es, g-gütig zu sein.«

»Nu, ja, das hat schon immer bei ihnen in der Familie gelegen, dieser Charme, schade, dass sie sich verstreut haben. Wenn er doch bloß heiraten würde, Kinder zeugen.«

Immer hatte er die älteren Brüder seiner Freundinnen gehasst. Der Gatte brüllte irgendetwas, aber sie bat den Gast, nicht hinzuhören, sprich über den Jungen. Warum verbirgst du die Tatsachen vor mir? Es klopfte an der Tür. Der Gärtner bat um Wasser. Der Gatte schrie aus dem Badezimmer: »Wer schellt da?« Der Wasserhahn in der Hütte war defekt. Der Gatte brüllte aus dem Bad: »Wer hat da geklingelt?« Sie antwortete: »Ismail.«

»Er ist ein Terrorist, und ich liebe Terroristen, sag ihm von mir: Es lebe der Terror.«

Sie füllte einen großen Topf mit Wasser und sagte: »Ismail, das ist der ehemalige Mann der Tochter meines Bruders.« Ismail hob den schweren Topf an. Es war der, der keinen bei der Polizei verpfiffen hatte. Er wollte ihm zulächeln, aber eine unbestimmte Furcht hatte sich ihm eingeprägt. Sie sagte zu Ismail: »Vielleicht setzt du dich zu uns?« Aber Ismail ging. »Er wohnt umsonst bei uns.«

»D-Das ist schön.«

»Wenn das schön ist, warum verleumden sie mich dann? Entweder sie verunglimpfen mich, weil er offiziell bei mir im Haus wohnt oder aber sie halten mir vor, dass er in einem Verschlag hinterm Haus wohnt, nur entscheiden sollen sie sich.« Sie klagte nur so. In Wahrheit gab es nichts, was sie in jenem Moment bedrückt hätte. Sie wollte dasitzen und den Besuch genießen. Und auch ihm hätte es nichts ausgemacht, zu sitzen und den Besuch zu genießen, vorausgesetzt, sie redete über den Jungen. Wenn du doch bloß ein bisschen Ordnung schaffen könntest, weil ich keine Kraft mehr dazu habe, und danach würde ich Musik von Brahms auflegen. Es gibt ein Klavierquartett von Brahms, nein, nicht Brahms, von Schumann, und warum wird das Klavierquartett Quartett genannt, wenn doch ohnehin ein Quintett es spielt, es gibt so viele Dinge, die ich keine Kraft mehr habe zu klären. »Ismail ist hier geboren, genau an diesem Ort.«

»Das ist n-nicht richtig, das k-kann nicht sein.«

»Das stimmt wirklich nicht. Ich weiß nicht, warum ich das immer erzähle. Vor dem Krieg hatte ich einen guten Freund«, sie senkte ihre Stimme, damit ihr Mann sie nicht hörte, vielleicht auch, damit der Gärtner nichts hörte, oder jemand anderes. »Er hatte eine Araberin geheiratet. Sie wohnten unter Juden. Niemand stellte Fragen. Heute verstehen die Leute das schon nicht mehr, aber vor der Staatsgründung war so etwas normal, gut, nicht wirklich verbreitet, aber nicht schlimm, und nachdem der Krieg vorbei war, ich meine, als es schon eine Bevölkerungserfassung gab, eine Volkszählung, ja? Wann war die erste Volkszählung? Mein Mann hat damals versucht, sich zu drücken, wollte sich nicht registrieren lassen, bloß so.« Sie sprach leise, vielleicht log sie erneut und wollte keine Diskussion, am lästigsten sind Diskussionen um Tatsachen, als würde man miteinander reden, um Tatsachen zu erzählen, »Sie änderten ihren Namen, damit man sie nicht vertrieb, ich verstehe nicht warum, aber sie bekam ein schwarzes Kind, worauf alle begriffen, dass sie Araberin ist, ja, ja, und er sie verstieß. Du bist ganz blass.«

Und als er lange Zeit dagesessen und geschwiegen hatte, die duftgeschwängerte Frühlingsnacht das Haus einhüllte und die Lichter in den Häusern der Nachbarn nach und nach erloschen, er kein Wort sagte und ihr ihre Geschichte geschmacklos erschien, sinnlos, verletzend, sagte sie plötzlich: »Was machen wir jetzt?« Und er: »V-Vielleicht rufen wir s-sie an?« Wieder wühlte sie in Papieren, zog Schubladen auf, die sie nicht wieder zumachte, hielt Papiere umklammert, ging zur Toilettentür, um zu überprüfen, ob er nicht schon tot war, oder um etwas zu fragen, dabei hatte ihr Mann jedes Wort mit angehört, anderenfalls hätte er sie wohl nicht sofort von der Klotür vertrieben, als sie sich dieser näherte, »Sie redet mit dir über Ehen, bitte sie, dir zu erzählen, warum er seine Frau verstoßen hat, sie soll dir erzählen, warum, das verheimlicht sie nämlich, dass seine Frau ihm gar kein Kind geschenkt hat, deswegen, und das ist es, was man mit allen Frauen machen sollte, die keine Kinder zur Welt bringen können.« Dann wählte sie unzählige Male, ihre Finger schafften es nicht zu wählen, die Löcher waren zu klein oder die Wählscheibe bewegte sich nicht richtig, wieder probierte sie es, einige Male war er versucht, es für sie zu tun, und hatte nicht den Mut, wusste nicht wohin, dabei hatte er viele Frauen auf der ganzen Welt angerufen, andere Frauen, rief er deshalb andere Frauen an? So schien es jetzt, und wie konnte er ihr die Nummer wegnehmen? Sie zerknüllte den Zettel, wartete und sagte: »Hallo?« Und wieder: »Hallo?« Als würde am anderen Ende in einer fremden Sprache gesprochen, und der Gatte brüllte vom Klo: »Redest du schon wieder mit allen möglichen Leuten im Ausland?« Danach lauschte sie in den Hörer und sagte mit ganz sanfter Stimme: »Mama«, und noch einmal, »Mama, Mama«, und zu dem Lehrer sagte sie: »Er versteht kein Hebräisch.« Tief, tief ist das Meer der Entwurzelung. Mandeln, bitter, schwarzrot, Betäubung, Herausreißen, Kratzen, ich habe dich nicht gezwungen, sie dachte, ich wollte es, aber ich habe sie nicht gezwungen. Darauf sagte die Alte am Telefon: »Meine Süße, wie geht es dir?« Und nachdem sie gehört hatte, wie es ihr ging, und sich freute, dass die Aufsässige ihr so freundlich antwortete, sagte sie: »Nein, kein Feiertag, ich sehe, du hast schon die Termine unserer Feste vergessen, bist eine echte Gojin geworden«, und ihr Gesicht verdüsterte sich wegen der Antwort, denn die am anderen Ende hielt ihr schon eine Gardinenpredigt, keift sicher, weshalb die alte Tante sie überraschen will und sagt: »Du errätst nicht, wer hier mit dir reden möchte«, aber allem Anschein nach erriet sie es auf der Stelle, denn warum sonst machte die Alte jetzt so ein missmutiges Gesicht? Auf jeden Fall entschuldigte sie sich: »Nein, nein, bitte sei nicht böse auf mich, ich habs nur gut gemeint, hallo? Hallo?« Dann legte sie auf, verstört, und wandte sich an ihn: »Hattest du sie schon vorher angerufen?«

»N-Nein, bestimmt n-nicht.«

»Sie hat gesagt: ›Dass niemand es wagt, mich weiter zu belästigen‹, das hat sie gesagt, und jetzt beschuldigt sie selbstverständlich mich, aber was kümmert mich das? Ihr habt euer Leben so richtig verkorkst, Menschen versauen sich selbst ihr Leben. Die erste Ehe ist und bleibt die einzige.«

»Und der J-Junge? Wie k-klang der Junge?«

»Ich liebe ihn so sehr. Alles, was von meiner Familie geblieben ist, ich werd ihm alles geben.«

Der Gatte brüllte vom Klo: »Meine Tochter und mein Enkel, ihr müsstet sie sehen, sie waren aus meiner ersten Ehe.« Der Lehrer sagte: »D-Danke«, und stand auf, um zu gehen, wollte sie um die Telefonnummer bitten, oder vielleicht war es doch besser, hier einzubrechen und sie zu stehlen, er musste nur sehen, wohin sie den Zettel legte, aber dann fragte er: »W-Wo wohnt Efraim?«

»Willst du ihn tatsächlich wiedersehen? Ihr seid schließlich nie so recht miteinander ausgekommen.«

»D-Doch, ja. Es s-sind viele Jahre seit d-damals vergangen, wir haben viele g-gemeinsame Freunde, und gibst du mir ihre T-Telefonnummer?«

»Ich weiß wirklich nicht. Sie war so böse auf mich.«

Er war bestimmt, trat zu ihr, klopfte ihr liebevoll auf die Schulter, wollte sie nicht berühren, sie hatte weiche Knochen. Das sah man. Er nahm den Zettel. »Aber sag nicht, du hast sie von mir.« Er bemerkte, dass er ihr keine Abschrift der Nummer dagelassen hatte, aber das war ihm egal. »Und die A-Adresse von Efraim?«

»Efraim wohnt in einer Ruine bei den Dünen, zumindest wenn er nicht im Krieg ist. Es gibt dort viele Hunde. Du weißt ja. Ihr habt dort viel gespielt. Hassan Bek oder Ali Bek. Ich erinnere mich nicht. Es ist die näher gelegene Ruine. Geh noch nicht. Ich habe dir noch so vieles zu erzählen. Weißt du, dass ich ein signiertes Exemplar von A. B. Jehoshua habe? Er ist ein wundervoller Schriftsteller, stimmts?«

»S-Sein Hebräisch ...«

»Was meinst du, er ist doch Schriftsteller?«

»Er ist n-nicht sensibel genug, er st-stottert.«

»Ich verstehe nicht, was das heißen soll. Schließlich ist das keine Lyrik, das ist Prosa. Und er hat eine so reiche Fantasie.«

»D-Das ist richtig. Ich b-beneide ihn um seine F-Fantasie, um seine üppige F-Fantasie.«

»Bleib hier, ich möchte mehr hören. Immer seid ihr so negativ gewesen, womit ich nichts habe anfangen können, und jetzt, wenn ich doch nur noch ein bisschen von euren Gesprächen hören könnte.«

Er ging. Durch das Fenster sagte sie, entweder zu ihm oder zu ihrem schon seit Jahren scheißenden Ehemann: »Dein Vater hätte diese Frau niemals verstoßen dürfen. Niemals. Das war die Strafe deiner Mutter, so jung zu sterben. So etwas macht man nicht.«

Wenn er hätte laufen können, wäre er gelaufen, aber er ging schnell, so schien es ihm. Ein Hund lief ihm nach, zog an seinem Bademantel, Ismail rief den Hund zurück, er war böse auf den Hund und auf diesen Ismail, entschied sich auch, den Hund zu treten, trat nach dem Hund, der Hund jaulte, Ismail nahm den Hund hoch und streichelte ihn, tröstete ihn auf Arabisch, damit er nicht weinte. Kleiner dummer Hund, was hängst du dich auch an meinen Bademantel. Er ging davon. Tief in seiner Tasche ruhte die Telefonnummer. Unter einer Straßenlaterne zog er sie hervor. Vielleicht hatte sie nirgendwohin gewählt. Vielleicht hatte sie sich verwählt und überhaupt nicht mit ihrer Nichte gesprochen. Was bin ich so aufgeregt? Ich werde zu Efraim gehen. Was werde ich ihm sagen? Dass er mir den Jungen zurückbringen soll, werde ich ihm sagen, er hat mir schon verschiedene Tricks vorgeschlagen, würde ihm etwas mehr über sie erzählen können als die Alte. Einmal hatte er ihn gesehen, aber sie hatten beide einander ignoriert, was der Arbeitsteilung zwischen Armee und Inlandsgeheimdienst entsprach, oder zwischen Schwägern. Er hätte bei der Alten bleiben sollen und von dort anrufen. Hätte gleich noch einmal anrufen sollen. Um den Jungen antworten zu hören. Eine Frau ist weggefahren, es gab noch mehr Frauen, die gefahren waren, noch mehr Tanten, mehr Begegnungen, mehr Schwäger, weitere Treffen, sogar in seinem Leben, bleib ruhig, alles wird wie der große Fluss vorbeiziehen.

Der Weg zu Efraim verlief durch die Zitrusplantagen. Hier hatte er zum ersten Mal onaniert, aber jetzt standen die Bäume finster und damals war der Himmel strahlend blau gewesen, ganz sicher, die Unterhose war ihm herausgekommen, wäre fast geplatzt und er hatte nicht gewusst, was er tun sollte, wie diese Wonne beenden, die dauerte und dauerte. Steinhühner flatterten unter großem Getöse vom Boden auf, ein Schakal wechselte von einer Straßenseite auf die andere. Er hatte keine Angst. Ohnehin wollte er sterben, verwundet werden, jemanden finden, der ihm zuhörte, Efraim würde ihn umarmen. Ich werde meine Feindseligkeit gegen ihn eingestehen, meine Eifersucht, werde ihm von meiner Liebe zu seiner Schwester erzählen und wie oft wir uns wegen ihm gestritten haben. Sie hat ihren Bruder heruntermacht, das wird er nicht sagen, wieso sollte er so etwas auch sagen, aber aus seinem Mund Kritik an ihrem Bruder zu hören, mochte sie nicht, und das wird er sagen. Wie soll man sich an alles erinnern? Dreißig Jahre ist das her? Sie hatte einen großen Bruder, Efraim, wieso hab ich nicht daran gedacht, dass du hier sein könntest, ich schwitze, der Bademantel ist völlig durchnässt, vielleicht sollte ich ihn ausziehen, ich kann so nicht unangemeldet bei jemandem zu Besuch erscheinen. Je näher er seinem Ziel kam, desto mehr dachte er an die Tränen, die im Augenblick des Gesprächs in ihm ausbrechen würden, nein, er durfte nicht weinen, der Mann wird mich verachten. Er wollte in seinem Schoß weinen, sei mein großer Bruder, Efraim, Efraim aus dem Sonderkommando des Generalstabs, und wenn er mir eine Moralpredigt hält, werde ich mit Aufrichtigkeit den Kopf senken, voller Demut, und sagen: ›Schade, dass ich nicht all die Jahre an deiner Seite geblieben bin, all die Jahre hätte ich dir zuhören sollen und nicht mit dir konkurrieren‹, aber das Leben verging, der große Fluss ist bedeckt von Lilien, ein Hund schwimmt darin, seine Schnauze über dem Wasser, er hält eine Holzbohle gepackt, Finsternis hängt zwischen den Bäumen, Sterne sind da, das ja, was für ein idiotischer Satz das ist, das Leben verging, ich bin vergangen, die Zeit ist ein großer, schmerzhafter Abszess, der nicht aufplatzt, so viel ich auch daran herumdrücke, er platzt nicht auf.

Hunde bellten vor der großen Silhouette, eine Sphinx am äußersten Ende der Dünen, zwischen den Bäumen ragte das Haus des Scheichs auf, umzäunt mit schwerem Tor, und die Hunde kamen zum Tor gelaufen und bellten. Vielleicht hat er ja die Armee verlassen, weil auch ihm dieser koloniale Zustand zuwider war, oder wie auch immer ich das nennen soll, ohne lächerlich zu klingen, beiß mich, Zerberus, beiß mich. Ein junger Soldat kam schließlich ans Tor und fragte: »Wen suchen Sie. Das ist hier keine Bleibe für Landstreicher.«

»M-Meinen Bruder möchte ich.«

»Ihren Bruder?« Der Soldat lachte. Er war schön wie ein Gemälde. Trug sowohl die Fallschirmjägerschwingen als auch die Schwingen der Eliteeinheit des Generalstabs darüber. »Hier gibt es keinen Bruder«, jetzt erinnere ich mich, das Klarinettenquintett von Brahms, das ist es, worum ich gebeten habe, dass sie es spielen, bevor ich sterbe, und wen habe ich gebeten? Meinen Sohn, ja, damit ich zu dieser Musik sterbe, Opus 115.

In der Mitte des mit Lilien und angeschwemmten Ästen und Blättern bedeckten Flusses, und was sich nicht sonst noch alles in der hintersten Ecke zwischen Fluss und Dunkelheit sammelt, öffnet sich meine Erinnerung. Ich kann das Stück spielen. Lass mich eintreten, ich werde niemals wieder herauswollen. Werde wie ein Offizier reden. »Ich habe selbstverständlich nur einen Scherz gemacht, Soldat. Ich bin gekommen, um Oberst Efraim zu sehen.« Der Soldat wusste nicht genau, was er tun sollte. Er sagte: »Sind Sie sicher, dass Sie den richtigen Efraim meinen?« Erneut werde ich bellen wie in der Armee: »Soldat, wie wüsste ich, dass er hier wohnt, wenn ich nicht hergefunden hätte?« Waren sie wirklich nicht miteinander ausgekommen? Schließlich hatte er immer nachsichtig mit ihm geredet, obwohl er jünger war als er, ihr Bruder. Immer hatte er ihn behandelt wie einen Parasiten, einen Nomaden. Wie ist es möglich, jedes Mal von neuem zu rekonstruieren, was gewesen ist? Ein Mezzosopran kam durch die Gegensprechanlage und sagte zu dem Soldaten: »Gadi, wer ist das dort?« Er wollte seine Identität nicht preisgeben. Ich habe keinen Namen. Doch am Ende blieb ihm keine andere Wahl. So sehr wollte er ihren Bruder sehen. »Ich b-bin Jizchak«, »Welcher Jizchak?«, fragte die weibliche Stimme, »Ku-Kummer«, doch die Schwuchtel erinnerte sich nicht an ihn. Er versuchte, ihr Gedächtnis aufzufrischen. Der Soldat genoss es sichtlich, ihn verlegen zu sehen, worüber der Lehrer vergaß, mit der nötigen Bestimmtheit zu sprechen. »Gadi, nimm die Hunde weg«, sagte die weibliche Stimme schließlich. Der Soldat rief die Hunde zu sich. Ich werde die Hunde nicht töten. Werde ihnen zu fressen geben. »Ich komme herunter«, sagte die Stimme aus der Gegensprechanlage. Es war eine Frau. In adrettem Anzug, wie eine Stewardess. Großer Busen. Blondes Haar. »I-Ich suche den O-Oberst Efraim.«

»Das bin ich, wer sind Sie?«

»Ich w-war mit seiner Schwester v-verheiratet.«

»Ah, du bist das. Jetzt erinnere ich mich, du bist der erste Mann meiner Schwester. Ich hab dich vor nicht allzu langer Zeit gesehen, wo war das? In Gaza? Nein, auf dem Weg in den Libanon. 1981, nicht? Die ganze Armee sucht jetzt nach dir, und am Ende tauchst du hier auf, bei mir?«

»D-Du bist E-Efraim?«

»Ich bin Efrat. Efraim bin ich nicht mehr.«

»Und d-du bist noch in d-der Armee?«

»Darüber wird noch diskutiert.«

Sie standen zu beiden Seiten des Tores und sprachen. Die Kommandantin der Eliteeinheit des Generalstabs lehnte sich auf das Tor. Von Zeit zu Zeit fuhr sie sich mit der Hand durch ihr langes Haar. Schob es zurück, damit es ihr Ohr bedeckte. Sie hatte schöne Brüste, wirklich, in gelbem T-Shirt unter dem Stewardessenjackett. Gadi kam zurück. Er sagte zu ihr: »Was soll ich jetzt machen.«

»Spül das Geschirr ab.«

»Ich wasch nie Geschirr ab.«

»Dann verschwinde aus meinem Haus.«

Aber der Soldat verschwand nicht, sondern stieg die Treppe hinauf. Licht kam aus einem der Zimmer und erlosch dann. Er stand am Fenster und beobachtete sie. Efraim hatte mit eigenen Händen den berühmten Naif Hawatme getötet. Das war ein Geheimnis, verständlicherweise, aber der Lehrer wusste es. Danach hatte er zu seinen Vorgesetzten gesagt, die Aktion sei unsinnig gewesen, man setze nicht eine komplette Eliteeinheit aufs Spiel, nur um einen einzelnen unbedeutenden Führer zu töten. Er hatte den Ruf, ein Polemiker zu sein, und in der Armee hatten sie ihn gründlich satt, aber seine Unterstützer saßen am längeren Hebel. Es war sehr viel Hass in ihm auf die Menschen seiner Umgebung. Was genau verabscheute er? Die Furchtsamkeit jenseits allen Mutes. Alles ist immer, wie es sich gehört, dieselbe Intuition, dieselbe Pose nach der Schlacht, dieselbe Träne bei der Beerdigung, so sagte er. Aber finde einer heraus, was richtig ist und was nicht. Wenn er so etwas gesagt hatte, was hatte er damit beabsichtigt, und was beabsichtigten die, die davon erzählten? Sie forderte den Lehrer nicht auf hereinzukommen. Sie standen und redeten, was hat dich zu mir geführt, wie hast du überhaupt gewusst, dass ich hier wohne, das ist schließlich das bestgehütete Geheimnis in der ganzen Armee. Nun gut, ich bin Geheimdienstler. Du weißt ja, dass wir vom Inlandsgeheimdienst alles wissen, ja, sie wusste, dass sie alles wissen, wie Diebe, deshalb hatte sie sich auch mit ihren Vorgesetzten angelegt, weil sie aufgehört hatten, wirklich wagemutige Dinge zu unternehmen, und anfingen, sich als hässliche Weiber zu verkleiden, nur um am Ende irgendeinen Ismail zur Strecke zu bringen, und was sonst noch haben sie zu bereden, wie du siehst, bin ich schon nicht mehr Efraim und ich erlaube auch nicht, dass man mich Efraim nennt, ich bitte dich nicht hinein, weil Gadi, der Bursche, der dort oben steht und uns durchs Fenster beobachtet, mir sonst hinterher fürchterliche Szenen macht, ich wollte um jeden Preis die vollkommene Freiheit, und was habe ich? Ich bin in die Hände eines hysterischen Weibs geraten, das ist mein Schicksal, ich wollte der freieste Mensch auf der Welt sein, habe mir die Eier abgeschnitten, und was ist mir geblieben? All dies sagte sie laut, damit Gadi vom Fenster verschwände. Gadi sagte aus der Dunkelheit: »Ich höre alles, Efrat, du kannst mich so viel heruntermachen wie du willst, aber fang danach nicht mit deinen Szenen an, wenn ich gehe.«

»Du kannst gehen, wann immer du willst, Süße.«

Er hätte die Frau zu gern gefragt, wann sie beschlossen hatte, ihr Geschlecht zu ändern, und ob sie sich hatte operieren lassen oder ihr die Brüste nur dank Hormonen gewachsen waren, und all das, aber er traute sich nicht. Sie war eine schöne Frau. Er erinnerte sich an den Hass, der auf diese Schönheit in ihm gewesen war, damals. Jetzt verspürt er keinen Hass mehr. Vielleicht, weil ihn sein zerfallender Körper schon nicht mehr interessiert. Vielleicht, weil er keinen Hass gegen schöne Frauen kennt. Er fragte ihn, oder sie, ständig kam er durcheinander, nach seiner Schwester, oder ihrer Schwester, und die Kommandantin des Elitekommandos wusste nicht viel zu antworten. Sie ist immer noch eine problembeladene Frau. Ich weiß, dass sie glücklich leben, sie und ihr Mann und der Junge. »I-Ist das mein K-Kind?«

»Dein Kind?«

»J-Ja.«

»Ich weiß nicht, tut mir Leid.«

»I-Ich will mein K-Kind zurück.«

»Fang nur nicht an, mich um Hilfe zu bitten, ich helfe niemandem, irgendjemanden zurückzuholen. Ich bin eine Frau, aber ich helfe niemandem. Ich hab aufgehört, diejenige zu sein, auf die sich alle stützen, verwaiste Eltern, Witwen, Kriegsversehrte, ich war der Engel des Levinstein-Rehabilitationszentrums. Es reicht.«

Sie war wirklich böse jetzt, als wäre sie ihr ganzes Leben ausgenutzt worden und als seien nicht unter ihrem Kommando all jene gestorben, um deren Hinterbliebene oder Überreste sie sich danach kümmerte. Und sie hat keine Freunde. Als er seine Frau verließ – oder der Wahrheit zuliebe, als er/sie die Frau zwang, eine Abtreibung zu machen, hatte er selbst beschlossen, eine Frau zu werden, nicht um des Sex willen, wirklich nicht, im Gegenteil, Frauen haben überhaupt keinen Sex. Er hatte eine Frau gehabt, die niemals kam, und auch er selbst wird niemals fertig. Wir werden sehen, dass es möglich ist, nicht schlecht damit zurechtzukommen. Dem Lehrer schien, als wollte dieser Wortschwall niemals abbrechen. Sie klang ein bisschen krank. Über was sie nicht alles redete! Über ihre

Monatsblutungen, ihre BHs, das Schminken und die Deodorants, über ihre Brustwarzen, und das alles wegen dieses Kerls im Fenster, oder was? Nichts davon war glaubwürdig. Sie hat keine Freunde, das wiederholte sie mehrfach. Alle hätten sich von ihr abgewandt, aber das kümmere sie nicht. »Möchtest du hereinkommen?« Er wollte nicht eintreten. Das arabische Haus weckte eine Art Aversion in ihm. Er betrat nicht gern arabische Häuser, in denen Juden wohnen. »Hast d-du die Telefonnummer v-von deiner Sch-Schwester?«

»Das fehlt mir noch! Sag mir, wann seid ihr geschieden worden?«

»Vor f-fünfundzwanzig Jahren oder m-mehr noch.«

»Und wie soll der Junge, der fünf Jahre alt ist, dann dein Kind sein?«

»V-Vermisst du die Aktionen d-deiner Einheit nicht?

»Nein, tue ich nicht, ich fühle, dass ich neu geboren bin. Hast du von dem Kommandounternehmen im Iran gehört? Hast du. Selbstverständlich. Noch so ein dämlicher Einfall, uns den Job für die Amerikaner erledigen zu lassen. Dort hab ich meine Eier verloren. Sie haben mir gesagt, ich hätte keine Chance auf Rehabilitation. Ich hab ihnen gesagt, die Eier seien nicht alles. Nein, im Ernst, ich hab mir die Eier wegoperieren lassen. Ach was, die Eier sind mir geblieben, ich kann jederzeit wieder sein, was ich will. Deswegen bin ich eine Frau geworden. Ich kann darüber Witze machen. Alle sind sie betroffen, wenn ich Witze darüber mache. Hast du von dem Kommandounternehmen gehört?«

»J-Ja, selbstverständlich, w-wer nicht.«

»Lüg nicht, es hat überhaupt kein Kommandounternehmen gegeben. Das mag ich so an euch Leuten vom Inlandsgeheimdienst, immer spielt ihr ein falsches Spiel, immer überlegt ihr genau, was sagen und was nicht. Du bist immer ein Lügner gewesen. Auf jeden Fall, ich bin aus diesem Leben geflohen.«

»Aus w-welchem Leben?«

»Ich wollte Armee, echte Männer, Aktionen auf feindlichem Gebiet, Gefechte, Mut, und was hab ich bekommen? Beschwindelnde Geheimdiensttypen und scheinheilige Mossadleute. Echte Männer, was?«

Er dachte daran zu gehen. Abscheu überkam ihn. Ohnehin würde er ihm nicht die Adresse seiner Schwester geben. Auch nicht ihm helfen, seinen verlorenen Sohn zurückzubekommen. Redet über Ausschaben, als gehe es ums Möhrenschaben auf einer Küchenreibe, der Idiot. Weder Mann noch Frau. »Ich g-gehe.«

»Warte.«

Er wartete. Sie öffnete das Tor, sah zum Fenster. Ihr Romeo stand dort. Spielte sich eine Platte von Brahms vor, das Klarinettenquintett. Ein ermüdendes Stück nach der Eingangssequenz. Warum wollte ich ausgerechnet dazu sterben? Ich empfinde Abscheu. Abscheu hilft zu leben. Sie ist eine schöne Frau. Würde ich sie ficken? Ich würde sie nicht ficken. Warum würde ich sie nicht ficken? Plötzlich sagte die Frau: »Jedes Mal, wenn es eine Beerdigung gibt, denke ich, dass jemand an meiner Stelle gestorben ist. So idiotisch das ist, ich fühle mich schuldig, dass ich nicht dort bin, unter den Soldaten. Das ist der einzige Irrtum, den ich begangen habe. Verstehst du mich?« Du Waschweib. Für diesen Unsinn hast du dich von deiner Männlichkeit befreien müssen? Für Schuldgefühle? Um weiter zu töten? Deshalb hast du dich zur Frau machen lassen? »W-Warum gehst du dann n-nicht zurück zu deiner Einheit, das heißt, w-warum geht die Dame dann nicht z-zurück zu ihrer Einheit, oder wie s-soll ich das s-sagen?«

»Ich werde gehen.«

»Einfach s-so?«

»Ja, einfach so, und wir werden ja sehen, ob sie mich nehmen.«

Der Lehrer fragte nach Efraims Frau. »Die Scheidung ist das Beste, was ich je gemacht habe, es gibt nichts Wundervolleres, als die erste Liebe zu zerstören. Sie zu zertreten. Ein schlechter Fick. Ihr Loch war noch zu klein. Hat mir wehgetan. Ich habs nicht genossen. Verstehst du? Heute bin ich eine reife Frau.« Sie öffnete langsam ihr Jackett, damit der Soldatenlümmel oben nichts sah, hob vorsichtig ihr T-Shirt, auch den schönen schwarzen BH zog sie hoch, damit er von oben die Brüste quetschte, sie hatte wirklich schöne Brüste. Er wollte sie berühren. Sie hielt sie mit den Händen umklammert und zeigte ihm die Brustwarzen. Kniff hinein. Erst in die eine, danach in die andere. Wo ist die Brustbehaarung? Vielleicht war er nie behaart? Er wollte sie berühren. Gadi sagte von oben: »Entweder du kommst hoch, oder ich fahr nach Tel Aviv, vögeln.« Der Lehrer floh. Sie rief ihm etwas nach. Wenn ich falle, verbringe ich die Nacht in den Zitrusplantagen. Ein Hase kreuzte seinen Weg. Es war ein langer Weg zum Haus.

Einige Tage später wurde öffentlich bekannt, dass Efraim getötet worden war. Über die Umstände seines Todes wurden keinerlei nähere Angaben gemacht. Er sei im Kampf gefallen. So eine große Traueranzeige des Generalstabschefs. Aber hinter vorgehaltener Hand wurde erzählt, die Soldaten hätten ihn während der Kämpfe getötet. Man erzählte sich auch, dass sie dazu ermuntert worden seien, dass man ihnen gesagt habe, der verrückten Efrat nicht zu trauen, deren Desertieren aus der Armee absonderlich war, und dass die Geschlechtsumwandlung nicht nur eine Schande sei, sondern auch zu einem Absinken der Moral bei unseren Streitkräften und zu einer Steigerung der Moral bei den Arabern geführt habe. Wie bei einer Wippe verhält es sich mit dieser Moral. Vor dem Auszug in die Schlacht und nach den Instruktionen zogen sie sie gewaltsam aus, wollten etwas zu sehen bekommen, und niemand schritt ein, auch nicht die Offiziere, und als sie feststellten, dass die Brüste echt waren und keine Kostümierung, versuchten sie, sie zu vergewaltigen, ihren Kommandanten, den Oberst Efraim. Es hieß, im letzten Moment sei der Befehl gekommen, ihn nicht in die Schlacht ziehen zu lassen, als feststand, dass es keine Verkleidung war, also nicht etwa wie Ehud Barak, der verkleidet nach Beirut zog – aber vielleicht hat sich auch Ehud Barak gar nicht verkleidet, sondern war eine Frau, oder wollte eine Frau sein, denn es gibt Männer, die plötzlich eine Frau sein wollen, damit man sie streichelt, ihnen über den Kopf fährt, behutsam, ihnen Zärtlichkeiten sagt und dass sie gut schlafen sollen, weil morgen die Hochzeit ist und man spät zurückkehren wird, oder was immer man zu Frauen sagt, das man Männern nicht sagt – und vielleicht wollte Efraim nur dem Militärdienst entfliehen und wusste nicht wie, da er ständig die Dienstgradleiter hochfiel, und jedes Mal, wenn er aus der Armee ausscheiden wollte, verpassten sie ihm ein Gespräch und malträtierten sein Gewissen, sagten ihm, er werde Oberbefehlshaber sein, doch er meinte nur, *fucking* Oberbefehlshaber, worauf sie ihm sagten, der Staat braucht dich, aber er sagte ihnen, *fucking* Staat, sodass sie ihm schließlich sagten, nachts weinen die Toten, die Toten und ihre Eltern, wozu hast du sie auf diese ganze lange Reise in die Hölle geschickt, wenn du nicht fortführst, was niemand außer dir leisten kann? Und obwohl er wusste, dass sie das zu allen sagen – auch er hatte das zu seinen Unteroffizieren gesagt –, konnte er sich vor lauter Ärger nicht beruhigen, fiel über den Offizier, der mit ihm redete, ein Generalmajor oder so was in der Art, her und küsste ihn auf den Mund, ein langer, langer Kuss mit der Zunge im Mund, packte ihn bei den Eiern und kraulte sie ausgiebig, bis der Offizier ihn wegstieß, und danach, als Efraim meinte, sie würden von nun an Ruhe geben und ihn sich selbst überlassen, ging er und erklärte sich noch einmal ausführlich, die Art von Erklärung, die stets die Vieldeutigkeit zunichte macht, anstatt diese offen zu lassen, weit geöffnet, verwundert, dabei hätte er nach diesem Kuss mit dem Generalmajor einfach auf dessen Erektion schauen können und sagen: ›Jetzt zur Sache‹, doch er hatte sich davongemacht und war einige Monate später eine Frau, und als er dort nackt in dem Feldlager lag, bevor sie losfuhren, irgendeinen Schiitenscheich zu entführen für einen Offizier, der für einen Sunnitenscheich entführt worden war, der für einen Piloten entführt worden war usw., trat der Generalmajor herbei, jener Generalmajor, der in den Genuss des heißen Kusses gekommen war, sah sie an in ihrem schwarzen Slip und ihren schwarzen Strumpfbändern, warf die Uniform über sie und sagte zu den Soldaten: »Wer ist die Spionin?« Man erzählte sich, das sei das Zeichen gewesen. Aber nichts von alldem wurde zur Veröffentlichung freigegeben, und nicht einmal die linientreuen Historiker, denen die Archive der Armee offen stehen, bekamen die entsprechenden Dokumente zu Gesicht, da nichts davon jemals schriftlich fixiert worden war.

Der Lehrer wachte schweißgebadet auf und wählte, wählte und wählte, und die Stimme eines kleinen Jungen fragte: »Papa?«, und er sagte: »Mama, Mama«, und der kleine Junge rief nach seine Mutter, »Mama, Mama«, ehe der Lehrer abrupt auflegte. Morgen würde er seine Schüler zu dem großen Fluss mitnehmen. Sie würden ihn schwimmend durchqueren.

Fünftes Kapitel (6. 3. 81)

Der Mahdi Muhammad Bashi Utrak

In der Mitte der Straße kroch eine Frau aus eigener Kraft auf den Abwasserkanal zu, und aus dem Abseits ein Lauf wie das hektische Aufflattern eines Steinhuhns in den Zitruspflanzungen, mit fliegenden Fingern die Suche nach Puls, Atem, ihre Tochter sitzt neben ihr und lässt ihren Blick umherirren, wenn sie stirbt, wird sie sie an einem geheimen Ort begraben müssen, bis Vater kommt. An wie viele Einzelheiten erinnerte sich die Frau, denn irgendeine Hierarchie ist nötig, um sich daran zu erinnern? Aber der Verhörte, zumindest zu Beginn des Verhörs, steht noch im Mittelpunkt, so lange, bis sie ihn zermürbt haben, denn bis er nicht gesagt hat ›Was auch immer ihr sagt – so heiße ich‹, machen sie nicht weiter, und wenn sie weitermachen, und sie bereits alles sagt, was sie hören wollen, beschließen sie, ihn (oder sie, einmal so, ein andermal so) zu lehren, dass er der Mittelpunkt ist, dass von ihm alles abhängt, sein Leben und sein Tod, das Leben seiner Kinder und seiner Angehörigen, seiner Freunde und Feinde, du bist ein Mann, ich bin ein Mann, nein, du bist eine Frau, gut, ich bin eine Frau, du bist eine Hure, nein, ich bin keine Hure, du bist eine Nutte, eine Hure, nein, ich bin keine Nutte, du bist eine Nutte, ja, ich bin eine Nutte. Schlafen, und der Verhörende selbst, der, der eigentlich im Mittelpunkt steht, wer ist er wirklich, wie werde ich mich an ihn erinnern, ich werde mich nicht erinnern, werde diese Nacht nicht überstehen, wann ist Nacht, wann Tag, wann wechseln sie sich ab, »Gott lässt die Nacht dem Tag folgen und den Tag der Nacht, und auch die Sonne und der Mond dienen euch zu festgesetzten Fristen.« Ich bin nichts, mein Nächster ist alles, was ist Ursache und was Wirkung, wer ist groß und wer klein, was ist ewig und was vergänglich, wer steht im Mittelpunkt und wer nicht, wer ist stärker als wer, wer wichtiger als wer, wer schwächer als wer, wer scheint stärker als wer, wer verzeiht und wer kann nicht verzeihen, wer setzt das Gesetz durch und wer ist stärker als das Gesetz, und wer kann überhaupt kein Recht geltend machen, selbst wenn das Recht auf seiner Seite ist – hätte sie all dies gewusst, wäre sie gerettet worden, vielleicht. »Ismail? … Wo ist er?«, »Sprich nicht, ruh dich aus, Mutter«, und sie wusste nichts, verstand nichts, gemessen an dem, was wir wussten, denn auch wir wussten und verstanden nicht, wer stärker ist als wer. Aber all das ereignete sich erst im Sommer 1982, warum also vorgreifen?

Freitag, 6. 3. 81, ein Frühlingsmorgen, 8:05 Uhr, strahlend blau, eine Wolke treibt heimlich wie ein Spionageschiff vorüber und schon hat die Sonne außerhalb von Deir el-Balah, einem Flüchtlingslager, die Müllhalde überflutet, ein Chrysanthementeppich bedeckt den Hügel über dem Wadi, das bis zu seinem Grund in das Grün des Grases getaucht ist, und die Luft ist vom Duft der Orangenblüte geschwängert, auch die Malve blüht rosafarben, die Wegwarte schlägt blaue Augen zum Himmelsgewölbe auf, aus dem sie erschaffen ward, und inmitten der Chrysanthemen erröten Mohnblumen, wie geschrieben steht: »Gott ist es, der die Samenkörner und die Dattelkerne spaltet und so das Lebendige aus dem Toten hervorbringt. Und er ist es, der das Tote aus dem Lebendigen hervorbringt.« Drei Kinder aus dem Lager spielen dort, das verblichene T-Shirt des einen, des fünfjährigen Yazid, ist zu groß für seinen schmächtigen Körper und trägt auf Hebräisch die Aufschrift »Coca-Cola – der Geschmack des Lebens«, das T-Shirt des zweiten ist auch verschossen, aber gelb, es ist das Shirt des achtjährigen Marwan, trägt den Schriftzug »Y. Brunzetzki – Dachteerungen« und ähnelt sehr dem Basketballtrikot von Maccabi Tel Aviv, die Marwan gerne im Fernsehen sieht bei dem greisen und weltentrückten Abu Lughod – in seiner Jugend hatte er nur eine Frau geliebt, eine Christin, sagt man, und alles, was sie ihm gesagt hatten, war, heirate wen du willst, aber heirate endlich, doch er hatte nicht auf sie gehört, und in der Zwischenzeit kam der Krieg und von der Armee hieß es, sofort alles stehen und liegen zu lassen und Öl oder Reisig mitzunehmen, doch die Mütter zogen es vor, ihre Kinder mitzunehmen, und so blieb er allein, als die Leute von Deir Jamal in alle Himmelsrichtungen verstreut wurden, an das Gesicht der Frau konnte er sich schon nicht mehr erinnern, obgleich er oft von ihr träumen würde, dass sie in den Straßen Beiruts unterwegs sei, und so sehr er sich nach ihr sehnte, es gab nichts, wo er hätte Erkundigungen anstellen können, denn es gab keine Regierung, die über alle Namen der Toten und der Lebenden verfügt hätte, und eines Tages meinte irgendjemand aus Spaß: »He, Abu Lughod, wir haben die Frau gefunden, die du geliebt hast, sie ist nicht in Damaskus, nicht in Jerash und nicht in Ein el-Hilweh, sondern in Jalazun, jenseits des gestohlenen Flusses (ein Lager bei Ramallah)«, und dann fügte der Spaßvogel noch hinzu: »Sie ist verheiratet, die Ärmste, hat keine Kinder und eine Narbe im Gesicht.« Vielleicht dachte er, Abu Lughod würde bis nach Jalazun fahren – noch nie war er aus diesem Lager herausgekommen –, aber Abu Lughod fürchtete sich, loszugehen und sie zu sehen, nicht wegen der Narbe, denn Gott prägt den Menschen Narben auf, dem einen von innen, dem anderen von außen, sondern wegen der Angst, eine Frau von einst zu sehen, wie die Angst, nach einer langen Nacht ohne Schlaf in den

Spiegel zu schauen, und dann sagte ihm irgendjemand, sie lebe nicht allein in Jalazun, sondern warte im Lager Irbid auf ihn, jenseits des Jordans, und Abu Lughod glaubte ihm nicht, weil eine so schöne Frau nicht ihr ganzes Leben auf ihn gewartet haben würde, und später dann, um sich zu beruhigen, streifte er durch die Straßen von Deir el-Balah, weinte wie ein Kind um das Leben, das er versäumt hatte, (oh, du armer, törichter Flüchtling, sagten sie ihm, dein Land hat man dir genommen, und du hast nicht geweint, die Olivenbäume sind dahin, und du hast nicht geweint, die Ziege ist fort, die dich geleckt hat, als du geboren wurdest, und du hast nicht geweint, die Flachsblumen neben dem Haus sind nicht mehr, und du hast nicht geweint, und jetzt fällt dir ein, dein verlorenes Leben zu beweinen?), aber er war unbelehrbar und weinte weiter, bis sie ernst zu ihm sagten, sie sei schon vor langer Zeit in Burj el-Barajneh gestorben (in der Nähe von Beirut, erklärten sie ihm, weil er nicht wusste, wo Burj el-Barajneh liegt), und so stand er an der Straßenecke und wartete auf sie, wartete, dass die jungen Leute vorbeikämen, auseinander halten konnte er sie nicht, wegen der Erblindung oder auf Grund seines Alters, bat sie, ihm zu sagen, woran sie gestorben sei, vielleicht könnte er eine Niere spenden, in der Zeitung habe gestanden, so etwas sei möglich, denn auf der ganzen Welt habe er keine Verwandten mehr, nicht einen einzigen Verwandten, und er war nicht zu beruhigen, bis sie ihm sagten, sie sei bei der Geburt gestorben, aber Teufelswerk, abermals stand an er an jener Straßenecke, neben seiner Hütte, wollte beharrlich wissen, wo der Säugling sei, vielleicht war die Kleine in dem Flüchtlingslager geblieben, vielleicht hatte sie es verlassen und lebte jetzt in einer der Städte des Ostens, sodass er am Ende zur UNRWA ging, die eine Art Regierung sind und ohne Furcht mit der Armee reden, um zu erfahren, wie die Tochter heißt, er würde ihr ein Geschenk schicken, denn in seiner Fantasie lebte sie ausgerechnet in demselben Haus, in dem er gelebt hatte, was kümmerts sie, die Fantasie, die ihren Träger wie ein Skorpion im Kopf peinigt, einen weinüberrankten Essplatz stellte er sich vor, im Sommer gelbe Kürbisse im Hof (wie schön ist doch die Kürbisblüte, die Blüte der Wassermelone und Gurke, einmal hatte er seinen Vater gefragt, wie es sein könne, dass alle diese Blüten ähnlich sind, wobei er sich nicht erinnerte, was sein Vater gesagt hatte, aber an die Frage erinnerte er sich, vielleicht hatte auch jemand anders sie gestellt), und der Sohn der Tochter wird Lu'od gerufen (stellte er sich vor), bis kein Entrinnen mehr war vor dem Wahnsinn des Alten und sie ihm, um ihm zu helfen, etwas vorlogen und für ihn eine Adresse im Flüchtlingslager Khan Eshieh bei Damaskus fanden, dort lebe sie verheiratet und glücklich, die Frau, die er geliebt habe, verheiratet mit einem altgedienten Führer der Volksfront, weshalb es besser für ihn sei, so sagten sie, sich nicht weiter dafür zu interessieren aus Furcht vor den Shanbutim (eine Bezeichnung für die Leute vom Shin-Beth, dem Inlandsgeheimdienst, den Sharmutim – den Hurensöhnen – nachempfunden, eine Tautologie, die dem kommunistischen Schriftsteller Emil Habibi mal in den Sinn gekommen ist). Tatsächlich kam der Alte zur Ruhe, Damaskus ist weit und seine Geliebte glücklich, möge ihr Gatte vor allem Übel geschützt sein, vor den Syrern wie vor den Juden, vor dem König Hussein und dem egoistischen Präsidenten Sadat, und vor Amerika, das unser Öl zusammen mit unserem Blut trinkt, und er betete für ihr Heil und das ihres erfundenen oder echten Gatten, nun würde es ihm möglich sein, zu seinem eigenen Leben zurückzukehren, ein stiller Mann ist Abu Lughod, lacht nicht und weint nicht, und wäre ihm ein Sohn geboren worden, hätte er in Lu'od genannt, aber sein Leben ist vertan, geblieben ist nur der Name, doch einen Fernseher hat er, vor dem sitzt er und schaut Nachrichten (weshalb wir uns an ihn und sein langes, beständiges Leben erinnert haben). Marwan geht, wie gesagt, zu Abu Lughod, um bei ihm die Basketballspiele von Maccabi zu sehen, freut sich über jeden Sieg der Maccabäer, und wenn sie ihm sagen: »Marwan, das sind Juden, die gegen Russland spielen, was guckst du dir das an?«, lässt er sich nicht verwirren, weil Abu Lughod ihn längst zwei mögliche Antworten gelehrt hat: »Einige von ihnen sind Juden, aber die meisten sind keine Juden, sondern Schwarze, aus Amerika, Muslime.« (Die andere Antwort, die zweite, verwendet Marwan nicht mehr, weil er die Weisung seiner Mutter fürchtet, nicht über Politik zu reden.)

Und die Dritte im Bunde inmitten der gleißenden Chrysanthemen, der Mohnblumen, Malven und Wegwarten ist ihre zwölfjährige Schwester Djamila, ihre Bluse ist weiß und neu, mit langen, sich an den Handgelenken auffächernden Ärmeln, ihre Mutter hat sie auf dem Markt von Gaza gekauft, nach der Arbeit, und alle drei, ein jedes spielt für sich allein, sind sie Kinder von Ismail, oder Abu Marwan, der nach Kuwait gegangen ist, um für uns Geld zu verdienen, und – so Gott will – uns hier herausholen wird, denn beschützt werden die Kinder jetzt nur durch den warmen Körper ihrer Mutter, so wie es im Koran heißt: »Seine Mutter hat ihn mit Schmerzen unter dem Herzen getragen und mit Schmerzen zur Welt gebracht. Und seit sie ihn unter dem Herzen getragen hat, bis zu seiner Entwöhnung waren es dreißig Monate.« Umm Marwan hatte Arbeit gefunden, die ihre Kinder ernähren und ihnen etwas anzuziehen geben würde, und sie wehrte auch die Gerüchte um ihre Beziehungen zur Armee und den Soldaten ab, denn schwer ist bei uns das Leben einer Frau, deren Mann in die Fremde gefahren ist, und es gibt welche, die müssen in der Militärverwaltung putzen gehen für ihr tägliches Brot, müssen dort arbeiten und weder die Gespräche der Soldaten noch die Schreie der Häftlinge hören, müssen sich in Acht nehmen vor den Bitten der Befreiungsorganisation, der das Volk wichtig ist, das schon, aber was kümmert die Organisation ihre drei Kinder, und man hat sie bereits ein-, zweimal gewarnt, wegen ihrer Kontakte zu jenem Bebrillten, aber sie muss ihre Kinder schützen vor Mangel, Gerüchten und Anfeindungen, und die Kinder selbst – sei es, ob sie nun wussten oder nicht wussten von der üblen Nachrede, der Missgunst, dem Neid und Hass – hielten sich von anderen Kindern fern, doch das Leben wird nun einmal auf die Zukunft gegründet, das heißt, auf Vorstellungen von der Zukunft, und aus diesem Grund biss sich Umm Marwan auf ihre trocken Lippen und sorgte weiter für den Unterhalt ihrer Kinder, bis deren Vater, mit Gottes Hilfe, bei seiner Arbeit dort Erfolg beschieden sein würde, und nur manchmal in der Nacht kann sie nicht einschlafen vor lauter Furcht, er könnte eine andere Frau finden und sie alle vergessen, und einen Brief liest sie ihren Kindern vor, im Bett, allen dreien gemeinsam, ein Brief voller Liebe, einmal im Monat liest sie ihn vor, nur dieser Brief beruhigt sie, sollen die Schandmäuler sagen, was sie wollen, ihr werden sie keine Angst machen (»Wenn die Heuchler und diejenigen, die in ihrem Herzen eine Krankheit haben, und diejenigen, die in der Stadt Unruhe stiften, nicht aufhören, werden wir dich bestimmt veranlassen, gegen sie vorzugehen«, schrieb er), und die Drohungen des Propheten verleihen ihm Kraft, seine Feder drückt kräftiger auf – sie zeigt es den Kindern –, als er die Drohworte des Propheten zu Papier bringt, doch in dem Brief sind auch verhaltene Worte der Liebe enthalten, sie sind nicht allein in dem Brief, die Zukunft ist voller Versprechungen, auch wenn Ismail schon viele Jahre unterwegs ist, und niemand weiß, wo er sich aufhält, die einen sagen Paris, andere Moskau oder Bagdad, aber sie weiß es nicht. Euer Vater, meine teuren Küken, hat euer Schicksal in seine Hände genommen und ist in die Ölwüste zum Arbeiten gefahren, und auch sie hält sich von der Politik und der Öffentlichkeit fern. Er selbst hat schließlich gewusst, wie sehr sie der üblen Nachrede ausgesetzt sein würde, denn er hat weder Eltern noch Brüder, seine Schwester ist in den Libanon gegangen und niemand weiß, was jetzt mit ihr ist, viele Probleme gibt es dort, und ihr Mann war bereits zuvor dorthin gefahren, und als sie euren Vater festgenommen haben, hat er ihnen gesagt, dass er schon viele Jahre nichts mehr von seiner Schwester und deren Mann gehört habe, und dann, nach drei Tagen, die er nicht geschlafen hatte, wurde er zum Verhör geführt und der eine, sein Haus möge zerstört werden, saß vor ihm und lächelte, als würde ich ihn kennen, als wären wir Freunde, so hatte ihr Ismail erzählt, worauf er gestand, dass er gar keine Schwester habe, was er sogar den Nachbarn niemals gesagt hatte, und endlich fiel ihm dieser Felsbrocken vom Herzen, als er seinem lächelnden Ermittler gegenüber die Wahrheit zugab, denn so verhält sich der Mensch auf dieser Welt, hütet über Jahre ein Geheimnis, wie einen Edelstein, den er von seiner Mutter bekommen hat, um es am Ende wo preiszugeben? An dem einzigen Ort, an dem nicht das geringste Geheimnis preisgegeben werden sollte. Der Shanbut sagte auf Arabisch: »Das ist in Ordnung, rede, nachher gehts dir besser«, und dennoch hätte er die Sache mit seiner Schwester-nicht-Schwester überhaupt nicht aufdecken müssen. Der Shanbut mit der Brille, Abu Vierauge, fing erneut auf Arabisch an: »Wem glaubst du, erzählst du, dass sie deine Schwester ist? Mir? Wie lange willst du mich noch ignorieren? Wie lange willst du noch so tun, als würdest du mich nicht kennen? Warum tust du so, als sei ich Luft?« Er schwieg (wie einen Verbrecher hielten sie ihn, im Dreck, im Gestank, umgeben von Schreien, verfluchten ihn auch). Einmal fragte er eine Beamtin, eine Soldatin, auf Hebräisch fragte er, weil euer Vater Hebräisch konnte, wann er endlich nach Hause gehen könne, stand in der Tür zu ihrem Büro, aber sie hob nicht einmal den Kopf von ihren Papieren, und einer in der Zelle (einer aus seinem Dorf) meinte hinterher zu ihm: »Wir sind wie Luft für sie, Luft sieht man nicht.« (Eine große Falle ist das Heimatdorf, immer kam irgendeiner in die Untersuchungszelle, der euren Vater kannte oder die Brüder eures Vaters, und am Ende war es dann einer von ihnen, wühlte in der Wunde, um eine Erinnerungen zu Tage zu fördern, die es nie gegeben hat, man muss auf der Hut zu sein vor der Fantasie wie vor einem Skorpion.) Aber in Wirklichkeit hatte er nur Angst um seine Kinder. Und des nachts legt sich schwer die Fledermaus der Angst auf die Augen.

Als Yazid geboren wurde und er nicht zur Arbeit bei seinem Chef in Tel Aviv erschien, nach zehn Jahren, die er ihm wie ein Sklave gedient hatte, und der Hundesohn entlässt ihn – schon da hatte er daran gedacht, von hier wegzugehen, und nach der Haft, wegen seiner Schwester, sie war nicht seine Schwester, sie hatten sie ihm nur anvertraut, als sie geflohen waren, weil ihre Eltern tot waren, hatten ihm gesagt, halt das Baby gut fest, damit sie dir nicht hinfällt, Gott wird dich bestrafen, wenn du nicht gut auf sie aufpasst – erst da hatte er beschlossen zu fahren, sosehr ihn der Abschied auch schmerzte, vor allem von Yazid, dessen Augen schwarz und funkelnd waren. Eine Woche lang war er ziellos durch die Gassen geirrt, ein Mensch, dem man einen Zahn ohne Betäubung gezogen hat, und Yazid in seinen Armen, wie eine warme Decke hatte er ihn gehalten und ihm ins Ohr geraunt, mein Sohn, mein Sohn, wie sehr dich dein Vater liebt, hab keine Angst, »Sprich: Allah ist der alleinige, einzige und ewige Gott. Er zeugt nicht und ist nicht gezeugt, und keiner ist ihm ebenbürtig«, und der Kleine war in seinen Armen eingeschlafen (und plötzlich wachte er auf und fragte, ob Gott ein Zitronenbaum sei, und sein Vater lachte und sagte: »Ja, Gott ist die Zitronenblüte«, obgleich er wusste, dass es Ketzerei war, so etwas zu sagen, und vielleicht freute er sich, Ketzerisches von seinem Sohn zu hören). Nur aus Panik war er gefahren, Abu Marwan, hatte Angst gehabt, seine Kinder nicht beschützen zu können, vor allem Yazid, der sehr klein zur Welt gekommen war, einen Monat vor der Zeit, und seine Frau wusste, dass es die Angst ist, den Kleinen in diesem Tohuwabohu zu beschützen, die ihn um den Schlaf bringt. Manchmal hatten sie beide wachgelegen, hatten einer den anderen wach gesehen und so getan, als schliefen sie, und umgekehrt, doch beide wollten sie ihre Sorgen nicht weitergeben an die Kinder, die hinter dem Wandschirm schliefen. Eine Frau aber muss sich still in ihre Angst fügen, während ein Mann zur Tat schreiten muss, doch was kann ein Mann tun, wenn er nichts tun kann? Mit seinen Söhnen still im Zimmer hocken, wenn draußen die Armee ist? Durchs Fenster spähen, wenn sie draußen brüllen, ›He, du Stück Dreck, weg vom Fenster‹? Die Tür öffnen, damit sie ins Haus können? Und wo soll er stehen, wenn sie drin sind? Soll er stehen, wenn sie ihm sagen, er soll stehen bleiben? Yazid war Abu Marwans Freude, wie eine klaffende Wunde, voller Leben. Ganz und gar Gegenwart, ich kann nicht kein Mann sein, er betrachtet den kleinen Jungen, der friedlich schläft, du, die du ihm das Leben geschenkt, ihn entwöhnt hast, doch jetzt ist die Reihe an mir und ich weiß nicht, wie ich ihm Leben geben soll, ich muss gehen, verstehst du?

(In der Nacht eroberte der Frühling die Erde, beugte sich wie ein Heiliger über die Vegetation, über die Kriechtiere, die in Scharen aus der Zitrusplantage zu dem verlassenen Haus wandern, der Sandpfad ist bedeckt von Raupen – was lässt sie aus den Pflanzungen zu dem verlassenen Haus pilgern? – wie Rauch stieg der Duft auf, die Augen der Blumen schlug es in der Dunkelheit auf, Knospen sprossen aus den Ästen, Pollengefäße schauten hervor, auch die Windrichtung hatte sich verändert, der Duft der Zitrusfrüchte füllte die Nüstern, Bab el-Wad stand in voller Blüte wie eine aufgeregte Braut, und der

Ministerpräsident wollte wissen, was er auch höflich zu dem Chef des Militärischen Abschirmdienstes, des MA, bei ihrer Zusammenkunft im April 1982 meinte, genauer gesagt am 11. April [Wochenbeginn, ein Jahr nachdem sich alles ereignet hatte, über das wir in diesem Kapitel berichten, zwei Monate vor dem Krieg, dessen vertraulichste Geheimnisse unser Buch zum ersten Mal aufdeckt, Chrysanthemen bedeckten die Hügel, wie bereits erwähnt]: »Sagen Sie mir, mein General, dieser Prophet ... wie ist sein Name noch gleich?« Und der Chef des MA wiederholte zum vierten Mal, »Herr Ministerpräsident, der Mahdi Muhammad Bashi Utrak«, [der General mag die Überheblichkeit nicht, die im Tonfall des Ministerpräsidenten mitschwingt, auch dem Feind gebührt Ehre, denn was wären wir sonst, was wäre unser militärisches Potenzial], »Also«, fuhr der Ministerpräsident fort, »hat dieser Prophet bereits Söhne gezeugt?« Der Chef des MA blätterte in seiner Akten und las dann im Diktierstil vom Blatt ab: »Er ist zum dritten Mal verheiratet, und wir wissen, dass er die ersten beiden Frauen nicht angefasst hat und die dritte erst nach geraumer Zeit.« Begin unterbrach den Offizier, der tief versunken in seinem Sessel hockte, und fragte mit einer Wildheit, die nicht zu seinem kleinen Körper und seinen rosigen Fingern passen wollte, wollte wissen, ob nicht zu befürchten sei, dass an Stelle des liquidierten Propheten unzählige andere Bashi Utraks wie Pilze aus dem Boden schießen würden, denn im letzten Jahr, seit der Mahdi aufgetaucht war, wusste der Regierungschef, dass ein Krieg, der dem palästinensischen Rückmarsch in unsere Heimat, die erst vor einer Generation von ihnen gereinigt worden war, ein Ende bereiten musste, dass ein solcher Krieg unvermeidbar war. Aber wir sind noch im März des Jahres 1981, doch hätten wir nicht schon da wissen können, wie bitter der Epilog werden würde? Hätten wir nicht, und daher genießen wir den Aufschub, die Gnade des naiven Lesers, noch sind die Toten am Leben, noch planen die Mütter Geburtstagsfeiern für ihre Söhne, ehe die Musterung oder der Tod in der Schlacht kommt.)

Vor dem Spiel von Maccabi Tel Aviv gegen Varese aus Italien fragte Marwan Abu Lughod nach seiner Meinung über Geister. Abu Lughod, der schon nicht mehr genug sah, um zwischen Nacht und Morgengrauen zu unterscheiden, sagte: »Was hast du?«, und Marwan erwiderte, »Lass uns reden, bloß so, die Zeit rumbringen, bis die Nachrichten vorbei sind.« Darauf Abu Lughod: »Dein Vater ist euer Amulett, hab keine Angst«, aber Marwan fürchtete sich vor den Prophezeiungen, die der Alte daherschwätzte. Vielleicht ist ein alter, einsamer Junggeselle tatsächlich nicht der Geeignete, lange Abende in Gesellschaft eines achtjährigen Jungen zu verbringen, vielleicht peinigte den Alten die Angst um das Wohl der kleinen Familie, die von einem Flüchtlingslager zum nächsten geirrt war wie eine verstoßene Legehenne, die von Hühnerstall zu Hühnerstall verschachert wird, oder vielleicht wusste er etwas über Ismails Taten und Sorge erfüllte ihn, denn so sind die Menschen, reden, um sich zu beruhigen und um sich zu ängstigen auch, spielen mit der Angst und der Beruhigung wie mit einer Gebetskette, und Marwan schwieg, fürchtete sich, dachte an Vater, dachte an Vater, der Yazid in den Armen hält, fasste Mut und wollte erneut beharrlich wissen, was Abu Lughod über die guten Geister denkt und ob es in der Macht der guten Geister steht, ein Haus aus Perlen zu erbauen, über Nacht, und es von einem Land in ein anderes zu bringen, denn Marwan möchte hier über Nacht Jaffa erbauen, und es dann, in einer Blitzaktion, an seinen zerstörten Ursprungsort schaffen. Danach wollte er wissen, was Abu Lughod von den Asketen hält, wegen des Mahdis, der eine ganze Woche lang fastet und nachts im kalten Meer badet, Rücksicht auf Abu Lughods greises Alter nahm Marwan nicht mehr, denn er war voller Stolz, dass er so mit dem ehrwürdigen Greis zusammensitzt, der ihm erlaubt, zu rauchen, und ihm auch Zigaretten [*Time*] aufhebt. »Die Frau, die du geliebt hast, Abu Lughod, sie war eine jüdische Frau, richtig?«

»Nein.«

»Doch, doch. Und deshalb hast du auf sie gewartet.«

»Nein, sie war nicht Jüdin«, seufzte der Alte. Will nicht von neuem über seine Liebe nachsinnen. Was sollen Zukunftspläne, wenn es keine Zukunft gibt, und auch die Vergangenheit haben wir ausgelöscht. »Wenn sie Jüdin gewesen wäre, wärst du ihr gefolgt?« Und da die Antwort auf sich warten ließ, sagte der Achtjährige: »Wenn ich groß bin, werde ich in Jaffa wohnen und eine Jüdin heiraten.«

In unserem Lager gab es einen Zuhair, der in der Nähe von Tel Aviv wohnte und sich selbst Zohar nannte, ein großer Abräumer bei jüdischen Frauen, aber sein größtes Vergnügen war, ihnen zu sagen, nachdem er mit ihnen geschlafen hatte, dass er Araber ist, weil ihm das große Flennen seiner Opfer immer eine noch größere Befriedigung verschaffte, bis er der Vergewaltigung beschuldigt wurde, nicht weil er Araber war, sondern weil er durch Betrug zu Geschlechtsverkehr gekommen war, und in selber Sache erlangte auch ein anderer gewisse Berühmtheit, ein Jude, der mit Frauen geschlafen hatte, weil er ihnen erzählt hatte, er sei Pilot, und auch in diesem Fall flog seine Maskerade auf, beschuldigte man ihn der Vergewaltigung, und für einen kurzen Augenblick begegneten sich die beiden Männer im Hof des Gefängnisses, kannten einander aber nicht, und auch die Frauen, mit denen sie geschlafen hatten, unterschieden sich: Die einen liebten orientalische Typen, die anderen Piloten. »Es ist verboten, Jüdinnen zu heiraten«, sagte der Alte. »Und wenn ich bei Maccabi Tel Aviv spiele«, beharrte Marwan, dessen Fantasie ihr Unwesen mit ihm trieb und ihn sich nicht dem guten Leben vor dem Fernseher hingeben ließ. »Ein Araber kann nicht bei Maccabi Tel Aviv spielen«, sagte der Alte. Und Marwan dachte daran, wie ein Jude auszusehen, und der Greis fuhr ihn an: »Oh, Marwan, euer mutiger Vater hat eine Familie errichtet, und wird – mit Gottes Hilfe – noch mehr Söhne und Töchter haben, danach Enkelsöhne und Enkeltöchter, an Stelle all dessen, was er in seinem kurzen Leben schon verloren hat.« Der Junge hatte Angst zu erfahren, was sein Vater alles verloren hatte und wie, und wer seine Brüder sind, die er nicht kannte, und obwohl er eine große Familie wollte und eine schöne Cousine – das wollte er mehr als alles andere, eine schöne Cousine –, war die Angst in ihm, sein Vater könnte noch andere Söhne haben, tote und lebende, und noch mehr sorgte er sich um seine Mutter, auf die sie vielleicht hinter ihrem Rücken mit dem Finger zeigten, als der Alte seine schweren Lider aufschlug und fortfuhr: »Und wie sollst du eine Jüdin heiraten und jüdische Söhne zeugen, wenn diese zur Armee gehen und hierherkommen, zu uns ...« Er verstummte, weil ihn das Reden über Derartiges vielleicht auch bedrückte. Die Nachrichten waren zu Ende und Marwan verstummte, wie soll man wissen, was in dem Herzen eines kleinen Jungen vor sich geht, egal, ob er einmal Richter, Freiheitskämpfer, Spieler bei Maccabi Tel Aviv oder Arzt sein wird. Doch noch raucht Marwan seine *Time,* formt Rauchkringel und sagt zu dem halb schlummernden Alten: »Ich hab gehört, dass Woody Allen sowohl Schwarzer als auch Jude ist.« Und der Greis sagt: »Wer ist das, Woody Allen?«, und nickt gänzlich ein, aber Marwan sagt: »Das ist der Lange, der am meisten Körbe wirft und aus dem Ausland hierhergekommen ist.«

Tränen füllten ihre Augen. Sicher verstand sie Ismail, der Kinder zur Welt gebracht hatte und vor lauter Liebe verrückt vor Angst geworden und gefahren war. An einem Tag entschied er, sie nach Kuwait mitzunehmen, an einem anderen nach Jaffa, einem dritten nach Deutschland, und jeder Plan endete wie ein Pfad an einer Mauer ohne Tor. Wie viele Himmelsgewölbe kennt die Möwe? Er packte seine Sachen und fuhr eines Tages im Morgengrauen. Auch sie hat Angst, obwohl sie eine mutige Frau ist, Umm Marwan, die zu stehen weiß, wenn man ihr befiehlt zu stehen, zu öffnen, wenn man ihr sagt, aufmachen, und auch Parolen von den Wänden zu entfernen mitten in der Nacht, ohne auf die Beschimpfungen der Soldaten zu antworten. Aber es kommt vor, dass Frauen allein bleiben und auf den Mann warten, der nicht zurückkommt, weshalb sie viel zu erleiden haben, und auch die Befreiungsorganisation, wie erwähnt, hat kein Mitleid mit ihnen, aber vor Abu Marwan war sie auf der Hut, der ihr gesagt hatte, »Sie werden dich nicht anrühren. Ich schwöre es dir«, und sie tief in der Nacht geholt hatte, damit sie es mit eigenen Augen sah, die Kinder schliefen, Yazid gab ihm Schlaf ein schwaches Seufzen von sich (immer hatten diese Seufzer seinen Vater belustigt), und draußen holte er aus dem leeren Hühnerstall – eine Schlange, zog Umm Marwan mit einer Hand hinter sich her, und in der anderen – die Schlange, betrat eine Hütte, ohne anzuklopfen, trat er ein, machte Licht wie ein Soldat, riss ihn, diesen Mann, aus dem Bett, zeigte ihm die Schlange und raunte: »Sieh her«, und der Mann im Schlafanzug war zu Tode erschrocken, auch seine Kinder waren vollkommen verängstigt (sie schämte sich sehr), und als er schrie, weil er kein Feigling war, biss Ismail die Schlange in den Hals, spuckte auf den Boden, was seine Zähne aus dem Schlangenkörper gerissen hatten, und sagte zu ihm: »Wenn meinen Kindern und meiner Frau auch nur ein Haar gekrümmt wird, esse ich dein Herz. Du bist für ihr Wohlergehen verantwortlich, verstanden?« Und als sie nach Hause zurückgekehrt waren, war er stolz, und in ihrem Herzen schlugen Angst und Protest (schließlich kannte sie die Blicke der

Kinder, so sprach aus ihren Augen die Angst, wenn die Soldaten nachts ins Haus eindrangen), aber Abu Marwan sagte: »Anstatt stolz auf mich zu sein, beschuldigst du mich?« Und sie sagte ihm: »Liebster, Gott möge dich schützen.« Den Kindern würde sie nur einen Teil dieser Dinge erzählen, damit sie stolz wären auf ihren Vater, über den von allen Seiten viel Schlechtes gesagt wurde (aber über wen wird nichts Schlechtes gesagt bei uns im Lager, wo die Fäulnis giftige Schwaden aufsteigen lässt), aber in Wahrheit kannte sie kein einziges Geheimnis, denn der Mensch tut gut daran, nur zu wissen, was er wissen muss, und wenn die Stunde kommt, werdet ihr alles wissen, hat der Prophet gesagt. Und als sie sie folterten, sagte sie, was immer sie auch sagte, wusste aber nicht, was sie sagte, Gott sei ihr Zeuge. Und ob auch all jene – seine Verwandten und all die anderen Familien, von denen sie redeten und ihr Fotos zeigten, auch die Kinder – nur eine Tarnung für seine Aktionen waren, oder andersherum, sie wusste nicht, ob etwas an diesen verwirrenden Beschreibungen dran war, ob er tatsächlich der Befehlshaber war, Ismail, sie weiß gar nichts, und das sagte sie ihnen. Sie glaubten ihr nicht, und mehr als alles andere verwirrte sie, dass Abu Vierauge, der, der ihr die Arbeit besorgt hatte, zum Islam übergetreten war, wie er auf dem Fußboden kniete und betete, und weil sie ihm ins Gesicht spuckte und versuchte, ihm das Gesicht mit ihren Fingernägeln zu zerkratzen, stieß er sie zurück, sodass sie hinfiel und sich verletzte, um Hilfe schrie, doch er eilte zu ihr, half ihr auf, bat um Verzeihung, mehrfach, sagte, Gott wird mich dafür strafen, wird mein Haus zerstören, und als die anderen ins Zimmer gestürzt kamen und ihn sahen, wie er sie streichelte, und sie, wie sie ihn mit ihren schwachen Fäusten bearbeitete, sperrten sie sie in eine Einzelzelle, die ganze Nacht.

In jenem Frühling, der schnell zum Sommer wurde, 1981, begann der Marsch der Bewohner von Balad ash-Scheikh, in der Nähe von Haifa, zurück in ihr Dorf. Einige von ihnen wussten nicht, wo das Dorf liegt. Krisenstäbe wurden im Sicherheitsapparat einberufen, um zu beraten, was zu tun war, während die Weltpresse anrückte, um den Marsch auf Balad ash-Scheikh zu fotografieren. Aus allen Flüchtlingslagern, in denen sie saßen, ohne dass einer vom Schicksal des anderen gewusst hätte, zogen die Kinder im Gefolge eines kleinen Jungen, der die Organisation des Marsches auf sich genommen hatte, und der jüdische Chef der Regionalverwaltung kam in das Lager Ein el-Hilweh und sagte zu ihnen: »Kommt zu uns, ich bitte euch«, seine Brille putzend, lächelnd und ein bisschen stotternd, worauf sie von ihren Freunden Abschied nahmen und einander sagten: Im nächsten Jahr in Haifa, al-Tantura, Masmieh, Beit Jibrin, Ein Hod, und wo nicht überall, weswegen dann der Libanonkrieg ausbrach, wegen des Marschs der Kinder nach Balad ash-Scheikh. Aber hätte Umm Marwan die einzige Antwort gewusst, die sie denen, die sie geschickt hatten, und jenen, die sie verhörten, hätte geben müssen, hätte sie gesagt, dass es gar keine Hierarchie gibt, keinen Starken und keinen Schwachen, außer in einem bestimmten Moment, in dem der Starke Schmerzen bereitet und der Schwache brüllt, doch gleich darauf brüllt der, der Schmerzen zufügt, und der, der sie erleidet, schweigt, und schon vergeht alles, der Schweigende wird schwächer und der Brüllende stärker, und gerade wegen dieser Überzeugung, dass diese Welt vergänglich ist, trügerisch, wertlos, gerade deshalb maß Umm Marwan der Hierarchie nur geringe Bedeutung bei, denn was ist die Stärke des Bestehenden, wenn jenseits aller Hierarchie nur Gott fortbesteht, und zwischen Gott und Iblis dem Satan, in ihrem Zentrum, leuchten ihre drei Kinder, für sie würde sie nicht nur eine Niere sondern deren zwei geben, und alles wendet sich zum Schlechten, da ihr nicht klar ist, wer stärker als wer ist, wer schwächer als wer, »Ich bin eine Hure, meine Tochter, eine

Hure bin ich, alles habe ich verraten«, »Was hast du gesagt, Mama?«, und sie krächzt: »Ich erinnere mich nicht mehr«, »Es gibt nichts zu sagen, Mama«, »Warum haben sie mich dann angeschrien?« Und die Tochter sagt: »Solche Fragen darf man nicht stellen, Mama«, und macht sich daran, ihre Mutter vom Straßenrand nach Hause zu tragen. Doch dies ist nicht die richtige Ordnung der Dinge, wie sie sich zugetragen haben. Umm Marwan hatte, unwissentlich und nachdem man sie eingeschüchtert hatte, jemanden verraten, aber diejenigen, die sie verhörten, sagten ihr, sie habe ihren Mann ausgeliefert, ihren einzigen Freund auf dieser Welt, und verspotteten sie für ihre Halsstarrigkeit: Warum hast du dich so lange geweigert, zu reden, wenn du am Ende dann doch redest, geh niemals zu weit, damit du nicht den ganzen Weg zurückkriechen musst. Sogar das wissen wir.

(Ein Jahr danach pflegte Djamila ihrer Mutter, deren Verstand sich in der Haft ein wenig verwirrt hatte, aus *Tausend und einer Nacht* vorzulesen: »In einer Stadt Chinas lebte ein armer Schneidersmann; der hatte einen Sohn namens Aladin.« Dabei schaute sie verstohlen nach den Augen ihrer Mutter, die vor Sehnsucht nach Yazid weinte. Aber all dies war später (und das Wohlergehen des Lesers ist uns teuer). Vorsichtig fragt die Mutter Djamila, was Abu Vierauge ihr gesagt hat, der gleich nach ihrer Rückkehr ins Lager kam, und Djamila zittert vor Angst, schämt sich, dass ihre Mutter den Mann erwähnt, wegen des Geredes, und lügt: »Wer ist das, Abu Vierauge?« Sie liest weiter, überspringt alles, was ihre Mutter an den verlorenen Yazid erinnern könnte, gelangt zu den Perlen und Edelsteinen auf der goldenen Platte, die Aladins Mutter dem Sultan bringt, und danach küsst sie ihre Mutter und alle drei schlüpfen sie unter eine sehr warme Decke. Das geliebte Buch hat ihre Mutter als Geschenk aus Gaza mitgebracht, und Djamila würde ihrer Mutter und Marwan die traurige Geschichte nicht erzählen, wüsste sie nicht, dass das Ende süß wie Honig ist, worüber Umm Marwan einschläft und dann auch Marwan. Djamila steht ganz leise auf, damit sie nicht aufwachen, Mama ist müde und Marwans Atemzüge gehen rasselnd wie der Atem eines Schwindsüchtigen, sie steht auf, um den Ölofen abzudrehen, damit ihnen nicht das Haus über dem Kopf abbrennt. Und all das, dass sie allein zu dritt sind, ohne ihren Smaragd, ohne Yazid, all das ist später passiert, denn wir haben vorgegriffen wie Kinder, die nicht abwarten können. Aber wer erzählt denn noch Geschichten? Kinder. Und wer liest Geschichten? Kinder.)

Der Mensch sollte nicht ohne große Familie sein, sie aber waren es. Ismails Familie war schon vor langer Zeit geteilt worden und auch ihre Familie war klein und arm und löste sich ganz allmählich auf, denn anfangs hatten sie noch gedacht, das Schicksal meine es gut mit ihnen und Majdal sei gerettet, doch dann, nach vielleicht drei Jahren, hatten sie sie auf Lastwagen gepfercht und an die Grenze geschafft, schnell, schnell, nehmt eure Kinder und geht, und Marwan will wissen, ob sie nicht hinfahren und sich ihren Besitz angucken können, aber Yazid sagt ihm wie eine zwitschernde Kohlmeise: »Der Mahdi, er wird uns dorthin bringen«, und dann flüsterte er zu ihrer Bestürzung noch: »Wenn der Himmel sich spaltet, die Sterne sich zerstreuen, die Meere über die Ufer treten und die Gräber ausgeräumt werden, dann wird jede Seele wissen, was sie getan und was sie versäumt hat«, und die Mutter weiß, dass sie ein Genie auf ihrem Schoß hat und dieser Sohn Ismails nicht bloß teurer als sein Augapfel ist, und jetzt geht schlafen, sie wiegt Yazid in ihrem Schoß in den Schlaf, singt ihm ganz leise: »Die Tränen auf meinen Wangen – / ein Gewitterregen wie Trauer. / Ein Fluch auf die Häupter der Reisenden! / Komm zurück, mein Gatte, ein Alb ist die Fremde / allein auf meinem Lager die ganze Nacht ich bin, / oh, Mutter, ich habe kein Glück«, bis der Kleine eingeschlafen ist, manchmal erzittert er vor einem bösen Traum, erinnert sich am Morgen aber nicht daran, was er geträumt hat, liebt die Stimme seiner Mutter, die anderen Kinder lachen ihn aus, doch er beharrt – seine Mutter singt schöner als Fairuz. Am Morgen sagt ihm Marwan als Erstes, du hast schon lange nicht mehr über den Mahdi gesprochen, ist er verschwunden, geflüchtet oder hat es ihn nie gegeben? Und Yazid stellt Berechnungen an: »Welches Datum ist heute?« Marwan wird von Liebe zu seinem kleinen Bruder überwältigt, umarmt ihn wie ein Vater seinen kleinen Sohn umarmt, hustet und sagt ihm das Datum, doch Yazid stößt ihn weg, rechnet im Kopf, da er noch nicht schreiben kann, und sagt schließlich: »Heute ist er in Irbid, in Jordanien.« Diese Prüfung sollte sich fortsetzen, bis die Odyssee des Mahdis durch die Flüchtlingslager zwischen Irbid und Damaskus beendet war, »Aber du darfst nicht darüber reden, versprich es mir«, und er versprach.

In einem Restaurant in Tel Aviv gab es eine Explosion und ein kleines Mädchen, die fünfjährige Shiri, starb, eine kleine Puppe hatte sie in der Hand, als sie getötet wurde, und das Foto ging wie ein Lauffeuer durch alle Medien. Die Puppe war heil geblieben, und Shiri, deren Vater sie an seinem freien Tag zum Hamburgeressen mitgenommen hatte, Shiri war nicht heil geblieben. Marwan fragte Abu Lughod: »Hast du Mitleid mit den toten Juden?« Und der Alte sagte: »Manchmal ja und manchmal nein«, worauf Marwan wie ein Achtjähriger meinte: »Ich habe welches«, und einschlief, weil kein Basketball im Fernsehen kam, und als er für einen Moment aufwachte, sah er den Alten, der ihn betrachtete, und daher sagte Marwan wie ein Kind von achtzehn Jahren zu ihm: »Ich habe Mitleid, weil ich schwach bin, ich habe keine Kraft, bin ein Feigling, und mein Vater ist ein Verräter ...« Erneut schlief er ein und der Greis sagte: »Wer ist dieser Abu Vierauge, der für euch sorgt?« Aber Marwan hörte nicht, rollte sich in die Decke des Alten, im Bett des Alten, während der Alte selbst auf seinem Stuhl schlief. Vielleicht tat der kleine Marwan auch nur so, als schliefe er, weil Abu Vierauge der Mann war, der ihm über seine Mutter einen Basketball geschickt hatte, und auch das Buch über Aladin kam von ihm. Und auch nachdem der kleine Yazid verloren gegangen war, hatte Marwan keine Angst, wusste, dass er zurückkommen würde, glaubte an ihn, und in der Nacht las Djamila aus dem honigsüßen Buch vor: »Als Aladin fünfzehn Jahre alt geworden war, spielte er eines Tages auf der Straße mit den bösen Buben; da kam plötzlich ein maurischer Derwisch und blieb stehen, um den Kindern zuzuschauen; er blickte auf Aladin und sah seine Gestalt genauer an als seine Genossen«, und Umm Marwan flüsterte Djamila zu: »Lass uns schlafen, lass uns schlafen, ich bin müde, das Blut hämmert mir im Kopf.« Marwan wusste, dass seine Mutter seit der Haft Unsinn vor sich hin murmelt, mal an den Verlust von Yazid sich erinnert und mal Ismail um Verzeihung bittet. Aber Marwan bat Djamila, noch mehr über die Wunder des Palastes zu lesen, da ihm dieses tiefes Vergnügen bereitete, und weil ihre Mutter bereits eingeschlafen war, las Djamila: »Da erhob Aladin sich, und der Geist trug ihn in einem Augenblicke zu dem Schlosse. Als der Jüngling es erblickte, war er von diesem Bau überrascht, da alle seine Steine aus grünem Achat, Marmor, Porphyr und Mosaik bestanden. Dann führte der Geist ihn in eine Schatzkammer, gefüllt mit allen Arten von Gold- und Silbersachen und mit Edelsteinen in unzählbarer und unberechenbarer Menge, die niemand bezahlen, niemand auch nur abschätzen konnte. Und weiter führte er ihn in einen anderen Raum; dort erblickte Aladin alles Tischgerät, Schüssel und Löffel, Kannen und Becken aus Gold und aus Silber, dazu auch Krüge und

Becher. Dann führte der Geist ihn in die Küche; dort sah er die Köche, ausgerüstet mit allem möglichen Küchengerät, das gleichfalls ganz aus Gold und Silber bestand.« Diese Stelle hatte Marwan nicht im Sinn gehabt, sondern jene, in der Aladin unter der Erde von Kellergewölbe zu Kellergewölbe geht, während der falsche Onkel oben wartet, dass er ihm die Lampe bringt, und Aladin sich unterdessen die Taschen mit Perlen füllt, aber Marwans Augen waren schwer vor Müdigkeit, zur Schule geht er nicht, wartet, dass Yazid zurückkehrt, tagein, tagaus, und Mama fährt jeden Tag nach Majdal, vielleicht wird Ismail nach dort zurückkehren und sie nicht finden, doch jetzt berührte ihn der Engel der schlafenden Kinder, und jener Engel flüsterte auch Djamila zu: ›Sag ihm, er soll nicht rauchen, seine Lungen sind noch so klein‹, und Djamila, die ein Schauder überkam, sagte: »Ich habs ihm schon gesagt, Papa, und er hört nicht auf mich«, ehe auch sie einschlief. Das Meer kräuselte sich vor lauter Wellen, Fischerboote funkelten am Horizont, das ist unser Meer, wer soll es uns wegnehmen. Der Engel der Kinder kreiste über der Mutter von Shiri, die auf ewig fünf Jahre alt bleiben würde, und auch bei ihr vergoss er eine Träne. Doch allmächtig ist er nicht. Und wieder haben wir die Zeiten durcheinander gebracht. Lasst uns ins Jahr 1981 zurückkehren.

Freitag, 6. 3. 81, ein frühlingshafter Morgen und Djamila saß um 8:05 Uhr auf einem Stein und passte auf, dass ihre beiden Brüder sich nicht gegenseitig verletzten (insgeheim wollte sie, dass man sie Gamila nennt, wie im ägyptischen Fernsehen), und als sie vor lauter Streitereien, wer die jüdische Armee und wer die Befreiungsorganisation sein sollte, müde geworden waren, schlug Djamila vor, sie sollten die Schleuder und den Stock weglegen und jeder dreißig Chrysanthemen pflücken, die sie, ein jeder für sich, durch Schlaufen, die man aus den

Stielen machte, auf eine große Chrysantheme fädeln sollten, deren Stängel so dick wie ein Maultierhuf war – und so wurden sie vor dem Tod gerettet, denn gleich darauf kam der Patrouillenjeep der Armee und überrollte Amir, den Rotschopf, dessen Vater in Tel Aviv arbeitet, »Fleisch vom Grill – Ermäßigungen für Soldaten«, Arije rufen sie ihn dort, manchmal ist er betrunken, läuft am Strand herum, und manchmal ruft er den öffentlichen Fernsprecher am äußersten Ende des Lagers an, will mit seiner Frau sprechen, von einem Ende des Lagers zum anderen wird gebrüllt, sie soll kommen, doch bis sie endlich da ist, sind ihm unter dem Gelächter der Nachbarn die Telefonmünzen ausgegangen, »der Säufer hat mal wieder mit einem Eimer voll Telefonmünzen angerufen«, und bis man ihm mitgeteilt hatte, dass sein Sohn getötet worden war, vergingen drei Tage, vielleicht auch mehr, am Ende fuhr irgendjemand extra los, um ihn zurückzuholen. Als der Vater zurückkehrte, rannte er weinend den ganzen Weg vom parkenden Taxi bis zum frischen Grab, nahm eine Schaufel und begann zu graben, um seinen Sohn noch einmal in die Arme zu schließen und zu küssen, aber der Scheich kam in einem Taxi bis zum Friedhof vorgefahren, packte ihn und sagte, das sei verboten, und so sprach er dem Scheich leise nach, Tränen strömten sein Gesicht herunter, seine Stimme beruhigte sich, »Ich suche Zuflucht beim Herrn der Morgenröte vor dem Unheil von dem, was er geschaffen hat«, doch in der Zwischenzeit, bis der Aufruhr sich gelegt hatte, nach drei Tagen, stand das gesamte Lager unter Ausgangssperre.

Freitagmorgen, 6. 3. 81, 8:09 Uhr, drei Goldkränze werden sie Mama machen. Manchmal befällt Djamila Angst, ihr Leben könnte verlaufen wie das Leben von Tante Na'ila, nur weil sie geschieden wurde – und ihr Mann, anstatt zu Gott zu beten ›Gib ihr die Frucht des Leibes‹, ließ sie gehen wie eine freigelassene Sklavin und machte sich davon, und alles, was danach kam, kam durch Niedertracht von Menschen, denn sie brachten sie um, weil sie schwanger wurde, und wenn sie schwanger geworden war, wie konnte es dann sein, dass ihr Mann sie wegen Unfruchtbarkeit verstoßen hatte, denn in Wahrheit verabscheute er sie und sagte, ich kann nicht mit einer Frau leben, die wie meine Mutter ist, und auch, wenn Djamila nicht wusste, was das heißen sollte, wusste sie, dass der Koran eine solche Begründung verbietet, weshalb ihre Mutter immer sagt, »Ich suche Zuflucht beim Herrn der Morgenröte vor dem Unheil von dem, was er geschaffen hat, von hereinbrechender Finsternis, von bösen Weibern, die Zauberknoten bespucken, und von einem Neider, wenn er neidisch ist.« Und vielleicht hat Djamila Angst, weil ein Soldat sie einmal angelächelt hatte? Nein, denn sie hatte sogleich auf die Straße gespuckt. Und vielleicht kommen dem Menschen Ängste einfach so, in den Stunden, da das Universum still und das Sausen der Zeit zu hören ist, ohne den Körper des Menschen, der mit ihr schlägt, allein für sich, denn der Zeit ist der Körper einerlei (dachte Djamila tatsächlich so? Ja, doch, so dachte Djamila, die Welt ist ein flüchtiger Duft, aber es gibt keinen Ausweg, und deshalb muss man sich freuen, doch im Herzen nagt die Angst, und eine Frau, die keine Kinder hat, hat keine Beschützer, weshalb sie fürs Erste auf Yazid und Marwan Acht gibt, dass diese nicht losgehen und Steine werfen, und stattdessen Goldarmbänder für Mama auffädeln. Oh, Mama, Mama). Freitagmorgen, 6. 3. 81, 8:10 Uhr, das Lager Deir el-Balah liegt in Stille gehüllt, bis die Bienen in den Zitrusplantagen zu hören sind, als herrschte Ausgangssperre, aber noch ist keine Ausgangssperre. Wer zum Arbeiten gefahren ist, ist bereits um vier in der Früh aufgebrochen, und wer geblieben ist, wartet zu Hause, und der Patrouillenjeep rollt ganz langsam daher, gut gepanzert mit Sandsäcken, seine Insassen sind angespannt, auf der Hut, wenn sie sprechen, ist nicht klar, mit wem, mit sich selbst, mit Gott, mit ihren Kameraden, doch die Helme schützen ihre vor lauter Angst betäubten Köpfe. Früher, noch vor ein paar Jahren, sagt Benjamin Cohen, war es möglich, neben einem Café anzuhalten, in der Jaffa-Straße, und mit ihnen zu sitzen, sogar die Waffe im Wagen zu lassen, um Kaffee zu trinken, aber jetzt ist alles anders, sagt Benjamin Cohen angsterfüllt, und wie wir früher Olivenöl und Mandeln gekauft haben, und die anderen nicken: Bei jedem frisst sich die Angst anders in den Bauch. Khajun schwitzt an den Händen, das Lenkrad ist bereits schweißnass, er wischt eine Hand an der Hose ab und danach die andere, Freitagmorgen, 6. 3. 81, 8:11 Uhr, man sieht das Lager von der Straße aus, was soll schon sein? Steine? Und Cardoso muss schon wieder scheißen, »Was machst du dir in die Hose?«, fragt Primo murmelnd, »Das stimmt nicht«, streitet Cardoso ab, verstummt und findet dann eine Antwort. Er braucht immer eine Stunde bis zum ersten Schiss und danach noch eine halbe Stunde bis zum zweiten Schiss, deswegen trinkt man Kaffee, und der Kaffee, den sie morgens in der Truppe trinken, das ist kein Kaffee, er hat Verstopfung, nur eine Zigarette hilft da, und am allerschlimmsten ist, dass seine Frau denkt, er rauche aus Angst während des Reservediensts, denn es ist ihm unangenehm, ihr zu erklären, warum er morgens eine raucht. Was ist los, Cardoso, wie viele Jahre bist du schon verheiratet, und du kannst deiner Frau Sachen nicht erzählen, die du uns erzählst? Stille, Freitagmorgen, 6. 3. 81, 8:12 Uhr, nur Nathan, der Patrouillenführer fürchtet sich, vernehmlich, schreit plötzlich: »Der den Himmel hüllt in Gewölk, der der Erde Regen bereitet, der die Berge Gras sprießen heißt, dem Vieh seine Speise gibt, den jungen Raben, wonach sie rufen. Nicht an des Rosses Gewalt hat er Lust, nicht an den Schenkeln des Mannes Gefallen«, und irgendeiner meint, »Nathan, halt die Schnauze«, worauf er nur noch murmelt, im Chor mit dem quäkenden Funkgerät (in

Patrouille 3 ist einer, der zurückwill, und die Kompaniesekretärin sagt ihm über Funk: »Beruhig dich, Josef, der Kommandeur wird mit euch reden, sobald er zurück ist«, »Er heißt nicht Josef«, »Egal, sagt ihm, er soll sich beruhigen«), doch da gibt Nathan von neuem Prophezeiungen von sich, es wird ein Unglück geben, sagt er. Wer braucht diese Patrouillen überhaupt?, fragt Primo und antwortet dann selbst: Nicht ins Lager zu gehen, was heißt das? Das heißt, auf die Kontrolle zu verzichten, ehe er (Primo) fragt: Wer sagt, auf die Kontrolle verzichten? Man umkreist es, geht aber nicht rein, und er (Primo) erwidert: Und wenn wir vorher reingegangen sind und jetzt nicht mehr, das ist doch, als hätten wir es abgeschrieben. Und bis sie reingehen, grübeln sie vor sich hin, der eine über seine Verstopfung, der andere über die Notwendigkeit, reinzugehen, und der Dritte über den Streit mit seiner Frau, ihre bitteren Tränen, die hässlichen Sachen, die er ihr über ihren seligen Vater gesagt hat, und plötzlich ist die Sonne weg, eine Zitrusplantage, der Duft der Blüten, wer soll schon aus der Zitrusplantage auf sie schießen? Aus jedem Schatten lugt ein Terrorist, jetzt ist es bereits 8:13 morgens, was interessiert ihn ihr Vater, seligen Andenkens, wenn die das Feuer auf sie eröffnen? Und Khajun denkt an seine schwitzenden Hände, irgendjemand hat ihm mal gesagt, das käme von mangelnder sexueller Befriedigung, aber seine Hände haben auch schon geschwitzt, als er sexuelle Befriedigung hatte, doch zählt Onanieren oder zählt es nicht? Der Motor hustet, sie fahren runter zum Lager, halten die Augen gut offen, wie kann man nur so leben, fragt Rowigo, wie Ratten leben die hier. An den Mauern rote Graffitis, die Sonne ist wieder da, sie fahren zwischen den ersten beiden Häusern hindurch, du weißt nicht, von wo es dich erwischen wird, wer ist hier der Starke und wer der Schwache? (sagt sich Primo).

Freitag, 6. 3. 81, ein Frühlingsmorgen, 8:14, ein Steinhagel von der Straßenecke und Benjamin Cohen sagt: »Ich bin verwundet«, während Nathan prophezeit: »Die Jungleuen brüllen nach Raub, vom Gottherrn ihre Nahrung zu fordern, – strahlt die Sonne auf, ziehen sie heim, lagern sich in ihre Gehege, hervor kommt, an seine Arbeit, der Mensch, an seinen Dienst bis zum Abend«, und Benjamin sagt ganz leise: »Was faselst du da? Ich darf mich nicht verletzen. Ich hab problematisches Blut, es gerinnt nicht, mein Körper wird ausbluten wie eine verdorrte Wassermelone, ich bin verwundet, was prophezeist du die ganze Zeit, was …« Sie sahen ihn an, sahen, dass er ohnmächtig geworden war, gaben ihm eine Ohrfeige und er kam zu sich. Die Kinder sahen sie noch vor dem Steinhagel, auch während der Salve und auch danach noch. Der Motor hustete, sie stoppten, ein Fuß auf der Kupplung, Stille ringsum, die Kinder waren nicht geflohen, dachten vielleicht, sie sähen sie nicht. Primo sagte: »Es waren zwei, drei Kinder auf der Müllhalde, die haben das Zeichen gegeben.« Und Rowigo darauf: »Was für ein Zeichen denn, Schwachkopf? So eine ratternde Klapperkiste, muss man da noch ein Zeichen geben? Was sind wir denn? Taucher?« Fünf Kinder hockten gebückt in der Gasse zur linken, eines stand mit den Händen an den Hüften, größer als die anderen, mager, flachsfarbenes Haar und erdbraune Haut, eine Narbe auf dem Gesicht, vielleicht auch nur eine Schokoladenwaffel, und in der Gasse gegenüber vier weitere Kinder, auch sie mit einem Haufen Steine, eines von ihnen brüllte der anderen Seite etwas auf Arabisch zu, und Benjamin sagte: »Gleich werden meine Venen leer sein wie rostige Leitungen.« Sie sahen ihn an, nicht, dass er noch mal bewusstlos wird. (Einmal hab ich einen Epileptiker bei einem Anfall gesehen. Beim Reservedienst oder zu Hause? Ich erinnere mich nicht.) Sie wussten nicht, was sie tun sollten, auch andere Patrouillen waren angegriffen worden, brüllten durchs Funkgerät. Sie beschlossen, das

Funkgerät auszuschalten und weiterzufahren, und dann, als sie stotternd weiterfuhren, ging der zweite Hagel nieder, jetzt tat es auch weh, sogar ein Stein auf den Helm tat weh, aber nur Benjamin Cohen sagte: »Bei der Möse ihrer Mutter, ich hab noch mal was abgekriegt«, brüllte dann nach draußen, »Genug«, und wie ein Echo kam es zurück, aber in Wahrheit waren es die Steine werfenden Kinder, die spotteten: »Genug, genug, genug.«

Am Freitag, den 6. 3. 81, in etwa gegen Viertel nach acht, wurde Benjamin Cohen auf einer Patrouille im Flüchtlingslager Deir el-Balah verwundet. Den Jeep steuerte zu diesem Zeitpunkt Nechamija Khajun, neben ihm saß der Zugführer Nathan [ein Familienname ist nicht angegeben]. Wir saßen mit aufgesetzten Helmen und entsicherten Galil-Sturmgewehren, Gasgranaten und Funkgerät. Hinter Nathan, auf der rechten Seite, saß Shmuel Primo und hinter Khajun, dem Fahrer, saß Michael Cardoso. Links von Primo, auf der rechten Seite des Jeeps, saß Benjamin Cohen, der verwundet war, und ihm gegenüber Avraham Rowigo, der den Auspuff abbekam und dem übel war. Er hustete. Vor dem Reservedienst hatte er versucht, freigestellt zu werden wegen des Asthmas, das er bekommen habe, wie er sagte, aber sie glaubten ihm nicht, und auf jeder Patrouille litt er unter dem Auspuff, saß aber trotzdem immer neben dem Auspuff, um zu beweisen, dass, wenn die Ärzte ihn umbringen wollen, sie ihn umbringen sollen. Benjamin Cohen wurde mit dem ersten Stein verwundet. Khajun setzte weder zurück noch floh er aus dem Lager, sondern gab Gas, mit halb getretener Kupplung, und der Zugführer brüllte, »Fahr, fahr«, als Cohen sagte: »Ich glaube, ich blute.« Khajun drehte sich um, um zu sehen, ob er tatsächlich blutete, denn wenn jemand blutet, darf geschossen werden, aber da ich sah, das Benjamin Cohen überhaupt nicht blutete, wusste Khajun nicht, was er machen sollte, vor allem, weil wir noch mehr Steine abbekamen, sehr viele Steine, wir sind alle verletzt worden, ohne Ausnahme [dies wurde zu einem anderen Zeitpunkt hinzugefügt], und als wir sahen, dass Gefahr für unser Leben bestand, sagte irgendeiner zu Khajun, ich erinnere mich nicht mehr, wer, rückwärts fahren, und dann fing das Geschrei an, eine Frau schrie von weitem und rannte auf uns zu, und dann Massenauflauf und viele Steine, Menschen kamen aus den Häusern, riefen, jemand sei verletzt worden, aber wir hatten nicht geschossen, und erst, als scharenweise Leute auf uns zukamen, beschlossen wir, den Jeep aufzugeben und den Kontakt abzubrechen, haben die Gewehre, die Munition und das Funkgerät mitgenommen. [So weit der handschriftliche Bericht eines der Soldaten, den Rowigo unterschrieben hatte, aber es war nicht Rowigo, der den Bericht verfasst hatte, wie der Armeekorrespondent einer der Zeitungen aufdeckte.]

Auf dem großen, außerhalb des Lager gelegenen Müllberg standen Djamila, Marwan und Yazid und sahen alles. Anfangs hatten sie sich nicht erhoben, hatten dagesessen wie bei einem Film im Fernsehen. Djamila murmelte etwas und erst, als Amir überrollt wurde, standen sie auf. Zuerst Marwan, dann war sofort Djamila auf den Beinen, um aufzupassen, dass er nicht dort hinlief, dann überlegte sie, Yazid die Augen zuzuhalten (nämlich als sie Amirs Mutter ihren Sohn hochheben sah), aber Yazid schob ihre Hand weg, wollte sehen, auch er war aufgestanden, und Djamila, aus Sorge, hielt ihm ihre Hand hin, die er sogleich ergriff. Dank seines Mahdis waren sie gerettet worden, dann war auch Marwan, in dessen Klasse Amir gewesen war, einverstanden, Djamila eine Hand zu geben, nahm ihr den Chrysanthemenkranz aus der Hand und hielt nun in seiner Linken zwei Kränze, und Yazid konnte nicht mehr an sich halten und sagte zu seinen beiden älteren Geschwistern: »Jetzt seht ihr den Mahdi?« Und anstatt sich über ihn lustig zu machen, sahen sie ihn wirklich, abseits der Menschentraube neben dem Zaun bedeutete er Yazid, dass er jetzt zu ihm kommen könne, und Yazid fragte mit einer Handbewegung, ob er seinen großen Bruder und seine große Schwester mitbringen könne, womit der Mahdi selbstverständlich einverstanden war, denn schon seit langem sagte er Yazid, er solle seinen Bruder und seine Schwester mitbringen, aber sie hatten Yazid nicht geglaubt, dass es überhaupt einen Mahdi gibt, wenn er ihnen von dem sich kasteienden Mahdi erzählte, wie er von Freitag bis Freitag fastet und jede Nacht nach Mitternacht an den Strand geht, um im offenen Meer zu baden, an einer Stelle, an der es nachts sehr gefährlich ist.

Die Mutter des verletzten Jungen stieß Schreie der Verzweiflung aus, und die Leute, auch Leute von der Befreiungsorganisation waren dort, unter den Kindern, näherten sich den Soldaten, hätten sie töten können, wenn sie gewollt hätten, aber vielleicht wollten sie nicht, vielleicht hatten sie Angst oder wollten vielleicht nur ein Sturmgewehr erbeuten, worauf die Soldaten mit ihren Gewehren flohen, denn die Schreie der Mutter machten ihnen eine Gänsehaut, der, obwohl sie noch vier weitere Söhne hatte, der überfahrene Sohn am meisten bedeutete, weshalb sie mit ihm den ganzen Weg bis zur Krankenstation der UNRWA rannte, und Scharen von Menschen liefen ihr nach, wollten Blut oder Atemzüge spenden, oder Tränen, wollten irgendetwas tun, und obwohl der Junge auf dem Weg dorthin starb, hörte die Mutter nicht auf zu laufen, schwitzte und hastete weiter, vor Hitze brennender Schweiß lief ihr den Hals hinunter, ein Dämon aus der Hölle hauchte ihr in den Nacken, sie war allein gegen ihn, würde ihn einholen, und der Junge wusch ihre Hände mit seinem Blut, während ihre Tränen sein Gesicht wuschen, aber es war bereits zu spät und ihre Zunge gelähmt, als hätte der Skorpion hineingestochen.

Dieser Zwischenfall, am Morgen des 6. 3. 81, ging nicht ganz so einfach zu Ende, wie derjenige schrieb, der den naiv sich gerierenden Bericht aufgesetzt hatte, genauer gesagt waren es mehrere Personen, die ihn verfasst hatten, nachdem bereits alle wussten, was dort passiert war, unter Anleitung eines gut meinenden Offiziers, der überhaupt nicht an Ort und Stelle gewesen war (und die Funktion der Presse in einem demokratischen Staat wie dem unseren nicht richtig einschätzte). Die Jungen in der Jaffa-Straße des Lagers Deir el-Balah, nachdem sie die Soldaten sich davonmachen gesehen hatten, wobei einige der Mutter zur Krankenstation der UNRWA nachgerannt und vielleicht auch über den Tod des kleinen Amir, der den ganzen Morgen mit ihnen zusammen gewesen war, schockiert waren – beeilten sich, den aufgegebenen Patrouillenjeep der Armee zu erklettern. Anfangs spielten sie in dem Fahrzeug, »Drrrg, drrrg«, »Piiep, piiep, piiep«, aber dann beschloss einer von ihnen zu versuchen, den Jeep zu starten (sein Vater hatte früher einen Fiat gehabt, der beim Rückwärtsfahren, zwischen ihrer Hütte und der Straße, ihr neues Baby überrollt hatte, die kleine Amira, und seither hatte der Vater nicht mehr Auto fahren wollen und den Fiat zu einem Spottpreis verkauft; eine Reportage in der Wochenendbeilage könnte man über diesen Mann machen, der auch mal Meister im Gewichtheben gewesen war und des Nachts von dem toten Säugling um den Verstand gebracht wurde), und er (der Sohn) drehte den Zündschlüssel um und startete, worauf der Jeep einen Satz machte, hustete und erstarb, doch nachdem sie mit dem Schaltknüppel gespielt hatten, gelang es ihnen, den Motor anzulassen, bis schließlich, zu ihrer maßlosen Überraschung, der schwere Geländewagen ihnen gehorchte, sie darin durch die Gassen des Lagers fuhren, im Basketball- und Fußballfans wohlvertrauten Rhythmus hupten und einer von ihnen durch das ganze Viertel brüllte: »Amira, Amira, Amira.« Menschen, die zuvor aus Vorsicht noch nicht auf die Straße gekommen waren, da nach jedem Unglück die Armee mit verstärkten Kräften anrückt, spähten durch die Fenster, um zu sehen, was die Armee diesmal wollte, und da sie sahen, dass der Patrouillenjeep zwar fuhr, aber keine Soldaten auszumachen waren, hatten sie Angst vor einem Trick, Mütter beeilten sich, ihre Kinder hereinzurufen, und jene, die im Gefolge der Mutter – die sich den ganzen Weg von der Krankenstation der UNRWA weigerte, mit irgendjemandem auf dieser Welt zu reden, sie lief vorweg und ihre Begleiter folgten ihr – von der UNRWA-Klinik zurückgekehrt waren, priesen Gott, während die Kinder am Rand der Hauptgasse standen und den Helden der Schlacht in dem Patrouillenfahrzeug frenetischen Beifall spendeten. Inzwischen hatten sich auch die Betenden in die Moscheen aufgemacht oder waren aus diesen zurückgekehrt, und da sie den Jeep in den Gassen sahen und auch vom Tod des Jungen, oder Mädchens, hörten, fingen an, das Fahrzeug mit Steinen zu bewerfen, wobei eines der Kinder in dem Geländewagen verletzt wurde und in Tränen ausbrach, was die Kinder zum Anlass nahmen, ihre Beute aufzugeben, und so endete das kurze Urlaubserlebnis in hitzigen Debatten im Zentrum des Lagers, da Deir el-Balah immer schon ein Ort war, an dem die Nerven blank liegen, und einige der Bewohner sehr erbost waren, dass die Kinder sie derart zum Narren gehalten hatten, und vielleicht war auch das Fernsehen zur Stelle, das filmte, wie man Steine auf Kinder warf, die als IDF durch die Gegend fuhren, und jetzt stellte sich heraus, dass es weder die israelische Armee noch Pustekuchen war. Unsere eigenen Kinder. Was haben wir uns erschrocken. Ein Späßchen haben sie sich mit uns erlaubt. Und andererseits, im Unterschied zu anderen Malen und obwohl ein Junge getötet worden war, wurde keine Ausgangssperre verhängt, was jedem, der versuchte, Künftiges aus bereits Gewesenem abzuleiten, absonderlich erschien, und nur Aishas Weinen drang aus ihrem Haus, obwohl sie sie trösteten, Amir wandle jetzt im Garten Eden, aber in Wahrheit würde diese Wunde sie noch viele Jahre schmerzen, denn der Tod ist wie ein großes Meer und wartet immerzu auf die, die zu ihm kommen, während das Leben auf dieser Welt kurz ist und noch kürzer das Leben eines Kindes und seiner Mutter zusammen, und nur Yazid, sein Bruder und seine Schwester wussten, dass der Mahdi begonnen hatte, seine Wundertaten zu vollbringen, womit die Stille erklärt wäre, die im Lager herrschte: Keine Ausgangssperre, keine Verhaftungen, keine Lautsprecher, sogar den Jungen während des Tages beerdigen ließ man sie, obwohl in der Regel die Familie des Shahids mit einer nächtlichen Bestattung bestraft wird, unter Scheinwerfern, nur die engsten Verwandten, und die anderen stehen an den Fenstern und preisen zuweilen Gott, »Er bringt das Lebendige aus dem Toten hervor, und das Tote aus dem Lebendigen. Und er belebt die Erde, nachdem sie abgestorben war. So werdet ihr dereinst bei der Auferstehung wieder aus der Erde hervorgebracht werden.« (Und Aladin sagte in der Geschichte: »Mutter, wie konntest du mir sagen, ich hätte keine Oheime und keine Verwandten, die am Leben wären, wo doch dieser Mann mein Oheim ist? Er hat mich ja umarmt und hat mich geküsst mit Tränen in den Augen.«)

Bis zum Abend (Freitag, 6. 3. 81) war der Patrouillenjeep zu einem nackten Skelett geworden, da die Menge über ihn herfiel und alles von ihm abkratzte, was nur abzukratzen war – sie nahmen das Transistorradio von Khajun, der ein großer Liebhaber klassischer Musik war, und rissen die Sitze des Geländewagens heraus, fanden drei Flaschen Orangensaft und drei Feldflaschen, zwei Kampfhelme, ein Erste-Hilfe-Set, das Farbfoto eines fünfjährigen Jungen (der Sohn von Rowigo), acht Reservereifen mitsamt Schläuchen, einen Benzinkanister, den einer von der Befreiungsorganisation gleich mitnahm, sein Gesicht mit einer Kufiya verhüllt, als würden ihn nicht alle kennen, Reparaturwerkzeug für den Wagen und ein Gebetbuch, ehe sie schließlich bei Einbruch der Nacht das Gerippe in Brand steckten. Nicht die Kinder – ein Teil von ihnen war bereits früh schlafen gegangen und einer hatte von seinem Vater Prügel bezogen wegen seiner gefährlichen Streiche –, sondern die Großen waren es, die Benzin über das Skelett schütteten und entzündeten, sodass Schatten auf den Häusern, den Fenstern, den Wänden tanzten, und Informanten waren auch zugegen, denn man kann nicht wissen, was der Tag bringt, und sie sagten, der Einzige, der davon profitiere, sei Arafat, der in Beirut ein gutes Leben lebte (und irgendwann einmal auch den Friedensnobelpreis erhalten sollte), ja, der ganze Brand sei nur entfacht worden zu Ehren Arafats, der wie ein Mahdi über den Erdball zog und jedes Mal aus seinem Bett verschwand, wenn der Mossad ihn versuchte zu schnappen, bis er hierher kommen und uns befreien würde, und es gab auch welche, die sagten, dieses Feuerchen habe wie Kohlen die kalten Herzen erwärmt, aber das Gerippe des Patrouillenjeeps lag da wie ein totes Maultier auf dem Rücken, und nur die Alten wussten, dass man die Freude mit Trauer bezahlt und dass sie ihnen die Trauer um das tote Mädchen nicht mit Freude vergelten würden, Gott erbarme sich ihrer kleinen Seele, Gott, der euch den Blitz sehen lässt, in Furcht und Verlangen, und der Wasser vom Himmel herabkommen lässt und damit die Erde belebt, nachdem sie abgestorben ward. Die Alten irrten. Nichts geschah in jener Nacht und auch nicht am nächsten Tag, einem Schabbat, 7. 3. 81, an dem die Patrouillen wie gewöhnlich fortgesetzt wurden, ebenso am ersten und zweiten Tag der Woche und auch danach, aber die

Kinder ließen ihre Hände von den Steinen, aus Angst oder aus Vorsicht. Yazid, seine Schwester und sein Bruder folgten dem Mahdi, dessen rote Gewänder in ihren Augen schön waren; seine Haut verströmte einen Geruch wie von Duftessenzen und Pfirsichen (in den duftigen Frühlingsnächten wusch Djamila ihre neue Bluse und tauchte sie in Bleiche, um ihre Weiße zu erhalten, hängte sie zum Trocknen neben der Hütte auf und nahm sie am Morgen von der Leine vor dem Fenster, um sie jeden Tag anzuziehen, das heißt, wenn es keine Schule gab, denn die UNRWA gibt spezielle Schulkleidung für die Kinder aus). Und als Umm Marwan wissen wollte, wohin ihre drei Kinder gehen, und nachdem sie versprochen hatte, das Geheimnis zu bewahren, (und nicht dem Vater davon zu schreiben, denn die von der Zensur lesen alle Briefe, wie er ihr ernsthaft sagte), vertraute ihr Yazid an, dass der Mahdi im Lager eingetroffen sei, sie unter der großen Eiche zusammengerufen und versprochen habe, bald würden alle nach Hause gehen, ein jeder in sein Haus. Worauf die Mutter sagte: »Geht mir bloß keine Steine werfen«, und Yazid sich sogleich mit seinem neuen Freund brüstete: »Der Mahdi sagt, es ist verboten, Steine zu werfen, und dass man zum Glauben zurückfinden muss, wenn alle zum Glauben gefunden haben, werden wir in unser Land zurückkehren und wir werden in unser Haus ziehen und Papa auch.« Glück überkam ihn jedes Mal, wenn er Papa sagte, er liebte es, Papa zu sagen, und nachts träumte er, er schreie ›Papa, Papa‹. Dies war das erste Mal, dass wir hörten, was der Mahdi gesagt hatte, und wir wussten nicht, ob er nun ein Abgesandter der Besatzungsmacht oder eine göttliche Inkarnation des bedrängten Volkes war, weil man das nicht wissen konnte. (Und in der Nacht las Djamila vor, ganz langsam: »Ich sah, wie der Sohn meines Bruders, Aladin, mit den Knaben spielte; und beim allmächtigen Gott, o Frau meines Bruders, als ich ihn erblickte, da ward mein Herz zu ihm gerissen, denn Blut wird zu Blut hingezogen.«)

Nach ein paar Tagen erschien trotz allem die Armee mit Gefängniswagen und Lautsprechern und verhängte Ausgangssperre, es fingen die Hausdurchsuchungen und Verhaftungen an, sie wollten wissen, wer sich des Patrouillenfahrzeugs bemächtigt und wer seine Einzelteile gestohlen hatte, und wer die Waffen, die Munition und die Unterlagen, ehe sie einige Mitglieder der Befreiungsorganisation festnahmen, oder zumindest welche, die aussahen wie Mitglieder einer Befreiungsorganisation oder solche, die als Mitglieder der Befreiungsorganisation denunziert worden waren, während unterdessen der Mahdi in einer Ecke des Lagers unter der Eiche saß, mit Yazid, Marwan und Djamila, Abu-Sufjan, Hashem und noch vier weiteren Kindern und sanft mit ihnen über ihre Rückkehr nach Hause sprach, sie ihm leichte Fragen stellten (wo steht das zerstörte Haus und wie wird es wieder aufgebaut werden?) und schwere Fragen (warum ist Amir tot, war er kein artiges Kind? Und wenn er ein böses Kind war, wie soll er dann ein Shahid sein?). Er sagte ihnen, dass sich all dies schon bald aufklären werde, und nahm sie mit in die Moschee, und es hieß, als er die Moschee verließ – was allerdings erst einen Monat später war – seien ihm einige Hundert nachgelaufen und hätten seine Hände geküsst, Kleine wie Große, junge Burschen und Greise, Frauen und Männer, um ihm Ehre zu bezeugen, und mehrere Hundert Leute seien ihnen gefolgt, denn er wollte, dass man ihm jeden Tag weitere Kinder brächte, bis alle Kinder von Deir el-Balah bei ihm säßen. Wie groß war ihre Freude und sogar Yazid, der insgeheim der einzige Freund des Mahdis sein wollte, freute sich, ihm weitere Kinder zu bringen, und der Mahdi war ihm dankbar und vergaß nicht, dass er der Erste seiner Gefolgsleute gewesen war, kam nachts in seinen Träumen zu ihm und stand am Fenster, rief ihn in die Spielecke, wenn niemand es sah, und überbrachte ihm Grüße von seinem Vater, ja änderte sogar seinen Namen und gab ihm einen neuen, mit dem Yazid aus ganzem Herzen einverstanden war, aber in Djamilas Augen las er, dass sie die Namensänderung nicht guthieß, doch was hätte er dem Mahdi sagen können, nachdem der ihm diese Ehre erwiesen hatte? Daher willigte er ein, dass der Mahdi seinen Namen änderte, und zu Hause erzählten sie der Mutter nichts davon, weil die sich sonst sehr aufgeregt hätte, sogar Marwan gab das Geheimnis nicht preis, weil er die Freude seines kleinen Bruders teilte, den der Mahdi auf seine Knie setzte und ihm in Anwesenheit aller seinen wahren Namen offenbarte, Muhammad Bashi Utrak, aber warum eilen wir, geben dem Späteren den Vorzug und stellen das Frühere zurück, wie Kinder, die zu ihrer Mutter gelaufen kommen und nicht von den Heldengeschichten ihrer Fantasie lassen können?

Zahlreiche Verhaftungen wurden vorgenommen, sie holten die Männer aus den Häusern und ließen sie neben der Schule Aufstellung nehmen, brüllten, schrieben auf und prügelten, wie immer, wenn es Probleme gibt, und als der Vater des überfahrenen Jungen festgenommen wurde, ging ein empörtes Raunen durch das Lager, da er ja bekanntlich erst nach den Zwischenfällen zurückgekehrt war, doch der Offizier, der Arabisch sprach, sagte zu ihnen: »Es gibt kein Früher und kein Später.« Der Mahdi jedoch lief auch während der Ausgangssperre draußen herum, wir sahen ihn durchs Fenster (und oft trat er in der Nacht ins Freie, um durch die Straßen zu wandern, was bei Ausgangssperre verboten ist, und wenn die Wachen einen nachts auf der Straße erwischen, werfen sie ihn sofort ins Gefängnis, und er muss viel zahlen, um sich auszulösen, aber der Mahdi streifte nachts durch die Straßen, sang und tat, was ihm beliebte), und Marwan sagte zu Yazid: »Guck dir Abu Vierauge an, wie ähnlich er dem Mahdi sieht«, worauf Yazid in Tränen ausbrach und Marwan sich sogleich entschuldigte. Wie hätten die Bewohner von Deir el-Balah denn auch ahnen können, dass der ausgebrannte Patrouillenjeep zu einem nationalen Skandal im fernen Staate Israel werden würde?

Alles begann, als, mit Verspätung, eine Meldung über die Brandschatzung in der angesehenen Tageszeitung *Ha'aretz* erschien, (die niemand von den Bewohnern Deir el-Balahs liest, normalerweise), und danach geriet das Land derart in Aufruhr, dass die Opposition ein Misstrauensvotum gegen die Regierung Begin anstrengte, und Shimon Peres, der Führer der Opposition, während der Debatte mit einem Exemplar der *Ha'aretz* wedelte und mit erregter Stimme rief: »Das ist eine objektive Zeitung, das ist eine objektive Zeitung.« Von Regierungsseite provozierte ihn daraufhin der Minister Asri'el Sharon, der ihm zurief: »Das ist keine objektive Zeitung, das ist keine objektive Zeitung«, und Shimon Peres nicht faul: »Das ist eine objektive Zeitung, das ist eine objektive Zeitung«, und Minister Asri'el Sharon wiederum: »Das ist keine objektive Zeitung, das ist keine objektive Zeitung.« Shimon Peres (der spätere Friedensnobelpreisträger) sprach in seiner emphatischen Rede von einer nahenden Katastrophe und bewies mithilfe der *Ha'aretz*, dass die Politik der Regierung zu einem Niedergang der israelischen Armee führe. Regierungschef Menachem Begin (zum damaligen Zeitpunkt bereits Friedensnobelpreisträger) verurteilte die Opposition als Verunglimpfer der israelischen Streitkräfte, die bereit seien, um des kurzfristigen politischen Ertrags willen sich einer nicht objektiven Zeitung zu bedienen (Gebrüll von den Oppositionsbänken: »Jawohl objektiv«, Krakeel von den Koalitionssitzen: »Nicht objektiv, nicht objektiv«), um ein entstelltes Bild zu zeichnen von den mutigen und bescheidenen Soldaten, die Tag und Nacht damit zubrächten, den Staat Israel und die Juden auf der ganzen Welt vor dem palästinensischen Terror zu schützen, ehe der Ministerpräsident seine bewegte Rede beendete mit dem Vers »Wohl, nicht schlummert, nicht schläft er, der Hüter Jissraels«. Da erhob sich Jizchak Rabin, der stellvertretende Oppositionsführer, bat um das Rederecht und sagte zu Begin: »Nicht Sie, Menachem Bejgin, werden mich lehren, was die Kampfesmoral der israelischen Verteidigungsarmee ist.« Stille zog durch unser Abgeordnetenhaus, man wartete gespannt, was Begin angesichts der Entrüstung des Helden des Sechstagekriegs zu tun gedachte, aber der Regierungschef war in eine angeregte Unterhaltung mit seinen Ministern vertieft, erzählte ihnen einen Witz oder tat so, als erzählte er einen Witz, und machte so die Schärfe der Bemerkung Rabins (des späteren Friedensnobelpreisträgers) zunichte. Aufgescheucht durch die *Ha'aretz*, brachten die Mittagszeitungen Bilder des brennenden Patrouillenfahrzeugs (in einer Zeitung wurde ein 1973 während des Jom-Kippur-Kriegs am Suezkanal aufgenommenes Foto veröffentlicht, in einer anderen eines von einem brennenden Armeejeep im Libanon aus dem Jahre 1978). Die Bilder lösten Erschütterung aus, auch unter den Leuten von Peace Now, weshalb sogleich aus dem Büro ihres Vordenkers, (des späteren Präsidenten der McDonald's-Restaurantkette in Israel), die Anweisung erging, zu klären, ob einer der Soldaten aus dem Patrouillenjeep zum Friedenslager zählte. Zu unserem Glück war dies nicht bei einem einzigen der geflüchteten Soldaten der Fall, und am Ende der Debatte zeigten sich sowohl die Regierung als auch die Opposition – einmal abgesehen von den Kommunisten und deren Vasallen – bereit, geschlossen zu den Soldaten und dem Glauben an den Mut und die Reinheit der Waffe bei der IDF zu stehen. Die Fernsehnachrichten zeigten das unter Ausgangssperre liegende Flüchtlingslager, und gleich im Anschluss wurde das Spiel von Maccabi Tel Aviv übertragen, weshalb sich Marwan, trotz des Ausgangsverbots, zu Abu Lughods Haus stahl und Basketball guckte, bis sie ihnen eine Stromunterbrechung bescherten, und als der Strom dann wieder da war, hatte Maccabi, zu seinem Leidwesen, bereits verloren, weshalb der Achtjährige feststellte: »Im Dunkeln kann man nicht spielen, deshalb haben sie verloren.«

Die Soldaten waren geflüchtet, weil sie Panik wegen des Steinbombardements bekommen hatten, und auch weil sie nicht sicher waren hinsichtlich der Schießbefehle, und nach der Debatte in der Knesset, also eine Woche nach all dem, was dort passiert war, nachdem Ausgangssperren verhängt und wieder aufgehoben worden waren und sie die Bewohner des Lagers auch noch mit nervtötenden Stromunterbrechungen bestraft hatten (denn wenn man einem Säugling bei Licht die Windel wechselt und plötzlich ist alles dunkel – dann zerrt das an den Nerven; und wenn alle im Dunkeln einschlafen und plötzlich das Licht wieder da ist, wegen einer Geste des guten Willens dem EU-Ratspräsidenten gegenüber, mal angenommen, wachen alle Bewohner des Hauses, die während der Stromunterbrechung eingeschlafen sind, wieder auf und das Licht wirkt, als seien die Grobbesohlten für eine Hausdurchsuchung hereingestürzt) – kurzum, nach der Debatte und der Ausgangssperre, den Stromunterbrechungen, Verhaftungen und Verhören wurden auch sämtliche Soldaten der Patrouille, einschließlich des Zugführers Nathan, wegen des Verlusts der Waffe, des Verlust von Ausrüstungsgegenständen und der Flucht vor dem Feind angeklagt. Die Maximalstrafe, welche die für schuldig Befundenen zu erwarten hatten, betrug fünfzehn Jahre (während die Minimalstrafe in einer Abmahnung bestand). Der urteilende Offizier war Hauptmann Sassportas, der Hurensohn, und als Cardoso den Gerichtsraum betrat, fragte er ihn zuallererst (obwohl er es wusste): »Wie heißen Sie, Soldat?«

»Avraham Michael Cardoso.«

»Sind Sie bereit, sich von mir verurteilen zu lassen?«

Cardoso schwieg und als er fertig geschwiegen hatte, brach er ihre Übereinkunft, sich nicht von Sassportas verurteilen zu lassen. So ist das, wenn große Revolten der Vorstellungskraft zu Füßen fallen (kein Wunder, dass Philosophen zu allen Zeiten dieser Kraft misstraut haben), aber das Verfahren bei Sassportas, dem Hurensohn, würde nun mal schneller beendet sein als jeder reguläre Prozess, und nach allem, was geschrieben wurde, hatte Cardoso nicht nur keinerlei Absicht, künftig die angesehene Zeitung *Ha'aretz* zu abonnieren, sondern gedachte auch nicht, in dieser Einheit zu bleiben. Cardoso hat einen Arzt, der ihm ein Unzurechnungsfähigkeitszeugnis ausstellt, und außerdem hat er Geld gespart, für eine Zahnspange für das Mädchen, die Zahnspange kann warten, aber das Unzurechnungsfähigkeitszeugnis nicht, und nachts kann er nicht schlafen wegen des Geschreis seiner Frau, »Mein Sohn, mein Sohn, sie haben dich umgebracht, mein Sohn«. So gestand Cardoso die Veruntreuung der Ausrüstung und die Veruntreuung seiner Waffe, aber als Sassportas zum dritten Anklagepunkt kam, Flucht vor dem Feind, verlor Cardoso die Nerven. Er schrie nicht, sondern sprach leise und schnell: »Nicht schuldig. Was für ein Feind denn? Schämt ihr euch nicht? Ihr Schwachköpfe!« Und machte weiter, ganz leise, hatte es eilig, als würden gleich die Tore des Himmels geschlossen: »Kinder von elf Jahren sollen der Feind sein? Wir sind vor dem Feind geflohen? Guck in meine Akte, du Stück Dreck.« Jetzt wurde er laut, scherte sich um nichts mehr. »Du Ficker«, so sagte er zu dem Hauptmann, und wo? Noch dazu vor einem Militärgericht, »Ich vor dem Feind geflohen? Bin ich jemals vor dem Feind geflohen? Guck in meine Akte, weißt du nicht, was ich im Jom-Kippur durchgemacht habe? Wer bist du überhaupt, mir so etwas zu sagen, ein klauender Versorgungsfuzzi, ein Haufen Dreck.« Wobei es gleich zwei Dinge klarzustellen gilt: Erstens, diese beispiellose Unverschämtheit wurde niemals der renommierten, glaubwürdigen und teuren *Ha'aretz* zur Kenntnis gebracht. Und zweitens, Cardoso und Jom-Kippur-Krieg – an dem hat er überhaupt nicht teilgenommen. Sein Richter, Hauptmann Sassportas, hingegen hatte auch nicht teilgenommen, weil er just im Herbst 1973 nach Griechenland, nach Saloniki gefahren war, ein Sonderurlaub, und es nicht mehr geschafft hatte, rechtzeitig zurückzukommen, und zufällig hatte ein Kantinenbulle namens Segal vor dem Verfahren zu Cardoso gesagt: »Sassportas? Bei dem wirst du verknackt? Dieser Hurensohn. Seine ganze Kompanie ist bloß noch Krüppel und Tote aus dem Jom-Kippur, drei sind in der Klapsmühle, drei, und nur er ist gesund und munter und steckt andere ins Kittchen, als wärs ein Erholungsheim.« Entließ Sassportas etwa deshalb Cardoso nur mit einer Geldstrafe, ohne in dessen persönliche Akte geschaut zu haben, wie ihm der Beschuldigte selbst vorgeschlagen hatte? Schon möglich. Schließlich hätten allein seine Verbalinjurien und Ehrverletzungen eine weitaus höhere Strafe verdient, um nicht von dem Verlust seiner Waffe zu reden, aber auch die Geldstrafe regte Cardoso auf, und als er heraustrat, sagte er zu ihnen, »Er hat mir eine Geldstrafe aufgebrummt, der Ochse«, worauf auch Nathan sich aufregte, weil Nathan Orte suchte, um zu prophezeien, was bereits jedes Kind im Gazastreifen wusste, und die ganze letzte Woche hatte er mitten im Flüchtlingslager Shati gestanden, während sie ihn mit Steinen bewarfen und einer dem anderen seine Worte übersetzten, sich gegenseitig sagten, dass das vielleicht der Mahdi sei, denn von dem Mahdi hatten sie schon gehört, wenn auch Gerüchte kursierten, der Mahdi sei nichts anderes als eine jüdische Kriegslist, die Jugend irrezuführen, damit sie ihre Waffe, die Steine, aus der Hand legte, aber Nathan war keine Kriegslist, vielmehr hatte sich ihm bei der Geburt seines Sohnes ein großer Schmerz offenbart, hatten sich damals sieben blutüberströmte Himmelsgewölbe aufgetan, aus denen das Haupt Gottes hervorschaute, blutbesudelt, und ein inneres Licht kam von dort, leuchtend, seine Frau strahlte, jede Schweißperle auf ihrem Gesicht ein Diamant, und er warf sich vor dem Bett auf die Knie und sagte: »Glücklich ist, wer wie ich gesehen hat«, und so überkommt es ihn seither, verharrt er auf dem Höhepunkt einer Verfolgungsjagd, beim Appell, mitten in der Nacht, unter der Dusche – und gibt Prophezeiungen von sich. In der Regel mieden ihn die anderen Soldaten, aber Cardoso war mutig geworden und sagte zu Nathan: »Komm, lass uns zum Regimentskommandeur gehen.« So sehr war Cardoso von seinem Gebrüll, das er zuvor an dem eingeschüchterten Sassportas ausgelassen hatte, beeindruckt, dass auch er anfing zu glauben, er besitze eine prophetische Gabe. Und dies ist wirklich und wahrhaftig die Stärke der Demokratie: Die Zeitungen berichten, die Knesset debattiert, die Soldaten fühlen sich beleidigt und lehnen sich dann gegen die Obrigkeit auf.

Cardoso und Nathan gingen also zum Regimentskommandeur, der niemand anderes als der Professor und General der Reserve Michael Gonen war (von der Fakultät für Astrophysik an der Universität Tel Aviv). Sie nahmen ihre Käppchen vor seinem Zimmer ab, traten ein und salutierten. Khajun folgte ihnen und wartete draußen (er war bereits zu einer Geldstrafe verurteilt), auch Primo trottete hinterdrein und wartete draußen (auch ihn hatten sie zu einer Geldstrafe verknackt) und Benjamin Cohen (ebenfalls mit Geldstrafe belegt) folgte und setzte sich leise hin, wobei er noch zu sich selbst sagte: Stat sua cuique dies,[11] aber nicht wagte, sich ihnen anzuschließen, denn alles, was er wollte, war, den Reservedienst hinter sich zu bringen und zu heiraten, und seine Mutter kann sich, von ihm aus, selbst mit einem Kissen ersticken. (Nachts schläft er vor lauter Wut nicht ein: Und wenn er Bildung hat, na und? Warum darf er dann nicht heiraten, wenn die, die er liebt, keine hat?) Drinnen sagte der Kommandeur zu ihnen, ohne den Kopf von dem neuen Physikbuch zu heben, das seine Frau, sie war auf einen Spontanbesuch gekommen, ihm hierher, zum Reservedienst, gebracht hatte: »Ja«, sodass sie nicht wussten, was er meinte mit seinem »Ja«, ohne sie anzusehen, ob er nun mit dem Verfasser des Buches einer Meinung war oder damit einverstanden, dass sie hier waren, und Cardoso sagte mit zitternder Stimme: »Sehen Sie uns in die Augen, Herr Regimentskommandeur«, worauf der Regimentskommandeur den Kopf hob und aus irgendeinem Grund erschauderte, sogar vergaß zu markieren, wo er gerade beim Lesen war, liebend gern hätte er noch ein bisschen in dem neuen Buch gelesen, denn auch ihm kam dieser Reservedienst in etwa so gelegen wie Hämorriden mitten beim Picknicken, doch Cardoso spürte seine überbordende Wortgewalt, den Drang, Verbotenes und Erlaubtes zu vergessen, diesen Drecksack anzufahren, wenn er nicht aufhörte, in seinem Buch zu lesen. Der Kommandeur sah die sich bewegenden Lippen des Soldaten, klappte sein Buch zu, hätte sich fast entschuldigt, studierte dann Sassportas' Urteil, das Cardoso ihm auf den Tisch geworfen hatte (auf dem Tisch lag auch eine Ausgabe der *Ha'aretz*, des Feinds aller Rekruten, Kriminellen und streikenden Arbeiter, in der mit rotem Filzstift die kurze Meldung ihres schielenden Armeekorrespondenten Beni Genial eingekreist war: »Soldaten ließen ihr Fahrzeug und ihre Waffen im Flüchtlingslager Deir el-Balah zurück«). Der Regimentskommandeur besah sich den Urteilsspruch und fragte sie: »Versteht ihr Latein?« Cardoso sagte »Ja«, und Nathan sagte »Nein« (weil er ein Feigling war), und der Kommandeur hätte Lust gehabt zu sagen, quod scripsi, scripsi,[12] ließ es am Ende aber bleiben, studierte erneut den Urteilsspruch und sagte: »Ja und? Ihr seid billig davongekommen, oder? Ich hoffe sehr, dass diesmal die *Ha'aretz* davon nichts zu hören bekommt.« Cardoso sah dem Kommandeur in die Augen, hatte dann den Ärmel neu aufgekrempelt, sodass beide Ärmel genau gleich lang waren, und sagte leise: »Ich scheiß auf die *Ha'aretz!* Sie sind Professor für Algebra, richtig? Was soll ich elfjährigen Kindern tun? Sagen Sies mir, was soll ich elfjährigen Kindern tun?« Der Kommandeur nickte, als würde einer die gesamte Quantentheorie spaßeshalber auf die Probe stellen, und nach dem Nicken fragte er tonlos: »Es waren also Elfjährige?«

»Jawohl, Herr Kommandeur.«

»Redet einzeln, nicht im Chor.«

»Jawohl, Herr Kommandeur.«

»Ich hab doch gesagt, nicht im Chor reden. Nur du, wie heißt du?«

»Cardoso.«

»Jetzt sag mir noch mal, wie alt waren sie?«

»Elf Jahre, Herr Kommandeur.«

»Hast du irgendwas zu tun mit dem obersten amerikanischen Richter Cardoso? Nein, der war Mexikaner. Unwichtig. Wie weißt du, dass sie Elfjährige waren?«

»Weil ich einen elfjährigen Sohn habe, Herr Regimentskommandeur.«

»Und das ist, so denkst du, zumindest muss ich annehmen, dass du so denkst, ein Beweis?«

»Ich verstehe nicht, was Sie sagen wollen, Herr Regimentskommandeur.«

»Man bewirft dich mit Steinen und du denkst, wie alt dein Junge ist?«

»Sie glauben wohl, Sie sind ein ganz Oberschlauer, Herr Kommandeur, stimmts?«

»Cardoso heißt du? Ich dachte immer Caruso.«

»Nein, Herr Kommandeur, ich heiße Cardoso und ich bin sehr stolz auf meinen Namen.«

»Was gibt es da stolz zu sein auf einen Namen, den man sich nicht selbst gegeben hat? Unwichtig. Wiederhol deine Behauptung. Heißt das, dein Sohn sieht aus wie ein elfjähriger Junge aus Deir el-Balah?«

»Das hab ich nicht gemeint.«

»Was hast du dann gemeint?«

»Dass die Kinder Elfjährige waren und wir nicht auf sie schießen konnten, weshalb wir geflüchtet sind.«

»Cardoso, hast du *Der Prozess* von Kafka gelesen?«

»Nein, Herr Regimentskommandeur.«

»Gut, unwichtig. Ich bin in einem Sabbatjahr, du weißt, was das ist, ein Sabbatjahr, ja? Unwichtig. Ich war in Stanford, du weißt, wo das ist, Stanford? Unwichtig. Bin hingegangen, um das schwarze Loch zu erforschen, du weißt, was das schwarze Loch ist, ja? Unwichtig. Also der Dekan dort, du weißt, was ein Dekan ist? Unwichtig. Professor Milgram, hast du von ihm gehört? Unwichtig. Professor Milgram, der bekannte Psychologe.«

Cardoso, in seiner Not, war erneut gezwungen, sich an Nathan zu wenden: »Er denkt, dass ich total bescheuert bin, nicht war? Dieser Schmock denkt, wie sind total bescheuert«, und Nathan, der zu kurz geraten war, sagte zu Cardoso, als hätten sie und ihre Kameraden die gesamte Basis eingenommen: »Ich denke, du musst ihm einen Knüppel in den Arsch schieben. Herr Kommandeur, wir werden Ihnen einen Knüppel in den Arsch rammen, bis Ihr Rektum reißt und schwarzes Blut herauskommt«, aber Cardoso schreckte zurück (vielleicht vor derartigen Grobheiten) und flehte: »Halt die Klappe, Nathan.« Der Kommandeur nutzte diese Skrupel und sagte: »Cardoso, hör mir einen Moment zu, denkst du, ich brauche dieses Durcheinander? Denkst du, ich will nicht von hier verschwinden? Denkst du, ich wüsste nicht, was ihr die ganze Nacht vor meinem Fenster getrieben habt? Denkst du, ich würde nicht die Tage bis zu meinem nächsten Sabbatjahr zählen? Denkst du, ich werd mitten in meinem Sabbatjahr zurückkommen, wenn es Krieg gibt? Ich werde nicht zurückkommen, wenn es Krieg gibt.« Nathan fragte: »Wird es Krieg geben, Herr Kommandeur?« Aber Cardoso packte den Tisch und fing an, daran zu zerren. Der Regimentskommandeur zog den Kopf ein, schrumpfte richtig zusammen. Das hab ich verdient, dachte er bei sich, das hab ich verdient. Nathan bekam es mit der Angst zu tun und murmelte etwas und Cardoso brüllte, sodass die Leute, die auf dem Flur vorbeigingen, stehen blieben und die Soldaten ansahen, die vor dem Büro des Regimentskommandeurs warteten. Auch auf dem Hof wurde gelauscht. Dem Skandal waren, auch dank der *Ha'aretz*, längst Flügel gewachsen, sogar die Araber hatten davon gehört und in Deir el-Balah liefen die Bewohner mit Ausgaben der Zeitung durch die Gegend und brüsteten sich ihrer Taten, auch der Name des Korrespondenten, Beni Genial, wurde an die Hauswände in Deir el-Balah geschrieben (las sich jedoch wegen Problemen mit der lautlichen Umschrift als sei er ein General, was ihnen sonderbar erschien, denn wieso sollte ein General so winzige Zeitungsmeldungen schreiben, und niemand machte sich die Mühe, ihnen zu erklären, dass dieser General bloß Feldwebel bei der Militärpolizei gewesen war, als Zivilist schielte und eine Todesangst vor seiner Frau hatte): »Sie haben uns mit Steinen beworfen, sage ich Ihnen, aber wir konnten nicht schießen, weil es elfjährige Kinder waren, sagen Sie mir, hätten Sie auf ihren Sohn geschossen?«

»Natürlich hätte ich nicht geschossen, aber es war ja auch nicht dein Sohn.«

Der Regimentskommandeur äugte, ergötzte sich an den Prügeln, die er fast bezogen hätte, und, um die Atmosphäre noch ein bisschen weiter anzuheizen, seinem Kauern hinter dem Schreibtisch, denn er genoss es wirklich, Angst zu haben, und sagte: »Bist du ein Idiot oder was?«

»Er ist kein Idiot, Herr Kommandeur, jemand anders hier ist ein Vollidiot.«

»Halt die Klappe, Nathan. Du blamierst uns.«

Die ganze Nacht hatte sie mit ihm gestritten. (Schlag mich. Schlag mich. Feste.) Die Wachposten hatten vor ihrem Zimmer gestanden und andere hatten sich zu ihnen gesellt. Er selbst hatte ihr zugeflüstert, vielleicht wusste er, dass die Wachen unten standen: »Willst du, dass dich das ganze Regiment hört?« Dann hatte er die Gardine zugezogen, vorsichtig, damit sie ihn von draußen nicht sahen, aber sie hatte geschrien und am Ende auch er ein bisschen. Am Morgen kümmerte ihn das schon nicht mehr, vom Augenblick ihres Eintreffens an hatte er gewusst, dass er sich zum Gespött machen würde. »Cardoso, hör mir zu, beim nächsten Mal, wenn sie dich mit Steinen bewerfen, denk an dein Wohl, verstehst du?« Cardoso lachte, ließ von dem Tisch ab, lehnte sich an die Wand, verspürte auf der linken Seite der Brust einen Schmerz, die Frau kreischte in seinem Kopf, schon eine Woche, dass eine Frau in seinem Kopf kreischt: »Warum sind wir wohl abgehauen, wenn wir nicht an unser Wohl gedacht haben?« Doch der Kommandeur fuhr fort: »Außerdem, beim nächsten Mal, wenn sie dich mit Steinen bewerfen, schreibst du in dem Bericht nicht ›Kinder‹. Du schreibst ›Jugendliche‹. Ja? Und Jugendliche, was ist ihre Strafe, wenn sie Steine werfen?«

»Das hängt davon ab, in welchem Alter sie sind, Herr Kommandeur.«

»In der Stunde, da der HEILIGE, gepriesen sei ER, Israel das Gesetz geben wollte, sagte ER ihnen: Gebt mir Bürgen, und sie brachten IHM Säuglinge.«

Cardoso empfand Abscheu vor dem Kommandeur, vor Nathan, dem zitierenden Clown, und auch vor sich selbst. Er hatte vier Kinder. Einmal war ihm gekündigt worden, und in der Nacht ging er zum Bett seines neugeborenen Sohnes und weinte dort, ausgerechnet dort. Seine Frau kam spät, auf bloßen Füßen. Er zitterte. Sie wusste nicht, dass er weinte. Der Regimentskommandeur war müde. Wollte sich hinlegen. Will nicht zurück in das Zimmer. Wo hatte seine Frau überhaupt das Kind geboren? Er sagte zu Cardoso: »Von heute ab, wenn sie dich mit Steinen bewerfen, schreibst du in deinem Bericht ›Halbwüchsige warfen Steine‹. Klar? Jetzt geht«, schlug sein neues Buch auf und versuchte, abermals zu lesen, liebte den Geruch neuer Bücher, und Nathan reckte beide Hände in die Höhe, atmete ein paar Mal tief ein und sagte: »Ein jeder, der mich kennt, mich je gesehen hat und von mir weiß, kann zweifelsfrei und getreu bezeugen, dass von meiner Kindheit bis zu diesem Tage nicht der kleinste Makel an mir zu finden gewesen ist, ich mir die Thora zur Wohnstätte erhoben und sie Tag und Nacht studiert habe. Und niemals bin ich materiellen Gelüsten nachgejagt, habe mich sogar in der Zeit, als ich über Wohlstand gebot, nicht in allgemein üblicher Weise verwöhnt, sondern mir mit ganzer Kraft weitere Mühsal aufgeladen und niemals irgendwelche materiellen Annehmlichkeiten genossen. Wie die Frucht SEINES Wirkens.« Der Regimentskommandeur notierte irgendetwas am Rand der Seite. Die Samaritaner sind ein Teil von uns, und Nachkommen des Kuz – warum sie nicht? Im selben Moment kam, ohne anzuklopfen, der hünenhafte Kerl ins Zimmer, dessen Namen sie nicht wussten, mit mächtigem Bauch und hoch aufgeschossener Gestalt, einer Brille im Gesicht, das gerötet war wie ein überreifer Pfirsich. Stille herrschte im Zimmer. Dann wurde die Tür geschlossen und der Mann marschierte in seine Ecke, bedeutete dem Kommandeur mit der Hand, er solle weitermachen, als wäre ich nicht hier, aber der Regimentskommandeur hatte ohnehin schon beschlossen, sich nun genug an der Devotion gelabt zu haben, denn Müdigkeit überkam seine Glieder: »Jetzt hältst du die Schnauze, Cardoso, klar?«

»Klar, Herr Kommandeur.«

»Und was machst du, wenn dich Halbwüchsige mit Steinen bewerfen?«

»Das hängt von ihrem Alter ab, Herr Kommandeur. Es stört mich nicht, einen Siebzehnjährigen zu erschießen. Aber elfjährige Kinder? Mein Sohn ist elf.«

»Und was machst du, wenn dein Sohn siebzehn ist?«

Cardosos Argumente waren am Ende. Der Mann mit der Brille sah sie an. Sein Gesicht verriet nichts. Dann erhob er sich und nahm die Zeitung vom Tisch des Regimentskommandeurs. Schweigen herrschte im Raum. Der Mann war verlegen, deutete mit einer Handbewegung an, sie sollten weiter über das reden, worüber sie bis eben geredet hatten, wenn sie denn geredet hatten, ging wieder zu seinem Stuhl in der Ecke, als würde er beim Friseur warten, bis er dran war, und schlug die Zeitung auf, aber dieses Durch-den-Raum-Huschen, wie eine Eidechse, ängstigte sie noch mehr, zumal er jetzt lesen würde, was über sie in der Zeitung stand. (Nachts suchte er nach Ismail, aus dem ganzen Netz war ihm ausgerechnet Ismail entwischt, ausgerechnet Ismail, an dessen Gesicht er sich nicht erinnerte, wollte er kriegen, und in der Vergangenheit, als er Abu Marwan verhaftet hatte, hatte sich der Mann von ihm losgesagt, und danach war auch noch Abu Vierauge verschwunden. Das Blut meines Bruders, notierte er auf einem Fetzen Papier, schreit zu mir aus der Erde. Aber all dies geschah erst später, nach dem leisen Eintreten in das Büro des Regimentskommandeurs.)

In einer Hütte in Deir el-Balah las ein Mädchen aus einem alten Buch: »Als Aladin dies Gebaren des Mauren sah, wunderte er sich darüber, und er fragte ihn und sprach: ›Warum weinst du, mein Herr? Und woher kennst du meinen Vater?‹ Mit trauriger, gebrochener Stimme antwortete ihm der Maure: ›Mein Sohn, wie kannst du eine solche Frage an mich richten, nachdem du mir kundgetan hast, dass dein Vater, mein Bruder, tot ist? Ja, dein Vater war mein Bruder! Ich bin jetzt aus meinem Lande hierher gekommen, und nach meinem Aufenthalt in der

Fremde war ich schon froh, da ich hoffte, ihn wiederzusehen und durch ihn Trost zu finden! Du aber hast mir jetzt kundgetan, dass er tot ist. Ach, das Blut konnte es mir nicht verhehlen, dass du der Sohn meines Bruders bist; ich habe dich aus all den Knaben heraus erkannt, obwohl dein Vater, als ich mich von ihm trennte, noch nicht verheiratet war.‹« Umm Marwan flüsterte: »Marwan, schläfst du schon?« Marwan antwortete nicht. Für den Bruchteil eines Augenblicks erschrak sie, berührte seine warme Haut und beruhigte sich wieder, denn ihr Sohn flößte ihr Selbstvertrauen ein, hätte er solche Sicherheit doch nur auch seinen Vater verspüren lassen. Alle sind sie nach ihm benannt, sein Vater wie seine Mutter. Er wird Essen und neue Kleider mit nach Hause bringen (und wäre er in Italien aufgewachsen, hätten großherzige Kommunistinnen bereits neorealistische Romane über ihn verfasst, uns jedoch bleibt nichts weiter, als hinzuzufügen, dass sein Lachen glucksend war, seine Zähne gelb, er präzise auf einen Stein spucken konnte und mit einem alten Basketball dribbeln, den ihm einer, der Abu Vierauge genannt wurde, geschickt hatte, derselbe, von dem Abu Lughod sagen würde, er sei der Mahdi, der Yazid gestohlen hat, weil er Kinder liebt, und auch das lag alles nach der Unterhaltung im Büro des Regimentskommandeurs, und bezüglich des Durcheinanders der Zeiten sei hier nur gesagt: Etwas muss der Leser schließlich auch tun, außer umzublättern und sich auf jeder Seite wiederzufinden, als sei das Buch eine Ansammlung von Spiegeln.) »Dann nahm er Aladin bei der Hand und sprach zu ihm: ›Mein Sohn, ich habe jetzt keinen Trost mehr als dich allein; du trittst nun für deinen Vater ein, denn du bist jetzt sein Stellvertreter. Wer Nachkommen hinterlässt, der ist nicht tot, mein Sohn!‹ Nun legte der Zauberer seine Hand in die Tasche, holte zehn Dinare hervor und gab sie dem Aladin mit den Worten: ›Mein Sohn, wo ist euer Haus, und wo ist sie, deine Mutter, die Frau meines Bruders?‹ Aladin nahm ihn bei der

Hand und zeigte ihm den Weg zu ihrem Hause.« Marwan wachte auf und sagte: »Mama, lass uns nach Jaffa fahren.« Und seine Mutter sagte: »Es gibt kein Jaffa mehr, Jaffa ist jetzt Tel Aviv, und Tel Aviv Sodom, oder die Stadt Lots«, und Marwan sagte: »Und Chicago, Mama, Chicago Bulls?«, und schlief wieder ein. Sie deckte ihn mit einem Laken zu und öffnete das Fenster, der Wind vom Meer brachte den Geruch von Salz und ließ sie den Wunsch verspüren, für Yazid zu singen, der noch nicht zurückgekehrt war: »Wollte Gott, es gäbe keine Sehnsucht auf der Welt. / Wollte Gott, und der Abschied ward nie geboren. / In seinem Zorn mein Geliebter mich verlassen und gegangen ist. / Oh, ihr Knaben, bringt ihn zurück! / Butter und Eier tragt ihm auf, damit er isst.« In der Ecke des Zimmers las der Mann vom Inlandsgeheimdienst weiter in der *Ha'aretz*, hatte jetzt den Annonceteil erreicht, wo wichtige Meldungen über Bomben und Explosionen versteckt waren, und sagte leise zu den beiden tolldreisten Soldaten: »D-Dreht euch nicht um z-zu mir, b-bleibt vor dem R-Regimentskommandeur stehen u-und antwortet auf m-meine Fragen, ja?« Sie bereuten jetzt, wurden klein wie Kinder. Denn Cardoso wollte endlich den Reservedienst hinter sich bringen und auch Nathan wollte zu seiner Frau und dem Säugling zurück.

Nach der schrecklichen Nacht, in der seine Frau vor Schmerz geschrien hatte, suchte der Regimentskommandeur in der Offiziersmesse nach jemandem zum Reden. Denn wie gern lachen Menschen über einen Mann, dessen Frau verrückt ist. Aber sie war nicht verrückt. »Ich bin es, die keine Kinder machen kann, das bin ich, richtig?«, hatte sie geschrien, worauf er leise sagte, damit die draußen wenigstens nur sie hörten: »Nein, ich denke nicht, ich bin es, der nicht kann, leider«, und hatte geschluckt. Sie schrie: »Das erzählst du mir jetzt? Und ich hab mich immer schuldig gefühlt. Aber ich bin nicht schuld gewesen, all die Jahre nicht. Nein, nein. Ich habe ein Kind bekommen, was denkst du? Dass ich kein Kind bekommen habe? Was wird dir denn von all deinen exakten Wissenschaften bleiben? Bücher mit dem Stempel *Ex Libris* werde ich der Universität nach deinem Tod spenden.« Und von allem, was geschrien wurde in jener Nacht, in der sich die Soldaten des Regiments nach und nach vor dem abgelegenen Zimmer versammelten, um mitzuhören, und von allen Peinlichkeiten, die ihn in Schweiß ausbrechen ließen, waren es nur diese Sätze, die ihm Angst gemacht hatten. Ein Mensch fährt, verschwindet, weiß, dass niemand ihn kennt, und es interessiert ihn nicht, wie er aussieht, ein Trauerbart im Gesicht, man muss viele Jahre leben, um das zu wissen und sich zu verhalten, als sei nichts geschehen, Dinge suchen, sich umschauen, den Spott genießen, hier, da ist der Mensch! Und bei besagtem Frühstück sagte der Militärgouverneur sanft zu ihm: »Kennen Sie den Koran?« Er entgegnete: »Nein, aber das Neue Testament kenne ich, sogar auf Latein. Während meines letzten Sabbatjahrs war ich einmal …« Doch der Militärgouverneur sagte: »Hören Sie zu, Gonen, das interessiert mich nicht, was ihr letzte Nacht getrieben habt, Sie müssen sich nicht dafür schämen, was gesagt und gewitzelt wird, und ich sage das nicht, um Sie verlegen zu machen, und wissen Sie, warum mich das nicht interessiert? Weil meine Familie mich langweilt. Meine Frau interessiert mich nicht. Meine Kinder interessieren mich nicht. Ich interessiere mich selbst nicht. Nichts interessiert mich. Ich hasse mich nicht und ich liebe mich nicht. Also warum kann ich dann den Tag nicht ohne Beruhigungstablette rumkriegen? Ich lese die Bibel, das Neue Testament, den Koran, die Encyclopedia Britannica, Shakespeare und habe nichts davon außer Zitate für Gespräche. Interessiert Sie die Wissenschaft, mit der Sie sich beschäftigen?« Und der Regimentskommandeur sagte: »Ja, sehr, das ist das Wichtigste in meinem Leben, ich habe nichts, was mir mehr bedeutet.« Der Gouverneur dachte darüber nach, was der Kommandeur ihm gerade gesagt hatte, und vielleicht dachte er auch noch über andere Dinge nach. Vielleicht hatte er hinsichtlich der Tristesse seines Lebens übertrieben. Aber auch sein Sohn kümmert ihn nicht. Ebenso wenig seine Tochter. Wo auf dem langen, schmutzigen Weg war er fehlgegangen? Schließlich hatte er die Armee bereits verlassen und war dann, nach 1967, wieder zurückgekommen. Und der Wissenschaftler, im Reservedienst Regimentskommandeur, dachte, der Gouverneur habe ihm gesagt, ›Sehen Sie? Sie lieben Ihre Wissenschaft, also haben Sie Befriedigung im Leben und andere Menschen beneiden Sie‹, und wollte antworten, dass es ihn schmerzt, dass er keine Kinder hat, oder aber dem Gouverneur für seine warmen Worte danken, und am Ende sagte er: »Sie haben Recht, ja«, dabei hatte der Gouverneur überhaupt nichts gesagt.

Nathans Augen hingen an Cardoso (er hatte nichts übrig für Professoren, unterentwickelte Typen, die Jahre, in denen sie etwas über die eigene Nichtigkeit in der weiten Welt hätten lernen können, haben sie in den übertriebenen Glauben an ihre Intelligenz investiert und sind daher minderbemittelt wie pubertierende Kinder geblieben, während er, Nathan, niemals aufgehört hat, seine Frau zu ficken, sogar als diese eintrocknete wie ein Brötchen von vorgestern und mehr seine Mutter als seine Frau wurde). Cardoso lächelte bei sich und sagte leise, ohne aufzuschauen: »Vor lauter Unsinn, mit dem ihr euch beschäftigt, Herr Kommandeur, glauben Sie mir, weil ihr euch so daran gewöhnt seid, sie zu misshandeln, und entweder normale Wehrpflichtige hier habt, die Angst haben, den Mund aufzumachen, und die ihr euch zu Sadisten ranzieht, oder aber Reservisten, die bloß ihren Reservedienst hinter sich bringen wollen, wisst ihr nicht, was in den Lagern los ist«, worauf der

Regimentskommandeur gleichgültig meinte: »Fertig mit Klugscheißen, Cardoso«, aber der Mann vom Inlandsgeheimdienst, der wie auf dem Flur einer Krankenkasse saß, sprich: mit der wichtigen Zeitung vor der Nase, bellte: »W-Was meinst d-du damit, Caruso? Dreh d-dich nicht um«, und Cardoso drehte sich nicht um, nahm aber dennoch all seinen Mut zusammen: »Ich heiße Cardoso.« – »A-Antworte mir, j-ja?« Cardoso schaute auf die Wand und sagte: »Ich will nicht auf elfjährige Kinder schießen«, und darauf der Bebrillte zu ihm: »G-Gott behüte! D-Dir ist doch v-verboten, auf elfjährige K-Kinder zu schießen?« Und zu dem Regimentskommandeur sagte er: »G-Gonen, ich v-verstehe nicht, haben S-Sie denen gesagt, sie sollen auf e-elfjährige K-Kinder schießen?« Das war eine unfaire Frage, selbstverständlich. Der kinderlose Naturwissenschaftler nahm die Brille ab und putzte sie. Dann war der Inlandsgeheimdienstler bei der markierten Meldung des Armeekorrespondenten der *Ha'aretz* angelangt, des schielenden Beni Genial, der zu gern, sein ganzes Leben, Schuldirektor geworden wäre und die Angestellten zu Kündigungsgesprächen unter vier Augen bestellt hätte, damit er endlich lernte, geradeaus zu gucken, und er (der Geheimdienstmann) sagte hochmütig: »I-Ich sehe, dass ihr euch d-dort eurer W-Waffen entledigt habt u-und geflohen seid.« Nathan sprach nur zu seinem Kommandeur, setzte all sein Vertrauen auf ihn, und das, nachdem er derart ausfällig und beleidigend gegen ihn gewesen war (und auch Cardoso wagte es nicht, sich zu dem Sadisten umzudrehen): »Herr Kommandant, gerade das haben wir nicht getan, hier unsere Waffe, die haben wir dabei, Herr Kommandant kann sie sehen«, und wartete, um vielleicht zu sehen, wie sich sein Regimentskommandeur für ihn bei dem Geheimdiensttypen verwenden würde. Aber der Kommandeur schwieg. (Hätte der Geheimdienstmann ihn mit Oberst Gonen angesprochen, hätte er vielleicht geantwortet, aber so war er einer von drei Angeklagten.) Abu Vierauge erhob sich, wechselte durch den Raum, nahm das gerichtliche Papier, das die Soldaten mitgebracht hatten, und kehrte zu seinem Stuhl zurück. »W-Warum habt ihr d-dann in eurem V-Verfahren gestanden?« Nathan sagte zu dem Regimentskommandeur, ohne sich umzudrehen: »Ich hab nicht gestanden, Herr Kommandant«, und sein Vorgesetzter: »Nathan, du hast gestanden, wann hörst du endlich auf zu lügen?« Aber er war nicht böse auf ihn. Jetzt drehte sich Cardoso zu dem Bebrillten um, der auf seinem Stuhl saß und Zeitung las, wollte etwas zu ihm sagen, aber der Mann war schon wieder in seine Zeitung versunken. Er setzte sein Käppchen auf, vielleicht auch, um die beiden zu reizen, und sagte mit zitternder Stimme: »Weh ihnen, die Haus an Haus reihen, Feld nahrücken an Feld, bis zu Ende der Raum ist, – einzig ihr angesiedelt im Innern des Lands.« Da warf der Geheimdienstler die Zeitung weg und sagte zu dem Kommandeur: »G-Gonen, sieh zu, dass d-du jetzt aus dem Z-Zimmer verschwindest«, als habe er vor, die beiden Soldaten zu foltern, aber nicht in Gegenwart ihres hochrangigen Vorgesetzten, aber der Regimentskommandeur, anstatt die Haut der beiden Soldaten zu verteidigen, sagte: »Wohin soll ich gehen? Das ist mein Zimmer«, und Abu Vierauge sagte zu Nathan: »D-Du auch, v-verschwinde aus dem Zimmer«, und Nathan zum Kommandeur, den er immer noch als seinen Befehlshaber anerkannte, vielleicht ersuchte er noch immer um dessen Hilfe: »Was hab ich denn gemacht, Herr Kommandeur?« Doch Abu Vierauge herrschte Cardoso an: »D-Den Jungen, den ihr ü-überfahren habt, den haben s-sie euch nicht in die A-Anklage geschrieben?« Und Nathan sagte zu seinem Kommandeur: »Worüber redet er? Wo steht in der Zeitung, dass wir einen Jungen überfahren hätten?« Cardoso wurde bleich, und der Kerl vom Inlandsgeheimdienst meinte wütend zu ihm: »H-Hörst du nicht seine K-Knochen unter euren R-Reifen brechen?« Cardoso schwieg (nicht nur die Knochen hört er jede Nacht, auch Schreie, wird dies niemals vergessen; soll es ruhig ein Gerichtsverfahren geben, sollen sie ihn bestrafen, sogar ins Gefängnis stecken, er hat genug von diesen quälenden Selbstvorwürfen.). Aber der Geheimdienstmann sagte: »K-Komm mit mir, du B-Bibelrezitator.«

So verließen der Geheimdienstler und Cardoso den Raum, Nathan ging ihnen nach und der Regimentskommandeur las wieder Physik, weil er nichts hatte, wohin er hätte flüchten können. Amirs Vater weinte von Zeit zu Zeit, das ja, und wollte nicht zum Arbeiten nach Tel Aviv zurück. Amirs Mutter fragte ihn, wovon sie leben sollten, und er sagte ihr, von Gott. Seine Frau wollte sagen, man dürfe sich nicht auf Gott verlassen, hatte aber Angst. Früher war sie Jüdin gewesen, jetzt Muslimin und immer war sie auf der Hut. Der Mann vom Inlandsgeheimdienst diktierte das Tempo. Zwei sehr große Männer schreiten durch die Flure der Militärverwaltung von Gaza. Abu Vierauge weiß, wohin er geht. Cardoso weiß es nicht, muss aber im selben Rhythmus mitlaufen. Vor den Toiletten der Arrestzellen kniete eine Frau und wischte den Fußboden. Der Mann mit Brille, eine Narbe leuchtet hinter seinem Ohr, trat zu ihr und fragte sie auf Arabisch, wie es Ismail gehe, und sie machte ihren Rücken etwas gerade, stand aber nicht auf, »Lob sei Gott«, sagte sie auf Arabisch und er fragte nach den Kindern. Die Frau wischte sich den Schweiß aus dem Gesicht, pries erneut Gott und machte sich dann wieder daran, den Boden zu wischen, als sei der Mann mit Brille der Chef der Gebäudereinigungsfirma, vielleicht hat sie auch Angst, man könnte sie mit ihm reden sehen, es genügt, dass er ihr diese Arbeit besorgt hat und dass sie nachts von ihm träumt, als sei er ihr Helfer und Erlöser, und morgens ist sie voller Scham über ihren nächtlichen Traum, und einmal war sie in ihrem Traum zu ihm gegangen, um ihn zu bitten, er möge ihr helfen, doch anstatt um Hilfe zu bitten, war sie aus ihrem bösen Traum in seinem Bett aufgewacht, war abermals aus ihrem bösen Traum erwacht und die Mutter seines Kindes gewesen, hatte neben dem Säugling geschlafen, war erneut aus ihrem bösen Traum erwacht und er hatte ihr Kaffee gebracht, erwachte wieder und weinte und Djamila schmiegte sich an sie und wollte wissen, was passiert sei, doch sie sagte ihr: »Gar nichts.« Er fragte sie, wie es Yazid gehe, und beklagte sich, immer noch auf Arabisch, dass Yazid ihn nicht liebe, nicht mit ihm reden wolle, doch sie antwortete nicht, wischte wortlos den Fußboden, und der Mann wollte ihr sagen, wie sehr er sich nach ihrem Gatten sehne, (vielleicht hatte er Cardoso vergessen, aber Cardoso ging ihm nach wie ein Schatten, er hätte abstreiten sollen, dass er den Jungen überfahren hatte). Dann führte er ihn von neuem durch das Labyrinth der Militärverwaltung wie einen Affen durch die Straßen von Paris, bis er wieder bei der Frau angelangt war, die bereits in einer anderen Ecke auf dem Boden kniete. Wie gern hätte er ihr versprochen, ihr und ihren Kindern seinen ganzen Besitz zu vererben, genauer gesagt seine Wohnung in Tel Aviv, wenn es nur möglich gewesen wäre, eine Wohnung in Israel an Araber zu vermachen. Und einmal während dieses langen Marschs durch die Militärverwaltung und ihre Verhörtrakte blickte er sich um und sah Cardoso ihm nachlaufen und sagte zu ihm: »W-Warum verfolgst du m-mich?« Cardoso schrak zusammen, wusste nicht, ob der Mann ihn zum Narren halten oder schikanieren wollte, weshalb er nicht antwortete, und der Mann weiterging, sich erneut zu ihm umdrehte und sagte: »Ich w-will, dass du v-verschwindest, ich will mich nicht an d-dich erinnern.«

Nach all dem ereignete sich die Explosion in dem Restaurant, bei der weder der Besitzer des Restaurants getötet wurde noch die Soldaten, die dort Shawarma zu besonderem Soldatenrabatt aßen, noch der Araber, der anstelle von Ismail, der gekündigt hatte, in der Küche Geschirr spülte, sondern Shiri, ein kleines Mädchen von fünf Jahren, und obwohl der Betreiber des Restaurants eine kriminelle Vergangenheit hatte, schlossen die Ermittler der Polizei die Untersuchung nicht ab, kamen morgens zur Arbeit, gingen offene Fälle durch, prüften, fuhren los, um Verhaftungen vorzunehmen, beendeten ihre Arbeit, gingen nach Hause, sahen fern, fuhren nach Tiberias, kehrten zurück, nahmen Verbrecher fest, fanden welche, die andere Verbrechen verübt hatten, verhafteten andere, deckten neue Taten auf, denn so ist das nun mal mit Ermittlungen, am Ende findet man immer ein Verbrechen und auch den, der es begangen hat. Das Restaurant wurde durch die Versicherung wieder neu aufgebaut, denn auch ihre Ermittler konnten nichts finden, was das Restaurant in die Luft gesprengt haben könnte, während die kleine Shiri bestattet wurde und man auf ihren Grabstein die Worte schrieb, die ihre Mutter als Inschrift gewünscht hatte: »Mein Engel, unser Engel«, denn obschon der Vater noch etwas hatte hinzusetzen wollen, beharrte die Mutter darauf, die Herzen der Friedhofsbesucher ausgerechnet so zu brechen, aber auf dem Friedhof wird das Herz nur einmal gebrochen, oder zweimal, und danach geht man hin und schaut sich die Grabsteine an wie im Museum, vergleicht Daten, entdeckt Bekannte, lässt sich vor allem von außergewöhnlichen Grabinschriften beeindrucken oder von bekannten Namen oder fernen Herkunftsländern, und so blieb allein Shiris Mutter zurück, die nachts in der Küche weint, und ihr Mann, Shiris Vater, der durch ein Wunder die Explosion heil überstanden hatte, weil er kurz auf die andere Straßenseite gegangen war, um ihr einen großen Ballon zu kaufen, und ihr gesagt hatte, am Tisch zu warten und nicht aufzustehen, er wäre sofort wieder da, Shiris Vater also bat ihre Mutter, wieder ins Schlafzimmer zu kommen, sagte zu ihr: »Komm, komm schlafen, wir müssen stark sein«, und sie darauf: »Als sie noch am Leben war, hast du gesagt, wir müssten stark sein für sie, und wofür müssen wir jetzt stark sein?« Während der siebentägigen Trauerzeit brachten die Nachbarn Essen, obwohl sie Shiri nicht gemocht hatten, die eine ziemliche Heulsuse war, und zurück blieb auch eine Aufnahme, auf der Shiri singt »Ich bin eine Puppe und mein Name Je-mi-ma, bin außer Rand und Band ein gaaan-zes Jahr«. Das Band ging zum Radio für die Nachrichtensendung am Mittag, um dem Mord eine radiofone Greifbarkeit zu verleihen, und als es zurückkam, war darauf nicht mehr die Stimme von Shiri sondern ein Interview mit Uri'el von-Sharon, dem Verteidigungsminister, doch Shiris Mutter wollte das Band mit Shiris Gesang, hatte keine andere Aufnahme von der Tochter und hörte daher nicht auf, beim Radio anzurufen, doch nichts half, denn beim Radio herrscht großes Chaos, wie ihr der Pförtner sagte, vertraulich natürlich, nur er sprach noch mit ihr, alle anderen drückten sich bereits, bis Shiris Mutter irgendwann ganz aufhörte zu sprechen und auch das Radio boykottierte, nicht mehr Nachrichten hörte, und als sie bei ihr zu hohen Blutdruck feststellten, nahm der Vater sie mit auf einen Ausflug in den Norden des Landes, doch auch auf dem Weg dorthin erinnerte sie sich an Shiri, und wollten wir uns ausschließlich mit der Trauer von Männern und Frauen befassen, würden wir an dieser Stelle die Geschichte von Shiris Mutter erzählen, die den Imbiss verließ, um draußen zur Toilette zu gehen, aber auf der Rasenfläche stehen blieb und versuchte, mit den Kindern eines Mannes draußen zu sprechen, vielleicht wollte sie wissen, ob sie ihre Shiri gekannt hatten, aber die Kinder flohen zu ihrem Vater aus Angst vor ihren zitternden Händen, und plötzlich bemerkte er sie, wobei der Wahrheit zuliebe gesagt werden sollte, dass er bereits zuvor ihren Mann bemerkt hatte, jedoch nicht wusste, ob dieser ihn wiedererkannte, doch der Gatte sah ihn durch die Fensterscheibe an und nickte mit dem Kopf, all sein Glück hing an diesem einen Moment, so dachte er, an einem Lächeln, das dieser seiner Frau entlocken musste (das Leben verläuft wie lange, gewundene Pfade, der Wind verwischt die Inschriften, der Regen ertränkt die Fußspuren, die Knochen vermodern, Völker entstehen, erfinden sich selbst, als hätte es sie schon immer gegeben, ehe sie dann ausgelöscht werden, und auch Freud ist schon der Meinung gewesen, dass die Trauer irgendwann beendet sein muss, man kann nicht ständig um seinen Nächsten, sprich: um sich selbst trauern), und der fremde Mann erkannte tatsächlich Shiris Mutter und trat auf sie zu, worauf auch sie, allem Anschein nach, ihn erkannte, denn er nahm sie in den Arm und warum sollte sie ihn, wenn sie ihn gar nicht kannte, derart herzlich umarmt haben? Und beide schluchzten sie – sie über ihre Tochter und er über ihr zerstörtes Aussehen, und ihr Mann dachte, sie würde sich vielleicht ein bisschen freuen und kam mit Süßigkeiten heraus, die er am Tresen erstanden hatte für die Kinder und den ehemaligen Freund seiner Frau, das heißt, noch von vor ihrer Hochzeit, denn ihn interessierte nichts weiter als das Glück dieser Frau und das Leben irgendwie hinter sich zu bringen, und vielleicht war es ja der Engel der Eltern, die ihre Kinder verlieren, der die Frau mit ihrem ehemaligen Freund zusammentreffen ließ, denn was kann ein solcher Engel schon groß tun?

Auch Abu Vierauge hatte in der Zeitung von dem Restaurant gelesen, weil er einen täglichen Nachrichtenspiegel über jede Explosion im ganzen Land bekam, und sagte zu seinem Stellvertreter: »G-Greif dir die P-Putzfrau«, und der darauf: »Du hast sie doch selbst hergebracht zum Arbeiten«, und Abu Vierauge zu seinem Stellvertreter: »I-Ich habe gebracht und ich v-verhafte«, worauf sein Stellvertreter ihm vorhielt: »Du hast auch ihren Mann verhaftet und bist plötzlich verschwunden, dann ist er auch verschwunden und du hast angefangen, ihn zu suchen wie eine Irrer.« Abu Vierauge sagte: »U-Und jetzt will ich s-sie, ihn w-werde ich auch noch finden, und w-wenn du noch mehr F-Fragen stellst, fängst du als L-Leibwächter beim M-Ministerpräsidenten an.« Die Frau wurde in sein Zimmer gebracht und er lächelte ihr zu, doch sie hatte schon unterwegs beschlossen, auf nichts zu antworten, als er auf Arabisch sagte: »Nur ich weiß, woher du kommst und woher Ismail kommt. Nur ich weiß alles über euch. Was ich nicht weiß, ist, wo Ismail steckt, und ich möchte wissen, wo er steckt.« Er schlug auf den Tisch, aber sie antwortete nicht und er fing von neuem an: »Ismail ist im Land«, wieder antwortete sie nicht, worauf er sich leise erhob, da er den ganzen Tag vor sich hatte, alle Tage, so sagen die Ermittler, die Zeit ist immer auf ihrer Seite, und die Folter wird kommen wie eine tickende Zeitbombe im Nebenraum, »Ismail ist nicht in Kuwait, man hat mir gesagt, du liest den Kindern Briefe von Ismail vor. Woher kommen die Briefe? Wer bringt sie dir?« Sie antwortete nicht, wusste, dass jetzt eine Drohung gegen das Wohl ihrer Kinder kommen würde. Sie muss stark sein. Woher auch soll Hilfe kommen? Sie hoffte nur, dass ihre verspätete Rückkehr nach Hause Djamila nicht ängstigen würde und dass diese die Kinder morgen für die Schule fertig zu machen wüsste. Sie hätte sich nicht ausmalen können, dass es von allen ausgerechnet Yazid sein würde, der losging, sie zu suchen, da sie drei Tage nicht zurückkam, und Abu Vierauge versuchte es abermals (auf Arabisch, alles auf Arabisch): »Wer hat dir die Arbeit hier besorgt?« Aber sie schwieg und er sagte zu ihr: »Liebst du Yazid?« Und da sie kein Wort sagte, fuhr er fort: »Ismail wird sehr böse sein, wenn er erfährt, dass du Yazid im Stich gelassen hast«, doch auch jetzt schwieg sie. »Ismail hat für uns gearbeitet. Ich werde das verbreiten, und es ist aus mit deiner Sicherheit.« Wenn ich rede, wird Ismail sterben, und wenn Ismail stirbt, werden meine Kinder sterben, und wenn meine Kinder sterben, sterbe ich, es macht mir nichts aus zu sterben, aber meine Kinder, haltet euch fern vom Tod, denn er ist ein großes Meer. Er zeigte ihr das Bild der getöteten Shiri, das er aus der Zeitung ausgeschnitten hatte, und sie zuckte nicht mit der Wimper, vielleicht hatte sie kein Mitleid mit jüdischen Kindern, vielleicht hatte sie überhaupt kein Mitleid, nicht einmal mit sich selbst, vielleicht hatte sie keinen Platz für noch mehr Mitleid, außer dem Mitleid für ihre Kinder und ihren Mann, der arbeiten gefahren war, um Yazid hier herauszuholen. Alles, worauf es ankam, war, noch ein wenig Zeit zu gewinnen, damit die Kinder aufwuchsen, ehe sie und Ismail sterben würden, das ja, und er sagte zu ihr: »Komm, wohn mit den Kindern in Tel Aviv, sie werden zur Schule gehen, wie es sich gehört, denn was habt ihr von dem Leben hier? Nichts. Ihr werdet keine Chance haben, Umm Marwan, niemals, niemals. Wenn er Bomben legen will, soll er Bomben legen, ich werde nicht mehr nach ihm suchen.« Aber er wollte ihn finden, saß vor ihr, und sie sagten nichts mehr, und dann war da die Sache, dass er sich hinkniete und zu Allah betete, sprach, es gibt keinen Gott außer Allah und Muhammad ist sein Prophet, bevor sie ins Zimmer kamen und sie rausführten, sie in eine Zelle brachten, und er sich vor lauter Wut oder Resignation davonmachte und sie in der Haft vergaß, sodass sie nicht wussten, warum sie da war, sie aber auch nicht laufen ließen, und als sie schließlich, eines Morgens, rauskam, hatte sich ihr Verstand verwirrt, vielleicht hatte sie Geheimnisse preisgegeben, vielleicht hatte sie keine Geheimnisse verraten, denn so was passiert zuweilen, und Abu Vierauge ging über die Felder und als er sich erinnerte, dass er sie in der Untersuchungshaft zurückgelassen hatte, kehrte er zurück, fand sie aber nicht, worauf er wieder ging, desertierte, und vielleicht ist er der Mahdi, vielleicht ist er es gewesen, der Yazid verführte, die Bewohner von Deir el-Balah zu rekrutieren.

Dann drehte sich Abu Vierauge zu Cardoso um und sagte: »D-Du hast den J-Jungen überfahren«, aber Cardoso hatte sich aufgelöst, vielleicht vor einem Jahr schon, und der Mann vom Inlandsgeheimdienst sah eine andere Putzfrau, die hinter einem Soldaten herputzte, der auf den Fußboden getreten war, den sie gerade erst gewischt hatte, worauf er dem Soldaten nachsetzte und ihn am Ohr zog, und als der anfing zu brüllen, prügelte er unten auf dem Hof auf ihn ein, wieder und wieder, schlug ihn, bis Blut floss, bis sich alle in den Fenstern drängten und niemand ein Wort sagte, zusahen, wie er ihn wutentbrannt immer wieder auf die Ohren und in den Magen schlug. Einige sagen, er sei der Mahdi, andere, er habe den Mahdi von Flüchtlingslager zu Flüchtlingslager geschafft. Und aus den Zitrusplantagen – es war gegen Abend, der Krieg des Jahres 1982 nahte bereits – trat ein Mann mit Brille und schwenkte seinen Arm, um eine Mitfahrgelegenheit zu finden, wollte von der Nacht entführt werden, wie schnell knickt der Kopf weg, ein Schlag gegen die Stirn genügt schon. Ein grauer Wagen hielt an, eine kleine, lockenköpfige Soldatin saß darin, ein blasses Lächeln spannte sich auf ihren Lippen, als sie zu ihm sagte: »Wohin müssen Sie, Herr Kommandant«, »W-Wohin fährst du?«, »Wohin Sie mir sagen, dass ich fahren soll«, und er sagte: »N-Nach Hause, ich w-will nach Hause.« Ihrem Tagebuch zufolge, das gestohlen wurde, um ausgewählte Passagen daraus zu kopieren, nahm er ihren Kopf und drückte ihn gewaltsam gegen seinen Penis, und nachdem er in ihrem Mund gekommen war, zog er einen Geldschein heraus, gab ihn ihr und sagte: »Es d-darf nichts b-bewahrt werden, alles, w-was man tut, alles, was m-man dir antut, m-muss gelöscht werden.« Danach stürzte sie aus dem Wagen und übergab sich, so hat sie in ihrem Tagebuch geschrieben, und sagte zu ihm: »Das ist wie der Tod von innen«, ehe er zurück in die Plantagen ging und auch die Soldatin verschwand. Im Verlauf der ersten und der zweiten

Nacht haben wir in diesem Tagebuch gelesen und uns köstlich amüsiert. Und als Umm Marwan zurückkehrte und Yazid nirgendwo sah, dachte sie, er sei noch gar nicht geboren, während ihre Kinder ihrerseits Angst hatten, ihr von seinem Verschwinden zu erzählen.

Ist es denn von Bedeutung, alles, was wir bis hierher mitgeschleppt haben, in Verbindung zu bringen mit der sonderbaren Begegnung in einem Raum der Fakultät für Astrophysik an der Universität Tel Aviv am 6. 6. 82, dem ersten Tag des Libanonkriegs, eines Kriegs, der bis heute nicht beendet ist? Professor Gonen, wir erinnern uns, sagte zu dem bebrillten Mann, der sein Zimmer betrat: »Ich hatte vor, in den Norden zu fahren. Zu meiner Freundin. Du weißt, eine von den geschiedenen Doktorandenfrauen, sie bedienen die Typen, bis die das Doktorat fertig haben, und dann fangen die an, sich zu langweilen, bis in einer Vorlesung eine süße Studentin sitzt und sie die Alte mit ihrem Klimakterium zu Hause lassen.«

»U-Und du bist in den G-Genuss dieses A-Auschusses gekommen?«

»Nein, sie hat angerufen und ich war dran. Sie hat geweint, dachte, ich sei der Dekan und hat aufgelegt. Danach hat sie noch mal angerufen.«

»W-Was hat sie g-gesagt? K-Komm, fick mich?«

»Sie hat einfach geweint und aufgelegt. Hatte sich verwählt. Sie begriff, dass sie sich verwählt hatte, rief aber noch mal an. Ich hab sie nicht nach ihrem Namen gefragt. Auch sie wusste nicht, wie ich heiße. Aber ich hab auf die Anrufe gewartet. Sie kennt bis heute meinen Namen nicht. Dabei fahre ich fast jeden Abend zu ihr. Hab ihr ein Kind gemacht. Das ist meine Wahrheit. Ich habe einen Sohn. Verstehst du? Ich muss fahren.«

»Ich f-fahre mit d-dir.«

Sie stiegen die Treppe zum Parkplatz der Universität hinunter. Ich werde mit ihm zu dieser Frau fahren, werde bei ihr bleiben. Werde an seiner Stelle leben. Am Ende des Parkplatzes stand das lockenköpfige Mädchen von der morgendliche Fahrt und schmuste mit einem Studenten oder einem Kellner. Ich sehne mich nicht nach ihr. Vernichte Erinnerungsdokumente. Vielleicht hatte er Angst, sich noch einmal zu irren, so wie er sich an der öffentlichen Telefonzelle geirrt hatte. Er ging hinter Gonen her und beobachtete verstohlen das knutschende Paar. Sie machten sich über ihn lustig, küssten sich, vielleicht berührte der Junge ihre Brüste und sie drängte sich heftig an ihn, sicher spürte sie sein Glied, oder aber er presste seinen Körper gegen sie. Sie haben viel Liebe an sich. Alles hängt von der Auslegung des Bildes ab. »Ich kann dir nicht versprechen, wann ich zurückfahre. Ich verspreche dir gar nichts. Die Fahrt und das wars.« Mit einem Mal dachte er, der Regimentskommandeur weigere sich, ihn mitzunehmen. Packte ihn zwischen den parkenden Autos, die Lichter des Zauns waren bereits angegangen, an den Hoden packte er ihn und drückte kräftig zu, hätte noch und noch zudrücken können. Viel Wut erfüllte ihn. Was wollte er sagen? ›Ich suche winzige Bruchstücke von dem, was mir verloren gegangen ist, und du rechnest wie ein Krämer?‹ Nein, sicher wollte er so etwas in der Art nicht sagen. Wir können die Szene nicht erklären, sie nur beschreiben. »Ich w-werde jetzt mit dir aus d-der Stadt f-fahren, weil ich fahren w-will, und hinterher w-wirst du nicht wissen, d-dass du mich gesehen hast, s-selbst wenn sie dich f-fragen, sonst r-reiße ich dir die L-Leber raus«, wobei er weiter die Hoden des Astronoms quetschte. Im Wagen schwieg Gonen. Nicht nur, dass ihm die Eier bis in den Bauch hinein wehtaten, als sei ihr vergifteter Inhalt in den Magen geflutscht, sondern er war auch beleidigt und dachte in seinem Herzen mit einer Art Fröhlichkeit: ›Was du mir auch antust, ich fahre, um meinen kleinen Sohn zu sehen, was auch immer du mit mir und meinen Eiern anstellst.‹ Wie wissen wir, was er dachte? Weil wir doch diese Geschichte erzählen.

Vor ihnen bewegte sich die Kolonne (eben jene, die das Buch eröffnet hat). Viel Volk hatte sich ihnen in der Zwischenzeit angeschlossen. Ein Teil der Hinzugekommenen war überzeugt, an der Verfolgung des Zugs der Rückkehrer nach Deir el-Balah teilzunehmen, und bei den zahlreichen Zwischenstopps wurden Tipps zu Verfolgungsjagden ausgetauscht, weil wir ein in Verfolgungen und Denunziationen geübtes Volk sind. Den Schluss der Wagenkolonne markierte in langsamer Fahrt ein Polizeiwagen, dessen Fahrer im Rückspiegel genau aufpasste, dass niemand aus seiner Kolonne sich davonmachte oder zurückfallen ließ. Weit hinter ihnen, mit ausgeschalteten Scheinwerfern, fuhren zwei Männer in einem silbernen, fast neuen Subaru, der ganze Stolz des Professors, der aus seinem Sabbatjahr zurückgekehrt war und sich ein neues Auto gekauft hatte, penibel darauf achtete, schön langsam zu fahren, von Zeit zu Zeit wegen des Schweigens von Angst erfüllt und vielleicht an die Quetschung seiner Hoden erinnert wurde, weshalb er eine seiner Geschichten begann, die immer die Ouvertüre »Ich erinnere mich« beinhalteten, um am Ende noch hinzuzufügen, »Erinnerst du dich?« Aber sein Nebenmann, auch wenn er sich erinnerte, gab sein Geheimnis nicht preis, war noch immer mit der Vernichtung von Erinnerungen beschäftigt, auch wenn sein Glaube an diese Technik heute erstmals ins Wanken zu geraten war, (warum hatte er das Lockenköpfchen nicht in Erinnerungen an ihre Fahrt an der Spitze jener Kolonne schwelgen lassen, als sie auf dem Feld zu ihm gesagt hatte: »Erinnerst du dich, wie wir den Krieg aufgehalten haben?« Eine Stunde später schwelgte sie bereits in Erinnerungen, und sogleich war er angewidert, hatte vernichtet, sie verabscheut). Er nahm seine Brille ab, hauchte das rechte Brillenglas an, danach das linke, putzte beide mit seinem Hemd, hörte eine

Geschichte von Gonen, »Wo waren wir? Ja, meine Frau, nebenbei, wir haben nie über dich gesprochen, obwohl ich keine Ahnung habe, ob es sie immer noch schmerzt, was du ihr angetan hast«, und resümierte abermals, was zwischen ihnen bereits passiert war, was dich, werten Leser, lehren sollte, dass es keine zwei Menschen gibt, über die der Verfasser, wenn er nur will, nicht irgendwelche Märchen erzählen könnte.

Der Wagen rollte ganz langsam dahin, und Professor Michael Gonen war zum ersten Mal in seinem Leben bereit, über die Liebe seiner Frau zu reden, in der Vergangenheit selbstverständlich, die Gegenwart ist so weit weg, zu dem Mann, der mit ihm im Wagen fuhr, und warum er sie geheiratet hatte, obwohl ihr Herz gebrochen war, also, sagte er, es gibt keine größeres Dilemma als das Dilemma, eine Frau zu heiraten, die in einen anderen Mann verliebt ist, das stimmt, und trotzdem hatte er es getan. Warum? Wegen ihrer Schönheit, um genauer zu sein, wieder schwieg er, sie näherten sich fast der Kolonne, hielten am Straßenrand an, »nicht nur wegen ihrer Schönheit. Ich gebe zu«, und fuhr nicht fort, weil der Mann neben ihm nichts gemein hatte mit dem Mann, der damals mit seiner Frau geschlafen hatte, sie geöffnet hatte, wie er seiner Frau immer hatte sagen wollen, ja, ja, und Stolz erfüllte ihn wegen seiner Ehe mit der Geliebten des Helden seiner Jugend, ja, aber dieser Mann, der Held seiner Jugend, ist unangenehm, verschwitzt, keucht, hat einen Schmerbauch, Brille, verströmt üblen Geruch, schweigt, »am Ende hat sie sich so wahnsinnig in mich verliebt, bis ich verstanden habe, warum du vor ihr geflohen bist, du weißt sicher, was ich meine? Aber was wollte ich sagen? Ja, ich wollte sagen, dass ich stolz war, der Mann der Frau zu sein, die dich geliebt hatte. Weißt du das? Aber es ist nicht das Allerangenehmste in deiner Gesellschaft zu sein. Du darfst auch etwas von dem erzählen, was dir passiert ist.« Er hörte nicht auf zu reden, und was erzählte er? Von seinen wissenschaftlichen Leistungen? Nein. Er wählte ausgerechnet eine Geschichte, die seinen Charakter verzerrt, ja, ja, und dann noch wem gegenüber? Dem Mann, der ihm all das eingebrockt hat und der nichts tut, um Nähe entstehen zu lassen, nichts erzählt, kein Wort sagt über ihre Freunde von früher, na ja, vielleicht nicht gerade Freunde, aber Bekannte. Doch plötzlich machte der den Mund auf und sagte: »D-Du musst mir v-verzeihen, ich w-weiß, dass ich k-keine besonders gute G-Gesellschaft bin. I-Ich weiß. War ich i-immer schon. Ich b-bin zur Universität gekommen, u-um eine Frau zu s-suchen, die ich s-sehr geliebt habe.«

»Ja, hast du mir gesagt.«

»Ja, i-ich weiß, auch das m-mag ich n-nicht, mich zu w-wiederholen. D-Du hast einen S-Sohn? Ich h-hatte einen B-Bruder, du hast b-bestimmt in der M-Militärverwaltung von G-Gaza d-davon gehört. I-Ich habe einen M-Mann verhaftet, der sich v-von mir l-losgesagt hatte, er w-war mein B-Bruder, das l-lässt mir keine Ruhe, u-und auch sein S-Sohn, m-mein Sohn, ist w-wegen mir v-verloren gegangen.«

»Was meinst du damit?«

Der Libanonkrieg begann, und er fand Unterschlupf an einem Ort, an dem er aus Gonens Wagen stieg. Das Haus war hell erleuchtet. Gonen trat ein. Schaute sich noch einen Moment lang um, um etwas sicherzustellen, wollte vielleicht sehen, dass dieser Mann nicht hinter ihm ins Haus trat. Doch der Mann stand in der Dunkelheit, seine kleine Tasche in der Hand, und das Licht des Hauses und das Jauchzen eines kleinen Jungen weckten in ihm ein Schaudern. Wir haben es gesehen.

Und vielleicht ist Yazid auf den Straßen unterwegs, geht im Auftrag des Mahdis, oder Abu Vierauges, nach Ein el-Hilweh, denn dort, so hat man ihm zugeflüstert, befindet sich sein Vater, außerdem hat er dort Verwandte, hat man ihm gesagt, und er möchte, dass sie ihn dort aufnehmen, danach wird er seine Mutter, Marwan und Djamila zu ihnen bringen, zu ihrem Vater, aber all dies sind nur Vermutungen und damit zu den Fakten: Die Familie von Umm Marwan schrumpfte noch weiter zusammen, denn später wurde auch noch Marwan bei einer Demonstration getötet, vielleicht 1988, als er fünfzehn oder sechzehn war, sodass nur Umm Marwan und Djamila übrig blieben, vielleicht noch immer auf Ismails Rückkehr warten, dessen Briefe irgendwann aufhörten, wobei manche sagen, er habe niemals geschrieben und Umm Marwan habe seine Briefe jeden Monat erfunden, und das Geld sei Geld gewesen, das sie von einem Mann in der Militärverwaltung bekommen habe, aber die Gerüchte im Lager Deir el-Balah waren wie das Meer, mal so und mal so, und es ist unmöglich zu wissen, von wem sie kamen, ob von der Befreiungsorganisation oder vom Inlandsgeheimdienst oder von unseren Ängsten, denn je stärker Gott ist, desto hilfloser treiben wir wie Wurzeln auf den rasenden Wasserkanälen.

(Einige gibt es, die sagen, dass in allen Flüchtlingslagern des Gazastreifens [Jabalia, Rafah, Shati, Khan Younis, Nuseirat, Bureij, Deir el-Balah] ein Mann von schönem Aussehen erschienen sei, und von dort in schriftlicher und mündlicher Form, durch Gesandte und Träume, auch in alle anderen Flüchtlingslager zog auf der Westbank [Balata, Tulkarm, Jenin, Askar, Dheisheh, Shu'fat, Jalazun, Kalandia, Arroub, Am'ari], in Jordanien [Baqa'a, Marka, Jabal el-Hussein, Irbid, Husn, Zarqa, Souf, Jerash, Talbieh], Syrien [Neirab, Khan Eshieh, Homs, Qabr Essit, Jaramana, Sbeineh, Khan Dunoun, Hama, Dera'a und Dera'a 2] und im Libanon selbst [Ein el-Hilweh, Nahr el-Bared, Rashidieh, Burj el-Shemali, Burj el-Barajneh, Beddawi, El-Buss, Shatila, Sabra, Wavel, Mieh Mieh, Dbayeh, Mar Elias]. Er tauche auch an Orten auf, an denen

Flüchtlinge legal oder illegal leben und arbeiten, am Golf, im Irak und den an die Flüchtlingslager angrenzenden Vierteln. Sein Gesicht strahle wie eine leuchtende Rose, seine Wangen sind schön und rot, sein Körper stattlich und beleibt, ein Wohlgeruch geht von ihm aus, als trage er Moschus und Duftessenzen bei sich, schön sei er und sein Antlitz wie das eines Weisen oder Königs, sein Wuchs hünenhaft [stets waren seine Wangen gerötet] und sein Bart ansehnlich. Im nächtlichen Traum hätte sich ihnen der Mahdi offenbart, so sagten sie, und er sei es gewesen, der zu ihnen gesprochen habe, so beteuerten sie, in dem gemeinschaftlichen Traum, dem Traum der Generationen, so sagten sie. Jeden Tag folgen ihm weitere Kinder und er verspricht ihnen, nach Jerusalem hinaufzuziehen, den Präsidenten der Juden zu seinem Sklaven zu machen und sie auf einem Löwen reitend in ihr Land zu führen, Feuer wird aus Rachen und Nüstern des Löwen schlagen, und sie werden alle in den Staub zwingen, nicht mit Schwert, Lanze oder Bogen, nur durch den Namen Gottes in ihrem Munde, werden sich alle vor ihnen niederwerfen. Noch ein Jahr und der Präsident der Juden wird sich ihm selbst ausliefern, wird mit ihm gehen wie ein Sklave durch das ganze Land, und auch Blutvergießen wird es keines geben, da alle Völker sich aus freien Stücken ergeben werden, und jeder Jude wird vor dem Palästinenser wie ein Sklave vor seinem Herrn stehen, wird vor ihm zittern und mit Furcht und Grausen tun, was der Mahdi befiehlt. Und der Mahdi habe ihnen gesagt, sogleich ihre persönliche Habe zu nehmen und die Lastwagen zu besteigen, die am Ende des Wadis warteten, in dem sie so viele Jahre gehaust hatten, dort ihre Söhne und Töchter geboren, Minzebeete ausgesät, Sickergruben ausgehoben und Lieder der Sehnsucht nach Rosinen und Mandeln gesungen hatten – aufzusteigen, ward ihnen in ihrem nächtlichen Traum gesagt, und zu fahren, bis sie den Ort erreicht hätten, an dem ihr Dorf achthundert Jahre lang gestanden hatte, obgleich es auch welche gab, die behaupteten, achthundert sei eine zu runde Zahl, um realistisch zu sein. So oder so, diese Karawane darf man nicht ihres Weges ziehen lassen, und wenn es in den Krieg zu ziehen gilt, um sie aufzuhalten, werden wir in den Krieg ziehen, denn alles mündet stets in der kompromisslosen und bestechenden militärischen Formulierung: Entweder wir oder sie, und wenn wir es sind, dann sind eben wir es. So begann der Libanonkrieg.)

Sechstes Kapitel (25. 12. 84)

Ich denke DICH, ich benenne DICH, aber ich kenne DICH nicht

Die Biologielehrerin eilte nach Hause, um das Gedicht zu vernichten, das sie geschrieben hatte zum Gedenken an ihren teuren Schüler Gadi, denn die Tage verrannen und er starb nicht, Fragen wie ›Was ist mit Gadi‹ ertranken in anderen Fragen, unterdessen gab es noch mehr Beerdigungen, und wenn Gadi Ratner, der Gadi aus der Klasse über uns, aus dem Krankenhaus zurückkäme, würde man ihn besuchen müssen, doch bis wir gelernt hätten, Hinterbliebene zu trösten, sie in der siebentägigen Trauerzeit zu besuchen, die Freundin in den Arm zu nehmen, ein bisschen zu weinen, wenn welche da waren, die weinten, oder gerade, wenn niemand weinte, diese beängstigende Leere, still die Hand der still Dasitzenden zu drücken, bis wir all dies gelernt hätten, wie sollten wir einen wie Gadi besuchen, was ihm sagen, damit er sich an uns erinnert? Was sollten wir über uns selbst sagen, damit er uns erkennt auf seiner inneren Projektionsfläche, falls er eine innere Projektionsfläche hat (oder wie auch immer ein Gedanke aussieht, grundsätzlich, unabhängig von seinem Inhalt, hat er eine Form, ein Gedanke unabhängig von seinem Inhalt?), ›wir waren mit dir in einer Klasse‹, ›in der Klasse unter dir‹, welche Zeichen sollen wir geben, denn nichts ist offenbar wirklich wichtig, was werde ich zu ihm sagen, ich hab mal mein Pausenbrot in den Mülleimer geworfen und du hast mich gefragt, warum wirfst du dein Sandwich weg, und ich darauf, das ist nicht meins, und hab gelacht aber du nicht, eine ganze Geschichte, besonders schlau, wir haben kein einziges Mal miteinander geredet, aber ich kann eine Geschichte erfinden und du wirst lernen, dich an sie zu erinnern, nach zwei, drei, vier Malen wird sie bereits deine Geschichte sein

»In dem Gedicht wird überhaupt kein Name erwähnt«, sagt Nissim, der in seinem Keller sitzt, liest und lächelt, »und es lohnt nicht, Klagelieder anzustimmen, hoffen muss man«, fang bloß nicht an, mit mir über Glaubensfragen zu reden, ich hasse mich selbst so sehr, wenn du anfängst, dich als meinen Gesprächspartner zu betrachten. Wir sehr sie seine Euphorie verabscheut, »Deine Augen sind voller Nervosität, das ist nicht gut, du musst ruhiger werden«, sagt er zu ihr, und ihre kalten Augen sind seiner Meinung nach voller Furcht und nicht voller Hass oder vielleicht Unsicherheit, vielleicht Geringschätzung für seine nicht vorhandene Bildung, und er beschließt, etwas über die Geschichte zu sagen, »im Verhältnis zur Geschichte des organischen Lebens auf der Erde sind die armseligen fünfzigtausend Jahre des Homo sapiens wie zwei Sekunden am Ende eines vierundzwanzigstündigen Tages.« Trotzdem ist sie seiner überdrüssig, und wieso trägt sie plötzlich eine Turnhose mit Gummizügen an den Oberschenkeln, weiße Oberschenkel, auf die die Blutgefäße eine Karte zeichnen, ein bläuliches Geflecht, die Abgedrehte nennen die Schüler sie, aber sie tut nichts, schließlich lebt ihr Vater noch, jeden Abend geht sie zu ihm, und wenn sie nicht kommen kann, ruft sie an, und wenn er nicht antwortet, versucht sie es noch einmal, bis er schließlich drangeht und sie ihn anschreit, warum er nicht abgenommen hat, und er leise antwortet, heiser und sich vielleicht sogar amüsierend, in seinem Alter seien Verstopfungen schon mal erlaubt und auf dem Klo habe er kein Telefon, alles hast du dort einbauen lassen, auch Handgriffe an der Wand und einen Lautsprecher für Musik, aber kein Telefon. Sie entschuldigt sich, denn den Lautsprecher hat sie für sich selbst angebracht, nicht seinetwegen, doch das sagt sie nicht, verständlicherweise, hält ihre eigenen Geräusche nicht aus, eine Schwäche von ihr, wie soll sie da je mit jemandem zusammenleben, schämt sich, ihre Bedürfnisse zu verrichten, wenn man etwas hört. Sie bringt ihm einen Topf mit Essen oder kocht bei ihm in der Küche, an ihre Mutter kann sie sich im Moment nicht erinnern, die Platten müssen in ihre Hüllen sortiert werden, sie stakst zwischen ihnen herum, sammelt erst die Hüllen auf, danach die Schallplatten, vermischt Platten mit Hüllen, hat ihre Brille vergessen, ist über den Wunsch, gründlich Ordnung zu schaffen, müde geworden, und am Freitag lässt sie ihn nie allein, was sind das für Kerzen, die du anzündest, meine Tochter? Noch trete ich nicht ab, vielleicht macht er sich lustig, und wen noch haben sie in dem riesigen Ozean? Alle haben geheiratet, zum Klassentreffen ist sie nicht gegangen, ist hingegangen, aber hat sie nur durchs Fenster betrachtet, jemand bemerkte sie, brüllte, »Wer ist da?«, und jemand anders sagte, »Was erschrickst du so? Ein Schatten«, so stellt sie sich diese Treffen vor, aber vielleicht erinnern sie sich gar nicht mehr an sie, auch ihr ist schon passiert, dass sie sich an jemanden nicht mehr erinnern konnte, ein Foto aus der Armee betrachtet hat und sich beim besten Willen nicht erinnern konnte, wer das Mädchen ist, das sie auf dem Bild umarmt, das ist keine Sache des Alters sondern der Zeit, des Ozeans der Augenblicke, in dem es keine Vorsprünge gibt, um sich aufzustützen, vielleicht ist es ja doch das Alter, und einmal, der Libanonkrieg wütete bereits, fragte sie ihren Vater vor dem Fernseher: »Tut es dir nicht Leid, Papa, dass wir hergekommen sind?« Er sagt ihr, sie soll nicht so reden, und sie lacht, ein belangloses Gespräch abends vor dem Fernseher, »Diese ganze Sache mit den Arabern, wir hatten niemals das Recht auf unserer Seite, oder doch?«, »Die? Räuber, Diebe, Mörder«, »Sie sind keine Mörder, Papa, ich kenne einige«, »Die? Unsinn«, sein Gesicht läuft rot an, in der Wiege liegt er, sie sagt ihm ›mach Bäuerchen‹, er strampelt mit den Beinen in die Luft, wie ein Käfer auf dem Rücken, »wir sind die Diebe, die Mörder und Räuber«, und hätte sie sich interessiert, hätte sie herausgefunden, dass ihr Vater früher Kommunist gewesen war, oder vielleicht einer hatte sein wollen? Vielleicht erinnert er sich selektiv, an eine Geschichte, vielleicht sagten sie über ihn, er sei früher Kommunist gewesen, und jetzt erinnert er sich daran? Ein Radio dröhnt bei den Nachbarn, sie regt sich auf, »Was sind das bloß für Menschen?«, doch er ist ruhig, sollen sie doch Musik hören, so ist das nun mal. Dann hilft sie ihm in die Badewanne, eine große Träne hängt auf seiner Wange, sie krempelt die Ärmel hoch und seift ihn ein, er ist ein guter Mensch, gut zu mir, und danach sitzen sie im Wohnzimmer, sind nun fast fünfzig Jahre zusammen, sie ermutigt ihn, während sie ihm die Schlafanzugjacke anzieht, »Prima, Papi«, die guten Erinnerungen werden kommen, aber für einige Augenblicke sind es ausgerechnet die schlechten, sie vertreibt sie, wie die Jahre vergangen sind, das lässt sich nicht fassen mit Begriffen von Zeit, die Zeit wird nicht gebrochen (Nissim sagt, was sagt er noch über die Zeit, ständig redet er über die Zeit und die Geschichte). Ständig ist sie ihrem Vater zur Seite und er ihr, er wird allmählich alt, Tag für Tag, sie erinnert sich schon nicht mehr, wie er früher ausgesehen hat, und sie selbst? Immer unverändert, doch wann kommt der Moment, in dem sie wie er sagen wird, »Ich bin nicht ich«? Und alles, was sie ihm darauf antworten kann, ist: »Papa, niemand ist er selbst.« Etwas entsteht am äußersten Ende des Bewusstseins, wie das Rosa gegen Morgen, wenn der Himmel zum Leben zurückkehrt, »Jeder sagt auf die eine oder andere Weise ›ich bin nicht ich‹«, er lächelt und schläft ein, atme, atme tief durch und schnarch nicht, das ist nicht gut für dich. (Ich bin nicht wirklich mein Name, der von außen kommt, habe ihn das ganze Leben nicht gemocht, und ich bin nicht mein Beruf, und nicht mein Körper, bin nicht die Frau von Nissim, ich bin sehr viel ›nicht ich‹. Daher wird sie gewiss Nissim heiraten, denn was kümmert es sie, und auch wenn sie ihn nicht heiratet, wird sie bei ihm bleiben, und nur ein Mal noch wird sie gehen, um zu überprüfen, ob der neue Lehrer zurückgekehrt ist, geht dort vorbei, wieder steht die Alte zwischen den Bäumen, sie geht an dem Haus vorüber, wird ihn dieses eine, einzige Mal fragen, ob er bereit ist, sie zu heiraten, warum will sie sich mit ihm vermählen, wenn Nissim ihr die Ehe angeboten hat? Wieder geht sie an dem Haus vorüber, bis zur Tür, klopft zaghaft, lauscht, jemand öffnet die Tür, sie kennt ihn nicht, fragt etwas, macht sich dann davon. Den Mann, der mal dort gewohnt hat, gibt es schon nicht mehr, wie viele Menschen sind aus ihrem Leben verschwunden, ehe sie wagte, an die Tür zu klopfen, nachdem sie gegangen und zurückgekehrt und erneut gegangen und wieder zurückgekehrt war?) Sie fragt ihren Vater, ob er irgendwas benötigt, das sie ihm morgen mitbringen soll, und er sagt: »Ich bitte um Verzeihung, wenn ich dich verletzt habe, aber dieser Perez, oder wie auch immer er hieß, der mit dir hergekommen ist, der war nichts für dich.« Dann schläft er ein. Sie schafft ihn ins Bett, eigenhändig, und legt *Torna a Sorrento* auf den Plattenteller, damit er in Ruhe einschläft. ›Ich bin nicht ich‹, etwas ist zerbrochen, er kann sich nicht sagen, ich kenne mich selbst nicht mehr. Manchmal murmelt er vor dem Einschlafen den Namen ihres Bruders, der 1962 im Kampf gefallen ist, vor mehr als zwanzig Jahren, damals war dort Syrien, sie hatten ihn verloren, jetzt gehört es bereits zu Israel, aber gefunden hat man ihn nicht, und er, als warte er jeden Tag auf die süße Begegnung mit dem Namen des Sohnes, und wenn Vater stirbt, wird niemand sich mehr an ihn erinnern, sein Bild steht neben dem Fernseher, sie verlässt leise den Raum. Ein Grab hat er nicht. Andererseits, sie hat ihrem Vater schon ein paar Mal gesagt: Man kann hinfahren, aber er will nicht fahren, der Wind würde ihn umwerfen, er ist so klein, diese Art von Witzchen, er ist weder verbittert noch erfreut, so zieht das Leben an ihm vorüber mit dem Bild, und was hat er früher gefühlt? Sie erinnert sich nicht, wie er getrauert, wie er sich daran gewöhnt hat, wie er aufgehört hat zu murmeln, und sie selbst ist dennoch gefahren, vielleicht, weil sie keinerlei Erinnerung hat, auf dem Grabstein, den die Soldaten seiner Einheit errichtet haben, ist ihr Bruder genannt, sie haben ihn nicht mehr gefunden, mussten sich zurückziehen, sie ist nicht böse, versucht manchmal, sein Leben zu rekapitulieren, aber erinnert sich an nur wenig, an das Weinen ihrer Mutter, vielleicht. Einmal hatte er sie geschlagen, weil sie seinen Freunden nachgelaufen war, doch seine Gestalt vermischt sich mit der Gestalt eines Jungen aus ihrer Klasse.

Sie geht leise hinaus, schließt die Tür hinter sich ab, warum schließt sie ihn ein, die Wiege, das Moskitonetz, das Milchfläschchen, sie schminkt sich im Treppenhaus, vor dem Spiegel neben den Briefkästen, eine Katze schwankt hin und her, Speichel kommt aus ihrem Maul, danach Blut, ihre Augen verschwinden, nur das Weiße ist noch zu sehen, und sie ist gefangen in diesem Weiß, besudelt von Speichel und Blut, doch bevor sie verstört sagen konnte, ›Ich werde dich retten‹, hatte die Katze der Nachbarn ihre Seele ausgehaucht, und anstatt zu ihrem Vater zurückzukehren und zu brüllen, ›Papa, die Katze der Nachbarn ist tot‹, war sie geflohen, hatte sich am Kiosk, der auch nachts geöffnet war, eine Packung Zigaretten gekauft, in Gegenwart des Vaters hat sie Angst zu rauchen, hatte eine Zigarette geraucht und gleich darauf noch eine. An der Straßenecke kauften Passanten eine Zeitung, eine Extranachtausgabe, denn der Ministerpräsident hatte sich das Leben genommen, mitten auf dem größten Platz von Tel Aviv, nackt, abgemagert wie ein Buchenwaldhäftling hinterließ er einen Brief: »Ich habe mich geirrt, mein teures und geliebtes Volk, habe euch auf einen minenübersäten Weg zwischen Leichenteilen und Kadavern geführt, aber jetzt ziehe ich mich zurück, kehrt alleine zurück, vielleicht nach Europa oder wohin auch immer, in Liebe der Eure«, doch wie sollten die gemischten Paare zurückkehren, die Mutter ist im Irak geboren, der Vater in Rumänien, wohin sollen sie zurückkehren? Und ihre Kinder? Sie lief den ganzen Weg bis zum Haus des Lehrers, klopfte kräftig an die Tür und jemand brüllte: »Geh weg, ich will nicht für euch arbeiten, verschwinde«, dann öffnete ihr ein junger Mann, sie sah ihn an: »Wer sind Sie?« Und er: »Wer sind Sie?« Sie sagte: »Für wen wollen Sie nicht arbeiten?«

»Sie wollen, dass ich den Schuldiener ans Messer liefere.«

»Und warum sind Sie nackt?«

Er streichelte seine Brust und sagte: »Sie wollen doch auch nackt sein, trauen sich aber nicht, stimmts?«

»Nein, ich mag es nicht, dass man mich sieht.«

Er zerrte sie nach innen. »Was klopfst du mir die ganze Nacht an die Tür?« Sie hätte sagen können, ›Ich klopfe nicht die ganze Nacht, das bin nicht ich, die die ganze Nacht klopft‹, und auch fragen, ›die ganze Nacht brüllst du so, dass man an deine Tür klopft‹. Sie war nicht ängstlich, hätte sagen können, ›Du unten, ich oben‹, er legte sich auf den Rücken und sie zog ihm die Unterhose aus, aber er stand ihm nicht, was sie in Panik versetzte, und er sagte: »Hilf mir, bitte.« Ich kann nicht helfen. In der Schule redeten sie nicht miteinander, aber ab und zu kam sie und ging jedes Mal wieder, ohne dass wirklich etwas passiert wäre. Er sagte: »Hilf mir«, und am Ende sagte sie erstickt, »Wie kann ich dir helfen?« Er schämte sich, es auszusprechen, weil er jung war, aber sie hatten es gelernt, er lag auf dem Rücken und als er sein Glied umfasste, sagte sie ihm, er solle sich umdrehen, doch er wollte sich nicht umdrehen, weil er sehen wollte, wie sie ihren Slip auszog, im Stehen, unbeholfen, der Slip bleibt an einem Schuh hängen, sie steht auf einem Bein, danach auf dem anderen. Er sagte ihr, sie solle sich umdrehen, und als sie sich umdrehte, dachte sie, er befriedige sich selbst, doch er meinte plötzlich: »Heb den Rock hoch«, sie zögerte, hob ihn dann aber an und er sagte sich verschluckend: »Weißt du, dass du einen schönen Hintern hast?« Sie wusste nicht, was sie sagen sollte, denn niemand auf der Welt hatte ihr jemals gesagt, sie habe irgendetwas Schönes an sich, vielleicht ihr Vater, aber da war sie noch ein kleines, niedliches Mädchen gewesen, und als er sah, dass sie weiter mit hochgehobenem Rock dastand, bekam er Angst, sagte aber zu ihr, erneut mit zugeschnürter Kehle, »Beug dich ein bisschen vornüber«, und sie, »Hör auf«, aber er beharrte und sie beugte sich vornüber, dann bat er, »Öffne den Hintern ein bisschen«, und sie spreizte die Beine, dabei hatte er gemeint, sie solle es mit den Händen machen, doch inzwischen war er ohnehin schon zum Erguss gekommen, sodass sie ein weiteres Mal verschämt nach Hause geht, nicht weiß, warum sie überhaupt herkommen musste, und in ihrem Herzen nistete sich der Gedanke ein, dass sie schon keinen Mann auf der Welt mehr reizen kann, und wieder kam ihr die Frage einer Ehe mit Nissim in den Sinn und die Scherereien, die er hat mit der Polizei, die ihn nachts belästigt, weil sie wollen, dass er für sie arbeitet und Araber ausliefert, ein Polizist stand am Fenster und sagte: »Araberfreund«, ein anderer Polizist klopfte an die Tür und sagte: »Warte, warte«, und Nissim sagte zu ihr: »Still, damit sie nicht wissen, dass du hier bist, besser für dich.« Sie fürchtet sich vor deren Schlechtigkeit. »Sie sind nicht schlecht«, sagt Nissim, »sie sind wie kleine Kinder, verstehen noch nicht.« Wie sehr sie seine Menschenliebe hasst. Eine Art drittklassiger Text. Und danach zitiert er auf Französisch aus den Briefen der französischen Revolutionäre. Das ist schöner als Gedichte, sagt er. Sie mag auch keine Gedichte, »Aber Robbespierre«, sagt er, »hör zu, ›was ist das Ziel, das uns vor Augen steht? Sorgenfreier, materieller Nutzen aus Freiheit und Gleichheit; die Herrschaft jenes ewigen Rechts, dessen Gesetze nicht in Marmor und Stein gemeißelt sind sondern den Herzen aller Menschen innewohnen, sogar dem Herzen des Sklaven, der sie vergisst‹, und so weiter.

Schüler von ihr vor einem Haus, Kerzen in ihren Händen, schäkern ohne Unterlass, sie hat ihre Brille vergessen, so wie sie es in ihren Stunden taten. »Was macht ihr hier?« Und sie sagten gemeinsam, im Tonfall einer Geschichte: »Wir suchen jemanden, der geht, um an seinem Bett zu sitzen, wenn er wieder zu sich kommt, denn er ist nicht tot, helfen Sie uns bitte, Sie wissen doch, wie man Kranke pflegt.« – »Dazu bin ich schon nicht mehr in der Lage«, sagte die Lehrerin. »Warum?«, fragte Rochama, »warum können sie mich vergewaltigen, wann immer sie nur Lust dazu haben, und Sie können nicht ins Krankenhaus fahren, um am Bett zu sitzen von Gadi, der für die Verteidigung der Heimat gefallen ist?« Plötzlich bemerkte die Lehrerin ihren fetten Bauch, betrachtete die Hüfte, die Falten warf wie bei einer Sau, wer hatte sie so nackt auf die Straße geschickt, »Ich kann das schon nicht mehr, ich kann nicht neben Menschen sitzen und ihnen Geschichten erzählen. Außerdem, wird er danach sein ganzes Leben im Rollstuhl sitzen? Und jemand wird ihn an- und ausziehen?« Einer der Schüler sagte sanft: »Aber Sie haben doch so geweint, als er verwundet wurde.« Und sie: »Ich weine die ganze Zeit, ihr hört mein Weinen nur nicht, weil ich ununterbrochen weine.« Sie erwiderten: »Unser Leben wird sehr viel schöner sein als Ihr Leben, denn wir werden sterben, und wenn sie unseren Leichnam waschen, werden sie sagen, was für ein junger Körper, welch helle Brustwarzen, was für eine glatte Haut.« Danach rannte sie, um Nissim zu retten, weil man nach ihm suchte, und unterwegs traf sie den jungen Mann, der im Haus des Lehrers wohnte, und er sagte zu ihr: »Ich habe dich in der ganzen Stadt gesucht, bitte, verrate Nissim nicht, dass sie ihn suchen, ich habe mich verpflichtet, nichts zu verraten. Ich möchte bei El-Al arbeiten, als Sicherheitsbeamter, vielleicht sogar in unserer Botschaft in Bonn.« Warum Bonn, will sie fragen, sagt dann aber: »Du weißt nicht, wo der Mann ist, der vorher in deinem Haus gewohnt hat?«, »Nein«, sagt er, »aber er ist es, der die Suche nach Nissim dem Schuldiener leitet.« Warum habe ich gesagt, ich würde nicht zu Gadi fahren, ich werde fahren, bestimmt werde ich fahren. Er hat immer leise Fragen gestellt, hat aufgezeigt und gewartet, bis er dran war, wie kommt es, dass ich ihn guter Erinnerung behalten habe, nur weil er ruhig gewartet hat, bis er drangenommen wurde, wie hat er die Kugel in den Kopf bekommen? Ruhig? Nichts passt zusammen. Kindern bringt man bei, ein Puzzle zusammenzusetzen. Wozu braucht man das? Welch ein Betrug.

Nachdem man das Grab unseres Gadi Ratner bereits ausgehoben und schnell wieder abgedeckt hatte, wurde das Geld trotz allem seinem Vater nicht zurückerstattet, der bei der Bestattungsbruderschaft Chewra Kadischa vier Parzellen außerhalb des Armeebezirks bestellt hatte, für die sie ihm auch eine Quittung schickten, die er vor seiner Frau und vor Willi verbarg, denn der Erwerb eines Grabes für den Partner oder die Partnerin hat etwas Anstößiges, vielleicht will ja der Partner (die Partnerin) irgendwann noch einmal heiraten, nach der Bestattung des/der Verstorbenen, und wer sagt, dass er/sie nicht lieber neben dem kommenden Bräutigam oder der kommenden Braut (je nachdem) beerdigt werden möchte? Gadi, auf jeden

Fall, blähte sich immer mehr auf im Verlauf der vielen Monate, die er an die Herz-Lungen-Maschine angeschlossen war, die Nachbarn hatten schon aufgehört, sich für seinen Zustand zu interessieren, vielleicht wäre der Tod ohnehin besser, ein Gedenktag, ein Jahrestag, ein Jahrestag für den Krieg, Geburtstage, zwanzig Jahre, einundzwanzig, fünfundzwanzig, aber immer dasselbe Foto, auf ewig. Trotzdem wurde Gadi Ratner dank seiner Eltern, die in Schichten an seinem Bett saßen, acht Stunden Mutter, acht Stunden Vater, acht Stunden Willi, nicht von der Maschine genommen, und um nicht einzuschlafen, damit nicht ein rational denkender Arzt daherkäme und plötzlich die Maschine abschaltete, redeten sie in einem fort auf ihn ein, sangen ihm vor und schworen sich selbst, dass die Ratnerin Recht hatte und er tatsächlich etwas hörte (nicht, dass Zweifel nicht auch an ihr nagten, aber sie verspürte das Bedürfnis, ihnen bei Zeichen und Wundern zu schwören, dass er höre), wobei Mutter Ratner sich bereits um kein Geheimnis mehr vor irgendjemandem scherte, etwa wer nun der Vater und wer der Onkel ist, gar nichts interessierte sie mehr, auch nicht das Getratsche, und auch die beiden Männer nicht, der Wahrheit zuliebe, weil sie wollten, dass der bis zur Unkenntlichkeit aufgedunsene Junge leben würde, leben, leben, nach Hause zurückkehren, wo sie ihm einen elektrischen Rollstuhl kaufen würden, gehen, führen, ihn schieben würden bei abendlichen Spaziergängen die Dattelpalmenallee hinunter, und Mutter Ratner sagte ihnen wieder und wieder, dass er sie hört, sie weiß, dass er hört, und wie weiß sie das? Sie weiß es, weil es Dinge gibt, die nur eine Mutter weiß.

Der Kommandeur des Nordabschnitts, der mit abgeknabbertem Pony zwischen der Tragen herumzugehen pflegte, ist bereits zum Generalstabschef ernannt worden und ein neuer General an seiner Stelle an den Nordabschnitt gekommen, der auch wie ein Pony zwischen den Verwundeten herumläuft, um ihnen auf die Schulter zu klopfen und von dem Kampf zu hören, der manchmal mit einem Sieg für uns geendet hat, zwei Tote bei uns, vier bei ihnen, da bitte, hier ist der neue Kommandeur des Nordabschnitts, schreitet an ihrem Zimmer vorüber, denn um der Wahrheit willen, es sind schon viele Jahrgänge von Verwundeten hier durchgekommen, sind gestorben oder genesen, einige sind sogar zu ihren Einheiten zurückgekehrt oder in Rehabilitationszentren verlegt worden, wo sich weniger hohe Offiziere um sie kümmerten, aber das Rambam-Krankenhaus, benannt nach dem großen jüdischen Philosophen Maimonides, der unerschütterlich an die Wiederauferstehung der Toten glaubte, war ein lärmender Ort, und Gadi lag in seinem Zimmer und quoll auf, die Beatmungsmaschine pfiff, piep piep piep piep, und der Kommandeur des Nordabschnitts hatte nicht nur den Eltern, die mit erwartungsvollen Blicken an ihm hingen, als sei er ein schweizerischer Gehirnchirurg, nichts zu sagen, sondern kann Monotonie ebenso wenig ertragen wie Stillstand, weshalb er geschworen hat, den Krieg auf das Territorium des Feindes zu tragen, für jeden Toten von uns bekämen sie vier, ein Schwur, den er unserem Armeekorrespondenten gegenüber hatte durchsickern lassen, und außerdem kann er dieses piep piep piep nicht leiden. Auch die Ärzte hassten sie und bei jeder Besprechung der Stationsbelegschaft wurde beschlossen, ihn von der Maschine zu nehmen, aber niemandem gelang es, die drei Eltern zu überlisten, die selbst aufs Klo nicht ohne Ablösung gingen, weil sie etwas, das ihnen teuer war, verteidigten, etwas von ihnen, sich selbst.

Dr. Holzschwanz lud sie gemeinsam, alle drei, zu einem Gespräch ein, aber sie sagten, sie könnten nicht alle zusammen kommen, sodass er mit zweien von ihnen sprach und danach dieselben Dinge dem Dritten sagte, denn drei Menschen, die es bis hierher verschlagen hat, in unser Schicht um Schicht aus den Leichen seiner Söhne geschältes Land, wie kann man die übers Ohr hauen, ihnen hinterlistig den Sohn von der Maschine abstöpseln? Dabei war allein die Schwangerschaft der Ratnerin eine so furchtbar komplizierte Aktion gewesen, war sie nicht aus dem Bett aufgestanden, nicht einmal um ihre Bedürfnisse zu verrichten, denn es war ihre letzte Chance, ein Kind zur Welt zu bringen, und jetzt wollen sie ihn ihr von der Maschine nehmen als gäbe es tatsächlich auf der Welt einen Menschen, der Ersatz für einen anderen Menschen sein kann, nein, sie schaffte es nicht, sich richtig zu erklären, als gäbe es einen Menschen, der in ihren Augen mehr wert sei als ihr Sohn, nein, nein, auch das nicht, nur dass er am Leben bleibt und aus, und im zweiten Gespräch mit dem Dritten, das das erste Gespräch mit den zweien resümierte, sagte Holzschwanz: »Verstehen Sie Hebräisch? Ja, gut, also ich wollte Ihnen sagen, dass etwas Unanständiges an Ihrem Verhalten ist. Es hat sich noch nie jemand über unsere Arbeit hier beschwert. Schauen Sie sich die Wände an, wie viele Dankesbriefe von Witwen, Waisen und Versehrten wir hier haben.« An den Wänden hing nichts. Er hatte die Wände in seinem Zimmer gemeint, wo er sich mit den Eltern unterhalten hatte, aber an der Wand in Gadis Krankenzimmer, wo er sich mit Onkel Willi unterhielt, waren nur Stecker für Sauerstoff und verschiedene Maschinen, viele Stecker. Willi seinerseits hatte keine automatische Melkmaschine, er gedachte nicht, auf das Melken von Hand zu verzichten. Vor allem brüstete sich Schwanzholz mit einem Brief, den er an diesem Morgen aus dem Levinstein-Rehabilitationszentrum erhalten hatte und in dem, in orangerotem Pastell, ein Soldat mit einer Krücke oder einem Gewehr gezeichnet war und ein toter Soldat, dessen Augen geschlossen sind und aus dessen Mund eine Sprechblase quillt, in der »Schalom« stand, und eine große Fliege, vielleicht ein Schmetterling, steht auf seinem Kopf, und Blumen, zwei, drei Blumen, auch sie mit pastellfarbenen Buntstiften gemalt, schmückten das Blatt, und ganz unten stand »Für Dr. Holzschwanz von Eran, der Fallschirmjägermajorheld war und jäzt gesunt wird wieh ein Held«.

Der Arzt legte den Brief zurück in seine Bulletinmappe, die er mit zitternden Fingern hielt, dies war die überzeugendste Verteidigungsschrift, die er je bekommen hatte gegen die Beschuldigungen angesichts all der Toten, die ihnen unter den Händen weggestorben waren in den langen Nächten des Krieges, ein beschissener Krieg, ja, das ist es, was er über ihn zu sagen hat, denn er war für Verhandlungen mit Arafat, als einer von ganz wenigen im Krankenhaus, nicht nur weil er einen Festvertrag und Jobangebote aus Amerika hat, sondern auch, weil er anständige Eltern gehabt hat, die niemals ihre arabischen Nachbarn vergaßen, auch nicht, nachdem man diese vertrieben hatte, und am Unabhängigkeitstag, heimlich, an jedem Unabhängigkeitstag, ein Bild von ihnen und von ihren Kindern ins Bücherregal stellten, zweifelsohne könnte er als Thema dienen für einen Bildungsroman über Identität und all das. Nein, sie waren keine Kommunisten, dafür aber sehr loyale Menschen, und deshalb hat er nie viel diskutiert mit diesen Klugscheißern, die immer schon wussten, was zu tun ist und was der Unterschied ist zwischen links und rechts, und erst, als dieser beschissene Krieg im Libanon ausgebrochen war, jawohl, beschissen, so bezeichnete er ihn, war er es leid, sich zu verstecken, brach es aus ihm heraus, sagte er ihnen, was er über sie denkt, die Generäle inklusive, die herumliefen, als gehörte ihnen das Krankenhaus, und erneut zog er den schönen Brief heraus und betrachtete den hässlichen Gadi, jeden Tag ein bisschen hässlicher: »Dieser Mann hier war bereits klinisch tot, und wir haben ihn behandelt, haben ihn gerettet.« Willi lächelte: »Aber wer von uns hat sich denn beschwert?«, und Professor Holzschwanz sagte: »Sie spionieren uns nach, diese Blicke, das macht es unangenehm, stehen zu bleiben, vorbeizugehen, zu arbeiten, eine Infusion zu wechseln, sogar die einfachsten

Krankenschwestern wechseln hier nicht gern die Infusion wegen dieses Blicks. Sie überwachen uns. Wo hat man so was schon mal gehört? Sie haben doch noch mehr Kinder, gehen Sie und kümmern sich um die.«

»Nein, nein, haben wir nicht.«

Vielleicht kam ihm der Gedanke an die Abteilung für künstliche Befruchtung, vielleicht an den Streik der Schwestern, der Reinigungskräfte, vielleicht an seinen Sohn, der jeden Tag kundtut, er werde seine tscherkessische Klassenkameradin heiraten, während seine missratene Tochter ihre Schwangerschaft fortsetzen will, wer weiß, was im Kopf eines leitenden Arztes vor sich geht, der niemals mit irgendjemanden redet, und es schert sie überhaupt nicht, die Tochter des leitenden Stationsarztes, denn es gibt nur eine Mama, sagt sie, und der Mann fährt fort (vielleicht, weil Willi ein bitteres Lächeln aufgesetzt hat): »Zum Beispiel kontrollieren Sie ständig, ob die Infusion schon leer ist, rufen immer die Schwester und warten nie, um zu sehen, ob die Schwester nicht vielleicht von alleine kommt.«

»Ja, aber wenn die Infusion leer ist, muss man sie wechseln.«

»Ja, ja, muss man, aber wir haben noch mehr Kranke und noch mehr Beutel. Und wo sind wir denn, dass ein Vater zuschaut, wie man den Körper seines großen Sohnes wäscht? Sind Sie sicher, dass er damit einverstanden wäre, dass sein Vater ihn so sieht? Wer ist denn der Vater? Sie oder er? Und EKG, EEG, KGB und AEG – was haben wir nicht alles mit ihm gemacht? Hier, all diese Diagramme hier, was ist Ihr Beruf?«

(Sophokles schreibt, wie uns bekannt: »Wer sich längeren Lebens Frist wünscht und mehr als das Mittelmaß will, der frönt einer Narretei: das, wie ich weiß, offenbart zuletzt sich. Denn viel haben die mancherlei Tage dann hinterlassen, was näher steht der Betrübnis.«)

Wenn es tatsächlich der Leiter des Krankenhauses und nicht etwa ein Patient aus der psychiatrischen Abteilung gewesen sein sollte (und diese Sache gilt es immer im Herzen zu bewahren, das Bild, und seine Interpretation getrennt davon, auch wenn unsere Schriftsteller manchmal dazu tendieren, diese Trennung zu verwischen, aus Gründen der Treue zum Aufbau des Landes oder einer anderen neurotischen Obsession), also, wenn der Mann tatsächlich der Leiter des Krankenhauses war, wie verzweifelt war er dann. Scheitern sprach aus ihm; der Wissenschaftler, der um jeden Preis Erfolg haben will, sprach aus ihm; der Arzt, der seinen Patienten und die Ehre seines Berufsstandes retten will, sprach aus ihm. »Immer bittet ein Augenpaar um Antwort, um Hilfe, doch wir haben keine Antwort, keine Hilfe, haben wir nicht, wissen nicht, was wir tun sollen, sind ohne Antwort, und wenn ich gläubig wäre, würde ich zu Gott beten, er möge etwas tun, dass euer Junge lebt oder stirbt, aber so geht es nicht weiter. Er schwillt jeden Tag weiter an und jeden Tag müssen ihm die Verbände gewechselt werden, weil sie ihm die Gelenke abdrücken. Was wollte ich überhaupt sagen? Ja, rational gesehen macht es keinerlei Sinn, damit fortzufahren, denn selbst, wenn er am Leben bleibt«, sagte Holzschwanz, atmete tief durch und stieß hervor, was ihm schon lange auf dem Herzen lag, denn auch sein Sohn wird zu den Fallschirmjägern gehen, an Idioten fehlt es uns wirklich nicht, sooft die Hubschrauber auf dem Dach des Krankenhauses taktische Fehler der Befehlshabenden abladen, desto mehr werden die, die die Fehler wettmachen wollen, als seien sie Bleistifte zum Skizzieren von Lageplänen – »Wer wird ihn pflegen, wenn Sie schon nicht mehr am Leben sind oder zu alt dafür?« Er schaute in seine Mappe.

Willi hatte mal ein Kalb, so sagte er dem Arzt, ein junges Kälbchen, das gern herumtollte, ein schönes Kalb. »Ich hatte mal ein Kalb, ein junges Kälbchen, ein Kalb, das gerne herumtollte, wissen Sie? Es war schön, hatte eine Blesse mitten auf der Stirn. Eines Tages ist es mir ausgebüchst, das Kalb. Wissen Sie, wohin es gelaufen ist?« Der Leiter des Krankenhauses fragte nicht, wohin das Kälbchen ausgebüchst war, denn auch die Eltern von Gadi erschienen ihm aufgedunsen wie Gadi, seine Augen waren müde, und es waren viele neue Patienten eingeliefert worden an diesem Tag, irgendeine nebulöse Schlacht um eines nebulösen Ziels willen, das nur der Minister Avri'el de Sharon kannte, so dachten sie zumindest im Generalstab, oder wer auch immer inzwischen Verteidigungsminister war, denn nicht nur die Verwundeten in den Betten wechseln, sogar die Verteidigungsminister tun es, und nur Gadi blieb dort, wobei die Ärzte sich tatsächlich kaum noch auf den Beinen halten konnten vor lauter Hin- und Hergerenne, und einige von ihnen spendeten selbst Blut, wegen des akuten Mangels an Blutkonserven, da der Libanonkrieg wirklich etwas Besonderes war, wenn man einerseits all das vergossene Blut misst, und andererseits all das Blut, das aus den entblößten Armen gesogen wurde, schließlich hätte man ja das Blut auch in seinen Gefäßen und die Nadeln und Transfusionsbeutel in den Schränken lassen können – und Willi fuhr fort, während seine Augen den Monitor verfolgten, da er nicht einen Moment vom Bett wich, mit dem Arzt sprach, ohne diesen anzusehen, und auch, als der leitende Arzt sprach, überwachte er auf Geheiß der Mutter weiter den Monitor und meinte bloß höflich zu ihm: »Sprechen Sie, sprechen Sie, ich schau nur auf die Maschine, aber reden Sie ruhig weiter«, weil er nicht im Mindesten die Absicht hatte, das Zimmer zu verlassen, da er sehr wohl wusste, dass er von der Toilette wiederkommen und eine eilfertige Krankenschwester sehen könnte, die das elektrische Kabel über dem Arm aufwickelte wie das Verlängerungskabel eines Bügeleisens und über Lautsprecher durchgeben ließ: ›Bitte nicht eintreten, ich bitte alle Besucher, das Zimmer zu verlassen‹ – dann fuhr er fort zu erzählen, gemächlich, stockte von

Zeit zu Zeit, um den hellen Punkt auf den Bildschirm zurückkehren zu sehen, piep piep piep: »Das Kalb ist dorthin ausgebüchst, wo es geboren wurde, auf genau dieselbe Weide. Können Sie sich so was vorstellen? Wie hat es sich an den Weg erinnert?« Der Leiter des Krankenhauses ging, mitten in der Geschichte machte er sich davon, und Willi erzählte Gadi die Geschichte weiter. Bis jetzt hatte er es nicht richtig geschafft, mit ihm zu reden, im Unterschied zu den beiden anderen, verspürte eine Art Beklemmung, gerade weil er so viel mit ihm geredet hatte, bis er eingezogen worden war. Ach, über was hatten sie nicht alles geredet? Über fast alles, und daher erzählte er jetzt die Geschichte des verloren gegangenen Kälbchens, erging sich in Einzelheiten, vielleicht auch, um nicht einzuschlafen, drei Uhr morgens war es jetzt, erzählte von dem Kalb, das sich auf genau der Weide gefunden hatte, auf der es seine Mutter zur Welt gebracht hatte, eine Wiese voller winziger Sternblümchen, deren Blütenblätter vor Kälte blau angelaufen waren, und Lupinen blühten dort, ach, was für schöne Lupinen, »Gadi, erinnerst du dich, wie begeistert du warst, als du zum ersten Mal gelbe Lupinen gesehen hast? Ich hab dir gesagt, es gebe auch blaue, nein, nein, richtig, du hast gesagt, es gebe auch blaue, und ich hab gesagt, nu, was schweife ich ab, Krokusse waren auch dort, in der Plantage von der Weintraub, früher hat dort mal ein altes Packhaus gestanden, dann haben sie das Packhaus abgerissen und geblieben ist eine Lichtung, sonnenverbrannt im Sommer und überschwemmt bei Regen«, (Sophokles hat geschrieben: »Hier, benetzt von des Himmels Tau, blühn tagtäglich in Träubchen hold Narzissen zum altheiligen Kranz der zwei Großen Göttinnen. Golden strahlt ringsum Krokus, und, nimmermüd', nie versiegen die Quellen des Kephisos«, und die Lupinen hat er nicht gekannt, dabei sind es gerade die weißen Lupinen, wie die Beine einer Frau, die nicht Zeit genug gehabt hat, sich von der Sonne bräunen zu lassen, noch schimmern die Blutgefäße durch die Haut, so schön sind die weißen Lupinen, aber das hat Sophokles nicht geschrieben), »und das Kalb ist dorthin geflohen, hat Gras gefressen, erinnerst du dich, als es geboren wurde, hast du mir ziehen geholfen, ich hab dir gesagt, du sollst besser nicht hingucken, wenn die Nachgeburt rauskommt, aber du wolltest es sehen, das Blut bei der Geburt ist so viel schöner als das Blut beim Tod, was erzähle ich da für einen Schmalz? Nichts da Tod, noch längst nicht, ja, ja, die Mutter von dem Kälbchen, weißt du? Hab ich dir das nicht erzählt? Nu, sie hat irgendwann keine Milch mehr gegeben und ist dann in den Steakhäusern bei uns verspeist worden«, und Willi redete und redete, kam auf Steaks zu sprechen, weil Gadi und er nachts immer Steaks essen gefahren waren, ohne den Ratners davon zu erzählen.

Und was erzählte sein Vater Gadi am Bett? Für einen Moment wollte er ihm die Wahrheit über ihre seltsame Familie erzählen, einige Jahre, dass er den Gedanken, ihre Familie sei seltsam, an der Schwelle seines Bewusstseins gehalten hatte, oder wie auch immer man das Verdrängen eines Gedankens umschreiben soll aus Mangel an Zeit, Gerenne, Beschäftigungen, Geschäften und der Liebe zur Frau und dem Jungen, und andererseits überlegte er, Gadi könne nicht aufwachen wollen, wenn er die ganze Wahrheit wüsste, doch er hatte keine Ahnung, dass Gadi eine andere Wahrheit wusste als sein Vater sie kannte, eine andere auch, als sein Vater dachte, er würde sie kennen. Überhaupt, er bereitete sich gründlich auf die Gespräche vor, las vorher viel Material, und während der acht Stunden Krankenwache sprach er mit ihm über Kunstausstellungen auf der ganzen Welt, hatte die *Artforum* aus Amerika abonniert und las ihm daraus Kritiken und Besprechungen vor. Sie schrieben dort über Roy Lichtenstein und seine neue Ausstellung im Guggenheim, über die weiche Formensprache, deren Epoche abgelaufen sei, und über Laurie Anderson, von der auch eine CD beigelegt war, weil sie aufgehört hatte, eine Performancekünstlerin zu sein, und zur Musikerin geworden war, und Ratner wusste einen Teil der Wörter und Ausdrücke nicht ins Hebräische zu übersetzen, da er nie den *Readers' Digest* gelesen hatte, kurzum, Ratner verstand vieles von dem nicht und übersetzte dennoch zum piep piep piep der Maschine, erklärte seine Stimme, wie die Moderne, nach Meinung vieler, zu Ende gegangen war, auch Castelli stellt an allen möglichen Orten aus, und wenn du gesund wirst, mein Gadi, ich schwöre dir, alles zu verkaufen, und wir fahren, uns all das, alles ansehen, stellen vielleicht auch selbst aus. Der Hubschrauber landete, das Dach bebte, sie brachten Verwundete, Ärzte hasteten über die Flure, Soldatinnen erwachten aus ihrem Bereitschaftsschlaf, wo ist Vordruck 712 (Armeesterbeurkunde) und Vordruck 1201 (Zustimmung zu einer Operation), die Soldatin suchte selbst, alles geht verloren in solchen Nächten, Schreie kamen vom Dach des Krankenhauses (der leitende Arzt interessierte sich nicht weiter für das Kälbchen, weil sie ihn bereits zum Landeplatz gerufen hatten, als der Hubschrauber mit den Verwundeten noch über den Flüchtlingslagern des Südlibanons kreiste), und auch wenn ein Soldat stirbt, muss er operiert werden (Vordruck 3002), und derjenige, der gesagt hatte, wir dürften uns auf niemanden verlassen außer auf uns selbst, hatte Recht behalten: Wir hatten uns mit den Schiiten gegen die Maroniten zusammengetan, mit den Maroniten gegen die Sunniten, hatten uns mit den Sunniten gegen die Griechisch-Orthodoxen verbündet, und was hatten wir nun davon? Alle brachten sie uns um, als wären wir Amerikaner in Vietnam und nicht Holocaustüberlebende in zweiter und dritter Generation.

Auch Frau Ratner sagte, wir dürfen uns nur auf uns selbst verlassen, gleich, als ihr der Verdacht kam, sie wollten Gadi von der Maschine nehmen, schließlich kannte sie seinen tiefen

Schlaf, wie schwer war es ihm immer gefallen aufzuwachen, ständig war er zu spät in den Kindergarten gekommen, war mit Mühe aufgewacht und hatte noch ein bisschen zu Hause bleiben wollen, hatte den Kopf zwischen ihren Schenkeln vergraben, sie geküsst und gesagt, »Will nicht Kindergarten, will Mama«, und wenn sie ihn dann zum Kindergarten brachte, gegen neun oder zehn Uhr morgens, wurde sie regelmäßig von der Kindergärtnerin gerügt, und einmal, vor Jahren, vielleicht vor vierzehn Jahren, hatte Frau Ratner zu der Kindergärtnerin gesagt, ohne auch nur das Mindeste über die Zukunft zu wissen, denn was lässt sich über die schon wissen: »Wie viele Jahre hat eine Mutter, um mit ihrem Sohn zusammen zu sein?« Und ausgerechnet sie tat sich schwer, Themen für eine Unterhaltung zu finden, obwohl sie strikt kontrollierte, dass die beiden Männer in der Familie vor jeder Krankenwache ihre Gesprächsthemen auswendig lernten, und obschon in der Vergangenheit sehr viel Zuneigung zwischen ihnen bestanden hatte, fiel es ihr schwer, diese jetzt zu rekonstruieren, vielleicht weil ihr kleiner Gadi so monströs groß in dem Bett wirkte und seine behaarten Beine aus dem Krankenhaushemd staken, durch seinen Katheter hin und wieder ein bisschen Blut floss, und in der Dunkelheit stellt sie ihn sich klein vor, wie er lustige Fragen stellt, im Wohnzimmer sitzt, im Winter, wartet, dass sie auf ihrem Fahrrad vom Einkaufen zurückkommt, mit seinen Buntstiften malt, kurze Antworten auf ihre Fragen gibt, weiter den Esel mit seinen Feuer speienden Augen zeichnet, sie um in Weißbrot gebratene Spiegeleier bittet, und wenn das Licht angeht, weil die Schwester kommt, sieht er so groß und aufgebläht aus, vielleicht ist sie für einen Moment eingeschlafen, hat es eilig zu sehen, ob sie ihm nicht irgendwas getan haben, aber vielleicht fiel es ihr auch schwer zu reden, weil mehr als alles andere das Geheimnis sie verband, Ratner wusste nichts von diesem Geheimnis und Willi nicht, dass sie ihrem Sohn davon erzählt hatte, wobei ohnehin nicht klar ist, ob dieses Geheimnis der Wahrheit entsprach oder aber eine Lüge war, die ein anderes Geheimnis verschleierte, (am liebsten sang sie ihm die Lieder vor, die sie gesungen hatte, als er ganz klein gewesen war, und sie erinnerte sich auch an unzählige Silben, Laute und Gurgelgeräusche, die er von sich gegeben hatte, ehe er sprechen lernte, »ana« [Schlüssel], »brrrr« [Auto], »hammhamm« [Milch], »mana« [Gabel], »ssss« [Messer], »wa-wa« [Hund] und so weiter), und einmal trat die Biologielehrerin ins Zimmer, betrachtete die zu ihrem süßen Säugling sprechende Mutter und sagte sich: Wie hässlich, bloß aus Anstand bis nach Haifa zu fahren, um einen Kranken zu besuchen, nur damit sie sagen, sie ist ihn besuchen gekommen, du vergisst, wie überflüssig du bist, er braucht mich nicht, sie braucht mich nicht, wie überflüssig ich bin und wie sehr mich das bedrückt, wenn ich an die eigene Überflüssigkeit denke. »Wer sind Sie?«, fragte die Mutter, »Ich bin die Lehrerin«, »Aha«, antwortete die Mutter, »haben Sie vielleicht Na'ila gesehen, sie hat versprochen, mir etwas zu essen zu bringen.« Womit sie sich wieder Gadi zuwandte und ihn mit Koseworten überschüttete. Die Lehrerin hatte nie verstanden, die Babys ihrer Freundinnen mit Koseworten zu überschütten. Ganz allmählich waren die Kinder der Freundinnen größer geworden, waren ebenfalls zur Armee gegangen und sonnenverbrannt, müde und verroht zurückgekehrt, mit einer dämlichen Folklore aus Witzen im Armeejargon, Abkürzungen, eine Privatsprache, dürr und welk.

Vielleicht war es, während sie ihn wusch und ihm sagte, »hier ist der Schwamm, wasch dich unten, prima, prima, Papi«, vielleicht da sagte ihr Vater zu ihr: »Du solltest ohnehin einen Araber heiraten, er wird ein guter Ehemann sein und auf dich aufpassen, wenn ich schon nicht mehr sein werde, denn ich werde schließlich nicht ewig hier sein, um auf dich aufzupassen.« Sie trocknete ihn ab, er zitterte, Wind kam durchs Fenster, sie bückte sich und reichte ihm die Hausschuhe, dann schloss sie das Fenster, wusste nicht, ob er sich über sie lustig machte, doch vielleicht wusste er, dass es Ehestiftungen immer schon gegeben hatte, wie jeden anderen Handel auch. Und was ist er? Ein Gnom und dazu seine Schmächtigkeit und Ignoranz – was hatten sie ihm denn für eine Frau gebracht? Und warum hatte er später als Witwer nichts gefunden? Deshalb. Aber er hatte seine Frau fast vom Moment der Eheschließung an geliebt, ihr gemeinsames Leben war ein glückliches Leben gewesen, und die Erinnerungen, die er hatte, hinderten ihn daran, sich mit anderen Frauen zu verheiraten, aber auch das kümmerte ihn nicht, weil nur diese eine Ehe der Mittelpunkt seines Lebens sein würde, und wie viele Mittelpunkte kann es denn in einem Leben geben, er hätte Shifra beinahe auch gesagt, dass er ihre Mutter geliebt habe, obwohl sie nicht schön war (und vielleicht kam ihm all dies überhaupt nicht in den Sinn, sind nur wir es, die versuchen, das Bild zu entziffern, wie unsere Lehrerin Shifra ihren Vater auf den Händen zum Sessel im Wohnzimmer trägt und ihm sorgsam sein Haupthaar trocken reibt, denn auch hier kam Wind [wenn auch angenehmer] durchs Fenster, aber jetzt war er bereits angekleidet, sodass ihr vielleicht der Anblick des jungen Instruktors für vormilitärische Ausbildung an der Schule durch den Kopf schoss, der es nicht schafft, mit ihr zu schlafen, und dennoch ist sie sehr erregt von dem, was er sie mit seiner zugeschnürten, verlegenen Stimme lehrt, wer weiß). Ihr Vater sagte: »Damit du es weißt, Araber sind mehr Menschen als Juden. All die Jahre, die ich hier bin, und ich habe noch keinen Araber getroffen, der nicht mehr Mensch als jeder Jude war, ein Mensch eben, der auf den Markt geht seine Augen verkaufen, um seinem Sohn ein Spielzeug zu bringen, und auch die Orientalen bei uns sind so, kein Unterschied.« Er ist dermaßen erleichtert, dass seine Tochter nicht schluchzt, ihn nicht beschimpft und nicht die Tür ins Schloss wirft, denn schon seit langem hat er eine Heirat für sie vorgesehen mit einem Araber, der ihm Fotos gefallener israelischer Soldaten bringt, die im Verlauf der langen Jahre getötet wurden und deren Bilder, obwohl ihre letzte Ruhestätte unbekannt ist, dennoch auf allen möglichen arabischen Märkten kursieren, und er zahlte ihm viel dafür, dass er ihm noch mehr Fotos brachte, vielleicht würde er seinen Sohn finden, und das alles, ohne seiner Tochter der Lehrerin ein Wort zu sagen, wozu sie aufregen, schließlich ist er selbst nicht sicher, dass das normal ist, andererseits dachte er, dieser Mann würde sich vielleicht bereit finden, seine Tochter zu heiraten, denn bei ihnen ist es erlaubt, auch mit zwei Frauen verheiratet zu sein, und was soll schon passieren, wenn seine Tochter die zweite Frau ist, die gebildete, sehr gebildet ist sie, und die erste Frau des Bilderverkäufers ist bestimmt schon alt. Er ging auch wieder und wieder alle seine arabischen Bekannten im Geiste durch, außer dem Bilderhändler, der immer nachts kam, nachdem seine Tochter gegangen war, (und was hätte ihre Mutter gesagt, wenn Shifra einen Araber heiraten würde? Das ist ihm vollkommen unwichtig, denn deine Mutter ist vor dreißig Jahren gestorben. Und die Verwandten? Wer von denen lebt denn noch? Und zu wem hat er Kontakt? Und wo sind sie all die Jahre gewesen, seit unsere Mutter tot ist? Wer hat was von ihnen gehört? Nicht ein Mal sind sie am Jahrestag zum Grab gekommen, und die Tochter sagt, er brauche gar nicht böse auf sie zu sein, da auch er nicht zu ihrer Gedächtnisfeier gehe, so ist das nun mal, Menschen sterben und zerbröseln wie Blättchen vom Baum, so sagt die Tochter. Und was werden die Nachbarn sagen, wenn sie einen Araber heiratet? Wollte Gott, die Nachbarn wären nur halb so gut wie die Araber oder würden wenigstens bei geschlossener Türe reden).

Bevor sie ging, sagte er vom Bett aus zu ihr, sie dachte, er wäre bereits eingeschlafen, der Tenor sang von Sorrento, das Herz vergeht vor Sehnsucht nach der Rückkehr nach Sorrento, Vater liebt es, zu dem Lied über Sorrento einzuschlafen, und einmal hat er sogar gesagt, »Ich bin in Sorrento gewesen, weißt du, dass ich in Sorrento gewesen bin?«, und war eingeschlafen, aber jetzt, bei jenem Mal, nachdem sie ihn zugedeckt und gesagt hatte, »jetzt schlaf«, sagt er, »Und wenn schon? Ich werde doch nie mehr nach Sorrento kommen, aber du wirst einen Araber heiraten und zusammen werdet ihr hinfahren, um in Sorrento zu wohnen, denn hier lässt man gemischte Paare nicht in Frieden leben, Rassismus ist das, ja, ja, oder heirate keinen Araber, heirate irgendeinen, der für dich sorgen kann, Shifra, du denkst doch nicht etwa, ich werde immer hier bleiben, um auf dich aufzupassen?«

Bei Tagesanbruch – so sagt man für sehr früh, auch wenn man die ganze Nacht nicht geschlafen hat – bei Tagesanbruch kehrte er zurück, zwischen Grau und Himmelblau stand ein dunkler Block, die Bäume, helle Flecken darin wie Schneeflocken, oder eine optische Täuschung, Glühbirnen oder Pampelmusen hingen dort, oder Flecken. Er öffnete die Tür und sah eine Frau stehen mit bloßem Hintern, im Bett lag irgendjemand, der sein herabhängendes Glied hielt. Das bläuliche Licht des Morgens verlieh dieser Sexszene den Anblick eines Malerateliers. Er, das bin ich, und er? Ich bin hier. Vielleicht nicht. Eine Sekunde. Aber das ist mein Haus? Er ging leise hinaus, offenbar wegen der Schande. Vor der Tür waren seine Habseligkeiten aufgetürmt, Papiere, ein leerer Koffer, seine Bücher, Pound, Nietzsche, ein schwarzer Hund erwachte, jaulte wie eine Katze, machte einen Buckel, schnüffelte, leckte seine Pfoten, musterte neugierig den Fremden, er kennt mich nicht, ich kenne ihn nicht, seine Augen nehmen mich wahr, ich nehme seine Augen nicht wahr, so ist das Ende, ein großer Hund leckt mich ab und löst sich auf. Er bückte sich, der Rücken tat weh, volle Umschläge, leere Umschläge, seine Hand zitterte, warf beiseite, was sie aufnahm, eine Plazenta aus Papieren, das rosafarbene Licht des Morgens in seinem Rücken, noch mehr Briefe, Fotos, drei Bücher unter Kontoauszügen, zwei T-Shirts, eines in verwaschenem Rot, »Coca-Cola – der Geschmack des Lebens«, vier Schallplatten, Fairuz, Streichquartette von Bartók, *Préludes* von Debussy, ich möchte den Klang eines Klaviers hören, *La fille aux cheveux de lin*, er richtete sich auf, waren das da im Bett nicht Gadi Ratner, der Schüler, und die Lehrerin, die ihn so sehr geliebt und versuchte hatte, ihn Sex zu lehren? Und mit einem Mal (was war nicht in dem Haufen?) traf es ihn wie ein Schlag: Jemand anders wohnt an dem Ort, an dem er gewohnt hatte, hat seine Sachen rausgeschafft, lebt an meiner Stelle. Mein Sohn ist zurückgekehrt. Er hatte Efraim vorschlagen wollen, ein mit Sprengstoff beladenes Auto in Beirut in die Luft zu sprengen, während er ein ebensolches Fahrzeug in Tel Aviv in die Luft jagen würde, zum selben Zeitpunkt, zwei mit Sprengstoff voll gepackte Fahrzeuge in zwei Städten, alleine kann ich das nicht machen, wenn er dort sterben würde, dann nicht hier, und wenn hier dann nicht dort, dummes Zeug, sagte Efraim, jede Seite sprengt bei der anderen in die Luft und gut, ich habe keine Schuldgefühle, einmal hatte ich welche, wir schossen in ein Haus hinein, hörten eine Mutter schreien »Ibni, Ibni – mein Sohn, mein Sohn«, aber ich habs vergessen, die Worte hören sich wie ein Film an, ich gucke viel Fernsehen, lebe die Aktion auf einem inneren Bildschirm, und draußen? Draußen hab ich mir die Eier abgeschnitten und mir Brüste wachsen lassen, ich überliste meine Vorgesetzten genauso wie meine Untergebenen. Du warst immer ein Lügner, was wolltest du sein, als du das erste Mal zu uns nach Hause gekommen bist? Erinnerst du dich? Ich erinnere mich nicht. Ich werds dir sagen, du wolltest ganz schnell wieder gehen, weil meine Schwester erst fünfzehn war, du hast dich geschämt, eine kleine Freundin zu haben, meine Schwester, die Göre, aber ich hab dich trotzdem beneidet. Jemand verschloss plötzlich die Tür von innen. Ich will nicht sehen, wer an meiner Stelle wohnt.

Hier, das Adressbuch. Wer ist diese Mika? Warum nur fünf Ziffern? In New York? Habe ich sie geliebt? Eine Nacht? Zwei Wochen? Wer ist das, Informant A? Die Linken, unter die ich mich gemischt habe. Warum hab ich mich so lange auf ihren Treffen rumgetrieben, bis sie mich verdächtigten, ich sei gekommen, um sie auszuspionieren? Ich war nicht gekommen, um zu spionieren. Ich war gekommen, um zu wechseln? Was wollte ich wechseln? Die Weintraub sagte aus ihrem Fenster – als hätte sie gewartet, bis er zurückkäme, bis er fertig mit Stöbern wäre, als wartete sie, bis er gegangen wäre, er dachte einen Augenblick lang daran zu gehen, was sollte er hier noch tun – »Ich hab gedacht, du kämst nicht wieder«, und hustete. Auf seinen Knien wühlte er in den Papieren. Wer ist das, Jigal? Und wer ist diese Shifra? (Und wie viele Menschen waren im Vergessen versunken? Wir hätten Freunde sein können, uns unterhalten, keine Erinnerungen, einfach so, die Blütenpracht am Ende des Winters, der Wüstenfuchs im Negev, ein schwarzes Dreieck auf seinem Schädel, von der Schnauze zur Stirn, Narzissen auf der schwarzen, schweren Erde, die Schuhe versinken im Schlamm, bleiben hängen, eine moderigen Weingeruch verströmende Katakombe, »Pearl, great sphere, and hollow, / Mist over lake, full of sunlight«, nie waren sie ihm so teuer gewesen). Es ist leicht zu vernichten, gründlich, irgendjemand hatte alles für ihn gesammelt, eine Gedenkecke für seine Asche, er hatte nie die Geduld gehabt zu sortieren, teure Dinge heute Abend, Finger streichen über Metall, »Ich bin in Neapel, jetzt verstehe ich, wie sehr du diese Stadt geliebt hast, danke, dass du mir vorgeschlagen hast zu fahren. Ich war auch in der kleinen Fischerecke, dort verkaufen sie Tintenfische, genau wie du erzählt hast, auf alten Waagen, wiegen ab, leeren das Wasser aus und verkaufen, wenn du hier wärst, würde ich es genießen, nein, würde ich nicht, gut, dass ich alleine gefahren bin.«

Manchmal hatte er ein Buch verbrannt, einen schmerzhaften Brief, hatte nie länger als eine Minute Bedauern verspürt, und manchmal hatte er darauf bestanden, Sachen aufzuheben, ohne Methode. Ein Brief von 1970. Grauen. Warum bin ich zum Sicherheitsdienst zurückgekehrt? Warum hatte er einen Brief an eine Frau namens Eleanor geschrieben? Er war durch sie zu einer schönen Einladung gekommen, ein interessanter Abend, nette Leute, er hatte nicht gewusst, dass es solch interessanten Leute im Land überhaupt noch gibt, und warum hatte er den Brief nicht abgeschickt? Wer ist diese Orly, die ihm 1969 schreibt, hatte er ihren Brief tatsächlich nie gelesen? Warum kann er sich nicht erinnern? »Du hättest die Gegend, in die du gefahren bist, ein bisschen besser kennen können, hättest auch fragen können, ob ich meine Regel bekommen habe. Habe ich sie nicht bekommen, solltest du dir Sorgen machen, wenigstens so wie ich. Wenn du doch bloß die Angst verstanden hättest, nicht vor der Ausschabung, sondern vor der Notwendigkeit zu entscheiden, jetzt kann ich dir erzählen, dass ich schwanger war und sechs Wochen dein Kind in mir getragen habe, zur Ausschabung gegangen bin, als würde ich nie wieder aufwachen, und der Schmerz«, er hat keine Ahnung, wer sie war, vielleicht hatte er es gelesen und vergessen, vielleicht war der Brief gar nicht für ihn bestimmt.

Er sagte zu der Weintraub, wusste, dass sie ihm zusieht: »W-Wo ist das B-Bild von M-Mama?« Sie antwortete nicht, erwiderte dann: »Es war bestimmt in der Schublade mit all den anderen Bildern. Alle möglichen Soldaten, alle ähnlich, einige tot, einige lebend.« Endlich verlor er die Geduld: »W-Wo ist das B-Bild von Mama, hab ich d-dich gefragt.« Der neue Mieter hat es genommen, hat es auf seine Kommode gestellt und ihr irgendwann ein Seelenlicht entzündet. Klar, dass sie nicht genauer war. »Ich dachte, du seiest tot. Leute wie du sterben unterwegs. Ein Mensch kann nicht die ganze Zeit bereuen«, Menschen, die ständig bereuen, kastrieren ihre Fähigkeit, gut zu leben, überhaupt zu leben. Er blieb über seine aufgehäuften Habseligkeiten gebeugt, meinte in ihrer Stimme einen nächtlichen Engerling zu hören. »I-Ich bereue g-gar nichts«, sagte er zu ihr und versuchte, einen Brief zu Ende zu lesen. Keinen Brief hatte er je zu Ende gelesen. Hoffte, sie würde ihn hier bleiben lassen. Sie fuhr fort, aus dem Dunkel des Fensters zu sprechen. Fröhlichkeit war ihr anzumerken. Ich liebe sie, weil sie keine Ansprüche hat. Er blätterte. »And then went down to the ship, / Set keel to breakers, forth on the godly sea.«

»Was wirst du jetzt tun?«

Er antwortete nicht. Sie fragte abermals, und je öfter sie die Frage wiederholte, desto stechender wurde der Schmerz, je mehr sich der Schmerz zuspitzte, umso leichter wurde ihm, er hatte keine Antwort, alles ist hell. Sie fragte erneut und wieder antwortete er nicht, worauf sie nochmals fragte, weil sie noch nie dem Schweigen von Befragten geglaubt hatte, wusste, dass sie Antworten haben, über eine Lüge sinnen, und tatsächlich wollte er sagen: Ich dachte, du würdest mir dieses kleine Haus lassen. »Was wirst du jetzt tun?« Am Ufer des Flusses wartet sie und wartet. Auf wen? Aus seinem Haus, aus dem Haus, das sein Haus gewesen war, schrie jemand: »Ruhe, kann man denn hier nicht schlafen?«, und die Weintraub lachte, hustete, redete weiter, sie hat das Haus nicht vermietet, damit man ihr den Mund verbietet. Die Dunkelheit hatte sich in die Häuser zurückgezogen, in die Baumkronen, die Katzen, den dunklen Hund. Der neue Lehrer war müde. Kratzte seine Wangen. Hatte einen Bart bekommen. »I-Ich dachte, w-wenigstens dieses Haus würdest d-du mir lassen.« Sie wurde böse. »Das hast du tatsächlich geglaubt? Nach all den Jahren, die ihr nicht hier wart?« Er antwortete nicht, weil sie husten musste, weil seine Müdigkeit ihm den Gaumen austrocknete, weil seine Fähigkeit, genau einschätzen zu können, was er über ihre Absichten dachte – weil auch sie trockengelegt war. Ich dachte, du würdest mich hier wohnen lassen, bis ich sterbe. »Ich hab dir gesagt, ich will Geld. Das ist die einzige Verbindung zwischen uns. Nach all den Jahren weiß ich nicht, was zu sagen ist außer ›zahl mir‹. Du bereust nichts«, fuhr sie in aller Seelenruhe fort, als sei bereits alles hinsichtlich ihres Besitzes und ihrer Angehörigen geklärt, »und wenn du nichts bereust, warum sucht dich dann der Sicherheitsdienst? Warum sucht dich die Armee? Warum kommen sie getrennt voneinander, einmal die und einmal die anderen, und … ja, damit ich es nicht vergesse«, sie spuckte aus, endlich war es ihr gelungen, etwas freizubekommen, das ihr die Bronchien verstopft hatte, jetzt wird sie nochmals ausspucken, aber sie spuckte nicht, hatte es vielleicht runtergeschluckt, »die Biologielehrerin war ein paar Mal hier, einen Brief hat sie auch dagelassen.« Er hatte die Lehrerin vollkommen vergessen. Jetzt erinnerte er sich. Das war die Frau, die mit hochgehobenem Rock und einem Hintern wie der Busen einer Sängerin im Korsett vor dem Bett mit seinem onanierenden Sohn gestanden hatte. Die Bilder tauchten wie Wrackteile eines Schiffs auf. Was bis zum Tod nicht an die Oberfläche gekommen ist, wird wirklich vergessen werden. An die, die ihm einen Brief über ihre kurzzeitige Schwangerschaft geschrieben hatte, erinnerte er sich nicht. Eine Schwangerschaft und dann nicht mehr. Ein Brief, der in Vergessenheit geriet. Vielleicht war der Brief für jemand anderen bestimmt gewesen. Die Alte spuckte durchs Fenster. Im Schnee, in der Nacht weiden Schafe dunkel auf dem Feld. Er erinnerte sich an Schnee. An Schafe. Nacht. Eine große Hand lag auf ihm. Ich zittere. Ein feuchter Morgen leckt an meinem Körper. Ein Bett mit Laken. »Sie hat einen Brief dagelassen, den Umschlag hat sie in einen zweiten Umschlag gesteckt und mit Klebeband verschlossen. Ich dachte, du würdest nicht zurückkommen. Sie hat auf dich gewartet und gewartet und gewartet, aber das Leben ist kurz, schrieb sie, die Weisheit einer Lehrerin«, sie war zufrieden über ihre eigene Bitterkeit. »Was noch hat sie geschrieben? Ja, dass du den Brief vernichten sollst, nachdem du ihn gelesen hättest. Also hab ich ihn längst vernichtet. Sie würde Nissim heiraten. Nannte ihn technischen Leiter. Er hat sehr viele Geheimnisse, ihr neuer Ehemann, aber die meisten hat er ihr anvertraut, denn das war ihre Bedingung, außer einem, und sie möchte, dass du ihr hilfst, hinter dieses Geheimnis zu kommen. Was hat sie davon? Sag, warum beginnen Menschen ihr gemeinsames Leben mit dem Wunsch, die andere Seite zu zerstören?« Wegen solch ironischer Behauptungen liebte er Großmutter. Sie meinte nicht einen Augenblick, was sie sagte. Meinte es, aber anders. Wollte, dass die Worte nachhallten, ohne dass es eine Antwort darauf gegeben hätte.

Sie wurde ernst: »Nimm einem Menschen sein Geheimnis und du hast ihm das wenige genommen, das er wirklich hat, außer seinen Geständnissen und all den anderen Absonderungen.« Sie wollte ihm abermals von dem Liebhaber der Lehrerin erzählen, verzichtete aber. »Was hat sie noch geschrieben? Ja, das war ihre Bedingung, ihn zu heiraten, das hab ich dir schon gesagt. Sie weiß, dass er nicht gut aussieht, vielleicht auch nicht attraktiv ist, aber er ist ein guter Mann. Das schreiben sie immer, wenn sie ohne Liebe, ohne eigenen Willen und ohne Alternative heiraten. Auch ein Kompliment. Ich hoffe für den Araber, dass er das nicht gelesen hat, dass sie ihm das in ihrer Nacht der Geständnisse nicht gesagt hat.« Sie hustete, holte dann vorsichtig Luft, als der Mieter erneut brüllte, »Ruhe, ich muss heute noch arbeiten.«

»Soll er schreien. Du hast keine Zigaretten?«

Wie sehr ich mich beeilt habe, in mein Bett zurückzukehren. Der Körper ist müde. Wohin soll ich gehen? »In der Hochzeitsnacht war sie hier, bis zur Hochzeit war sie jede Nacht hier, ist auf der Straße rumgelaufen, hat mich durch die Bäume gesehen und ist weitergegangen, durchs Gras, als suchte sie nach einem Ort, um zu pinkeln, und ist erst zurückgekommen, wenn ich mich versteckt hatte. Als sie kapiert hatte, dass du nicht hier bist, ist sie zwei-, dreimal am Tag gekommen, war wirklich in dich verliebt, was hast du mit ihr gemacht, dass sie sich so in dich verliebt hat, ein Wrack wie du? Wie euer Vater, kein Sexappeal – doch die Frauen sind ihm nachgerannt, und er hat gefickt und gefickt und gefickt, Kinder wie Granatapfelkerne hat er hinterlassen, aber es gibt solche Frauen, ich hab mal eine Frau gekannt, und auch einen Mann hab ich gekannt, der war noch ärmer dran, in der Hochzeitsnacht, eine Stunde nachdem er unterm Traubaldachin gestanden hatte, schnappten sie ihn in einer Rechtsanwaltskanzlei, er war mit einem Dietrich, den er angefertigt hatte, reingekommen, hatte seine Geliebte in Amerika angerufen, die ihn verlassen hatte, Jahre war das so gegangen, ja, ja, sie kontrollierten die Telefonrechnungen, und in dieser Zeit verliebte er sich zugleich in die Braut und heiratete sie auch noch. Versteh das einer. Und dann? Haben sie die Hochzeit annulliert? Nein. Die Braut wollte zwar. Aber die Familie erlaubte es nicht und gab nicht nach.« Wieder atmete die Großmutter schwer.

Von Zeit zu Zeit war die Lehrerin noch gekommen, bis sie der Alten diesen Brief mit zitternden Händen anvertraut hatte. »Kannst du dir das vorstellen? Eine Frau heiratet endlich, Jahre hat sie gewartet, um zu heiraten, und was macht sie in der Hochzeitsnacht? Rennt hierher. Ja, ja. Vielleicht, um noch etwas Besseres zu ergattern, sogar die Börse schließt irgendwann, ich habe keinerlei Kritik, denkt Nissim wirklich, sie wüssten nicht, dass er Araber ist?«

»A-Anscheinend.«

»Und ist das nicht lustig?«

»N-Nein. G-Geheimnisse sind etwas s-sehr Wichtiges, Großmutter, d-deshalb hättest du den B-Brief auch nicht öffnen d-dürfen.«

»Ich hab gedacht, du würdest nie mehr wiederkommen … In den Zeitungen stand, du seist getötet worden. Und dein Schwager wurde auch getötet. Weißt du, dass dein Schwager tot ist? Und ein Brief muss schließlich zu irgendeiner Adresse gelangen, nicht wahr?«

»N-Nein, Großmutter, ganz und g-gar nicht«

»Bist du böse wegen des Hauses oder wegen des Briefs?«

»I-Ich habe einen F-Fluss gefunden, einen sch-schönen Fluss. Unter B-Bäumen. Niemand w-weiß von ihm.« (»Stille war und plötzlich brüllte ihm irgendjemand zu, dass vor jäher Angst und Schrecken auf unser aller Köpfe sich die Haare sträubten. ›He, Odysseus, was hält uns noch auf zu gehen? Hast du nicht schon allzu lange verweilt?‹«)

Die Sonne war bereits aufgegangen. Er wollte schlafen. Der neue Mieter brüllte noch ein-, zweimal »Ruhe«, und die Greisin verstummte, vielleicht weil sie müde war. Sie werden ihn nicht umbringen. Dieses Vergnügen werden sie ihm nicht bereiten. Und vielleicht doch? Ein Wagen wird ihn überfahren. Man wird ihn aufhängen, als hätte er sich selbst das Leben genommen. »G-Großmutter«, sagte er. Sie antwortete sogleich. »I-Ich dachte, d-du seiest eingesch-schlafen.«

»Nein, was willst du?«

Er wollte schlafen. »N-Nummern wählen. I-Ich habe ein A-Adressbuch, b-bei dem ich mich n-nicht erinnere, w-wer die Leute d-darin sind. I-Ich möchte anrufen u-und fragen, ob s-sie sich an mich erinnern und w-welche Erinnerung sie an mich h-haben, sie s-sollen es mir erzählen.« Die Alte sagte: »Nicht von meinem Telefon.« Verluste schmerzen nicht, versuchte er (plötzlich?) zu resümieren, Verluste schmerzen nicht, wenn keine Aussicht besteht, sie wiederzubeschaffen, schön, was? Auch so ein Geistesblitz. Wann würgt man dem Verhöropfer die letzte Hoffnung ab? Niemals. Keine Chance, etwas aus ihm herauszuholen, wenn ihm nicht die Hoffnung bleibt, die Nacht zu überstehen, seine Kinder am Morgen zu sehen, oder am Morgen danach, oder am Morgen nach dem Morgen danach, seine Mutter wird auf Besuch kommen, der Ermittler wird irgendwo sitzen und sie im Auge behalten, ohne eine Wort zu sagen, bis er ihn plötzlich fragt: »Ismail, ist das deine Mutter?« Und er niedergeschlagen sagt: »Ja, das ist meine Mutter, mein Herr, sie ist eine sehr gute Frau, mein Herr, kocht vorzüglich, mein Herr, zieht meine Kinder groß, mein Herr, bis ich freikomme, mein Herr«, worauf seine Mutter wissen wird, dass ihrem Sohn etwas passiert ist, dass er derart antwortet, wie ein Bolzen, und es wird ihr das Herz brechen, sie wird auch weinen, und der Sohn wird in den Verhörraum zurückkehren, um zu vervollständigen, was in der letzten Nacht unvollständig geblieben ist. Der neue Lehrer ließ sich unter dem Pampelmusenbaum nieder, der Boden war feucht, der Rücken zerkratzte. Ein bleierner Schlaf befiel ihn. Traumfledermäuse. Er erwachte. Es war kalt. Der neue Mieter trat heraus, urinierte im Hof, bemerkte ihn dann. »Ihre nächtlichen Gespräche mit der Alten konnten nicht ein, zwei Stunden warten?« Er lächelte ihm zu und schlief wieder ein. Der junge Bursche schüttelte ihn, vielleicht eine Stunde später: »Und nehmen Sie diesen Müllhaufen mit.«

»S-Sie k-können die Sachen v-verbrennen. N-Nur die B-Bücher nicht. W-Wenn S-Sie w-warten können, bis i-ich eine B-Bleibe habe, w-werde ich s-sie a-abholen, w-werde I-Ihnen auch etwas b-bezahlen. Ich m-muss m-mir eine B-Bleibe finden.«

Der junge Mann war verlegen. »Nicht weiter schlimm«, sagte er, »noch ein, zwei Wochen, dann haben Sie etwas gefunden und kommen die Sachen abholen. Ich passe drauf auf. Ich war nur genervt, weil Sie mich aufgeweckt haben. Ich bin müde von der Arbeit.« In seinem Traum führten ihn seine Söhne, zwei kräftige Jungen, dann nur noch einer, ein kleines Kind, zum Ort seines Todes, flehten ihn an, nicht zu gehen, aber er sagte ihnen: »Mit mutigem, unverzagtem Herzen, verlasst jetzt diesen Ort und begehrt nicht, das Verbotene zu sehen.« Er umarmte seinen Sohn und sagte ihm, die Sonne wärmte ihn, sein Rücken schmerzte: »Ich war kein guter Vater. Habe euch nichts hinterlassen. Aber behaltet mich in guter Erinnerung.« Der Traum schützte, wie es nun mal seine Art ist, den Schlaf vor seinen Feinden: dem Körper, den Nachbarn und den Vögeln ohne musikalische Begabung. Die Greisin meinte leise zu ihm, damit der Mieter nichts hörte: »Er denkt, dass ich mit ihm schlafen will. Läuft vor mir weg. Er arbeitet schwer. Was noch hat dir die Biologielehrerin geschrieben? Ja, dass sie dich niemals vergessen wird. Also wie kannst du da sagen, dass Briefe nicht an ihren Bestimmungsort gelangen sollen? Sie hat gesagt, niemals würde sie dich vergessen, ihr ganzes Leben wird sie denken, du hättest das gelesen.« Er antwortete nicht. Geräuschlos, während seine Augen noch blinzelten, kletterte die Lehrerin aus einem der Fenster im Haus des jungen Mannes. Ihr Kleid blieb am Rahmen hängen. Er eilte ihr nach. Sie ging in Richtung Schule. Es war noch früh. Sie schlüpfte in den Keller des Schuldieners. Sah sich um. Bemerkte ihn nicht. Aber Nissim, der sie begrüßte, mit einem Lächeln empfing er sie, bemerkte ihn und sagte kein Wort.

(Nebenbei, Nissim war ein beliebter Mann bei uns. Überall, wo sich sitzen ließ, um ein Glas Tee zu schlürfen oder eine Suppe, und sei es eineinhalb Stunden über derselben Pfütze im Teller, pflegte er zu sitzen, nicht aus Geiz. Nur sein dürftiges Einkommen zwang ihn, jede einzelne Ausgabe des Tages genau zu kalkulieren, und der Spottname ›Geizhals‹, den sie ihm verpassten, wurde nur geboren wegen der Bankangestellten, die ihre Nachbarn wissen ließ, auf seinem Konto befände sich viel Geld. Womit sie maßlos übertrieb, selbstverständlich. Er war bereit, jedem zuzuhören, Geständnisse aufzuschreiben, Beichtenden zu lauschen, pensionierten Elitesoldaten, Teilnehmern vergangener Schlachten, Holocaustüberlebenden, vergewaltigten Frauen, Kindern, die beim Kaufmann gestohlen hatten, ab und an notierte er eine Zeile, ein Wort, eine Nummer, fasste einen besonders nachhaltigen Eindruck zusammen, schirmte mit seiner knochigen Hand das Blatt ab, Daten, Namen, winzige Wegskizzen, und ausgerechnet gegen Abend, ausgerechnet wenn Menschen für gewöhnlich nach Hause eilen, verließ er den Keller der Schule und ging zu Fuß die große Straße entlang, und wenn ein Fahrzeug ihn anhupte, er solle aufpassen, winkte er, grüßt freudig zurück, weitet seine Lungen, spürt, dass hier, im Mittelpunkt der Welt, sein Zuhause ist, und was die Geschichte betrifft, sie hat keinen Himmel, um ihre Höhe zu bemessen, kein Lot, ihre Tiefe zu ergründen. Und wenn die Biologielehrerin Zweifel äußert an seinem unbedingten, glühenden Glauben an die Geschichte, erwidert er ihr nachsichtig: »Ohne die Französische Revolution, wo wären wir alle? Du und ich und unsere Vorfahren, unwissende Knechte wären wir, bedeutungslose Nullen.« Dann beeilt er sich, Jules Michelet zu zitieren oder François Babeuf höchstpersönlich. Doch jetzt haben wir einen Winterabend, das Café ist verwaist und kalt, große Regentropfen schmiert es wie von Vögeln ausgespiene Maulbeeren an die Fensterscheibe und Nissim bestellt keinen Tee, zum Ärger des Kaffeehausbesitzers, der ihn schon zum zehnten Mal rauswerfen möchte, aber nicht weiß, ob der Mann tatsächlich Kontakte zur Polizei hat, wie der Polizeikommandant behauptet, der nicht aufhört, öffentlich kundzutun, Nissim sei ein verdeckter Agent von ihm, und Nissim weiß, wie berechnend diese Vorgehensweise ist, ihn zu zwingen, für sie zu arbeiten, aber er schweigt, weil er in der Lage ist, Entwicklungen im Voraus zu lesen, seine eigenen Schritte zu kalkulieren, denn er kann nicht immer nur an die Missgünstigen denken, der Mensch sollte nicht an die Missgünstigen denken, und der Cafébesitzer selbst hat sich bereits in die Pläne ergeben, aus dem Laden einen Supermarkt zu machen, aber was ist das für eine Welt, in der es keine stillen Cafés mehr gibt, zwei, drei Menschen, die trinken, essen und sich leise unterhalten, was für eine Welt.)

Nachdem Nissim ihn gesehen hatte, ohne jeden Zweifel hatte er ihn gesehen – ging der Lehrer zum Friedhof. Im Einkaufszentrum grüßten ihn ein paar Leute. Andere erkannten ihn nicht. Ignorierten ihn vielleicht. Ein Mensch läuft schließlich nicht unbekleidet mitten auf der Straße herum und weiß nicht, wie er splitterfasernackt dorthin gekommen ist, sucht nach Deckung, seine Blößen peinigen ihn, aber er hat nichts, womit er sie bedecken könnte, Scham überkommt ihn, aber auch Vergnügen. Soldaten schritten durch das Zentrum, vier an der Zahl. Warum sprecht ihr nicht? Der Lebensmittelladen im Viertel war geschlossen. Kisten versperrten die eingeschlagene Schaufensterscheibe. Von weitem bemerkte er den greisen Rabbiner, der vor der Glasfront der Bank auf- und ablief. Für einen Augenblick, für einen Augenblick nur lehnte der Weißbärtige seine Stirn gegen die kühle Glasscheibe. Die Frau des Rabbiners hatte ihn verlassen, um mit Shlomit, ihrer Mutter und dem heranwachsenden Säugling zusammenzuwohnen. Eine Art Kindermädchen. Manchmal sitzt sie mit Nissim im Café und erzählt ihm ihre Geschichte und Nissim macht sich Notizen. Nissim hält nur das Wesentliche fest. Ein Geheimnis bewahrt sie sich jedoch, eine letztes Trumpfass gegen ihren Mann, der nicht ihr Mann ist. Vielleicht wird sie Nissim vorschlagen, sie zur Frau zu nehmen, wenn er einwilligt, auch den kleinen Jungen zu nehmen, der ihr Kind ist, das ist ein Geheimnis, das sie bereit ist, ihm zu erzählen. Nissim nimmt an ihr eine Schönheit wahr, die andere nicht sehen. Sie hat kleine Brüste, aber eine zarte Haut. Er will sie nach der Farbe ihrer Brustwarzen fragen, aber er hat Zeit. Wenn es so weit ist, wird er sie mit eigenen Augen sehen und es wissen.

Es war zum Skandal gekommen. Shlomit hatte an eine Zeitung geschrieben, dass Professor Chanan (Haqtshainik) Blass nicht ihr Vater sei, und obwohl er dies schon seit Jahren gewusst habe, leugne er die unbestreitbare Tatsache. Noch ehe das Interesse an ihnen beiden verloren gehen sollte, machte der Professor den Dauerauftrag für die Unterhaltszahlungen an Shlomits Mutter rückgängig, sechs Monate, bevor die Tochter das wehrpflichtige Alter erreicht hatte. Als Reaktion schrieb ihre Mutter an dieselbe Zeitung, Professor Blass sei nicht nur der Vater von Shlomit, und wer wenn nicht sie könne dies bezeugen, sondern der gelehrte Professor sei auch der Vater ihres kleinen Nachzüglers Gadi, der ihr während der Wechseljahre geboren wurde, nach langen Jahren der Einsamkeit, und alle, die behaupteten, selbst Vater des Jungen zu sein, lögen, führten in die Irre oder seien ihrerseits einem Irrtum aufgesessen. Daraufhin erneuerte Blass den Dauerauftrag (weigerte sich aber, für den Kleinen Alimente zu zahlen), während Shlomit noch einen Brief an die Zeitung schrieb und verlautbaren ließ, sie habe sich tatsächlich getäuscht oder sei getäuscht worden, Blass sei in der Tat ihr Vater, die Mutter des kleinen Gadi jedoch nicht ihre Mutter Shifra, sondern vielmehr sie selbst, und wäre dieser Brief nicht als Antwort auf eine lange Reihe schriftlicher Stellungnahmen erfolgt, an der auch namhafte Dozenten Anteil nahmen, die aus Solidarität alles abstritten, was nur abzustreiten war, ja sogar vor einer Verletzung der akademischen Freiheit warnten, hätte diese Enthüllung in der

Presse und den elektronischen Medien breiteren Raum eingenommen, als es nun der Fall war, wäre vielleicht auch zu einem Theaterstück oder einem Roman verarbeitet worden, aber Shlomit hatte in jener Phase bereits ihre Glaubwürdigkeit verloren, war ihr Schmerz im Meer der Stimmen untergegangen, und auch in unserem kleinen Ort zog man es vor, das Bild zu akzeptieren, das ihr von der landesweit erscheinenden Zeitung und dem ebenfalls landesweit verbreiteten Konkurrenzblatt verpasst worden war, anstatt die wunderbare Shlomit zu erkennen, die lachende, lächelnde, sodass ihre große Liebe zu ihrem Bruder von der öffentlichen Meinung verschluckt wurde, doch als die Frau des Rabbiners diese Dinge hörte, reichte ihre Kraft nicht mehr, und ohne Briefe an irgendeine Zeitung zu schreiben, vielleicht, weil sie nicht schreiben konnte, sondern auf dem Marktplatz unseres Örtchens stehend offenbarte sie uns allen, sie und niemand anders sei die Mutter und ohne die Güte von Shifra, die eine Heilige sei, wäre alles viel schlimmer gekommen und der Junge bestimmt in einem Weidenkörbchen am Ufer des Baches geblieben, und da sie keine andere Wahl hatte, als die Wahrheit aufzudecken, war der greise Rabbiner gezwungen, sich von ihr zu trennen, da sie ohnehin ja nicht seine Frau war, sondern die Tochter eines Freundes aus seinem Städtchen, und alles, was der Rabbiner gewollt hatte – wie er in einem Geständnis Eli Cohen, dem Chef der Regionalverwaltung, sagte –, war, sie zu schützen und sie zu heiraten, damit sie nicht den Begierden aller möglichen schlechten Menschen zum Opfer fiele, doch sie sagte, während sie den Kinderwagen des Kleinen schaukelte, »Was für ein Schutz war das denn?« Und wer am Ende der Vater ist, wird man nie erfahren, denn als der Rabbiner versuchte, sie zurück in sein Haus zu holen, drohte sie, im Zentrum unserer Siedlung zu erzählen, dass er überhaupt nicht beschnitten und auch nicht der einzige unbeschnittene Rabbiner sei, da eine ganze Ladung unbeschnittener

Rabbiner nach dem Krieg übers Land verstreut worden sei, und nichts half ihm (obwohl er behauptete, sehr wohl beschnitten zu sein, aber wie sollte er das beweisen?), und der Kompromiss war schließlich ein Kompromiss wie alle Kompromisse hier bei uns: Der Skandal hielt sich ungefähr eine Woche lang und verschwand dann aus dem Bewusstsein. Nicht beschnitten? Dann eben nicht beschnitten. Von Zeit zu Zeit kehrte sie wieder in sein Haus zurück, um sich um ihn zu kümmern, denn er war ein alter Mann, und ob er nun ihr Ehemann, ihr Adoptivvater oder ihr Herr war, er konnte nicht einfach wie ein alter Hund verrecken, aber mit dem Lehrer wollte er nicht reden, hasste ihn, grundlos oder zumindest ohne bekannten Grund.

Als der Lehrer den Friedhof erreichte, arbeiteten dort zwei Totengräber in einem tiefen Grab und schleuderten mit ihren Schaufeln roten Staub heraus, und im Traum schleppte ich mich auf Krücken in eine Baracke, bat um Wasser und eine Frau sagte einem Mann mit dick verbundenen Beinen, er solle mir Wasser bringen, doch ich ging weg von dort, sie hatte lange Fingernägel, der erste Mensch wurde gänzlich von einer Nagelschicht überzogen geboren, aber all das ist weggeschnitten, die Erde in der Grube ist warm, sie haben versprochen, mich nicht zu bedecken, ich lege mir nur hin, um auszuruhen, dann suchte er den Leiter der Bestattungsbruderschaft, der ihn erkannte, grüßte, ihm vorschlug, sich etwas anzuziehen, vielleicht grüßt er immer alle, wo ist das Grab meiner Mutter? Neben dem Grab Ihres Vaters, selbstverständlich, und einen Platz für Sie haben wir bereits nicht mehr, fügte der Mann hinzu und lächelte, aber seien Sie gesund bis einhundertundzwanzig. Er streifte zwischen den Gräbern umher. Das Gras war vertrocknet. Die Armeesektion unseres Friedhofs war gewachsen. Gegenüber, hinter dem Hügel, hatten sie gefallene Palästinenser ohne Namen begraben, manchmal schaute eine

Hand oder ein Fuß hervor und eine Wolke von Fliegen stand in der Luft. Aber auch dort war alles wohl geordnet, durchlaufende Nummern und Daten, allerdings keine Namen, vielleicht hatte man die Namen nicht gewusst, vielleicht war es die Schuld der Gefallenen, wenn sie ohne Namen fielen, oder vielleicht tat sich die hebräische Umschrift schwer, arabische Namen wiederzugeben. Dorthin würde er nicht gehen.

Er setzte sich neben ein Grab, dessen Inschrift verwischt war. Es gab auch solche bei uns. Jemenitische Kinder, die in den Fünfzigerjahren gestorben waren, Alte aus dem großen Einwandererlager. Er wollte weinen, doch es glückte ihm nicht. Um zu weinen, braucht es eines anderen Blicks, doch kein Blick hüllte ihn ein. »Was denn noch, da ihm nicht Krieg, nicht des Meeres Flut begegnete, unsichtbare Mächte ihn nahmen und ihn entrückten durch verborgenes Geschick? Du Arme! Uns ist tödliche Nacht gesunken auf die Augen. Denn wie sollen wir, umherziehend über Land und Meeres Schwall, den Unterhalt des Lebens finden mühevoll? Weh, ich weiß nicht!«

Irgendwann vor zwei Jahren, auf ihrem gehetzten Weg nach Haifa, ins Krankenhaus (Mutter Ratner war bereits mit den Leuten von der Armee gefahren), hatten Willi und sein Schwager Ratner im Wagen gesessen und geschwiegen. Ratner fuhr. Willi spielte mit der Fensterkurbel. Ratner betete insgeheim, dieses Spielchen würde nicht ein Mann-zu-Mann-Gespräch nach sich ziehen. Jahre, dass sie einander nichts mehr zu sagen hatten. Doch die gemeinsamen Abendessen für alle vier bestanden fort. Willi kam jeden Abend um halb acht, und wenn die Ratnerin ihn freundlich empfing, beugte er sich für die Küsschen herunter, weil er sehr groß war und sie klein und rundlich und genau genommen auch schön. Willi setzte sich auf seinen festen Platz, Gadi gegenüber. Gadi liebte ihn sehr. Mit Gadi sprachen sie alle. Aber Gadi wusste nicht, was er mit allen zusammen anfangen sollte, und wenn es nach ihm gegangen wäre, hätte man die Abendessen auch sein lassen können oder auf einmal in der Woche beschränken, doch da dies nicht geschah, wagte er trotzdem nicht, auch nur ein Abendessen zu versäumen, vor lauter Angst, was die drei Erwachsenen ohne ihn anstellen würden. Vielleicht ist Angst nicht ganz das richtige Wort, aber er hegte die Befürchtung, ohne ihn würden sie dahocken und schweigen, jeder der beiden Männer würde mit seiner Mutter reden, ohne dass diese verstünde, die Funkstille zwischen ihnen zu brechen. Vater stichelte gegen Willi und Willi schwieg, obwohl er eine spitze Zunge hatte, vielleicht, weil er unter dem Dach seines Schwagers aß, vielleicht weil Gadi seinen Vater liebte und Willi Gadi nicht verletzen wollte, vielleicht aber auch, weil die Mutter immer wie auf heißen Kohlen saß, es könnte etwas passieren.

Willi schwieg damals. Ratner schwieg damals. Und erst, als der Wagen durch Haifa fuhr, sagte Willi: »Ich verstehe das nicht, er war doch beim Armeerabbinat«, worauf Ratner fast erzürnt erwiderte: »Quatsch, Unfug«, und dann – erst nach einiger Zeit, sodass man meinen konnte, er sei längst mit etwas anderem beschäftigt – fortfuhr: »Hast du wirklich geglaubt, Gadi würde zum Armeerabbinat gehen?« Willi wollte kichern, spielte aber mit der Fensterkurbel. Einmal hatten sie ein Schwein im Kuhstall gehabt, illegal. Gadi hatte das Schwein geliebt. Herrenvolk nannten sie es. Dann war das Schwein gestorben und sie hatten es nachts begraben, um keine Geldstrafe aufgebrummt zu bekommen. Zu viert. Ismail hat es vergiftet, dachte Willi. Er war nicht religiös, aber auch seine Gefühle kannten eine Grenze. Wo würde er Ismail finden, um ihm zu erzählen, dass Gadi tot ist? Aber Gadi ist nicht tot. Willi bereitete sich selbst nur vor, sagte sich den ganzen Weg über, es gibt keinen Gadi mehr, es gibt keinen Gadi, es gibt keinen Willi, gibt es nicht mehr. Ich habe nichts auf der Welt. Die Ampeln von Haifa sind schön. Die Straße ist überspült von roten Lichtern. Ampeln und die Rückleuchten der Autos tauchen gemeinsam die Straße in Rot. Zu ihrer Rechten der Karmel, Lichter, die wie Dolden am Berg hängen, und zu ihrer Linken grollte das Meer, wehte sein salziger Geruch mit dem angenehmen Wind durchs Fenster, Willi wollte so viel sagen, aber Gadi war noch am Leben und nichts war zu sagen, weder etwas Triviales noch etwas Dramatisches. Vor nur sieben Stunden war das Gefecht, vor acht Stunden war alles noch anders, und jetzt hatte ein neuer Lebensabschnitt begonnen. Noch wissen sie nichts über diesen Abschnitt. Der eine saugte an seiner Pfeife. Der andere schluckte seine getrocknete Feige als wäre sie ein kalter Zigarettenstummel, der im Mund zerbröselte, verklumpte, wie ein Block hinabglitt und wieder in die Mundhöhle aufstieß. Über ihre gemeinsame Liebe hatten sie niemals gesprochen. Als die Lichter auf Grün sprangen, fuhren sie wieder. Langsam. Ein Lastwagen hinter ihnen hupte. Der Fahrer wusste nicht, dass sie Angst haben, das Krankenhaus zu erreichen. (Mut, den eine Frau hat und Männer nicht: zu dem in seinem Blut sich wälzenden Kind zu eilen und nichts zu tun, gar nichts, nur dort zu sein.) Woher sollte der hupende Fahrer dies auch wissen? Er selbst wurde von hinten durch Sattelschlepper mit Panzern darauf angehupt, deren Armeefahrer sich einen kleinen Spaß erlaubten und die Zivilisten ein bisschen ängstigten. Auf dem Dach des Krankenhauses landete ein Hubschrauber wie im Kino eine fliegende Untertasse. Ratner wollte Willi erklären, dass auch er es bis vor kurzem nicht gewusst hatte. Aber etwas hielt ihn zurück. Ein lang gehegter Groll, oder aber dieser Lastwagen, der ihn von hinten bedrängte, sodass er nicht wusste, ob er schneller fahren oder die Straße frei machen sollte. Doch wohin hätte er ausweichen sollen? Der Sicherheitsbeamte an der Einfahrt zum Krankenhaus bat, ihren Kofferraum zu kontrollieren, war besorgt wegen möglicher Sprengladungen. Im Kofferraum hatten sie viele Eier, die nicht ausgeladen worden waren. Doch wen kümmerten jetzt die Eier? Sie gaben ihm einen Karton. Willi sagte zu Ratner: »Gib ihm welche«, und Ratner zu dem Mann, »Nehmen Sie, nehmen Sie.« Der Wachmann dankte ihnen freudig und beeilte sich, seine Frau anzurufen, aus seiner Hütte, einen Karton Eier habe er umsonst bekommen, »Was kostet der?«, fragte er am Telefon, worauf sie rechnete, doch die Summe enttäuschte ihn, und er sagte ihr: »Nie bist du zufrieden. Der ist viel mehr wert, ganz sicher«, und sie gab nach. Warum nicht? Vielleicht hätte ich um noch einen bitten sollen? In Vater Ratners Hirn gab unterdessen jene Fahrt mit dem Jungen zur Rekrutierungsbasis keine Ruhe, auf der er ununterbrochen über seinen Vater gesprochen hatte, der in Deutschland begraben liegt, in jenem Teil, der dann sowjetisch wurde und vorher, oder danach, zu Litauen gehörte, und wenn ein Grabstein stehen geblieben sein sollte, war er gewiss vollkommen verwittert, denn niemand besuchte das Grab. Vielleicht hatten sie auf dem Grab auch schon irgendetwas gebaut. Er verspürte Misstrauen gegen die Generäle unserer Armee. Ein erfolgreicher Krieg, so war er überzeugt, müsse einen kleineren Krieg nach sich ziehen, der wiederum einen kleineren Krieg nach sich zöge, bis irgendwann der Krieg verlöschen und alles in Vergessenheit geraten würde. Doch bitte sehr, unsere Kriege wurden ständig größer, wie ein Brand, den man mit Benzin zu löschen versucht. Aber auf der Fahrt hatte er zu seinem Sohn gesagt: »Wenn du das Gefühl hast, du bist verpflichtet, in einer Kampfeinheit zu dienen, dann werd kein Kontrolleur für die Einhaltung der Speisegesetze.« Jetzt, am Bett, war der Vater bereit, jede Schuldzuweisung aus dem Mund des Sohns zu hören, verfettet, aufgedunsen, sabbernd, egal, wie er aufwachen würde, wenn er nur aufwachte.

Einmal, vor Jahren, hatte Gadi einen Wachtraum über die Familie, die er haben würde, die Familie seiner künftigen Frau, die ihn aufnehmen und niemals über den Ort, aus dem er kam, reden würde, den Ort, an den er niemals zurückzukehren gedachte. Dieser Gedanke ließ ihn erzittern und er brach in Tränen aus, im Bett, fünfzehn war er damals, schämte sich dieser Fantasie einer vollkommenen Abtrennung von seiner Familie. Dies ist selbstverständlich die unredliche Zusammenfassung eines komplexeren, bei weitem glücklicheren Lebens. In unserem Ort, der ein kleines Kaff war, als Gadis Hirn erlosch, und sollte er irgendwann doch noch erwachen, würde er sehen, dass der Ort inzwischen ein pulsierendes Städtchen und der Chef der Regionalverwaltung jetzt Bürgermeister ist – in unserem Ort also war noch nie jemandem eine Liebe zuteil geworden, wie Gadi sie erfahren hatte. Kein Tadel, kein Geschrei, niemals, nur Küsse. Und auch, als er aufgebläht dalag und Nadeln seine Arme blau verfärbt hatten, die Krankenschwester schimpfend nach Stellen suchten, wo sich noch weitere Nadel einstechen ließen, als sei das Leben eines Menschen bemessen nach der Fläche, in die sich noch Nadeln stecken lassen, und wenn diese Fläche aufgebraucht ist, ist es genug – auch als er dort so lag, küsste ihn seine Mutter, egal, ob sie nun tatsächlich seine Mutter war oder aber er in eine viel bessere Familie geboren und nur vertauscht worden war, sie küsste ihn, nein, was küsste sie ihn dort am Bett im Rambam-Krankenhaus, und als die Ratnerin in einer der Nächte vor sich hin redete und sein Nachhausekommen aus der Schule rekonstruierte, brüllte sie ihm wie vom Ende der Straße zu, »Gadi, mein Gadilein, wie war es in der Schule?« Mitternacht, nur die Monitore machten piep piep piep, auch in anderen Krankenzimmern, und die Herz-Lungen-Maschinen chrrr chrrr chrrr – und plötzlich erwiderte der Beinahe-Kadaver Gadi, nachts, irgendwann gegen Ende 1983 oder 1984, antwortete er ihr murmelnd: »Gut, Mama, aber wir haben 3 : 0 verloren«, und vielleicht fügte er auch irgendwie noch hinzu: »Ich hab zwei Tore kassiert, dann haben sie mich ausgewechselt«, und schlief ein. Die Ärzte weigerten sich, dies zu glauben, aber Verwundete im Nebenraum hatten es gehört, lagen wach vor Schmerzen oder vor Anspannung, einen Augenblick zuvor hatten sie sich noch über Gadis Mutter lustig gemacht, wegen ihrer Fantasien, und jetzt waren sie auf einen Schlag verstummt, hörten mitten in der Nacht Gadi ihr antworten, und einer von ihnen stand neben seinem Bett, zitterte am ganzen Leib und sagte: »Habt ihr gehört?« Die anderen brachten ihn zum Schweigen, weil Gadi noch etwas über jenes armselige Match sagte, in dem sie ihn als Torwart hatten spielen lassen, er aber vom Platz musste nach drei Toren, die er vor lauter Angst vor dem Ball kassiert hatte, oh, wunderbare Erinnerung, und der Soldat, der dies hörte und bekehrt ward, sagte: »DU, unser GOTT und GOTT unserer Vorväter, möge unser Gebet Dich erreichen und mögest DU unser Flehen nicht überhören, denn wir sind nicht anmaßend und halsstarrig vor dir zu sagen, G'tt, unser GOTT und GOTT unserer Vorväter, Gerechte sind wir und haben nicht gesündigt. Denn wir und unsere Vorväter haben Sünde auf uns geladen«, und obwohl sie ihm die Kugel aus dem Hals holten, beharrte er nach seiner Genesung darauf, weiter in den Krieg zu ziehen, weil er sich sagte, wenn ich hier bin, wird jemand anders, dort, an meiner Stelle getötet werden, und bei uns gab es einen, Oded Segal, der ging am Abend eines Routinegefechts zu seiner Kompanieunterkunft, als ihm ein anderer entgegenkam, der bereits sein Kampfkoppel umgelegt und sich mit der nötigen Munition versorgt hatte, auch die Magazine schon geordnet hatte, Leuchtspur, Normal, Leuchtspur, Normal, der aber eine Mittelohrentzündung hatte, vor Hitze fieberte und vor sich hin murmelte, »Ich fühl mich nicht gut«, weshalb unser Oded, Oded Segal, zu ihm sagte: »Ich spring für dich ein, und du tauschst ein andermal mit mir«, aber es gab kein andermal mehr, weil Oded von einer Handgranate getötet wurde, die man aus kürzester Distanz auf ihn warf, genau bei jener Patrouille, bei der er für den Erkrankten einsprang, und der mit der Mittelohrenzündung blieb am Leben, doch was hätte er tun können? Schließlich weiß jeder, der eine Mittelohrentzündung kennt, wie schwer es ist, mit hohem Fieber in den Bergen herumzulaufen. Und nur ganz gelegentlich, wenn er nachts seinen schlafenden Jungen umarmte (Oded hatte er ihn genannt, selbstverständlich, und war nicht einverstanden mit dem Kosenamen, den die Kindergärtnerin dem Jungen gab, anscheinend rief sie ihn Dedi, womit er nicht einverstanden war, und auch seiner Frau erzählte er nicht, warum er den Jungen Oded genannt hatte, hatte Angst, sie könnte eine Phobie entwickeln), versuchte er, ein Schuldgefühl zu empfinden, aber das Schuldgefühl verflog und in ihm blieb die Lebensfreude, vor allem, wenn er seinen Sohn in den Armen hielt, wenn er seine Haut roch, den Duft des lebendigen Fleisches, und als er sich einmal fragte: »Wird mein Junge zur Armee gehen?«, brach er in Tränen aus, weil ihm die Antwort »Ja« barbarisch erschien und die Antwort »Nein« nicht weniger barbarisch, denn schließlich lebte er nur wegen Oded. Und vielleicht gibt es einen Ort, an dem sie alle vorzeitig Verstorbenen sammeln, sie in den Arm nehmen und ihnen sagen: »Schade, schade«, da der Wortschatz dort oben sehr beschränkt ist, notwendigerweise, kein Name, kein Dienstgrad, nur ein Wort, das alles zum Ausdruck bringt, das ganze Leben, vielleicht, und auch die beiden Feinde, die bei eben jenem kurzen Gefecht töteten und dann getötet wurden, finden Aufnahme im Schoß jenes großen Nichts, doch über sie wird gesagt »Haram – Sünde«, denn wer wenn nicht das Nichts spricht alle Sprachen. Aber die Toten empfinden nichts mehr.

Noch ein Jahr verging, die Kühe wurden zu einem Spottpreis verkauft, den Hühnern die Kehle durchgeschnitten, der Hof verkam, aber der Sohn erwachte. Bevor er über Fußball redete, was wir ja bereits übermittelt haben, hatte seine Mutter einmal seine Hand gedrückt und er ihren Händedruck erwidert, sie schwor, dass er ihn erwidert hatte, fürchtete sich aber, eine Sensation daraus zu machen, und sagte nichts zu Ratner, der kam, sie abzulösen, aber der Sohn schlug die Augen auf, sah sie an und machte ein Zeichen, dass er hörte, dass er nach Haus wollte, ein solches Glück, eine solche Freude. Frau Ratner versprach ihm, Papa werde bei ihm bleiben, und er erklärte sich mit einem Händedruck einverstanden, doch anstatt zu den Ärzten zu gehen, ging sie in eine Ecke des Flurs weinen, ja, sie, vor lauter Aufregung (noch nie hatte sie geweint, nicht in der Öffentlichkeit, auch nicht in dieser ganzen Zeit, in der sie die beiden Männer mit Befehlen überschüttete), und Na'ila, die Putzfrau, die ihr ab und zu ein Sandwich vom Kiosk unten mitbrachte, damit sie sich nicht vom Bett wegbewegen musste, küsste sie vor den Toiletten, weil sie genau dort gerade auf dem Fußboden hockte und wischte, aufstand und zu ihr sagte: »Alles wird in Ordnung kommen, Madame, alles wird in Ordnung kommen«, und ihr, nur ihr erzählte sie, dass sich ein Wunder ereignet hatte, da Na'ila jeden Tag für ihn gebetet hatte, in der Moschee, oder Kirche, oder welcher Religion auch immer sie angehörte, was die Ratnerin nicht wusste.

Der Abend senkt sich herab. Wir haben schon Winter. Der Krieg geht weiter im Fernsehen und in den besorgten Häusern. Es gibt eine wachsende Kluft zwischen den panischen Häusern und den besorgten. Denn die Besorgten vertreiben die Sorgen, während die Panischen die Panik nicht vertreiben können. Jeder Hubschrauber am Himmel, jedes traurige Lied im Radio, jeder zu düster klingende Nachrichtensprecher, jede Meldung über Kämpfe ohne Verwundete. Unser Leben ging weiter. Das Zickzack ist kein Trick des Erzählers. Unser Leben ist gewunden wie ein Gehirn oder ein Darm. Es lässt sich nicht wirklich ausbreiten. Ein unrasierter Mann, Zwi nennt man ihn schon viele Jahre, Nissim fragt ihn nach seiner Meinung über die Sandinisten, nur als Prüfung, und er antwortet nicht. Bald wird das Café zu einem Supermarkt werden, oder zu einem Möbelgeschäft mit großem Ausstellungsraum. Nissim verehrt die Sandinisten. Die haben aus den Fehlern der Vergangenheit gelernt, hüten sich vor den Verbrechen des Stalinismus und bemühen sich, die Demokratie auszuweiten, anstatt sie zu beschränken. Zwi weiß nicht, wer die Sandinisten sind, er schreibt einen langen Brief an Johan, seinen fernen Bruder: »Lieber Johan, jedes Mal, wenn wir die Adresse wechseln, schreibe ich dir und ich hoffe, du bekommst meine Briefe und weißt, wohin du dich zu wenden hast, wenn du mich brauchen solltest, denn morgen ziehen wir, ich, der Kleine und meine zweite Frau, erneut um, ich fange eine neue Arbeit an und vielleicht wird es endlich leichter für uns. Da die Post bis heute nicht einen der Briefe zurückgesandt hat, gehe ich davon aus, dass du meine Briefe erhältst, und obwohl wir sehr oft umgezogen sind, habe ich immer darauf geachtet, dich über die neue Adresse in Kenntnis zu setzen. Das Leben ist nicht schwer, aber auch nicht ganz so leicht. Der Lebende sieht den Toten an und schämt sich, denn der Tote betrachtet den Lebenden und das Auge des Leichnams ist seine Strafe. Ich verstehe nichts von militärischen Angelegenheiten und habe nichts zu tun mit dem, was sie hier machen, aber wie Karl Marx an Arnold Ruge schreibt: ›Scham ist eine Art Zorn, der in sich gekehrte. Und wenn eine ganze Nation sich wirklich schämte, so wäre sie der Löwe, der sich zum Sprunge in sich zurückzieht.‹ Auch ich schäme mich der Bilder, die das Fernsehen aus dem Libanon zeigt, was für ein barbarisches Volk sind wir geworden! Liest du überhaupt noch Marx? Ich habe ihn nie gelesen, aber ich hüte das Buch, das du mir gegeben hast, versuche, so deine Zuneigung zu gewinnen, vielleicht antwortest du mir, so groß ist meine Sehnsucht heute

Nacht, bevor wir morgen gehen. Jedes Mal, wenn wir eine Wohnung verlassen, sehne ich mich ausgerechnet nach dir, als hätte ich hier mein Leben begonnen und müsste es hier beenden, aber meine zweite Frau sagt, dass ein Mensch sein Leben nicht an dem Ort, an dem er es begonnen habe, beschließen dürfe. So groß ist die Sehnsucht, dass ich hier im Café sitze, vor mich hin kritzele und durchstreiche. Schick mir bitte ein Bild von dir (wie ein Idiot bitte ich dich in jedem Brief darum, betrachte wie ein Idiot das alte Foto von dir, ein hübscher Junge mit Brille). Ich erinnere mich nicht, was ich dir geschrieben habe und was nicht. Manchmal bist du so weit weg, und manchmal ganz nah (vielleicht vor lauter Sehnsucht). Die Wahrheit ist, dass der ältere Sohn mein größte Freude war. Manchmal versuche ich, auf deinem Bild Vater zu finden. Danach Mutter. Dann meinen älteren Sohn. Vielleicht liest ohnehin einer, der statt dir dort wohnt, meine Briefe, weshalb die Post sie nicht zurücksendet. Aber das ist unlogisch. Der Kleine geht bereits auf Gymnasium. Wir haben das Recht erworben, ihn nicht zu einer Kampfeinheit gehen zu lassen. Aber was soll ich ihm sagen? Dass ich ihn nicht gehen lasse? Und was, wenn er sich das Leben nimmt, um mich zu bestrafen? Auch das ist hier schon vorgekommen. Ja, ja. Andererseits, er ist seiner Mutter ähnlich, meiner zweiten Frau. Auch in seinem Verhalten, ist sehr nett zu den Menschen seiner Umgebung. Redet höflich mit mir. Aber außer dem Namen hat er nichts mit unserer Familie gemein, das heißt, mit meiner und der deinigen. Zu Hause ist alles gepackt. Ich sitze im Café. Meine zweite Frau hat nur das Geschirr fürs Frühstück noch nicht in die Kartons gepackt. Sie ist schlafen gegangen. Auch der Kleine schläft schon. Er ist erbost über den Umzug. Hier sind alle seine Freunde. Aber er diskutiert nicht. Wir werden fahren. Lieber Johan, Mutter und Vater wollten, dass wir in Frieden zwischen uns leben. Werden wir uns tatsächlich nie wiedersehen? Der ältere Sohn war Vater ähnlich, und nachts, im Traum, schreit er mich mit deiner Stimme an, warum bist du dorthin gefahren, warum hast du ihn zur Armee gehen lassen, warum hast du ihn sterben lassen, aber die Toten sind tot und schade nur, dass die Lebenden nicht mit ihnen sterben. Wie konnten Mutter und Vater vorhersehen, dass wir so weit voneinander entfernt leben würden? Ich frage mich, ob du den Kaddisch sprichst. Ich spreche das Totengebet für meinen Ältesten auf seinem Militärfriedhof. Aber du warst nie gläubig. Auch ich nicht. Aber dort spricht man den Kaddisch. Bist du gelehrt? Ich war der ältere Bruder, aber du verhältst dich, als sei ich ein Kleinkind. Ich werde nicht mehr schreiben, wenn du mir nicht antwortest, der deine, Hermann.« Dann zerknüllt der Mann den Brief und wirft ihn in den Aschenbecher, den er zuvor mit Zigarettenkippen gefüllt hat, breitet das Papierknäuel wieder aus, liest, will Korrekturen vornehmen, auf dem zerknitterten Blatt, es ist schwierig, auf einem zerknitterten Blatt Korrekturen anzubringen, und was hat er davon, wenn er das zerknitterte Blatt korrigiert, aber trotzdem korrigiert und korrigiert er, zerreißt dann mit ganzem Herzen den Brief in immer kleinere Fetzen, Konfetti, raucht eine Zigarette, steht auf und geht, aber der Besitzer weist den Kellner an, ihm zu folgen, der Kellner geht ihm nach, mit langsamen Schritten, ruft ihm mit gedämpfter Stimme hinterher, »He«, worauf der Mann zurückkommt, sich mit der Bewegung eines Tänzers entschuldigt und der Kaffeehausbesitzer hustet und fast tonlos aus der Ecke, in der er sitzt, schreit, der Kellner ist es, den er anschreit: »Schon gut, schon gut, er soll aufhören, sich zu entschuldigen, soll bezahlen und fertig, Hauptsache, er geht«, ehe er erneut hustet und der Mann hinaus in den Regen tritt, er hat niemanden auf der Welt. Was Nissim betrifft, der mischt sich nicht ein. (Geschrieben steht: »Solange ein Mensch reich ist – hat er ein freudiges Gesicht, seinen Nächsten zu sehen; doch wenn ein

Mensch arm ist – hat er kein Gesicht zu sehen, weil er sich vor seinem Nächsten schämt.«)

Der Reiz am Grunde der Kehle des Kaffeehausbesitzers wurde stärker und auch sein Husten, weshalb er noch ein wenig hustete, dachte, der Husten jetzt sei der Letzte, und beinahe überrascht war, wie dieser eine Abfolge weiterer Husten zündete, worauf er versuchte, sich in ein Taschentuch zu vergraben, sein Rachen glühte, abermals hustete er, sein Körper bebte, seine Augen röteten sich, drohten fast, aus den Höhlen zu treten, doch letztlich, als er seinen Husten überwunden hatte, sagte er zu dem Kellner, der neben ihm wartete (wartete, bis der Husten sich gelegt hätte): »Wirf diesen Geizkragen auch raus und wir machen zu«, weil Nissim an diesem Abend nicht einmal Tee hatte bestellen wollen, und während er sich noch über die wichtigste Seite in seinem dicken Heft beugte, sagte er zu dem Kellner: »Ich gehe sofort«, und der Kellner lächelte, (bekanntermaßen versuchte der Kellner, der schön wie ein junges Mädchen war, das Hemd über den Hüften zusammengeknotet und sein Haar mit einem Gummi zusammengefasst trug, zu verstehen, woher die Geschichte der Menschen in diesem Raum rührte, die Geschichte der Tische, die Geschichte des Ventilators unter der Decke, die Geschichte des deutschen Kühlschranks, des Klaviers, auf dem seit vielen Jahren niemand mehr gespielt hatte, um mit einem Blick dieses ganze Café zu erfassen und glücklich zu sein, da ihm all dies klar geworden ist als eine große Nichtigkeit, denn er hat nichts auf der Welt, um sich daran festzuhalten, und deshalb ist er glücklich, auch ich, sagt er sich, auch ich bin wie alles hier, wie Sterne, Sputniks, alles fliegt, quäkt, verglüht, dieses Café wird dahingehen und die Geschichte all seiner Gegenstände verloren sein, und obgleich sie einen Anfang hat, birgt dieser Anfang nichts, an dem man sich festhalten könnte, außer dem Wissen, dass alles wie aus einem Quell sprudelt, was denn, sprudelt? Strömt!), und der Besitzer hustet, würgt, krächzt: »Und pack alle Zeitungen zusammen und ordne sie nach Seiten und Ausgaben, und bring sie nicht durcheinander, die Leute lesen nicht gern zusammengewürfelte Zeitungen«, ehe er wieder heiser geworden zu Tisch drei linste, wo sie einen Totoschein ausfüllten (auf dem Schein standen die Spiele der nationalen Liga am kommenden Wochenende), er hat seinen schon ausgefüllt, aber es macht ihm nichts aus, ihnen zu helfen, doch die versuchen es auf eigene Faust, dabei reitet ihr Misstrauen sie ins Verderben, von nichts haben sie eine Ahnung, sind aus dem Haus gegangen, um ihrem Jungen einen Besuch im Café zu bescheren, und nun hin- und hergerissen zwischen ihrem Wunsch, den Ratschlägen des Besitzers zu lauschen, und dem Willen des Jungen, alleine zu tippen, da ihm zu Ehren dieser Tippschein abgegeben werden soll. Es war der 25. Dezember 1985.

Vater las bedächtig, als hätte er noch niemals die berühmten Namen gehört, die sogar jeder Araber kennt, »Maccabi Tel Aviv gegen Hapo'el Petach Tikwa«, und Mutter sagte freudig, als sei ihr mit einem Mal irgendein Geheimnis aufgegangen: »Eins«, sagte sie, und Vater sagte, »Vielleicht sollten wir zwei schreiben?« Und der Junge bestimmte abermals: »Null«, worauf der Kaffeehausbesitzer von seinem Platz in der Ecke ein wenig konsterniert meinte, »Wieso null? Wieso denn null? Was versteht der denn schon?« Der Vater schaute unschlüssig zu dem Kaffeehausbesitzer, denn vielleicht können sie etwas von ihm lernen, aus seiner Erfahrung, auf jeden Fall ist der Stift in den Händen des Vaters, dessen Augen zwischen den Augen der Mutter und dem teigigen Gesicht des Kaffeehausbetreibers hin und her irren, und da die Mutter betreten über den aggressiven Tonfall des Kaffeehausbesitzers ist, zuckt sie mit den Schultern und sieht den Jungen an, vielleicht konnten sie einen Kompromiss finden zwischen seiner Entschlossenheit und der Bestimmtheit des Betreibers. Aber der Junge war auf der Hut, kannte selbstverständlich seine Eltern, sein Vater rang noch einen Augenblick mit sich, was er notieren soll, aber als der Junge unbeirrt befahl, »Null! Null, hab ich gesagt«, notierte der Vater erneut eine Null. Die Mutter versuchte, dem Jungen etwas zuzuflüstern, vielleicht fand er sich ja doch noch bereit, einen Kompromiss mit den Prognosen des Kaffeehausbesitzers einzugehen, der seinerseits beharrte, »Hören Sie auf mich, nehmen Sie: eins, zwei, null, eins, eins, null, zwei, eins, eins, null, null, zwei«, doch der Junge befahl dem Vater, null einzutragen, alles null, mit heller, klarer Stimme, und sein Vater lächelte dem Kaffeehausbesitzer zu, zuckte mit den Schultern, hatte beschlossen, dem Willen des Jungen zu entsprechen, als der Betreiber den Vater, der über den Stift gebot, erneut ansprach in dem Versuch, sich mit ihm gegen den Jungen zu verbünden: »Maccabi Tel Aviv wird gewinnen, hören Sie auf mich«, sodass der Junge ein wenig besorgt, der Vater könnte umkippen, blökte, »null«, doch der Vater genoss es geradezu, seinem Sohn nachzugeben, als sei dieser erst drei und nicht schon zwölf und hätte gerade erst gelernt zu befehlen, oder als sei er ein Genie, wie auch immer, der Tipp war abgeschlossen und der Kaffeehausbetreiber erbost über die Familie, die ihn eine halbe Stunde hatte vergeuden lassen, an deren Ende der Junge ohnehin überall null getippt hatte. Drei Eiskaffee hatten sie getrunken. Drei Stücke Kuchen gegessen. Hatten gesagt, der Kuchen sei exzellent. Einfaltspinsel. Er weiß doch, was für Kuchen seine Frau backt, die Moderäugige.

Vater zahlte aus dem Portemonnaie in seiner Jackentasche. Mutter wischte dem Jungen die Mundwinkel ab. Der Patron, von seinem Platz neben der Kasse, gab Vater ganz gemächlich Wechselgeld heraus. Immer rechnet er genau nach, kann nachts nicht einschlafen, wenn er sich mit dem Wechselgeld vertan hat, warum irrt er sich immer zu Gunsten der Kunden, und vielleicht berechnete er auch, wie lange sie gesessen und was sie in dieser Zeit getrunken hatten, keine Chance, große und menschenleere Cafés, wie es sie im Ausland gibt, haben hier zu Lande keine Chance. Der Junge steht. Mutter setzt ihm eine Mütze auf und sieht zu, dass seine Ohren bedeckt sind, fürchtet sich vor den Mittelohrentzündungen, die ihn jeden Winter befallen. Richtet sich auf. Er geht ihr bis zu den Schultern, da sie sehr klein ist. Vater sagt: »Jetzt gehen wir den Schein abgeben«, und der Patron sagt: »Was sind das nur für Leute? Wo wollen Sie denn jetzt eine geöffnete Abgabestelle finden? Gehen Sie morgen früh«, und Mutter, die Unbedarfte, sagt: »Werden wir reich? Dann werden wir eben reich. Und wenn wir nicht reich werden? Werden wir eben nicht reich«, als spräche sie über den Regen. Dann entschuldigt sie sich nochmals mit einem Achselzucken, da die Schultern ihr zur apologetischen Kommunikation dienten. Wem gegenüber entschuldigt sie sich? »Wo arbeiten Sie?«, fragt der Patron, mit der Absicht, über den Zwischenfall hinwegzukommen. »Ach, wir sind nicht von hier. Wir sind jemanden besuchen gekommen.«

»Wen?«

»Jemanden, der mit dem Jungen im Krankenhaus war. Aber wir haben die Adressen nicht gefunden.«

»Wie heißt die Familie?«

»Das ändert jetzt schon nichts mehr. Es ist spät und der Bus fährt gleich. Herman, zieh die Jacke an, es ist kalt draußen. Er mag seine Jacke nicht. Aber es ist kühl draußen.«

»Woher sind Sie?«

»Nu, woher wohl? Woher sind denn alle? Aus Tel Aviv.«

»Nein, wir hier sind nicht aus Tel Aviv.«

»Ich weiß. Hab nur Spaß gemacht. Mutti, zieh dir auch die Jacke über.«

Gleich wird sie ihn Vati nennen. »Dann sind Sie, um diesen Jungen zu besuchen, den ganzen Weg umsonst hergekommen?« Die Tototipper hatten sich in ihre Jacken gehüllt, der Kaffeehausbesitzer hustete und die Mutter schirmte ihren Sohn ab, damit er nicht vom Husten dieses Kerls angesteckt würde, »Kein Junge. Ein Mädchen. Sie haben zusammen auf der Kinderabteilung gelegen, damals, als sie geboren wurden. Und seither schreiben sie sich. Anfangs haben wir geschrieben, dann hat er schreiben gelernt. Jetzt sind wir zu Besuch gekommen. Aber es gibt überhaupt keine solche Adresse. Niemand kennt sie. Eine Stunde haben wir gesucht. Niemand hat von ihnen gehört.«

»Man muss bei der Post fragen. Vielleicht haben Sie sich in der Ortschaft geirrt. Viele irren sich. Bei der Post wissen sie es.«

»Jetzt ist es bereits zu spät.«

Was den Kaffeehausbesitzer erzürnte, wusste er selbst nicht. Auch, als die drei im Regen davongingen, einander im Arm haltend wie eine Kette, der Vater die Mutter und die Mutter den Vater und der Jungen in der Mitte, und dann unter den Bäumen der Allee verschwunden waren, auch da verzieh er ihnen nicht. Was? Die Farbe der Luft ist blau. Sie haben mich belogen. Wozu hab ich mit ihnen über Fußball geredet? Eine so kleine Frau. Was für eine Abteilung soll das denn sein, dass Jungen mit Mädchen liegen? Was für ein Krankenhaus?

Nissim, seinerseits, beabsichtigte, den Kellner um ein Lineal zu bitten, aber der Kellner, wieder bei Nissim angelangt, kam ihm zuvor: »Er sagt, Sie müssen etwas bestellen oder von hier verschwinden, ›Zum Teufel, verschwinde von hier‹, das hat er gesagt, soll ich Ihnen ausrichten.« Der Regen wurde stärker. Drei Dinge sind einander ebenbürtig: Land, Mensch und Regen. Leute rannten. Die Bäume des Gedenkgartens neigten sich. Die Scheibe des Cafés wurde nass. Der Patron wies seinen sehr dünnen Kellner an, einen verwaisten Stuhl hereinzuholen, der auf der Terrasse stehen geblieben war, der Kellner kam zurück mit dem Stuhl und schüttelte den Regen ab. Deutete auf Nissim und fragte mit einer Handbewegung den Besitzer, ob dieser zu ihm gehen könne, doch der Patron antwortete mit einer abschlägigen Geste. Seine Schmach, die Schmach des Niedergangs seines Cafés, resultiert genau aus solchen Leuten. Nissim wollte auch um einen anderen Stift bitten, da seiner plötzlich nicht mehr schreibt. 1965, und er fügt hinzu, ›Mein über alles geliebter Kamerad ECG, du gabst mir den Schlüssel zur Zuversicht. Als sie dich in Bolivien umbrachten, zwei Jahre danach, habe ich nicht geweint, mein teurer Freund, aber ich habe dir salutiert, still, in meinem Zimmer, Compañero Ernesto.‹ Nissim gibt keine Geheimnisse preis, aber in letzter Zeit fordert er sein Schicksal heraus, wegen der Biologielehrerin, wegen des Angriffs auf die Sandinisten, wegen der Besetzung von Grenada – sollte ausgerechnet Lenin Recht behalten? Gibt es tatsächlich keine Aussicht für die Völker sich zu befreien, ohne mit aller Kraft gegen den Imperialismus zu kämpfen und innere Unterdrückungsapparate aufzubauen? Würde tatsächlich alles in das amerikanische Meer gespült werden? – und wegen dieses Regens, dessen Tropfen von den Straßenlaternen beleuchtet wie Glassplitter vom Himmel fielen. Das Leben eines Menschen ist, wenn es sich nicht an den für den Gang der Welt entscheidenden Punkten mit diesen deckt, keine Geschichte wert. Oder vielleicht doch. Heißer Kakao, ja, aber keine Notiz (und was ist mit der Rose, die im Wind erzittert, auf dem Platz, mitten auf der Rasenfläche, unter der Laterne, neben der Gedenktafel?). Er schreibt seine Erinnerungen auf und gelangt zu der leeren Seite, und dort, auf der leeren Seite, schreibt er nicht ein einziges Wort, überspringt sie, neunzehnhundertfünfundsechzig, das ist alles, und jetzt, vielleicht wegen des Rings, der sich um ihn schließt, schreibt er Compañero Ernesto, und es wird Jahre dauern, bis dieser Name entschlüsselt ist.

Dies ist das Bild: Innen das Licht einer Lampe und wie der große Schatten eines Flugzeugs – eine kleine Motte. Draußen Nacht, bewölkt, hin und wieder geht Regen nieder. In seinem

Herzen ein lang zurückliegendes Bild, er schreibt es nicht nieder, vielleicht wird er es der Frau erzählen, mit der er den Rest seines Lebens zu teilen gedenkt. Unter den Bäumen eine Beratschlagung vor dem Kampf. Die Rebellen bitten die Fremden um Rat. Der Kommandant der Fremden, auch er schwarz, tritt zu einem anderen Mann, der abseits steht. Der Mann hustet. Raucht und hustet. Die Rebellen verstehen nicht, warum sich alle zu dem abseits stehenden Mann begeben, er ist doch nicht der Kommandant hier. Nissim wird der Biologielehrerin sagen: Ich kann dir nicht sagen, wer der Mann war. Ich kann dir nur die Szenerie schildern. Die Rebellen sitzen und rauchen. In der Nacht wird ein Teil von ihnen getötet werden. Die Berater werden mit ihnen in den Kampf ziehen. Ich kann dir nicht sagen, woher die Berater kamen, aber sie waren mutige Männer, und der Mann in der Ecke war nicht ihr Kommandant. Sein Name war geheim. Seine Fotos in den Ausweisen waren gefälscht. Er war die Anständigkeit in Person. Ja, ja. Du kannst mir glauben. Niemals werde ich dir erzählen, wer er war. ECG, in Ordnung? So wurde er genannt. Würde er nicht an die Geschichte glauben, würde er dem Jahr 1965 nicht solch große Bedeutung beimessen. Und vielleicht maß er 1965 derartige Bedeutung zu, weil ihm beschieden gewesen war, dort zu sein, und ausgerechnet dort sollte die Revolution gescheitert sein? Es fällt ihm schwer, auf die erste Frage zu antworten, weil niemand sie gestellt hat, und ganz sicher nicht er selbst. Und was das Scheitern anbelangt? Sag niemals Scheitern. Tage werden kommen und die Funken wieder eine Flamme sein.

Der Cafébesitzer will schließen. Der Kellner will gehen. Im Radio ist von einem wichtigen Ereignis die Rede. Nissim bemüht sich, nicht hinzuhören. Die Schaufensterscheiben klaffen im Neonlicht auseinander wie der Bauch der aufgerissenen Schlachterei gegenüber, und im Café ›Johan‹ blicken die langen Fenster auf die Passanten wie Bruchstücke eines Sees, so nimmt unsere Geschichte ihren Lauf – der Schuldiener sitzt da und sie (die Fenster) blicken in mitleidloser Trauer auf Fahrradfahrerinnen im mittleren Alter und mit Brot, Käse, Radieschen und Frühlingszwiebeln überladene Einkaufskörbe, die wie ein Paar Schenkel ohne Körper zu beiden Seiten des Sattels sitzen, wie geschrieben steht: »Ein Oberschenkel von hier, ein Oberschenkel von da und in der Mitte ein Amboss, dergestalt ist eine Frau.« – »Ich denke«, hustet der Patron, »ich denke, das war nicht aus Versehen, kein Irrtum. Sie haben sie vorsätzlich getötet, sagen aber, es sei irrtümlich geschehen, wegen Amerika«, und der Kellner erwidert: »Und das ist gerecht?«, »Auf was für Fragen du kommst? Sie haben getötet, weil getötet werden musste«, »Auch die Kinder?«, »Die Kinder? Waren Kinder darunter?«, »Das ganze Dorf ist umgebracht worden«, »Wenn Kinder darunter waren, dann war es sicher ein Versehen«, und der Kellner: »Also war es nun ein Versehen oder war es keins?« Nissim weiß zu schweigen. Sein Herz jedoch – ein blutiger Eiterschwamm. »Vielleicht sind sie nicht tot, liegen vielleicht nur wie Tote da, mit blutigen, erdigen Farben angemalt?«, sagt er. Doch abermals sprachen sie nicht zu ihm. Vielleicht ist seine Stimme zu schwach. Der Kellner fragte den Wirt: »Fühlst du dich besser?« Und der Patron erwiderte aufgebracht: »Ich fühle mich bestens, das ist nur das Rauchen.«

Als sei er selbst eine betrübte Fensterscheibe, schaut Nissim auf den Platz und berührt für eine kurzen Moment seinen Schnurrbart. Ich bin nicht ich. Ein Lächeln breitet sich von Zeit zu Zeit auf seinem Gesicht aus, während er notiert, so vorzüglich ist sein Gedächtnis, Bilder, Namen, Begriffe, Vergleiche, Worte, in sich verschränkte Geschichte werden in Windeseile ausgebreitet und rollen sich wieder zusammen, um in ihm zu ruhen wie eine Schlange, bis der sich Erinnernde ihrer wieder bedarf, oder das Gedächtnis selbst, wer kann das wissen, und jedes einzelne Detail gebärdet sich gewalttätig wie ein Meteorit, kollidiert mit einem anderen Detail, die verletzte Oberfläche bricht auf, und aufs Neue stieben aus diesem Vulkan der Erinnerung brennende Funken aus Anblicken, Bildern, Stimmen, Komplimenten, ehe er, da er um die in dieser sich potenzierenden Geschwindigkeit verborgene Gefahr wusste, die Geschwindigkeit der Bewegung, der nicht bloß der eine oder andere schon erlegen ist und zermalmt wurde, will sagen, gesteinigt vom Hagel seiner Erinnerungen, dessen Zunahme nicht mehr zu kontrollieren war, sich beeilte, laut mit sich selbst zu sprechen, unwesentlich, was er sagte, weshalb er sagte: »Zu 1965 vermerke ich nichts«, und nachdem er, um diesen Vulkan zu besänftigen, noch zwei, drei Mal wiederholt hatte: »Zu 1965 vermerke ich nichts«, notierte er ein anderes Datum, um den Gedankenfluss zu stoppen, schrieb 1986 und 1996 und auch 1999, denn die Zukunft ist unbefleckt von Bildern und Gedanken, einmal abgesehen von der Erwartung der Erlösung, die in einer Form kommen wird, die wir noch nicht kennen. Mit einem Mal überkam ihn Ruhe. Er sah sich um. Niemand hatte den Kampf bemerkt, den er gerade geführt hatte, als hätte er ein kleines Boot vor dem Sinken bewahrt, er muss sich beruhigen, sein Mund ist trocken. Als er aus unserem Leben verschwand, vergaßen wir ihn, so wie jeden Skandal. Auch der Metzger, dessen Sorgen Nissim jeden Abend lauschte, nachdem der seine Schlachterei zugemacht hatte, seufzte und schrieb ihn ab.

Am Morgen zeigte sich der Himmel finster wie ein großes Chamäleon (mit rosig aufgesperrtem Rachen tief im Westen, am Ende des Tages), und Rafi, der Instruktor für vormilitärische Ausbildung an unserer Schule, der einsame Mieter der Weintraub, stand im Hof, neben ihm dutzende von Fahrrädern, in eine Jacke gezwängt, die er bei der Armee gestohlen hatte, stand er gebeugt wie eine Sonnenblume, und knurrte leise die Klasse an, die unter großem Getöse aus ihrem Klassenraum im dritten Stock kam, murrte unten bei der Trainingsanlage in einem fort, »Seid ihr noch immer nicht hier? Eins-zwei, seid ihr noch immer nicht hier?«, und je mehr sie sich verspäteten, desto mehr senkte er seine Stimme, flüsterte beinahe und steigerte lediglich sein Entsetzen ein wenig, »Seid ihr noch immer nicht hier? Eins-zwei, seid ihr noch immer nicht hier?«, und nachdem er dies ein paar Mal gesagt und der unmissverständlichen Botschaft noch den Zorn seiner Augen beigegeben hatte, die Hände in die Hüften gestemmt, den Kopf gesenkt, hatten dreißig Jungen und Mädchen sich eingefunden und vor ihm Aufstellung genommen, aber er fuhr fort, in derselben Tonlage zu murren, »Seid ihr noch immer nicht hier? Eins-zwei, seid ihr noch immer nicht hier?« Und während sie noch lachen, lächeln und einer nach dem anderen verstummen, knurrt er unbeirrt weiter, »Seid ihr noch immer nicht hier? Eins-zwei, seid ihr noch immer nicht hier?«, und am Ende beweist sich sein maßloses Erstaunen, denn bitte sehr, ohne die Stimme auch nur einmal gehoben zu haben, ohne seine Haltung oder seinen Gesichtsausdruck verändert zu haben, steht die Klasse vor ihm, still wie Schatten, und er genießt es, das ist sein Lohn, zu murmeln, »Seid ihr noch immer nicht hier? Eins-zwei, seid ihr noch immer nicht hier?«, und zu sehen, wie sie Haltung annehmen, ein klein wenig verängstigt, unschuldig, sich bemühen, ihn zufrieden zu stellen, aufhören, Kaugummi zu kauen und zu krakeelen. Wie sehr er sie liebte, wie sehr er seine Schüler liebte (und wie sehr er betete, nicht plötzlich Übungsleiter für Volkstänze sein zu müssen, wie in Unterparagraf 2b seines Vertrages stand, oder ihm aufgehalst wurde, die Aufführung zum Schuljahresende einzustudieren, wie im selben Paragrafen vermerkt). Der Frühling würde kommen, die Wolken würden sich vor die Sonne schieben und unten die Äste der Bäume anblasen, als seien sie aus Glas, ihnen grünliche Knospen entlocken.

Rafi hatte sich auch eine Art Pistole um die Hüften gepackt. Sie würden lernen müssen, einander zu schlagen. Hatten sich in zwei Reihen aufzustellen, Jungen auf der einen, Mädchen auf der anderen. In jenem Augenblick erschien ein Mann mit Brille und Bart jenseits des Friedhofs. »Wer ist der Mann?«, fragte eine Schüler flüsternd. Jemand anderes sagte, »Das ist der Lehrer, der verschwunden ist.« Aufregung erfasste sie. Sie waren in ihrem ersten Jahr auf der Schule, als er kam und zum Tagesgespräch wurde. Der Lehrer verschwand und tauchte plötzlich wieder auf, blieb stehen, verlegen, kam auf sie zu und sagte: »W-Wozu braucht ihr d-diese Übungen, K-Kinder?« Der Ausbilder war wütend. Die Schüler umringten den Mann. Der Instruktor überlegte, ob er stehen bleiben und weiter seine gestrengen Worte murmeln sollte, ließ es dann aber bleiben. Vielleicht versuchte er es auch und verzichtete dann. Stattdessen ließ auch er sich mitreißen, den großen Mann zu betrachten. »Ein B-Baum, durch nichts t-tilgbar, selbst gewachsen, den auch des F-Feindes Speere scheun, der hier erblüht k-kraftvoll diesem L-Lande, jugendnährend, vom Laub schimmernd: D-Der Ölbaum, den niemand, kein J-Jüngling noch wem das Alter M-Macht gibt, f-frevelnder Hand schändet und ausmerzt.« – »Das ist schön«, sagte einer der Jungen. »Aber was hat das mit unserer Stunde zu tun?«, fragte der Ausbilder mit zögerlicher Stimme, und der Mann kratzte seine Bartstoppeln, säuberte sein schütteres Haar von Strohhalmen, die darin hingen, und begann zu pfeifen. Er pfiff schön. Sie hörten auf zu lachen. Sein Mund wurde zu einem dunklen, pfeifenden Loch. »Was soll hier noch passieren?«, fragte Orly, wie eine Volksvertreterin, und der Ausbilder sagte ihr, als wären sie beide allein dort, »Ich werde dir nachher erzählen, wer das ist, ich wohne in dem Haus, in dem er vorher gewohnt hat, am besten, man ruft die Polizei.« Der Mann fuhr fort zu pfeifen. Ein solch schönes Pfeifen hatten wir unser Lebtag noch nicht gehört. Dann begann er, in

Richtung Fluss zu gehen. Wir folgten ihm. Orly und der Ausbilder blieben zurück, doch dann holte uns Orly ein, schämte sich vielleicht, allein mit dem Übungsleiter zurückzubleiben, worauf auch dieser sich uns anschloss, vielleicht aus Verantwortungsbewusstsein. Niemand wusste, warum gegangen wurde, aber alle gingen wegen der anderen. So wird immer gegangen. Und er pfiff unverdrossen. Wir passierten die Felder. Er dachte daran, anzuhalten und über Esra den Schreiber zu sprechen, der ein grausamer Mann war und den Juden ein hässliches Erbe hinterlassen hatte, aber ihm fehlte die Kraft. Voller Lebenskraft waren die Kinder hinter ihm. Wir wollten zur Armee gehen, nicht, weil wir beschränkt gewesen wären, sondern weil es sein muss. Das ist der Lauf der Welt. Er blieb nicht stehen, ging schnell, durchquerte das weit gestreckte Feld, und als wir einen großen Fluss erreichten, den wir noch nie gesehen hatten, folgten wir dem Lauf des Ufers. Ein Erpel quakte lauthals, denn so sind Erpel nun mal, doch er ging ins Wasser und pfiff. Der Ausbilder sagte mit bebender Stimme: »Wir gehen ihm nicht nach.« Wir gehorchten, weil wir leben wollten. Der Mann watete in den Fluss und fuhr fort zu pfeifen, sein Pfeifen wurde zittrig, vielleicht vor Kälte, als er uns zum Abschied zuwinkte, ohne sich zu uns umzudrehen. Danach sollten wir nie wieder etwas von ihm hören. »Unüberwindliches Tier du, das an dem allzeit gastlichen Eingangstor muss lauern und knurren aus der Schlucht, unbesiegter Wächter des Hades von je, dessen Wille dich zwingt, du Sohn von Erd' und Tartaros! Ich flehe: es wandere unversehrt der Gastfreund auf seiner Bahn in das Totenreich hinab! Dich, Gott des Schlafes ohne Ende, ruf' ich!« So verschwand Jizchak Kummer. Wenn er tatsächlich so hieß, und besser gesagt, so wollte er zu gern verschwinden, schließlich will jeder Mensch mit seinem Leben so abschließen, sich in grünen Feldern verlieren, auf der anderen Seite des Flusses, damit am Morgen die am Fluss entlang spazierenden Liebenden dorthin deuteten und einer von ihnen sagen würde: »Dort drüben, siehst du die mächtige Eiche?« Und seine Angebetete würde sagen: »Der Baum dort rechts?«, »Nein, etwas dahinter, da steht ein Amberbaum, der mittlere, dort drüben«, »Der silbrige«, »Ja, genau der.« Er überquerte den Fluss, anfangs dachten wir, er sei ertrunken, aber dann kam er nass bis auf die Haut am anderen Ufer wieder zum Vorschein, auf einer großen Wiese, Spatzen hüpften dort umher, eine Amsel sammelte emsig Reisignadeln, als wetteiferte jemand mit ihr. Vielleicht war auf dieser Waldlichtung einst ein Kalb geboren worden. Ende der Geschichte. Man kann an dieser Stelle aufhören zu lesen.

(Der Autor verbeugt sich und geht hinaus, seine besten Freunde bleiben, Bravo, eine Zugabe von neunzehn Seiten noch, der generöse Beifall der Freunde, ein Traum von Resonanz, die Zuneigung der Freunde von einst, Treue.)

Der neue Lehrer verschwand in dem Eichenhain. Einst war dort ein kleiner Friedhof gewesen. Dann hatte man ihn zu einem Naturschutzgebiet gemacht wegen des hohen Alters der Bäume. Die Bäume, nebenbei bemerkt, halfen, das Alter der Gräber zu bestimmen. Zweihundert Jahre, im Schnitt. Neben jedem Grab war einst eine Eiche gepflanzt worden. Die Grabsteine hat man zertrümmert. Auch die Häuser. Die Bewohner der Häuser waren ohnehin in alle Himmelsrichtungen verstreut worden. Doch die Eichen hat man bewahrt. Das Leben ist stärker als der Tod. Jetzt erhoben sie sich, die Kinder des Marsches, von Zeit zu Zeit rasteten sie am Wegesrand, flüchteten in die Zitruspflanzungen, um sich zu verstecken, zogen danach weiter und er unter ihnen, unbeholfen, zu groß, er will nicht führen, will einer von ihnen sein, schleppt sich hinter ihnen her, sie zeigen mit dem Finger auf ihn, flüstern, und wenn es wieder einmal gilt, sich unter die Bäume zu flüchten, klettert ein Teil von ihnen hinauf und zwei lachen ihn aus, wispern miteinander und lachen. Ein kleines Mädchen in einer roten Bluse beschimpft ihn, ich hab schon um Verzeihung gebeten, verfluch mich nicht, bitte, wer führt sie an? Wer hält sie auf den Beinen? Wer gibt ihnen Wasser zu trinken? Wer wacht über sie, wenn sie nachts schlafen? Schon wieder stellst du Fragen und wir müssen antworten? Ich bitte auch um Verzeihung für diese Fragen, ich kann keine Fragen mehr stellen, auch über mich selbst nicht, aber wie kann es sein, dass Kinder einfach so ihre Mütter zurücklassen und sich auf den Weg machen, um den Vater zu suchen? Sie antworten nicht. Sie gehen, als hörten sie ihn nicht, als sei er nicht unter ihnen. Monate vergehen, der Staub der Schuhe lässt das Haar weiß werden, oder umgekehrt. Die Frage ist zu eindeutig, unnötig, eindeutige Fragen zu stellen, nur in Geschichten werden solch eindeutige Fragen gestellt, und auch dort fragen nur die Hexen. Verschwinde von hier, du Geheimdienstvisage, oder du bringst uns den großen Katalog. Es gibt keinen Katalog, geht immer die Kakteenhecken entlang, folgt den Feigen, den Ruinen, den behauenen Felsen. Wegen des Codes beschaff uns den Katalog. Aber ich kenne den Code wirklich nicht mehr, und als er das Wort ›wirklich‹ ausspricht, erheben sie sich, nehmen Aufstellung, schultern die Rucksäcke, ein Kleiner mit Brille ist sehr erschöpft, seine Schwester hält seine Hand, und einer macht Witze, veralbert mich, wegen meiner Größe und weil ich nackt bin, der Katalog, sagt der Junge, der an der Spitze geht, ich werde dir keine Hand geben, wenn du mir nicht den Katalog gibst, ich habe keinen Katalog. Der Junge lässt sich erweichen und gibt ihm die Hand, seine Hand ist warm, wie wenig brauche ich, um auszuruhen. Noch ist die Zeit nicht gekommen! Wer bist du, dass du uns sagst, die Zeit sei noch nicht gekommen? Wann wird die Zeit gekommen sein? Und wenn die Zeit gekommen sein wird, wirst du es uns sagen? Lass uns unsere eigene Geschichte. Was suchst du? Die Wahrheit. Und wir suchen einen Ort. Die Hand des Jungen ist warm, aber er schweigt, vielleicht will er seinen Vater, begnügt sich aber mit mir. Habe ich deinen Vater getötet? Da ist ein Eisverkäufer, geben Sie ihnen Eis auf meine Rechnung. Der Eisverkäufer öffnet seinen Kasten und zeigt: Alles ist geschmolzen, eine Erdbeersiruppfütze. Sie verzichten. Gehen. Warum können sie nicht gemeinsam schreien, wie ein großer Chor, wir suchen Vater. Aber wenn jeder seinen eigenen Vater sucht, warum geht ihr dann zusammen? Weil wir alle unsere Väter verloren haben, auch jene, die du gefoltert hast. Ich habe gefoltert? Er führt sie an, abermals er, warum lässt er sie nicht in die Irre gehen? Schatten und auf dem Feld um die Eiche, neben dem alten Packhaus, eine große Waldlichtung, »Hier, benetzt von des Himmels Tau, blühn tagtäglich in Träubchen hold Narzissen zum altheiligen Kranz der zwei Großen Göttinnen. Golden strahlt ringsum Krokus, und, nimmermüd', nie versiegen die Quellen des Kephisos«, der Wald ist gefällt, eine abgeschälte Hand ragt hervor, Fleisch aus der Erde, Fliegen schwirren umher. Er geht zwischen den Erdhaufen umher. Wartet hier auf mich, ich komme zurück. Sie glauben ihm nicht, setzen sich aber nieder. Diesmal werde ich nicht fliehen, aber du bist uns schon so viele Male entflohen, alles ist markiert, nicht die Dörfer, die Gräber, ein Vogel pickt seinen Bauch, Vera, die Krähe, geht nach Hause, wir sind durchnummerierte Erdhaufen, jedes Hügelchen eine Nummer und ein Datum, ein schwarzes Brett und weiße Ziffern, wo sind die Namen zu den Nummern? Ist das der Katalog, den sie suchen? Eine unendlich lange Reihe, kein Zaun, nur ein alter Wächter, eine Fliege stört ihn im Schlaf, er verscheucht sie mit der Hand und schläft weiter, doch die Fliege bedrängt ihn erneut, die Kinder brechen in Gelächter aus, die Zunge des Wächters leckt an einem süßen Traum aus Milch und Honig, ihr könnt euch nicht auf diese Erde setzen, zu viele Tote ruhen unter ihr. Was sagst du uns, sich hier nicht hinzusetzen? Unsere

Väter liegen hier begraben, zu hunderten, tausenden. Ich werde euer Vater sein, du bist nicht unser Vater, du bist Jude, ich bin nicht Jude, ich bin ein Mensch, wir sind Araber.

Er lief nackt, durch die Stadt. Würde ich etwas zum Anziehen finden, würde ich ins Leben zurückkehren, ich will ins Leben zurückkehren. Der Gedanke kam ihm, sie sei ein Engel, sie wird ihn nach Hause bringen, seinen Rucksack auspacken, die verschimmelten Lebensmittel im Kühlschrank wegwerfen, lüften, sauber machen, Käse und Brötchen einkaufen gehen, und wenn sie zurückkommt, wird der Duft der Brötchen aus dem Treppenhaus aufsteigen und auch der Kaffee in der sonnendurchfluteten Küche wird verkünden ›einen Moment‹, sie wird zu ihm treten und ihm sagen ›einen Moment‹, er wird auf dem Bett liegen, wird lächeln und sagen ›einen Moment‹, ehe sie seine Augen schließen und weggehen wird, das Licht ausmacht und der Moment vorüber ist, da sie seine Seele wie einen geschmolzenen Knopf mitnimmt. Ende der Geschichte. Man kann auch hier aufhören zu lesen.

Ein Mensch, der sich selbst bestraft, will in Wahrheit nicht mit solcher Leichtigkeit sterben, als wartete seine verlorene Geliebte tot im Wald auf ihn, neben einem Baum, aus dem den ganzen Tag silberne Farbe aufsteigt, und gegen Abend gibt er dem Schöpfer einen rosafarbenen Firmamentdiamanten zurück, aus Kohle sein Ursprung, Entgelt für den schönen Tag, und daher blieb der Mann trotz allem unter uns, um noch ein Mal zu sehen und gesehen zu werden, oder sollte man besser sagen: So, in den brennenden, stillen Frühling hinein verschwand er aus unseren Augen, doch nicht aus seinen eigenen, und so sehr er auch wünschte, sich des Nachdenkens über sein eigenes Denken zu enthalten und ein schmerzender, erschlaffender Körper zu sein, er tat es nicht, denn als sie kamen, um ausgerechnet Nissim zu verhaften, den Schuldiener unserer Schule, der bis zum Überdruss aus Briefen der Revolution zitierte, eine letzte Haftzeit, das Licht der Sonne würde er nicht mehr zu sehen bekommen, sagten ihm die, die ihn verhaften kamen, im Grunde genommen keine schlechten Dramaturgen, denn sie sorgten dafür, dass Nissim von weitem den neuen Lehrer zu sehen bekam wie ein Spiegelbild oder wie eine mattfarbige Blase, und sagten auch zu ihm: »Siehst du den? Er hat uns zu dir geschickt«, worauf Nissim ihnen wortlos das Heft aushändigte, das sie suchten, und sagte: »Es gibt eine freie Seite, 1965, niemals werdet ihr aus mir herausholen, was ich 1965 gemacht habe oder wo das gewesen ist, was ich getan habe«, denn das war es, was ihn stark machte, die leere Seite, und wie nebenbei fragte er sich noch, ob er *Der Klassenkampf in Frankreich* und *Der achtzehnte Brumaire des Louis Napoleon* mitnehmen könne, doch sie wiederholten nur, die beiden Bebrillten, wiederholten, als hätten sie nicht gehört, einmal redete der und einmal der, mit abgehackten Silben, wie sie einem im Offizierslehrgang zu sprechen beibringen: »Siehst du den da auf dem Weg, der mit un-se-rem Boss re-det? Er hat uns zu dir ge-führt«, aber Nissim war nicht dumm, nein, nein, hätte in jenem Augenblick Babeuf zitieren können, oder Marat, Desmoulins oder sogar Saint-Just (»Jene, die Revolutionen nur halb vollenden, sind nichts anderes als Totengräber«), und vielleicht wusste er überhaupt nicht, über was sie reden, oder aber, anders betrachtet, fuhr er fort, sich zu verstellen, kein Zeichen preiszugeben von all den Zeichen, die sie von ihm wollten und die er ihnen nie lieferte, denn Nissim sprach mehr als eine Sprache zur gleichen Zeit, was, möglicherweise, bedeutete, dass er immer wusste, welche Zeichen er nicht offenbaren durfte, denn diejenigen, die mehr als eine Sprache sprechen, sind von zweierlei Art: die, die ihre Mehrsprachigkeit demonstrieren, und jene, die sie verbergen. So oder so sagte Nissim plötzlich (vielleicht dachte er an Flucht, vielleicht wollte er nur sein Versprechen einlösen): »Ich habe versprochen, heute Morgen noch Blut zu spenden, für die bei dem Anschlag Verletzten«, und einer der beiden Kerle, die ihn verhaftet hatten, war erbost, denn schließlich hatten sie ihn wegen des Anschlags verhaftet, und der zweite war nicht erbost, sondern fragte voller Hochmut: »Blut für ei-nen Ju-den oder für ei-nen A-ra-ber?« Und der Erste ordnete an, als sei Nissim nicht zugegen: »Lass dich nicht auf ei-ne Dis-kus-sion mit ihm ein, er wi-ckelt dich um den Fin-ger, du hast doch ge-hört, was sie uns ge-sagt ha-ben, nicht?« Nissim, seinerseits, blieb erneut dabei, nichts verstanden zu haben, oder aber ignorierte das Kompliment, da er ein kluger oder bescheidener Mann war, und vielleicht sann er in jenen Augenblicken tatsächlich über andere Dinge nach, über Kinder, die zu dieser frühen Morgenstunde auf den Entbindungsstationen des Landes geboren werden, in den Wartezimmern rauchen Väter und Onkel und in den Kreißsälen schimpfen die Gebärenden, die Ärzte frühstücken und die Hebamme Smira, Smira die Große, the one and only, vielleicht hätte man ihr dieses Buch widmen sollen, wechselt zwischen den werdenden Müttern hin und her, geht von Zeit zu Zeit ins Wartezimmer, ruft den Namen eines Vaters auf und zeigt ihm das Neugeborene, rot, zerknittert, überzogen von talgfarbener Schmiere, und ein Vater weint, vor Freude, ja, ja, denkt an seinen Vater, was hätte der gesagt, dann zeigen sie das Kind der Mutter, die schwitzt, ihre Lippen sind trocken, der Schmerz ist noch nicht vergangen, aber auch sie weint ein bisschen und sagt: »Meine Tochter, meine Tochter«, und man sagt ihr: »Es ist ein Junge, Eleanor«, doch die Tränen fließen so oder so, denn ein neuer Tag hat begonnen, nicht nur dort, sondern auf so vielen Entbindungsstationen, auch in den Flüchtlingslagern, in den Nachbarländern, in Afrika, einige von ihnen werden weiterleben, um eine bessere Welt zu schaffen, ja, ja, in diesem Schrei von Säuglingen in den Händen der Hebammen hat

Nissim stets Leid und viel Mut gehört, und auch Hoffnung weiterzugehen, und wäre da nicht die Niere gewesen, die ihm transplantiert werden muss (der neue Lehrer hatte versprochen, ihm eine Niere zu spenden), hätte er gewiss seine Schritte beschleunigt, aber plötzlich tut ihm etwas weh und er geht langsamer. Und als er die Reihe der Fahrzeuge passierte, deren Funkgeräte quäkten, als sei soeben, mit dieser ersehnten Verhaftung, ein großer Sprengsatz entschärft worden, obgleich der verfettete und wassertriefende Lehrer seinem Vorgesetzten gegenüber immer wieder behauptete, er und niemand anders sei es gewesen, der die große Sprengladung gelegt habe, da also, als Nissim an ihnen vorüberkam, verstummte der Lehrer, hörte auf, um die Freiheit des Mannes aus dem Keller zu betteln, und versuchte stattdessen, etwas zu sagen, sah dessen gleichgültiges Gesicht und verstummte erneut, wollte alles hinter sich lassen, alles widerrufen, was er jemals gesagt und getan hatte, wollte sich selbst vor Nissim verbrennen, ja, ja, ihn küssen, ihm zu Füßen fallen und flehen, er möge ihm vergeben, er habe sie nicht hergebracht, und wenn sie ihn verfolgt hätten, habe er davon nichts gewusst, doch vielleicht war das nur eine weitere sadistische Perversion von ihnen, Nissim mit seinem Anblick gehen zu lassen, dem Anblick des Judas Iskariot, doch es ist nichts Wahres dran an der Auslegung dieses Anblicks, glaub mir, mein Ismail, ich schwöre es dir, zufällig bin ich hier, zufällig haben sie mich hergebracht, weil sie dich verhaften gingen, aber der zitternde Lehrer sah nur seinen von Falten zerpflügten Nacken, vier Furchen treffen genau in der Mitte aufeinander, wie Überreste einer prähistorischen Versteinerung im Fels, und von der anderen Seite des Kopfes sah er nichts.

Doch anstatt um Vergebung zu bitten oder über den für die Sicherheitsdienste Zuständigen herzufallen, um an diesem zu vollstrecken, was das natürliche Recht – ob es nun existiert oder nicht – verlangt, tat er abermals nichts, wurde bloß von Stolz erfüllt, vielleicht Verehrung, wie ein Mann seinen greisen Vater verehrt, wenn er sich an ihn erinnert, während er seinen eigenen Sohn mit dem Wagen zur Grundausbildung fährt, nicht, weil Nissim ihn von seiner Verantwortung befreit hätte, im Gegenteil, seine Schuld ist jetzt unwiderruflich wie eine Beschneidung, niemals wird er von dieser Welt Abschied nehmen, ohne an den fehlenden Blick erinnert zu werden. Doch vielleicht kannte ihn dieser Nissim gar nicht. Wir wissen nicht, ob Nissim tatsächlich der verfolgte Bruder unseres Lehrers ist. Und wir gestehen auch nicht. Da wir nur dem Augenschein verpflichtet sind (und nicht seiner häufig revidierten Auslegung), können wir nur feststellen, dass der Schuldiener mit dem Lehrer immer sprach, als seien sie sich nie zuvor begegnet, und der Lehrer – das ist der Tatbestand, auf den es uns ankommt – war von neuem erschüttert. Die ganze Zeit über, die er hier gewesen war, hatte sich Nissim ihm gegenüber nicht einen Moment verhalten, als sei er ein Feind, oder ein verlorener Bruder, hatte ihm vielmehr geholfen, ihm Kreide gegeben, für ihn das Klassenbuch aufbewahrt, ihm praktische Ratschläge zur Einkommenssteuer oder den anderen Lehrern zukommen lassen. Und wenn Nissim der Mann war, den der Lehrer suchte, warum verehrte er ihn dann so? Sollte all das zutreffen, was über unseren Schuldiener gesagt wird, ja selbst, wenn nur eine Version sich als richtig erwiese und er unsere Bank in die Luft gejagt oder seine Familie verlassen hat, seine Frau und seine drei Kinder, von denen eines später getötet und ein anderes auf der Suche nach seinem Vater verloren gehen würde, dann haben wir keine Komplimente für ihn übrig. Aber der neue Lehrer machte sich nicht derart fragwürdige Gedanken über Nissim, versuchte nur zu erraten, ob er ihn erkannt hatte, und warum er die ganze Zeit zitiert und nichts über die Vergangenheit sagt, nicht ein Wort, über ihre Väter, ihre Mütter. Zwischen den Maispflanzen begann alles von neuem: Sie sind sich nie begegnet, haben sich nie gekannt, erinnern sich an nichts.

Was noch? Ja, als Nissim zum Wagen geführt wurde, bat er, für einen Moment noch in seinen Keller zurückkehren zu dürfen, der bereits versiegelt worden war. Seine beiden Aufpasser ließen sich erweichen. Vielleicht würden sie irgendetwas entdecken, das sie zuvor nicht entdeckt hatten. Aber er zog weder Karten noch Namenslisten hervor. Er nahm eine Anstecknadel mit einem roten Symbol (wo hatte er sie bekommen?), und auf dem Weg zum Wagen hob er seine mit Handschellen aneinander gefesselten Hände und steckte sich die Nadel an den Kragen seines Hemdes. In der winterlichen Sonne blinkte die Anstecknadel für einen Moment. Doch auf dem Weg zu dem weißen Fahrzeug, inmitten der Maisallee, krümmte sich trotz allem etwas in ihm. Vielleicht waren es die Handschellen, die ihn sich bücken ließen, vielleicht die Fesseln um seine Füße. Vielleicht bückte er sich, um in den weißen Wagen zu steigen. Die Schulkinder standen und beobachteten sie schweigend, fügten sich in das Urteil, denn was lässt sich schon groß sagen über einen, der für die mörderische Explosion neben dem Kino verantwortlich war, und das war exakt, was auch dem Richter durch den Kopf ging, als sie ihm die Dokumente zeigten, die gefälschten und die echten, was lässt sich schon groß sagen, sodass er nur eines wissen wollte, der Richter, ja sogar von den Mitarbeitern des Inlandsgeheimdienstes verlangte, den Gerichtssaal zu verlassen (einen Rechtsanwalt hatte Nissim nicht), ehe er zu Nissim sagte: »Wie lautet Ihr tatsächlicher Name, wenn Sie mir Ihren wirklichen Namen anvertrauen, könnte ich eine Entlassung aus der Haft in Erwägung ziehen«, aber der Verdächtige schaute den Richter bloß an, und beide warteten wie auf ein geheimes Klingelzeichen. Der Verdächtige antwortete nicht. Er hatte zehn Personalausweise in seinem Keller, und keiner davon war echt. Hatte vier oder fünf Pässe, und kein einziger war echt. Vielleicht hatten sie ihm die Ausweispapiere untergeschoben, als er nicht da war. Sie machen solche Sachen, um ein Haus sprengen zu können, warum also nicht, um einen Verdächtigen festzunehmen? Wie auch immer, nicht ein Name von Bedeutung war echt. Sie wussten nicht einmal, unter welchem Namen sie ihn festnehmen sollten. Nissim bestätigte weder noch stritt er ab. Er ließ sein fantasierendes Hirn an den kleinen Flughafen in Daressalam denken, im Sommer 1965, Che stieg aus dem Flugzeug, verkleidet. Sie warteten mit einem Lastwagen außerhalb des Flughafens auf ihn. Einige Monate lang wusste er nicht, mit wem er in den Dschungeln Afrikas kämpfte. Auch als sie den Tanganjikasee in den Kongo überquerten, wusste er nicht, wer der Mann ist. Und als er es wusste, war Che bereits fort, und er musste all diese Bilder erst im Nachhinein rekonstruieren, als ihm bewusst wurde, dass er an der Seite von Ernesto Che Guevara gekämpft hatte, der als Berater im Hintergrund blieb, rauchte und hustete (war es tatsächlich Che gewesen? Er fragte nicht, glaubte, dass ja, und mit den Jahren wuchs seine Überzeugung, seine Liebe, sein Stolz). »Welche Bedeutung hat die nationale Zugehörigkeit?«, fragte er den Richter. Der Richter, ein arabischer Richter, muss gesagt sein, berichtete den Leuten vom Inlandsgeheimdienst, was der Verdächtige ihm geantwortet hatte, und fügte hinzu: »Meiner Meinung nach, wenn Sie entschuldigen, kann nur ein Jude so reden«, aber die Geheimdienstleute sagten dem Richter, auch ein als Jude sich ausgebender Araber könne so reden, was sicher stimmt, dachte der Richter bei sich und fragte sie, ob sie nicht gedächten, Anzeige wegen fälschlichen Auftretens als Jude zu erstatten (»Die Verwendung einer Verkleidung durch eine Person ist unter jedweden Umständen untersagt, in welchen die Verwendung einer solchen dem Wohl der Öffentlichkeit schadet oder Schaden zufügen kann, die Verteidigung Israels oder den Schutz der öffentlichen Ordnung bedroht. Bei Zuwiderhandlung droht Freiheitsentzug bis zu drei Jahren.«[13]), aber sie – versehen mit den Anweisungen ihrer Vorgesetzten – sagten, sie wüssten nicht so recht, schließlich kostümieren sie sich selbst ihr ganzes Leben, zum Wohle des Staates, selbstverständlich, aber dieser Paragraf sei weniger effektiv als Administrativarrest, der jedes halbe Jahr verlängert werden könne, bis ihnen ein schwerer wiegenderer Anklagegrund in die Hände fiele, und vielleicht sei überhaupt auch von einer Anklage wegen Vergewaltigung die Rede, da der Verdächtige mit jüdischen Frauen geschlafen habe, indem er sich als Jude ausgab, worin zweifelsohne eine Vergewaltigung zu sehen sei und nicht bloß der Genuss von Sexualhandlungen durch bewusste Irreführung. Der Richter wurde rot und sagte, eine derartige Auslegung höre sich für ihn sonderbar an, aber der Rechtsberater der Sicherheitsdienste, ein Mann von angenehmem Auftreten – kaum zu glauben, wie viele Menschen im Gefängnis sitzen ohne jedes Gerichtsverfahren dank seiner schnellen Intervention bei namhaften Richtern, inklusive des Präsidenten des Obersten Gerichtshofs –, der Rechtsberater also nickte, doch, doch, das sei durchaus möglich, worauf der Richter mit den Achseln zuckte, denn zuweilen vergisst er die Vorrangstellung des Rechts, von Zeit zu Zeit auch seine eigene Vorrangstellung und manchmal vielleicht das Außergewöhnliche.

Dennoch steckte er nicht ganz so leicht zurück. Er wollte nichts weniger, als einen unschuldigen Juden ins Gefängnis werfen. Schließlich hoffte auch er, eines Tages Richter am Obersten Gerichtshof zu sein. Auch einen unschuldigen Araber wollte er nicht ins Gefängnis bringen, aber wenn Nissim Araber ist, dann ist er zumindest hinsichtlich des Vergehens der Vortäuschung falscher Tatsachen nicht unschuldig, doch wie auch immer, der Hauptzeuge in diesem Fall kann nicht vor Gericht erscheinen aus bekannten Gründen, obgleich er es ist, der diese dicke Akte zusammengetragen und Jahre auf die Verfolgung dieses Mannes verwandt hat, so sagten sie dem Richter, und der Richter fragte, ob er wissen könne, wer der Betreffende sei, aber sie verneinten aus verständlichen oder weniger verständlichen

Gründen, denn schließlich war dieser Zeuge ja bei dem Versuch, den großen Fluss beim Eichenhain zu durchqueren, ertrunken. Letztendlich tauschte dann der für den Geschäftsverteilungsplan zuständige Richter den Saal, in dem der höchster Geheimhaltung unterliegende Fall verhandelt wurde, und verlegte die Sache in einen anderen Sitzungsraum, wo ein anderer Richter auf die Forderung verzichtete, mit dem Geheimagenten zu sprechen. Die Angelegenheit sickerte jedoch bis zu unserem Armeekorrespondenten durch und landete irgendwann im Zimmer des zuständigen Redakteurs. Der Redakteur kratzte sich nervös am Kopf, warum musste ausgerechnet ihm diese Sache auf den Schreibtisch flattern? Die Zensur wird das kassieren, fügte der Korrespondent hinzu, und daher rief der Redakteur mitten in der Nacht Beni Genial an, den Leiter der Nachrichtenredaktion, dessen großer Vorzug seine Kontakte zum Kopf des Inlandsgeheimdienstes waren, und Genial rief den Redakteur später zurück und sagte ihm, bei der Zusammenkunft, die er mit dem Kopf des Inlandsgeheimdienstes gehabt habe, habe ihm dieser gesagt, dass er noch niemals etwas von einem Abteilungsleiter, einem Leitoffizier oder Agenten namens Jizchak Kummer gehört hätte und dass sich für ihn die ganze Sache aus den Fingern gesogen anhöre (aber dank des Vertrauens, das sich der Leiter der Nachrichtenredaktion erworben hatte, weihte ihn der Kopf des Inlandsgeheimdienstes in eine [»vollkommen andere«] Affäre ein, da ein arabischer Informant die Reihen des Geheimdienstes infiltriert habe. Der angebliche Agent habe sich selbst einen Decknamen erfunden, ein ganzes Netz von Kontaktleuten aufgebaut, die es nie gegeben habe, Informationen geliefert, die nie existiert hätten, Verdächtige aufgebaut, die nirgendwo zu finden waren, und habe vor allem den gesamten Inlandsgeheimdienst auf die Spur eines Mann gehetzt, der nichts weiter getan hätte, als sich fälschlicherweise als Mitarbeiter des Inlandsgeheimdienstes auszugeben). Der Redakteur fragte Genial, ob er dem Dementi des Geheimdienstchefs Glauben schenke, und Genial, der schielte, aber sich Mühe gab, immerzu zu lächeln, sagte, er habe ihm nicht ein Wort geglaubt, (die Sache mit der kapitalen Panne, jene Infiltrationsaffäre, jedoch behielt er schön für sich und vertraute sie dem Redakteur nicht an, sagte stattdessen laut zu sich selbst, in Anwesenheit des skeptischen Redakteurs, warum sollte er mich belügen, schließlich hat er mir schon andere, noch gravierende Geheimnisse mitgeteilt). Und bitte sehr, um eines Happy End willen – auch der fantasiebegabte Korrespondent, der die Nachricht brachte, wurde nicht gefeuert. Gefeuert wurde die Schreibkraft, die den Namen des Verkehrsministers falsch schrieb. Ein Jahr danach nahm sie sich das Leben, aber wenn ein Selbstmord sich ein Jahr nach der Kündigung ereignet, haben diejenigen, die die Kündigung ausgesprochen haben, keine Gewissensbisse zu haben. So ist es im persönlichen Vertrag festgehalten. Und Genial sprach über all das mit seiner Frau beim Frühstück, und sie sagte, er sei ein Genie, wirklich ein Genie. Sie glaubte tatsächlich, er sei ein Genie. (Einmal dachte er bei sich, sein Penis sei zu klein, weil sein Vater ihm vor lauter Zuneigung immer hineingekniffen hatte, aber vielleicht kamen erst die Gedanken über die Größe des Penis und hinterher die Suche nach den Ursachen, denn so sind die Geschichten: Ein Mann versucht seinen eigenen Penis zu küssen, verrenkt sich und weiß nicht, was zuerst da war – der Kopf oder der Penis.)

Kummer hatte vor, noch einen langen Brief an eine Frau zu schreiben, die sich weigerte, mit ihm zu sprechen. Für Augenblicke war er sehr verbittert, überlegte, mit ihr abzurechnen, doch dann bereute er und sagte sich, wenn ich verschwinde, warum sollte ich dann gegenwärtig sein, wenn ich nicht die Absicht habe, gegenwärtig zu sein, und letztendlich hakte er all das ab, ohne über irgendetwas nachzudenken. Der Tod hat keinerlei Sinn. Also starb er. Und Nissim verschwand in den Eingeweiden des Gefängnisses, abgesondert von Häftlingen mit eindeutiger nationaler Identität, las weiter Geschichtsbücher und wusste, dass er die Muskulatur seiner Beine gewissenhaft stärken musste, auch wenn diese, aus der Perspektive des Riesen, der über unsere Rücken hinwegschreitet, den winzigen Beinchen eines Insekts gleichen.

Geschichten sind Geschichten. Wir geben zu, im Namen des Verlages, der Lektoren und aller anderen Beteiligten, dass Nissim Thema eines eigenen Romans hätte sein können. Aber auch das juristische Prozedere reicht nicht zur Erforschung der Wahrheit, und das Ausmaß von Gerechtigkeit oder Mitleid ist nicht relevant, wenn von der Wurzel des Seins die Rede ist: Die Zugehörigkeit oder Nichtzugehörigkeit eines Menschen zu einer Nation. Stellt euch vor, Menschen könnten sich eine solche Zugehörigkeit einfach so wählen. Oder schlimmer noch, stellt euch vor, Menschen würden sich von derartigen Banden einfach lossagen. Dies ist das Ende der Geschichte. Ein gutes Ende. Nissim steht neben dem Zivilfahrzeug. Einer der Männer vom Inlandsgeheimdienst schlägt ihm mit der Handinnenseite auf den Nacken, ein schmerzhafter Klaps, der dem Häftling klar macht, das sein aufrechter Gang zu Ende ist und das Einsteigen ins Auto nicht bloß ein vorübergehendes sich Bücken, sondern sehr viel mehr als das. ›Tschabcha‹ wird diese nachdrückliche Aufforderung bei der Armee genannt. Das Stichwort ›Schmerz‹ ist der kürzestes Eintrag im Lexikon der Männlichkeit. Es hat keine Erklärung. Ein weißer Fleck wie die Spuren der Zensur in den Briefen der Häftlinge lädt den Leser ein zu schweigen. Von hier an können wir nur noch mit vermuteten Eindrücken dienen: eine Arrestzelle, Zellengenossen, misstrauisch. Jeder von ihnen ist mit unterschiedlichen Informationen über die Identität des Mannes versehen. In seinem kleinen Koffer ruht ein Band mit den Briefen des vietnamesischen Generals Vo Nguyen Giap, der Frankreich und die USA schlug, Millionen von Freiheitskämpfern zum Sieg führte und Millionen von Toten begrub. Anfangs hatte der Gefängnisdirektor das Buch nicht genehmigen wollen, aber das Bändchen war im Verlag unseres Verteidigungsministeriums erschienen. Trotzki wurde genehmigt, vielleicht, weil er Jude war. Die Aufzeichnungen, die Nissim sich gemacht hatte, wurden genehmigt. Die Zitate, die er aus verschiedenen Büchern abgeschrieben hatte, ebenfalls. Die Besuche der Biologielehrerin wurden gestattet. Ebenso die Besuche von Shlomit und die Besuche der Frau des Rabbiners, zusammen mit seinem Sohn, dem Sohn der drei Frauen, der Nissim am Schnurrbart zog und sagte: »Araberhund, Araberhund.« Nissim war nicht erbost. Das ist sein Sohn. Er wird lernen. Bei der Einlieferung ins Gefängnis hatten sie ihm die Anstecknadel abgenommen. »Warum?«, fragte der Nissim Genannte. »Mit Anstecknadeln lassen sich Tunnel graben«, sagte der Gefängnisdirektor und Nissim machte sich später auf einem Zettelchen eine Notiz zu dieser Angelegenheit, versuchte, die Vorstellung noch auszuweiten: Wie viele Anstecknadeln, notierte er, sind erforderlich, um einen Tunnel zu graben? Sehr viele, und daher gilt es mit Geduld zu warten, ich bin in diesem Land geboren, sagte er dem Richter, im Jahre 1932, aber was hat er mit den Sandinisten zu tun, deren Bastionen eine Karte in seinem Kellerverschlag zeigt? (Sie sind die größte Hoffnung unseres Lebens, sagte er den Häftlingen in seiner Zelle, und sie verspotteten ihn: Was für eine Hoffnung denn, Mensch, wir werden hier nicht mehr rauskommen.) Viele seiner Bitten wurden abgelehnt, auch das Bild von Che wurde beschlagnahmt, doch Nissim diskutierte nicht, hustete und schwieg. (Che hätte gelächelt, hätte eine Zigarre geraucht, gehustet und wäre zur Tagesordnung übergegangen.) Er bat, ein Bild von Rosa Luxemburg aufhängen zu dürfen. Der Gefängnisleiter nahm das Bild und sagte, er werde entscheiden. Jeden Tag fragte Nissim ihn, was mit dem Bild sei, bis der Direktor ihn fragte: »Wer ist das, Rosa Luxemburg?« Und Nissim sagte: »Meine Mutter«, doch als der Direktor sich mit dem Denunzianten aus der Zelle verständigte, sagte ihm der Denunziant, Rosa Luxemburg habe festgestellt, die Massen seien das Subjekt der Revolution, oder so ähnlich. Unterdessen suchten der Inlandsgeheimdienst im Einwohnermeldeverzeichnis und fand keine Rosa Luxemburg. Worauf das Foto an die Agenten des Mossad weitergereicht wurde. Bis heute suchen sie sie. Selbst dic Entführung Vanunus unterbrach diese Suche nicht. Nissim ging zur Tagesordnung über, notierte sich einige Zitate und wurde dann an einen anderen Ort verlegt. Sein Geheimnis war zu winzig, um Philosophen zu beschäftigen, die an die Fähigkeit glauben, die Wahrheit zu ergründen. Selbst die Ermittler des Inlandsgeheimdienstes wissen, dass es keine Wahrheit gibt, es sei denn, man lässt am Ende der Seite, am Ende der Nacht, mit dem blutigen Ende eines Fingers den Mann, der sein Geheimnis bewahrt, eine solche unterschreiben.

Vielleicht erscheint die Geschichte ja tatsächlich wie ein schöner, muskulöser Koloss, so groß, dass man ihre Gestalt nicht sehen kann, jedoch – indem man gebeugt unter ihm marschiert, in einer langen Kolonne, gekettet an seine Nebenmänner – weiß, dass sie voranschreitet, immerfort besser wird, und wir ihre winzigen Beinchen sein können, feine Härchen, Wimpern, denken, lehren, lernen, und so sehr wir uns unsere Kraft auch vorstellen als das, was in unseren fest auf dem Boden stehenden Beinen ist, unseren sich beugenden, spreizenden Beinen, haben wir nicht mehr als die Kraft, in Reih und Glied Aufstellung zu nehmen, am Morgen, auf dem Weg zum Speisesaal, und am Abend, beim Zählappell vor dem Schließen der Zellen. Ein Gefängnis ist kein so ganz schrecklicher Ort, wenn man an die hunderttausenden Häftlinge denkt, die genau dasselbe zu dieser Stunde in anderen Gefängnissen tun, und graben, das heißt, ihr Hirn gräbt, den

Weg in die Freiheit, zu einem Ort, an dem nichts ist außerhalb dieser Welt, nichts außer dieser Welt in ihrer ganzen Schönheit.

Die Zukunft ist offen. Hätte Frau Ratner (die nach Hause eilt zur Feier des neunten Geburtstags ihres Sohnes, vor lauter Liebe eilt sie zu ihrem Sohn, der im Wohnzimmer mit den vielen Fenstern sitzt, auf den Regen lauscht und schweigend malt) doch bloß gewusst, dass ihr Sohn in zehn Jahren lebensgefährlich verwundet werden würde. Bei jedem Geburtstag ist sie von neuem ergriffen. Und er läuft ihr auf der Straße entgegen und wähnt sich selbst als ein bunter Vogel, ein Silberfuchs, der Klang einer Saite, Galoschen, Himmel, die Euter einer Kuh, Mutterliebe, ein aufbewahrtes Kinderbuch, das Ernten mit der Sichel, eine Verletzung am Bein, die Liebe zu einer mit rosigen Brustwarzen, all dies wird sich in der schrecklichen Zukunft ereignen, die den Sohn erwartet. Und Gadi? Als er neun war, konnte er wie kein Zweiter das feuchte Grünfutter mit der einen Hand packen, zwischen der Wurzel und dem Ende des Halms, und es mit der Sichel mit einem Schwung zwischen dem Boden und der Hand abschneiden, und Willi zeigt ihm die Berge: Am Morgen, an den klaren Tagen des Winters, sieht man ganz in der Ferne den Berg Hermon, der weiße Hermon, an dessen Hängen unser Gadi eines Tages seine Zukunft verlieren wird, als Neunzehnjähriger. Aber das ist lange her. Der heutige Abend ist ein verregneter Abend, seinen zwanzigsten Geburtstag feiern sie, man weiß nicht, ob er etwas davon weiß, weil er seinen Mund im Zeitlupentempo bewegt und kein Wort herausbringt, ein paar wenige Silben und Speichel nur, Stöhnen, vielleicht betrachtet er den Regen, durch die Scheibe, an der Sturzbäche herablaufen und die Welt draußen in Stücke zerlegen. Ein kalter Winter bedeckt die Welt wie ein großer, feuchter Blutegel am Hals. Und in der Luft, deren Farbe wie Sauerbratenfleisch ist, das zwei, drei Tage an der Luft gewartet hat, bis es in den Topf wandert, glänzen winzige Lichter, vielleicht ein ferner Steinbruch, und ein Fahrradscheinwerfer schwankt wie ein betrunkener Reiter, ein Dynamo reibt sich am Reifen, flüstert, entzündet den Scheinwerfer wie eine Petroleumfunzel, die Ratnerin eilt nach Hause, ihr Körper ist schwach geworden, doch Zweifel lässt sie nicht an sich heran, sie muss schließlich für das Haus und ihren kleinen Jungen im Rollstuhl sorgen.

Die Straße leert sich, die Finsternis vertauscht die Eindrücke. Es ist Gadileins Geburtstag, der im Rollstuhl sitzt und mit einem Glöckchen in der Hand bimmelt (womit er Willi, Vater Ratner oder die Mama ruft – mit Absicht? Unbeabsichtigt?), und auch seine ehemaligen Klassenkameraden, die die Armee bereits hinter sich haben, zwei von ihnen sind getötet worden, doch nicht etwa im Krieg, sondern bei der Explosion neben dem Kino (auf Heimaturlaub waren sie und starben zusammen mit acht Zivilisten), sind gekommen, um bei ihm zu sitzen, gucken Fernsehen und spähen von Zeit zu Zeit zu ihm hin, so eine Art Golem ist er, sein Kopf hängt zur Seite, seine Augen sind verdreht, und wenn er etwas sagen möchte, versucht er seine Stimmbänder, worauf sie ihm der Reihe nach Sachen bringen, die er vielleicht will, doch er schüttelt mühsam mit dem Kopf, bis sie das Richtige erraten, oder aber er vielleicht aufgibt und sich mit dem begnügt, was sie ihm gebracht haben, denn wie soll man wissen, was wirklich dem Willen entspricht, die Worte reichen nicht aus. Das Gespräch ist angeregt, sie vertreiben sich die Zeit hier, um ihn herum, und vielleicht irren tief in seinem Hirn Worte des Danks umher, dass er nicht alleine ist. Hätte man sich wirklich nicht auf diese Zukunft vorbereiten können? Oder ist es tatsächlich besser, die wenigen Augenblicke auszukosten, in denen Mama uns küsst, uns in der kleinen Badewanne kitzelt, lustige Geräusche und Grimassen macht, und wir lachen, uns vor Lachen kugeln, Gadi, Mama, Jama, Yazid, Jama, Mama.

Und im Hof des Gefängnisses, in der Einheitskleidung des Gefängnisdienstes, sitzt Nissim inmitten eines großen Kreises aus Häftlingen, Kriminellen, Politischen und auch Aufsehern, und liest ihnen während der Konversationsstunde, die der Gefängnisdirektor ihm gestattet hat, jede Woche mit den Teilnehmenden abzuhalten – nur Literatur, weist er ihn immer wieder an –, aus *Kalila und Dimna* vor: »Und wollte, ich betrachtete diese Welt und ihren Gang und sähe, dass das edelste Geschöpf der Mensch ist, der nach Gottes Ebenbild erschaffen ward, doch seine Vorstellungsgabe ist wie die des Mannes, der aus Furcht vor einem durchgegangenen Elefanten, der ihm nachstellte, auf seiner Flucht in einen Brunnen fiel, an zwei Ästen hängen blieb und seine Füße irgendwo in die Wand stemmte. Erst als er genauer hinsah, wurde er gewahr, dass er mit seinen Füßen auf den Köpfen von vier Schlangen stand, die ihre Häupter aus einem Loch herausstreckten. Und als er dann seinen Blick auf den Boden des Brunnenschachts lenkte, entdeckte er einen abscheulichen Drachen, der mit aufgerissenem Rachen darauf wartete, ihn lebendig zu verschlingen. Worauf der Mann seine Augen wieder zu den Ästen des Baumes hob, an denen er hing, als er mit einem Mal zwei große Mäuse erblickte, eine schwarze und eine weiße, die eifrig an den Wurzeln der Äste nagten. Fieberhaft zerbrach er sich den Kopf, was er tun sollte, um sich vor dem ihm zugedachten Tod zu erretten, als er plötzlich direkt vor sich eine Bienenwabe bemerkte, aus der ein wenig Honig troff. Er leckte daran und war bald so von der süßen Verlockung gefangen, dass er die Gefahr vergaß und aufhörte, um Ratschläge für seine Errettung zu bitten, ja ihm nicht mehr erinnerlich war, dass seine Füße auf vier Schlangen ruhten, die ihn bei lebendigem Leibe zu verschlingen drohten, die Zähne der Mäuse an den Wurzeln der Äste nagten und er in den aufgesperrten Schlund des Drachen stürzen würde, sobald die Äste brächen, und so hörte er nicht auf, sich an dem Honig zu laben, bis die Äste nachgaben und er in den Rachen des Drachen fiel und bei lebendigem Leibe verschlungen wurde.«

Nebenbei gesagt, am Ende jener Winterwoche (wann war das?) wurden alle Spiele der Liga wegen heftiger Regenfälle abgesagt. Vater, Mutter und der kleine Herman wussten nichts davon bis zum Morgen des ersten Wochentags, weil sie am Schabbat das Radio nicht einschalteten. Aber der richtige Tippschein musste vierzehn Nullen aufweisen, und nur Herman hatte dies getippt, in ganz Israel, sodass die drei zusammen eine riesige Geldsumme gewannen und zu Millionären wurden. Und an eben jenem Schabbat, an dem der Regen niederging und alle Spiele ohne ihr Wissen abgesagt wurden, durfte der kleine Gadi-Herman das *Lied der Ehre* vor dem geöffneten Thoraschrein singen, nachdem seine Eltern dies lange Zeit herbeigesehnt hatten und folglich auch er, sodass er sich das schwarze Barett vom Kopf zog und nur mit der weißen Kippa auf dem Haar stehen blieb. Seine Stimme war zart wie der Gesang der Nachtigall, »Sie haben DICH gedacht, doch nicht wie DU bist«, wie schön war die Stimme, als er seine Stimmbänder erklingen ließ, »Ich denke DICH, ich benenne DICH, aber ich kenne DICH nicht«, und nicht nur Mutter wischte eine Träne fort, sondern auch Vater, und vielleicht auch alle Familienangehörigen, die es gar nicht gibt, weil vielleicht um jede Familie aus nur zwei oder drei Personen noch mehr Menschen existieren, die auf sie Acht geben und sie lieben, denn schließlich trennt zwischen dem Leben und dem Nichts nur ein dünnes Häutchen, und den pulsierenden Körper gilt es zu schützen wie einen zarten Säugling, wie eine Vene.

Anmerkungen

1 engl.: Sie ist sehr aufgeregt wegen der politischen Ereignisse in der Region.
2 arab.: Nieder mit der Okkupation!
3 arab.: Warum lacht ihr?
4 franz.: Unser täglich Brot gib uns heute.
5 arab.: Schweig.
6 franz.: Die Menschen werden frei und gleichberechtigt geboren und bleiben es.
7 lat.: Wie bei Körpern so auch in einem Imperium, am schwersten ist eine Krankheit, die vom Kopf ausgeht.
8 lat.: Was du gesät hast, wirst du ernten.
9 lat.: Gerecht ist ein Krieg, der Notwendigkeit ist, und rein sind die Waffen derjenigen, die außer ihren Waffen keine Hoffnung haben.
10 lat.: Folglich, wenn wir in den Genuss des Friedens kommen wollen – müssen wir in den Krieg ziehen; wenn wir den Krieg vermeiden, werden wir niemals den Frieden genießen.
11 lat.: Einem jeden harrt sein Tag, oder, auf Arabisch: Kull kalb bidji yaumo – jeder Hund und sein Tag wird kommen.
12 lat.: Was ich geschrieben habe, habe ich geschrieben (Johannesevangelium, 22,19).
13 Statut 63 der Haganastatuten (Notstandsbestimmungen), 1945

Der Übersetzer

Markus Lemke, geboren 1965, studierte Orientalistik und Islamwissenschaften in Bochum, Kairo und Tel Aviv und übersetzt seit 1995 u.a. auch Yoram Kaniuk und Joshua Sobol. 2000 gewann er den Hamburger Übersetzerpreis.

Zitierte Werke

Euripides, *Tragödien,* Hippolytos, Griechisch und Deutsch von Dietrich Ebener, herausgegeben vom Zentralinstitut für Alte Geschichte und Archäologie der Akademie der Wissenschaften der DDR, Bd. 30,2, Berlin 1975

Sophokles, *Dramen,* griechisch und deutsch, herausgegeben und übersetzt von Wilhelm Willige, überarb. von Karl Bayer. Mit Anmerkungen und einem Nachwort von Bernhard Zimmermann, 3. Aufl. München u. Zürich, 1995

Walter Benjamin, *Gesammelte Schriften,* herausgegeben von Rolf Tiedemann und Hermann Schweppenhäuser, Frankfurt/M., 2. Auflage 1978

Blaise Pascal, *Über die Religionen und über einige andere Gegenstände (Pensées),* übertragen und herausgegeben von Ewald Wasmuth, Heidelberg 1954

Friedrich Nietzsche, *Kritische Studienausgabe (KSA),* herausgegeben von Giorgio Colli und Mazzino Montinari, dtv, München, 2., durchgesehene Auflage 1986

Nasrollah Monschi, *Kalila und Dimna,* Fabeln aus dem klassischen Persien, herausgegeben und übersetzt von Seyfeddin Najmabadi und Siegfried Weber, München 1996

Die schönsten Geschichten aus Tausendundeiner Nacht, übersetzt, ausgewählt, eingeleitet und herausgegeben von Enno Littmann, Frankfurt/M. 1999